나뭇잎 사이의 별빛

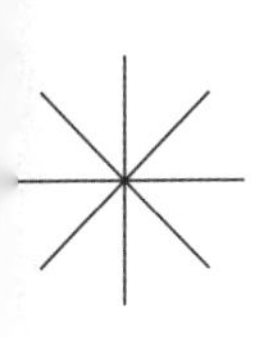

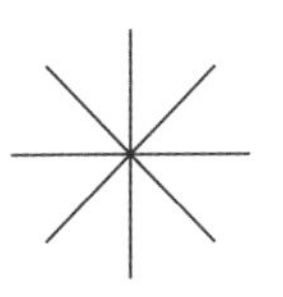

나뭇잎 사이의 별빛

초판 1쇄 인쇄일 2024년 4월 2일 | **초판 1쇄 발행일** 2024년 4월 22일
글 글렌디 밴더라 | **옮긴이** 노진선 | **펴낸이** 김석원 | **펴낸곳** 도서출판 밝은세상
출판등록 1990. 10. 5 (제 10 - 427호) | **주 소** (10881) 경기도 파주시 문발로 119, 202호
전 화 031-955-8101 | **팩 스** 031-955-8110 | **메일** wsesang@hanmail.net
블로그 blog.naver.com/balgunsesang8101 | **인스타그램** www.instagram.com/wsesang
ISBN 978-89-8437-478-2(03840) | **값** 22,000원 | 잘못된 책은 구입한 곳에서 교환해 드립니다.

나뭇잎 사이의 별빛

The Light Through the Leaves

Glendy Vanderah

글렌디 밴더라 장편소설 * 노진선 옮김

밝은세상

차례

내 가족에게

일러두기

각주는 모두 옮긴이 주입니다.

프롤로그

엘리스가 숲으로 맨 처음 보낸 글은 '제발 돌아오세요.'였다. 아홉 살 엘리스는 와일드 우드 강둑에 앉아 있었다. 와일드 우드는 제인 아저씨가 붙인 이름이었다. 엘리스가 진흙투성이가 된 신발에 잔뜩 헝클어진 머리로 집에 돌아오면 제인 아저씨는 "우리 장난꾸러기 요정 아가씨가 또 와일드 우드에 다녀왔어?"라고 물었다. 그러면 엘리스는 "네."라고 대답했다. 와일드 우드는 이름처럼 야생이었고, 그녀만의 숲이었다.

엘리스 말고 트레일러 파크* 가장자리에서 시작해 강 건너편까지 뻗어 있는 그 숲에는 아무도 들어가지 않았다. 사람들은 강과 나무가 얼마나 아름다운지 몰랐고, 자연은 아무짝에도 쓸모없다고 생각했다. 트레일러 파크에서 숲으로 들어가려면 관목 장미와 가시가 뾰족뾰족한 블랙베리 덤불을 기어서 통과해야 하는데 엘리스는 정확히 어디로 들어가야 하는지 잘 알고 있었다. 숲으로 들어가는 입구는 마치 마법의 문 같았다.

처음으로 숲에 쪽지를 보낸 날에도 스쿨버스에서 내리자마자 곧장 와일드 우드로 갔다. 엄마의 상태가 악화된 이후 지난 몇 달간 거의 매일 이어진 일과였다. 엘리스는 강가에 앉아서 숙제하는 걸 좋아했다.

*집 없이 트레일러에 사는 사람들이 모여 있는 지역

하지만 그날은 아직 풀지 않은 수학 문제가 엘리스의 무릎에 그대로 놓여 있었다. 엘리스는 그저 강물을 가만히 바라보고 싶었다.

봄비로 수심이 높아진 강물 위로 온갖 쓰레기들이 빠르게 흘러갔다. 나뭇잎, 나뭇가지, 종이컵. 마치 유령처럼 보이는 하얀 천이 수면 위로 돌출된 바위 표면을 스치듯 지나갔다. 아마 티셔츠일 것이다. 강물에 잠긴 나뭇가지에 잠시 걸렸던 티셔츠는 거센 물살이 줄기차게 잡아당기자 견디지 못하고 아래쪽으로 떠내려갔다. 엘리스는 티셔츠가 또 어딘가에 걸리는지 보려고 등을 곧추세웠다. 하지만 유령을 닮은 티셔츠는 소용돌이치는 급류에 휩쓸려 깊고 검은 물속으로 사라졌다. 이유가 뭔지 몰라도 엘리스는 자신의 마음도 티셔츠와 함께 물속으로 가라앉아버린 듯했다.

엘리스는 노트의 한쪽 귀퉁이를 작게 찢어 두 마디를 썼다. '제발 돌아오세요.' 오랫동안 그 문장을 바라보다가 한마디를 더했다. '엘리스로부터.'

쪽지를 반으로 접어 강으로 던졌다. 쪽지가 작은 종이배가 되어 유리 같은 잿빛 수면 위로 쏜살같이 미끄러져가는 모습을 바라보았다. 쪽지에 쓴 세 마디가 듬직한 세 명의 선원이 되어 거친 급류에도 끝까지 가라앉지 않고 메시지를 전달하는 모습을 상상했다. 엘리스는 쪽지가 강굽이를 돌아 사라질 때까지 계속 지켜보았다.

메시지를 보내고 나니 마음이 흡족했다. 하지만 며칠이 지나도 원하는 결과가 나타나지 않자 엘리스는 좀 더 구체적으로 편지를 쓰기로 했다. 바람이 세차게 불던 4월의 어느 날, 엘리스는 정성을 다해 편지를 썼다. '친애하는 바람에게, 제발 제인 아저씨가 돌아오게 해줘. 엘리스로부터.' 그런 다음 평소에 자주 오르던 나무에 올라 불어오는 돌풍에 편지를 날려 보냈다. 편지는 빠르게 멀리 날아갔고, 엘리스는 좋은 징조이기를 바랐지만 제인 아저씨는 끝내 돌아오지 않았다. 엘리스는 계속 숲에게 쪽지를 써보냈다. 강물과 바람에도 더 많은 메시지를 띄워보냈다. 나무뿌리 속으로 쪽지를 밀어 넣기도 하고, 바위 밑이나 통나무의 물렁물렁한 속살에도 밀어 넣었다.

왜 아무런 답장도 없는 편지를 계속 보내는지 엘리스 자신도 몰랐다. 다만 편지를 써서 보내면 기분이 좋았다. 아이들이 하느님께 기도하는 마음과 비슷했다. 아이들은 시간이 흐르면 아무도 기도에 응답하지 않는다는 사실을 알게 된다. 오히려 답장이 없는 게 더 좋을 수도 있다. 어느 누구에게도 말하지 못할 비밀을 말할 수 있기 때문이다. 자기 안에 하고 싶은 말이 너무 많이 쌓이기 전에 조금이나마 내보내는 건 매우 중요했다.

1부

와일드 우드의 딸

1

엘리스는 참나무 둥치에 뚫린 검은 구멍을 바라보았다. 쪽지를 넣어두기에 제격이었다.

뭐라고 써야 할까? 아까 본 광경이 아직도 이해가 안 되는데 어떻게 글로 쓸 수 있을까?

아홉 살 때였다면 어떻게 썼을지 상상해보았다. '사랑하는 나무에게. 조나가 날 배신했어. 어떻게 해야 할지 모르겠어. 엘리스로부터.'

엘리스가 쓰고 싶은 말은 '이제 어떻게 하지?'였다. 하지만 바람에게 제인 아저씨가 돌아오게 해달라고 쪽지를 써서 날려 보낸 이후로는 대놓고 묻거나 부탁하는 글을 써서 보낸 적이 없었다. 엘리스에게 쪽지를 쓰는 일은 마음을 어지럽히는 사건들을 헤쳐나가기 위한 나름의 방법이었다. 엘리스는 한동안 아무에게도 부치지 않는 쪽지를 써왔고, 나이를 먹으면서 내용이 점점 더 길어졌다.

'사랑하는 바위에게. 제인 아저씨가 어디 있는지 모르겠어. 아저씨는 날 보고 싶어 할까?'

'사랑하는 나무에게. 이제 엄마는 침대에서 일어나지 않을 거고, 음식은 다 떨어졌어. 이디스 아줌마에게 음식을 얻어 와야 할까?'

'사랑하는 도롱뇽에게. 오늘 헤더가 나에게 옷을 좀 빨아 입으래. 그것도 아이들이 모두 쳐다보는 스쿨버스에서. 이 통나무 밑에서 너랑

함께 살았으면 좋겠어. 넌 더러워도 상관없어.'

재스퍼와 리버가 앞질러 달려갔다. 아이들은 숲속 연못 위로 뻗어 나간 짧은 잔교를 코앞에 두고 있었다.

엘리스는 지금 여기로 마음을 돌려야 했다.

"조심해! 연못 가까이 가면 위험해."

아이들은 이제 겨우 네 살이었고, 수영 시간에 물에 뜨는 방법을 배웠지만 아직 깊고 검은 물에 들어가기에는 어렸다.

엘리스가 잔교에 도착했을 때 아이들은 뜰채를 손에 들고 바닥에 엎드려 올챙이를 찾고 있었다. 엘리스는 들고 있던 카시트를 바닥에 내려놓았다. 비올라는 카시트에서 잠들어 있었다. 그제야 쑤시던 팔과 어깨의 긴장이 풀렸다. 엘리스는 손에 들고 있던 가방에서 유리병 두 개를 꺼내 아이들에게 각각 하나씩 건네주었다.

"올챙이는 여기보다 기슭에 많아."

엘리스는 두 아이들을 수심이 얕고 질척질척한 기슭으로 데려가 올챙이를 보여주었다. 무릎까지 오는 고무장화를 신은 리버가 개울물로 첨벙첨벙 걸어 들어갔다. 동생보다 먼저 올챙이를 잡고 싶은 듯했다.

조나와 엘리스는 쌍둥이가 저마다 이름처럼 되어 간다는 이야기를 나눈 적이 있었다. 리버는 급류처럼 시끄럽고 성급한 반면 재스퍼*는 돌처럼 조용하고 참을성이 많았다. 재스퍼보다 3분 먼저 태어난 탓인지 리버는 늘 세 발 앞서 걸었다.

*Jasper, 벽옥이라는 뜻이다

조나를 생각하자 온몸이 쑤셔 엘리스는 아기 옆에 털썩 주저앉았다. 조나와 이혼할 작정이었다. 엘리스가 임신한 초기부터 조나는 아이린과 바람을 피운 게 분명했다. 조나가 아이린에게 테니스 레슨을 받기 시작한 때가 엘리스가 아기를 임신한 직후였으니까. 엘리스가 배 속에서 아기를 키우며 물렁살로 변해가는 동안 조나는 몸매가 탄탄한 테니스 강사와 바람을 피웠다. 로펌에서 처리하기 힘든 사건을 맡게 되어 바쁘다는 말도 순전히 거짓이었을 것이다. 조나는 심지어 쌍둥이에게도 거짓말을 했다. 토요일에 함께 공원에 놀러가자고 약속해 놓고 지키지 않았다. 아이린과 함께 시간을 보내려고.

조나가 로펌 근처에 주차된 아이린의 하얀색 스포츠카에 올라타 뜨거운 키스를 나누는 장면이 자꾸만 떠올랐다. 조나의 몸매가 이전보다 좋아진 건 테니스 강습 때문만은 아니었다. 점심시간을 이용해 강도 높은 근력 운동을 하기 때문이었다.

엘리스가 두 사람이 키스하는 장면을 처음 목격했을 때 쌍둥이도 그녀와 함께 차에 타고 있었다. 엘리스가 재빨리 뭔가 말해 주의를 돌리지 않았다면 아이들도 아빠의 키스 장면을 봤을 것이다. 엘리스의 친구들 중에도 조나와 아이린이 키스하는 모습을 본 사람이 있을 것이다. 그들 부부가 함께 알고 지내는 친구들 중에도 불륜 현장을 목격했거나 내막을 아는 사람이 더러 있을 것이다. 엘리스는 아무런 귀띔을 해주지 않은 그들에게도 배신감을 느꼈다.

"여기 올챙이가 많아요. 엄마, 얼른 이리 와봐요!" 리버가 소리쳤다.

엘리스는 카시트에 앉아 잠든 비올라를 힐끗 쳐다보았다. 나뭇가지를 헤치며 숲을 가로지르는 동안에도 비올라는 카시트 안에서 꾸벅꾸벅 졸았다. 엘리스는 비올라를 남겨둔 채 올챙이를 보러 갔다.

“엄마, 올챙이가 보여요?” 리버가 물었다.

“보여.”

“네가 올챙이를 밟고 있잖아. 제발 그러지 마, 리버!” 재스퍼가 불만이라는 듯이 소리쳤다.

“올챙이를 밟다니? 아니야, 벌써 다 빠져나갔어.”

“엄마, 리버가 올챙이를 밟아 죽여요.”

“얘들아, 유리병에 물을 담고 올챙이를 몇 마리 잡아넣어봐.”

“몇 마리나요?” 재스퍼가 물었다.

“각자 열 마리쯤 잡아넣어. 집에 있는 큰 어항에 올챙이를 스무 마리 정도 넣어두게.”

“내가 잡은 올챙이는 큰 어항이 아니라 다른 곳에서 키우고 싶어요.” 리버가 말했다.

“아니, 큰 어항에서 키워야 해. 올챙이들이 자라 개구리가 되면 다시 이 연못에 데려다줄 거야.”

“왜요?”

“이 연못이 올챙이들의 고향이니까. 올챙이들은 이런 환경에서 살아가도록 적응되어 있어.”

만약 이혼한다면 쌍둥이는 새로운 삶의 조건에 어떻게 적응해갈까?

이제 아이들은 두 집과 부모 사이를 오가며 살아야 한다.

지금 사는 집은 누가 갖게 될까? 직장을 구해야 할까? 식물생물학 학사 학위로 어떤 일자리를 구할 수 있을까? 게다가 육아 말고는 경력이 전무한데.

엘리스는 카시트에서 잠든 비올라에게로 가서 천사 같은 아이의 얼굴을 바라보며 담요를 덮어주었다. 아직 젖살이 빠지지 않은 얼굴이지만 비올라는 언뜻 보기에도 그녀를 빼닮았다. 그녀와 같은 갈색 눈동자에 갈색 피부, 검은색 곱슬머리였다. 비올라는 그녀를 닮은 첫 아이였다. 쌍둥이는 조나와 외할머니를 닮아 둘 다 피부가 희고, 푸른 눈동자이고, 머리카락이 곧았다. 비올라가 외할아버지를 어느 정도 닮았을 거라고 짐작했지만 엘리스가 아버지에 대해 아는 사실이라고는 출생 증명서에 적힌 이름뿐이었다. 그 이름마저도 맞는지 확신할 수 없었다. 엘리스가 아버지에 대해 물었을 때 엄마는 딱 한 번 건성으로 대답해주었다.

"난 네 아빠가 누군지 몰라."

엘리스는 아기의 입가에 묻은 모유를 닦아주었다. 엘리스의 손이 닿자 비올라는 본능적으로 그쪽으로 입을 돌렸지만 잠에서 깨지는 않았다.

출산한 지 두 달이 지났음에도 엘리스는 가끔 비올라가 태어난 게 믿기지 않았다.

비올라는 내가 창조한 존재, 내게 의지하는 작은 천사야.

엘리스는 이제 막 조나와 쌍둥이 형제랑 함께하는 삶에 익숙해졌다. 계획 없이 생긴 쌍둥이 때문에 그들 부부가 감당해야 했던 불확실한 미래와 이제 막 화해했다. 쌍둥이 때문에 삶의 무대가 대학 캠퍼스에서 뉴욕의 교외 주택가로 바뀌었다. 탐독하는 책도 식물생물학이 아니라 육아서로 바뀌었고, 싱글끼리 모이는 파티도 엄마와 아이들이 함께하는 놀이 모임으로 바뀌었다. 대학원 지원서는 어린이집 자료에 파묻혀 어디에 놔두었는지 보이지도 않았다.

셋째가 생긴 건 조나에게도 큰 충격이었을 것이다. 어쩌면 조나는 충격을 추스르지 못해 아이린과의 외도로 도피했을 수도 있었다. 하지만 셋째를 갖고 싶다고 했던 장본인이 바로 조나였다. 쌍둥이가 네 살이 되어가면서 더는 아기가 아니라 '어린아이'처럼 보인다며 집에 다시 아기가 있었으면 좋겠다고 했다. 아장아장 걸어 다니는 아기가 보고 싶다고 했고, 딸이었으면 더욱 좋겠다고 했다.

조나가 그토록 바라던 딸 비올라가 태어났지만 육아는 전적으로 엘리스 책임이었다. 피곤에 지친 몸으로 모유를 먹이고, 쌍둥이까지 돌봐야 했다. 조나는 이전과 다름없이 로펌에 나가 동료들과 어울려 술을 마셨고, 젊고 아름다운 여자와 바람이 났다.

"하지 마! 엄마!" 리버가 외쳤다.

아이들의 올챙이 잡기는 점점 꼬여갔다. 엘리스는 마음을 진정시키려고 숲에 왔지만 갈수록 기분이 더 나빠졌고, 여전히 충격에서 헤어나지 못했다. 몹시 화가 나는 한편 자책감이 들기도 했다. 사실 엘리스는 처음부터 자신이 조나와 어울리지 않는다고 느꼈고, 그 예감은 여지없이 맞아떨어졌다. 조나와 사귄 지 몇 달이 지났을 때도 그가 자신을 열렬히 사랑한다는 느낌이 들지 않았다. 비록 조나는 그녀를 사랑한다고 자주 말했음에도. 엘리스는 자신의 의심을 자책했고, 문제가 있다면 오히려 자기에게 있을 거라고 생각했다. 그럴 만한 증거는 차고 넘쳤으니까.

엄마는 나를 낳고 싶어 하지 않았어. 제인 아저씨도 떠나버렸지. 심지어 작별 인사도 없이.

엘리스는 사람들과 잘 어울리지 못했다. 독특한 성격이라 사람들이 옆에 있고 싶어 하는 부류가 아니었다.

늘 좋아했던 숲인데 오늘은 빨리 벗어나고 싶었다. 마치 숲도 그녀를 배신한 듯했다. 나무와 바위, 검은 물이 수군거렸다. 받을 사람도 없는 쪽지를 쓰고, 언제나 애정결핍인 그녀에 대해.

엘리스는 직접 나서서 올챙이를 잡았다. 쌍둥이가 엄마의 도움은 필요 없다며 투덜댔지만 지금 이대로 놔둘 경우 앞으로 몇 시간은 더 숲에 남아 있어야 할 수도 있으니까. 지금껏 재스퍼는 두 마리, 리버는 네 마리를 잡았다. 엘리스는 재스퍼가 들고 있던 뜰채로 올챙이를 떠서 서둘러 유리병에 넣었다. 이제 그만 가자고 했더니 리버가 재스퍼의 병에 올챙이가 더 많다며 칭얼거렸다.

"상관없어. 어차피 전부 한 어항에 집어넣을 거야." 엘리스가 말했다.

"그건 불공평해요." 리버가 말했다.

엘리스는 어쩔 수 없이 뜰채로 꼬물거리는 올챙이들을 떠서 리버의 병에 넣어주었다. 이제 리버의 올챙이가 여섯 마리 더 많았다. 리버는 의기양양하게 웃으며 재스퍼를 바라보았다.

"엄마……." 재스퍼가 입을 열었다.

"그만해." 엘리스는 그렇게 말하며 유리병의 뚜껑을 돌려서 닫았다.

비올라는 아직 잠들어 있었다. 엘리스는 한쪽 팔에 카시트 손잡이를 걸고, 뜰채를 넣은 가방을 집어 든 다음 주차장을 향해 걸어갔다. 한 걸음씩 내디딜 때마다 낭떠러지를 향해 가는 기분이었다. 조나가 집에 오면 이혼하자고 말할 것이다. 당장 가식적인 결혼 생활을 끝내야만 했다. 아니, 조나가 이미 끝내버렸다. 그 사실을 분명히 해야 한다.

주차장 초입에서 레이븐* 한 마리가 까악까악 울어댔다. 뭔가가 녀석을 짜증나게 한 듯했다. 둥지 근처에 매가 있을 수도 있었다. 주차장에 도착하니 엘리스의 눈에 비로소 레이븐이 보였다. 녀석은 밴 위의 나뭇가지에 앉아 이상할 정도로 다급히 울어대며 그녀의 비참한 상황을 전했다.

리버와 재스퍼는 누가 가운데 자리에 앉을지를 두고 아옹다옹했다. 엘리스는 갈등을 최소화하기 위해 종종 그랬듯이 이번에도 참을성이 더 많은 재스퍼에게 뒷좌석에 가서 앉으라고 했다.

"하지만 여기 오는 길에도 리버가 가운데에 앉았어요." 재스퍼가 말했다.

*까마귓과의 대형 조류. 큰까마귀라고도 한다

“그랬니? 아무튼 어서 타.” 엘리스가 말했다.

“하지만 엄마, 이건 불공평해요. 이젠 내가 가운데에 앉을 차례예요.”

하필이면 오늘따라 재스퍼는 리버의 권위에 도전했다. 하지만 엘리스는 갑자기 당당하게 나오는 재스퍼가 마음에 들었다.

“알았어. 그럼 리버가 뒷좌석으로 가.”

“난 뒤에 앉기 싫어요.” 리버가 불만을 토로했다.

“엄마가 가라잖아.”

“엄마가 처음에는 내가 가운데 자리에 앉으라고 했어.”

레이븐이 연달아 목쉰 소리로 울어댔다. 까악, 까악, 까악!

“어서 타라니까!” 엘리스가 소리쳤다.

리버가 뒷자리에 재스퍼는 가운데에 탔다. 재스퍼가 안전벨트를 매는 동안 엘리스는 뜰채가 들어 있는 가방을 차 바닥에 내려놓고, 재스퍼의 유리병을 들고 있었다.

그때 뒤에서 울부짖는 소리가 울려 퍼졌다. “내 올챙이!” 리버가 비명을 질렀다.

엘리스는 카시트를 땅바닥에 내려놓고 뒤쪽으로 몸을 쭉 내밀었다. 좌석에 놓아둔 리버의 유리병이 쓰러지며 올챙이들이 쏟아져 나와 바닥에서 꿈틀거렸다.

“뚜껑을 잠갔어야지.”

“난 그냥…… 벌레가 차 안으로 들어와 내쫓으려고 했어요. 크고 무서운 벌레였어요.” 리버가 울음을 터뜨렸다.

아마 잠자리 유충이었을 것이다. 그 포식성 곤충이 무섭게 생기긴 했다.

"엄마, 올챙이들이 죽어가요! 엄마! 올챙이들을 도와줘요!" 재스퍼가 다급히 소리쳤다.

재스퍼의 말에 리버는 더 크게 울어댔다.

엘리스는 재스퍼가 걸리적거려 차 앞으로 돌아서 반대편으로 갔다. 그런 다음 재스퍼의 유리병을 가져가 뒷좌석을 기어 다니며 올챙이를 잡으려고 했지만 쉽지 않았다.

쌍둥이들이 둘 다 울부짖었고, 레이븐도 같이 까악까악 울어댔다.

엘리스는 차 안에 있던 걸레로 올챙이들을 최대한 많이 쓸어 모아 재스퍼의 유리병에 집어넣었다. 하지만 몇 마리는 어디 있는지 눈에 띄지 않았고, 좌석 사이의 틈에 낀 한 마리만 눈에 들어왔다. 그 올챙이를 빼내려고 했다가는 아마 몸이 으깨져버릴 것이다. 유리병 안에 죽은 올챙이를 넣으면 쌍둥이는 더욱 기겁하며 짜증을 낼 것이다. 엘리스가 병뚜껑을 닫자 아이들이 큰 소리로 항의했다.

"아직 다 안 담았어요." 리버가 말했다.

"올챙이 한 마리가 좌석 사이에 끼어서 죽어가고 있어요. 엄마 얼른 꺼내줘야 해요." 재스퍼가 말했다.

"집에 도착하면 꺼내줄게." 엘리스가 말했다.

"그 전에 죽을 거예요. 연못에 가서 올챙이를 더 잡아 오고 싶어요." 리버가 말했다.

“안 돼! 그러게 뚜껑을 제대로 닫았어야지. 우린 이제 집으로 돌아가야 해. 아직 올챙이가 병에 많이 남았잖아.”

“이걸로는 부족해요. 바닥에 두 마리가 떨어져 있어요.” 재스퍼가 외쳤다.

엘리스가 밴의 시동을 걸 때도 레이븐은 계속 울어댔다. 밴이 주차장을 빠져나오자 리버가 더는 참지 못하고 울음을 터뜨렸다.

“괜찮아.” 재스퍼가 리버를 달랬다. “우리가 집에 도착할 때까지 올챙이들이 살아 있을 거야.”

“아니야!” 리버가 외쳤다.

“아빠가 집에 있으면 올챙이들을 구해줄 거야.” 재스퍼가 확신에 차서 말했다.

엘리스는 입에서 쓴맛을 느꼈다.

왜 조나가 아이들의 영웅이 되었지? 집에서는 거의 볼 수도 없는 사람인데 어떻게 그런 자격을 부여받았을까?

오늘 아침에 그 개자식이 다른 여자와 키스하는 걸 봤다면 재스퍼도 아빠를 계속 신뢰하며 따르기 힘들 것이다.

엘리스는 조나가 이제껏 한 짓과 앞으로 저지를 짓을 생각하니 어지러웠다.

밴이 메인 도로로 접어들고 나서야 리버의 울음소리가 잦아들었다.

“엄마?” 재스퍼가 의아한 표정으로 말했다.

“왜?”

"비올라를 두고 왔어요."

엘리스는 브레이크를 밟고 뒤를 돌아봤다. 비올라를 두고 왔을 리 없는데 재스퍼 옆 가운데 자리에 반드시 있어야 할 카시트가 보이지 않았다. 이제 생각해 보니 리버가 올챙이 병을 엎질렀을 때 아기를 차에 태우는 걸 깜박 잊어버렸다.

몸이 차갑게 얼어붙었다. 아니, 갑자기 몸에서 모든 감각이 사라져 버린 듯했다. 손에 쥔 운전대의 감촉이 느껴지지 않았다. 얼굴이나 팔다리에도 감각이 없었다. 엘리스는 가슴을 졸이며 가까스로 차를 유턴했다.

'괜찮아. 비올라는 아직 잠들어 있을 거야. 괜찮아. 별일 없을 거야.'

엘리스는 액셀을 세게 밟았다.

아직 비올라의 카시트를 차에 싣는 게 익숙하지 않았다. 4년 넘도록 아이는 둘이었다. 깜박 잊고 집이나 차에 아기를 두고 온 부모 이야기를 들은 적이 있었다.

제발 아무 일도 없어야 할 텐데.

구불구불 돌아가는 2킬로미터 길이 마치 10킬로미터처럼 길게 느껴졌다.

주차장에서 나오다가 비올라를 차로 치었으면 어쩌지? 세상에! 어떤 엄마가 그런 짓을 저지른단 말인가?

보안림 간판이 눈에 들어오자 엘리스는 차의 속도를 줄이고 주차장으로 이어지는 샛길로 빠졌다. 나뭇가지에 앉아 있던 레이븐도 날아가버렸는지 사방이 고요했다. 현재 주차장에 세워진 차는 두 대뿐으로 좀 전까지 밴을 세워두었던 자리에서 한참 떨어져 있었다. 엘리스는 조금 전까지 밴을 세워두었던 자리를 바라보았다. 카시트와 아기가 사라지고 없었다. 엘리스는 눈을 감았다. 눈을 다시 뜨면 모든 일이 다시 정상으로 돌아가리라 확신하면서.

"엄마?"

엘리스는 눈을 떴다.

"비올라는 어디 있어요?" 재스퍼가 물었다.

아기가 사라졌다. 누군가 비올라를 데려갔다.

2

커튼 고리가 짤랑거리는 소리에 엘리스는 잠에서 깼다. 수면제 때문에 정신이 몽롱한 상태로 몸을 일으켰다. 지금 몇 시쯤 됐는지 알 수 없어 생각을 더듬고 있는데 블라인드가 올라가기 시작했다. 엘리스는 눈을 찌르는 햇살을 피하려고 팔을 들어 얼굴을 가렸다.

"지금 뭐 하는 거예요?"

"어머!"

엘리스는 실눈을 뜨고 눈이 아플 정도로 환한 광채에 둘러싸인 실루엣을 바라보았다.

"죄송합니다, 부인. 이 방을 청소하라고 해서요." 젊은 여자가 말했다.

"누가요?"

"그게…… 음…… 바우해머 부인이요. 제가 나갈까요?" 엘리스가 미처 대답하기 전에 여자가 덧붙였다. "바우해머 부인이 방에 딸린 욕실도 청소하고, 침대 시트도 벗기고……."

여자는 망치 부인이 몹시 두려운 눈치였다. 대부분 사람들이 망치 부인을 두려워했다. 망치 부인은 엘리스가 시어머니에게 붙인 별명이었다. 조나와 엘리스는 노부인에게 몰래 별명을 붙여주고 얼굴을 마주 보며 킥킥거렸다. 하지만 바우해머 부인이 괴롭고 힘든 날들을 보내는 그들 부부를 '도우려고' 이 집에 온 이후로는 한 번도 웃은 적이 없었다.

엘리스는 청소 도우미를 더는 힘들게 하고 싶지 않았다. 엘리스가 무거운 몸을 이끌고 침대에서 내려오는 순간 다른 망치가 머리를 강타했다. 아주 거대한 망치였다.

아기를 잃어버린 지 벌써 2주가 지났다. 이제 아기를 찾을 희망은 거의 남아 있지 않았다. 아기는 아마 죽었거나 유괴범에게 잡혀가 학대당하고 있을 것이다. 깜박 잊고 주차장에 아기를 두고 온 탓이었다.

엘리스는 자책감에 짓눌려 정신이 나가기 직전이었다. 그 일을 계속 곱씹다 보니 점점 변해갔다. 이제 그녀는 한때 조나의 부인이자 세 아이의 엄마로 지극히 평범한 삶을 살아가던 엘리스 애비 바우해머의 부서진 파편에 불과했다.

엘리스는 가운을 걸쳐 입었다. 아직 젖가슴이 아팠지만 이제 모유는 거의 나오지 않았다.

청소 도우미는 호기심과 동정이 뒤섞인 표정으로 엘리스를 바라볼 뿐 움직이지 않았다. 이 집에 무슨 일이 있는지 잘 알고 있는 눈치였다. 엘리스는 그런 눈빛을 감당하기 힘들었지만 청소 도우미를 원망할 수는 없었다.

"어서 일하세요. 전 다른 욕실을 쓸게요." 엘리스가 여자에게 말했다.

하지만 쌍둥이 침실에 딸린 욕실도 다른 여자가 청소하고 있었다. 아기방에 딸린 욕실을 써야 했지만 거기에는 갈 수 없었다. 그 일이 일어난 후로는 한 번도 들어가지 않았다.

엘리스는 아래층으로 내려갔다. 또 다른 두 여자가 먼지를 털고 청소기를 돌리고 있었다. 엘리스는 어쩔 수 없이 변기와 세면대만 있는 욕실에서 대충 세수를 하고 나서 주방으로 갔다. 메리 캐럴이 주방에 있었다. 진갈색으로 염색해 어깨까지 내려오는 머리가 완벽하게 찰랑거렸고, 몸에 딱 맞는 청바지와 셔츠가 날씬한 몸매를 도드라져 보이게 했다. 메리 캐럴은 인덕션 앞에 서서 아침 식사 준비를 하고 있었다.

아니면 점심인가?

쌍둥이는 식탁 앞에 앉아 할머니가 선물해준 새 게임기에 푹 빠져 있었다. 두 여자 모두 말이 없었다. 망치 부인이 비난을 가득 담은 표정으로 엘리스를 바라보았다.

"이제야 일어났니?"

"더 자야 하는데 청소하러 온 여자 때문에 깼어요."

"그래?"

"밤새 한숨도 못 자고 뒤척이다가 아침 6시가 넘어서야 겨우 잠이 들었거든요."

"수면제도 안 들어?"

메리 캐럴이 수면제를 처방받은 사실을 알고 있다는 건 조나가 말해주었다는 뜻이었다. 메리 캐럴은 의기양양한 표정으로 엘리스를 바라보았다. 마치 이제는 조나가 부인보다 엄마를 더 믿는다는 사실을 확인시켜주듯이.

엘리스는 쌍둥이에게 다가가 양손으로 아이들의 부드러운 갈색 머리카락을 쓰다듬었다. "얘들아, 잘 잤니?"

"안녕히 주무셨어요, 엄마?" 재스퍼가 게임기에서 눈을 떼며 인사했다.

"안녕히 주무셨어요." 리버는 게임기에서 눈을 떼지도 않고 인사했다.

이제 쌍둥이는 내가 보고 싶지 않나봐. 엄마라는 사람이 끔찍한 실수를 저질렀으니까.

엘리스는 애써 우울한 생각을 밀어냈다. 아이들은 지금 게임에 정신이 팔려있을 뿐이야.

커피 한 잔을 따라든 엘리스는 시어머니를 마주 보며 나직이 말했다. "저 혼자서도 집을 청소할 수 있어요."

메리 캐럴은 갑자기 상처받은 척했다. "난 그냥 널 돕고 싶었을 뿐이야. 이런 상황에서는 네가 살림을 맡아 하기 힘들 테니까." 그런 다음 마치 증거를 들이밀 듯이 덧붙였다. "쌍둥이가 배고프다고 해서 햄과 치즈를 넣은 그릴드 샌드위치를 만드는 중이다. 너도 먹을래?"

엘리스는 프라이팬을 들여다보았다. "햄이요? 우리 집에서는 다들 채식한다는 걸 아시잖아요?"

"조나는 아니다."

"제가 요리할 때는 조나도 채식해요. 리버랑 재스퍼도요."

"하지만 지금은 내가 요리를 하잖니, 안 그래?"

가까스로 잡고 있던 가느다란 예의범절의 끈이 툭 끊어졌다. 엘리스는 프라이팬에 굽고 있던 샌드위치를 집어 들고 쓰레기통에 넣어버렸다. 손을 데었지만 통증은 거의 느껴지지 않았다. 그런 다음 냉장고를 열고 수제 햄을 찾아냈다.

"그거 비싼 햄이다." 메리 캐럴이 말했다.

"상관없어요." 엘리스는 그렇게 말하고 나서 햄을 통째로 쓰레기통에 버렸다.

"애들아, 너희들에게 주려고 만든 샌드위치가 사라졌구나." 메리 캐럴이 울상을 지으며 말했다.

쌍둥이는 엄마의 거친 행동을 보고 단단히 겁을 집어먹은 듯했다.

"대신 엄마가 치즈를 넣은 그릴드 샌드위치를 만들어줄게. 알았지?"

"알았어요." 재스퍼가 대답했다.

리버는 아무 말도 하지 않고 이전에는 한 번도 본 적 없는 눈빛, 엘리스를 울고 싶게 하는 화난 눈빛으로 그녀를 바라보았다.

리버는 이전과는 달라진 모든 것에 화가 나 있었다. 집안 사람들 모두가 신경이 곤두서 있는 상태였다. 특히 메리 캐럴이 이 집에 온 이후로는 더욱 분위기가 예민해졌다. 거의 매일이다시피 이웃 사람들이 음식을 만들어 오거나 그들 가족과 함께 슬픔을 나누었다. 리버는 그런 게 몹시 싫은 눈치였다. 비올라를 숲의 주차장에 두고 오는 바람에 완벽한 일상을 망쳐버린 엄마가 야속한 게 틀림없었다.

엘리스는 자신을 뚫어지게 바라보는 세 사람의 시선을 느끼며 몸을 돌렸다. 잠을 이루지 못해 어지럽고 토할 것 같았지만 샌드위치를 만들어주기로 했으니 약속을 지켜야 했다.

"조나는 어디 있어요?" 엘리스가 물었다.

"급한 일이 있어서 로펌에 갔다." 메리 캐럴이 말했다.

토요일인데? 모르긴 해도 아이린과 함께 있을 것이다. 아이린의 위로를 받으면서. 숲에 어린 딸을 두고 온 후 갈수록 미쳐가는 아내에게 위로를 기대할 수는 없으니까.

메리 캐럴은 블랙커피 한 잔을 들고 식탁 앞에 앉았다. 노부인은 식욕을 줄이려고 온종일 커피를 마셨다. 외모를 관리하는 일이 노부인의 삶에서 가장 중요한 과업이었다. 엘리스는 시어머니의 눈에 자신이 얼마나 한심하게 보일지 잘 알고 있었지만 어쩔 수 없었다. 요즘에는 거울조차 보지 않았다.

엘리스는 얇게 자른 사과를 곁들인 샌드위치를 접시에 담아 아이들 앞에 내려놓고 나서 맞은편 의자에 앉았다. "이제 게임 그만하고 어서 먹어." 아이들은 엄마의 말에도 아랑곳하지 않고 게임을 계속했다. 엘리스가 다시 말했다. "얼른."

리버가 다시 불만스러운 눈길로 그녀를 쏘아봤다. 엘리스는 자신이 없을 때 메리 캐럴이 쌍둥이에게 어떤 음식을 먹였는지 궁금했다. 요즘은 아이들 곁에 없을 때가 많았다. 갈수록 불안정해지는 자신의 심리를 아이들로부터 가급적 멀리 떨어뜨리고 싶었다.

엘리스는 정신이 온전하지 못한 부모를 대하는 아이들의 심정이 어떨지 잘 알고 있었다.

"내일은 쌍둥이랑 교회에 가서 비올라를 위해 기도할 거다." 메리 캐럴이 말했다. "너도 함께 가길 원한다면 환영이다. 그 대신 일찍 일어나야 하겠지. 예배는 아침 8시에 시작하니까."

메리 캐럴은 상대가 약해진 틈을 이용해 공격해야 한다는 걸 잘 알고 있었다.

"저는 가지 않을래요."

엘리스는 커피를 내려놓고, 아들의 '발목을 잡으려고' 일부러 임신했다고 비난했던 시어머니의 푸른 눈을 바라보았다. 시부모는 식물생물학을 전공한 여대생이 아들과 결혼하는 걸 격렬하게 반대했다. 더구나 아버지가 누군지도 모르고, 마약중독자 엄마랑 트레일러에서 살아온 여대생이었다. 모르긴 해도 시어머니는 종종 그녀를 '트레일러 쓰레기*'라고 부를 것이다. 심지어 메리 캐럴은 퀴어 퍼레이드에 참가한 전력이 있는 여자와 결혼할 경우 보수파 의원인 조나의 아버지가 난처해질 수도 있다고 경고했다.

엘리스는 망치 부인의 도전적인 눈빛을 마주 보았다. 조나가 약혼했다고 말한 날부터 엘리스를 상대로 전투를 벌였던 노부인은 이제 전쟁에서 이길 수 있다면 무슨 일이든 하려고 들 것이다. 망치 부인은 온몸을 단단히 무장하고 엘리스를 노려보았다.

엘리스는 떨리는 두 팔로 식탁을 밀치며 자리에서 일어났다. "저랑

*집 없이 트레일러에서 사는 백인 하층민을 부르는 용어

서재에서 얘기 좀 하실래요?"

"조나의 서재 말이냐? 조나는 허락 없이 서재에 들어가는 걸 싫어한다." 메리 캐럴이 말했다.

"젠장! 여긴 내 집이고, 거긴 내 서재예요."

메리 캐럴이 눈썹을 치켜세웠다. 엘리스가 욕을 사용해 못마땅하다는 듯이. 아니면 결혼 선물로 이 집의 계약금을 내준 사람이 시부모라는 사실을 일깨우듯이.

쌍둥이는 샌드위치를 먹다 말고 엄마와 할머니의 대립을 불안한 눈빛으로 살폈다.

"그냥 아이들이 보는 앞에서 이야기할까요?"

메리 캐럴은 몸을 부들부들 떨며 말하는 엘리스를 물끄러미 지켜보았다. 엘리스가 보기에 시어머니는 이 상황을 즐기는 눈치였다. "알았다. 정 원한다면야." 메리 캐럴이 자리에서 일어서며 말했다. "걱정 마, 얘들아. 아무 문제 없으니까."

엘리스는 서재 문을 닫고 돌아보며 말했다. "자꾸 이러시면 곤란해요."

"내가 뭘?"

"이 집에서 저의 흔적을 하나씩 지워나가고 있잖아요."

메리 캐럴은 몹시 재미있어하는 표정을 지었다. "넌 약을 너무 많이 먹은 것 같구나, 엘리스."

"왜 아이들에게 게임기를 사주었어요? 우리 부부는 게임기를 사주지 않겠다고 규칙을 정해두었는데 어머님이 어겼어요. 제가 싫어한다는 걸 뻔히 알면서 왜 아이들에게 고기를 먹였죠? 한 가지 더. 아이들이 이미 다니는 교회가 있는데 왜 어머님이 다니는 교회에 데려가려고 하시죠?"

메리 캐럴은 자못 미심쩍어하는 표정을 지었다. "네가 다니는 교회가 뭐라고 했지? 유니테리언 유니버스……?"

"유니테리언 유니버설리즘."

"쌍둥이가 주일학교에서 뭘 배웠는지 다 말해주더구나. 불교, 유대교, 이슬람교에 대해 배운다고. 심지어 재스퍼의 방에는 코끼리 신의 그림까지 있더구나. 거긴 '교회'가 아니라 사이비 종교단체야."

"아이들 앞에서 제발 그렇게 말하지 마세요. 조나와 제가 합의해서 결정한 일이에요. 우린 아이들이 자신만의 방법으로 영성을 찾길 바라요."

"조나는 끌어들이지 마라. 너도 잘 알다시피 전적으로 그건 네 생각이었잖아. 조나가 크리스천과 결혼했다면 쌍둥이는 당연히 예수 그리스도만이 유일한 구세주라고 배웠을 거다."

맞는 말이었다. 조나는 확고한 신념을 가진 부모 밑에서 자라서인지 서로 의견이 일치하지 않을 경우 상대에게 맞춰주려고 애쓰는 편이었다. 만약 조나가 아이들을 반드시 교회 혹은 시너고그, 모스크, 절에 다녀야 한다고 강력하게 믿는 여자와 결혼했다면 부인의 뜻에 따랐을 것이다. 조나는 종교에 대해 양가적인 입장이었고, 상대의 의견을 따르는 데 익숙했다.

“네가 무슨 짓을 했는지 모르겠니?” 메리 캐럴이 말했다.

엘리스는 자신이 무슨 짓을 했는지 잘 알고 있었다. 하루에도 수백 번씩 그 일이 떠올랐다. 숲속에 홀로 남겨두고 온 아기.

“네가 지옥에 떨어지는 걸 막아줄 유일한 신을 믿지 않았기 때문에 이런 일이 벌어진 거야. 넌 심지어 조나에게 신앙을 버리도록 강요했다며? 신이 너희들을 벌준 거야.” 메리 캐럴의 눈에서 눈물이 글썽거렸다. “나랑 내 남편도 벌 받고 있는 거야. 우린 조나가 너랑 결혼하는 걸 끝까지 말렸어야 해. 잘못된 결정을 내린 벌로 우린 다시는 비올라를 볼 수 없게 되었지. 그 아이가 살아서 혹은 죽어서 겪는 고통이 영원히 우리를 괴롭게 할 거야. 우리 가족 모두는 죽을 때까지 고통을 받겠지.”

엘리스는 숨을 쉴 수 없었다.

메리 캐럴의 푸른 눈이 고통과 분노로 활활 타올랐다. 시어머니가 공개적으로 거친 감정을 드러낸 건 처음이었다. 메리 캐럴은 계속 눈물을 흘리면서 재빨리 몸을 돌려 쌍둥이에게로 돌아갔다.

엘리스가 주방으로 갔더니 리버와 재스퍼가 사악한 마녀를 대하듯 그녀를 바라보았다. 사악한 마녀가 아니고서야 기세등등하던 할머니를 울보로 만들 리 없으니까.

“괜찮아요, 엄마. 난 할머니랑 교회 가는 거 아무렇지도 않아요.” 재스퍼가 중재자를 자처하며 말했다. “할머니는 비올라가 돌아오게 해달라고 기도해야 한다고 했어요.”

"기도한다고 비올라가 돌아오지는 않아." 리버가 코웃음을 쳤다.

"리버! 믿음을 가져야 해!" 메리 캐럴이 말했다.

"왜요? 난 비올라가 돌아오는 걸 바라지 않아요. 비올라가 싫다고요."

"비올라는 네 동생이야! 어떻게 그런 말을 할 수 있니?" 엘리스가 소리쳤다. 그때 은색 점이 시야를 가득 채웠다. 엘리스는 쓰러지는 속도를 늦추려고 의자를 향해 손을 뻗었지만 머리를 식탁 옆에 부딪치면서 어둠 속으로 추락했다.

3

조나가 약을 들고 침실로 성큼성큼 들어서더니 침대 가장자리에 앉아 알약 하나와 물이 든 컵을 내밀었다.

"약은 안 먹겠다고 했잖아." 엘리스가 말했다.

"정신과 의사가 말하길 잠을 충분히 자고 식사를 제때에 해야 한대. 스트레스도 줄이고."

엘리스는 그의 눈을 바라보았다. "약으로는 지금 내가 겪는 고통을 해결할 수 없어. 당신도 잘 알잖아."

조나의 차가운 눈빛을 대하는 순간 엘리스는 울고 싶었지만 이해하려고 애썼다. 조나도 그녀만큼이나 딸을 잃어 슬퍼하고 있었다.

숲에 아기를 두고 온 사람은 바로 나야. 그러니까 참아.

언론도 그 사실을 잊지 않았다.

'바우해머 의원의 손녀 실종! 며느리가 숲에 아기를 두고오다.'

엘리스는 매일 로펌에 출근하는 조나의 기분이 어떨지 상상이 되었다. 다른 사람도 아닌 엄마가 딸을 잃어버렸는데 동료들이 무슨 말로 위로할 수 있을까? 위로의 말을 건네기 어색해 조나를 피하려고 할 게 뻔했다.

조나는 다시 알약을 내밀었다. "진정제를 먹어야 해. 쌍둥이를 태우고 운전하다가 기절하면 어쩌려고?" 조나는 턱짓으로 엘리스의 이마 옆쪽에 붙은 반창고를 가리켰다. "다행히 세게 부딪치진 않았나봐."

"내가 쓰러지는 속도를 늦췄어. 잠시 몇 초만 의식을 잃었을 뿐이야."

"엄마 말로는 그보다 좀 더 길었다고 하던데."

"어머님은 911을 부른 걸 정당화하려고 그러는 거야. 911을 부르지 말았어야 해."

"911을 부른 엄마가 잘못이라는 거야?" 믿을 수 없다는 듯 조나의 말끝이 위로 올라갔다.

"어머님은 내가 집안 살림과 아이들 관리를 제대로 못 한다는 걸 여러 사람들에게 알리고 싶어 해. 어머님을 내보내야겠어."

"쌍둥이가 자초지종을 전부 말해줬어. 당신이 리버에게 소리를 질렀다면서. 엄마를 울리고. 엄마가 애써 만든 샌드위치를 쓰레기통에 버리고. 자, 그럼 누가 악당이지? 당신이야, 엄마야?"

"맙소사! 지금 날 '악당'이라고 했어?"

조나는 조금 전까지 아이린의 침대에서 뒹굴다가 나온 게 분명했다. 엘리스는 가끔 조나의 몸에서 아이린의 냄새를 맡았다. 역겨울 정도로 달콤한 그 여자의 냄새가 구름처럼 조나의 몸에 걸려 있었다.

엘리스가 눈물을 글썽이자 조나의 표정이 이내 부드러워졌다. "미안, 내가 말이 너무 심했어."

"그럼 악당이 아니라 뭔데?"

"내 말은 그 상황에서 엄마가 911을 부른 건 당연했다는 거야. 당신은 이성적이지 않은 행동을 하다가 기절했고, 머리에서는 피가 철철 흐르고 있었으니까. 쌍둥이는 잔뜩 겁에 질려 있었고."

"어머님이 911을 부르는 바람에 아이들이 더욱 겁에 질렸어."

조나의 푸른 눈이 다시 차가워졌다.

"어머님이 상황을 더 악화시키고 있어. 내일은 쌍둥이를 데리고 교회에 가려나봐. 당신도 알고 있었어?"

"교회가 어때서? 지금은 아이들에게 교회의 위로가 필요할지도 몰라."

"아이들이 지금껏 다닌 교회가 있어. 아이들에게 뭐가 필요한지는 내가 정해. 내가 엄마야. 기억나? 내가 아이들 엄마라고."

조나의 얼굴에서 냉랭한 기색이 사라지지 않았고, 그 서늘한 표정을 본 엘리스의 마음도 똑같이 얼어붙었다. 그 표정이 뭘 뜻하는지 알고 있었기 때문이다. 아내는 믿을 수 없다는 뜻이었다. 조나는 쌍둥이가 차라리 시어머니와 함께 지내는 걸 바람직하다고 판단했다는 뜻이었다.

"제발 부탁이야, 조나. 어머님을 집으로 돌려보내."

"내가 로펌에 가 있는 동안 엄마의 도움이 필요해. 당신 혼자 아이들을 돌볼 수 있게 되면 엄마는 내가 말려도 집으로 돌아갈 거야."

"아이들은 나 혼자서도 충분히 돌볼 수 있어."

"내가 보기에는 아직 힘들어 보여, 엘."

"겨우 2주밖에 안 됐어. 비올라를 찾기 힘들 것 같다는 말을 담당 형사에게 들은 게 불과 며칠 전이야. 내가 위기를 헤쳐나갈 수 있도록 시간을 줘."

"그러니까 약을 충실히 먹어야지. 그래야 빨리 회복될 수 있을 거야."

2주 전, 조나가 아이린과 차에서 키스하는 장면을 우연히 목격했을 당시만 해도 큰 충격을 받았다. 하지만 비올라를 잃은 슬픔 앞에서 그 사건은 이제 잘 떠오르지도 않을 만큼 미미해졌다. 엘리스는 참기 힘든 슬픔에 직면했고, 지푸라기라도 붙잡으려고 발버둥을 쳤다. 2주 전, 그녀를 고통의 심연으로 밀어 넣은 장본인이 남편일지라도.

"먹어." 조나가 입술 사이로 약을 밀어 넣었다.

그게 전부였다.

조나는 왜 나를 안아주지 않을까? 나는 이렇게 절망으로 무너져 내리고 있는데 왜 진정한 위안을 주려고 하지 않을까?

입에서 약의 쓴맛과 눈물의 짠맛이 동시에 느껴졌다.

약이 고통을 무디게 해준다면 기꺼이 먹기로 했다. 엘리스는 물과 함께 약을 삼켰다.

"잘했어." 조나가 마치 어린아이에게 하듯이 엘리스의 뺨을 토닥였다. "약을 먹었으니 이제 잠을 좀 자둬. 저녁은 우리가 알아서 먹을게. 쌍둥이가 할머니랑 피자를 만들고 있어."

"고기는 안 돼. 어머님께 피자에 고기를 넣지 말아야 한다고 해."

조나는 한숨을 쉬고 나서 침실 문을 닫았다.

4

약은 고통을 사라지게 하기보다는 희미하게 만들었다. 적나라할 정도로 선명한 사진 같았던 날들이 인상파 화가의 그림처럼 흐릿해졌다. 약은 한 종류가 아니었다. 불면증이 다시 시작되는 바람에 다른 약도 처방받았다.

두 가지 약을 동시에 먹으니 효과가 있었다. 일주일이 조금 지나면서 아무런 거부감 없이 약을 먹게 되었다. 약을 복용하는 동안 운전이 금지되었다. 메리 캐럴과 조나가 집안일을 맡아 했다. 가끔 조나 바우해머 2세 상원의원이 찾아와 아이들 앞에서 편협한 의견을 거침없이 쏟아내며 가뜩이나 긴장된 집안 분위기를 살얼음판으로 만들었다. 엘리스는 아이들이 보든지 말든지 그런 시아버지에게 종종 화를 냈다.

그럴 때마다 조나는 엘리스에게 위층으로 올라가라고 등을 떠밀었다. 조나는 지난 몇 년 동안 부인과 부모 사이에서 완충지대 역할을 했고, 엘리스를 지지하지도 부모의 편협한 태도에 대해 반대 의사를 표명하지도 않았다. 얼마나 비겁한 인간인지.

조나는 가장 은밀한 신념을 공유할 사람이 있어 다행이라고 엘리스에게 종종 말했다. 하지만 바우해머 상원의원 부부는 아들이 부모의 견해에 반대한다는 걸 아직 몰랐다. 설사 알게 되었다면 엘리스가 착한 아들을 버려놓았다고 할 게 뻔했다.

몇 주가 지나는 동안 메리 캐럴은 일요일마다 쌍둥이를 교회에 데려갔고, 몰래 고기를 먹였다. 매주 한 번씩 청소 도우미가 왔다. 엘리스는 좀처럼 나아지지 않았다. 조나와 메리 캐럴은 엘리스 혼자 쌍둥이를 돌보지 못하게 했다. 리버와 재스퍼는 돌봐주는 사람이 바뀌었다는 사실을 깨달았고, 필요한 게 있을 경우 엄마 대신 할머니를 찾게 되었다. 엘리스의 고통과 분노는 감당하기 힘들 정도로 커졌다. 허리 통증 때문에 전에 먹었던 오피오이드*까지 더해져 먹어야 하는 약이 더 늘어났다. 실제로 허리가 많이 아프기는 했지만-침대에 너무 오래 누워 있었던 탓-약을 타려고 더욱 심하게 아픈 척했다.

결국 다섯 알의 약으로도 부족해 술을 마시기 시작했다. 오전에는 몰래 마셨지만 오후 5시가 되면 가족들 앞에서도 마티니와 올드 패션드를 거침없이 마셨다. 술을 마시면 기분이 좋았고, 쌍둥이와도 잘 지냈다. 아이들과 농담을 주고받았고, 가끔은 보드게임도 했다. 비록 너무 취해 게임을 제대로 할 수는 없었지만.

엘리스는 과거를 비우는 법을 배웠다. 미래에 대한 두려움에서 자신을 분리하는 법도 배웠다. 심지어 현재에서 사라질 수도 있었다. 엘리스는 유령이 되어 마룻바닥 광택용 왁스와 가구 광택제 냄새가 나는 감옥을 떠돌았다. 가끔 가구를 잡으려면 손이 그대로 통과하기도 했다.

조나는 이제 엘리스와 한 침실에서 자지 않았다. 엘리스는 그의 마음을 이해했다. 그녀도 조나처럼 지금의 자신과 자고 싶지 않았

*마약성 진통제

으니까. 조나를 향한 분노가 자기혐오만큼이나 강해졌다. 조나와 한 침대에서 잘 때면 킹사이즈 침대의 한쪽 끝에서 웅크리고 잠든 그가 침입자처럼 느껴졌다. 마치 낯선 남자 그것도 부인 몰래 테니스 강사와 바람이나 피우는 쓰레기 같은 남자.

엘리스가 주차장에 아기를 두고 온 지 여섯 달이 흘렀을 때 비올라 애비 바우해머 사건은 사실상 종결되었다. 사건 담당 형사는 이제 비올라를 찾아낼 확률이 거의 없다고 했다.

조나에게 그 소식을 들은 뒤 엘리스는 허리 진통제를 더 받아왔다. 오후 5시가 될 때까지 기다리지도 않고 얼음 위에 위스키를 부었다. 조나는 평소처럼 비난하는 눈으로 엘리스를 바라보았다.

"당신도 마실래? 술이 필요해 보이는데."

"내게 필요한 건 술이 아니야." 조나가 못마땅하다는 투로 말했다.

그는 주방으로 가서 엄마에게 로펌에 가봐야 한다고, 저녁은 먹고 오겠다고 했다.

조나에게 필요한 사람은 아이린이었다.

"어서 가봐라. 여긴 내가 알아서 하마." 메리 캐럴이 말했다.

엘리스는 줄어든 정육면체 얼음 위로 위스키를 좀 더 붓고, 진입로를 나가는 조나의 차를 바라보았다. 그날 저녁 일은 더는 기억나는 게 없었다. 리버와 재스퍼가 텔레비전을 두고 싸우는 소리가 들렸던 기억이 난다. 침실 창밖으로 레이븐이 어둠의 날개를 펄럭이며 잿빛 하늘을 가로질러 날아가는 모습을 바라보았다. 엘리스의 손에는 약병이 들려 있었다.

눈을 떴을 때는 응급실이었다. 약물 과다 복용이라고 했다.

그때까지 약을 처방해주었던 정신과 의사가 이젠 엘리스에게 그 약을 줄 수 없다고 했다. 엘리스는 약이 필요하다며 애걸복걸했지만 병원에서는 그 어떤 약도 처방해주지 않았다.

맙소사! 너무나 괴로웠다.

이틀 뒤 병원에서 퇴원해 집에 돌아온 첫날, 엘리스가 있는 거실로 조나가 왔다. 조나의 표정을 본 엘리스는 왜 시어머니가 쌍둥이를 데리고 나갔는지 알 수 있었다. 그나마 손에 술병을 들고 있어 다행이었다. 조나가 집에 있던 술과 약을 모두 버렸는데 그녀가 세탁실에 숨겨둔 이 술병만은 찾아내지 못했다.

조나는 가까이 다가오며 못마땅하다는 듯이 술병을 바라보았다. "단도직입적으로 말할게. 당신도 알 거야. 이렇게는 못 살아."

"동의해. 어머님을 내보내. 어머님이 우리 가족을 망가뜨리고 있어. 아버님도 마찬가지고. 두 분께 다시는 여기 오지 말라고 해."

조나의 당당했던 눈빛이 당혹감으로 어리둥절해졌다.

엘리스는 그의 당황한 모습에 웃음을 터뜨리고 싶었다. 하지만 웃어버리면 방금 전에 했던 농담을 망치게 된다. 조나는 정말 머저리다. 농담과 진담을 구분하지 못한다.

"난 우리 얘기를 하는 거야."

"알아. 두 분이 우리 사이에 자꾸만 끼어들잖아. 우리가 입장을 분명히 해야 할 때야."

"엘리스……."

"왜?"

"난 당신과 헤어지고 싶다는 뜻이야."

엘리스는 이제 터져 나오는 웃음을 참지 않았다. 웃고 또 웃었다. 조나의 눈에 지금 그녀의 모습이 얼마나 통제 불능으로 보일지 알고 있었지만 상관없었다.

"그만해."

"뭘 그만해?" 엘리스가 눈에 맺힌 눈물을 닦으며 말했다.

"뭐가 그리 웃겨?"

"왜 웃기는지 당신이 모르는 게 웃겨. 당신은 쥐뿔도 몰라."

"내가 뭘 모르는데?"

"비올라를 두고 온 날 난 당신과 점심을 먹으려고 쌍둥이와 함께 로펌으로 갔어. 예전에도 그랬듯이 공원으로 피크닉을 가자고 말해 당신을 깜짝 놀라게 해줄 생각이었지. 당신이 아이린의 차에 타서 키스하는 걸 봤어. 아이들이 그 모습을 못 보게 하려고 가까스로 주의를 돌린 다음 그 자리를 서둘러 빠져나왔지. 그때 내 심정이 어땠는지 알아? 내가 비명을 지르며 당신 딸을 자궁 밖으로 밀어내는 동안 당신은 다른 여자를 만나 바람을 피운 거야. 그 사실을 알게 된 내 심정이 어땠는지 알아?"

조나는 충격을 받은 듯 입을 딱 벌리고 말없이 서 있었다.

"내가 화나면 숲에 간다는 걸 알 거야. 앞으로 어떻게 해야 할지 생각하려고."

"엘, 난……."

"조용히 해. 아직 내 말 안 끝났어."

조나는 입을 꾹 다물었다.

"내가 아이들에게 숲에 가서 올챙이를 잡자고 했어. 그때 난 당신과 이혼하기로 결심했지. 내 인생에서 가장 힘든 결정이었어. 리버가 차에서 올챙이가 든 병을 엎질렀고, 두 아이가 소리를 질러댔고, 당신이 저지른 짓에 너무 화가 난 나는 아기를 차에 태우는 걸 깜빡했어. 당신은 그 사실을 까마득히 모르지?"

엘리스는 갑자기 기운이 넘쳐 벌떡 일어났다.

"당신은 개뿔도 몰라. 내가 비올라를 두고 온 사실을 깨달았을 때 어떤 심정이었는지 모를 거야. 누군가 비올라를 데려갔다는 걸 알았을 때 난 차라리 그 자리에서 죽고 싶었어. 당신은 내가 얼마나 큰 괴로움을 겪고 있는지 모를 거야."

조나는 양 손바닥을 관자놀이에 댔다. 방금 들은 말을 뇌에서 모두 짜내려는 듯이.

"내가 당신과 헤어지는 거야." 엘리스는 소리를 질렀다. "당신 변호사에게 그렇게 말해. 당신이 결혼 서약을 어겼기 때문에 내가 떠나는 거라고. 비올라를 잃은 것에 대해 당신도 절반은 책임이 있어. 당신도 나만큼이나 유죄야."

조나는 울기 시작했다. 엘리스는 조나가 우는 모습을 본 적이 없었다. 심지어 비올라가 사라진 날에도 조나는 울지 않았다.

얼굴이 새빨개진 조나는 콧물을 줄줄 흘리며 울었고, 엘리스는 자신이 그를 얼마나 사랑하는지 깨달았다. 아니면 그저 조나의 잘생긴 얼굴만 사랑했을까? 숱이 많은 진갈색 머리카락, 맑은 하늘색 눈동자, 매끄러운 돌을 깎아 만든 듯이 도드라진 광대뼈.

엘리스는 자신이 조나에게 끌린 이유가 외모만은 아니길 바랐다.

그렇다면 무엇이었을까? 조나의 어떤 면을 사랑했을까? 다정한 성격? 차분한 성격? 아니면 그저 조나가 먼저 사랑한다고 고백했기에 그를 사랑해야 한다고 생각했을까? 한때는 조나의 착한 성품을 사랑했는데 이제는 그가 그다지 착하지 않다는 걸 알고 있었다. 그 사실이 제일 마음 아팠다.

"엘…… 엘……." 마침내 조나가 입을 열었다. "어떻게 설명해야 할지 모르겠어. 당신에게 말할 수 없었어. 당신은 이해 못 해. 당신은 몰라. 내가 왜……."

"내가 두 눈으로 똑똑히 본 사실을 부인할 거야?"

"아니."

"아직도 만나?"

조나는 대답하지 않았지만 엘리스는 그의 얼굴에 적혀 있는 대답을 보았다. 죄책감이 실안개처럼 그의 얼굴에 드리워져 있었다. 조나는 아직 아이린을 만날 것이다. 그는 요즘 거의 집에 들어오지 않았고,

어릴 때처럼 모든 걸 엄마에게 맡겼다.

엘리스는 순간적으로 기운이 빠져 소파에 털썩 앉았다. "난 당신과 헤어질 거야. 재산의 절반을 줘. 쌍둥이만 빼고. 난 아이들 곁을 떠나기로 결심했어."

조나는 울음을 멈추고 눈을 크게 떴다. "나에게 양육권을 주겠다고?"

"나를 바라보는 쌍둥이의 눈에서 뭘 발견했는지 알아? 엄마를 바라보던 어린 시절의 내 눈을 발견했어. 내가 아이들을 망치고 있어. 이런 식이면 내가 아이들에게 전혀 도움이 안 돼."

"우린 아직 비올라를 잃은 슬픔에서 벗어나지 못했지만 언젠가는 회복할 거야. 당신이 나아지면 그때는 공동으로 양육하기로 해. 아이들에게는 당신이 필요해."

"내가 언제쯤 나아질 수 있을까? 한 달? 아니면 1년? 3년? 내가 회복되기까지 얼마나 많은 시간이 걸릴지 모르겠어. 그저 내가 우리 엄마처럼 되었다는 것만 알 수 있을 뿐이야. 그거야말로 가장 끔찍한 악몽이야. 아이들에게 해가 되지 않으려면 내가 떠나야 해. 우리 아이들에게 제발 당신의 본모습을 보여줘. 당신이 그렇게만 해준다면 우리 아이들은 훌륭한 사람으로 자랄 거야."

5

그들은 이혼 서류에 서명했다. 조나는 쌍둥이의 양육비를 부담하지 않아도 되게 해주었고, 재산의 절반을 주었다. 매달 엘리스의 계좌에 집값의 절반에 해당하는 돈을 분할해 입금하기로 했다. 대신 조나는 그 집에서 그대로 살길 원했다. 아이린과 함께.

엘리스는 시어머니가 아이린을 만나는 모습을 상상하면 웃음이 나왔다.

바우해머 부부는 아마 나에게도 그랬듯이 그 테니스 강사도 기준에 못 미치는 상대로 보겠지? 몸매가 강철처럼 단단한 테니스 강사와 망치 부인이 만나면 불꽃이 튀겠네.

엘리스는 앞으로 살 집을 구입하거나 빌리지 않고 차를 운전해 여행을 떠날 생각이었다. 조나는 밴을 팔고 새로 구입한 SUV를 타고 가라고 권했다. 집에 있던 캠핑 장비도 전부 엘리스에게 주었다. 대부분 결혼 전에 엘리스가 구입한 물건들이었다.

조나가 끈질기게 요구한 사항은 딱 하나였다. 엘리스와 연락이 닿는 것, 하지만 엘리스는 그럴 마음이 없었다. 탯줄을 자르듯 뉴욕에서의 삶을 잘라버리고 싶었다. 조나, 리버, 재스퍼 없이 살아남거나 아니면 살아남지 못하거나 둘 중 하나였다. 중간은 없었다.

엘리스는 은행 명세서를 받아볼 주소를 조나가 모르는 곳으로 정했다. 전적으로 믿을 수 있는 사람의 주소여야만 했다. 엘리스는 대학 동창인 대니에게 전화하는 걸 최대한 뒤로 미루었다. 대학 시절 단짝인 대니엘 윤을 마지막으로 본 건 비올라가 사라진 지 일주일이 흐른 뒤였다. 엘리스의 아이가 사라졌다는 소식을 들은 대니는 친구를 도우려고 즉시 비행기에 올랐다.

대니는 매우 명망 높은 식물 유전학자 밑에서 일하고 있었다. 대니가 플로리다 대학 박사 과정을 중단하고 뉴욕까지 온 게 얼마나 무리한 선택이었는지 엘리스는 잘 알고 있었다. 엘리스는 자신의 수치스러운 실수가 타인의 삶에 악영향을 미치게 된 사실이 싫었다. 대니의 포옹과 눈물, 쌍둥이의 육아를 돕겠다는 반복된 제안은 엘리스를 더욱 우울하게 만들 뿐이었다.

조나를 사귀기 훨씬 전에 만난 친구로 학창 시절의 추억을 공유하고 있었다. 식물학 실험실과 현장 학습, 늦은 밤 기숙사에서 나누었던 수다, 함께 공부하던 저녁, 캠핑, 싸구려 맥주, 그리고 웃음. 대니와 함께 있을 때면 늘 웃음이 떠나질 않았다. 엘리스가 아는 사람들 가운데 대니만큼 웃기는 사람은 없었다. 대니는 주부가 된 엘리스와 완전히 다른 삶을 살았고, 따라서 엘리스의 곁에서 비올라를 위해 울어줄 필요가 없었다. 대니가 옆에 있으면 예전 기억이 떠올라 상처가 더 벌어질 뿐이었다. 엘리스는 대니를 얼른 돌려보내려고 담담한 표정 아래로 슬픔을 감추어야만 했다. 대니는 이틀간 머물다가 돌아갔고 그녀가 떠나자 엘리스는 앓아누웠다. 대니 앞에서 씩씩한 척하느라 완전히 녹초가 되었기 때문이다.

대니에게 전화하는 건 쉬운 일이 아니었다. 엘리스는 한참 전부터 대니의 문자를 무시했고, 그 일 때문에 대니는 분명 상처를 받았으리라. 엘리스는 뉴욕을 떠나기 전 은행에 주소를 제출해야 했다. 짐을 다 꾸린 엘리스는 SUV 옆에 서서 대니에게 전화했다.

두 번째 신호음이 가고 나서 대니가 전화를 받았다. "엘리스! 잘 지내니?"

"잘 지내, 넌?"

"전화도 받지 않고, 문자에 답이 없어 걱정했어. 비올라와 관련해 새로운 단서는 없어?"

"없어. 식물학 연구는 잘 되어가?"

"아주 잘 되어가고 있어." 잠시 후 대니가 말했다. "무슨 일이야? 문제가 생겼지? 네 목소리를 들으면 알아."

"조나랑 헤어질 거야. 조나도 같은 마음이고."

"이혼한다고?"

"응."

"안 돼. 너희 부부는 아직 비올라를 잃은 슬픔에서 벗어나지 못했을 뿐이야. 전문가 상담은 받아봤어?"

그들 부부는 상담을 받아보라는 친구들의 충고를 따르지 않았다. 비올라를 숲에 두고 오기 전부터 조나가 아이린과 바람을 피우고 있었기에 상담은 소용이 없었다. 게다가 조나는 애인과 헤어질 생각이 없어 보였다. 더는 이혼 결정을 뒤로 미룰 이유가 남아 있지 않았다.

하지만 대니는 조나의 불륜 사실을 전혀 몰랐고, 엘리스는 굳이 얘기해주고 싶지 않았다. 더는 대니의 위로를 받아낼 자신이 없었다. 더욱 고통을 가중시키는 위로일 뿐이었다.

"상담을 받아보았지만 소용없었어." 엘리스는 거짓말을 둘러댔다.

"하지만 지금은 이혼 결정을 내리기에 적합한 때가 아니야. 비올라가 사라진 지 겨우 6개월……."

"이제 그 얘긴 그만하자. 내가 전화한 이유는 아주 중요한 부탁이 있어서야."

"뭐든지 말해!"

"당분간 내 우편물을 너희 집으로 보내도 될까?"

"왜 그래야 하는데?"

"자동차 여행을 떠나기로 했어. 머리를 식히려고."

"어디로? 얼마나?"

"모르겠어."

"쌍둥이는 두고 갈 거야?"

"그래야만 해. 지금 내 머릿속이 아주 엉망이야."

"양육권은 조나가 가져간 거야?"

"응."

"단독으로?"

"응. 나, 지금 출발해야 해. 은행에 너희 집 주소를 알려줘도 되겠어?"

"엘, 심하게 걱정돼. 네가 아이들을 두고 여행을 떠나는 걸 보면 생각 이상으로 상황이 심각하다는 뜻이잖아. 조나가 널 탓했어? 만약 그랬다면 내가 조나를 만나……."

"아냐, 그런 거 아냐."

또 다른 거짓말이었다. 당연히 조나는 그녀를 탓했다.

"넌 그냥 내 부탁이나 들어줘." 엘리스가 말했다. "내 우편물을 상자에 넣어 보관해주면 돼. 그리 많지는 않을 거야. 그냥 통장 거래명세서 몇 장이 전부일 테니까."

"네 우편물은 내가 잘 보관할게. 근데 언제 가지러 올 건데?"

"모르겠어. 지난번에 카드를 보낸 그 주소에 아직 살지?"

"응."

"고마워. 그만 끊을……."

"잠깐만!" 대니가 그녀의 말을 잘랐다. "이 번호로 계속 너에게 연락할 수 있어?"

눈물이 엘리스의 볼을 타고 흘러내렸다. 휴대폰을 없애는 건 조나와 쌍둥이에게 연결된 마지막 끈을 잘라버리는 선택이었다. 비올라와도. "아니, 당분간 휴대폰 없이 지낼 거야."

"엘리스, 무슨 일이야? 적어도 휴대폰은 있어야지. 네가 괜찮은지 알아야 해."

"휴대폰을 새로 구입하면 알려줄게. 잘 있어. 사랑해."

엘리스는 전화를 끊었다.

휴대폰은 이번 주까지만 사용할 수 있었다. 조나는 휴대폰이 있어야 한다고, 심지어 자신이 요금을 내주겠다고 했지만 엘리스는 버리기로 결정했다.

엘리스는 떨리는 손으로 새 약병을 열고 알약 하나를 꺼내 입에 넣었다. 새로 찾아낸 작은 병원의 의사가 처방전을 써주었다. 이혼과 아기를 잃은 스트레스를 견디려면 약이 필요했다. 약을 얻기 위해 피투성이 속내를 드러내야 한다면 기꺼이 그렇게 할 것이다.

엘리스는 은행에 들어가 우편물을 받아볼 새 주소를 썼다. 플로리다주 게인즈빌에 있는 대니의 집. 플로리다는 한 번도 가본 적 없었다.

은행에서 나올 때는 약효가 줄어들었지만 마지막 일정은 아무리 약을 많이 먹어도 마음의 준비가 되지 않을 터였다.

엘리스는 집으로 차를 몰았다. 눈을 감고도 찾아갈 수 있는 곳. 늘 터무니없을 정도로 커보이는 집이었다. 침실 네 개, 서재, 욕실 네 개, 변기와 세면대만 있는 욕실 하나, 차가 세 대나 들어갈 수 있는 차고를 갖춘 1,160평짜리 대저택. 저택 주위로 지나치게 물을 많이 주고, 비료를 뿌리고, 사시사철 보살피고 가꿔주어야 하는 잔디와 나무가 있었다. 조나는 그 집에서 살고 싶어 했다. 쌍둥이가 곧 태어날 테니까 큰 집에서 살아야 한다고 했고, 시어머니도 동의했다. 시부모가 결혼 선물로 계약금도 몰래 지불했기에 엘리스도 반대할 수 없었다.

엘리스는 진입로에 SUV를 세웠다. 메리 캐럴의 차가 없어 그나마 안심했다. 조나에게 쌍둥이와 작별 인사를 할 때 시어머니가 없었으면 좋겠다고 말해두었고, 이번만큼은 그 말을 따라주었다.

조나는 집 앞에서 기다리고 있었다. "아이들에게 당신이 떠날 거라고 말해두었어. 당신이 부탁한 대로." 조나는 아이들에게 그 말을 한 이유는 그녀의 부탁 때문이었다는 사실을 분명히 했다.

"고마워."

"제발 가지 마."

"가야 해. 당신도 보았다시피 난 아이들에게 해악이 될 뿐이야."

조나는 반박하지 않았다. "그냥 이 도시에 남아 재활센터에 들어가 지내는 건 어때?"

"아이들에게 재활센터에 갇혀 지내야 할 만큼 상태가 안 좋은 엄마를 보게 하라고?"

"엄마를 아예 볼 수 없는 것보다는 나아."

"과연 그럴까?" 엘리스는 토사물이나 그보다 더러운 배설물을 뭉개고 쓰러져 있던 엄마를 봤던 때가 떠올랐다.

"당연히 낫지. 그러다가 몸이 회복되면 근처에 집을 구해 원할 때마다 쌍둥이를 보러 올 수도 있어. 언제든지 아이들을 만날 수 있게 해주겠다고 약속할게."

"친절하기도 하지."

"엘, 제발 그러지 마. 아이들 곁을 떠나 살아갈 수 있겠어?"

"난 그럴 수 있고, 떠날 거야. 당신이 우리의 결혼 생활을 망치는 건 막지 못했지만 어떻게 끝낼지는 내가 정할게. 아이린과 메리 캐럴이 보는 앞에서 아이들을 만나게 해달라고 구걸하고 싶지 않아. 당신도 아이를 두고 벌어지는 모든 싸움의 결말이 어떤지 잘 알 거야. 아빠의 새 애인이 싸움에 끼어들면 아이들은 누구를 따라야 할지 혼란스러울 수밖에 없겠지. 부모가 저지른 실수 때문에 아이들을 지옥에 떨어뜨릴 수는 없어."

"설령 그런 환경이 된다고 해도 지옥은 아니야."

"아니, 지옥이야. 다만 불길이 천천히 타오를 뿐이야. 그런 지옥이 얼마나 견디기 힘든지 내가 살아봐서 알아."

"젠장, 엘리스! 당신의 어린 시절과 동일시하지 마. 쌍둥이의 어린 시절은 분명 다를 거야. 당신과 아이들의 인생이 각기 다르다는 걸 알 수 있도록 심리 상담을 받아야 해."

갑자기 눈이 뜨거워지면서 눈물이 핑 돌았다. 아이들 앞에서는, 아이들이 엄마를 마지막으로 보는 순간에는 결코 울지 않기로 결심했기에 엘리스는 눈물을 애써 참아야 했다.

조나가 다가왔다. 안아주려고 다가온 듯했지만 조나의 양팔은 옆구리에 그대로 붙어 있었다. 마치 이제는 어떻게 안아주어야 할지 모르겠다는 듯이. 혹은 안고 싶지 않다는 듯이.

"소리 질러서 미안해. 다만…… 제발 떠나지 마. 후회할 거야. 당신도 알잖아."

"그래, 내가 모를 리 없지. 난 숲에 아이를 두고 왔어. 쌍둥이를 두고 떠나는 게 얼마나 후회될지 너무나 잘 알아. 그 고통이 매 순간 나를 괴롭히겠지."

"당신 자신을 벌주기 위해 쌍둥이 곁을 떠날 필요는 없어. 비올라에게 벌어진 일은 단지 사고였으니까. 당신 자신을 용서해야 돼."

"당신은? 당신은 날 용서했어?"

시간이 1초씩 지날 때마다 조나의 침묵이 비수가 되어 그녀의 가슴에 꽂혔다.

"난 당신을 용서했어." 마침내 조나가 말했다. "나 자신도 용서해야 하고. 그날 벌어진 일에 대해 내 책임도 크다는 걸 알게 되었으니까."

"당신 잘못을 알게 된 후에야 날 용서할 수 있게 된 거야? 정말 고맙네. 당신과 결혼한 여자를 그렇게 무조건 지지해줘서 고마워."

엘리스는 앞에 서 있는 조나를 밀치고 현관문을 향해 성큼성큼 걸어갔다.

집 안으로 들어가자 쌍둥이가 꼬마 병정처럼 서 있었다. 창문을 통해 엄마 아빠가 싸우는 모습을 본 듯했다. 아이들의 불안한 표정과 상처받은 마음을 대하는 순간 엘리스는 더욱 결심을 굳혔다.

내가 지금 떠나면 아이들은 회복될 수 있어.

"안녕, 얘들아." 엘리스는 종종 그랬듯이 아이들의 머리를 쓰다듬으며 말했다.

"안녕, 엄마." 재스퍼가 말했다.

리버는 아무 말도 없이 입술이 시퍼렇게 될 정도로 입을 꾹 다물고 있었다. 울음이 터질까봐 두려워 인사를 하지 못하는 듯했다.

엘리스는 무릎을 꿇고 아이들과 눈높이를 맞췄다. "엄마는 이제 떠날 거야. 엄마가 언제까지나 너희들을 사랑한다는 걸 잊으면 안 돼. 알고 있지? 엄마가 어디에 있든 너희들이 어디에 있든 엄마는 너희들을 사랑해."

"어디에 있을 건데요?" 재스퍼가 물었다.

"경치가 예쁜 곳에서 건강을 회복할 거야. 엄마가 보는 건 모두 너희들을 위한 거야. 작은 꽃도 나무도 새도. 그 모든 걸 너희들과 함께 나눌 거야."

"아냐." 리버가 악에 받쳐 말했다. "우린 거기 없잖아요."

"서로 사랑하는 사람들은 다른 방식으로 함께 있을 수 있어. 각자의 가슴속에서."

"가슴속에는 흉측하게 생긴 심장밖에 없어요. 추수감사절에 칠면조를 구울 때 할머니가 칠면조 심장을 보여준 적 있단 말이에요."

엘리스는 한 손으로 리버의 뺨을 감쌌다. "칠면조 심장을 봐야 했다니 정말 힘들었겠구나. 잘 기억해둬, 리버. 넌 하고 싶지 않은 일을 억지로 할 필요가 없어. 고기를 먹고 싶지 않으면 그렇다고 말할 수 있어야 해."

"난 고기를 먹고 싶지 않아요." 재스퍼가 말했다. "칠면조는 정말 먹기 싫어요. 불쌍해요."

엘리스는 두 팔로 재스퍼를 꼭 끌어안았다. 아이의 달착지근한 냄새를 맡자니 더욱 떨어지기 싫어 정신이 아찔할 정도였다. 지금껏 이렇게 마음 아팠던 적은 없었다.

이러다가 몸속의 흉측한 심장 덩어리가 멈추는 건 아닐까?

"엄마는 세상에서 너희들을 제일 사랑해." 엘리스가 재스퍼의 귀에 속삭였다.

"나도 엄마를 사랑해요." 재스퍼가 말했다.

눈물이 아이의 뺨을 타고 흘러내렸다. 리버도 눈물을 글썽였지만 화난 표정이었다.

엘리스는 리버를 껴안으려고 팔을 뻗었다. 하지만 리버는 뒤로 주춤 물러섰다.

"리버, 엄마랑 포옹하자." 엘리스가 말했다.

"싫어요! 이거 다 거지 같아요. 엄마 미워! 엄마 미워!" 리버가 외쳤다.

리버는 자리를 박차고 달려갔고, 작은 다리로 계단을 부리나케 올라갔다.

리버는 자기가 먼저 떠나고 싶은 것이다. 가능한 한 자신이 이 상황을 통제하고 싶은 것이다. 엘리스는 이해했다.

그럼, 이해하고말고.

엘리스는 손바닥에 키스한 뒤 재스퍼의 젖은 뺨에 손바닥을 대며 말했다. "엄마는 언제까지나 너희들을 사랑할 거야."

그런 다음 엘리스는 현관문을 열고 밖으로 나갔다.

6

엘리스는 버터 스카치 캔디 한 봉지를 새뮤얼 패트릭 애비의 무덤에 올려놓았다. 그의 아내의 무덤에는 아무것도 올려놓지 않았다. 뭘 놓아주어야 할지 알 수 없었기 때문이다. 아버지에 대해 전혀 모르듯 외할머니에 대해서도 마찬가지였다. 열세 살에 처음 외할아버지 샘과 함께 살게 되었는데 외할머니는 이미 한참 전에 고인이 된 상태였다. 할아버지는 할머니에 대해 말한 적이 없었다. 할머니가 고인이 된 이후 할아버지 홀로 10년 동안 살았던 작은 아파트에는 결혼식 날 찍은 할머니의 사진 한 장이 있을 뿐 마거릿 앤 애비의 흔적은 전혀 남아 있지 않았다.

10년이 지나면 쌍둥이들을 떠올리지 않게 될까? 할머니가 할아버지의 삶에서 사라졌듯이 아이들도 내 삶에서 사라지게 될까?

이미 고인이 된 할머니와 아직 살아있는 아이들은 경우가 다를 것이다.

아마도 나는 끝내 아이들에 대한 생각을 놓아버리기 어려울 거야.

비올라는 아직 살아 있을까?

엘리스가 아는 한 비올라는 이미 세상에 없었다. 그럼에도 엘리스는 딸이 어딘가에 살아 있다고 믿어야만 했다. 절망과 어둠이 집어삼키지 못하도록.

경찰은 어떤 여자가 비올라를 데려갔다고 추정했다. 순진한 생각일지 몰라도 엘리스는 아기를 원해 훔쳐 간 여자라면 비올라를 죽이지는 않았을 거라고 믿었다.

경찰이 찾아낸 유일한 단서는 그 여자뿐이었다. 등산객 커플이 어떤 여자가 등산로에서 벗어나 걸어가는 걸 보았다. 그들의 시선을 느낀 여자는 재빨리 나무가 우거진 골짜기로 사라졌다고 했다. 여자의 나이는 중년이고, 금발을 포니테일로 묶고 있었다. 등산객 커플은 주차장에 도착했을 때 푸른색 세단이 세워져 있었다고 했다. 엘리스가 주차장에 놓아둔 비올라를 찾으려고 돌아왔을 때만 해도 그 세단을 보지 못했다. 비올라를 두고 주차장을 떠날 때 엘리스는 쌍둥이에게 정신이 팔려있었기에 세단이 있었는지도 미처 보지 못했다.

엘리스는 봉지에서 버터 맛 나는 사탕 하나를 꺼내 빨아 먹으며 엄마가 숨을 거두고 나서 할아버지가 경찰서로 그녀를 데리러 왔던 날이 떠올랐다. 할아버지는 반항적인 딸과 오래전에 의절했기에 엘리스는 할아버지의 존재를 전혀 알지 못했다. 할아버지는 나이가 칠십 대였지만 키가 크고 건장한 체격에 등이 꼿꼿했다. 젊었을 때 공사장에서 인부로 일했고, 말수가 적어 무섭게 느껴졌다. 할아버지는 경찰서를 나서며 주머니에 들어있던 버터 스카치 캔디를 꺼내 엘리스에게 주었고, 그것이 두 사람 사이의 첫 소통이었다.

엘리스와 함께 살았던 5년 동안 할아버지는 계속 사탕을 주었고, 그건 둘 사이의 말 없는 소통 방식이었다. 처음에 할아버지는 엘리스를 경계했고, 종종 곰곰이 뜯어보았다. 아마도 엘리스가 엄마를 닮았을까봐 두려웠을 것이다. 엘리스가 주로 혼자 지내고, 공부도 잘하고, 청소를 돕는 모습을 보면서 할아버지는 점차 마음을 열고 따뜻하게 대해주었다. 언제부턴가 할아버지는 종종 엘리스에게 축구나 야구 경기를 함께 보자고 했고, 그제야 엘리스는 할아버지가 자신을 가족으로 받아들였다는 걸 느낄 수 있었다. 할아버지는 평생 오하이오주 영스타운에서 살았지만 피츠버그 출신인 아버지를 따라 피츠버그 스틸러스와 피츠버그 파이리츠*를 응원했다. 오하이오 주립대 미식축구팀도 할아버지가 주로 응원하는 팀이었다.

할아버지와 함께 인부로 일했던 믹과 해리 할아버지도 종종 집에 놀러와 스포츠 중계를 함께 보았다. 두 사람은 할아버지가 엘리스에게 경기 규칙을 설명해주지 않은 걸 알아채고 친절하게 알려주었다. 엘리스는 노인들과 함께 소파에 앉아 스포츠 중계를 보는 게 좋았다. 믹은 농담을 즐겼고, 해리는 삶에 관한 시적인 통찰을 선보였고, 할아버지는 경기를 보고 나서 짧은 관전평을 했는데 그게 종종 의도치 않게 웃겼다.

엘리스는 엄마와 취미를 공유하며 함께 어울린 적이 없었다. 엄마는 늘 술이나 약에 취해 있었다. 죽음을 앞두었던 몇 년 전부터는 더욱 심했다. 엄마는 침묵하거나 아무것도 아닌 일로 불평을 늘어놓았다. 가끔 엄마는 자신이 굉장히 지혜롭다고 믿는 듯 이상한 격언을 늘어놓기

*피츠버그의 미식축구와 야구팀

도 했지만 사실은 개똥철학에 불과했다. 엘리스는 엄마와 접점 없는 평행 세계에서 살았다.

엘리스가 장학금을 받고 코넬 대학으로 떠나기 전날, 할아버지는 믹과 해리 할아버지를 초청해 조촐한 파티를 열어주었다. 당시 세 노인은 팔십 대였다. 폐암 진단을 받은 해리는 곧 아들이 사는 도시로 떠나기로 되어 있었다. 할아버지가 준비한 작별 케이크에는 피츠버그 스틸러스와 피츠버그 파이리츠의 로고가 그려져 있었고, 믹과 해리 할아버지는 대학에 가서 쓰라며 얼마간의 용돈을 주었다. 할아버지도 제법 많은 용돈을 주는 한편 코넬 대학까지 운전해갈 쉐보레 세단를 구해와 엘리스를 놀라게 했다.

엘리스는 눈물을 흘리며 세 노인을 껴안았다. 믹은 못돼먹은 새뮤얼 애비에게 어쩜 이리 착한 손녀가 있었는지 정말 놀라운 일이라고 했다. 전에도 이미 귀에 못이 박히도록 들은 말이었다. 이튿날 엘리스가 떠나기에 앞서 작별 인사를 하자 할아버지가 느릿느릿한 어투로 말했다. "너에게 할 말이 있다." 그러더니 잠시 뜸을 들였다. "너를 처음 데려왔을 때 난 네가 어떤 아이인지 몰랐어. 하지만 이내 알게 되었다. 네가 좋은 아이라는 걸. 네가 정말 자랑스럽구나. 자랑스럽다마다. 네가 많이 보고 싶을 거야."

그때까지 할아버지가 한 말 중에서 가장 길었다. 할아버지는 처음으로 엘리스에게 사랑한다는 말을 한 셈이었다. 엘리스 역시 한 번도 할아버지에게 사랑한다고 말한 적 없었다. 다만 자신이 할아버지를 얼마나 사랑하는지 알 수 있었다. 믹과 해리 할아버지도.

그때 세 명의 할아버지에게 사랑한다는 말을 했더라면 얼마나 좋았을까?

지금은 세 사람 모두 고인이 되었다.

엘리스는 혀에 남아 있던 얇은 버터 스카치 조각을 삼키고 나서 무덤을 향해 속삭였다. "사랑해요, 할아버지. 자랑스러운 손녀가 되지 못해 죄송해요."

엘리스가 다시 차로 걸어갈 때 하늘에서 눈송이가 나풀나풀 흩날렸다. 술을 마시고 싶었지만 캠핑장으로 돌아가기 전까지는 참기로 했다. 굳이 음주 운전을 해 아무런 죄도 없는 사람을 죽일지도 모르는 위험을 감수할 필요는 없으니까. 아기, 엄마, 할아버지. 이미 민폐는 충분히 끼쳤다.

7

"여보세요? 안에 아무도 없어요?" 텐트 밖에서 낯선 남자가 외치는 소리가 들려왔다.

누군지는 모르지만 남자는 이미 엘리스의 사이트*에 들어와 있었다.

"안에 누구 있어요?" 남자가 다시 소리쳤다.

지난 사흘 동안 엘리스는 술을 너무 많이 마셔 인사불성 상태였다.

사흘이 아니라 나흘인가?

"안에 있으면 대답 좀 해봐요."

"네, 여기 있어요." 엘리스는 손을 더듬어 할아버지에게 물려받은 사냥용 칼을 집어 들었다. 할아버지가 증조할아버지에게서 물려받은 칼이었다. 엘리스는 항상 칼집에 든 칼을 침낭 속에 넣어두고 잤다.

"저는 국립공원 레인저입니다. 지난 사흘간 캠핑장 사용료를 내지 않았어요."

그렇다면 캠핑장에 나흘 동안 있었다는 뜻이었다. 첫날 비용은 도착하자마자 냈으니까.

엘리스는 만약을 대비해 칼을 들고 텐트 입구의 지퍼를 내렸다. 서로 얼굴을 확인할 수 있을 정도로만. 갈색 눈동자에 키가 큰 20대 남자가 정식 레인저 유니폼을 입고 있었다.

*캠핑장 안에서 각자 캠프를 치고 물건을 내놓을 수 있는 자리

"미안해요. 밀린 비용을 낼게요. 떼어먹을 생각은 아니었어요."

남자는 고개를 끄덕였다. "동사했을까봐 걱정했는데 무사해서 다행입니다. 겨울철에 이 캠핑장에서 야영하는 사람은 없거든요."

엘리스는 겨울 캠핑을 좋아했다. 애디론댁산맥으로 드라이브를 다니면서 캠핑 경험을 쌓았고, 조나와 사귈 때는 함께 가기도 했다. 추운 겨울에 연인과 함께 즐기는 캠핑은 단연 최고였다. 바깥에서 눈이 내리는 동안 따뜻한 담요 안에서 연인의 품으로 파고들 때의 기분은 경험해본 사람만이 알 수 있었다. 텐트 내부는 마치 두 사람 사이에서 태어난 작은 세상 같았다. 겨울 텐트에서의 섹스는 원시적이어서 색다른 즐거움을 느낄 수 있었다.

엘리스는 코트를 걸치고 부츠를 신은 다음 차가운 아침 공기 속으로 나갔다. 며칠 동안 감지 않아 헝클어진 머리를 가리려면 후드를 써야 했다.

남자가 엘리스의 얼굴을 뜯어보았다.

"당장 사용료를 내야 하나요?"

"요금함에 넣어두면 나중에 확인할 겁니다."

"이제 곧 떠날 테니까 그때 요금함에 넣어둘게요."

"그러면 되겠네요."

남자는 트럭을 향해 걸어가다가 몸을 돌리고 말했다. "커피 한잔 마실래요? 트럭 안에 보온병이 있거든요."

"아뇨, 괜찮아요."

"컵은 깨끗하다고 장담할 수 있으니까 한잔 마셔요." 엘리스가 다시 거절하기 전에 남자는 씩씩한 걸음으로 트럭을 향해 걸어갔다.

남자는 엘리스의 정신 상태를 확인하고 싶어 하는 듯했다. 아마도 상부에서 지침이 내려왔을 것이다.

'겨울에 혼자 캠핑하러 온 건 좋지 않은 징조다. 경찰에 쫓기거나 자살하러 온 사람일 수도 있으니까 잘 감시하길 바란다.'

"설탕 넣을까요?" 남자가 소리쳤다.

엘리스는 남자의 호의를 받아들이기로 했다. 커피가 마시고 싶기도 했다. 굳이 남자에게서 착한 일을 할 기회를 빼앗고 싶지 않았다.

엘리스는 '네.'라고 대답하고 나서 남자에게로 걸어갔다.

"저기서 마시는 게 좋겠어요." 남자가 엘리스의 사이트에 있는 피크닉 테이블을 고갯짓으로 가리켰다.

엘리스는 맨손으로 테이블에 쌓인 눈을 밀어냈고, 남자가 보온병과 컵 두 개를 내려놓았다. 그런 다음 주머니에서 일회용 설탕 몇 개를 꺼내 엘리스에게 건넸다.

"고마워요."

엘리스는 설탕을 넣은 다음 손가락으로 커피를 휘저었다. 그 모습을 보고 남자가 미소 지었다. 엘리스는 테이블의 눈을 좀 더 털어낸 다음 그 위에 앉아 부츠 신은 발을 눈 쌓인 벤치에 올려놓았다. 젖은 손으로 따뜻한 컵을 감싸 뻣뻣해진 손가락을 녹였다.

레인저가 옆자리에 앉아 엘리스의 SUV 번호판을 보며 말했다. "뉴욕에서 오셨네요.”

“네.”

남자는 커피를 한 모금 마시며 엘리스가 좀 더 말하기를 기다렸다. “오하이오주를 지나가던 길입니까?”

“네.”

두 사람은 잠시 말없이 커피를 마셨다.

남자가 엘리스를 마주 보았다. “캐물을 의도는 없지만 정말 괜찮겠습니까? 겨울에 이 캠핑장에서 나흘이나 혼자 머문 여성은 본 적이 없거든요.”

“겨울에는 여자들이 단체로 오나봐요? 여자들끼리 신나게 놀려고요.”

남자는 엘리스의 농담에 미소 지었다. “아뇨.”

잘은 몰라도 좋은 사람 같았다. 너무 빡빡하게 굴지 말고 남자의 걱정을 덜어줄 말을 해주고 싶었다.

“처음엔 나흘씩이나 머물 생각이 없었어요. 오하이오주에 가족 묘지가 있어 왔고요. 첫 번째 묘지를 둘러보고 나서 잠시 휴식 시간이 필요했나봐요. 다음 묘지로 가기 전에요.”

다음 목적지는 엄마의 무덤이었다.

“유감이네요.” 남자가 말했다.

엘리스는 고개를 끄덕였고, 몸을 웅크렸다.

“가족 묘지를 방문할 때면 주로 캠핑장이 아니라 호텔에서 머물지 않나요?"

남자는 새로 구입한 고급 SUV에 멋진 텐트가 있을 만큼 돈 많은 사람이 굳이 캠핑장에 머무는 이유를 납득하기 어려웠을 것이다. 엘리스는 대학에 다니는 내내 할아버지에게 받은 용돈을 모아 캠핑 장비를 구입했다. 세일할 때를 기다렸다가 고급 장비를 구입하기도 했다.

만약 내가 싸구려 텐트에서 자고, 똥차를 몰았어도 레인저가 커피를 타주었을까?

"호텔보다는 숲이 더 좋아요." 엘리스가 말했다.

"하지만 조심하세요. 캠핑장에 가끔 이상한 사람들이 나타나기도 하니까."

"이상한 사람은 어디에나 있죠."

"하지만 당신은 혼자니까."

엘리스는 대학 시절에 혼자 캠핑을 다닐 때에도 방금 전 레인저가 했던 경고의 말을 들은 적이 있었다. 대학 시절 첫 번째 룸메이트는 엘리스가 주말을 맞아 캠핑을 떠나려고 할 때마다 안절부절못하며 일장연설을 늘어놓았다. 엘리스는 가끔 사람들에게서 떨어져 자연으로 가고 싶었다. 와일드 우드에서 살았던 이후로 그렇게 되었다. 할아버지와 사는 동안에는 숲과 나무에 대한 갈증을 채우려고 근처 공원에 가기도 했다.

엘리스는 테이블에서 내려와 레인저에게 빈 컵을 건넸다.

"커피 맛이 좋네요."

"매일 아침 원두를 새로 갈죠." 레인저가 장갑 낀 손을 내밀었다. "저는 키스 게파트라고 합니다."

엘리스는 그의 손을 잡고 악수하며 "만나서 반가워요."라고 했지만 이름은 말해주지 않았다.

레인저는 그게 무슨 뜻인지 알아차렸다. "이제 그만 가야겠네요."

뒷주머니에서 지갑을 꺼낸 레인저가 명함 한 장을 빼냈다. "제 휴대폰 번호입니다. 두 번째 묘지를 돌아본 후 혹시 이야기 상대가 필요하면 연락주세요."

엘리스는 뭐라고 말해야 할지 난감했다. 남자에게 전화번호를 받아본 지 너무 오래되었다. 게다가 레인저가 지금 같은 상황에서 명함을 준 까닭을 알 수 없었다.

국립공원 레인저라는 직업상 내가 걱정돼 전화번호를 알려주었을까? 아니면 나랑 술이라도 한잔하고 싶어서일까?

엘리스는 남자의 눈을 너무 오래도록 들여다본 느낌이 들었다. 갈색 눈동자가 아름다워서라기보다는 지금껏 본 중에서 가장 따뜻한 눈동자였기 때문이다.

엘리스는 명함을 집어 들었다.

"부디 안전한 캠핑이 되길 바랍니다." 레인저가 자리를 뜨며 말했다.

"그럴게요." 엘리스는 그의 등 뒤에 대고 말했다.

레인저가 손을 흔들고 나서 트럭에 올랐다. 레인저의 트럭이 덜컹

거리며 캠핑장을 빠져나갔다. 엘리스는 텐트 안으로 들어가 수건과 비누를 꺼내 유리 단지에 받아둔 물로 몸을 닦았다. 그런 다음 엉킨 머리를 빗으로 최대한 풀었다. 조나를 만난 이후로는 늘 그가 좋아하는 짧은 머리를 고수했지만 다시 기르기 시작했다. 비올라를 임신한 이후 한 번도 머리를 자르지 않아 이제는 어깨까지 치렁치렁 내려왔다. 굵은 곱슬머리라 캠핑하는 동안에는 관리하기 힘들어 잘라야 할 듯했다.

아니야.

엘리스는 사실 머리를 기르고 싶었다. 거울을 볼 때마다 조나에게 속은 여자를 보고 싶지 않았다.

야외 수돗가로 가서 머리를 감았다. 기온이 영하 1도라 머리에 차가운 물이 닿자 이내 얼음덩어리로 변하는 느낌이 들었다. 묘하게 만족스러운 느낌이었고, 기운이 났다.

8

엘리스가 포레스트 뷰 트레일러 파크를 마지막으로 본 날은 엄마의 유골을 강물에 뿌리던 날이었다. 늘 그랬듯이 할아버지는 옆에서 말없이 지켜보았다. 할아버지의 얼굴에는 딸의 죽음에 대한 소회가 전혀 드러나 있지 않았다. 유골을 다 뿌린 후에 엘리스는 할아버지의 트럭을 타고 영스타운으로 갔다.

이번 여행의 마지막 여정으로 예전 스쿨버스 노선을 따라가 보기로 했다. 지리를 잘 아는 동네였지만 그동안 많이 변해 있었다. 주유소가 새로 생겼고, 조립지가 있던 곳은 상점들이 일렬로 늘어선 쇼핑몰이 되었다. 엘리스가 가장 좋아했던 아이스크림 가게는 네일숍으로 바뀌었다.

엘리스는 트레일러 파크로 들어서는 입구가 있던 자리에 차를 세웠다. 구멍이 숭숭 뚫려 있던 도로는 어느새 인도로 바뀌었고, 유리로 가림막을 친 버스 정류장이 있었다. 정류장 너머로 아파트 세 채가 우뚝 솟아 있었다.

차를 타고 계속 들어갔더니 입구가 나왔다. **리버 오크스 아파트. 원룸, 방 1개, 2개짜리 아파트 있음. 강이 보이는 아름다운 전망. 반려동물 환영. 당신의 새로운 집을 구경하세요!**

엘리스는 자신이 잘못 찾아온 거라고 믿고 싶었다. 달라져도 너무 많이 달라져 지난날의 모습을 찾아볼 수 없었다.

차를 돌려 아파트 단지로 들어가 아스팔트가 깔린 주차장에 차를 세웠다.

트레일러가 있던 자리는 어디지? 숲은 어디 있지?

엄청나게 넓은 잔디밭 너머로 헐벗은 참나무들이 보였다. 듬성듬성 심은 나무들이 구불구불한 선을 이루며 늘어선 걸 보니 저기가 강이 틀림없었다.

아스팔트 끝에 다다른 엘리스는 차를 세우고 내렸다. 잔디밭에는 밧줄과 말뚝으로 고정해둔 묘목 몇 개가 있었다. 이제 포레스트 뷰 트레일러 파크는 종적도 없이 사라져버렸다. 심지어 엘리스가 자주 가던 숲도 사라졌다. 엘리스가 배고플 때 종종 음식을 주었던 이드와 에드도. 리비 아줌마와 어린 두 아들도. 베트남 참전 용사로 휠체어 전용 경사로가 설치된 트레일러에 살았던 래리 아저씨도. 아저씨는 매년 핼러윈이 되면 엘리스의 가방에 사탕을 한 대접씩 넣어주곤 했다.

그들은 다 어디로 갔을까?

엘리스는 눈이 살짝 내려앉은 잔디밭으로 들어갔다. 아파트 개발업자들이 유일하게 없애지 못한 자연의 흔적인 강을 보고 싶었다.

엘리스는 긴 잔디밭을 가로지르면서 왜 숲을 다 없애버렸는지 의아했다. 이렇게 넓은 잔디밭을 관리하려면 유지비가 많이 들 수밖에 없었다. 부동산 개발업자들은 숲이 지나치게 야생적으로 보일까봐 걱정되었을 것이다. 뱀이 우글거리고, 범죄자들이 숨는 무서운 곳으로 보일까봐.

엘리스는 강 주변에도 나무가 거의 남아 있지 않은 걸 보고 하마터면 눈물을 터뜨릴 뻔했다. 강 반대편 나무도 다 잘라버렸다. 거기에도 잔디밭과 주차장, 아파트가 있었다. 그쪽 아파트는 색이 다른 걸 보면 다른 회사에서 지었으리라.

강물의 수량은 엘리스가 어렸을 때보다 훨씬 줄어들어 있었다. 그 당시에도 겨울이 되면 수심이 얕아졌다. 풀이 없는 양쪽 강둑 사이를 흐르는 강물은 수량이 적어 마치 개울 같았다. 바위 사이를 졸졸 흐르는 약한 물소리가 그녀의 귀에 슬프게 들려왔다. 마치 강물도 지난 세월에 뭘 잃었는지 알고 있는 듯이.

엘리스는 강바닥으로 내려갔다. 맥주병과 캔이 수두룩했다. 오염원 때문인지 바위에 이끼가 많았다. 강물이 왼쪽으로 구부러지고 큰 통나무가 있던 곳이 엄마의 유골을 뿌린 자리였다. 엘리스는 그곳을 찾을 수 있기를 바라며 하류로 내려갔다.

강으로 들어서자 수심이 발목까지 차올랐다. 등산화가 젖었지만 개의치 않았다. 살갗에 닿는 차디찬 강물의 느낌이 상쾌했다. 엘리스에게 강은 아버지 같은 존재였다. 첫아들도 아버지의 이름을 따서 지었다. 조나는 그녀가 아이들의 이름을 왜 그렇게 지었는지 모른다. 아마 말해주어도 이해하지 못했으리라. 엘리스가 진정한 엄마라고 느낀 존재는 강 주변의 숲으로 뒤덮인 땅, 특히 강바닥에 쌓인 강돌이었다. 엘리스는 강돌을 따서 재스퍼라는 이름을 지었다. 그녀가 자주 만지고 모으고 오랫동안 신기하게 바라보았던 알록달록한 자갈들.

엘리스는 걷는 동안 주위를 돌아보며 좋아하는 풀 가운데 올해의 첫 추위에도 살아남은 풀이 눈에 띄기를 바랐다. 예전에 이곳에서 보았던 하트 모양 바이올렛(제비꽃)이 특히 보고 싶었다. 보라색, 라벤더색, 흰색, 노란색 바이올렛. 대학에 다니면서 엘리스는 바이올렛이 라틴어로 '비올라'라는 걸 알게 되었다. 바로 그때 딸을 낳으면 이름을 비올라로 지어주리라 마음먹었다.

조나도 그 이름을 마음에 들어 했다. 조나가 좋아하는 셰익스피어의 희곡 〈십이야〉의 여주인공 이름이었기 때문이다. 조나는 쌍둥이 이름도 엘리스가 원하는 대로 지으라고 했다. 시부모는 장손 이름이 조나 4세가 되기를 바랐지만 엘리스와 조나는 선대 두 조나의 편협성을 물려받은 그 이름을 아이에게 주고 싶지 않았다. 엘리스가 리버와 재스퍼라는 이름을 짓자 시부모는 몹시 화를 냈다. 심지어 메리 캐럴은 엘리스가 출생 신고서를 작성하는 날 병원에 찾아와 난리를 치기도 했다. 엘리스가 남편에게 가문의 전통을 버리고 '우스꽝스러운 히피식 이름'을 받아들이도록 강요했다면서. 엘리스는 개의치 않고 이렇게 말했다. "나가는 문이 어딘지는 아시죠?" 메리 캐럴이 병실에서 나가자 엘리스는 간호사와 하이파이브를 했다.

바이올렛은 좀처럼 눈에 띄지 않았다. 겨울이라 동면 중이거나 숲을 없애는 과정에서 고사한 듯했다.

엘리스는 강이 왼쪽으로 구부러지는 지점에 도착했다. 이 근처에서 엄마의 유골을 뿌렸다고 확신했다. 그 자리를 표시해주던 통나무는 사라지고 없었지만 엘리스는 강가의 자갈밭에 앉아 돌 몇 개를 손으로 쥐었다. 강굽이를 바라보며 처음으로 썼던 쪽지가 시야에서 사라지던 모습이 떠올랐다.

'제발 돌아오세요. 제인 아저씨.'

엘리스는 비올라를 생각했다. 비올라는 절대 돌아오지 않으리라. 다시는 딸을 보지 못할 것이다. 일단 저 강굽이를 돌아 사라진 뒤에는 아무도 돌아오지 않았다. 제인 아저씨가 첫 사례였다. 그 일을 겪은 뒤 엘리스는 타인을 너무 깊이 사랑하지 않도록 조심해야 한다는 교훈을 얻었다.

제인 아저씨를 만나기 전의 삶은 별로 기억나지 않았다. 엘리스가 학교에 다니기 전에는 제인 아저씨가 트레일러에 놀러 오긴 했어도 자고 가지는 않았다. 제인 아저씨는 셰프였고, 파티에 놀러 오는 엄마의 식당 친구 가운데 하나였다. 그 당시 엘리스는 그를 제일 좋아하는 베이비시터쯤으로 생각했다. 엄마가 식당에서 서빙을 하는 동안 친구들 예닐곱 명이 돌아가며 엘리스를 돌봐줬는데 제인 아저씨만이 그녀를 즐겁게 하는 마법을 알고 있었다.

"오늘은 무얼 하면서 놀까, 우리 여왕님?" 엄마가 떠나면 제인 아저씨는 그렇게 물었다.

"모르겠어요."

"우리가 할 수 있는 재미있는 놀이가 엄청나게 많으니까 여왕님이 골라봐."

"뭐가 있는데요?"

"사하라 사막에서 텐트를 치고 살 수도 있고, 얼룩말을 타고 사파리 여행을 할 수도 있지. 배를 타고 폭풍우 치는 대서양을 항해할 수도 있어."

"좋아요." 엘리스가 말했다.

"어떤 걸 할래?"

"전부 다요."

그래서 전부 다 했다. 뒤뜰에 시트로 만든 텐트를 치고 사하라 사막 놀이를 했다. 얼룩말 대신 제인 아저씨와 함께 목말을 타고 동네를 돌아다니며 새와 다람쥐를 찾는 사파리 여행을 했다. 폭풍우 치는 대서양 항해는 넓은 배수로에 고인 빗물에 작은 배를 만들어 띄우며 노는 걸로 대신했다.

집에 돌아온 엄마는 진흙투성이가 된 엘리스의 옷을 보고 벌컥 화를 냈다. "대체 무슨 일이야, 제인? 피곤해 죽겠는데 엘리스가 입을 유일하게 깨끗한 옷을 망쳐버렸으니 빨래방에 다녀와야 하잖아."

엘리스는 엄마가 왜 그렇게 말하는지 이해가 되지 않았다. 평소에는 엘리스가 몇 주씩 더러운 옷을 입어도 내버려 두었기 때문이다.

"빨래방에는 내가 다녀올게." 제인 아저씨가 말했다.

엄마는 담배에 불을 붙이고 깊이 빨아들였다. "쉬는 날인데 온종일 애를 봐주고 나서 또 빨래방에 가겠다고? 틀림없이 더 재미있는 일이 있을 텐데."

"빨래를 해올 때까지 기다려. 돌아올 때 셋이서 먹을 피자를 사 올 테니까. 당신은 탁자에 발을 올려놓고 편히 쉬어."

엄마는 탁자에 두 발을 올려놓고 위스키를 마셨다. 엘리스는 계단에 앉아 제인 아저씨가 돌아오기만을 기다렸다. 엄마의 기분이 저기압일 때는 곁에 가기 무서웠다. 하지만 제인 아저씨가 돌아오면 엄마의 기분을 풀어주었다. 제인 아저씨는 "이리 와봐."라고 말하고 나서 둘이 텔레비전을 보는 동안 엄마의 아픈 발을 마사지 해주었다. 가끔은 엄마가 셔츠를 벗으면 등도 문질러주었다.

엘리스가 킨더가든*에 다닐 무렵 제인 아저씨가 처음으로 트레일러에서 자고 갔고, 그때부터 엄마에게 '사랑해, 베이비.' 같은 말을 하기 시작했다. 엘리스는 그 말을 듣는 게 너무 행복했다. 제인 아저씨는 엄마와 엘리스를 아이스크림 가게로 데려갔고, 다 함께 큰 호수로 수영하러 가기도 했다. 엄마가 일하는 동안 가끔씩 엘리스를 재미있는 곳에 데려가기도 했는데 한번은 박람회에 가서 대관람차를 타기도 했다.

제인 아저씨는 엄마가 했던 일을 대신하기 시작했다. 엘리스를 데리고 장을 보러 갈 때마다 엄마라면 절대 허락하지 않았을 음식도 카트에 담게 해줬다.

"저녁 식사로 버글스**랑 캡앤크런치 시리얼을 먹으려고?" 아저씨가

*초등학교 전 단계로 만 5세부터 입학하며 의무 교육이다
**꼬깔콘처럼 생긴 과자

물었다.

"그래도 돼요?"

"안 될 건 없지. 중요한 영양소가 다 들어 있는데."

아저씨는 엘리스가 버스를 타고 킨더가든에 다니기에는 너무 어리다면서 매일 차로 데려다주었다. 어느 날 아침, 차에서 내린 엘리스는 다른 반 선생님이 담당 선생님에게 "저 사람은 누구야?"라고 묻는 소리를 들었다. 엘리스의 담당 선생님은 "아빠 비슷한 사람이야."라고 대답했다.

엘리스는 사람들이 제인 아저씨를 아빠 비슷한 사람으로 보고 있다는 사실을 알게 되었고, 그때가 인생을 통틀어 가장 행복한 순간이었다. 진짜 아빠가 아니라 아빠 비슷한 사람일지라도 충분히 만족스러웠다.

하지만 엄마가 사고로 다친 이후 모든 게 달라졌다. 엘리스가 여섯 살 반이 되었을 때 엄마가 서빙을 하던 식당 계단에서 넘어져 발목이 부러지고 허리를 다쳤다. 식당 매니저는 엄마를 해고하고 산재 보상금을 신청하지 못하게 했다. 계단에서 넘어진 이유가 약에 취한 탓이라면서. 엄마가 고용한 변호사는 위험한 환경에서 일했기 때문에 넘어져 다치게 되었다고 주장했다. 엄마는 큰 쟁반을 들고 있었고, 위층으로 올라가는 계단은 좁고 가팔랐다.

엄마는 재판에서 승소했고 보상금을 받았다. 원한다면 더는 일할 필요 없이 집에서 지내도 될 만큼 큰돈이었다. 처음에는 잘된 일인 듯했지만 몇 달 지나자 나쁜 일이 되어버렸다. 일을 하지 않아도 되자 엄마는 술과 마약을 더욱 가까이하게 되었고, 제인 아저씨와 이전보다 자주 싸웠다.

"어제 하루 종일 집에서 무얼 한 거야?" 제인 아저씨가 엘리스에게 입힐 깨끗한 바지를 찾으려고 세탁 바구니를 뒤적이며 물었다.

"난 허리가 아파서 저 바구니를 들고 빨래방까지 못 가."

"술을 사러 갈 때는 허리가 멀쩡하고?"

"내가 거짓말을 한다는 뜻이야?"

"엘리스가 당장 입을 옷이 없잖아. 난 닷새 연속으로 2교대 근무였고, 당신은 온종일 집에 있었어."

"당신한테 빨래를 도와달라고 한 적 없어."

"도와달라고 하진 않지만 집안일을 모두 나에게 떠넘기잖아!"

엘리스는 울고 싶었지만 눈물을 참으려고 온몸의 근육에 힘을 꽉 주었다. 제인 아저씨를 슬프게 하면 영영 떠나버릴지도 모르니까.

"여기 있는 게 싫으면 당장 나가서 돌아오지 마!" 엄마가 소리쳤다.

"그래야겠네! 나도 이런 생활이 지긋지긋해!" 아저씨가 맞받아쳤다.

가슴이 철렁 내려앉은 엘리스는 침대 밑에서 더러운 레깅스를 찾아내 들어 올렸다. "깨끗한 레깅스를 찾았어요. 제인 아저씨, 버스 정류장까지 나를 태워줄래요?"

"네 엄마가 이 집에서 나가라잖아."

"가지 마세요!" 엘리스는 레깅스를 다리 위로 끌어당기며 말했다.

"난 준비됐어요. 이제 출발하면 돼요."

제인 아저씨는 어떻게 하면 좋겠냐는 듯이 엄마를 쳐다보았다.

"그냥 당신이 데려다줘." 엄마가 짜증 내며 말했다. 어서 약에 취하고 싶은 눈치였다.

엄마는 싫으면 당장 나가라는 식의 협박으로 아저씨를 통제했다. 그럴 때마다 아저씨는 엄마에게 사과하고 트레일러에 남았다. 사고 이후 엄마가 자주 술에 취해 소리를 질러대기 시작하면서 아저씨는 자주 집을 나갔고, 9일 동안 돌아오지 않은 적도 있었다. 그러다가 돌아오면 엄마의 귀에 대고 "사랑해, 베이비."라고 속삭였고, 두 사람은 침실로 들어가 같이 웃다가 또 다른 소리를 내기도 했다. 엘리스는 그 소리를 들으면 안심이 되었다. 제인 아저씨가 다시 함께 살게 되었다는 뜻이니까.

엘리스가 여덟 살이 되었을 때 엄마는 팔에 주사를 놓는 방식으로 새로운 마약을 투약하기 시작했다. 아저씨는 못마땅하게 여겼고, 두 사람은 점점 더 심하게 다투었다. 엘리스는 무엇보다 제인 아저씨가 영영 떠나버릴까봐 두려웠다. 아저씨는 엄마에게 "사랑해, 베이비."라는 말을 더는 하지 않았다.

"당신은 도움을 받아야 해." 아저씨가 약에 취해 침대에 널브러져 있는 엄마를 보며 말했다.

"무슨 도움?"

"몰라서 물어? 그 염병할 마약이 당신을 죽이고 있어. 이젠 아예 엘리스를 돌보는 척도 하지 않잖아."

엄마는 비틀거리며 침대에서 내려왔다. "내가 약을 하는 게 싫으면 당장 꺼져."

"안 돼요, 아저씨." 엘리스는 아저씨의 손을 잡아당기며 말했다. "난 이제 뭐든 혼자 알아서 할 수 있어요. 딸기 젤로를 만들었는데 안에 복숭아까지 넣었어요. 이리 와서 보세요."

아저씨는 단단히 화난 상태라 젤로를 볼 여유가 없었다. 아저씨가 엘리스의 손을 잡으며 말했다. "나가자. 햄버거 사줄게."

"내 딸을 데려가도 된다고 한 적 없어." 둘이 문을 열고 나가자 엄마가 외쳤다.

아저씨는 나직이 욕을 중얼거렸다. 예전처럼 엘리스의 기분을 풀어주려고도 하지 않았다. 그저 조용히 운전하면서 엘리스가 먹을 햄버거를 사려고 드라이브스루 매장으로 갔다.

"아저씨……?"

"왜?"

"내일 학교에서 학예회를 하는데 올 수 있어요?"

아저씨는 햄버거 매장 창문 너머로 점원에게 돈을 건넬 뿐 대답하지 않았다.

"난 사람들에게 왜 퇴비를 만들어야 하는지 말해주는 꽃 역할을 맡았어요. 올 수 있죠?"

"모르겠다, 엘."

"제발 와주세요."

땅이 꺼질 듯이 토해내는 아저씨의 한숨이 엘리스의 가슴을 무겁게 짓눌렀다. "가도록 해볼게." 아저씨가 말했다.

이튿날 엘리스는 연극을 하는 틈틈이 객석을 둘러보았지만 아저씨를 발견하지 못했고, 하마터면 대사를 놓칠 뻔했다. 아저씨가 영영 떠나버렸을까봐 두려웠고, 마냥 울고 싶었다. 엄마도 보이지 않았지만 이미 예상한 일이었다.

엘리스가 아홉 살이 되고 나서 며칠 뒤 그 어느 때보다도 엄마와 크게 다툰 아저씨는 홀연히 집을 나가버렸고 다시는 돌아오지 않았다. 엘리스와 엄마에게 작별 인사도 하지 않았다. 엄마는 가끔 부재하는 아저씨에게 심한 욕을 했고, 엘리스가 대신 들어야 했다. 엄마는 죽을 때까지 아저씨를 미워했다.

엘리스가 7학년을 한 달 남겨두고 있을 때 엄마는 숨을 거두었다. 5월의 어느 일요일이었다. 와일드 우드가 그 어느 때보다 아름다운 달이었다. 각종 야생화가 만발하고, 나뭇잎이 돋아나고, 떠났던 생물들이 다시 숲으로 돌아오는 시기였다. 그날 아침, 엘리스는 끼니로 때울 시리얼 한 봉지를 들고 강가로 갔다. 간밤에 비를 뿌렸던 구름이 말끔히 걷히면서 떠오른 태양이 새로 돋아난 나뭇가지 사이로 비껴들며 숲에 황금빛 빛살 무늬를 드리웠다. 나이를 먹은 이후 더는 마법의 세계를 믿지 않았지만 잠시나마 다시 믿지 않을 수 없었다.

엘리스는 가만히 앉아 정신을 집중했다. 숲에 드리운 영롱한 햇살을 마음속 카메라로 찍어두고 싶었다. 그야말로 완벽한 풍경이었다. 한 시간 뒤 트레일러로 돌아가 보니 엄마는 여전히 침대에 누워 있었다. 엘리스는 침실을 들여다보며 엄마에게 커피를 마실 건지 물었다. 엄마는 잿빛 얼굴로 침대에 누워 미동도 하지 않았다. 창문으로 들어와 고인 햇살 속에서 엄마 옆에 놓인 빈 주사기가 반짝거렸다. 엄마는 이미 죽어 있었다.

엘리스는 그때를 생각하며 돌을 뒤적거리다가 얼굴처럼 생긴 돌을 집어 들었다. 주름이 쪼글쪼글한 노파의 얼굴 같았다. 눈은 주름진 살갗 뒤로 움푹 파여 있고, 코는 나이를 먹으며 둥그렇게 되었다. 엘리스는 노파를 조심스럽게 내려놓았다. 엄마의 유골을 뿌린 자리를 표시하는 돌로 삼기로 했다. 어딘지 표시해주는 돌 가운데 하나였다.

엘리스는 자리에서 일어나 숲이 사라진 현실로 돌아왔다. 그녀의 땅이자 하나뿐인 진정한 어머니가 그녀를 떠났다. 저 굽이를 돌아 사라져버렸다. 다른 모든 것들과 함께. 엄마의 유골과 함께. 그녀가 쓴 쪽지와 함께. 제인 아저씨 그리고 다른 모든 이들과 함께.

와일드 우드는 다시는 돌아오지 못하리라. 아마 비올라 스트리아타도 다시 피지 않을 것이다. 보라색 줄무늬가 있는 평범한 하얀색 바이올렛인 그 꽃을 엘리스는 제일 좋아했다. 남은 것은 강과 돌뿐이었다. 두 아들의 이름을 그렇게 짓길 잘했다. 아이들은 버틸 것이다. 엄마 없이도 살아남을 것이다.

엘리스는 숲에게 줄 마지막 쪽지가 있었다. 주머니에서 휴대폰을 꺼냈다. 원래는 엄마의 유골을 뿌린 자리 근처의 통나무나 큼직한 바위 아래에 묻을 작정이었다. 하지만 이제는 통나무나 큰 바위가 없었다.

엘리스는 휴대폰 속 사진첩으로 들어갔다. 마지막으로 찍은 사진은 클로즈업한 비올라의 얼굴이었다. 생후 2개월. 그다음은 비올라를 안고 있는 조나의 사진이었다. 그다음은 소파에 앉은 리버와 재스퍼가 함께 비올라를 안고 찍은 사진이었다.

그만 봐야 했다. 계속 상처를 주었다가는 그 안으로 너무 깊이 빠져 버릴 것이다. 그러면 강을 따라 사라져버리고 싶을지도 모른다.

엘리스가 손끝으로 건드리자 화면이 검게 변했다. 액정에 그녀의 마지막 메시지를 지켜보려고 남은 나무들과 그녀의 얼굴이 비쳤다. 엘리스는 흘러가는 강물 한가운데 튀어나와 있는 바위를 골랐다. 그 바위를 들어 올리고 바위와 강바닥 사이에 휴대폰을 밀어 넣었다. 휴대폰 위로 강물이 흘러가고, 작은 거품이 검은 밤의 장막 위의 별들처럼 춤추는 모습을 바라보았다. 그녀가 바위를 내려놓자 휴대폰은 사라져버렸다.

평소 엘리스는 수로를 오염시키는 걸 반대했지만 이건 오염이라고 생각하지 않았다. 이것은 수장이었다. 그녀의 가족, 과거, 그녀가 보곤 했던 미래에 종지부를 찍는 행동이었다. 지금껏 잃어버린 모든 것이 그녀가 사랑했던 이 한 조각의 땅과 영원히 뒤섞였다. 이 한 조각의 땅과 이 땅에 대한 사랑마저도 이제 여기 묻혔다.

엘리스는 강둑을 올라갔다. 예전의 자신은 사라지고 없다는 사실이 절절히 느껴졌고, 강에서 한 발짝씩 멀어질 때마다 역겹고도 강렬한 허무감이 점점 짙어졌다. 엘리스는 속이 텅 빈 나무처럼 안에서부터 죽어가고 있었다.

푸른 베레모를 쓴 사십 대 여자가 개의 목줄을 끌고 엘리스를 향해 씩씩하게 걸어왔다. “당신이 강에서 올라오는 걸 봤어요.” 여자가 숨을 헐떡이며 말했다.

“네, 산책 중이었어요.”

“시공업자들이 어떻게 할 계획인지 들었어요? 우리랑 강 사이에 철책을 세울 거래요.”

엘리스는 ‘우리’가 이 아파트에 사는 입주민들일 거라고 짐작했다.

“2동에 사는 어떤 여자가 아이가 물에 빠지도록 내버려 두었대요. 정작 그런 짓을 해놓고는 강이 위험하다고 항의한 거예요. 아이는 고작 종아리 중간까지만 빠졌고, 전혀 위험하지 않았어요.”

엘리스는 할 말이 없었다.

“철책을 친다는 소식을 들었나요?” 여자가 물었다.

“아뇨.”

“몇몇 주민이 반대하고 있어요. 당신도 모임에 와야 해요. 동마다 로비에 전단지가 있어요.” 엘리스가 아무 말도 하지 않자 여자가 말했다. “시공업체에서 강을 망칠 권리는 없어요. 자연은 우리의 건강에 중요해요. 당신도 강가를 산책해봤으니 잘 알 거예요.”

"네, 알죠." 엘리스가 말했다.

"강과 나무는 개를 키우는 사람들에게 중요해요." 여자는 강아지의 머리를 토닥였다. "미미는 탁 트인 곳에서는 일을 못 봐요. 프라이버시가 필요하죠. 집에서 나오자마자 곧장 나무로 간답니다. 애초부터 미미를 산책시키려고 여기로 이사 왔어요."

엘리스는 여자 앞에서 눈물을 보일까봐 살짝 걱정되었지만 마음이 텅 비어서 눈물조차 나오지 않았다.

"말이 나왔으니 말인데 미미가 급한가 봐요." 여자가 미소를 지으며 말하더니 미미에게 이끌려 강가로 갔다.

엘리스는 얼른 몸을 돌렸다. 강과 나무의 마지막 모습을 여자와 배변이 급한 개의 이미지로 기억하고 싶지 않았지만 이미 그렇게 되어버렸다.

엘리스는 차로 돌아가 약병을 열었다.

9

엘리스가 차로 고향을 가로지르는 동안 약효가 나타났다. 운전할 정도로 몸의 기능을 발휘하려면 약을 먹어야 했다. 내면에서 느껴지는 심연이 의식되지 않을 정도로. 약을 먹지 않는 것보다 먹고 운전하는 편이 더 안전하다고 믿었다.

주변 풍경은 눈에 들어오지 않았다. 굳이 보려고 하지 않았으니까. 아까 들어오는 길에 봤던 휴대폰 가게가 목적지였다. 차 안에 휴대폰을 마련해둘 생각이었다. 견인차가 필요하거나 다른 비상 상황에 대비해.

어쩌면 레인저에게 연락해볼 수도 있고. 아까 리버 오크스 아파트를 떠날 때 레인저에게 연락해보자는 생각이 들었다. 그때는 마음속 텅 빈 구멍이 그녀를 거의 다 지워버린 상태였다. 몸의 일부가 사라진 듯했고, 무슨 이유에서인지 레인저가 생각났다. 그가 자신을 만지는 모습을 상상해보았다. 성적인 손길은 아니었다. 그는 그녀를 성적인 존재로 보지 않았다.

레인저의 눈빛은 부드러웠다. 엘리스는 그의 눈길에서 받은 느낌을 그렇게 묘사할 것이다. 만약 그가 그런 식으로 만져준다면-그녀의 손에 부드러운 손을 포개거나 그의 몸이 우연히 스치기만 해도-몸을 되찾게 될지도 모른다.

엘리스는 이런 감정들이 일방적일 수 있다는 걸 알고 있었다. 요즘은 남자를 읽는 자신의 능력을 믿지 않았다. 어쩌면 레인저의 눈빛은 그저 못마땅하지 않은 정도였을지 모른다. 비올라가 유괴된 뒤로 엘리스는 사람들의 비난 섞인 눈길에 익숙해졌다.

엘리스는 휴대폰을 구입하고 최대한 빨리 마을에서 벗어났다. 키스게파트에게 전화하자는 생각에는 변함이 없었다. 모르는 남자와 술을 마시고 싶어 한다는 사실이 놀라웠지만 안 될 이유도 없었다. 결혼 생활을 정리한 지 2주가 지났다. 실제로는 그보다 훨씬 이전에 끝났지만. 그러니 남자에게 술 한잔하자고 전화하는 건 이상한 일이 아니었다. 이미 오래전에 끝난 결혼이니 이혼의 아픔을 잊으려고 만나는 것도 아니었다. 그냥 술만 마시자는 것이다. 확실히 술이 필요했다.

엘리스는 해가 질 때까지 기다렸으나 겨울인데다 북쪽이라 해가 빨리 졌다. 차에 기름을 넣고 주유소에 앉아 물을 마시며 레인저에게 받은 명함을 내려다보았다. 상자에서 새 휴대폰을 꺼냈다. 엘리스 로사애비에게 새 전화번호가 생겼다. 청구서 발송지도 바뀌었다. 바우해머라는 성도 버렸다. 처음부터 맞지 않는 성이었다.

휴대폰의 전원을 켰다. 연락처에는 입력된 전화번호가 없었다. 통화 내역도 없고, 사진도 없었다. 엘리스의 과거는 저 멀리 강에 묻혀 있었다.

이제 원하는 일은 뭐든 할 수 있다. 부드러운 눈빛의 레인저에게 전화할 수도 있다. 그 일로 죄책감이 들지는 않을 것이다.

엘리스는 전화번호를 눌렀다. 레인저가 전화를 받지 않으려나 보다고 생각한 순간 그의 목소리가 들려왔다. "여보세요?"

뭐라고 말할지 미리 생각해 두었어야 했다.

"여보세요?" 키스가 다시 말했다.

"이 근방에서 술을 마시려면 어디로 가야 하죠?" 엘리스가 물었다.

잠시 뒤에 키스가 물었다. "누구십니까?"

"캠핑장에서 만났던 괴짜요."

다시 침묵이 흘렀다. "당신이 괴짜라고 말한 적 없는데요."

"하지만 그렇게 생각하지 않았나요?"

"그 괴짜에게 이름이 있어요?"

"엘리스."

"성입니까?"

"이름이요."

"성은요?"

"당신이 괴짜와 술 한잔할 마음이 있는지 말해주기 전까지는 알려줄 수 없어요."

"솔직히 말해 지금껏 캠핑장에서 만난 사람과 술을 마신 적은 한 번도 없습니다. 하지만 난 늘 새로운 경험에 마음을 열죠."

"내 성은 애비예요."

"간호사가 출생 신고서에 당신 성과 이름을 바꿔서 쓴 것 같군요."

"그런 농담 많이 들었어요."

"젠장, 재치 있는 농담이라고 생각했는데."

"다음에는 더 잘할 거예요."

"두 번째 묘지 방문이 별로였나봐요?"

"최악이었어요."

"무슨 일이 있었기에 그랬을까요? 좀비들이 당신을 묘지에서 쫓아내기라도 했나요?"

"제법 훌륭한 비유네요."

"무슨 일이 있었는데요?"

"적어도 독한 술을 한 잔은 마셔야 말할 수 있어요."

"지금 어딥니까?"

"당신을 만났던 곳과 두 번째 무덤 중간쯤에 있어요."

"큰 도움이 되는 정보네요, 엘리스."

엘리스는 그가 이름을 불러주는 게 좋았다. "어디든 갈 테니까 말만 해요."

"좋아요. 그럼 핑크 호시스(Pink Horses)에서 만납시다."

"핑크 호시스?"

"네."

"당신 설마 마이 리틀 포니*를 가지고 노는 변태는 아니죠?"

"그게 왜 변태인데요?"

"당신 만나는 걸 다시 생각해봐야겠어요."

*조랑말을 모티브로 한 장난감. 동명의 애니메이션과 게임도 있다

부드러운 웃음소리가 들려왔다. "핑크 호시스는 술집입니다. 맹세해요. 시내에 있는 건 아니고, 외곽 수수밭에 있어요. 찾기 힘들겠지만 내가 문자로 찾아오는 방법을 알려줄게요."

"좋아요. 몇 시에 볼까요?"

"7시는 너무 이를까요?"

"그 시간에도 음식을 판다면 괜찮아요."

"간단한 음식은 팔 겁니다."

"그럼 됐어요."

"좋아요. 7시에 봅시다."

몇 분 뒤, 키스가 핑크 호시스의 위치를 문자로 알려주었다. 생각보다 멀었다. 차로 한 시간 거리였지만 곧장 떠나면 너무 일찍 도착할 듯했다. 엘리스는 주유소 휴게실로 가서 옷을 갈아입었다. 등산복 바지를 청바지로 갈아입고, 새 티셔츠를 입었다. 그 위에 아까 입었던 체크무늬 셔츠를 걸쳤다. 빨랫감을 많이 만들고 싶지 않았다. 등산화는 이미 말랐지만 양말을 갈아 신었다.

이를 닦고 나서 거울을 보았다. 긴장과 흥분으로 눈이 반짝거렸다. 아마 약의 영향도 있을 것이다. 평소보다는 나아 보였다. 아침에 머리를 감아서 다행이었다. 잘 마른 머리카락이 부드럽게 구불거렸다. 뉴욕을 떠날 때 화장품을 전혀 챙겨오지 않아 아침에 레인저가 본 얼굴과 별로 달라질 게 없었다.

다시 차로 돌아가 핑크 호시스 근처에 캠핑장이 있는지 찾아보았다.

어디서 잘 것인지, 거기까지 차로 얼마나 걸리는지, 술을 얼마나 마실 수 있는지 알아두어야 했다. 아침에 레인저를 만났던 캠핑장은 술집에서 40분 거리였다. 거기로 다시 돌아가고 싶지 않았다. 대신 핑크 호시스에서 불과 10킬로미터 떨어진 호숫가에 작은 캠핑장이 하나 있었다. 가는 길이 1차선 도로이긴 해도 날씨도 춥고 평일이라 한가할 테니 제격이었다.

엘리스는 천천히 운전했다. 가벼운 눈송이가 떨어졌다. 술집으로 가는 길은 대부분 농로였다. 크리스마스 장식으로 반짝거리는 집들이 어두운 풍경을 보석처럼 밝혀주었다. 그런 집들을 볼 때마다 마음이 점점 더 무거웠다. 리버와 재스퍼가 생각났다. 쌍둥이는 엄마 없이 다섯 살 생일을 치렀을 것이다. 이제 비올라는 생후 9개월이 되었다.

비올라를 데려간 누군가는 크리스마스를 축하할까? 아기에게 뭘 줬을까?

생각이 비올라에게로 흘러가면 안 된다. 비올라를 데려간 누군가가 아이를 학대하는 모습이 떠올랐다. 엘리스는 속이 울렁거려 하마터면 차를 세울 뻔했다. 이번에는 억지로 긍정적인 이미지를 떠올리려고 애썼다. 비올라가 기어 다니며 킥킥 웃고, 쌍둥이가 두 번째 크리스마스 선물로 받았던 것과 똑같은 아기용 피아노 건반을 두드리는 모습을 상상했다.

눈물이 뺨을 타고 뚝뚝 떨어졌다. 엘리스는 아기를 향한 그리움이 가슴 저밀 정도로 강렬해 깜짝 놀랐다. 이런 생각이 묻혀버리도록 라디오를 크게 틀었다. 크리스마스 분위기를 돋우려고 꼬마전구를 휘감은 술집에 도착하자 아까 강을 떠났을 때만큼 속이 텅 빈 느낌이 들었다. 벌써 약이 한 알 더 필요했다.

연분홍색 말 두 마리가 앞다리를 들고 서 있는 낡은 네온사인을 바라보았다. 말들 사이에 '핑크 호시스'라는 글자가 적혀 있었다.

난 왜 여기에 있을까? 어떻게 이런 상태로 남자를 만날 수 있다고 생각했을까?

키스는 대답할 수 없는 질문을 할 것이다. 혹시 자고 싶어 할 수도 있는데 엘리스는 아직 준비가 되지 않았다. 그럴 거면 그냥 가야 했다.

어두컴컴한 술집, 술, 오늘 처음으로 먹게 될 제대로 된 음식, 그녀가 필요할 때 커피를 주고 말동무도 되어주었던 남자.

엘리스는 자신이 술보다 남자와 함께 있길 원한다는 걸 깨달았고, 그 사실에 놀랐다.

백미러를 보며 머리를 정돈하는 동안 술집에서 연주하는 컨트리 음악이 차 안까지 들려왔다. 주차장은 차로 가득했다. 평일치고는 꽤 많은 편이었다.

술집 안으로 들어가자 진한 술 냄새가 밀려들며 침이 고였다. 어두운 실내를 둘러보니 왼쪽에 탁구대가 있고, 정면에 긴 바 테이블, 오른쪽에 두 남자와 한 여자가 팀을 이룬 밴드가 자그마한 무대에서 음악을 연주하고 있었다.

엘리스는 실내 여기저기에 비치된 나무 테이블을 훑어보았다. 키스 게파트는 문을 마주 보고 앉아 그녀를 지켜보고 있었다. 엘리스가 그를 찾아내자 미소를 지었다. 그가 무대에서 떨어진 자리를 골라 마음에 들었다. 음악보다는 이야기를 나누고 싶다는 뜻이니까.

엘리스는 패딩 점퍼의 지퍼를 내리며 그쪽으로 걸어갔다.

"별일 없었어요?" 키스가 물었다.

"네."

키스 역시 엘리스처럼 청바지에 흰 티셔츠를 입고, 연푸른색 체크무늬 셔츠를 걸친 차림에 부츠를 신고 있었다. 짧은 갈색 머리는 오늘 아침에 봤을 때보다 더욱 단정했고, 갈색 눈동자는 아침처럼 따뜻하고 호의적이었다.

엘리스는 의자에 점퍼를 걸쳐놓았다. 의자에 앉는 동안 테이블에 놓인 장난감이 눈에 들어왔다. 키스의 맥주병 옆에 푸른색 마이 리틀 포니 피규어가 있었다.

"말도 안 돼!" 엘리스가 말했다.

키스는 그녀와 함께 포니를 바라보았다. "왜요? 난 이 아이 없이는 아무 데도 안 갑니다."

"변태 아니라고 했잖아요."

"그런 적 없는데요."

엘리스는 포니를 집어 들었다. 오래되어 더럽고 흠이 나 있었다.

키스는 미소를 지으며 엘리스를 지켜보더니 맥주를 한 모금 마셨다.

"이거 정말 오랜만에 보네요. 어디서 났어요?"

"여자 친구 딸에게 주려고 차고 세일에서 샀습니다." 키스는 다시 덧붙였다. "전 여자 친구요."

"언제 헤어졌죠?"

"석 달 전에요."

키스는 숨기는 게 전혀 없었다.

엘리스는 포니를 테이블에 내려놓았다. "좀 개인적인 질문을 해도 될까요?"

키스는 양 눈썹을 치켜세웠다.

"여자 친구랑 헤어질 때 딸에게 작별 인사했어요?"

"물론이죠. 그 아이 엄마랑 거의 2년을 사귀었으니까요."

"아직도 그 아이를 만나요?"

"그러고 싶지만 이사 갔어요. 지금은 미주리주에 삽니다."

"전화해서 아이에게 보고 싶다고 말해주세요."

"애 엄마와 새 남자 친구가 달가워하지 않을 거예요." 키스는 맥주를 길게 들이마셨다. "처음부터 아주 훅 들어오시네요."

엘리스는 포니를 가리켰다. "당신이 먼저 시작했잖아요."

"장난친 겁니다."

"정말?"

키스는 그녀에게로 몸을 내밀었다. "엘리스 애비, 당신은 아무래도 술을 좀 마셔야겠어요. 묘지에 다녀오고 나서 너무 진지해진 것 같아요."

"당신 말이 맞아요."

키스는 지나가는 웨이트리스를 향해 손을 들어 올렸다. “여기 내 친구가 원하는 대로 다 가져다줘.”

웨이트리스는 미소를 지으며 키스에게 윙크했다. 틀림없이 그와 잘 아는 사이인 듯했다. “무얼 줄까요?” 웨이트리스가 엘리스에게 물었다.

“올드 패션드 한 잔 주세요. 그리고 메뉴판 좀 볼 수 있을까요?”

“그럼요.”

키스는 맥주를 마셨다. “술을 마시기 전까지는 묘지에서 무슨 일이 있었는지 말해주지 않을 거라면서요. 그러니까 기다려야겠네요.”

“원래 성격이 그리 급해요?”

키스는 가슴 위로 팔짱을 끼며 의자에 등을 기댔다. “인내심이 강한 게 내 미덕입니다.” 그러더니 주위를 둘러보는 척했다.

“꼭 알고 싶다면…….”

키스는 몸을 내밀며 양쪽 팔꿈치를 테이블에 올렸다.

“모두 사라졌어요.”

“묘지가요?”

“묘지는 아니었어요. 내가 어릴 때 살았던 곳 뒤에 있는 숲과 강이죠. 열세 살 때 엄마의 유골을 거기에 뿌렸거든요. 근데 그 지역이 전부 아파트촌이 돼버렸더군요.” 다른 사람에게 말하고 나니 마음이 좀 가벼워졌다.

키스는 그녀의 손 위에 자신의 손을 포갰다. 딱 엘리스가 상상했던 그대로였다. “정말 안타깝네요. 술부터 마시게 둘 걸 그랬어요.”

"지난 몇 시간 동안 현실을 받아들이려고 애썼어요. 그래도 여전히 기분이 이상해요."

"거기에 마지막으로 간 게 언제죠?"

"엄마의 유골을 뿌린 날에요. 그날 바로 할아버지를 따라 영스타운으로 갔죠. 처음 간 묘지가 할아버지 묘지고요."

키스의 손은 여전히 그녀의 손 위에 있었고, 그는 몇 초 더 있다가 손을 뗐다. "이제 뉴욕으로 돌아갈 겁니까?"

"난 서쪽으로 갈 거예요."

"서쪽 어디로요?"

"바람이 데려가는 곳으로요."

"계속 캠핑할 겁니까?"

엘리스는 고개를 끄덕였다.

"돌아가야 할 회사도 없어요?"

"없어요."

"가족은요?"

"없어요."

"언제까지 캠핑을 하며 떠돌 겁니까?"

"모르겠어요."

키스는 의자에 등을 기대고 엘리스를 바라보았다.

"이상해 보여요?" 엘리스가 물었다.

"용감하고 신기하네요. 여자 혼자 그렇게 돌아다닌다니 이상하기도 하고.”

“남자 혼자 돌아다니는 건 어떤데요?”

“그것도 신기하겠네요.”

“용감해 보이거나 이상해 보이지는 않고요?”

“덜해요.”

엘리스는 고개를 끄덕였다.

“이중 잣대라고 나무라지 않을 거예요?” 키스가 물었다.

“아뇨, 당신 말이 맞아요. 여자 혼자 오지를 여행하는 건 남자보다 훨씬 위험하죠. 여자가 아무리 체력이 강해도 남자들에 비해 불리해요. 대부분의 남자는 완력으로 여자를 제압할 수 있죠. 인간 생식기의 구조로 보면 여자가 훨씬 더 불리하고요.”

“처음 만나는 자리에서 주로 이런 이야기를 합니까?”

“미안해요. 내 전공이 생물학이라서 나도 모르게 튀어나와요.”

“생물학자라고요?” 키스가 놀란 얼굴로 물었다.

“그럴 예정이었죠.”

“왜 바뀌었는데요?”

“사는 게 다 그렇잖아요.”

엘리스는 그처럼 진부한 표현을 쓰기 싫었지만 마땅한 대답이 없었다. 다행히 키스는 더 이상 묻지 않았다.

엘리스가 주문한 술과 메뉴판이 도착했다. 키스는 건배하려고 맥주병을 들어 올렸다. “지금껏 만난 캠퍼 중에서 가장 신기하고 괴상한 여자를 위하여."

엘리스는 술잔을 들어 그의 맥주병과 맞부딪쳤다. "지금껏 내가 아는 최고의 마이 리틀 포니 변태를 위하여."

키스는 포니를 들어 올리더니 귀에 대고 말했다. "질투하지 마, 달링. 나에게는 여전히 자기가 일등이야."

엘리스는 그의 유머 감각이 마음에 들었다. 코넬 대학에 다닐 때 대니와 함께 어울려 다녔던 생물학과 남학생들을 연상시켰다.

올드 패션드는 지금껏 마셔본 술 가운데 최고는 아니었지만 가장 중요한 재료인 버번이 듬뿍 들어 있었다. 엘리스는 술을 너무 빨리 마시고 있었다. 취하지 않으려면 배에 음식을 넣어줘야 했다.

엘리스는 샐러드와 그릴드 치즈 샌드위치, 키스는 병맥주를 하나 더 주문했다. 엘리스도 올드 패션드를 한 잔 더 시켰다.

"그 술이 정말 마시고 싶었나봐요?"

키스는 짐작하지 못하겠지만 엘리스는 술과 약이 잘 섞여 기분이 좋았다. 레인저는 생각보다 훨씬 괜찮은 사람이었다. 캠핑장 텐트에서 혼자 술을 마시는 게 아니라서 다행이었다.

"우린 이미 생식기 토론까지 한 사이니까 천천히 춤을 추다보면 서로에 대해 더 잘 알게 될 겁니다." 키스가 말했다.

"토론한 건 아니죠."

키스가 자리에서 일어나 엘리스에게 손을 내밀었다. "같이 춤추면서 그 이야기를 더 할 수도 있겠네요. 얼른 일어나요. 내가 좋아하는 노래거든요."

엘리스는 춤을 별로 좋아하지 않았지만 그의 손을 잡고 무대로 나갔다. 어차피 키스에게 연락한 이유도 그의 부드러운 손길을 느끼고 싶어서였으니까.

키스는 그녀를 바싹 끌어안았지만 몸을 밀착시키지는 않았다. 무슨 노래인지 몰랐지만 엘리스도 마음에 드는 곡이었다. 술기운으로 머리가 몽롱해졌다. 엘리스는 몽롱한 느낌과 음악, 춤 그리고 키스에게로 느긋하게 빠져들었다. 그의 몸에서 좋은 냄새가 났다. 조나의 체취와는 아주 달랐다. 그와 사랑을 나누면 어떨지 상상해보았다.

마치 엘리스의 마음을 읽은 듯이 키스가 더 가까이 끌어당겼다. 노래가 끝났을 때 엘리스는 그가 키스할 줄 알았는데 아니었다. 아직 너무 일렀다. 키스가 한 손으로 그녀의 뺨을 감싸며 미소 지었다.

엘리스는 술과 익숙하지 않은 친밀함에 취해 자리로 돌아왔다. 두 번째로 주문한 올드 패션드를 마시며 샌드위치를 먹었다. 몇 달 만에 처음으로 허기가 느껴져 음식을 꾸역꾸역 밀어 넣지 않아도 되었다.

"생물학은 어디에서 공부했습니까?"

"코넬에서요."

"왜 그 대학에 진학했죠?"

"전액 장학금을 주는 대학 가운데 제일 마음에 들었으니까요."

"와, 당신 똑똑한가 봐요."

"공부를 잘해서라기보다 가정환경이 어려워 받았어요. 가난하게 자랐고, 어린 나이에 엄마가 돌아가셨고, 그 후 쥐꼬리만 한 연금을 받아 생활하는 할아버지와 살았으니까요."

"전혀 똑똑하지는 않았다는 뜻인가요?" 키스가 미소 지으며 물었다.

"지금 난 포니 피규어를 가지고 다니는 전혀 모르는 남자와 술을 마시고 있어요. 똑똑하다면 그럴 리 없잖아요."

"전혀 모르는 남자는 아니죠. 우린 아침에 만났잖아요. 당신은 내 근무지에서 제복을 입은 나를 봤어요. 그러니까 당신은 똑똑해요."

"포니를 가지고 다니는 남자인데도요?"

키스는 조용히 하라는 듯이 검지를 입술에 댔다. "포니 앞에서 그런 얘기는 하지 맙시다."

"그럼 당신 얘기를 해봐요. 국립공원 레인저는 어떤 과정을 거쳐 되는 건가요? 특별한 프로그램이 있어요?"

"난 환경 과학을 전공했지만 그런 학력이 없어도 레인저가 될 수 있어요."

"레인저가 되고 싶었어요?"

키스는 고개를 끄덕였다. "어릴 때는 경찰이 되고 싶었어요. 할아버지가 경찰서장이었거든요. 하지만 부모님 사과 농장 근처의 숲과 개천을 뛰어다닐 때가 제일 행복했어요. 그 중간쯤에 합의를 봐서 레인저가 되었죠."

"사과 농장에서 자랐나봐요. 정말 좋았겠네요."

"좋았죠."

"어느 지역이었죠?"

키스는 맥주를 다 비웠다. "펜실베이니아주에 있는 작은 마을이죠. 아마 들어본 적 없을 겁니다."

"펜실베이니아라면 스틸러스 팬이겠네요?"

"당연하죠. 어떻게 알았어요?"

"피츠버그 출신인 외증조 할아버지가 스틸러스 골수팬이었거든요."

"이제 보니 외가 쪽 사람들이 똑똑했네요."

엘리스는 그의 농담에 미소 지었지만 더는 외가에 대해 말하지 않았다. 외가 쪽이 똑똑한지는 잘 몰라도 확실히 중독 성향을 물려주었다.

엘리스는 음식을 다 먹었다. 올드 패션드를 한 잔 더 하고 싶었지만 키스의 눈치가 보였다. 음주 운전 문제도 있었다. 어쨌거나 키스는 법을 집행하는 레인저였으니까.

그때 키스가 말을 거는 바람에 엘리스는 고민을 잠시 보류했다. "또 춤출래요?"

밴드가 다시 느린 곡을 연주했고, 두 사람은 무대로 나갔다.

이번에는 몸을 더 바싹 밀착시키고 춤을 추었다. 노래가 끝나가자 키스가 잠시 그녀의 목덜미에 코와 입을 부드럽게 비볐다. 엘리스는 이렇게 기분 좋은 느낌은 처음이라 그에게 몸을 좀 더 기울였다. 노래가 끝나자 그는 몸을 내밀어 키스했다. 예상했던 것보다 더 강렬한 키스였다. 실내와 사람들, 음악, 이 모든 게 사라졌다. 오로지 그만 남았다.

키스가 몸을 떼면서 엘리스의 눈을 들여다보았다. 그의 홍채는 어두웠고, 동공은 월식이 일어난 두 개의 검은 달 같았다.

"우리 집에 가서 코냑을 한잔 더 할래요?" 엘리스가 말했다.

키스가 빙그레 웃었다. "당신 집이 어딘데요?"

"캠핑장 이름을 잊어버렸어요. 호수와 관련된 이름이었는데. 호수에서 가까워요. 내가 텐트를 치는 동안 당신은 코냑을 마셔요."

"거기가 어딘지 알아요. 차라리 우리 집으로 가는 게 어때요?"

"아뇨."

"밖에 눈이 제법 많이 와요."

"알아요."

키스는 그녀의 눈을 계속 바라보았다. "왜 아름다운 마녀가 어두운 숲으로 날 유혹하는 기분이 들까요?"

"좋네요. 마법이 먹혔어요." 엘리스는 그의 손을 잡고 테이블로 이끌었다. "위험을 감수하고라도 따라오고 싶으면 따라와요."

키스는 그녀를 따라갔다. 둘은 각자 계산을 마치고, 겉옷을 입은 다음 눈이 퍼붓는 바깥으로 걸어 나갔다.

"우리 집에 안 갈래요?" 키스가 말했다. "거긴 따뜻하고 전기도 들어와요. 편안한 가구와 변기……."

"프랑스산 코냑은요?"

"술은 다 떨어졌을 겁니다."

"밤에 눈 내리는 숲에서 프랑스산 코냑을 마셔본 적 있어요?"

"아무리 기억을 더듬어봐도 없네요."

"나도 없어요. 오늘 마셔보는 거예요."

"날 따라와요. 그 캠핑장의 명당이 어딘지 알고 있어요."

엘리스는 내비게이션을 볼 필요가 없어서 좋았다. 그저 키스의 차를 따라 눈 쌓인 도로를 달렸다. 와이퍼가 차창에 떨어지는 눈을 밀쳐냈다. 캠핑장 입구에 다다르자 키스가 차에서 내려 입장료를 냈다. 그런 다음 구불구불한 길을 달리다가 나무로 둘러싸인 사이트에서 멈췄다. 원래는 호수가 보이는데 지금은 눈이 내려 나무들만 보였다.

엘리스가 텐트를 치기 시작했다. 랜턴 두 개를 켠 다음 텐트를 칠 수 있는 자리를 찾아내 단열 처리된 보온 깔개를 깔았다. 키스가 텐트 치는 걸 도와주려고 했지만 엘리스 혼자서 하는 편이 더 빨랐다. 재빨리 텐트를 치고 나서 순식간에 담요와 베개, 침낭, 생필품 따위를 안으로 던져 넣었다.

마지막으로 조리용품이 든 상자에서 컵 두 개를 꺼낸 다음 음식이 든 상자에서 코냑을 찾아냈다. 특별한 경우에 대비해 아껴둔 고급 코냑이었다. 여행을 떠나기 전, 엘리스는 필요한 물건들을 챙기다가 조나가 숨겨둔 술을 한 무더기 찾아냈다. 그녀가 쉽게 찾아내지 못하도록 침실 벽장에 감춰둔 술이었다. 엘리스는 아무 거리낌 없이 몇 병 챙겨 들고 나왔다.

랜턴 하나는 끄고 다른 하나는 텐트 안에 넣어두었다. 키스에게 코냑이 든 컵을 건네며 엘리스가 물었다. "이번에는 무얼 위해 건배

할까요?"

"밤에 눈 내리는 숲으로 남자를 끌어들인 아름다운 마녀를 위해?"

엘리스는 컵을 들어 올렸다. "아름다운 마녀와 아름다운 먹잇감을 위해."

두 사람은 컵을 살짝 부딪쳤다.

눈이 내리는 숲에서 마시는 진하고 차가운 코냑은 밤의 검은 당밀과 하늘에서 내리는 눈 설탕, 폭풍우 뒤에 숨어 있는 별의 향신료를 마녀가 마법으로 섞어 만든 술 같은 맛이었다.

"맛이 어때요?" 엘리스가 물었다.

"정말 좋네요." 그가 키스했고, 엘리스는 그의 입에서 달큼한 술맛을 느꼈다.

그들은 마시고 키스하고, 또 마시고 키스했다. 컵을 다 비울 때까지.

"더 마실래요?" 엘리스가 물었다.

"그만 마실래요. 지금 이 상태로도 운전하면 위험할 겁니다."

"집으로 돌아가려고요?"

키스는 대답 대신 엘리스의 머리를 매만졌다. 머리카락이 눈에 젖어 고불고불해진 상태였다. "당신의 머리카락이 마음에 들어요. 당신처럼 야성적이어서."

"머리를 자르지 않고 기르는 중이에요."

"예쁠 겁니다. 그나저나 당신은 지금 눈에 다 젖었어요. 안 추워요?"

"아직은 괜찮아요, 당신은요?"

"나도 안 추워요."

"키스?"

"네?"

"당신이 알아야 할 게 있어요. 만약 우리가 함께 텐트로 들어간다 해도 난 내일 떠날 거예요."

"그럴 줄 알았어요." 키스가 살짝 아쉬워하며 말했다.

숲을 고요하게 만드는 눈이 둘 다 차마 입 밖에 낼 수 없는 말처럼 느껴졌다.

"집에 갈 거예요?" 엘리스가 물었다.

"그래야 할 것 같아요."

"이해해요."

키스는 두 팔로 엘리스를 끌어안았다. "어떻게 하는 겁니까?"

"뭘요?"

"여기 있으면서도 여기 없는 거요. 손에서 녹지 않고서는 만질 수가 없는 이 눈송이 같잖아요."

"당신은 취하면 시인이 되나봐요."

키스는 그녀를 떼어내더니 눈을 바라보았다. "무슨 일이 있었기에 이러는 거예요?"

"이러다니요?"

"한겨울에 혼자 숲속으로 떠났잖아요."

"왜 꼭 무슨 일이 있어서 그런다고 생각해요?"

"오늘 아침에 당신을 봤을 때 그게 제일 먼저 보였습니다. 당신은 분명 슬픔에 잠겨 있었어요. 마음 깊은 곳에서."

"다들 그러지 않나요?"

"모르겠어요. 그럴 수도 있겠네요."

둘 사이로 눈이 내렸다.

엘리스는 그의 뺨에 키스했다. 차갑고 축축한 살갗은 수염이 나서 까끌까끌했다. "오늘 밤에 당신과 함께 있어서 정말 좋았어요. 당신이 생각하는 것보다 내게 훨씬 더 큰 의미가 있었죠."

"당신이 전화해줘서 기뻤어요."

엘리스는 다시 키스했다. 그의 입술에, 짧게. "난 이제 텐트로 들어갈래요. 추워요."

그녀는 돌아서서 걸어갔다.

"잘 있어요, 엘리스."

엘리스가 텐트 지퍼를 열고 안으로 들어가 부츠를 벗었을 때 눈 내리는 어둠 속으로 사라지는 키스가 보였다. 엘리스는 그가 완전히 사라지기 전에 텐트 지퍼를 잠갔다. 옷을 벗고 보온 내의와 트레이닝 바지, 기모 스웨터를 입고 울 양말을 신었다. 모자는 머리를 조금 말린 뒤에 쓸 것이다. 보온 기능이 있는 침낭으로 들어가 랜턴을 껐다.

엘리스는 어서 잠들고 싶었다. 당장. 키스와 함께 있고 싶은 마음이 없다거나 리버 오크스 아파트에 세 들어 사는 걸 고려하지 않는다거나 강에 버린 휴대폰에 들어 있는 아이들 사진이 눈에 아른거리지 않는다는 거짓말을 하고 싶지 않았다.

요즘은 금세 잠들 수 없었다. 주로 약을 먹어야 했다. 엘리스는 약병과 물을 찾아 어두운 바닥을 더듬었다.

"엘리스?"

키스가 텐트 근처에 서 있었다. 오늘 아침에 그녀를 처음 불렀을 때처럼.

"당신을 다시는 못 봐도 상관없어요. 당신과 함께 있고 싶어요. 당신도 원한다면."

엘리스는 텐트의 지퍼를 내렸다. "나도 당신과 함께 있고 싶어요. 특별히 당신의 포니도 들어오게 해줄게요."

엘리스는 주머니에서 포니를 꺼내 눈 쌓인 산봉우리들을 배경으로 둥근 바위에 내려놓았다. 엘리스는 포니를 겝이라고 불렀다. 텐트에서 키스 게파트와 눈 내리는 밤을 보낸 다음 날, 패딩 점퍼의 지퍼 달린 주머니를 열어보니 포니가 들어 있었다. 키스가 떠나기 전에 주머니에 넣어두고 간 것이다.

처음에는 포니의 이름을 게파트로 했다. 하지만 몇 주, 몇 달이 흐르면서 엘리스의 삶 모두가 간소화되었듯이 그 이름 역시 짧아졌다. "어때, 겝? 여기가 정상이야. 아주 장관이지?" 엘리스가 포니에게 물었다.

포니는 말없이 산들을 바라보았다. 엘리스는 생수병을 꺼내 건배의 뜻으로 들어 올렸다. "열흘째 금주를 위하여." 그런 다음 물을 마셨다. "어떻게 생각해? 이번에는 성공할 수 있을까?"

포니의 미소는 응원이라기보다는 냉소로 보였다.

뉴멕시코주 산들을 돌며 캠핑할 때 처음으로 금주를 시도했지만 성공하지 못했다. 그때 거의 2주 동안이나 술을 끊었다. 술이나 약에 취한 상태로는 등산이 힘들다는 걸 알게 되었기 때문이다. 술과 등산 가운데 한 가지를 선택해야 한다는 뜻이었다. 텐트에 남아 술에 취한 상태로 산을 바라보거나 술을 마시지 말고 맨정신으로 등산하거나. 등산을 한 날에는 지쳐 돌아와 텐트에서 술을 많이 마셨다.

마음을 굳게 먹어야 했다. 오늘 하루, 약이나 술 없이 버틸 수 있다면 언젠가는 술을 완전히 끊을 수 있을 만큼 강해질 것이다.

엘리스는 포니에게 말했다. "오늘이 무슨 날인지 알아?"

겝은 말없이 미소를 지었다.

"내 아기를 숲에 두고 온 지 일 년째 되는 날이야."

겝의 푸른 얼굴에서는 여전히 미소가 사라지지 않았다.

"난 아기를 주차장에 두고 떠나버렸어. 어떤 미치광이가 아기를 데려가도록."

두 남녀 커플이 등산로를 올라왔다. 그들은 엘리스를 이상한 사람 대하듯 바라보았다. 아마도 엘리스가 큰 소리로 말하는 걸 들었을지도 모른다.

엘리스는 그제야 포니가 앞에 있다는 사실이 기억났다.

"나도 저 장난감이 있었어요." 귀가 달린 털모자를 쓴 여자가 말했다.

"사진이 근사하네요. 딸에게 보낼 건가요?" 다른 여자가 말했다.

"네." 엘리스는 그렇게 말하고 나서 겝을 집어 들어 주머니에 넣었다.

이제 포니가 사라지자 두 커플은 바위에 기대 서서 사진을 찍었다.

엘리스는 물건을 챙겨서 아래로 내려갔다. 4분의 1쯤 내려갔을 때 주머니를 만지던 엘리스는 지퍼가 열린 걸 알고 잠시 패닉에 빠졌다. 그녀가 가진 물건 중에서 겝은 유일하게 대체할 수 없었다. 주머니에 손을 더 깊이 넣었더니 매끈한 갈기가 만져졌다. 엘리스는 주머니의 지퍼를 잠갔다.

키스를 만난 이후 두 남자와 잤는데 둘 다 키스의 절반도 못 따라갔다. 아이러니하게도 엘리스가 등산로와 캠핑장에서 만난 남자들은 그녀와 원하는 게 비슷했다. 그들은 교감을 최소화한 섹스를 원했다. 반면 키스는 교감을 더 원했다. 술집에서 만났을 때 키스는 그녀와 섹스할 마음이 없었고, 처음에는 거절까지 했다.

캠핑장 숲에서 레이븐이 울었고, 엘리스는 여전히 그 소리가 듣기 싫었다. 이내 왁자지껄하게 떠드는 소리가 들려왔다. 젊은 사람 여섯 명이 텐트 세 개를 치고 시끄럽게 떠들어댔다. 웃음소리가 끊이지 않았고, 대마초를 피우는 냄새가 텐트로 흘러들었다.

엘리스는 캠핑장에서 저들보다 훨씬 더 질 나쁜 사람들 옆에서 지낸 적이 있었다. 만약 삶이 지금과 다른 방향으로 흘러갔다면 엘리스도 젊고 활기찬 그들과 격의 없이 어울렸을지도 모른다. 하지만 오늘 밤은 비올라를 생각하며 조용히 보내고 싶었기에 그들이 떠들어대는 소리에 짜증이 났다.

엘리스는 모닥불을 피우고 간단한 식사를 준비했다. 옆 텐트 청년이 지나가며 손을 흔들었다. 엘리스도 손을 흔들어 주었지만 가급적 시선을 마주치지 않으려고 애썼다.

엘리스는 통나무에 앉아 저녁을 먹었다. 모닥불을 바라보며 이런저런 잡다한 생각에 빠져들었다. 대개는 불가에 앉아 위스키를 마셨지만 지금은 마시지 않기로 했다. 비올라가 어디에 있을지, 리버와 재스퍼는 무얼 하고 지낼지 생각하지 않기로 했다. 가을이 되면 쌍둥이들은 킨더에 입학할 예정이었고, 잘 해낼 것이다. 다만 지나치게 권위적인 선생님을 만나면 리버가 힘들어 할 것이다. 그런 일이 일어나지 않도록 조나가 미리 신경을 써두면 좋을 텐데. 메리 캐럴은 그다지 세심한 성격이 아니었다.

혹시 이제는 아이린이 아이들을 돌볼까?

점점 짙어가는 황혼이 몸 안으로 스며드는 느낌이었다. 가슴 깊은 곳으로 지독한 어둠이 밀려들었다.

왜 아이들 생각이 떠오르도록 내버려두었을까?

엘리스는 더는 음식이 들어가지 않아 그릇을 내려놓았다. 지난 이틀간 일부러 차에서 더 멀어지는 쪽으로 등산했다.

어떻게 오늘 같은 날을 술의 도움 없이 버틸 수 있을 거라 믿었을까?

엘리스는 왼쪽 주머니의 지퍼를 내려 겝을 꺼냈다. 겝이 환하게 웃었다.

"네가 시도 때도 없이 긍정적이니까 그냥 불 속에 넣어버리고 싶잖아."

엘리스는 그렇게 말하고 나서 포니가 오렌지색 불꽃 속에서 녹아내리는 모습을 상상했다. 어디를 가든 포니를 주머니에 넣고 다니는 이 기이한 중독을 끝내기 위해서라도 그래야 할 것 같았다. 하지만 이 정도 중독은 괜찮을 것이라는 생각이 들었다. 엘리스는 포니의 빛바랜

보라색 갈기를 부드럽게 쓰다듬었다. 눈 속에서 키스가 그녀의 머리를 쓰다듬어 주었듯이.

"안녕하세요?" 누군가의 목소리가 들렸다.

엘리스는 고개를 들었다. 좀 전에 지나갔던 남자였다. 엘리스는 겝을 주머니에 넣고 지퍼를 잠갔다.

"함께 대마초 피울래요?" 남자가 물었다.

"아뇨, 괜찮아요."

남자가 주머니에서 휴대용 플라스크를 꺼내자 엘리스는 불안해졌다.

"술은 어때요?"

엘리스는 리버와 재스퍼에게 했던 말을 떠올렸다. '엄마는 예쁜 곳에서 건강을 회복할 거야.'

앞으로 다시는 볼 일이 없을 텐데 아이들이 어떤 생각을 하든지 무슨 상관일까?

엘리스는 술이 필요했다. 딱 하룻밤. 오늘을 견뎌내려면.

남자가 불가로 다가오더니 플라스크를 쥐지 않은 빈손을 그녀에게 내밀었다. "난 케일럽이라고 해요."

"엘리스예요."

"엘리스?"

"네."

"술을 좀 마실래요?" 남자가 플라스크를 내밀었다.

"아뇨." 엘리스는 자신의 단호한 말투에 놀랐다.

"약 따위를 타지는 않았어요." 남자가 플라스크 뚜껑을 열고 한 모금 마시더니 엘리스에게 내밀었다.

"싫다니까요."

남자는 엘리스의 말투에 깃든 분노를 알아차린 눈치였다. "알겠어요." 그러더니 플라스크를 주머니에 집어넣었다. "옆 텐트로 갈래요? 우린 그냥 떠들고 놀 거예요."

"초대해준 건 고맙지만 등산을 하느라 피곤해서 곧 잠을 자야 해요."

그가 엘리스가 친 작은 텐트를 둘러보았다. "혼자 왔어요?"

대학 시절 혼자 캠핑을 다닐 때에도 종종 들었던 질문이었고, 들을 때마다 왠지 마음이 불안해졌다. 엘리스는 늘 하던 대로 대답했다. "그건 왜 묻죠?"

"글쎄요. 당신처럼 아름다운 여성이라면 당연히 동행이 있을 것 같은데 아무도 못 봤거든요. 그래서 바보 같은 질문을 하고 말았네요. 미안합니다. 이만 갈게요."

케일럽은 몸을 돌려 걸어갔다.

엘리스는 자신이 엄마 같은 사람이 될까봐 두려웠다. 언제나 독기를 품고 있어 주변 사람들까지 독살하는 불행한 사람.

"무례하게 굴 생각은 아니었어요." 엘리스가 말했다.

케일럽이 걸음을 멈추고 돌아봤다.

"오늘은 내 인생에서 좀 힘든 날이거든요."

"그래요? 왜죠?"

"일 년 전 오늘, 누가 죽었어요."

엘리스는 자신이 왜 그렇게 표현했는지 알 수 없었다. 하지만 거짓은 아니었다. 일 년 전 오늘 엘리스는 죽었다. 아마 그녀의 아기도 죽었으리라.

케일럽은 그녀의 눈을 바라보았다. "저런! 그 얘기를 들려줄 수 있어요?"

"못 해요."

케일럽이 다시 가까이 다가오더니 통나무 옆에 책상다리를 하고 앉았다. "그럼 다른 얘기를 할까요?"

"차라리 그게 낫겠어요. 하지만 술은 안 돼요. 술을 끊으려고 하거든요."

"맙소사! 내가 정말 바보 같았네요."

"몰랐잖아요."

케일럽이 자못 걱정스러운 눈으로 엘리스를 바라보았다. 곱슬곱슬한 머리카락, 검은 눈동자, 조각상처럼 반듯한 체구의 젊고 매력적인 청년이었다.

"이 캠핑장에 온 지 얼마나 됐죠?"

"이틀 되었어요. 당신은요?"

"나흘째예요. 휴가 중이세요?"

"아뇨."

"그럼, 그냥 떠돌아다니는 거예요?"

"아마도요."

"그럴 줄 알았어요. 당신을 보자마자 나와 비슷한 영혼이라고 생각했거든요. 돌아다닌 지 얼마나 됐죠?"

"12월부터요."

"주로 어딜 다녔어요?"

"뉴욕주에서 뉴멕시코주를 거쳐 캘리포니아주로 갔다가 여기로 왔어요. 도중에 많은 주를 거쳤죠."

"멋지네요. 난 열아홉 살 때부터 방랑자로 살았어요."

"몇 년 동안이나요?"

"3년 되었네요. 이젠 어딘가에 정착해서는 못 살겠어요. 원래 인류는 여기저기 떠돌며 살았잖아요. 농사를 짓고 정착해 살게 되면서 인류는 감옥에 갇힌 거예요. 그 이전까지 백만 년 동안은 노마드로 살아왔다는 걸 알아야 해요."

케일럽은 몸을 돌려 엘리스를 마주 보았다. "집에서 오래 정착해 살 때의 그 기분 알죠? 작은 아파트든 단독주택이든 대저택이든 상관없어요. 한곳에 오래 머물러 살면 무조건 그 기분을 느끼게 되죠. 내 말이 무슨 뜻인지 알 거예요."

엘리스는 고개를 끄덕였다. 그녀도 그렇게 느낀 적이 있었다.

"우리의 유전자가 지난 수백 년 동안 조상들이 살아온 방식을 보고 듣고 냄새를 맡고 만지고 갈구하게 만들기 때문이죠. 마음속에서 우린 여전히 노마드니까. 다들 그걸 느끼고 있어요. 하지만 대다수 사람들은 왜 자신이 늘 손에 닿지 않는 뭔가를 원하는지 몰라요. 허한 마음에 점점 더 비싼 차와 큰 집을 사지만 기분은 절대로 나아지지 않죠. 죽을 때까지 더 우울해질 뿐이에요."

케일럽은 생각보다 재미있는 사람이었다. 게다가 비올라에 대한 생각을 잊게 하는 데 탁월한 재주가 있었다.

케일럽이 그녀의 무릎에 손을 올려놓았다. "미안해요. 가뜩이나 기분이 울적해 보이는데 더욱 우울한 얘기만 했네요."

"괜찮아요."

케일럽은 그녀의 무릎에서 손을 떼더니 주머니에서 나달나달해진 문고본 한 권을 꺼냈다. 월트 휘트먼의 시집 《풀잎》이었다. "혹시 〈열린 길의 노래〉라는 시를 알아요?"

"들어봤어요."

"내가 읽어줄게요. 기분이 엿 같을 때 시를 읽으면 좀 나아지더라고요."

케일럽의 애수에 찬 검은 눈동자가 아까보다 더 매력적으로 보였다. 매력적인 남자가 시를 읽어준다는데 거절할 이유가 없었다. 그보다 더한 제안을 해도 거절할 방법이 없을 것이다. 하지만 케일럽의 속살은 약간 더러울 것 같았다.

"당신이 시를 읽어준다면 꼭 듣고 싶어요." 엘리스가 말했다. "하지만 이제 날이 어두워졌으니 잠깐 몸을 씻으러 개울에 가려고 하는데 당신도 함께 갈래요?"

케일럽이 씩 웃었다. 엘리스가 그의 인화점에 마른 장작을 던진 게 틀림없었다. 그의 눈이 이글거렸다. "물론이죠. 차가운 계곡물에 들어가는 걸 좋아해요. 특히 아름다운 여자와 함께라면 더욱."

"몸을 씻은 다음 〈열린 길의 노래〉를 읽어줘요."

케일럽은 양손으로 엘리스의 손을 꽉 잡았다. " '영원히 살아서, 영원히 앞으로.' "

휘트먼의 시구는 케일럽이 생각하는 것보다 엘리스에게 더욱 큰 의미가 있었다. 그토록 두려워했던 이 밤이 그다지 나쁘지 않을 듯했다.

폭포를 향해 걸어가는 동안 케일럽은 계속 엘리스의 손을 잡고 있었다. 폭포에서 물이 세차게 떨어져 내리는 소리가 숲속의 모든 소리를 잠재웠다. 엘리스는 일 년 만에 처음으로 올바른 방향으로 가고 있다는 느낌이 들었다.

2부

레이븐의 딸

1

이제 곧 마마가 돌아올 것이다. 레이븐은 느낌으로 알 수 있었다. 하지만 마마의 기분이 어떨지는 짐작할 수 없었다. 요즘 마마의 기분은 봄날처럼 싱숭생숭했다. 어떤 날은 매섭게 추웠다가 이튿날은 맨발로 다녀도 될 만큼 따스했다.

마마는 잔뜩 찌푸린 얼굴로 말없이 집을 나갔다. 그럴 때면 마치 뭉게뭉게 피어오른 먹구름 같았다. 산책을 떠나기 전 마마는 레이븐에게 숙제를 다 끝내야 한다고 했다. '전부 다.'

레이븐은 마지막 산수 문제를 풀었다. 10+12=22. 레이븐은 숙제를 마친 순서대로 교재를 가지런히 쌓아놓았다. 읽기, 과학, 사회, 산수.

창밖으로 비를 뿌리는 잿빛 오후가 펼쳐져 있었다. 마마는 곧 집에 돌아올 것이고, 기분이 어떤지 알 수 없었지만 레이븐은 자신이 원하는 방향으로 유도할 작정이었다.

레이븐은 고무장화를 신고 우비를 입은 다음 숲을 향해 걸어갔다. 잠시 걸음을 멈추고 마마에게 배운 대로 눈을 감고 자신이 원하는 장면을 상상했다. 마마가 미소를 지으며 집으로 돌아오는 모습이 떠올랐다. 마마는 행복해 보였고, 레이븐에게 말을 걸었다. 그 장면이 생생하게 떠오르자 레이븐은 눈을 떴다. 그렇게 되려면 어떻게 해야 하는지 땅이 보여주길 기대하며 천천히 걸었다.

마마도 그런 방식으로 레이븐을 얻게 되었다고 했다. 마마는 마음과 영혼을 다해 아기를 간절히 원한다고 소원을 빌었다. 마마는 그동안 땅에게 소원을 빌어 원하는 걸 얻어왔지만 아기의 경우 큰 부담이 되는 소원이었다. 아기를 가져다 달라고 여러 차례 소원을 빈 결과 땅은 레이븐을 통해 검은 눈의 아이를 보내주었다. 아기의 아빠는 레이븐의 정령이었다. 그런 까닭에 마마는 아기를 레이븐의 딸이라 불렀다.

레이븐의 눈길이 찌그러진 M자 모양 막대기에 떨어졌다. 사인이었다. 마마(Mama)의 M. 레이븐은 막대기를 집어 들고 다른 사인을 찾았다. 초록빛 돌이 눈에 들어왔다. 초록은 마마가 제일 좋아하는 색이었다. 그다음에는 흰색 깃털을 찾아냈다. 마마는 새를 좋아했다.

땅을 뚫고 나오는 작은 꽃 한 송이를 봤을 때 레이븐은 메시지를 보내기에 적합한 장소를 찾아냈다고 확신했다. 마마가 말하길 몸에 주의를 기울이고 있으면 장소를 찾았을 때 저절로 알 수 있다고 했다. 아니나 다를까 갑자기 불이 살아나 훨훨 타오르듯 마음속이 환해졌다.

이제는 메시지를 전하는 최상의 방법을 찾아내야 했다. 계속 연습하면 점점 더 잘 찾아내게 될 것이다. 레이븐은 자신이 원하는 걸 다시 한번 상상했다. 행복한 얼굴로 집에 돌아오는 마마.

메시지를 어떻게 전해야 할지는 땅에 맡겼다. 꽃 옆에 M자 모양 막대기를 내려놓았다. 직감적으로 깃털을 그 옆에 둬야 할 것 같았다. 하지만 빗물 때문에 깃털이 손가락에 붙어버려 레이븐은 초록색 돌로 떼어냈다. 돌의 젖은 표면에 붙은 깃털이 보기 좋았다. 꽃과 막대기

사이에 돌과 깃털을 V자 모양으로 조심스럽게 내려놓았다.

레이븐은 쪼그려 앉은 자세로 돌과 깃털을 바라보았다. 제대로 기도했다는 느낌이 들었다. 마마는 몸의 소리에 귀를 기울이면 알 수 있을 거라고 했다.

레이븐은 일어나서 집을 향해 걸어갔다.

산책을 마친 마마가 돌아와 있었다. 뒷문 앞에서 신발을 벗으려고 허리를 숙인 마마의 두 갈래로 땋아 내린 머리에서 빗방울이 뚝뚝 떨어졌다. 레이븐을 본 마마는 미소를 지으며 두 팔을 벌렸다. "이리 오렴, 사랑스러운 딸아."

2

레이븐이 마마와 함께 사슴 고기를 굽고 있을 때 경보가 울렸다. 그들의 사유지에 누군가 들어왔다는 걸 알려주는 경보음이 울려 퍼질 때마다 레이븐은 가슴이 두근거렸다. 마마는 어느 날 누군가 찾아와 레이븐을 데려가려고 할지도 모른다고 했다. 현대인들은 더는 땅의 기적을 받아들이지 못하기 때문이었다. 그들은 마마에게서 레이븐을 훔쳐 가 고대 방식을 따르지 않는 사람들과 함께 살게 할 것이다.

마마는 서둘러 CCTV 화면을 보았고, 레이븐은 난방 배관처럼 생긴 쇠 격자 뒤의 은신처로 달려갔다. 그 작은 공간으로 기어들어 간 다음 쇠 격자를 잡아당겨 닫았다.

"젠장!" CCTV 화면을 본 마마가 말했다.

레이븐의 심장이 더욱 세게 두근거렸다.

누군가 나를 데리러 왔을까?

마마는 경보를 껐다. 현관문을 크게 두드리는 소리가 나더니 마마의 발소리가 현관이 아닌 쇠 격자 쪽으로 다가왔다. "이제 나와도 돼, 레이븐. 이모가 왔어." 마마가 말했다.

레이븐은 안도했지만 이제부터는 손드라 이모가 찾아올 때마다 벌어지는 마마와의 말다툼에 대비해야만 했다. 레이븐은 마마와 이모가 다투는 게 싫었다. 더욱 싫은 건 마마가 이모 앞에서는 달라진다는 사실이었다. 손드라 이모와 함께 있는 자리에서 마마는 늘 확신이 없어 보였다.

레이븐은 은신처에서 기어 나와 쇠 격자를 조심스럽게 닫았다. 이모에게 은신처를 들켜서도 안 되고, 그녀가 정령의 딸이라는 사실을 알게 해서도 안 된다. 이모는 땅의 힘을 믿지 않으니까. 바깥세상 사람들은 레이븐이 다른 아이들처럼 엄마 몸에서 나왔다고 믿어야 한다. 그래서 레이븐은 다른 사람들에게 자신이 마마의 성을 따라 이름이 '레이븐 린드'라고 말해야만 했다.

"이모가 의사 선생님이랑 함께 왔어." 마마가 말했다.

주사를 맞아야 한다는 뜻이었다. 팻 선생님은 주로 손드라 이모와 함께 왔다. 이모의 말에 따르면 팻 선생님은 소아과 의사이고, 아이들의 병을 치료해주는 사람이라고 했다. 팻 선생님은 올 때마다 레이븐의 팔에 주사를 놓으려고 했다. 마마는 반대했지만 손드라 이모와 팻 선생님은 포기하지 않고 계속 괴롭혔다.

"규칙 알고 있지?" 현관문을 열기 전 마마가 말했다.

"네." 레이븐이 말했다.

마마는 잠금장치 세 개를 풀고 문을 열었다.

"잘 있었니, 오드리?" 손드라 이모가 마마에게 말했다.

"어쩐 일이야?" 마마가 말했다.

손드라 이모는 마마의 말을 무시하고 팻 선생님과 함께 현관문을 밀치고 안으로 들어왔다. 이모는 덩치가 컸고, 얼굴은 마마와 비슷했다.

크림색 피부에 옅은 금발도 마마와 같았다. 다만 손드라 이모는 머리가 짧았고, 마마는 긴 머리를 양 갈래로 땋아 내렸다. 눈도 똑같이 푸른색이지만 달랐다. 손드라 이모는 그냥 푸른색, 마마는 흰빛에 가까운 푸른색이었다. 레이븐은 마마의 눈도 원래 이모처럼 푸른색이었지만 정령들의 세상에서 살면서 별빛에 가깝게 변했다고 생각했다.

손드라 이모는 손에 종이로 된 쇼핑백 두 개를 들고 있었고, 팻 선생님은 검은 가죽 가방을 들고 있었다. 주사기가 든 가방이었다. 두 사람은 늘 그랬듯이 마치 레이븐이 어딘가가 크게 잘못되었을 거라 여기는 눈빛으로 바라보았다.

"어떻게 지냈니, 레이븐?" 손드라 이모가 물었다.

"잘 지냈어요."

"건강해 보이는구나." 팻 선생님이 미소 지으며 말했다. "지난번에 봤을 때보다 키가 많이 자랐어."

"오늘은 평일인데 왜 학교에 안 가고 집에 있니?" 손드라 이모가 물었다.

마마의 얼굴에 먹구름이 끼었다. 레이븐은 빨리 이 어색한 상황을 끝내버리고 싶었다. 그래서 오른쪽 소매를 걷어 올리고 팔을 팻 선생님에게 내밀었다. "어서 주사를 놔주세요. 마마랑 저는 요리를 만들던 중이었으니까 주사를 놓아주고 얼른 돌아가세요."

마마가 살짝 웃으며 손으로 레이븐의 입을 막았다.

"애한테 그렇게 말하라고 세뇌라도 했니?" 손드라 이모가 말했다.

마마의 얼굴에 다시 먹구름이 드리웠다. "내 딸은 자기 생각을 정확하게 말했을 뿐이야."

"아이가 왜 집에 있지? 학교에 보내기로 합의하고 퍼트리샤가 예방주사를 놓아주었잖아."

"난 학교에 보내겠다고 한 적 없어." 마마가 말했다.

"이미 킨더와 1학년 과정을 놓쳤어. 동년배보다 2년이나 뒤진 상태라고." 손드라 이모가 말했다.

"내가 학교 선생님보다 더 잘 가르치고 있어." 마마가 말했다.

"저는 읽기, 쓰기, 산수, 과학, 사회를 공부해요." 레이븐이 말했다.

손드라 이모는 레이븐을 쳐다보지도 않았다. "레이븐을 학교에 보내야 하는 이유는 단지 공부 때문이 아니야. 퍼트리샤와 내가 지난번에 다 설명했잖아. 레이븐은 또래 아이들과 놀아야 할 필요가 있어. 사회화가 필요하다고."

"또래 아이들이라면 우리가 다니는 도서관에서도 봐." 마마가 말했다.

"그 아이들과 놀이 약속*을 잡은 적이 있어?"

"놀이 약속?" 마마가 헛웃음을 흘렸다. "내가 어릴 때도 그런 건 없었어."

"그거 봐." 손드라 이모가 말했다.

레이븐은 왜 갑자기 마마의 표정이 폭발 직전이 되었는지 알 수 없

*부모가 정한 날에 아이들끼리 만나서 노는 것을 뜻한다

었다. "내 집에서 나가! 더는 우리 아이 교육에 대해 왈가왈부하지 마!" 마마가 소리를 버럭 질렀다.

레이븐과 팻 선생님은 흠칫했지만 손드라 이모는 늘 그랬듯이 마마의 폭풍우에 겁 없이 맞섰다. "애가 지난번처럼 또 고열에 시달리면 어떻게 할 건데?"

마마는 그 말에는 아무런 답변도 하지 못했다.

"이 아이 인생에 날 끌어들인 사람은 바로 너야!" 손드라 이모가 레이븐을 가리키며 말했다. "이 아이가 아팠던 날에 네가 전화하지 않았다면 난 지금껏 조카가 있다는 사실조차 몰랐을 거야. 너도 기억하지, 오드리? 네가 나에게 당장 와달라고 얼마나 애걸했는지?"

마마는 물 없는 꽃병 속에 꽂힌 꽃처럼 시들어버렸다.

"그 일이 있고 나서 일 년쯤 지났을 때 넌 아이가 계속 토한다고 또 전화했어. 그런 전화를 받을 때마다 내 심정이 어떤지 알아? 네가 아이를 병원에 데려가지 않겠다고 고집을 부리는 바람에 혹시 아이가 죽을지도 모른다고 생각하면 어떤 심정이 되는지 알기나 해? 그럴 때마다 난 만사를 뒤로하고 부리나케 달려와야 했지. 퍼트리샤를 여기까지 데려오려면 항공비를 얼마나 내야 하는지 알아?"

"재산이 1백만 달러가 넘는데 뭐 그리 엄살이 심해? 이젠 10억 달러로 늘지 않았어?"

"돈이 있다고 낭비해도 된다는 뜻은 아니지."

"퍼트리샤의 항공비는 내가 낼게." 마마가 말했다.

“레이븐을 동네 병원에 데려가면 간단히 해결되잖아.”

“난 이 지역 사람들과 엮이고 싶지 않아.”

“넌 언제나 사람들을 회피했어. 도서관에도 간다면서 소아과에는 왜 못 가? 너도 가까운 곳에 주치의가 있어야 해.”

“난 의사는 필요 없어.”

“언젠가는 필요할 거야. 치과에도 가봐야 해. 불소가 없는 우물물을 마시잖아. 불소 치료를 받지 않으면 레이븐의 치아가 부식될 거야.”

마마는 눈을 감고 두 손으로 양쪽 관자놀이를 눌렀다. 마치 머리에서 극심한 통증을 짜내려는 듯이. 레이븐은 그런 행동이 마마의 기분이 안 좋을 때 하는 습관임을 알고 있었다. 손드라 이모도 걱정스러운 표정을 짓는 걸 보니 마마의 습관을 알고 있는 듯했다.

“오드리, 난 그저 레이븐이 안전하고 건강하게 지내도록 하려는 것뿐이야. 레이븐은 내 조카니까 나에게도 책임이 있어.” 손드라 이모가 부드러운 목소리로 말했다.

마마는 눈을 뜨지 않았고, 관자놀이에서 손을 떼지도 않았다.

마마를 행복하게 해줄 말이 필요했다. “손드라 이모, 제가 공부한 걸 보여줄게요.”

예전에 마마는 손드라 이모가 오면 숙제한 걸 보여주라고 했다. 굳이 학교에 다닐 필요가 없다는 걸 보여줘야 했다. 손드라 이모가 지난번 방문 때 학교 이야기를 꺼낸 이후 레이븐과 마마가 그토록 열심히 공부한 이유이기도 했다.

이모가 말했다. "그래, 보고 싶구나."

레이븐은 갑자기 이모의 말투가 왜 부드러워졌는지 알 수 있었다. 이모도 마마의 기분을 풀어주려는 것이다. 숲이 내다보이는 커다란 창 앞에 새로 구입한 책상이 놓여 있었다. 레이븐은 이모를 책상 앞으로 데려간 다음 선반에서 교재를 꺼냈다.

손드라 이모가 교재를 집어 드는 동안 팻 선생님이 마마와 함께 방으로 들어왔다. 마마는 아까보다 기분이 나아 보였다.

"교재에 나오는 내용 중에서 아무거나 선택해 레이븐에게 물어봐. 초등학교 1학년 애들보다 훨씬 더 잘 알 거야." 마마가 말했다.

손드라 이모는 교재를 꼼꼼히 살펴보다가 물었다. "11 더하기 10은?"

"21." 레이븐이 대답했다.

"3 곱하기 3은?"

레이븐은 3 세 개를 쉽게 떠올렸다. "9."

"잘하네!" 팻 선생님이 말했다.

손드라 이모가 레이븐의 교재를 뒤적이며 말했다. "글씨를 반듯하게 잘 쓰네."

"지난번에 마마가 철자도 안 틀리고 정확하게 쓴다고 칭찬했어요." 레이븐이 말했다.

이모는 고개를 끄덕이고 나서 교재를 좀 더 훑어보았다. "현재 네가 사는 주는 어디지?"

"워싱턴주요. 워싱턴주의 주도는 올림피아고요. 워싱턴주 남쪽은 오리건주예요. 오리건주의 주도는 세일럼이고요." 레이븐이 말했다.

"정말 똑똑하구나." 팻 선생님이 말했다.

손드라 이모는 레이븐이 읽은 책 목록을 유심히 바라보았다. "이 책들을 다 읽었니?"

"네, 하지만 닥터 수스 책은 유아용이에요. 더 어려운 책도 읽을 수 있어요."

손드라 이모는 미소를 짓고 나서 이번에는 레이븐의 과학 교재를 펼쳤다. "지난주에 진화에 대해 배웠네. 진화가 뭔지 이모에게 설명해볼래?"

"손드라……." 팻 선생님이 말했다.

"왜?"

"설령 배웠다고 해도 저 나이에 진화에 대해 설명하는 건 대단히 어려워."

"설명할 수 있어요." 레이븐이 말했다. "진화는……." 그 단어가 뭐였더라? "서기?" 레이븐은 마마를 바라보았다.

마마는 고개를 끄덕였다.

"서기 천년에 걸쳐서 일어났어요." 레이븐은 말을 이었다. "식물과 동물에는 DNA라는 유전자가 있어요. 천년 동안 DNA는 계속 변해 동식물이 더 잘 살아가게 해주었죠. 그게 바로 진화예요. 빅뱅 이후에 우리도 아메바에서 사람으로 진화했고요."

손드라 이모와 팻 선생님이 미소를 지었다. 무엇보다 마마가 미소를 지어 기분이 좋았다. 레이븐의 대답에 만족한 표정이었다.

손드라 이모는 교재들을 책상에 내려놓고 나서 쪼그려 앉아 레이븐과 눈높이를 맞추었다. 손드라 이모가 한 손을 레이븐의 뺨에 대고 말했다. "넌 정말 똑똑한 아이야, 레이븐. 학교에 가면 더욱 좋을 거야. 내년에는 학교에 가는 걸 생각해보렴."

레이븐은 이모의 말이 못마땅했다. 마마가 다시 얼굴을 찡그렸다.

"너의 일곱 번째 생일에 못 와서 미안하구나." 이모가 말을 이었다. "생일을 축하하는 의미로 이모가 널 안아줘도 되겠니?"

레이븐은 이모의 품에 안겼다. 이모에게서 강한 꽃향기가 났다. 마마에게서 나는 향과 많이 달랐다.

"이모가 생일 선물을 가져왔어. 열어볼래?"

레이븐은 마마를 바라보았다. 마마는 괜찮다는 뜻으로 고개를 끄덕였다.

손드라 이모가 자주색과 푸른색 종이 쇼핑백을 놓아둔 곳으로 레이븐을 데려갔다. 푸른색 쇼핑백 안에는 구깃구깃한 자주색 종이가 잔뜩 들어 있었고, 그 아래에 식물과 별에 대한 책과 《학교는 재미있어》라는 책이 있었다. 지난번에 이모가 준 유아용 책 《킨더가든의 첫날》과 비슷해 보였다.

"이래 놓고 나더러 세뇌한다고?" 마마가 말했다.

푸른색 쇼핑백에서 마지막으로 나온 물건은 푸른색, 초록색, 노란색 새가 잔뜩 날아다니는 작은 가방이었다.

"학교에 가게 되면 이 가방에 책과 노트를 넣어 다닐 수 있어." 손드라 이모가 말했다.

팔짱을 낀 마마는 입을 꾹 다물었다.

레이븐은 자주색 쇼핑백에서는 학교와 관련된 물건이 나오지 않길 바랐다. 자주색 쇼핑백에 들어있는 구깃구깃한 푸른색 종이를 젖혔더니 예쁜 황갈색 부츠가 나왔다. 어그(UGG)라고 적힌 부츠였다. 진청색 레깅스와 연푸른색 스웨터도 들어 있었다. 스웨터를 펼쳤더니 앞면에 커다란 검은 새가 있었다.

"레이븐이야. 널 위해 특별히 새를 넣어달라고 주문했단다." 손드라 이모가 말했다.

레이븐은 스웨터가 마음에 들었지만 마마의 기분을 알기 전에는 솔직하게 말하기 두려웠다.

"예쁘네." 마마가 말했다.

"정말 예뻐요." 레이븐은 스웨터를 가슴에 끌어안으며 말했다. "고마워요, 손드라 이모."

"네 사이즈를 정확히 몰라서 약간 큰 걸로 샀다. 네 엄마에게 이메일로 사이즈를 물어봤는데 도무지 답장이 와야 말이지."

"이젠 이메일을 안 써." 마마가 말했다.

"이메일로 너랑 레이븐과 연락하며 지내고 싶었는데 정말 아쉽네."

마마는 아무 말도 하지 않았다.

"레이븐, 선생님도 네게 줄 선물이 있단다." 팻 선생님이 그렇게 말하더니 검은 진료 가방을 열어 포장지로 싼 작은 상자를 꺼냈다.

레이븐이 포장지를 벗기자 색색의 매끄러운 돌로 만든 목걸이가 나왔다.

"예쁘네." 마마가 말했다.

"마음에 들어요. 고맙습니다, 팻 선생님."

예의 바르게 말하는 레이븐을 지켜보며 마마가 흡족한 미소를 지었다.

"이제 주사를 맞아야 해요?" 팻 선생님이 가방에서 청진기를 꺼내자 레이븐이 물었다.

"아냐, 넌 예방주사는 이미 다 맞았어." 팻 선생님이 말했다.

레이븐은 마음이 놓였다. 주사를 맞는 게 무섭거나 아파서가 아니었다. 주사를 맞을 때마다 마마가 화를 내기 때문이었다.

"오늘은 신체검사만 할 거야. 너랑 네 엄마가 괜찮다면 말이야." 팻 선생님이 그렇게 말하고 나서 마마를 보았다.

"보다시피 레이븐은 아주 건강해요. 그래도 꼭 필요하다면 하세요." 마마가 말했다.

팻 선생님은 레이븐을 소파로 데려갔다. 손드라 이모는 팻 선생님과 레이븐이 단둘이 있도록 마마를 데리고 나가려고 했다. 마마는 이모를 따라 거실 끝으로 가긴 했지만 밖으로 나가지는 않았다.

팻 선생님은 레이븐에게 팬티만 남기고 다 벗으라고 했다. 옷을 벗은 레이븐은 양팔로 맨 가슴을 감쌌다. 팻 선생님이 '아주 건강해.'라고 말해주길 바랐다. 마마가 건강하다고 말했으니까.

"레이븐은 정말 똑똑한 아이야." 손드라 이모가 마마에게 나직이 말했다. "게다가 아주 건강해 보여. 레이븐이 너랑 사유지를 자주 산책하니?"

팻 선생님이 청진기를 대고 레이븐의 심장 소리를 듣는 동안 마마는 눈을 떼지 않고 지켜보며 말했다. "응."

"오드리……." 손드라 이모가 나직이 말했다.

레이븐은 귀를 쫑긋 세웠다.

"홈스쿨링을 아주 잘하고 있어서 네가 자랑스럽다만……."

팻 선생님은 레이븐이 두 사람의 대화를 엿듣는 걸 알아채고 물었다. "밖에서 노는 걸 좋아하니?"

"네." 레이븐은 이모와 마마의 대화에 완전히 집중한 채 말했다.

"제발 네가 잘하는 것들을 레이븐에게 가르치지 마." 손드라 이모가 말했다.

마마는 고개를 돌려 이모를 마주 보았다. "내가 잘하는 거라니?"

"뭔지 알잖아." 손드라 이모가 속삭이듯 말했다. "그 마법인지 뭔지 하는 거."

"난 마법이라고 부른 적 없어." 마마가 말했다.

"네가 종교처럼 집착하는 거 있잖아. 나는 그게 뭔지, 네가 어디서 그런 걸 배웠는지 모르지만 제발 레이븐을 거기에 끌어들이지 마. 레이븐은 이렇게 고립된 삶을 사는 것만으로도 충분히 힘들 테니까."

팻 선생님은 레이븐이 두 사람의 대화를 듣지 못하도록 계속 말을 걸었다. 레이븐은 아빠에게 물려받은 예리한 청력을 발휘해 마마가 하는 말에 집중했다.

"레이븐이 충분히 힘들 거라니? 도대체 무슨 말이야?"

"너도 무슨 말인지 알잖아. 앞으로도 지금처럼 산다면 레이븐은 세상에 적응할 수 없어. 그게 어떤 의미인지 잘 알 거야. 레이븐이 어른이 되었을 때 이 세상에서 편안하게 적응하며 살아갈 수 있도록 해주는 게 좋지 않을까?"

"난 아주 편안하게 살아가고 있어. 언니랑 아버지의 비위를 맞추지 않아도 되면서부터 그랬어. 엄마만이 유일하게 날 이해해주었지. 내가 나로 살아갈 수 있게 해주었으니까."

"너도 레이븐이 레이븐으로 살 수 있게 해줄래?"

팻 선생님이 고무망치로 무릎을 두드리자 레이븐은 무릎에서 이상한 느낌이 들었다.

"부모들은 저마다 나름의 방식으로 자녀들을 지도해. 언니는 조시를 교회와 성경학교에 보냈잖아. 언니의 관점에 따라 조시를 교육시킨 거야. 조시가 우리 아버지 회사의 임원이 되도록 양육했지. 언니와 내 방식이 뭐가 달라?"

"내가 조시를 회사의 임원이 되도록 키운 게 아니야. 조시는 어릴 때부터 사업에 큰 관심을 보였어."

"그 말, 확신할 수 있어? 언니는 아버지의 사업에 대한 집착이 대단하지. 언니가 아버지의 사업과 종교에 조시를 끌어들인 게 아니라고 확신할 수 있어?"

손드라 이모가 험악한 눈으로 마마를 노려보았다.

레이븐은 미소 지었다. 마마가 이겼다. 이번에는 마마가 손드라 이모 앞에서 평소와 달리 나약한 모습을 보이지 않았다.

레이븐에게로 다가온 마마가 옷 입는 걸 도와주었다.

"레이븐은 아주 건강해요." 팻 선생님이 말했다.

"점심 드시고 가실래요? 아까 만들어놓은 요리가 있어요." 마마가 팻 선생님에게 물었다.

"맛있는 냄새가 나네요." 팻 선생님이 말했다.

"사슴 고기예요. 마마랑 내가 직접 살을 발라냈어요." 레이븐이 말했다.

손드라 이모가 얼굴을 찡그리더니 마마에게 물었다. "네 사유지에서 사슴을 죽였어?"

"말해드려, 레이븐." 마마가 말했다.

"차에 치인 사슴이었어요."

이제는 손드라 이모와 팻 선생님이 동시에 충격받은 표정을 지었다.

"차에 치여 죽은 사슴을 먹는다고?" 손드라 이모가 물었다.

"그때만 해도 사슴은 살아 있었고, 차로 친 사람은 도망쳐버렸어요. 다친 사슴이 이내 죽는 바람에 우리가 트럭에 싣고 집으로 왔죠. 마마가 뒤뜰에서 사슴 고기를 어떻게 해체하는지 보여주었어요. 아직 냉장고에 사슴 고기가 많이 남아 있어요."

"사슴 고기를 해체하는 작업이 힘들지는 않았니?" 손드라 이모가 물었다.

"사슴이 죽은 건 슬펐지만 고기를 해체하는 작업은 아무렇지도 않았어요. 그냥 버리느니 먹는 게 낫잖아요. 마마가 사슴 고기를 해체하는 동안 부위별 명칭을 가르쳐주었죠. 생물학 수업이었어요."

"사슴 고기를 해체하는 방법은 어떻게 알았어?" 손드라 이모가 마마에게 물었다.

"나에게는 언니가 모르는 재능이 많아." 마마는 그렇게 말하더니 레이븐에게 몰래 눈짓을 보냈다. 레이븐도 마마에게 눈짓했다. 마마가 땅에게 소원을 빌어 아기를 얻었다는 사실은 두 사람만 알기 때문이었다.

"가기 전에 사슴 고기 샌드위치 드실래요?" 마마가 이모와 팻 선생님에게 물었다.

두 사람 다 거의 동시에 괜찮다며 사양했다.

마마는 두 사람을 현관문으로 안내했다. 두 사람이 떠나고 잠금장치를 잠근 뒤 마마는 무릎을 꿇더니 길게 땋아 내린 레이븐의 양 갈래 머리를 양손으로 부드럽게 쓰다듬었다. 마마가 가끔씩 하는 행동이었다. "아주 잘했다, 레이븐의 딸아. 네가 아주 자랑스러워. 점심을 먹고 나서 등산로를 산책하자."

"우린 또 소원을 빌 거예요?"

"바라는 게 있니?"

"손드라 이모가 다시는 오지 않게 해달라고요."

마마는 웃으며 레이븐의 머리를 잡아당겼다. "안 돼, 딸아. 땅에게 그런 소원을 빌지는 않을 거야. 이모는 널 진심으로 걱정해주는 사람이야. 네 교육에 참견하는 건 바람직하지 않지만. 소원을 빌 때는 신중해야 해. 나중에 이모의 도움이 필요할 수도 있어."

"왜 내가 이모의 도움이 필요해요?"

"혹시 나에게 무슨 일이 생기면 넌 이모에게 도움을 구해야 해." 마마가 진지한 목소리로 말했다.

"마마에게 무슨 일이 생기는데요?"

"모든 생물은 생을 마치면 땅으로 돌아가게 되어 있어. 너도 알잖니?"

레이븐은 생각만으로도 마음이 아팠다. "마마에게는 아무 일도 일어나지 않을 거예요. 설사 일어난다고 해도 이모의 도움은 필요 없어요. 난 아빠에게 갈 거예요."

마마가 빙그레 웃었다. "아, 그래? 위대하고 너그러운 정령에게 도움을 청하겠다고?"

"도움을 청하면 아빠는 나에게 올 거예요. 난 아빠의 가장 훌륭한 딸이니까요."

"그거야 그렇지." 마마는 그렇게 말하고 나서 레이븐을 꼭 끌어안았다.

3

레이븐은 긴 나뭇가지 여러 개를 세우고 그 위에 나뭇잎을 덮어 텐트처럼 만들어놓은 공간에 앉아 자신이 가꾼 첫 텃밭을 둘러보았다. 한때 갈색이었던 땅은 이제 초록색이 되었다. 땅에 씨앗을 심고 식물이 자라는 모습을 지켜보는 일은 마마가 땅에게 부탁해 아기를 얻은 것만큼이나 기적적이었다.

레이븐은 바닥에 배를 깔고 엎드린 뒤 양상추로 기어오르는 딱정벌레를 지켜보았다. 개미들은 시내에서 본 사람들처럼 분주하게 옮겨 다녔다. 흰 나비 한 마리가 구름처럼 텃밭을 떠돌았다.

"레이븐, 이리 와봐라." 마마가 불렀다.

레이븐은 숲에서 걸어 나오는 마마에게로 갔다. 마마의 손에 무언가 들려 있었다. 마마가 손가락을 펴자 솜털이 듬성듬성 난 벌거숭이 아기 새가 앉아 있었다.

"스텔라스 제이*야. 레이븐이 새끼들을 다 죽이는 바람에 이 녀석만 남았어. 가엾게도 둥지 아래에 떨어져 있더구나."

"지난번 개똥지빠귀 새끼처럼 우리가 키울 거예요?"

"우리가 아니고 네가 키워야 해. 네 친족 때문에 이 녀석이 집과 가족을 잃게 되었으니까 네가 도와주어야지."

*어치의 일종으로 북아메리카 서쪽 지역에 거주한다

"아빠가 화내지 않을까요? 아빠의 친족이 먹으려던 새를 내가 도와주는 셈이니까."

"사실은 마마도 어떻게 해야 할지 잠시 고민하고 있었는데 레이븐이 뭔가 메시지를 보내듯이 나를 빤히 바라보더구나. 눈빛을 보아하니 틀림없이 너에게 이 새를 맡기라는 뜻이었어. 너 혼자 아기 새를 보살피는 건 네 친족들이 하는 일을 배우는 셈이니까. 사실 레이븐과 어치는 같은 종이야. 레이븐과 어치가 무슨 과라고 했는지 기억나니?"

"까마귓과요."

마마는 고개를 끄덕였다. "레이븐은 새의 성장 과정이 어떤지 너에게 알려주고 싶을 거야. 네가 친족을 더욱 가까이 느낄 수 있도록." 마마는 손가락을 오므려 새를 감쌌다. "깃털이 자랄 때까지 따뜻하게 해줘야 해. 지금까지는 부모 형제들 덕분에 따뜻하게 지낼 수 있었으니까."

"아기 새의 둥지로 쓸 주머니를 가져올게요." 레이븐은 개똥지빠귀를 보살필 때 사용했던 '둥지'를 가지러 집으로 달려갔다. 천으로 만든 주머니로 바닥에 스펀지를 깔고, 안쪽에 부드러운 플란넬 조각을 여러 겹 덧대었다. 플란넬 조각을 주머니에서 꺼내 세탁할 수도 있었다. 레이븐은 주머니에 달린 줄을 목에 걸고 등산화를 신은 다음 다시 밖으로 나갔다.

마마는 아기 새를 조심스럽게 둥지에 넣었다. 레이븐은 줄을 잡아당겨 주머니 입구를 조금만 열어두었다. 구슬처럼 생긴 아기 새의 검은 눈이 좁은 입구 사이로 레이븐을 올려다보았다. "날 무서워해요.

내가 레이븐의 딸인 걸 아나봐요."

"이 아기 새 입장에서 보자면 포식자 앞에서 겁을 먹고 가만히 있는 것만이 살아남을 수 있는 유일한 길이라는 생각이 들 거야. 넌 아기 새의 신뢰를 얻어 먹이를 받아먹게 만들어야 해. 어떤 먹이를 주어야 하는지 아니?"

"곤충이요. 대부분의 새들이 새끼에게 곤충을 먹여요. 단백질이 많으니까요." 레이븐은 사실 단백질이 무슨 뜻인지 정확하게 알지 못했다. 다만 사람과 새가 살기 위해 반드시 먹어야만 하는 영양소로 알고 있었다.

"또 뭐가 필요하지?"

"부리요."

"부리는 어떻게 구할 거지?"

"나뭇가지로 만들 거예요."

"칼은 있어?"

레이븐은 바지 주머니에서 주머니칼을 꺼낸 다음 둥지를 조심스럽게 셔츠 안에 넣어 새가 그녀의 따뜻한 가슴께에 자리 잡게 했다.

마마는 대견하다는 듯 레이븐의 뺨을 토닥였다. "어서 가봐라, 어미 새야. 해질 때까지 돌아오지 마. 어미 새는 해가 질 때까지 새끼를 먹인단다. 해가 떴을 때 부지런히 돌아다녀야 해."

레이븐은 다부진 각오를 하며 숲속으로 들어갔다. 먹이를 잡아주지 못하거나 몸을 따뜻하게 해주지 않으면 아기 새는 살 수 없을 것이다.

레이븐은 우선 부리를 만들어야 했다. 작고 튼튼한 나뭇가지를 찾아내 끝을 뾰족하게 다듬었다. 이제는 먹이를 구할 차례였다. 땅에 떨어진 나뭇가지를 옆으로 밀었더니 지네가 나왔다. 독이 있을지도 모르는 지네를 아기 새에게 먹일 수는 없었다. 통나무도 들춰보고, 낙엽을 헤쳐 보다가 마침내 통통한 귀뚜라미 한 마리를 잡았다. 레이븐은 두 손가락으로 귀뚜라미를 꾹 눌러 죽였다. '네 영혼을 땅으로 돌려보내는 날 용서해줘.'

그런 다음 낙엽 위에 앉아 끝을 뾰족하게 다듬은 나뭇가지로 죽은 귀뚜라미를 찔렀다. 둥지 입구를 벌리자 아기 새가 겁에 질려 몸을 움츠렸다. "난 네 마마야. 겁내지 마."

레이븐은 예전에 마마랑 함께 개똥지빠귀에게 어떤 방법으로 곤충을 먹였는지 기억났다. 아기 새의 부리 옆쪽을 부드럽게 살살 눌러 부리를 벌리도록 달래야 했다.

레이븐은 귀뚜라미를 꿴 나뭇가지를 아기 새의 부리에 대주었지만 아기 새는 좀처럼 부리를 벌리지 않았다. 귀뚜라미가 나뭇가지에서 자꾸만 떨어졌다. 레이븐은 몇 번이고 다시 시도했다. "난 포기하지 않을 거야, 아기 새야. 넌 반드시 먹어야 해."

레이븐은 전에 마마가 그랬듯이 아기 새의 부리를 벌리게 하려고 쪽쪽 소리를 냈다. 하지만 아기 새는 여전히 두려워하며 먹이를 받아먹지 못했다. 아기 새가 가까스로 입을 벌리자 레이븐은 귀뚜라미를 목구멍으로 밀어 넣었다. 마침내 아기 새는 귀뚜라미를 삼켰고, 레이븐은 안도의 미소를 지었다. 아기 새는 무서운 레이븐이 먹이를 주었다는 사실에 놀란 듯했다. 레이븐은 둥지를 다시 셔츠 안으로 집어넣고 곤충을 좀 더 찾으러 나섰다. 생의 첫 기억이 있는 어린 시절부터 마마와 함께 돌아다닌 숲이었다. 마마가 지은 집은 11만 평의 숲과 언덕이 있는 사유지 안에 있었다. 사유지 안에는 나무들이 울창한 숲과 언덕, 초원, 연어가 사는 개울이 있었다.

레이븐이 개울가에 다다랐을 무렵 아기 새는 이미 대여섯 번 먹이를 받아먹은 뒤였다. 아기 새는 아직 부리를 벌리며 먹이를 달라고 보채지는 않았지만 받아먹길 거부하지는 않았다. 레이븐은 곤충을 먹일 때마다 쪽쪽 소리를 내 먹을 때라는 걸 알려주었다. 아기 새는 이제 곧 새로운 어미 새가 보내는 소리에 익숙해질 것이다.

그때 떠들썩한 웃음소리와 말소리가 열심히 곤충을 찾던 레이븐의 귀에 들려왔다. 레이븐은 누군지 보일 때까지 빽빽한 덤불과 양치식물을 헤치고 기어갔다. 세 아이였는데 둘이 나이가 더 많고, 하나는 더 어려 보였다. 모두 반바지 차림에 운동화를 신고 개울 속에서 걸어가고 있었다. 나이가 더 많은 아이들 가운데 오렌지색 머리카락에 피부가 창백한 아이는 웃통을 벗고 있었다.

"언제 왔는데?" 웃통을 벗은 아이가 물었다.

"이틀 전 처음 연습하러 왔어." 역시 나이가 많아 보이는 갈색 머리가 말했다.

"말도 안 돼. 크리스는 농구랑 미식축구를 하잖아."

"야구도 진짜 잘하더라니까. 마침내 내 설득에 넘어가 야구반으로 온 거지."

"포지션이 뭔데?"

"아마 삼루수를 맡게 될 거야. 공을 잘 던지거든."

"타격도 잘해. 타격 연습 때 홈런을 두 개나 쳤어." 막내로 보이는 아이가 끼어들었다.

"우리 팀에서 공을 제일 잘 던지는 아이도 겁낼 정도야." 나이 많은 갈색 머리 아이가 말했다.

오렌지색 머리가 웃음을 터뜨렸다.

레이븐은 아이들이 무슨 이야기를 하는지 알고 싶었지만 도통 이해할 수 없었다.

세 아이는 수심이 깊은 곳에 다다랐고, 나머지 둘도 티셔츠를 벗어 강둑으로 던졌다.

그런 다음 다 함께 물속으로 들어갔다가 젖은 머리를 털며 수면 밖으로 나왔다.

"와, 끝내준다!" 갈색 머리가 외쳤다.

"웨어울프*가 죽어서 다행이야." 오렌지색 머리가 말했다.

"웨어울프의 못된 영혼이 편히 쉬기를."

"웨어울프가 정말 죽었는지 확실하지 않잖아." 막내가 말했다.

"무섭냐?" 오렌지색 머리가 말했다.

*늑대인간. 사람의 형상을 한 늑대의 이미지다

"아니, 난 그냥 살았는지 죽었는지 모른다는 뜻이었어."

"무섭네!"

"조용히 해."

막내는 갈색 머리가 다리를 몰래 잡으려고 물속으로 들어간 사실을 몰랐다. 갑자기 벌어진 일이라 막내는 깜짝 놀라며 비명을 질렀다. 오렌지색 머리가 깔깔 웃으며 소리쳤다. "웨어울프가 널 잡으러 왔어, 재키!"

재키는 수면 아래로 끌려가며 다리를 잡아당기는 오렌지색 머리와 몸싸움을 벌였다.

레이븐은 재키라는 아이를 도와주려고 은신처에서 나왔지만 막상 어떻게 해야 할지 알 수 없었다.

물속에 있던 두 아이가 수면 위로 올라오더니 깔깔 웃었고, 재키는 "이 바보야!"라고 소리치며 물을 마구 튀겼다. 세 아이는 서로 상대에게 물을 튀기며 깔깔거렸다. 그제야 레이븐은 나이 많은 아이들이 재키를 해칠 생각이 없었다는 걸 알 수 있었다.

그때 재키라고 불린 아이가 개울가에 서 있는 레이븐을 보고 눈을 휘둥그렇게 떴다. 몇 초 후 다른 아이들도 레이븐을 보았고, 다들 한동안 침묵했다.

"어이." 마침내 그을린 피부에 갈색 머리인 아이가 말했다.

레이븐은 '어이'가 무슨 뜻인지 알 수 없었다.

아이가 물을 가르며 레이븐에게로 걸어왔다. "너희 개울에 들어가서 미안해."

"응. 미안해. 우린 당장 갈게." 오렌지색 머리가 말했다.

레이븐은 아이들이 가는 걸 원치 않았다. 하지만 나이 많은 두 아이는 잔뜩 긴장한 표정으로 레이븐을 바라보며 티셔츠를 입었다. 오렌지색 머리에 키 큰 아이는 눈이 푸르고 예뻤다.

재키도 개울가로 걸어와 셔츠를 입더니 다른 아이들과 똑같은 표정으로 레이븐을 바라보았다. 당장 무슨 말이라도 하지 않으면 아이들은 곧 떠날 것이다.

"내 개울이 아니야." 레이븐이 말했다.

"너, 이혼한 부자 아줌마랑 함께 사는 아이 아니야?" 갈색 머리 아이가 말했다.

마마를 말하는 걸까? 레이븐은 '이혼한'이라는 말이 무슨 뜻인지 몰랐지만 '부자'가 돈이 많은 사람을 지칭한다는 건 알고 있었다. 마마에게 돈이 많다는 건 지난번 이모가 왔을 때 들어서 알게 되었다.

"여기에 살긴 하지만 이 개울은 우리 소유가 아니야. 다른 어느 누구의 소유도 아니고 그냥 개울일 뿐이야." 레이븐이 말했다.

그 말에 아이들이 씩 웃었다. "그러니까 아무도 소유할 수 없다는 거네." 오렌지색 머리 아이가 말했다.

레이븐은 고개를 끄덕였다.

"저 아이 엄마가 네 엄마 좀 만나봐야겠다." 오렌지색 머리 아이가 말했다.

"그러게." 갈색 머리 아이가 맞장구를 쳤다.

잠시 정적이 흐르고 나서 갈색 머리 아이가 말했다. "우린 이만 갈게."

"원하면 여기서 수영해도 괜찮아."

세 아이 다 아무 말도 하지 않았다. 레이븐 앞에서 수영하고 싶지 않은 듯했다. 레이븐은 아이들이 마음 편히 수영할 수 있도록 자리를 비켜줘야 했지만 그러고 싶지 않았다. 왜 그런지 몰라도 아이들을 지켜보고 싶었다. 누군가 가까이 있는지 모르고 아이들이 맘껏 떠드는 얘기를 듣고 싶었다. 레이븐은 차라리 계속 숨어 있을 걸 그랬다고 후회했다.

이제 아이들은 레이븐이 무언가 말해주길 기다리고 있었다. 만약 무언가 말해주면 여기에 남을지도 모른다. "나도 여기서 수영하는 거 좋아해." 레이븐이 말했다. "하지만 오늘은 곤충을 찾아봐야 해."

"곤충?" 오렌지색 머리 아이가 물었다.

"새에게 줄 먹이가 필요하거든." 레이븐이 셔츠 안에서 둥지를 꺼내 아기 새를 보여주자 세 아이가 가까이 다가왔다.

"무슨 새야?" 갈색 머리 아이가 물었다.

"스텔라스 제이."

"따뜻하게 해주려고 셔츠 안에 넣어 다니는 거야?"

"응."

"왜 둥지에서 꺼냈어?" 오렌지색 머리 아이가 물었다.

"둥지에서 꺼낸 게 아니라 레이븐이 이 새만 남기고 나머지를 다 죽였어."

"망할 레이븐."

레이븐은 오렌지색 머리 아이가 아빠를 욕하는 게 싫었지만 따질 수 없었다. 아빠가 누군지 절대 말하지 않겠다고 마마와 약속했기 때문이었다.

재키가 아기 새를 향해 손가락을 내밀었다. 아기 새가 부리를 벌리자 재키는 얼른 손가락을 거두어들였다.

"아기 새가 먼저 부리를 벌린 건 처음이야. 너에게 음식을 달라는 뜻이야." 레이븐이 말했다.

"그래?"

"아기 새에게 곤충을 잡아줘야 해."

"곤충을 어디에서 찾지?"

"아무 데서나."

재키는 곤충을 잡으려고 개울에서 나왔다. 레이븐은 아기 새를 다시 셔츠 안에 넣고 곤충을 찾기에 좋은 곳을 알려주었다. 다른 두 아이도 함께 곤충을 찾아 나섰다.

"여기 나방이 있어." 오렌지색 머리 아이가 엄지와 검지로 날개를 잡아 나방을 가져왔다.

레이븐은 셔츠에서 둥지를 꺼낸 다음 주머니에 넣어둔 나뭇가지를 꺼냈다. 레이븐이 나방을 건네받아 부드럽게 짓이기자 세 아이는 하나 같이 움찔했다. 레이븐은 나방의 날개를 떼어낸 다음 나뭇가지로 몸통을 찔렀다.

"여자아이가 이러는 건 처음 봐." 오렌지색 머리 아이가 말했다.

레이븐은 한 손으로 둥지를 감싸고, 다른 손으로 나방을 꿴 나뭇가지를 아기 새의 부리로 가져갔다. 아기 새는 자신을 둘러싼 아이들을 보고 겁에 질린 듯했다. 레이븐이 입으로 쪽쪽 소리를 내자 아기 새가 부리를 벌렸다. 레이븐은 얼른 나방을 부리 속으로 밀어 넣었다. 아기 새가 나방을 삼켰다.

"대박. 나도 벌레를 잡았어." 재키는 그렇게 말하고 나서 두 손가락으로 갈색 벌레를 집어 내밀었다.

"네가 직접 먹여볼래?"

"내 손으로?"

"새가 아직 어려서 손으로 주면 못 받아먹어."

"네가 해." 재키는 자신이 없는 듯 레이븐에게 벌레를 건네주었다.

오렌지색 머리 아이가 말했다. "죽이는 게 겁나서 그러지?"

"그럼 형이 해봐." 재키가 말했다.

"난 사양할게." 오렌지색 머리 아이가 고개를 절레절레 저으며 말했다.

레이븐은 애벌레를 죽인 다음 나뭇가지에 꿰어 재키에게 건네며 말했다. "이제 네가 해봐."

레이븐이 입으로 쪽쪽 소리를 내는 동안 재키는 애벌레를 새의 부리로 가져갔다. 아기 새가 입을 살짝 벌렸지만 재키의 동작이 굼떠 애벌레가 둥지 안으로 떨어져버렸다.

"아, 이런." 재키가 말했다.

"나도 가끔 그래." 레이븐은 그렇게 말하며 나뭇가지를 넘겨받고 나서 아기 새가 입을 벌리게 했다. 그런 다음 애벌레를 목구멍 깊이 밀어 넣었다.

"좋아. 이 정도면 벌레를 잡아 새의 먹이로 주는 건 충분히 본 것 같네." 오렌지색 머리 아이가 말했다.

갈색 머리 아이가 씩 웃었다.

"넌 이름이 뭐야?" 재키가 물었다.

"레이븐." 마마는 사람들에게 그녀의 진짜 이름이 '레이븐의 딸'이라는 사실을 아무에게도 말해서는 안 된다고 신신당부했다. 어느 누구도 알아서는 안 되는 비밀이었기 때문이다.

"농담하는 거야?" 갈색 머리 아이가 물었다.

"아니야."

"이제 보니 새가 새를 키우네. 완벽하게 말이 되네." 오렌지색 머리 아이가 갈색 머리 아이를 보며 씩 웃었다.

"난 잭이야." 재키가 말했다.

"하지만 우린 모두 재키라고 불러." 갈색 머리 아이가 재키의 젖은 머리를 헝클어뜨리며 말했다.

재키가 그의 손을 찰싹 때려 그러지 못하게 했다.

"난 헉이라고 해. 재키의 형이지." 갈색 머리 아이가 말했다. "그리고 이 아이는 리스야."

"만나서 반가워." 레이븐은 마마에게 배운 대로 인사했다.

리스가 말했다. "나도 너랑 악수하고 싶지만 네 손가락에 벌레 내장이 묻었을 테니까 생략할래."

다들 그 말에 와르르 웃었고, 레이븐도 미소를 지었다. 손드라 이모가 왜 다른 아이들과 놀아야 한다고 했는지 그제야 이해가 갔다. 아이들과 함께하는 게 재미있었다.

"넌 몇 살이야?" 재키가 물었다.

"일곱 살."

"정말? 더 많은 줄 알았는데. 난 여덟 살이야."

레이븐은 헉을 바라보며 몇 살인지 물어도 될지 고민했다. 레이븐의 마음을 읽은 듯 헉이 말했다. "리스랑 난 열 살이야. 우린 오늘 베이비시터로 일하는 중이야."

"조용히 해라." 재키가 말했다.

"엄마가 널 데리고 산책을 다녀오라고 했으니까 내 말이 맞잖아." 헉이 말했다.

"난 늘 혼자 산책했어."

"혼자 돌아다녀도 엄마가 뭐라고 안 해?" 리스가 레이븐에게 물었다.

"응."

"안 무서워?"

"뭐가 무서워?"

아이들은 서로 얼굴을 바라보았다.

"엄마가 낯선 사람을 조심해야 한다고 안 했어?" 혁이 물었다.

마마가 땅의 정령들과 소통해 이 사유지를 안전하게 만들었다는 걸 아이들에게 말할 수는 없었다. 마마는 레이븐을 잘 보살필 거라는 땅의 정령들 말을 전해주었고, 레이븐은 그 말을 굳게 믿었다. 예전에는 마마가 현실 세계를 떠나 정령들의 세계로 가면 무서웠지만 이제는 마마가 떠나 있을 때면 정령들이 나쁜 일이 일어나지 않도록 지켜준다는 걸 알게 되었다. 아이들이 마마의 사유지에 들어온 건 분명 정령들이 좋은 이유로 인도했기 때문일 것이다. 레이븐은 아이들을 처음 봤을 때부터 전혀 겁먹지 않았다. 마마의 사유지에서 레이븐이 두려움을 느낄 때는 집의 경보 장치가 울릴 때뿐이었다.

"웨어울프가 무서운 줄 모르네." 재키가 말했다.

"그게 뭔데?" 레이븐이 물었다.

"후퍼 씨가 길렀던 개야." 혁이 말했다.

"후퍼 씨?"

"네 엄마 사유지 옆에 사는 아저씨야." 리스가 말했다.

"꼭 늑대처럼 생긴 개야." 혁이 말했다. "여기까지 오려면 후퍼 씨의 사유지를 가로질러야 하는데 그 무서운 개가 늘 우릴 쫓아왔어. 재키와 난 후퍼 씨 집 건너편에 사는데 우린 개울이 없거든."

"개울은 어느 누구의 소유도 아니야. 그저 개울일 뿐이지." 리스가 말했다.

레이븐은 빙그레 웃었다. 리스가 놀리고 있다는 걸 알았기 때문이다.

"넌 왜 학교에 안 다녀?" 재키가 물었다.

레이븐은 《킨더가든의 첫날》과 《학교는 재미있어》를 읽고 다른 아이들은 교실에서 선생님과 함께 공부한다는 사실을 알고 있었다.

"난 집에서 공부해." 레이븐이 말했다.

"아, 너도 별종이구나." 리스가 말했다.

"리스……." 혁이 나무라는 표정을 지었다.

"왜? 쟤도 농담이라는 걸 알 거야. 그렇지?"

레이븐은 뭐라고 대답해야 할지 몰라서 그냥 "응."이라고 했다.

"앞으로도 계속 홈스쿨링만 할 거야?" 혁이 물었다.

"그건 모르겠어."

"학교에 다니고 싶지 않아?" 재키가 물었다.

"음……. 다니고 싶어."

갑자기 그 말이 튀어나왔다. 왜 그렇게 말했는지 알 수 없었다. 마마가 들었다면 좋아하지 않았으리라.

"그럼 다녀야지." 재키가 말했다.

레이븐은 뭐라고 말해야 할지 알 수 없었다. 마마에게 학교 이야기는 절대로 꺼낼 수 없었다. 이모가 그 이야기를 할 때처럼 마마를 화나게 할 테니까.

혁은 레이븐의 눈을 바라보았다. "엄마가 반대하시니?"

레이븐은 아무 말도 하지 않았다.

"우리 엄마는 5학년 선생님이야. 너희 엄마를 설득할 수 있어." 혁이 말했다.

"올가을부터 우리 형은 엄마 반에 들어가게 돼." 재키가 말했다.

"나도. 정말 재미있을 거야." 리스가 말했다.

"재밌기는 개뿔. 엄마는 다른 애들보다 날 엄격하게 대할 거라고." 혁이 말했다.

"난 아냐. 아줌마는 날 예뻐해." 리스가 말했다.

"아니. 너도 가족이나 마찬가지야. 너도 나처럼 망했다고 봐야지."

"젠장." 리스가 말했다.

레이븐은 아이들이 웃고 떠들며 서로에게 얼굴을 찡그리는 모습이 보기 좋았다. 아이들이 떠나는 게 싫었지만 아기 새가 둥지에서 안절부절못하는 게 느껴졌다. 레이븐이 아이들과 계속 함께 있고 싶어 하듯이 아기 새는 곤충을 먹고 싶어 했다.

혁이 재키에게 말했다. "엄마 얘기가 나왔으니 말인데 우린 이제 가 봐야 해. 엄마가 저녁 먹으러 일찍 오라고 했어."

"저녁 메뉴가 뭔데?" 리스가 물었다.

"엔칠라다."

"나도 가도 돼?" 리스가 물었다.

"비건 엔칠라다야." 혁이 말했다.

"당연히 그렇겠지. 그래도 아줌마 음식은 끝내줘. 난 우리 엄마가 냉동 피자만 해줘도 감격스러운데."

레이븐은 혁이 안타까운 눈으로 리스를 바라보는 걸 알아차렸다. "그래, 우리 집으로 가자. 엄마도 네가 가면 좋아할 거야."

"아줌마는 날 예뻐하니까." 리스가 말했다.

재키는 레이븐을 빤히 바라보고 있었다. 재키의 크고 예쁜 눈은 여러 가지 색이 섞여 있었다. 초록, 노랑, 갈색, 심지어 오렌지색도 있었다. 하지만 그보다 더 좋은 건 레이븐을 바라볼 때의 행복한 눈길이었다. 레이븐은 아마 사람들이 친구를 볼 때 그렇게 볼 거라고 생각했다. 레이븐은 친구를 사귀어본 적이 없었다.

"우린 가야 해." 재키가 말했다.

레이븐은 재키가 가고 싶어 하지 않는다는 걸 느낄 수 있었다. 레이븐도 헤어지기 싫었다. "또 볼 수 있어?"

재키의 눈이 밝아졌다. "응."

"언제?"

재키는 형을 바라보았다. 혁은 어깨를 으쓱였다.

"언제든 와서 수영해도 돼." 레이븐은 그렇게 말했지만 마마가 매일 산책길에서 이 아이들을 보면 어떻게 반응할지 의문이었다. 개울은 마마가 좋아하는 장소였다.

"꼭 다시 올 거야. 아니면 네가 우리 집에 와도 돼." 재키가 말했다.

리스와 혁이 씩 웃으며 서로를 바라봤지만 레이븐은 무슨 의미인지 알 수 없었다. 재키의 집에 놀러 가겠다고 말하기가 두려웠다. 마마가 좋아하지 않을 테니까. 하지만 이 아이들은 레이븐이 정령의 딸이라는 사실을 전혀 의식하지 못하는 듯했다.

정령의 딸이라는 사실을 비밀로 하고 재키의 집에 가도 되지 않을까?

헉과 리스가 돌아서서 걸어갔다. "가자, 재키." 헉이 말했다.

리스가 몸을 돌려 말했다. "만나서 반가웠어, 버드 걸."

"나도." 재키가 말했다. "그만 갈게. 잘 있어."

"잘 있어." 레이븐이 재키를 흉내 내 손을 흔들었다.

세 아이는 다시 개울로 들어갔다. 개울 양옆 땅은 관목이 무성해 걸어갈 수 없기 때문이었다. 레이븐은 그들이 굽이를 돌아 사라질 때까지 지켜보았다.

아이들이 사라지자 슬펐지만 한편으로는 신났다. 그 아이들과 함께 이야기하고 놀았던 기억이 영원히 남을 테니까.

4

레이븐은 마마에게 아이들을 만난 이야기를 하지 않아 마음이 무거웠지만 한편으로는 기분이 좋았다. 아이들의 얼굴을 떠올리면 행복했다.

그날 밤, 레이븐은 큰 사전을 꺼내 아이들이 했던 말들을 찾아보았다. 철자가 틀렸는지 '웨어울프'와 '비건'이라는 단어는 아무리 찾아도 나오지 않았다. '이혼한'을 찾다가 '이혼'을 발견하고 나서야 이 단어의 철자도 잘못 알고 있었다는 걸 깨달았다. '이혼(Divorce)'에는 두 가지 뜻이 있었다. 하나는 '배우자와의 결혼을 끝내다.'였고, 다른 하나는 '분리하다. 혹은 분리 상태를 유지하다.'였다. 레이븐은 첫 번째 의미가 뭔지 이해할 수 없었다. 아이들이 이혼한 부자 아줌마랑 사는 아이냐고 물었을 때 두 번째 의미일 거라 생각했다. 마마와 레이븐은 땅에 대한 비밀 때문에 다른 사람들과 분리되어 살아갈 수밖에 없으니까.

아이들이 그걸 어떻게 알았을까? 레이븐은 자못 걱정되었다.

이튿날 아침, 마마는 동이 트자마자 레이븐을 깨웠다. 아기 새에게 먹이를 주어야 하기 때문이다. 레이븐은 집과 공부에서 벗어날 핑계가 생겨서 좋았다. 레이븐은 아기 새의 배를 채워주고 나서 개울로 갔다. 어느새 해가 높이 떠올라 있었고, 개울에서 수영하는 아이들을 또 만날 수 있기를 바랐다. 오후가 되면서 날씨는 개울에서 수영할 수 있을 정도로 무더웠다.

하지만 아이들은 보이지 않았다. 이튿날도 오지 않았다. 사흘째 되는 날에도 오지 않자 레이븐은 땅의 정령에게 진지하게 소원을 빌어보기로 마음먹었다. 개울 옆이 메시지를 보내기에는 최적의 장소였다.

개울 위로 가지를 드리운 삼나무 아래에 색이 각기 다른 나뭇잎 네 개의 끝을 서로 닿게 해 꽃 모양으로 배열했다. 초록, 노랑, 갈색, 오렌지. 하나같이 재키의 눈에서 발견한 색이었다. 재키의 '눈' 옆에 리스의 예쁜 머리카락을 상징하는 오렌지색 버섯을 놓았다. 눈 반대편에는 헉의 갈색 머리와 튼튼한 몸을 상징하는 갈색 돌을 놓았다.

여전히 뭔가 빠진 느낌이었다.

내가 빠졌잖아. 당연히 나를 넣어야지.

레이븐은 주머니칼을 꺼내 땋아 내린 머리끝에서 머리카락을 살짝 잘라내 세 아이를 상징하는 물건들 위로 뿌렸다. 이제 레이븐과 아이들은 하나가 되었고 그 사실이 기분 좋았다. 아이들은 돌아올 것이다. 내일이나 모레.

아기 새가 음식을 달라고 울어댔다. 아기 새는 레이븐을 마마로 여겼다.

숲이 우거진 언덕 뒤로 해가 지고 있었고, 레이븐은 곤충을 찾으며 집으로 돌아갔다.

"아기 새가 정말 많이 자랐네!" 마마가 말했다. "먹이를 잘 먹였나 봐. 레이븐, 너도 배고프지?"

레이븐이 아침 일찍 집을 나설 때 마마가 점심 도시락을 싸주기는 했지만 그것만으로는 늘 부족했다. 레이븐은 아기 새를 밤을 보낼 보온 패드 위에 내려놓았다. 마마는 어느새 식탁에 음식을 푸짐하게 차려 놓았다. 햄, 구운 감자, 호박, 그린빈. 오늘은 슈퍼에서 음식 재료가 배달된 날이었다. 마마는 슈퍼에 거의 가지 않았다.

두 사람은 식탁에 마주 앉았다. "오늘은 뭘 보고 배웠니?"

"아기 새는 늘 배가 고프다는 걸 배웠어요."

"어미 새에게 주어진 일이 뭔지 제대로 깨달았겠네. 둥지에 아기 새가 여러 마리 있다고 생각해보렴."

"어미 새가 너무 힘들겠어요!"

"또 뭘 봤지?"

"코요테도 봤고, 새끼와 함께 있는 암사슴도 봤고, 새도 많이 봤어요. 레이븐도 보았는데 네가 보내준 아기를 잘 돌보고 있다고 말해줬어요."

마마는 미소를 지으며 고개를 끄덕였다.

"지금껏 한 번도 본 적 없는 하얀 꽃, 개미들에게 먹히는 죽은 뱀, 아침 이슬을 잔뜩 머금은 거미줄도 봤어요."

"멋지구나."

레이븐은 접시를 내려다보았다. 오늘 땅의 정령에게 무엇을 빌었는지 마마에게 숨기려니 마음이 좋지 않았다. 하지만 마마가 다시는 아이들을 만나면 안 된다고 할까봐 두려웠다. 그건 절대로 있어서는 안 되는 일이었다.

마마가 침대에 누운 레이븐의 볼에 키스해주었다. "잘 자라, 레이븐의 딸. 내 아름다운 기적."

"안녕히 주무세요, 마마."

레이븐은 내일 아이들을 다시 만날 수 있다는 생각에 어찌나 마음이 들뜨는지 잠이 오지 않았다.

하지만 아이들은 나타나지 않았다. 레이븐이 돌과 나뭇잎으로 꾸민 메시지는 그대로 남아 있었다. 이튿날에는 곤충 잡는 일을 마치고 개울로 갔다. 태양이 중천에 떠 있었다. 아기가 자는 동안 레이븐은 마마가 싸준 도시락을 먹었다. 다 먹은 뒤에는 두 손을 깍지 껴서 머리 아래에 받치고 누워 삼나무 가지 사이로 어른거리는 태양을 바라보았다.

그때 누군가 말을 걸어오는 바람에 레이븐은 몸을 벌떡 일으켰다.

"안녕, 레이븐."

재키와 혁이 개울을 건너오고 있었다.

"새는 잘 지내?" 재키가 다가오면서 물었다.

"그동안 많이 컸어." 레이븐은 재키와 혁이 볼 수 있도록 아기 새를 꺼냈다. 그러자 잠에서 깨어난 아기 새가 먹이를 달라고 지저귀었다.

"깃털이 더 많아졌네." 재키가 말했다.

"이제 곤충을 잘 받아먹어. 내가 엄마인 줄 알아."

혁은 호기심 어린 눈으로 레이븐을 바라보았다. "우릴 기다렸어?"

"응."

"며칠이나?"

"매일."

"내가 뭐랬어!" 재키가 말했다.

"리스는 어디 있어?" 레이븐이 물었다.

"오늘은 엄마를 도와야 하나봐." 헉이 말했다.

아기가 다시 먹이를 달라고 지저귀었다.

"우리도 아기 새에게 먹일 곤충을 잡아줄까?" 재키가 물었다.

"응."

헉이 개울 옆 둑에 앉으며 말했다. "난 조금 이따가 가봐야 해, 재키."

헉은 지난번과 달리 기분이 나빠 보였지만 상관없었다. 레이븐은 마마의 그런 모습에 익숙했다.

"형은 여기에 온다고 조금 화났어." 레이븐과 함께 걸어가며 재키가 속삭였다.

"왜?"

"모르겠어. 아마 여기에 리스 형이나 다른 친구들이 없어서 그럴 거야. 형은 계속 네가 여기 없을 거라고 했지만 난 분명 있을 것 같았어."

레이븐은 미소 지었다. 땅의 정령에게 소원을 빌었기 때문에 재키가 그런 기분이 든 것이다. 레이븐은 땅의 정령에게 소원을 빌 때마다 재키를 가장 많이 생각했다.

그들은 아기 새에게 각다귀, 귀뚜라미 몇 마리, 애벌레를 잡아 먹였다. 레이븐은 아기 새가 자는 동안 재키와 나란히 통나무에 앉았다. 거기서는 개울가에 누운 혹이 보이기는 했어도 말소리가 들릴 정도로 가깝지는 않았다.

"여기서 너희 집까지는 얼마나 돼?" 재키가 물었다.

"멀긴 한데 아주 멀진 않아."

재키는 말없이 나뭇가지 껍질을 벗겼다. 레이븐은 뭔가 말해야 할 것 같은데 무슨 말을 해야 할지 알 수 없었다.

잠시 후 재키가 말했다. "사실은 어제 너희 집 대문 앞을 지났어. 그때 엄마한테 너희 집을 본 적이 있는지 물었더니 없다고 했어. 하지만 아주 멋진 집이라고 들었대." 재키가 그 말을 하고 나서 레이븐을 바라보았다. "엄마가 그걸 어떻게 아는지 모르겠어. 아마 너희 집을 지은 사람들이 말해주었을 거야. 이 동네 사람들은 남 이야기하기를 좋아하거든."

레이븐은 아이들을 만나기 전까지는 동네 사람들에 대해 생각해본 적이 없었다.

"우리 엄마 말로는 원래 거기에 낡은 집이 있었는데 헐어버리고 다시 지었대. 넌 그때 너무 어려 기억하지 못할 거야. 집을 짓는 동안 넌 엄마랑 트레일러에서 살았고."

"트레일러가 뭐야?"

"이동 가능한 집이야."

레이븐은 트레일러를 상상해봤다.

재키는 껍질을 벗기던 나뭇가지를 바닥에 던졌다. “우리 부모님도 이혼했어.”

“사전에서 무슨 뜻인지 찾아봤어.”

“이혼?”

레이븐은 고개를 끄덕였다. “무슨 뜻이야?”

“무슨 뜻인지 몰라? 너희 엄마도 이혼했다면서?”

레이븐은 여전히 ‘이혼’을 ‘분리되다.’라는 뜻으로 이해하고 있었기에 엄마가 왜 바깥세상과 분리되어 사는지 말하기가 두려웠다.

“이혼은 너희 엄마랑 아빠가 헤어졌다는 뜻이야. 엄마 아빠가 더 이상 함께 살지 않잖아. 너희 아빠가 어디에 사는지 엄마한테 들은 적 없어?”

레이븐은 아무 말도 할 수 없었다. 그저 못 들었다는 뜻으로 고개를 저었다.

“아빠를 본 적은 있어?”

설사 마마가 답변을 허락했다고 하더라도 대답이 불가능한 질문이었다. 매일이다시피 레이븐을 봤지만 그 새들은 아빠가 아니었다. 마마는 레이븐을 볼 때면 아빠가 ‘형상화된’ 모습이라고 했지만 아직도 그 말이 무슨 뜻인지 알 수 없었다.

레이븐이 침묵하자 재키는 아빠를 본 적 없다는 뜻으로 받아들였다. “나도 아빠를 본 적 없어. 아빠는 내가 어릴 때 떠났으니까. 난 아빠 얼굴도 기억 안 나.”

불현듯 레이븐은 어떤 생각이 떠올랐다.

재키와 헉도 땅의 정령이 낳은 아이들이 아닐까? 그런 까닭에 이 근처에 살고, 아빠가 없는 게 아닐까?

"아빠에 대해 아는 게 있어?" 레이븐이 물었다.

"아니. 엄마는 아빠 얘기하는 걸 싫어해. 형도 그렇고."

"너희 아빠는 어떻게 생겼어?"

재키는 잠시 생각했다. "형이랑 비슷하게 생겼어."

레이븐도 아빠를 약간 닮기는 했다. 검은 머리카락과 눈동자. 마마는 피부도 아빠를 닮아 연갈색이라고 말했다.

"아빠의 생김새를 어떻게 알아?" 레이븐이 물었다.

"사진을 봤으니까. 너희 집에는 아빠 사진이 없어?"

레이븐은 고개를 끄덕였다.

"너희 엄마는 아빠에게 단단히 화났나봐."

만약 재키에게 아빠 사진이 있고, 헉이 아빠처럼 생겼다면 재키는 땅의 정령이 보내준 아들이 아닐 것이다. 그래도 재키의 아빠가 혹시 땅의 정령일지도 모른다고 생각했을 때는 기분이 좋았다. 레이븐은 자신처럼 땅의 정령이 아빠인 사람을 만나 이야기를 나누어보고 싶었다.

재키는 통나무에서 일어났다. "내가 완전 대박인 걸 보여줄까?"

재키는 전에도 '대박'이라는 말을 썼는데 무슨 뜻인지 알 수 없었다.

다시 개울로 걸어가는 동안 재키가 말했다. "대박이라기보다는 재미있는 거야."

재키가 개울로 들어가자 헉이 일어서며 물었다. "어디 가?"

"레이븐에게 울프스베인을 보여주려고." 재키는 그렇게 대답하고 나서 다시 레이븐에게 말했다. "네 신발이 젖을 거야. 하지만 신발을 신고 걸어야 해. 맨발로 자갈밭을 걸으면 너무 아프거든."

레이븐도 알고 있었고, 신발이 젖어도 상관없었다. 어차피 매일 아침 산책하다보면 이슬에 신발이 젖기 일쑤였다. 레이븐은 '울프스베인'이 뭔지 궁금했다.

헉이 개울로 따라 들어와 말했다. "레이븐이 엄마에게 말하면 어쩌려고?"

"말 안 할 거야." 재키가 말했다.

"얘네 사유지에 있는 거야."

재키는 걸음을 멈추고 레이븐을 바라봤다. "엄마한테 말 안 할 거지?"

"안 해."

"엄마한테 너희 개울에서 우리가 수영했다고 말했어?" 헉이 물었다.

"아니."

"봤지?" 재키가 형에게 말했다.

"그럼 우리에 대해 전혀 말 안 했어?" 헉이 다시 물었다.

레이븐은 고개를 끄덕였다.

"우리도 엄마한테 네 얘기 안 했어." 재키가 말했다. "우리가 이렇게 멀리까지 와서 다른 사람 사유지에 들어간 걸 알면 엄마도 좋아하지 않을 테니까."

다른 아이들도 엄마에게 숨기는 게 있었다. 그 사실을 알고 나자 레이븐은 마마에게 아이들과의 만남을 비밀로 한 게 그나마 덜 미안했다.

물줄기를 가르며 하류로 내려가는 동안 레이븐은 왜 아이들이 수영하러 올 때 개울을 걸어왔는지 알 수 있었다. 개울 양옆의 땅은 블랙베리 가시덤불과 관목이 빽빽해 걸어 다니는 게 불가능했다. 레이븐은 이렇게 먼 하류까지 걸어가본 적이 없었다.

한동안 수심이 얕은 개울물이 자갈이 깔린 강바닥 위로 잔물결을 일으키는 구간이 이어지다가 수심이 깊어졌다. 레이븐은 앞에 보이는 이상한 물건을 보고 걸음을 멈췄다. 두 아이가 깜짝 놀란 레이븐을 보며 씩 웃었다.

개울물이 다시 얕아지며 강폭이 넓어진 곳에 물건이 무더기로 쌓여 있고 맨 위에 작은 조각상이 놓여 있었다.

"앞쪽에서 봐야 해." 재키가 말했다.

레이븐은 아이들을 따라 재키가 '울프스베인'이라고 부른 조각상의 반대편으로 갔다. 개울 한가운데에 푸른색 상자와 빨간색 상자가 하나씩 놓여 있었다. 그 위에 앞면이 깨진 사각형 물건이 있었다. 텔레비전 같았다. 책에 실린 사진에서 본 적이 있었다. 깨진 텔레비전 안에는 뿔이 하나만 달린 사슴 두개골이 들어 있었다. 텔레비전 위에는 검은색 전자레인지가 있었는데, 박살 난 유리문이 달려 있었다. 전자레인지 위에는 돌로 만든 여자 조각상이 있었다. 머리부터 맨발까지 내려오는 가운을 두른 조각상이었다. 손바닥을 위로 한 채 양팔을 내밀고 있는 여자의 한쪽 팔은 팔꿈치 아래가 잘려 나갔고, 반대쪽 팔은 어깨 일부가 떨어져 나갔다. 원래 연회색이었던 조각상이 지금은 이끼로 뒤덮여 녹색이 되었다.

"내가 리스 형과 헉 형이랑 작년에 만들었어. 웨어울프를 겁줘 쫓아내려고. 리스 형이 이걸 울프스베인이라고 불렀어. 영화에서 웨어울프를 겁줘서 쫓아내는 물건이 울프스베인이었거든." 재키가 말했다.

"물건이 아냐. 울프스베인은 식물이야.*"

레이븐은 두 사람이 무슨 말을 하는지 전혀 알아들을 수 없었다. 헉보다도 더 높이 솟은 무더기 앞에 있으니 작아진 기분이 들었다. 레이븐은 이끼로 뒤덮인 조각상의 초록색 얼굴에서 눈을 뗄 수 없었다.

"그 개가 개울까지 우릴 따라왔어. 우린 저기로 도망쳤지." 재키는 그렇게 말하며 숲을 가리켰다. "숲에 쓰레기들이 잔뜩 쌓여 있었어. 낡은 차가 있어 우린 그 안에 숨었지. 하지만 개는 이미 사라진 뒤였어."

재키가 말하는 낡은 차나 쓰레기는 보이지 않았다.

"여기서부터 후퍼 씨네 땅이 끝나고 너희 땅이 시작돼." 재키가 말했다. "우리가 수영하기 좋아하는 곳에 개가 오지 못하도록 부적을 만들었어."

"리스랑 내가 만들었지." 헉이 정정했다. "넌 너무 무섭다며 집에 가고 싶어 했잖아. 널 못 가게 하려고 우리가 계속 달래야 했어."

*직역하면 늑대의 골칫거리라는 뜻의 투구꽃이다. 투구꽃의 독이 늑대를 잡는 데 사용된다

"그렇게 많이 무섭진 않았어." 재키가 말했다.

"무서워했거든." 헉이 웃으며 말했다. "하마터면 바지에 오줌을 지릴 뻔했지."

"시끄러워!" 재키가 말했다.

"괜찮아. 어느 누구라도 그 개를 보면 오줌을 지렸을 거야." 헉이 말했다.

레이븐은 조각상을 자세히 들여다보았다. 아래를 내려다보는 여자의 눈은 거의 감겨 있다시피 했다.

"리스 형이 쓰레기 더미에서 이 성모상을 찾아냈어. 이걸 보고 울프스베인을 만들자는 아이디어를 냈지. 성모상이 악령을 쫓아줄 테니까."

레이븐이 초록색 조각상을 가리켰다. "이걸 성모상이라고 해?"

헉은 씩 웃었다. "성모가 뭔지 몰라?"

"응."

"예수님 엄마잖아. 설마 예수님도 모르는 건 아니지?"

"모르는데?"

"맙소사!" 헉이 말했다.

"형 말은 무시해." 재키가 말했다.

하지만 무시할 수 없었다. 레이븐은 모르는 게 너무 많았다. 그렇다고 마마에게 물을 수도 없었다. 아이들을 만났다는 얘기를 도저히 할 수 없었기 때문이다.

"마음에 들어?" 재키가 물었다.

레이븐은 플라스틱 상자와 사슴 두개골, 성모상을 차례로 천천히 바라보았다. 마음에 들지 않았지만 그렇다고 싫지도 않았다. 이상한 물건이었다. 약간 무섭기도 했다.

"뭔가를 쫓아내기에 좋은 형상이야." 레이븐이 말했다.

"그렇지?" 재키가 말했다. "이걸 만든 뒤로 웨어울프를 본 적이 없어. 효과 만점이야."

"아마 그 웨어울프는 죽었을 거야." 혁이 말했다. "2년간 리스랑 날 쫓아다녔는데 갑자기 사라져버린 게 이상하잖아."

"울프스베인 때문이지." 재키가 말했다.

레이븐은 이 형상이 아이들이 보낸 일종의 원 메시지였다는 걸 깨달았다. 그러자 이 형상이 더 좋아졌다.

"난 집에 가야겠어." 혁이 말했다.

아기 새가 먹이를 달라고 지저귀는 소리가 더 커졌다.

"넌 안 갈 거야?" 혁이 물었다.

"난 레이븐이 새 먹이를 찾는 걸 도와줄게."

"너무 오래 있지는 마. 엄마가 어디 있는지 물으면 나갔다고 할게. 하지만 만약 여기에 온 게 들통나면 네가 책임져야 해."

재키와 레이븐은 곤충을 잡아 아기 새에게 먹였다. 처음에는 둘 다 말을 거의 하지 않았다. 하지만 레이븐은 말하지 않으면 재키가 가버릴까봐 두려웠다. 그래서 왜 학교에 가지 않았는지 물었다. 재키는 여름방학이라고 했고, 그게 무슨 뜻인지 모르는 레이븐을 보며 깜짝 놀란 표정을 지었다.

"네 엄마가 너에게 알려주는 게 별로 없구나. 그렇지?"

마마는 재키가 생각하는 것보다 훨씬 많은 걸 알려주었다. 재키가 볼 수 없는 세상에 대해서. 하지만 레이븐은 자신이 재키가 사는 세상에 대해 모르는 게 너무 많다는 걸 깨달았다.

둘은 쓰레기 더미로 걸어가 거기 쌓여 있는 물건들을 보았다. 낡은 흔들 목마, 바퀴가 하나뿐인 자전거, 고장 난 컴퓨터도 두 대 있었다. 깡통과 병이 많았고, 자동차 타이어도 몇 개 있었다. 재키는 이 쓰레기들을 후퍼 씨나 그 이전에 사유지에 살았던 사람들이 버렸을 거라고 생각했다. 몇몇 쓰레기는 아주 오래된 물건이었다. 리스는 울프스베인을 만들 때 썼던 텔레비전을 골동품이라고 했다. 녹슨 자동차는 1950년대에 만든 인빅타 제품이라고 했다. 재키는 레이븐을 차 안으로 데려가 대시보드를 보여주고는 계속 '대박'이라는 말을 반복했다.

두 사람은 쓰레기 더미를 돌아본 후 아기 새에게 곤충을 좀 더 먹였다. 땅에 떨어진 물총새를 발견해 강둑에서 새의 둥지를 찾아주기도 했다. 레이븐의 제안이었지만 재키도 좋아했다.

햇살이 황금색으로 변하자 두 아이는 개울에서 너무 오래 있었음을 깨달았다.

"이제 그만 가야겠어." 재키가 말했다. "형이 잘 둘러댔겠지만 내가 여기에 온 걸 엄마가 알아차렸을지도 몰라."

"엄마가 화낼까?"

"화를 내기보다는 걱정하겠지. 네가 늦게까지 집에 들어오지 않으면 네 엄마는 걱정하지 않아?"

"엄마는 내가 밖에 나가 노는 걸 좋아해." 레이븐은 도저히 사실대로 말할 수 없었다. 마마는 그녀가 아기 새에게 먹이 주는 법을 배우면서 친족과 가까워지기를 바랐다. 그런 까닭에 마마는 새들이 가지에 앉아 쉬는 초저녁쯤에 레이븐이 집으로 돌아오길 바랐다.

"우리 엄마도 형이랑 내가 밖에서 노는 걸 좋아해. 휴대폰이나 비디오 게임은 금지거든. 텔레비전을 많이 보는 것도 금지야. 너도 그래?"

"응." 레이븐은 그렇게 말했지만 비디오 게임이 뭔지도 몰랐다. 레이븐의 집에는 텔레비전이 없었다. 마마에게는 휴대폰과 컴퓨터가 있었지만 필요한 물건을 주문할 때만 사용했다. 레이븐은 아예 만지는 것조차 금지된 물건들이었다.

"우리 또 만날래?" 재키가 물었다.

레이븐은 가슴과 배에서 벅찬 느낌이 들었다. 마치 태양이 몸 안에서 환히 빛나는 듯했다.

"응, 좋아."

"매일 나를 기다릴 순 없으니까 일요일 점심에 울프스베인에서 만나는 게 어때?" 재키가 미소 지으며 말했다.

"좋아."

"잊지 마."

"절대로 잊지 않을게."

"잘 가."

"안녕."

굽이를 돌아 사라지는 재키를 지켜보고 있으려니 레이븐은 지난번보다 훨씬 더 마음이 아팠다. 지금까지 알지 못했던 가슴 시린 외로움을 느꼈다. 하늘이 잿빛으로 변하고 엄마 새가 쉬러 가는 시간이 되어서야 레이븐은 집으로 돌아갔다. 마마는 오늘도 기분이 좋아 보였다. 며칠째 연달아 그랬다.

저녁을 먹고 나서 마마는 평소처럼 레이븐에게 뭘 보고 배웠는지 물었다. 레이븐은 재키와 헉을 만난 이야기는 빼고 대답한 뒤에 용기를 내 질문했다.

"개울 근처에서 개를 본 적 있어요?"

마마의 눈에 놀란 기색이 비치는 걸로 보아 본 적이 있다는 뜻이었다. "개를 봤니?"

"네."

"작년 여름에?"

"네."

"작년에 네가 그렇게 멀리까지 간 줄 미처 몰랐구나."

사실이 아니었지만 레이븐은 아무 말도 하지 않았다.

마마는 식탁 위에 놓인 레이븐의 손을 꼭 잡으며 말했다. "걱정할 거 없어. 그 개가 또다시 널 무섭게 할 일은 없을 테니까."

"왜요?" 레이븐의 마음속에는 텔레비전 사슴 정령과 전자레인지, 초록색 성모상이 웨어울프를 겁줘서 쫓아내는 장면이 떠올랐다.

"그 개가 마마를 두 번이나 공격했어. 마마는 네가 걱정되더구나. 너의 안전을 위해 개의 영혼을 땅으로 돌려보낼 수밖에 없었어."

"어떻게요?"

"총으로 쐈지."

"그게 언제였어요?"

"작년 여름."

레이븐은 자신의 반응을 숨기려고 노력했다. 다만 마마가 웨어울프를 죽였다는 사실을 어떻게 받아들여야 할지 의문이었다. 마마가 웨어울프를 죽이지 않았다면 아마 아이들은 수영하러 오지 않았을 것이다.

재키는 자기들이 만든 울프스베인이 웨어울프를 쫓아냈다고 믿었고, 그렇게 생각하며 행복해했다. 레이븐은 재키에게 절대 마마가 한 일을 말하지 않기로 했다. 왜냐하면 재키가 늘 행복하기를 바라니까.

5

아기 새가 단풍나무에서 날아오르며 레이븐과 재키를 향해 지저귀었다. 다른 스텔라스 제이가 그 소리를 듣고 아기 새를 공격하자 아기 새는 도망쳤고, 이내 시야에서 사라졌다.

"괜찮을까?" 재키가 물었다. 재키도 레이븐만큼이나 아기 새를 걱정했다. 레이븐은 가끔 재키를 아빠 새라고 불렀고, 그때마다 흡족하게 미소 지었다.

"그랬으면 좋겠어."

"다른 새들이 아기 새에게 익숙해질 때가 올까?" 재키가 물었다.

"모르겠어."

마마의 말에 따르면 원래 새들은 부모의 영역 안에서는 보호받는다고 했다. 하지만 아기 새가 레이븐을 따라 돌아다니다보면 여러 새들의 영역을 거치게 되었고, 가끔 공격을 받았다. 아기 새가 쫓기며 다른 새들에게 거부당하는 걸 볼 때마다 레이븐은 마음이 아팠다. 심지어 매의 공격을 받은 적도 있었다. 레이븐은 늘 아기 새가 걱정되었지만 마마는 원래 엄마들은 다 그렇다고 했다.

이슬비가 내렸고, 레이븐은 우비를 입지 않아 옷은 물론 살갗까지 모두 젖어 들었다.

"우리 집에 갈래?" 재키가 물었다.

두 아이는 지난 3주 동안 울프스베인에서 만났지만 재키가 그런 말을 한 건 처음이었다.

재키는 낮게 걸린 잿빛 구름을 올려다보았다. "비가 쉽사리 그치지 않을 것 같아."

"너희 엄마가 뭐라고 하지 않을까?"

레이븐은 재키를 포함해 다른 아이들이 '마마'를 '엄마'라고 부른다는 걸 알게 되었다. 재키와 함께 있을 때면 레이븐도 마마를 엄마라고 불렀다.

"우리 엄마는 아주 좋은 사람이야. 뭐라고 하지 않을 거야." 재키가 말했다.

"너희 엄마가 여기에 오는 걸 알면 화낼 거라고 했잖아."

"우리 집 근처에서 만났다고 하면 돼."

레이븐은 뭐라고 말해야 할지 알 수 없었다. 마마 없이 집 근처를 벗어나 본 적이 없었다.

혼자서 가도 안전할까? 만약 마마가 이 사실을 알게 된다면?

"가자." 재키가 말했다. "우리 집에 보드게임이 엄청 많아. 마우스트랩, 슈츠 앤 래더스, 게스 후. 이 가운데 좋아하는 게임 있어?"

늘 그렇듯이 이번에도 레이븐은 무슨 말인지 이해할 수 없었다.

이제는 재키도 레이븐의 침묵이 무슨 의미인지 알게 되었다. "보드게임을 해본 적이 없구나."

"응."

"내가 어떻게 하는지 알려줄게."

빗줄기가 거세지면서 점점 추워졌다. 레이븐은 재키와 함께 가든지 아니면 각자 자기 집으로 돌아가야 했다.

하지만 재키와 헤어지고 싶지 않았다. "그래, 가자."

재키가 환하게 미소 지었다. 레이븐은 재키를 따라 개울로 들어갔다. 울프스베인을 지나 후퍼 씨의 땅으로 들어서자 기분이 묘했다. 처음 있는 일이었다. 레이븐은 뒤돌아 성모상을 바라보았다. 성모의 쭉 뻗은 팔이 '그래, 그쪽으로 가렴, 어서 가.'라고 말하는 듯했다.

"아기 새도 우릴 따라올까?" 재키가 물었다.

"모르겠어."

두 아이는 바닥에 자갈이 깔린 개울을 계속 걸었다. 개울 양편 땅은 여전히 무성한 관목과 가시덤불로 뒤덮여 있었다. 개울이 왼쪽으로 구부러지는 지점에서 재키가 땅으로 올라갔다. 거기서 하얀 줄기의 오리나무가 모여 있는 수풀을 가로지른 다음 사람들이 많이 다니면서 생긴 길을 따라 들판으로 나갔다.

"저기가 우리 집이야."

재키가 나무 울타리 건너편 집을 가리켰다. 마마의 집처럼 금속 지붕이 덮여 있었지만 더 작았다. 마마의 집은 외벽이 통나무인 반면 재키의 집은 노란 널빤지였다.

두 아이는 나무 울타리를 넘어갔다. 레이븐은 배가 약간 아팠다.

재키의 엄마가 화를 내면 어쩌지?

레이븐은 절대로 집에 누군가를 데려갈 수 없었다. 마마가 어떻게 반응할지 알 수 없었기 때문이다.

재키는 잔디밭을 가로질러 레이븐이 집에 들어갈 때처럼 뒷문을 통해 안으로 들어갔다. 뒷문을 여니 세탁실이 나왔고, 그 옆에 주방이 있었다. 둘은 러그 위에 신발을 벗어두었다.

옆방에서 남자아이들이 웃는 소리가 들려왔다.

"형이 친구들을 데려왔나봐." 재키가 말했다.

재키는 긴장한 듯 보였고, 레이븐은 그 이유를 알 수 없었다.

"내 방으로 가자."

재키는 그렇게 말하며 레이븐을 끌고 서둘러 거실을 지나갔다. 하지만 거실에서 텔레비전을 보고 있던 혁과 리스 그리고 다른 아이들에게 들키고 말았다.

"버드 걸이다!" 리스가 말했다.

"어딜 그렇게 서둘러 가는 거야?" 혁이 물었다.

재키는 걸음을 멈추고 말했다. "내 방에."

리스와 혁은 씩 웃었다. 곱슬머리에 갈색 피부 아이가 호기심 어린 눈으로 레이븐을 바라보고 있었다.

"저 아이는 레이븐이야. 이쪽은 크리스." 혁이 레이븐과 크리스를 소개했다.

레이븐은 아이들을 만난 첫날에 그들이 크리스에 대해 이야기했던 기억이 났다. "만나서 반가워, 크리스."

크리스는 고개만 살짝 까닥했을 뿐 아무 말도 하지 않았다. 레이븐은 의아했다.

왜 저 아이 엄마는 누군가를 처음 만났을 때 뭐라고 말해야 하는지 가르치지 않았을까?

"아기 새는 어디 있어?" 리스가 물었다.

"밖에." 레이븐이 말했다.

"정말? 이제 날아다니는 거야?"

"응."

"아직도 곤충을 먹여?"

"가끔. 요즘은 아기 새가 스스로 먹이를 찾아다니는 편이라서 난 주로 땅콩을 줘." 그건 마마의 아이디어였다. 집으로 배달시킨 무염 땅콩이었다.

"가자." 재키가 계단 쪽으로 고갯짓하며 레이븐에게 말했다.

"재키……." 한 여자가 두 손으로 빨래 바구니를 들고 거실에 들어와 레이븐을 바라보았다.

레이븐은 가슴속에서 날개가 파닥거리는 듯했다. 재키를 닮은 걸 보면 그 아이의 엄마가 틀림없었다.

"친구를 데려온 줄 몰랐네." 재키 엄마는 그렇게 말하더니 빨래 바구니를 의자에 내려놓고 두 아이를 향해 다가왔다. 재키처럼 매력적인 얼굴이었고, 역시나 재키처럼 연갈색 피부에 진갈색 머리카락이었다. 포니테일로 묶은 머리에 청바지, 팔꿈치까지 걷은 푸른색 셔츠를 입고 있었다. 가까이에서 보니 눈동자는 녹갈색이었다.

"이 아이는 레이븐이에요." 재키가 소개했다.

"잘 왔다, 레이븐. 난 재키 엄마인 태프트 부인이야."

"만나서 반갑습니다, 태프트 부인." 레이븐이 말했다.

"여긴 어떻게 오게 되었니?" 재키 엄마가 미소 지으며 물었다.

"레이븐은 숲속을 산책하다가 우리 집 뒤에서 우연히 나랑 마주쳤어."

혁과 리스가 씩 웃었다. 재키가 거짓말하는 걸 알고 있기 때문이었다. 레이븐은 그게 왜 웃기는지 이해할 수 없었다.

"이 근처에 사니?" 재키 엄마가 물었다.

"네." 레이븐이 말했다.

"후퍼 씨 집 건너편에 살아." 재키가 말했다.

"네가 여기 온 걸 네 엄마도 알아?"

"모르세요. 하지만 엄마는 제가 밖에 나가 새로운 일을 하는 걸 좋아해요." 레이븐이 말했다.

"네 엄마에게 전화해 네가 여기 있다는 걸 알려드려야 하지 않을까?"

"전화할 수 없어요."

"왜?"

"엄마는 물건을 주문할 때만 전화를 쓰거든요."

"엄마 휴대폰 번호를 아니?"

레이븐은 고개를 저었다.

태프트 부인은 재키를 바라보더니 양 눈썹을 살짝 치켜세웠다.

"괜찮아." 재키가 말했다. "우린 잠깐 비를 피하려고 집으로 들어온 거야."

"그런 것 같구나." 태프트 부인은 아이들의 옷에서 떨어져 바닥을 적신 빗물을 바라보았다.

아마 마마라면 마룻바닥에 빗물이 떨어지는 걸 좋아하지 않았을 것이다. "빗물을 닦아야겠어요. 혹시 주방에 수건 있나요?" 레이븐이 물었다.

"우선 내가 마른 옷을 가져다줄 테니 갈아입어라. 네 옷을 건조기에 말리는 동안 재키 옷을 입고 있어도 괜찮지?"

레이븐은 낯선 집에서 옷을 벗기 싫었지만 몸이 흠뻑 젖어 어디에 앉든 자리가 빗물에 젖을 수밖에 없는 상태라 거절할 수 없었다.

"일단 욕실로 가자꾸나. 거기서 옷을 갈아입으렴." 태프트 부인이 말했다.

레이븐은 회색 트레이닝 바지에 진청색 티셔츠를 입었다. 재키가 이 티셔츠를 입은 걸 본 적이 있었다. '마운트 레니에 국립공원'이라는 글자가 새겨져 있고, 산이 그려져 있었다. 레이븐은 머리가 잘 마르도록 땋았던 머리를 풀었다. 머리를 풀자 재키가 더 예쁘다고 했다.

태프트 부인은 후무스와 아보카도, 채소를 넣어 샌드위치를 만들어 주었다. 그들 가족은 비건이라서 고기를 먹지 않는다고 했다. 후무스는 맛이 이상했지만 레이븐은 태프트 부인의 심기를 거스르고 싶지 않아 그냥 먹었다.

샌드위치를 다 먹고 나서 재키의 방에 올라갔다. 방은 작았지만 예뻤다. 벽은 파란색이고 천장에는 별들과 재키가 좋아하는 사진들이 붙어 있었다. 공룡, 행성, 〈스타워즈〉 영화 캐릭터들이었다. 시애틀 시호크스라고 적힌 포스터도 몇 개 붙어 있었는데 재키가 제일 좋아하는 미식축구팀이었다. 재키는 창문 블라인드를 내리고 불을 꺼 천장에 붙은 별이 진짜 별처럼 반짝반짝 빛나는 걸 보여주었다.

그다음 〈슈츠 앤 래더스〉 게임을 어떻게 하는지 알려주었다. 레이븐은 게임이 너무 재미있어 두 번이나 했다. 그다음에는 〈캔디 랜드〉를 했고, 세 번째로 〈마우스 트랩〉을 했는데 그 게임이 제일 마음에 들었다. 혁이 들어오더니 밖으로 나가 축구를 하자고 했다. 어느새 비는 그치고 해가 떠 있었다.

레이븐은 다시 자기 옷으로 갈아입은 뒤 재키와 함께 집 뒤 잔디밭으로 갔다. 아이들이 축구를 어떻게 하는지 설명해주었다. 재키와 레이븐은 혁과 한 팀이 되고, 리스와 크리스가 상대 팀이 되었다. 경기 내용은 엉망진창이었다. 인원이 너무 적은 데다 골키퍼도 없었기 때문이다. 레이븐은 좀처럼 다른 아이들이 가진 공을 빼앗지 못했다. 재키도 고전했는데 어쩌다 공을 빼내면 레이븐에게 넘겨주었다.

축구가 끝난 뒤 소프트볼을 가르쳐주었다. 2회에 레이븐이 외야에 나가 있을 때 아기 새가 어깨로 날아와 앉더니 먹이를 달라고 애걸했다. 아기 새를 본 아이들이 몰려들었고, 번갈아 가며 땅콩을 주었다. 아이들은 '대박'이라느니 '끝내준다.'는 말을 자주했다. 혁과 크리스도 리스처럼 레이븐을 '버드 걸'이라고 부르기 시작했다. 레이븐은 아이들의 관심을 받는 게 좋았다. 비록 아기 새가 긴장하기는 했어도.

태프트 부인이 모두 들어와 저녁을 먹으라고 했다. 레이븐은 아이들이 농담을 주고받으며 서로 놀리는 게 너무 재미있었고, 어찌나 즐거웠던지 날이 저물어가는 걸 미처 깨닫지 못했다.

재키가 디저트를 먹은 뒤에 레이븐을 데리고 거실로 가서 말했다. "리스랑 크리스는 자고 갈 거야. 엄마는 너도 자고 가도 된다고 했어."

"자고 간다는 게 무슨 뜻이야?"

레이븐이 모르는 게 많다는 사실에 익숙해져서인지 재키는 그리 놀라지 않았다.

"오늘 밤에는 우리 집에서 자고 내일 떠난다는 뜻이야. 놀이 약속이 길어지는 셈이지."

언젠가 손드라 이모가 '레이븐에게도 놀이 약속이 필요해.'라고 했던 말이 생각났다.

"진짜 재미있어. 우린 밤늦게까지 게임도 하고, 영화도 볼 거야."

태프트 부인이 다가와 물었다. "너도 자고 갈래?"

"저도 그러고 싶지만……." 레이븐은 말끝을 흐렸다. 무언가를 이토록 간절히 원해본 건 처음이었다. 하지만 집으로 돌아가지 않으면 마마가 화를 낼 것이다.

"네 엄마한테 물어보렴. 아줌마가 차로 데려다줄 테니까." 태프트 부인이 손에 자동차 열쇠를 쥐고 있었다.

마마와 태프트 부인이 이야기를 나누게 할 수는 없었다. 레이븐이 재키의 집에 갔다는 걸 알게 되면 마마가 화를 낼 테니까.

태프트 부인은 레이븐이 무슨 걱정을 하는지 알아차렸다. "네 엄마에게 물어보지도 않고 널 이 집에서 재울 수는 없어. 네 엄마를 만나보는 게 좋겠구나. 네가 온종일 어디에 있었는지 알아야 할 테니까."

"저는 집에 가봐야 해요."

"그래. 내가 차로 데려다주마."

"걸어갈게요."

재키, 헉, 리스, 크리스가 일제히 레이븐을 바라보았다.

"금방 어두워질 거야. 절대로 너 혼자서 그렇게 먼 거리를 걸어가게 할 순 없어." 태프트 부인이 말했다.

'절대로'라는 말을 들으니 레이븐은 겁이 덜컥 나서 재키를 바라보았다. 부인의 제안을 거절했다가 다시는 재키를 못 보게 될까봐 두려웠다.

"아줌마랑 함께 갈래?" 태프트 부인이 물었다.

"아뇨. 저 혼자 갈게요."

"얘야, 너 혼자서는……."

레이븐은 현관문으로 달려가 문을 벌컥 열고 서둘러 계단을 내려갔다. 울타리까지 절반쯤 갔을 때 뒤에서 리스가 외치는 소리가 들려왔다. "야! 신데렐라! 너, 신발 두고 갔어!"

레이븐은 몸을 숙여 울타리 아래를 통과한 다음 계속 달렸다.

6

이튿날 레이븐은 울프스베인으로 가서 오랫동안 재키를 기다렸다. 재키가 오지 않자 울고 싶었다.

내가 모든 걸 망쳤어.

도망치기 직전에 보았던 태프트 부인과 아이들의 얼굴이 떠올랐다. 마치 자기들과는 아주 다른 동물을 대하는 듯한 표정이었다.

아기 새는 평소보다 더 오래 레이븐의 곁에 머물렀다. 레이븐에게 위로가 필요하다는 사실을 아는 듯했다. 레이븐은 지금껏 사람들보다는 친족인 땅과 새들을 더 가까이 해왔다. 사람들과 함께 있는 동안에는 새가 된 기분이었다. 사람들이 보여주는 모습은 레이븐을 어리둥절하게 했고, 레이븐은 그들의 일거수일투족을 주시하다가 여차하면 날아갈 준비가 되어 있었다. 심지어 마마가 화를 낼 때도 그런 기분이 들었다.

레이븐은 울프스베인을 바라보며 재키를 생각했다. 재키와 함께 있을 때만큼은 어딘가로 날아가고 싶은 기분이 들지 않았다. 아마도 그녀 안에 존재하는 인간으로서의 일부분이 재키를 좋아하는 것 같았다. 하지만 재키를 좋아하고 싶지 않았다. 너무 마음이 아팠기 때문이다.

"네가 먹을 곤충을 찾아보자." 레이븐이 아기 새에게 말했다.

레이븐은 울프스베인을 뒤로 하고 달려가면서 날아간다고 상상했다. 아기 새도 함께 날았다.

집에 도착해보니 마마는 슬픔에 빠져 있었다. 레이븐은 마마가 화를 낼 때보다 슬플 때가 더 두려웠다. 마마는 뒷문 근처 땅바닥에 누워 하늘을 올려다보고 있었다.

레이븐은 마마 옆에 무릎을 꿇고 앉아 말했다. "저 왔어요, 마마."

"난 나쁜 엄마야. 널 그냥 숲에 두고 왔어야 해." 마마가 레이븐을 쳐다보지도 않고 말했다.

"마마가 땅의 정령에게 저를 보내달라고 소원을 빌었잖아요. 저는 마마 딸이에요."

"그래, 내가 땅의 정령에게 널 보내달라고 소원을 빌었지." 마마의 눈에 눈물이 고였다. 눈꺼풀이 내려오자 밀려 나온 눈물이 두 갈래 실개천이 되어 볼을 타고 흘러내렸다.

"마마는 좋은 엄마예요." 레이븐은 그렇게 말하며 마마의 볼에 키스했다. "저녁은 제가 준비할게요."

마마는 눈을 감은 채 말이 없었다. 레이븐은 겁이 났다. 그럴 때마다 마마가 다시는 눈을 뜨지 않을까봐 두려웠다.

레이븐은 집 안으로 들어가 남은 캐서롤을 전자레인지에 데웠다. 저녁이 준비됐다는 말을 하려고 마마에게로 갔을 때는 태양이 숲과 언덕 뒤로 넘어가 있었다. "마마, 제가 일으켜줄게요. 집에 들어가야 해요."

레이븐은 마마의 팔을 잡아당겨 일으키려고 했지만 마마는 꿈쩍도 하지 않았다. 다시 집 안으로 들어가 접시에 캐서롤을 덜었다. 우유도 한 잔 따라 접시와 함께 들고 밖으로 나가 짙어지는 어둠 속에서 마마 옆에 앉아 먹었다.

접시를 치우고 나서 다시 마마를 일으키려고 했지만 여전히 꿈쩍도 하지 않았다. 레이븐은 베개 두 개와 담요 하나를 가져왔다. 마마의 머리를 들어 베개를 받쳐주고, 몸 위로 담요를 덮어주었다. 담요 속으로 들어간 레이븐은 한 팔로 마마를 끌어안았다. 아메리카 올빼미 한 마리가 한동안 레이븐에게 다 잘될 거라고 말해주었다.

레이븐은 어둠 속에서 이슬에 몸이 젖은 상태로 눈을 떴다. 한 손을 마마의 뺨에 대보니 차가웠다. "마마, 이제 집으로 들어가야 해요. 마마, 마마……."

레이븐이 계속 보채자 마마가 겨우 눈을 떴다. 레이븐은 마마의 팔을 잡아당겨 일어날 수 있도록 도와준 다음 집 안으로 데려갔다. 마마를 침대에 눕히고, 잠옷을 입히고, 발에 양말을 신겼다. "내일은 제가 아침을 만들어 줄게요."

"아냐." 마마가 아직 멍한 눈으로 말했다.

레이븐은 늘 마마가 멍한 눈일 때 무얼 보는지 궁금했다. 땅의 정령과 연관된 무엇일 것이다. 레이븐은 땅의 정령이 마마를 그들의 세계로 데려갈까봐 두려웠다.

레이븐은 온종일 마마가 인간 세상에 머물도록 붙잡고 있었다. 마마에게 말을 걸고, 물과 음식을 가져다주고, 화장실에 가게 했다. 마마의 침대에서 숙제를 하고, 책을 읽어주었다. 서너 번은 아기 새에게 먹이를 주려고 밖으로 나갔다. "마마는 오늘 정령들과 함께 있어."

레이븐이 아기 새에게 말했다.

아기 새는 나무에서 내려와 토끼와 사슴이 텃밭에 들어오지 못하도록 세워둔 울타리에 앉았다. "네가 내 말을 알아들으면 좋을 텐데." 레이븐이 말했다. "그럼 너에게 울프스베인에 가서 재키가 있는지 보고 오라고 할 거야. 만약 재키가 있으면 오늘은 내가 갈 수 없다고 전해줘. 마마가 회복될 때까지 갈 수 없다고."

아기 새는 고개를 갸웃하고는 레이븐을 바라보았다. 마치 레이븐의 말을 알아들은 듯이 반짝이는 검은 눈동자가 유난히 진지해 보였다. 아기 새가 울타리에서 날개를 펴고 날아올랐다.

"재키에게 미안하다고 전해줘." 아기 새가 나무들 사이로 날아가는 동안 레이븐이 외쳤다.

7

마마는 거의 이틀 동안 정령들의 세계에 머물렀다. 인간 세계로 되돌아온 마마는 몹시 슬퍼하며 몸을 떨었다. 마마는 정령들의 세계에서 인간 세계로 돌아올 때마다 늘 힘들어했다.

이튿날 아침, 레이븐은 울프스베인에 갔다. 재키는 거기 없었다. 아기 새가 후퍼 씨의 땅에 있는 나무로 날아가더니 레이븐을 불렀다. 아기 새는 재키의 집에 가고 싶어 하는 눈치였다.

"더는 그 집에 갈 수 없어. 재키 엄마 앞에서 도망쳐버렸거든."

레이븐은 울프스베인을 지나 더 하류로 내려갔다.

그런데도 아기 새는 계속 레이븐을 불렀다.

"안 된다니까." 레이븐이 그렇게 말하고 돌아섰을 때 '고물' 텔레비전 안에 들어 있는 사슴 두개골에 붙여둔 푸른색 종이가 보였다. 레이븐은 종이를 떼어보았다. 재키의 필체는 레이븐보다 크고 흔들리는 편이었다.

'일요일 정오에 만나.'

아기 새가 레이븐의 어깨에 내려앉았다.

"나에게 이걸 보여주려고 여기로 날아온 거야?"

아기 새는 부드러운 소리를 내며 날개를 퍼덕거렸다.

"고마워." 레이븐은 아기 새에게 땅콩 하나를 주었다.

오늘이 무슨 요일인지 확실하지 않았다. 벌써 일요일이 지나버린 건 아니길 바랐다. 레이븐은 집으로 걸어가는 동안 종이를 구겨 통나무 밑에 넣었다.

마마는 주방에서 요리를 만들고 있었다.

"산책 잘했니?"

"네." 사실 산책은 더할 나위 없이 즐거웠다. 재키가 다시 만나고 싶다는 쪽지를 남겼기 때문이다.

레이븐은 마마가 날짜 개념을 가르치기 위해 걸어둔 달력 앞으로 갔다. 레이븐은 그동안 매일 달력의 오늘 날짜에 가위표를 해왔다. "달력에 가위표를 하는 걸 깜박 잊었어요. 오늘이 무슨 요일이죠?"

"나도 잊었어. 어디 보자." 마마는 서재에 들어가 컴퓨터를 보았다.

"토요일이야." 마마가 달력의 날짜를 손으로 가리켰다.

레이븐은 그동안 표시하지 않은 날들에 가위표를 했다. 당장 내일이 되어 재키를 만나고 싶었다. 레이븐은 마마를 도와 텃밭을 가꾸고 빨래와 청소를 했다. 마마가 내일 집에 있어야 한다고 하지 않도록 숙제도 많이 해두었다. 이내 밤이 찾아왔고, 재키를 생각하며 잠자리에 들었다. 나무로 된 천장을 바라보다가 재키의 방처럼 별이 빛나면 좋겠다고 생각했다.

다음 날 아침, 레이븐은 마마가 정령들과 산책을 마치고 돌아와 숙제나 집안일을 더 하라고 시키기 전에 일찍이 집을 나섰다.

레이븐은 울프스베인 옆 자갈밭에 앉아 재키를 기다렸다. 날이 더워져 등산화를 벗고 맨발을 물속에 담갔다. 아기 새는 아직 나타나지 않았다. 레이븐은 아기 새에게 별일 없기를 바랐다.

재키가 굽이를 돌아 나오자마자 둘은 서로를 보았다. 재키는 손에 레이븐의 신발을 들고 있었다. 레이븐은 미소를 지으며 자리에서 일어났다.

"안녕, 내가 남긴 쪽지 봤어?"

"응."

"네 신발을 가져왔어." 재키는 레이븐이 자갈밭에 벗어놓은 등산화를 보았다. "보아하니 없어도 되겠네."

"난 신발이 많아." 엄마는 산책할 때 늘 마른 신발을 신을 수 있도록 등산화를 여러 켤레 사주었다.

재키는 레이븐이 벗어둔 등산화 옆에 가져온 신발을 내려놓았다. "엄마는 네가 신발이 없어서 불편해할까봐 걱정이 많았지. 신발을 전해주려고 너희 집에 갔는데 대문을 열고 들어갈 수가 없었어."

마마와 손드라 이모만이 대문의 비밀번호를 알고 있었다.

"네가 신발도 없이 온 걸 보고 너희 엄마가 뭐라고 했어?" 재키가 물었다.

"신발을 개울 옆에 벗어놓았다가 잃어버렸다고 했어." 그렇게 말한 덕분에 왜 늦게 왔는지 따로 이유를 둘러댈 필요가 없었다. 레이븐은 신발을 찾느라 늦었다고 했다.

"네 엄마가 화를 내지는 않으셨어?"

"응."

"엄마 말로는 네 신발이 고급 등산화래."

레이븐은 '고급'이 무슨 말인지 알 수 없었다. 엄마가 물건을 주문하면 대문 밖으로 상자가 배달되었다.

재키는 주위를 둘러보았다. "아기 새는 어디 있어?"

"모르겠어."

레이븐은 재키가 긴장하는 걸 느꼈다. 레이븐과 함께 있을 때 재키가 긴장한 건 처음이었다.

"그날 도망쳐서 미안해." 레이븐이 말했다.

"괜찮아."

"너희 엄마가 나에게 화나셨어?"

"아니. 전혀." 재키는 자갈을 하나 집어 들더니 유심히 바라보았다. "화를 내기보다는 걱정하셨어."

"왜?"

자갈밭을 바라보던 재키가 눈을 들었다. "널 걱정하셨어. 너희 엄마랑 다른 모든 것도."

'너희 엄마랑 다른 모든 것'이 무얼 의미할까? 재키 엄마는 내가 땅의 정령 딸이라는 사실을 알게 되었을까?

아이들은 전혀 몰라도 어른의 눈에는 비밀이 보일 수도 있었다.

"엄마는 왜 네가 너희 엄마를 못 만나게 하는지 모르겠대."

"우리 엄마는 사람들 만나는 걸 좋아하지 않아."

"왜?"

레이븐은 재키의 반문에 대답해줄 말이 없었다.

"리스 형은 아빠가 돌아가셨고, 엄마는 술을 많이 마셔. 그래서 우리 집에서 살다시피 해."

레이븐은 '술'이 뭔지 몰랐다.

"너희 엄마도 그렇다면 우리 엄마가 다 이해할 거야."

태프트 부인은 마마를 이해하기 힘들 것이다. 두 사람은 완전히 다른 세상에서 살고 있으니까.

재키는 손에 쥐고 있던 돌을 내밀었다. "이 돌에 있는 흰 선이 꼭 R자 같아. 레이븐의 R."

레이븐은 돌을 받아들었다. 정말로 돌에 R자가 있었다. 레이븐이 다시 돌을 건네자 재키가 말했다. "너 가져."

이 돌은 땅의 정령들이 보낸 메시지가 틀림없었다. 레이븐은 이게 무슨 의미인지 알 수 없었지만 일단 돌을 반바지 주머니에 넣었다.

"우리 엄마가 널 집에 데려오라고 했어." 재키가 말했다.

"네가 여기 오는 걸 엄마도 알아?"

"정확히 여기라는 건 몰라. 그냥 널 다시 보게 되면 집에 데려오라고 했어. 그 말을 전하려고 널 찾아다녔어."

레이븐은 가슴속에 두 마리 새가 들어 있는 기분이었다. 한 마리는 재키의 집에 갈 수 있다는 사실에 행복해하며 이리저리 날아다녔고, 다른 한 마리는 포식자로부터 숨으려고 덤불 속으로 뛰어들었다. 태프트 부인이 또 마마를 만나려고 할까봐 두려웠다. 만약 레이븐이 재키를 몰래 만났다는 사실을 알게 될 경우 마마는 눈을 감고 다시는 뜨지 않을지도 모른다.

재키가 마치 레이븐의 생각을 읽은 듯 말했다. "엄마가 너희 엄마를 굳이 만날 필요는 없다고 했어. 그냥 네가 괜찮은지만 알고 싶대."

"난 괜찮아."

"그래, 알아. 하지만 우리 집에 가서 엄마에게 직접 보여주자. 엄마가 널 걱정하니까."

레이븐은 태프트 부인이 걱정해주는 게 마음에 들지 않았다. 엄마의 말이 맞았다. 다른 사람들은 아무것도 모른다. 뭐가 중요한지 몰라 대수롭지 않은 일로 유난을 떤다.

"알았어." 레이븐이 말했다.

"우리 집에 같이 가는 거야?"

"응." 태프트 부인에게 그리 걱정해줄 필요가 없는 아이라는 걸 보여주고 싶었다.

난 레이븐의 딸이야. 아빠는 강력한 땅의 정령이지.

엄마는 다른 사람들과 달리 정령들의 세계를 자유롭게 드나들었다. 사람들은 설사 정령들의 세계로 들어가는 방법을 안다고 해도 두려워서 가지 않을 것이다.

레이븐은 신고 왔던 등산화를 벗지 않았고, 재키가 가져온 등산화는 울프스베인 옆 자갈밭에 두었다. 둘이 개울을 건너고 있을 때 하늘에서 아기 새가 내려와 레이븐의 어깨에 앉았다.

"이제야 왔네. 어디 있었어?"

재키가 손가락으로 아기 새의 등을 토닥였다. 아기 새가 먹이를 달라고 지저귀었다. 재키는 레이븐에게 건네받은 땅콩을 주었다. 땅콩을 다 먹은 아기 새가 다시 어디론가 날아갔다.

"리스 형도 놀러 왔어. 형도 너에 대해 물었어."

"왜?"

"널 좋아하니까."

"왜?"

"나도 몰라. 다들 널 좋아해. 엄마는 네가 존재감이 강력하대. 그 말이 무슨 뜻인지 잘 모르겠지만 엄마도 널 좋아해."

레이븐도 무슨 뜻인지 알 수 없었지만 '강력하다.'는 말이 마음에 걸렸다.

태프트 부인이 내 영적인 면을 보았을까?

태프트 부인 앞에서는 평범한 아이처럼 행동해야 했다.

내가 얼마나 공부를 많이 했는지 보여줘야 할지도 몰라.

둘은 첨벙거리며 깊은 물을 가로질러 걸어갔다.

오리나무 수풀이 나오자 레이븐이 물었다. "아까 리스의 엄마가 술을 많이 마신다고 했지?"

"리스 형이 자기 엄마는 알코올중독자래."

"그게 뭔데?"

"맥주랑 위스키 같은 술을 너무 많이 마시는 사람이라는 뜻이야. 리스 형 엄마는 약까지 한대."

레이븐이 아는 약이라고는 열이 났을 때 마마가 주는 흰색 알약뿐이었다. "엄마가 아무리 그렇다고 해도 리스는 왜 너희 집에서 주로 지내?"

"술에 취해 있을 때가 많아 리스 형을 제대로 돌보지 못하기 때문이지."

"술에 취해?"

"술을 많이 마시는 바람에 정신이 흐려져 몸을 제대로 가누지 못한다는 뜻이야. 술에 취한 사람을 한 번도 본 적 없어?"

"없어."

재키는 잠시 말이 없다가 입을 열었다. "너희 엄마도 그런 사람일까 봐 걱정할 필요는 없겠네."

레이븐은 무슨 말인지 도통 이해할 수 없었지만 더는 묻지 않았다. 재키의 집이 시야에 들어왔다. 이제부터 다른 아이들이 아는 걸 다 아는 평범한 아이처럼 행동해야 했다.

8

혁이 가까이에 있는 레이븐에게 공을 던졌다. 레이븐은 폼(Foam) 재질로 만든 미식 축구공을 잡아 엔드 존을 향해 달려갔다. 엔드존에 거의 다다랐을 때 리스가 뛰어오르며 막으려다가 균형을 잃고 레이븐 위로 넘어졌다. 바로 뒤에서 따라오던 크리스도 리스와 레이븐 위로 포개졌다. 레이븐은 약간 아프긴 했지만 아이들 밑에 깔리는 게 나쁘지 않았다. 흙냄새와 아이들의 땀 냄새도 좋았다. 아이들이 괜찮은지 물어봐주고, 정말 터프하다고 웃으며 말해주는 것도 마음에 들었다.

정원에서 그 모습을 보고 있던 태프트 부인이 황급히 달려왔다. "괜찮니, 레이븐?"

"괜찮아요." 리스가 레이븐을 일으켜주며 대신 말했다.

"이건 터치 풋볼*이야, 리스."

"사고였어요."

태프트 부인은 레이븐의 몸에 묻은 흙과 잔디를 털어주며 리스를 노려보았다.

"전 괜찮아요. 태클을 걸어도 상관없어요." 레이븐이 말했다.

그 말에 아이들은 모두 웃거나 미소 지었다. 모두 합해 일곱 명이었

*미식축구를 덜 위험하게 즐길 수 있도록 태클을 금지하는 대신, 공격하는 선수의 몸을 양손으로 터치해서 공의 전진을 막는 게임

는데 지금껏 이 집에 한꺼번에 모인 인원치고 제일 많았다. 재키가 두 명을 초대했고, 혁이 셋을 데려왔다. 오늘 밤에 이 집에서 자고 가는 파티였는데 리스가 '여름방학을 끝내는 장례식'이라는 이름을 붙였다. 며칠 후면 개학이었다.

"아주 잘 잡았어." 혁이 그렇게 말하며 손을 들어 올리자 레이븐은 하이파이브를 했다.

"렉스 팀에 패널티를 줘야 해. 골라인까지 절반이나 갔어."

익룡 팀(버드 걸에서 따온 이름)이 득점했지만 T-렉스(티라노사우르스) 팀이 이겼다.

아이들은 저녁을 먹으러 집으로 들어갔다. 태프트 부인이 식탁에 차려둔 여러 가지 재료로 각자 타코와 부리토를 만들어 먹었다. 레이븐은 다진 고기가 있는 걸 보고 놀랐지만 재키가 식물성 재료로 만들었다고 말해주었다. 레이븐은 비건 식 식사에 익숙해졌고, 심지어 좋아지기까지 했다.

식사를 마친 뒤에는 다 함께 영화를 봤다. '완드'라고 하는 마법 지팡이를 사용하는 사람들이 나오는 이야기였다. 재키와 크리스 사이에 끼어 앉아 있다는 사실이 제일 좋았다. 다들 다닥다닥 붙어 앉아 농담하고 놀리고 때로는 트림하고 방귀도 뀌었다. 레이븐도 탄산음료를 마시면 심하게 트림할 수 있었다.

"레이븐, 날이 저물고 있어." 태프트 부인이 말했다.

레이븐은 하루 종일 이 순간이 다가오는 게 두려웠다. 오늘 파티는 정말이지 장례식이었다. 생애 최고의 여름이 죽었다. 다른 아이들은 모두 등교할 것이고, 이제는 만나기 쉽지 않았다. 태프트 부인은 온종일 학교에서 근무해야 하고, 재키와 혁은 엄마가 일을 마칠 때까지 방과 후 교실에서 지내야 한다. 재키의 말에 따르자면 겨울에는 주변이 어둑어둑해지고 나서야 집에 돌아올 수 있다고 했다. 평일에는 아이들을 만날 수 없을 거라는 뜻이었다. 태프트 부인은 날이 어두워진 이후 레이븐이 혼자 걸어서 여기로 오거나 혹은 자기 집으로 돌아가는 걸 허락하지 않았다. 태프트 부인이 유일하게 중요시하는 원칙이었다.

레이븐이 소파에서 일어나자 오늘 처음 온 아이가 말했다. "넌 안 자고 가?"

"응." 레이븐이 말했다.

"왜?"

리스가 대신 대답했다. "어두워지기 전에 돌아가지 않으면 레이븐의 마차와 말이 호박과 생쥐로 변하거든." 레이븐이 등산화를 벗어두고 달아난 뒤로 리스는 그런 농담을 했다. 해가 나무 뒤로 저물면 리스는 "이제 그만 가는 게 좋겠어, 신데렐라." 혹은 "마차가 기다리고 있어, 신디." 같은 농담을 했다.

"사실 레이븐은 뱀파이어라서 이제 피를 마시러 가야 해." 혁이 말했다.

"레이븐은 웨어울프 아니었어?" 크리스가 말했다.

아이들이 농담을 해대는 덕분에 레이븐은 새로 온 아이에게 왜 일찍

가야 하는지 따로 설명할 필요가 없었다. 레이븐은 아이들이 너무 좋아 가고 싶지 않았고, 학교가 영영 개학하지 않기를 바랐다.

재키가 일어났다. "울타리까지 바래다줄게."

재키는 늘 그랬지만 오늘은 태프트 부인이 나섰다. "엄마가 바래다줄 테니까 넌 여기서 영화를 보렴."

엄마의 단호한 말투에 재키는 알겠다고 말하고 자리에 앉았다.

"잘 있어." 레이븐이 말했다.

아이들 모두가 잘 가라고 인사했다.

태양은 이미 나무들 뒤로 넘어갔고, 구름은 분홍빛과 자줏빛으로 예쁘게 물들었다.

"네가 여기 다녀가면 엄마가 어디 갔다 왔냐고 안 물으시니?" 울타리를 향해 걸어가는 동안 태프트 부인이 물었다.

레이븐은 뭐라고 대답해야 할지 알 수 없었다. 레이븐이 아기 새에게 먹이를 주기 시작한 몇 주 동안 마마는 하루 종일 집을 비웠고, 그 덕분에 몰래 재키의 집에 갈 수 있었다. 아기 새가 스스로 먹이를 구할 수 있게 된 어느 날, 마마가 말했다. "아기 새를 키우기 시작하면서 넌 숲속에서 혼자 지내는 게 훨씬 편안해 보이는구나. 숲속에서 네 친족들과 보내는 시간이 즐겁지?"

"네." 레이븐이 말했다. 위장이 단단한 옹이처럼 뭉쳤다. 집 밖에서는 혼자가 아닌 적이 많았기 때문이다.

마마는 레이븐의 죄책감을 알아차리지 못하고 환하게 웃었다. 마마가 손으로 레이븐의 뺨을 감싸며 말했다. "나도 네 나이에 땅의 정령들과 함께하는 즐거움을 알게 되었지. 네가 땅의 정령들과 돈독해진 걸 보니 기쁘구나. 아기 새를 키우는 일이 너에게 중요한 교훈을 준 거야."

태프트 부인은 레이븐의 대답을 기다리지 않았다. 재키처럼 마마에 대한 질문으로 레이븐을 몰아세우지도 않았다. "지난번에 했던 얘기 생각해봤니? 학교 말이야."

"많이 생각해봤어요."

"엄마랑 얘기해봤어?"

"아뇨."

태프트 부인은 걸음을 멈추고 레이븐을 마주 보았다. "아줌마가 교장 선생님이랑 얘기했단다. 교장 선생님은 학교에서 중요한 결정을 내리는 사람이라고 말했던 걸 기억하지?"

레이븐은 고개를 끄덕였다.

"교장 선생님에게 네가 집에서 얼마나 공부를 많이 했는지 이야기했어. 그랬더니 교장 선생님이 널 기꺼이 2학년에 넣어주시겠대. 네가 2학년 과정에 들어가도 괜찮은지 간단한 시험을 보게 될 거야. 네 실력이면 쉽게 통과할 수 있어."

"그럼 재키랑 같은 반이 되는 거예요?"

"재키는 한 살 많으니까 3학년이 될 거야. 넌 동갑내기 아이들과 같이 2학년이 될 거고."

"학교에서 재키를 볼 수 있을까요?"

"쉬는 시간에 운동장에서 볼 수 있지. 헉이랑 리스, 크리스도." 태프트 부인이 미소 지었다. "아까는 너보다 나이 많은 남자애들과도 무리 없이 잘 어울려 놀았잖아. 수업이든 놀이든 너에게는 그리 어렵지 않을 거야."

레이븐은 학교 운동장에서 아이들과 뛰어놀고 싶었다. 아이들이 말했던 읽기와 산수 수업도 듣고, 시험도 보고 싶었다. 아이들에게 자신이 얼마나 똑똑한지 보여주고 싶었다.

"아줌마가 네 엄마와 이야기를 나눠볼 수도 있어."

레이븐은 더는 태프트 부인이 마마를 만나게 해달라고 강요할까봐 걱정하지 않았다. 태프트 부인은 마마와 이야기하지 않고도 여름 내내 레이븐이 집에 놀러 오게 해주었다. 태프트 부인이 마마를 만나는 일은 없을 것이다. 경보기가 설치된 대문을 열고 들어오는 건 불가능했으니까. 아마 레이븐이 태프트 부인과 친하다는 사실을 알게 되면 마마는 기절할 것이다. 레이븐은 가끔 태프트 부인이 마마보다 자신을 더 잘 안다는 생각이 들었다. 그런 생각이 들 때마다 마음이 아픈 동시에 기분이 좋았다.

"그래, 굳이 원치 않는다면 네가 직접 말해도 괜찮아."

레이븐이 계속 침묵하자 태프트 부인이 말을 이었다. "넌 학교에 가고 싶지? 넌 어리지만 네가 원하는 걸 요구할 권리가 있어."

'원하는 걸 요구할 권리.'

레이븐은 자신이 무얼 해야 하는지 깨달았다. 땅의 정령들에게 소원을 빌 것이다.

마마는 땅의 정령들에게 아기를 보내달라는 소원을 빌고 뜻을 이루었어. 나도 땅의 정령들에게 학교에 다니게 해달라고 소원을 빌면 들어주지 않을까?

"날이 점점 어두워지네. 얼른 가는 게 좋겠다."

태프트 부인은 레이븐을 데리고 울타리까지 걸어갔다. 집 안에서 아이들이 웃음을 터뜨리는 소리가 들려왔다. 레이븐은 집의 창문 너머로 황금색 불빛을 바라보았다. 방금 전 누가 웃긴 말을 했을지 궁금했다. 아마 리스일 것이다. 리스는 늘 아이들을 웃겼다.

"언젠가는 너도 우리 집에서 자고 갈 날이 올 거야."

레이븐은 절대 그럴 리 없다고 생각했다.

태프트 부인은 두 팔로 레이븐을 끌어안았다. 서로 믿을 수 있는 사이가 된 뒤로 태프트 부인은 가끔씩 레이븐을 안아주었다. 레이븐도 부인을 꼭 껴안으며 달큼한 냄새를 들이마셨다.

"태프트 부인……."

"응?"

"가끔 이 집에서 살았으면 좋겠다는 생각이 들어요."

태프트 부인은 레이븐에게서 몸을 뗐다. 레이븐의 눈가에 맺힌 눈물이 분홍색 하늘로 물들어 있었다. "그런 생각을 해도 괜찮아. 가끔 아줌마도 그랬으면 좋겠다는 생각이 든단다."

레이븐은 가슴이 조이며 심장이 눌리는 듯한 아픔을 느꼈고 울타리 사이로 빠져나가 달음박질쳤다. 한참 달린 후에야 태프트 부인에게 작별 인사를 하지 않았다는 걸 깨달았다.

9

재키와 헉은 놀 시간이 없었다. 아이들이 집에서 자고 간 다음 날, 두 형제는 병원에 들르는 한편 학교에 입고 갈 옷과 물건을 사러 갔다. 이튿날은 엄마와 함께 학교에 가서 교실 정리를 도와야 했다.

레이븐은 늘 그랬듯이 마마와 함께 요리하고, 청소하고, 공부하고, 산책했다. 마마는 요즘 레이븐이 전에 비해 집에 있는 시간이 더 많다는 걸 알아차리지 못한 듯했다. 레이븐과 함께 있어도 마마의 정신 일부는 땅의 정령들에게 가 있었다. 마마가 그럴 때면 레이븐은 외로웠다. 아이들을 만나기 전에는 혼자 있으면 허전하다는 걸 몰랐다. 아이들을 만날 수 없게 된 지금은 가슴이 아플 정도로 텅 빈 느낌이었다. 레이븐은 땅의 정령에게 학교에 가게 해달라는 소원을 꼭 빌어야겠다고 마음먹었다.

마마와 산책하는 동안 레이븐은 땅의 정령에게 소원을 비는 법에 대해 좀 더 배울 게 없는지 물었다. 마마는 원하는 것에 강력한 확신과 신념이 있어야 한다고 했다. 그건 문제없었다. 레이븐은 아이들과 태프트 부인이 있는 학교에 다니고 싶은 열망이 컸으니까.

그다음에는 땅의 정령들과 깊이 교감하는 게 중요하다고 했다.

"넌 땅의 정령들과 확실히 교감하고 있으니 걱정 마라."

레이븐이 어릴 때부터 마마는 숲으로 데리고 다녔다. 레이븐의 작은 손에 돌을 쥐여주고, 근본적인 힘을 느끼게 해주었다. 레이븐을 산으로 데려가 땅의 정령들이 뿜어내는 향기를 들이마시게 했다. 레이븐을 땅에 눕히고 땅의 정령들이 부르는 자장가를 들려주었다.

"사람들은 사방이 가로막힌 아기 침대를 쓰거나 안전 가드를 쳐서 아기를 작은 감옥에 가둔단다." 마마는 그렇게 말했다. "그 반면 너의 안전 가드는 숲과 개울이고, 언덕이야. 너의 유일한 요람은 내 두 팔이지. 네가 걷기 시작하고 몸이 튼튼해지면 엄마는 널 놓아줄 거야."

"전 아기 때부터 혼자 숲으로 갔어요?"

"넌 숲으로 혼자 갈 수 있기까지 많은 걸 배워야 했어. 난 땅의 방식으로 널 인도했고, 무엇이 위험한지 가르쳐주었지. 그런 걸 가르치는 동안에도 난 네가 숲을 돌아다니도록 내버려두었어. 매일이다시피 네가 혼자서도 집으로 잘 돌아올 수 있는지 시험했지."

"제가 언제부터 혼자 숲으로 나갔죠?"

"여섯 살이 되기 직전일 거야. 넌 그날이 기억 안 나니?"

"마마가 자고 있을 때 아침 일찍 저 혼자서 밖으로 나갔던 날인가요?"

"그래." 마마가 미소 지으며 말했다. "그날 네가 뭘 가지고 돌아왔는지 기억나니?"

"너구리 두개골이요."

마마가 고개를 끄덕였다. "땅의 정령들은 그 선물을 통해 내게 말해주었어. 레이븐의 딸이 대담하고 똑똑한 너구리처럼 숲을 맘껏 쏘다닐 준비가 되었다고.”

마마는 아직도 너구리 두개골을 가지고 있었다. 마마가 생물 수업을 할 때 사용하는 테이블에 놓아두었는데 너구리 두개골 외에도 다른 동물의 두개골과 뼈, 이빨, 연체류와 갑각 동물의 등껍질 따위가 함께 있었다.

재키의 집에서 열린 파티에 갔다가 돌아온 지 이틀째 되던 날, 레이븐은 학교에 보내달라는 소원을 빌기로 했다. 소원 메시지를 보낼 장소는 재키와 헉, 리스를 처음 만났던 개울가로 정했다. 아이들이 다시 개울가로 오게 해달라고 소원을 빌었던 장소였다. 그 소원은 아주 잘 이루어졌다.

이튿날 레이븐은 거듭 소원을 빌었다. 마마가 점심 식사를 준비하는 동안 집 근처에서. 거리가 가까운 만큼 마마에게 더욱 강력한 영향력을 발휘하기를 바랐다. 레이븐은 자신의 모든 바람을 소원에 담았다. 내일이면 재키와 아이들은 학교에 간다. 적어도 오늘 밤에는 마마에게 학교에 보내달라고 말해야 했다.

다행히 오늘 마마의 기분이 좋아 보였다. 레이븐은 마마를 도와 텃밭에서 채소를 뽑아 요리를 만들었다. 하지만 어찌나 떨리는지 음식을 거의 먹지 못했다.

식사가 끝나갈 무렵 레이븐이 어렵사리 입을 떼었다. “마마……?”

마마는 레이븐의 두려움을 알아차렸다. 별빛에 가까운 마마의 눈이 곧장 레이븐의 심장을 보는 듯했다.

"내게 할 말이 있니, 레이븐의 딸아?"

마마는 이미 화가 난 듯했다. 레이븐이 말을 꺼내지 않아도 다 알고 있다는 듯이.

그때 레이븐의 머릿속에서 태프트 부인이 했던 말이 떠올랐다.

'넌 어리지만 네가 원하는 걸 요구할 권리가 있어.'

"학교에 가고 싶어요."

마마의 눈빛이 손드라 이모가 학교 얘기를 꺼냈을 때와 흡사하게 변했다. "이미 다니고 있잖아."

"다른 아이들이 다니는 학교에 가고 싶어요."

"왜지? 마마가 가르쳐주는 공부만으로는 부족하니?"

"마마의 수업은 훌륭해요. 난 또래 아이보다 많이 알아요."

마마는 벌떡 일어났다. "누가 그런 소릴 해? 너 누구랑 이야기를 나누었니?"

레이븐은 몸이 얼어서 말이 나오지 않았다. 마마의 눈빛이 어찌나 차가운지 마치 얼음장 같았다.

"누구랑 이야기를 나누었는지 말해보라니까?" 마마가 소리쳤다.

"딱히 이야기를 나눈 사람은 없어요."

"거짓말 마라! 넌 지금껏 '또래'라는 말을 쓴 적이 없어. 그 말을 어디서 들었지?"

레이븐의 머릿속에서 재키가 떠올랐다. 마마가 재키를 만나지 못하게 하는 건 도저히 받아들일 수 없었다.

레이븐은 자리에서 벌떡 일어섰다. "또래 남자아이를 만났어요."

"남자아이? 어디서?"

"그 아이가 개울로 수영하러 왔어요."

"그게 언제였지?"

"아기 새를 데리고 다니며 먹이를 잡아주었을 때였어요."

"그 아이에게 일행이 있었니?"

"둘이 더 있었어요."

"그중에 빨간 머리도 있었고?"

"네."

"작년 여름에 그 아이들을 본 적 있다. 내가 그 아이들을 쫓아내지 않은 이유는 누구나 땅의 선물을 즐길 권리가 있기 때문이야. 너도 그 아이들을 그냥 내버려 두었어야 해. 내가 이미 오래전에 말했잖니."

"아이들과 이야기를 나누면 안 된다고 말한 적은 없어요. 그냥 땅의 정령들과 아빠가 누군지만 말해서는 안 된다고 했죠."

"그래서 그런 말은 안 했니?"

"당연하죠!"

"그 아이들과 얼마나 많은 이야기를 했지? 왜 그 아이들이 너에게 학교에 가자는 말을 한 거야?"

"그 아이들과 친구가 됐어요. 그래서 함께 학교에 가자는 거예요."

마마가 한 발짝 다가왔다. 눈동자가 어찌나 차가운지 냉기가 느껴질 정도였다. "단 한 번 만나서는 우정이 생기지 않아."

"한 번 만에 우정을 느꼈어요. 전 그 아이들이 아주 간절하게 또 보고 싶었죠. 그래서 땅의 정령에게 소원을 빌었어요."

마마의 눈이 휘둥그레졌다. "소원을 빌었다고?"

"가장 강력한 도구인 내 머리카락을 썼어요. 그랬더니 이뤄졌어요. 그 아이들과 저를 하나로 묶었죠."

마마의 입이 딱 벌어졌다.

마마가 놀란 표정을 짓자 레이븐은 점점 더 힘이 났다. "그 아이들의 집에도 갔어요. 그 집 아줌마와도 친해졌고요. 아줌마는 학교 선생님이에요. 내 학습 진도가 빨라 2학년에 들어갈 수 있다고 했어요."

마마의 눈에서 지금껏 한 번도 본 적 없는 강력한 폭풍이 일어났다.

"그 아이들 집에 가서 그 집 엄마랑 얘기를 나누었다고?" 마마가 소리쳤다. "왜 그렇게 무모한 짓을 했니? 그 여자가 널 꼬드겨 끔찍한 사람들과 함께 살도록 할 수도 있어!"

"그 아줌마는 땅의 정령에 대해 전혀 몰라요. 아이들도 전혀 모르고요."

"이젠 너도 그 아이들처럼 될 거야. 그저 텔레비전을 보거나 비디오 게임 따위나 하려고 들겠지. 그 사람들이 내 가르침을 모두 수포로 돌아가게 할 거야."

"그렇지 않아요! 저는 마마에게 배운 걸 다 잘해요. 열심히 연습도 했고요. 어제도, 오늘도 마마처럼 땅의 정령에게 소원을 빌었다고요."

"두 번이나 소원을 빈 거야?"

"네, 학교에 가게 해달라고요."

"내가 널 학교에 보내주게 해달라고?"

"네."

"내가 알려준 영적 지식을 내 뜻을 거스르는 데 이용했다고?" 마마가 소리쳤다.

레이븐은 심장이 어찌나 세게 두근거리는지 몸이 덜덜 떨렸다. 분노한 마마에게서 달아나고 싶었지만 재키를 생각하며 견뎠다.

"마마가 소원을 빌려면 연습이 필요하다고 했잖아요. 내가 뭘 원하는지 영혼 깊이 느끼게 되면 소원을 빌 수 있다면서요."

"넌 네 영혼이 뭘 원하는지 아직 몰라." 마마가 소리쳤다. "더 나쁜 건 지금껏 계속 거짓말을 했다는 거야. 요즘 네가 달라진 건 알았다만 아기 새를 키우는 모성애 때문인 줄 알았다. 이게 다 그 멍청한 남자아이들 때문이라니?"

"그 아이들은 절대로 멍청하지 않아요. 똑똑하고 착한 아이들이에요."

"저리 가! 내 눈앞에서 당장 사라져!" 마마가 소리쳤다.

지금껏 마마는 아무리 화가 나도 그런 말을 한 적은 없었다. 기분이 최악일 때조차도. 레이븐은 심장에서 쥐어 짜낸 눈물이 밖으로 흘러나오는 듯했다.

"나가라니까!" 마마가 소리를 질렀다.

레이븐은 집을 뛰쳐나와 개울을 향해 달렸다. 환한 달빛을 길잡이

삼아.

한참 달리다가 돌과 나뭇가지를 밟는 바람에 발바닥이 아파 달리기를 멈췄다. 이제 보니 양말만 신고 있었다. 개울까지 걸어가 강둑에 앉아 무릎을 세우고 턱을 괴었다.

레이븐은 두 번이나 영혼을 담아 소원을 빌었는데 땅의 정령이 왜 들어주지 않았는지 이해할 수 없었다. 마마는 손톱만큼도 허락할 기미가 없었다.

난 땅의 정령의 딸이야. 땅의 정령은 왜 내 소원을 들어주지 않았을까?

레이븐은 학교에 가게 해달라고 메시지를 보냈던 장소로 갔다. 신중하게 배열해놓은 돌들과 꽃, 나뭇잎들 위로 은은한 달빛이 내려앉았다. 레이븐은 그것들을 발로 차 다 흐트러뜨린 다음 개울로 들어가 하류로 걸어갔다. 물이 차가워 발에 감각이 없었다. 울프스베인이 나오자 앞쪽으로 걸어갔다. 달빛이 울프스베인을 환히 비추고 있었다. 고물 텔레비전 속에 든 사슴의 두개골이 하얀색이라서 제일 밝게 빛났다. 사슴의 검은 눈구멍 두 개에 달빛이 어려 있어 살짝 무서워 보였다. 사슴의 정령은 레이븐에게 화가 났을지도 모른다. 마마의 뜻을 거스르는 데 마마가 알려준 영적 지식을 사용했기 때문이다.

레이븐은 성모의 얼굴을 보고 싶었지만 이끼가 잔뜩 덮여 있어 보이지 않았다. 젖은 양말을 벗어 성모의 얼굴에 낀 이끼를 닦아냈다. 이끼를 다 벗겨내자 성모의 얼굴이 연회색으로 빛났다. 성모의 얼굴 위에서 번들거리는 개울물이 눈물처럼 반짝거렸다. 레이븐만큼이나 슬퍼 보였다.

“난 그냥 다른 아이들처럼 학교에 가고 싶었을 뿐이에요. 내가 땅의 정령에게 소원을 빌었다고 이야기하면 마마가 다 이해해줄 거라 믿었어요. 마마가 땅의 정령에게 아기를 원했던 것만큼 학교에 가고 싶어 하는 내 마음을 받아들일 거라 생각했죠.”

레이븐이 속내를 솔직하게 털어놓았지만 성모는 계속 묵묵부답이었다.

숲에서 레이븐의 말에 대꾸해주는 존재는 개울뿐이었다. 물이 흐르는 소리는 평소와 똑같았고, 목적지를 향해 빠르게 흘러가고 있었다. 딱히 화난 소리는 아니었지만 그렇다고 레이븐을 달래주지도 않았다. 물줄기는 누군가에게 관심을 기울이기에는 바쁜 듯 너무 빨리 흘러갔다.

저 멀리 재키의 집 쪽에서 개가 짖어댔다. 레이븐은 웨어울프를 생각했다. 아이들과 친해지면서 웨어울프가 보름달이 뜬 밤이면 늑대로 변하는 사람이라는 걸 알게 되었다. 아이들은 그냥 누군가 지어낸 이야기라고 했다.

하지만 그 이야기를 믿지 않는다면서 왜 웨어울프를 쫓아내려고 울프스베인을 만들었을까?

개가 계속 짖어댔다. 레이븐은 몹시 추웠고, 따뜻한 침대가 그리웠다. 지난여름의 온기는 아이들과 함께 모두 사라져버렸다.

레이븐은 집 쪽을 바라보았다. 마마가 눈앞에서 당장 사라지라고 했기에 집으로 돌아갈 수 없었다. 심지어 마마의 눈에 띄어서도 안 되었다. 어쩔 수 없이 재키의 집 쪽으로 걸어갔다. 후퍼 씨와 태프트 부인의 집터를 가르는 울타리가 나오자 높이 자란 풀숲에 주저앉았다. 그렇게 후퍼 씨의 땅에서 울타리 사이로 환하게 밝혀진 재키의 집 창문을 바라보았다. 그대로 깜빡 잠들었다가 한기에 몸을 떨며 깨어났다. 이가 저절로 부딪치며 딱따구리가 나무를 쪼아댈 때처럼 딱딱 소리가 났다.

이제 재키의 집은 어둠에 잠겨 있었고, 현관 포치에만 불이 켜져 있었다. 레이븐은 빛나는 별들이 눈에 들어오는 침대에 누워 잠들었을 재키를 생각했다. 재키의 이불 속으로 들어가 따뜻한 체온을 느끼고 싶었다. 재키가 "괜찮아, 레이븐. 다 좋아질 거야."라고 말해주는 걸 상상했다.

레이븐은 더는 추위를 견딜 수 없어 울타리 사이로 빠져나갔다. 어찌나 추운지 무얼 어떻게 해야 할지 아무것도 생각나지 않았다. 그저 재키에게 가야 한다는 생각밖에 없었다.

재키의 노란 집은 환한 달빛을 받아 그림처럼 예뻤다. 레이븐은 뒷문으로 걸어갔다. 뒷문은 잠겨 있었다. 이 집 식구들이 열쇠를 숨겨두는 수탉 조각상 밑을 손으로 더듬어보았다. 역시 열쇠가 있었다. 손이 너무 떨려 간신히 열쇠를 밀어 넣었다.

따뜻한 집으로 들어가자 금세 몸이 나른해졌다. 레이븐은 마룻바닥에서 삐걱거리는 소리가 나지 않도록 조심하며 계단으로 살금살금 올라갔다. 태프트 부인은 아래층 침실에서 잤고, 재키와 혁은 위층 작은 침실에서 잤다. 계단을 올라가는 동안 몇 번 삐걱거리는 소리가 났다.

재키의 방문이 열려 있었고, 혁과 함께 쓰는 욕실에 작은 등이 켜져 있었다. 레이븐은 재키의 방으로 들어가 조용히 문을 닫았다.

레이븐은 재키의 팔을 살짝 치며 속삭였다. "재키."

"왜?" 재키가 졸린 목소리로 물었다.

"나 추워."

재키가 벌떡 일어나 레이븐을 쳐다보았다. "레이븐?"

"쉿!"

"네가 왜 여기 있어?"

"엄마한테 학교에 보내달라고 했어."

"그랬더니?"

"엄마가 화를 내면서 눈앞에서 사라지라고 했어."

재키는 레이븐을 빤히 바라보았다. 달빛을 받은 재키의 얼굴이 창백했다.

"너무 추워. 이불 속으로 들어가도 돼?"

"지금껏 계속 밖에 있었어?"

"응."

"엄마한테 말해야 해!"

"안 돼! 아줌마가 날 집으로 데려가 마마랑 크게 다툴 거야!"

"레이븐!"

"제발 그러지 마! 잠깐 몸만 녹이고 돌아갈게."

재키는 뒤로 물러앉더니 이불을 들어 올렸다. 레이븐은 젖은 양말을 벗고 재키를 등진 채 누웠다. 재키가 이불을 덮어주자 너무 따뜻했다.

"옷이 다 젖었어."

"개울이랑 풀 때문에."

"몸이 떨려?"

"응."

재키는 한 팔로 레이븐을 끌어안았다. "좀 나아?"

"응."

둘은 오랫동안 아무 말도 하지 않았다. 레이븐의 몸은 더 이상 떨리지 않았다.

"왜 천장의 별들이 빛나지 않아?" 레이븐이 물었다.

"저 별들은 빛을 흡수했다가 밤이 되면 빛나. 그러다가 시간이 흐르면서 다시 빛이 사라져."

"왜?"

"모르겠어."

레이븐은 그나마 진짜 별들은 빛을 잃지 않아 다행이라고 생각했다.

"아침에 엄마한테 뭐라고 할 거야?" 재키가 말했다.

"아줌마가 올라오시기 전에 떠날 거야."

"그래도 엄마한테 말해야 해."

"안 돼."

레이븐은 방 안에서 감도는 온기에 몸이 나른해지며 잠이 쏟아졌다.

"드디어 네가 우리 집에서 자고 가네."

"재미있는 추억이 되길 바랐는데." 레이븐이 울먹이며 말했다.

재키가 레이븐의 몸을 꼭 끌어안아주며 말했다. "그래도 네가 여기 있어서 좋아."

"그래?"

"난 늘 네가 우리 집에 자고 가길 바랐어."

앞으로 다시 이 집에서 자고 갈 기회는 없을 듯했다. 천장에 붙여둔 별들처럼 빛이 있을 때 최대한 흡수해두어야 했다. 빛이 모두 사라지고 나면 다시 어둠에 잠길 테니까. 어쩌면 영원히.

재키의 방에서 함께 자는 기분을 충분히 흡수하기도 전에 레이븐은 깊이 잠들어버렸다. 그러다가 아래층에서 올라오는 커피 냄새와 태프트 부인이 접시를 달그락거리는 소리를 듣고 잠에서 깨어났다. 태양이 하늘을 잿빛으로 물들이고 있었다.

레이븐은 침대에서 내려와 계단 아래를 내려다보았다. 독 안에 든 쥐 신세였다. 당장 집 밖으로 나가려고 했다가는 태프트 부인의 눈에 띌 게 뻔했다. 레이븐은 다시 재키의 방으로 돌아가 문을 닫고, 빈백

의자에 앉아 잠든 재키를 바라보았다. 이제는 거의 마른 양말을 다시 신었다.

계단이 삐걱거리는 소리가 들려왔다. 태프트 부인일 것이다. 레이븐은 벽장으로 들어가 문을 닫았다. 태프트 부인이 헉의 방으로 들어가 말하는 소리가 들려왔다. "개학 첫날이야. 어서 일어나, 헉. 올해는 아주 훌륭한 선생님에게 배우게 될 거다."

헉은 아직 잠이 덜 깬 듯 끙끙거렸다. 헉과 리스가 겉으로는 태프트 부인이 담임을 맡게 된 걸 싫어하는 척했지만 내심 몹시 기뻐한다는 사실을 레이븐은 잘 알고 있었다. 레이븐은 태프트 부인의 수업을 들을 수 있다면 더 이상 바랄 게 없을 듯했다.

태프트 부인이 재키의 방으로 들어왔다. "일어날 시간이야, 재키. 오늘이 개학 첫날이란 걸 잊지 않았지?"

재키가 얼른 일어났는지 태프트 부인이 말했다. "오늘 아침에는 기운이 넘치네. 뭘 입고 갈지 정해두었니?"

"응."

문이 닫히는 소리가 나자 레이븐은 그제야 벽장 밖을 내다보았다. 재키가 휘둥그레진 눈으로 쳐다보았다.

"간밤에 깜빡 잠이 들었어. 아줌마가 또 올라오실까?"

"형이 일어나지 않고 계속 자지 않는 한 그런 일은 없을 거야."

"어서 가서 헉을 깨워."

"일어났을 거야. 형은 원래 나보다 빨리 일어나."

갑자기 문이 벌컥 열리는 바람에 레이븐은 숨을 겨를이 없었다. "누구랑 이야기를 나누는 거야?" 혁이 방으로 불쑥 들어왔다가 레이븐을 보고 입을 딱 벌렸다.

"쉿! 어서 문을 닫아!" 재키가 말했다.

혁이 문을 닫고 속삭였다. "레이븐, 네가 아침부터 여긴 웬일이야?"

"추워서 왔어." 레이븐이 말했다.

"어젯밤에 레이븐의 엄마가 밖으로 내쫓았대. 레이븐이 학교에 보내달라고 해서 화가 나셨나봐." 재키가 말했다.

"맙소사! 엄마한테 매를 맞지는 않았어?" 혁이 물었다.

레이븐은 고개를 저었다.

"엄마한테 말하지 마." 재키가 말했다.

"엄마가 만약 이 사실을 알게 되면 경찰에 신고할지도 몰라." 혁이 말했다.

"경찰!" 재키가 소리쳤다.

"아무리 딸이라도 집에서 내쫓는 건 불법이야."

레이븐은 다리가 후들거리며 속이 울렁거렸다.

혁이 잔뜩 겁에 질린 레이븐을 안심시켰다. "말 안 할 테니까 걱정 마."

그런 다음 문밖을 내다보며 엄마가 아래층에 있는지 확인했다. "우리가 아침을 먹는 동안 이 방에 있다가 우리가 떠난 뒤에 나가. 뒷문으로 나간 다음에 꼭 문을 잠가. 열쇠는 수탉 밑에 있어."

"형 방에서 옷을 입어도 돼?" 재키가 물었다.

혁이 씩 웃었다. "응."

재키는 옷과 배낭을 들고 방에서 나갔다. 레이븐은 태프트 부인이 다시 올라올지 몰라서 벽장 속에 그대로 앉아 있었다. 아래층으로 내려갔던 혁이 다시 돌아와 속삭였다. "레이븐!"

레이븐은 벽장 밖을 내다보았다.

혁이 그릇을 내밀었다. "이걸 좀 먹어."

달콤한 두유에 딸기를 넣은 오트밀이었다.

"가기 전에 그릇을 씻어두고 가. 아니면 엄마가 의심할 거야." 혁이 말했다.

"알았어."

"이제 집으로 갈 거야?"

"모르겠어."

"절대 다른 곳으로 도망치려 하지 마. 엄마가 도와줄 거야."

레이븐 역시 태프트 부인이 도와주리라 생각했다. 하지만 태프트 부인의 도움은 오히려 사태를 악화시킬 뿐이었다.

"이제 가자, 혁!" 아래층에서 태프트 부인이 소리쳤다.

"갈게." 혁이 말했다.

"잘 가."

태프트 부인이 차에 혁과 재키를 태우고 집을 떠나는 소리가 들려왔다. 레이븐은 오트밀을 먹으려고 바닥에 앉았지만 아무도 없이 혼자

이 집에 남아 있자니 몹시 서글펐다. 어서 이 끔찍한 정적에서 벗어나고 싶었다. 레이븐은 오트밀을 먹을 기분이 나지 않아 변기에 버리고 그릇을 깨끗이 씻어 찬장에 넣어두었다. 그런 다음 뒷문으로 나가 문을 잠그고, 열쇠를 수탉 밑에 두었다.

레이븐은 날씨가 몹시 추운 데다 달리 갈 곳도 없어 집을 향해 걸어갔다. 싸늘하고 우울한 아침이었다. 나뭇잎들은 어느새 오색으로 물들기 시작했다. 땅의 정령들이 모든 게 변할 거라고 말해주었다.

레이븐은 양말을 신은 그대로 개울을 찰박찰박 가르며 건너가다가 울프스베인 앞에서 멈춰 섰다. 대낮에 얼굴에서 이끼가 사라진 성모상을 보니 완전히 딴판이었다. 창백하고 둥근 얼굴이 초록색에 둘러싸여 있었다. 마치 간밤을 비추던 달빛이 성모의 얼굴을 달덩이 같은 숲의 정령으로 바꿔놓은 듯했다.

'성모님, 제발 마마가 저를 또 쫓아내게 하지 마세요. 저는 갈 곳이 없어요.'

10

집이 가까워질수록 레이븐은 발걸음이 점점 더 느려졌다.

마마는 내가 정말로 눈앞에서 사라지길 바랄까?

나무들 사이로 현관 계단에 앉아 있는 마마의 모습이 보였다. 시력이 좋은 마마가 금세 레이븐을 발견했다. "레이븐, 이리 오렴." 마마가 일어나서 말했다. "겁내지 말고 어서 이리 와."

레이븐은 숨어 있던 나무 뒤에서 걸어 나갔다. 갑자기 마마가 달려와 두 팔로 레이븐을 끌어안았다. "사랑하는 레이븐의 딸아! 걱정돼 죽는 줄 알았잖아."

레이븐을 놓아준 마마의 창백한 뺨 위로 눈물이 흘러내렸다.

"간밤에 왜 집에 오지 않았니?"

"마마가 눈앞에서 사라지라고 했잖아요."

"화가 나서 그랬지만 집을 나가라는 뜻은 아니었어."

"이제는 화가 다 풀렸어요?"

"너한테 크게 실망했어. 넌 다른 아이 집에 놀러 가고, 그 사실을 숨기기까지 했으니까." 마마는 손으로 레이븐의 턱을 들어 올렸다. "잘못을 저질렀을 때 마마에게 뭐라고 해야 하지?"

"죄송해요, 마마."

"잘했어. 이제 안으로 들어가자. 의논해야 할 일이 많아."

마마는 집으로 들어가자마자 레이븐을 깨끗한 옷으로 갈아입혔다. 그러고는 레이븐에게 거실 소파에 앉으라고 말한 다음 돌을 쌓아 만든 벽난로 앞에 섰다.

"왜 학교에 가고 싶은지 말해봐. 공부 때문이니? 아니면 네가 만났다는 남자아이들 때문이야?"

레이븐은 거짓말할 엄두가 나지 않았다. "남자아이들 때문이에요."

"그럴 줄 알았다." 마마가 냉소적인 목소리로 말했다. "너도 곧 그 아이들이 가까이하고 싶지 않은 부류라는 걸 알게 될 거야. 그 아이들은 너와 달라. 너에게 상처를 줄 뿐이야."

"그 아이들은 절대로 제게 상처를 주지 않아요."

"네가 만나본 아이들은 그럴지 모르지만 세상에는 몹쓸 인간들이 많아. 학교에 다니게 되는 순간 넌 그 세계에 갇히는 거야. 새장에 갇힌 레이븐이 될 거다. 어떻게든 밖으로 나가고 싶어 유리에 계속 머리를 박아대는 새가 되는 거야. 지금 네가 누리는 자유, 학교 창문 밖으로 보이는 풀과 나무들이 널 비웃으며 큰 고통을 줄 거야."

"학교에 보내주겠다는 뜻이에요?"

마마는 한숨을 푹 쉬더니 한동안 말이 없었다.

"오늘이 개학이에요."

"알아."

레이븐은 마마가 그 사실을 알고 있어 놀랐다.

마마는 벽난로 앞에서 서성거리다가 갑자기 걸음을 멈추며 말했다.

"넌 레이븐의 딸이니까 너의 직감을 믿어보기로 마음먹었다. 언젠가 넌 나보다 더 능숙하게 땅의 정령들과 교감할 수 있게 될 거야. 너의 절반은 정령이기 때문이지. 넌 정령들이 내게 보내준 선물이고, 난 너와 그들이 원하는 게 뭔지 귀 기울여 들어야 해."

마마가 가까이 다가왔다. 푸른색 별 같은 눈이 젖어 있었다. "간밤에 땅의 정령들은 나를 벌주려고 널 다시 자신들의 품으로 데려갔어. 네가 없으니 끔찍하더구나. 땅의 정령들이 널 다시는 돌려주지 않을까봐 얼마나 두려웠는지 모를 거다."

레이븐은 죄책감 때문에 얼굴이 달아올랐다. 땅의 정령들이 아니라 재키와 함께 있었으니까. 하지만 정령들이 재키의 집으로 가도록 인도했다는 생각이 들자 죄책감이 사라졌다. 정령들은 몹시 추운 날 물에 흠뻑 젖은 레이븐이 몸을 녹일 수 있도록 재키의 집으로 가게 했다.

"네가 다섯 살이 된 이후로 난 문제가 생길 때마다 땅의 정령들에게 도와달라고 부탁했어. 네가 정령의 딸이라는 사실을 염두에 두고, 그들에게서 해답을 찾아야 한다고 믿었지. 넌 땅의 정령에게 두 가지 소원을 빌었어. 첫째로 아이들이 다시 돌아오게 해달라고 빌었고, 둘째로 학교에 다니게 해달라고 빌었지. 너의 강한 열망을 담은 두 가지 소원이 내가 이 문제를 어떻게 받아들여야 할지 깨닫게 해주었다."

"무슨 문제요?"

"넌 출생증명서가 없어야 정상이야. 넌 보통 사람들과는 다른 방식으로 태어났으니까. 손드라 이모와 팻 선생님은 출생 신고를 하지 않으면 문제가 생길 거라고 했지. 나는 현명한 판단이라고 생각해 팻 선생님에게 출생 신고를 해달라고 부탁했어."

"다른 사람들에게는 우리의 기적을 비밀로 해야 하잖아요?"

"네 말이 맞아. 하지만 출생증명서가 없을 경우 더욱 큰 의혹을 불러일으킬 수도 있어. 출생증명서를 작성하려고 내가 팻 선생님에게 알려준 정보들은 죄다 거짓이야. 출생증명서에 적힌 네 아빠는 전혀 모르는 사람이고. 출생한 시간과 날짜도 물론 거짓이지."

"거짓으로 출생 신고를 한 게 문제라는 거예요?"

"아니, 네 존재가 바깥세상에 알려진 게 문제라는 거야. 물론 마냥 피할 수는 없는 일이었어. 널 영원히 숨기는 건 불가능하니까. 이 나라에서는 일단 아이의 존재가 알려지면 반드시 교육을 받아야 해. 설령 부모가 집에서 아이를 가르치고 싶어 해도 정부에서 홈스쿨링을 감시하지. 최근 몇 달 동안 손드라 이모는 여러 차례 나에게 그 점을 경고하며 정부 문서도 보내줬어. 정부에서는 내가 널 가르칠 자격이 있어야 하고, 계획된 프로그램이 있어야 한다고 했지. 정부에서는 집에까지 찾아와 너의 교육 과정을 살펴볼 거라고 했어. 어쩌면 그들이 내게 교사 자격이 없다고 할 수도 있어."

"마마는 훌륭한 선생님이에요."

"세상에는 모든 사람을 한꺼번에 통제하고 싶어 하는 정부가 있지. 이제부터 정부가 널 철저히 감시하게 될 거야. 그들은 널 자기들 방식대로 가르치고, 너와 관련된 모든 사항을 서류로 작성하게 하고, 정부에 세금을 내게 할 거야. 정부 입장에서 볼 때 이런 사유지를 사고, 이런 집을 짓는 건 아주 끔찍한 일이야. 넌 상상하기 힘들 거다."

레이븐은 마마 말대로 상상이 가지 않았다. 상상하고 싶지도 않았다. 그저 학교에 가는 것만 생각하고 싶었다.

마마가 정말로 학교에 보내줄까?

"오늘부터 학교에 가는 거예요?"

"오늘 당장은 아니더라도 곧 가게 될 거다. 정부 사람들이 이곳을 기웃거리게 둘 수는 없어. 최근에 벌어진 일들은 일종의 경고라고 할 수 있지. 어젯밤 정령들이 널 데려갔을 때 그들은 네가 학교에 가지 않으면 무슨 일이 일어날지 보여준 거야. 넌 우리 모녀를 보호하기 위해 반드시 학교에 가서 다른 아이들처럼 행동해야 돼."

레이븐은 너무 흥분되는 바람에 소파에서 벌떡 일어났다. "언제 가요? 내일?"

"내가 경고했는데도 넌 몹시 들떠 있구나. 그렇게 학교에 가고 싶니?"

"네."

마마의 눈빛이 이상하게 변했다. "앉아라, 레이븐. 아직 내 얘기가 안 끝났어."

레이븐은 소파에 앉아 양손을 깍지 껴 무릎 위에 올려놓았다.

"널 학교에 보내기로 하면서 두 가지 결정을 더 내렸다. 정령들이 이 결정을 내리게 도와주었지."

마마의 날카로운 눈빛으로 보아 레이븐이 좋아할 만한 결정이 아닌 듯했다.

"첫째, 이제부터 여름에는 여길 떠나 다른 곳에서 지내기로 했다."

레이븐은 가슴에 구멍이 뚫린 듯했다. "어디로 갈 건데요?"

"몬태나주에 부모님이 소유했던 대형 목장이 있어. 두 분이 돌아가시면서 그 목장을 손드라 이모와 나에게 남겼지. 이모는 목장의 저택을 가져갔고, 난 오두막을 받았어. 오두막은 저택에서 아주 멀리 떨어진 숲속에 있지. 시냇물이 흐르고, 저 멀리 산들이 보이는 곳이야."

마마는 양손으로 레이븐의 손을 잡았다. "장담하건대 거기라면 너도 행복하게 지낼 수 있을 거다. 네 할머니는 내가 너보다 몇 살 더 어렸을 때부터 나를 그 오두막으로 데려갔어. 난 시카고 같은 대도시에서 살 때는 늘 몸이 아팠는데 오두막에 살면서부터 점점 건강해졌지. 네 할머니는 매년 여름이면 날 오두막으로 데려갔고, 또 내가 아플 때마다 그곳에 갔어. 난 거기서 땅의 정령들과 대화하는 법을 배웠지."

레이븐은 아이들과 보낸 지난여름만큼 몬태나주를 사랑하게 될지 의심스러웠다.

마마는 레이븐의 손을 놓아주었다. "두 번째 결정은 네 약속이 필요해. 약속해줄래?"

"뭔데요?"

"다시는 그 선생이라는 여자와 아이들의 집에 한 발짝도 들여놓아서는 안 돼."

레이븐은 갑자기 눈물이 핑 돌았다. "마마, 왜요?"

"그들이 너에게 나쁜 영향을 미치기 때문이야. 그들은 땅의 정령들과 너의 연대감을 끊어놓으려 하고 있어. 앞으로 그 선생이라는 여자가 우리의 삶을 캐고 다니게 두지 않을 거다. 그 여자가 보나마나 나에 대해 물어봤을 거야, 그렇지?"

태프트 부인이 마마에 대해 묻기는 했다. 주로 마마가 폭력을 쓰는지 알고 싶어 했다.

"물어봤지?" 마마가 재차 물었다.

레이븐은 힘겹게 고개를 끄덕였고, 눈물이 흘러내렸다.

"내 그럴 줄 알았다." 마마가 화난 목소리로 말했다. "넌 아직 너무 어려서 그들이 왜 너에게 위험한지 이해하기 힘들 거야. 이 사람들을 만나다보면 유대감이 생길 테고, 충분히 믿어도 된다고 생각하겠지. 그럼 네 아빠에 대해서도 털어놓게 될 거야."

"말하지 않을 거예요!"

"정령들과 얘기해봤는데 충분히 일어날 수 있는 일이라고 확인해줬다. 넌 더는 그 집에 가면 안 돼. 학교에서 그 집 아이들을 보거든 다시는 내 사유지에 발을 들여놓지 말라고 전해. 내게 총이 있다고 해."

이제 눈물이 더 빨리 흘러내렸다.

마마는 손으로 눈물을 닦아주었다. "이제 학교에서 그 아이들을 매일 볼 수 있게 되었잖아. 그걸로 만족해야지."

그 정도로 만족할 수 있을까?

레이븐은 그 집 소파에서 자신을 둘러싸고 앉았던 아이들과 게임하고 농담하며 깔깔거리고 웃었던 기억이 떠올랐다. 이제 학교에 가게 되면 평일에만 아이들을 볼 수 있었다. 일주일에 적어도 다섯 번은 아이들과 태프트 부인을 만날 수 있다는 뜻이었다.

"내일부터 학교에 갈래?"

"네."

"학교에 전화해 내일부터 가겠다고 알릴 거야. 그보다 먼저 다시는 그 집에 가지 않겠다고 약속할 수 있겠니?"

레이븐은 정령에게 속은 기분이었다. 그들에게 영혼을 모아 소원을 빈 덕분에 이제 학교에 가게 되었다. 다만 앞으로 잃게 되는 것 때문에 마음이 어두웠다.

"레이븐, 어서 약속한다고 큰 소리로 말해." 마마가 화난 목소리로 말했다.

"그 아이들의 집에 가지 않겠다고 약속해요."

"앞으로 그 집 땅에 한 발짝도 들여놓아서는 안 된다."

"네, 한 발짝도 들여놓지 않을게요."

마마가 일어서며 말했다. "정령들이 널 지켜볼 거다. 네가 만약 약속을 어기면 정령들이 내게 말해줄 거야."

그 순간 레이븐은 친족들이 미웠다. 만약 밖에 나갔을 때 자신을 지켜보는 레이븐이 눈에 띄면 돌을 던져 쫓아버릴 생각이었다. 그런 생각만으로도 그 어느 때보다 무서웠다.

3부

와일드 우드의 딸

1

서부의 산들과 작별하자니 마치 집을 떠나는 기분이었다. 일 년 반 동안 엘리스는 여러 산의 정상에 올랐고, 콸콸 흐르는 계곡물을 그대로 마셨고, 폭포 아래에서 목욕하고, 고산 지대에만 피는 붉은 야생화가 만발한 초원에서 명상에 잠기고, 산에 사는 마르모트, 새앙토끼, 모수, 엘크, 곰, 어치, 물까마귀, 벌새를 몇 시간이고 감상했다. 서부의 산들은 이제 익숙한 집이나 다름없었다. 하지만 엘리스에게는 집이 필요 없었다.

가자! 여기서 멈추어서는 안 돼.
물건이 가득 쌓인 상점들이 아무리 달콤해도, 이런
집에서 사는 게 아무리
편해도, 여기 남을 수는 없어.

이 시구가 생각날 때마다 늘 케일럽이 처음으로 〈열린 길의 노래〉를 소개해준 밤의 일들이 생생하게 떠올랐다. 계곡에서 함께 목욕하고, 사랑을 나누고, 처음에는 무감각하고 차갑고 물이 뚝뚝 떨어지던 몸이 이내 김이 나고 땀범벅이 되어 다시 씻어야 했지만 물 대신 휘트먼의 시로 씻어 내렸다.

케일럽과 함께 밤을 보낸 지 한 달이 되었을 때 엘리스는 몬태나주의 어느 중고 책방에서 《풀잎의 노래》 문고본을 찾아냈다. 케일럽이 가지고 있던 시집과 똑같은 표지였다. 엘리스는 종종 텐트 안에서 휘트먼의 시집을 읽다가 잠이 들었다. 위스키보다 더 좋은 진정제였다.

엘리스는 새 고속도로로 빠져나갔다. 지난 2주 동안 점차 동쪽으로 이동하며 캠핑을 했다. 적어도 당분간은 서부를 떠날 생각이었다. 어디든 과하게 익숙해지고 싶지 않았다. 케일럽이 인용했던 '영원히 살아서, 영원히 앞으로.'를 실천할 생각이었다.

어린 시절과 대학 때 익히 보았던 숲이 그리웠다. 콜로라도주에서 어느 등산객과 대화를 나누다가 꽃이 피는 봄에 애팔래치아산맥을 종주하고 싶은 생각이 들었다. 클레이토니아, 우드랜드 플록스, 트릴리움, 오종개꽃, 스킬라처럼 동부에 피는 야생화를 본 지 오래되었다. 비올라가 유괴된 후로 본 적 없으니 거의 2년이 지났다. 엘리스는 그 생각은 하지 않기로 했다. 이제 미시시피강을 건너기 직전이었고, 앞에 다리가 보였다.

엘리스는 브레이크를 밟았다. 이유는 알 수 없었다. 차를 돌려 다시 서부로 가고 싶었다. 동부에는 아직 옛 기억들이 고스란히 남아 그녀가 미시시피강을 건너오길 기다리고 있었다. 다리가 가까워질수록 옛 기억들이 가까이 다가오는 듯했다. 목욕을 시키고 나서 수건으로 감싼 아기에게서 나는 달콤한 냄새, 무릎을 베고 잠을 자던 재스퍼, 쌍둥이들의 부드러운 머릿결, 수유할 때 가슴을 누르던 비올라의 묵직

한 몸, 리버의 코 옆에 난 주근깨 두 개…….

"요건 참깨랑 들깨야. 엄마가 제일 좋아하는 주근깨지." 엘리스는 주근깨를 하나씩 짚어가며 그렇게 말하곤 했다.

아니다, 그저 방향만으로, 동부로 가는 행위만으로 옛 기억에 휘말려 들지 않을 것이다. 엘리스는 분명 이전보다 훨씬 나아졌다. 석 달째 술을 입에 대지 않았는데 이렇게 오래 끊은 건 처음이었다. 등산과 암벽 등반을 하면서 체력도 좋아졌다. 동부로 가고 싶으면 갈 수 있었다. 그 무엇도 그녀를 막아서지 못할 것이다.

"저 다리 좀 봐. 꽤 예쁘지?" 엘리스가 겝에게 말했다.

작년 여름 이후 푸른 포니는 늘 자동차 대시보드 위에 있었다. 캠핑 장비를 챙길 때마다 겝을 잃어버릴까 걱정되었기 때문이다. 엘리스는 말발굽 밑마다 덕 테이프를 작게 붙여 아예 겝을 대시보드에 고정해두었다. 햇볕에 장시간 노출되어 푸른색 몸통은 색이 바랬지만 지칠 줄 모르는 미소는 여전했다.

강을 건너는 동안 엘리스는 심호흡을 했다.

"여긴 네가 옛날에 뛰어놀던 곳이야." 엘리스가 포니에게 말했다.

겝이 미소 짓는 것을 보니 동부로의 귀환을 엘리스보다는 편히 받아들이는 듯했다.

엘리스는 지금 겝에게 말을 너무 많이 하고 있었다. 예전에 상태가 안 좋을 때 그랬던 것처럼. 새벽에 일어나 네 시간이나 등산을 했고, 차가 밀려 생각보다 운전 시간이 길어졌다. 엘리스는 국립공원 근처 캠핑장으로 향했다. 거기에 몸을 씻을 수 있는 개울이 있었다.

황혼 녘이 되어서야 캠핑장에 도착했다. 다행히 사람은 아무도 없었다. 날이 추울 때는 평일에 캠핑하는 사람이 거의 없다. 엘리스는 칠면조 사냥꾼들이 있을까봐 걱정스러웠다. 사냥꾼들을 죄다 불신하지는 않았지만 외진 캠핑장에 묵을 때는 총과 술을 가진 남자들을 피했다. 예전에 몇 번 싸한 느낌을 받은 적이 있었다.

엘리스는 두 개의 텐트 중 작은 걸 친 뒤에 책을 들고 잠자리에 들었다. 밤이면 술을 마시는 대신 책을 읽었다. 적어도 책을 몇 장 읽어야 잠이 들었다. 너무 피곤해 글이 눈에 들어오지 않을 때는 시를 읽었다.

잠든 지 몇 시간 지났을 때 자동차 문이 쾅 닫히는 소리를 듣고 깨어났다. 한 남자가 너무 춥다고 욕을 해댔다. "그럼 힐튼 호텔에 방을 잡든지." 다른 남자가 대꾸했다.

엘리스는 밖을 내다보았다. 사냥꾼으로 짐작되는 두 남자가 불과 몇 사이트 떨어지지 않은 곳에 텐트를 쳤다. 남자들의 목소리는 점차 잦아들었고, 엘리스는 다시 잠들었다. 일출과 함께 일어나 간단히 아침을 먹은 다음 배낭에 목욕 용품을 챙겨 넣고 등산로로 향했다. 다양한 농담의 회색 뭉게구름이 숲 위에 낮게 드리워져 있었다. 우뚝 솟은 절벽 아래로 흐르는 개울이 무척이나 아름다웠다. 바위에 둘러싸인 못은 깊고 맑았다. 캠핑장에서 어느 정도 멀어진 엘리스는 수생 생태계를 해치지 않는 비건 비누로 몸을 씻었다. 그런 다음 숙달된 솜씨로 빠르게 새 옷으로 갈아입고, 더러운 옷은 세탁한 다음 배낭에 넣어온

비닐봉지에 담았다.

머리카락이 엉키는 걸 방지하는 제품을 머리에 바른 뒤 머리를 빗으려고 바위에 앉았다. 언제나 다루기 힘든 곱슬머리는 이제 어깨에서 한참 아래까지 내려왔다. 이렇게 머리를 길게 기른 건 아주 오랜만이었다. 제인 아저씨가 라이언 퀸이라 부르고 사자 행세를 하며 잡으려고 쫓아다녔던 시절, 또 믹 할아버지가 머리에 숨어 있던 새가 날아가는 걸 봤다고 놀리던 시절 이후로는 처음이었다.

엘리스는 코넬 대학교 3학년 가을에 머리를 잘랐다. 머리를 자르면 더 유능하고 어른스러워 보일 줄 알았는데 미용실 거울에 비친 모습을 보니 그냥 남자였다. 엘리스는 고교생 시절부터 가슴이 작고 몸이 밋밋해 자신감이 없었는데 머리를 짧게 자르니 더욱 여성적인 매력이 보이지 않았다. 엘리스는 기숙사에 돌아온 즉시 엉엉 울었다. 대니는 멋있어 보인다며 엘리스를 달랬다. 머리카락이 가리지 않아 예쁜 눈과 광대뼈가 돋보여 감탄사가 절로 나온다고.

머리를 짧게 자르는 바람에 인생이 바뀌었다고 해도 과언이 아니었다. 그 일 때문에 지금 이 시간에 숲의 바위에 앉아 있게 되었을지도 모른다. 왜냐하면 머리를 자른 다음 날 대니가 기운을 북돋아 주겠다며 핼러윈 파티에 엘리스를 데려갔기 때문이다. 엘리스는 막판에 겨우 마음을 바꿔 따라간 그날 파티에서 조나를 만났다.

그날 핼러윈 파티에서 엘리스는 구름으로 변장했는데, 대니가 중고 옷 가게에 기부하려던 흰색 드레스에 접착제를 바른 베개를 넣어

30분 만에 뚝딱 만든 복장이었다. 조나는 토가를 걸치고 샌들을 신고 수염을 달아 제우스로 분장했다. 코스튬 가게에서 빌린 옷이었다. 조나는 손에 들고 있던 플라스틱 번개로 엘리스의 옷에 붙은 구름을 쿡 찌르며 말했다.

"지금 천둥을 만들려는 거예요."

"좀 유치하지 않아요?" 엘리스가 물었다.

"아뇨. 그게 어때서요?" 조나가 씩 웃으며 말했다.

조나가 세 번째로 엘리스를 찔렀을 때 그녀는 번개를 빼앗아 가슴에 달린 솜에 찔러 넣었다. 조나는 잘 어울린다며 가지라고 했다. 밤늦도록 술을 마시고 둘 다 취했을 때 조나가 엘리스를 찾아와 번개를 돌려 달라고 했다.

둘은 한동안 이야기를 나누었고, 조나가 엘리스에게 키스했다.

엘리스는 깜짝 놀랐다. 구름으로 변장한 엘리스는 섹시한 건 고사하고 우스꽝스러워 보였기 때문이다. 빈약한 가슴을 구름으로 가리고, 두 다리를 다 드러낸 모습이었다. 그나마 두 다리가 몸에서 가장 자신 있는 부위였다.

조나와 사귄 지 두 달이 되었을 때 그는 사랑한다고 고백했고, 엘리스는 주기적으로 머리를 잘랐다. 몸에 찰싹 달라붙는 옷을 입고 날씬한 몸매를 뽐냈다. 똑똑하고 매력적인 법학도를 사로잡은 몸매였다.

엘리스의 날씬한 몸매는 곧 완전히 바뀌었다. 조나와 사귄 지 여덟 달도 안 되어 가슴이 커지고, 몸 여기저기에 새로운 곡선들이 나타났다. 임신 4개월이었고, 조나와 결혼한 지 한 달째였다. 두 사람은 친한 친구들을 증인으로 세우고 법원에서 결혼 서약을 했다. 조나의 부모도 초대했지만 참석하지 않았다.

엘리스는 빗을 배낭에 넣고 바위에서 내려왔다. 몸에 열을 내려면 움직여야 했다. 맨손으로 절벽을 올라가 협곡을 내려다보았다. 나무에서 이제 막 파릇파릇한 새잎이 돋아나고 있었다. 초봄에 연둣빛으로 물든 동부의 숲을 바라보자니 와일드 우드가 생각났다. 하지만 그 생각에 오래 머물지 않았다. '영원히 앞으로.' 엘리스는 늘 그렇게 되뇌었다.

캠핑장으로 돌아온 엘리스는 텐트로 다가가다가 몸이 얼어붙었다. 맥박이 잠시 멈췄다가 갑자기 미친 듯이 뛰는 바람에 머리가 띵했다. 그녀의 텐트에 두 남자가 있었다. 한 남자가 망을 보는 동안 다른 남자가 그녀의 차를 뒤지고 있었다.

망을 보던 남자와 눈이 마주쳤다. 엘리스는 무작정 뒤돌아 달렸다. 도망가는 게 옳은지 생각할 시간조차 없었다. 숲으로 들어서며 뒤돌아보았더니 두 남자가 여전히 쫓아오고 있었다. 속이 울렁거렸다.

차를 털다 들켰는데 왜 도망치지 않고 쫓아오지? 도망치지 말았어야 해. 내 배낭에 귀중품이 들어있다고 생각해 쫓아오는 것인지도 몰라. 카메라나 쌍안경 같은 고가의 물건.

쌍안경이 있긴 했지만 얼마든지 줘버릴 수 있었다. 어차피 배낭의 무게 때문에 속도가 느려지고 있었다. 엘리스는 배낭을 벗어 던져버리고 계속 달렸다. 늘 그랬듯이 사냥용 칼이 등산용 바지 벨트에 달린 칼집 속에 들어 있었다. 엘리스는 칼집에서 칼을 꺼내 주머니에 넣었다. 놈들이 칼집을 보면 칼이 있다는 사실을 눈치채게 될 것이다. 그래서 벨트와 연결된 칼집의 똑딱단추를 떼버렸다. 칼집이 바닥에 떨어졌다.

몇 초 뒤 두 남자 가운데 하나가 엘리스를 붙잡았다. 남자가 달려오던 가속도 때문에 엘리스는 얼굴을 바닥에 박으며 넘어졌다. 남자가 엘리스의 몸을 짓누르며 널브러졌다. 재빨리 몸을 일으킨 남자가 발로 엘리스의 허리 아래쪽을 꾹 눌렀다. 엘리스는 구토가 나올까봐 두려웠다.

"잡았어." 남자가 헐떡거리며 말했다.

"엄청 빠르네." 다른 남자가 다가오며 말했다.

엘리스는 바닥에 그대로 깔려 있으면 남자들이 더욱 만만하게 볼 거라는 생각이 들었다. 온몸이 부들부들 떨리는 가운데 몸을 옆으로 굴려 겨우 남자의 발밑에서 빠져나와 벌떡 일어섰다. 두 남자는 그녀를 막지 않았다.

엘리스는 그들을 정면으로 마주 보았다. 20대 후반 남자들로 둘 다 덩치가 제법 컸다. 둘 중에서 키가 더 크고, 갈색 눈에 짧은 갈색 수염을 기른 남자는 아랫배가 불룩 튀어나와 있었다. 그는 여전히 숨을 몰아쉬며 그녀의 배낭을 들고 있었다. 조금 전까지 발로 그녀를 밟고 있던 남자는 면도를 하지 않아 붉은 기가 도는 금색 수염이 까끌까끌하게 나 있었다. 그의 덩치가 좀 더 컸다. 그의 청회색 눈동자를 보는 순간 다시 속이 울렁거렸다. 그녀를 바라보는 남자의 역겨운 눈빛 때문이었다. 그녀를 붙잡기 위해 달려오는 동안 그의 흥분이 고조된 듯했다.

"이봐, 왜 달아난 거야?" 남자가 짧게 자른 머리를 손가락으로 쓸어내리며 짐짓 당황한 척했다.

"당신들이 하는 짓을 봤어요."

남자가 씩 웃었다. "우리가 뭘 했는데?"

"내 차를 뒤졌잖아요. 가져가요. 전부 다 가져가요. 차도 가져가요. 차 열쇠는 배낭에 들어 있어요."

"전부 다?" 남자가 다른 남자를 힐끗 쳐다보았다.

엘리스는 울고 싶었지만 약한 모습을 보이고 싶지 않아 양팔을 몸통 옆에 바짝 붙였다. 주머니 속에 아직 사냥용 칼이 들어 있었다.

"난 휴대폰이 없어요. 그러니까 경찰도 부를 수 없다고요." 엘리스는 걸어가려고 몸을 반쯤 돌렸다. "난 이만 갈 테니까 내 차는 당신들이 가져요."

붉은 기가 도는 금발이 엘리스의 팔을 잡았다.

엘리스는 금발의 손을 뿌리쳤다. "이거 놔요. 날 보내줘요."

"여자 혼자 숲속으로 들어가게 할 수는 없지. 그건 옳지 않아. 이런 곳에 혼자 오면 위험하다는 걸 알아야지." 남자가 말했다.

사태가 예상보다 심각했다. 엘리스는 어지러울 정도의 공포감 속에서 억지로 자신 있는 척했다.

"난 이 지역에서 서식하는 나무들을 연구하러 온 생물학자고 동료들이 곧 나를 만나러 올 거예요. 그들이 오기 전에 당신들은 가는 게 좋아요."

"오호, 동료들이 온대." 남자가 친구에게 말했다.

수염을 기른 남자가 씩 웃었다.

"거짓말 같은데." 금발이 엘리스에게 말했다. "생물학자가 이렇게 추운 숲에서 혼자 야영할 리 없잖아."

"동식물에 대해 연구하는 생물학자들은 사계절 내내 숲에서 야영해요."

"뭘 연구하는데?"

"히커리 나무요." 남자 바로 뒤에 히커리 나무 한 그루가 있었기에 엘리스는 그렇게 둘러댔다.

"히커리 나무의 어떤 점을 연구하지?"

엘리스는 속이 울렁거린다는 걸 드러내지 않기 위해 강한 눈빛으로 남자를 노려보며 최대한 대담하게 말했다. "작작 하시지." 엘리스는 남자를 돌아가려고 했지만 그가 몸으로 막아서며 말했다.

"히커리 나무에 대해 더 듣고 싶다고 했잖아. 학교 다닐 때 생물학을 좋아했거든."

남자의 친구가 낄낄거리며 웃었고, 금발이 그를 바라보며 씩 웃어 주었다.

엘리스는 주머니에 손을 넣었다. 칼의 손잡이가 잡혔다.

금발이 청바지 앞섶을 문지르며 말했다. "나도 여기에 히커리 나무가 한 그루 있는데 아가씨를 몹시 보고 싶어 해. 아가씨는 지금껏 내가 만나본 생물학자 중에서 제일 예쁘거든."

남자가 히죽거리는 친구를 향해 실눈을 떴다. 둘 사이에 은밀한 신호가 오고 가는 걸 보는 순간 엘리스는 칼 손잡이를 꽉 잡았다. 차분하고 영리하게 행동해야 했지만 머릿속으로 아드레날린이 미친 듯이 밀려들며 어서 도망치라고 소리쳤다.

"잠시 내 몸에 있는 히커리 나무를 연구하는 시간을 가져보면 어떨까?" 금발이 말했다.

두 남자가 동시에 엘리스를 향해 달려들었다. 엘리스는 금발의 가슴을 향해 칼을 내밀었다. 남자는 칼을 피하며 그녀의 팔을 붙잡았다. 엘리스가 다른 팔로 남자를 때리며 발로 그의 사타구니를 걷어찼다. 수염을 기른 남자가 엘리스의 왼팔을 붙잡아 금발에게서 떼어냈다. 그 과정에서 손목 어딘가가 부러진 듯했지만 통증이 전혀 느껴지지 않았다.

엘리스는 비명을 토해내며 격하게 싸웠지만 늘 그렇듯이 결말은 똑같았다. 두 남자는 엘리스의 팔다리를 땅바닥에 고정했다. 금발이 그녀의 다리에 올라탔다. 수염을 기른 남자가 그녀의 두 팔을 머리 위로 모아 바닥으로 내리눌렀다. 엘리스의 한쪽 콧구멍에서 피가 줄줄 흘러내렸다. 짠맛이 느껴지는 입술은 이미 부어올랐고, 오른쪽 뺨은 욱신거렸다.

금발이 사슴뿔로 만든 손잡이가 달린 엘리스의 칼을 들어 올리더니 유심히 바라보았다. "사냥용 칼이 멋지네. 오래된 칼이야." 그런 다음 엘리스의 눈을 바라보았다. "이 칼을 어떻게 사용하는지 알아? 혹시 사냥할 줄 알아?"

엘리스는 얼굴을 돌렸다.

"사냥칼을 쓰는 방법을 알 리 없지." 남자가 말했다. "쓸 줄도 모르는 칼을 지니고 돌아다니면 안 돼." 남자가 오랫동안 뜸을 들였다가 말을 이었다. "내가 사용법을 가르쳐줄까?"

엘리스는 눈을 질끈 감았다. 도저히 남자를 쳐다볼 수가 없었다.

"나는 인체 구조를 잘 알아. 사람뿐 아니라 사슴, 주머니쥐에 대해서도. 네 몸 어디에 칼을 꽂아야 아파 뒤질 것 같지만 죽지 않을지 알고 있다는 뜻이야. 우리가 재미를 보는 동안 네가 죽는 건 원치 않아. 하지만 칼을 휘두른 대가는 치러야 해."

남자가 엘리스의 셔츠를 들어 올려 배를 드러나게 하더니 바지 허리춤을 아래로 홱 끌어내렸다. 그런 다음 엘리스의 복부 왼쪽에 칼끝으로 동그라미를 그렸다.

엘리스는 눈을 꼭 감았다. 이러다가 공포에 질려 죽을 것 같았다. 차라리 죽고 싶었다. 아니면 기절이라도 하고 싶었다.

"바로 여기야. 여기를 찌르면 생명과 연결된 장기를 비켜 갈 수 있지. 그냥 아프기만 할 거야. 내가 약속해. 넌 죽지 않을 거야."

"야." 수염을 기른 남자가 말했다. "설마 정말로……."

칼날이 푹 들어왔다. 뜨거웠다. 엘리스는 소리를 질렀다.

"이런 미친!" 수염을 기른 남자가 말했다.

금발이 낄낄대며 웃었다. "토하지 마라. 적어도 여자 위에는 토하지 마. 여자랑 할 때 보고 싶지 않으니까."

엘리스의 귀에 그들의 대화가 들리긴 했지만 의미가 입력되지는 않았다. 엘리스는 어두운 방에 갇힌 기분이었다. 산소가 부족할 만큼 좁은 방. 산소 대신 통증만 있었다. 통증은 산소를 대신할 수 없었다. 엘리스는 죽어가고 있었다. 남자는 죽지 않을 거라고 했지만 틀림없이 죽어가고 있었다.

"손을 놓아도 돼." 금발이 말했다.

엘리스를 누르던 두 남자의 무게감이 사라졌다. 손이 자유로워지자 엘리스는 복부에 튀어나온 칼 손잡이를 향해 본능적으로 손을 뻗었다.

금발이 그녀의 손을 잡았다. "그냥 둬. 칼을 빼려고 하면 다른 데를 또 찌를 거야. 가만히 있으면 많이 아프지 않을 거야."

남자의 말이 맞았다. 움직이지 않으면 많이 아프지 않았다.

남자는 신발을 벗더니 바지의 벨트를 풀었다.

설마 이런 상태에서 그 짓을 할 생각은 아니겠지?

엘리스는 갑자기 머릿속이 맑아졌다. 이번에는 더욱 확실한 계획을 세워야만 했다. 딱 한 번의 기회가 주어질 것이다. 딱 한 번. 완벽한 타이밍에 제대로 해내야만 한다.

"괜찮지?" 금발이 그렇게 묻더니 엘리스를 내려다보았다.

엘리스는 흐느꼈다. 모든 걸 포기한 여자처럼 굴어야 했다. 하지만 남자의 모든 동작을 지켜보며 공격할 준비를 하고 있었다.

금발이 바지를 무릎까지 내렸다. 바지를 입은 채 하려는 것이다. 엘리스에게는 그 편이 더 유리했다. 남자가 다리를 움직일 수 없을 테니까.

"가만히 있어. 까딱 잘못하면 칼 손잡이를 건드리게 될 거야." 금발이 경고했다.

엘리스는 마음의 준비를 단단히 했다. 단 한 번의 기회. 한 번뿐이다. 엘리스는 다친 강아지처럼 훌쩍거렸지만 마음속으로 어떻게 남자의 목을 찌를지 계산했다.

엘리스의 예상이 맞았다. 바지를 다 벗지 않은 건 남자의 실수였다. 남자는 중심을 잡기 위해 양손에 체중을 다 실어야 했다. 엘리스는 칼날을 뽑아 위로 홱 치켜들어 남자의 가슴인지 배인지를 확인할 겨를도 없이 힘껏 찔렀다. 어디를 찔렀는지 모르지만 칼끝을 있는 힘껏 밀어 넣었다. 암벽 등반을 하고 물을 길어 나르느라 팔의 힘이 세진 탓에 칼이 깊숙이 들어갔다.

엘리스는 필사적으로 남자의 몸에서 빠져나오려고 애쓰느라 그의 비명이 잘 들리지 않았다. 엘리스가 금발을 밀치자 옆으로 쓰러졌다. 그녀는 남자의 배 오른쪽에 꽂힌 칼을 휘둥그런 눈으로 바라보았다. 증조할아버지에서 할아버지를 거쳐 그녀가 물려받은 사냥용 칼이었다.

엘리스는 벌떡 일어나 남자의 배에 꽂힌 칼을 홱 뽑아 들고 울부짖었다. "사냥용 칼을 쓰는 방법은 나도 잘 알아! 어떻게 쓰는지 나도 안다고!"

수염을 기른 남자가 엘리스의 얼굴을 향해 주먹을 연거푸 날렸다. 왼쪽 뺨과 오른쪽 눈에서 불이 났다. 엘리스는 눈앞에서 후드득 튄 피 같은 빨간 점과 하얀 불꽃을 보며 바닥으로 쓰러졌다.

금발의 배에서 피가 계속 흘러나왔고, 숨을 헐떡거렸다. "딘, 나를 트럭으로 데려다줘!" 금발이 울부짖었다.

엘리스는 일어나 달렸다. 수풀 속으로. 깊이 더 깊이 들어갔다.

계속 달리다 통나무에 발이 걸려 넘어졌다. 낙엽 위에 쓰러진 엘리스는 그저 숨을 격하게 몰아쉬었다.

그때 머리 위에서 새들이 조잘거렸다. 박새 두 마리였다. 새들은 갑자기 숲속에서 벌어지는 포식자들의 폭력적인 행동을 모두 알고 있었다. 새들이 다시 날아다닌다는 것은 위협이 사라졌다는 뜻이다.

엘리스는 소리가 날 위험을 무릅쓰고 자리에서 일어났다. 그제야 다친 부위에서 통증이 느껴졌다. 특히 복부 왼쪽에서 강한 통증이 일었다. 접질린 왼쪽 손목은 아마도 뼈가 부러진 듯했다. 눈은 퉁퉁 부어 거의 감겨 있었다. 양쪽 뺨과 코, 입이 욱신거렸고 피범벅이 되어 있었다. 맨다리와 맨발은 차가웠고, 나뭇가지와 가시를 헤치고 달리느라 살이 여기저기 찢어져 있었다.

엘리스는 오른손에 쥐고 있는 물건이 무엇인지 깨달았다. 피 묻은 칼이었다. 혹시 놈들이 따라올지 몰라 아직 칼을 단단히 쥐고 있었다.

잠시 시간이 지난 후에야 현재 위치가 어디인지 파악했다. 지금까지 비탈을 뛰어 내려왔으니 이제는 올라가야 했다. 비탈을 오르기가 처음으로 암벽 등반을 할 때보다 더 힘들었다. 하지만 엘리스는 한 발씩 앞으로 내디뎠다.

정상에 도달했을 때 칼을 단단히 쥐고 서서 남자들의 기척이 들리는지 귀를 기울였다. 저 멀리 캠핑장과 부러진 나무들이 보였다. 조심스럽게 텐트로 다가가 보니 어젯밤 남자들이 몰고 온 트럭이 사라지고 없었다. 엘리스는 아까 도망쳤던 길을 되짚어 걸어가며 배낭과 등산화, 바지를 찾아냈다. 칼집도.

엘리스는 옷을 입고 아직도 피가 흐르는 복부의 상처를 손으로 누르며 텐트로 걸어갔다. 서둘러 지혈해야 했다. SUV 트렁크에서 구급상자를 꺼내 알코올을 찾아 상처에 부었다. 터져 나오는 비명을 간신히 삼켰다. 알코올이 마른 뒤 상처에 항생제 크림을 바르고 거즈를 댄 다음 덕 테이프를 붙였다. 거즈를 확실히 고정하기 위해 허리 전체에 테이프를 두르고 해열 진통제 세 알을 물과 함께 먹었다.

그런 다음 눈을 감고 땅바닥에 앉아 약효가 나타나기를 기다렸다. 앞으로 어떻게 해야 할지 생각했다. 누군가 그녀의 몸에 난 자상을 발견하면 병원에 데려가려고 할 것이다. 병원에 가면 의사들은 이런저런 질문을 할 것이다. 칼에 찔린 남자는 아마 죽었을 것이다. 그럼 경찰이 개입하게 될 테고, 그녀의 과거가 속속들이 파헤쳐질 것이다. 특히 조나와 바우해머 의원이 언론의 집중 타깃이 될 것이다. 결국 쌍둥이도 이 일을 알게 될 것이다. 비올라가 유괴된 날 벌어졌던 끔찍한 일들이 다시 반복될 것이다.

의사들은 당연히 진통제를 처방해줄 것이다. 엘리스는 약을 복용하고 싶지 않았다. 다시 약물에 중독되고 싶지 않았다. 하지만 의사들은 약을 복용해야 한다고 고집을 부릴 것이다. 심지어 링거로 진통제를 주입해 머릿속을 몽롱하게 만들 것이다. 겨우 정신을 차리고 깨어나 보면 병실에 조나가 서 있을 것이다. 그때와 똑같은 눈을 하고. 조나의 눈은 거울처럼 자기 앞에 있는 상대를 그대로 비출 것이다. 나쁜 엄마, 사고뭉치, 트레일러 쓰레기.

병원에 갈 필요 없었다. 금발 남자는 그녀가 죽지 않을 거라고 했다. 죽지 않을 부위를 정확히 찔렀다고 했다. 상처를 깨끗이 관리하면 죽지는 않을 것이다.

손목 골절이 아니라 단순히 인대가 상했기를 바라야 했다. 손목을 전혀 움직일 수 없는 건 아니므로 괜찮을 것이다. 다 잘될 것이다. 캠핑장 말고 며칠 동안 안전하게 쉴 수 있는 장소를 찾아내면 된다. 따뜻한 물로 샤워할 수 있고, 침대에서 잘 수 있는 모텔이 제격일 것이다.

진통제가 약효를 발휘하면서 통증이 무뎌지자 엘리스는 텐트를 접었다. 허리를 구부리고 물건을 들어 올릴 때마다 내장이 쏟아질 것처럼 아팠다. 천천히 조심조심 움직여야 했다. 텐트를 챙긴 뒤 천에 물을 묻혀 얼굴에 묻은 피와 흙을 닦았다. 코트를 입고 지퍼를 채워 피 묻은 셔츠와 바지를 가린 다음 차에 올라타 시동을 걸었다.

대시보드 위에서 겝이 미소 짓고 있었다. 다 잘될 것이다.

2

자꾸만 죽은 사슴이 보였다.

엘리스가 여덟 살 때 제인 아저씨와 다들 로키라고 불렀던 또 다른 셰프 아저씨가 죽은 사슴을 가져와 엄마에게 보여주었다. 제인 아저씨는 첫 사냥이었고, 로키 아저씨도 그다지 훌륭한 사냥꾼은 아니었다. 제인 아저씨는 자신이 초보라서 사슴의 배에 총을 쏜 거라고 말했다.

사슴을 죽일 때 얼마나 허둥댔는지 이야기하며 두 아저씨와 엄마가 낄낄거리는 동안 엘리스는 로키 아저씨의 픽업트럭 뒤칸에 쓰러져 있는 죽은 사슴을 뚫어지게 바라보았다. 큼직한 뿔이 달린 수사슴은 엘리스가 지금껏 본 짐승들 가운데 가장 아름다웠다. 와일드 우드에서 사슴을 본 적이 있었지만 이렇게 가까이서 본 경우는 처음이었다. 사슴의 눈은 생기를 잃어 희미했고, 혀를 쭉 내밀고 있었다. 사슴의 복부에 피 묻은 구멍이 나 있었다. 그때 엘리스는 사슴이 얼마나 아팠을지 생각하며 펑펑 울고 싶었지만 그랬다가는 엄마에게 놀림당할 게 뻔했다. 그래서 소리 없이 마음으로 울었다.

엘리스는 칼에 찔린 부위를 손으로 누르며 침대에서 내려왔다. 욕실까지 걸어가기도 힘들어 하마터면 도중에 토할 뻔했다. 변기에 대고 한참을 토한 뒤 욕실 바닥에 그대로 쓰러졌다. 열이 나는 살갗에 차가운 타일이 닿자 시원했다.

복부에 총을 맞고 죽은 사슴을 생각하지 말았어야 했다. 그 생각을 했더니 속이 울렁거렸다. 잦은 고열 탓에 섬망 현상이 일어나 눈앞에 헛것이 보였다. 타일 바닥에서 깜박 잠이 들었던 엘리스는 오한으로 몸을 떨며 힘겹게 몸을 일으켰다. 다음에는 구토가 일 때 욕실까지 올 필요가 없도록 쓰레기통을 침대 옆에 놓아두었다.

엘리스는 진통제를 한 알 더 먹고 나서 비몽사몽 상태로 빠져들었다. 그러다가 몸이 불덩이처럼 뜨거워져 다시 잠에서 깨어났다.

해열 진통제를 먹었는데 왜 열이 내리지 않을까?

아마도 손목 때문인 듯했다. 손목이 평소보다 두 배로 부었고, 해열제를 먹었음에도 계속 욱신거렸다. 칼에 찔린 상처는 아물기는커녕 점점 더 심하게 아팠다. 엘리스는 이불을 걷고 티셔츠를 들어 올린 다음 덕 테이프와 거즈를 벗겨냈다. 상처가 자줏빛으로 변해 있었고, 상처 주변이 온통 붉게 물들어 있었다. 당장 항생제를 복용하지 않으면 상처가 덧날 게 뻔했다. 도와줄 사람이 필요했다. 믿을 수 있는 사람.

엘리스는 방을 나와 차로 걸어갔다. 대시보드에 붙여둔 젭을 떼어내 방으로 가져가 이불 속에서 꼭 껴안으며 물었다. "키스에게 전화해야 할까?"

젭의 얼굴이 보이지는 않았지만 틀림없이 긍정의 의미로 미소 짓고 있을 것이다. 키스는 이유를 묻지 않고 항생제를 가져다줄 것이다.

엘리스는 머리맡 테이블에 놓아둔 휴대폰을 집어 들고 메시지 창을 열었다. 두 해 전 겨울에 주고받은 대화가 전부였다. 첫 번째 대화는 키스가 핑크 호시스까지 오는 길을 알려주는 메시지였고, 그다음은 그녀가 답장을 보내지 않은 네 개의 메시지였다.

12월 28일

어떻게 지내요? 초대형 눈보라가 밀어닥치기 전에 중서부를 떠났기를 바라요. 그건 그렇고 내가 누군지 기억나요? 나 키스예요.

1월 10일

지금 어디예요? 구경 잘하고 있어요?

1월 24일

안녕, 엘리스? 당신이 잘 지내는지 알 수 있도록 단답이라도 보내줄래요?

2월 2일

한 글자만이라도 보내줘요. 아니면 그냥 아무 글자나 찍어서 보내줘요.

2월 2일, 1분 뒤

포니에게 안부 전해줘요.

엘리스는 버튼 위로 손가락을 가져갔다. 지금껏 이 휴대폰으로 통화한 사람은 키스뿐이었다. 엘리스는 손끝으로 버튼을 눌렀다. 휴대폰 신호음이 고열로 인한 환청 같았다.

세 번째 신호음이 울리고 나서 키스가 전화를 받았다.

"엘리스?"

"나, 기억해요?"

"당연하죠."

엘리스는 울기 시작했다.

"왜 그래요? 울지 말고 제발 무슨 일인지 말해봐요."

"네. 네." 엘리스가 흐느꼈다.

"지금 어디죠?"

"스위트 드림스 모텔, 133호요."

"어느 도시인데요?"

"몰라요."

"무슨 주예요?"

"당신이 사는 동네 근처예요. 일이 터진 뒤에 당신에게 가려고 했어요. 하지만 겁이 났어요. 그래서 잠시 여기에 머물렀는데 이젠 이동하기 힘든 처지예요."

"무슨 일이 있었는데요? 당장 필요한 게 뭔지 말해봐요."

"항생제가 필요한데 가져다줄 수 있어요?"

"어디 아파요?"

"네." 엘리스는 다시 흐느꼈다.

"곧 괜찮아질 겁니다. 내가 갈게요. 당신이 있는 모텔을 찾아내는 대로 최대한 빨리 갈게요."

"고마워요. 빨리 와줘요."

"네, 조금만 기다려요. 컴퓨터로 찾아볼게요."

엘리스는 키스가 오길 기다렸다. 이 모든 일이 고열 때문에 빚어진 환상은 아닌지 두려웠다.

방금 키스가 오겠다고 했던가?

"이제 찾았어요. 롱 레이크 가에 있는 모텔이죠?"

"네, 그런 거 같아요. 항생제를 꼭 챙겨와야 해요."

"걱정 말아요. 가져갈 테니까."

"키스?"

"왜요?"

"경찰에 신고하지 않겠다고 약속해줘요."

"무슨 일이 있었던 겁니까? 왜 그런 말을 하죠?"

깜짝 놀라는 키스의 목소리를 듣자 엘리스는 더럭 겁이 났다.

"약속할 수 없다면 올 필요 없어요."

"알았어요. 약속할게요. 조금만 참아요. 아무 데도 가지 말고."

"안 가요."

"지금 집에서 나왔어요. 당장 출발할게요."

엘리스는 휴대폰 액정이 검게 변할 때까지 바라보다가 겁을 껴안고 잠을 청했다. 몇 분 뒤 쓰레기통에 대고 구토한 뒤 다시 잠들었다.

갈색 낙엽이 미친 듯이 빙빙 돌아갔다. 엘리스는 숲을 가르며 한없이 달렸다. 누군가 그녀의 귀에 대고 비명을 질렀다.

쿵쿵. 쿵쿵. 잠시 그 소리가 멈추더니 다시 시작됐다.

"들어갑니다."

엘리스는 눈을 번쩍 떴다.

갑자기 전등이 켜지고 키스가 눈에 들어왔다. 어찌나 눈이 부신지 환한 불빛을 받고 선 키스를 제대로 보려면 실눈을 떠야 했다. 문 옆에 모텔 직원도 있었다.

"엘리스!" 키스가 소리쳤다. "이 직원 말로는 당신이 교통사고를 당했다던데, 사실이에요?"

엘리스는 모텔에 체크인할 때 직원에게 거짓말을 했다. 그녀가 심하게 다친 걸 보고 직원이 경찰에 신고할까봐 두려워서였다.

"몸이 불덩이에요." 키스가 말했다.

"알아요." 말하기가 너무 힘들었다. "약은 가져왔어요?"

"이제 보니 교통사고가 아니네요. 누가 이런 짓을 했죠?"

엘리스의 상태를 살피려고 이불을 젖힌 키스는 그녀가 손에 꼭 쥐고 있는 겝을 잠시 바라보았다.

"누가 이런 짓을 했는지 물었잖아요."

"모르겠어요."

"왜 배에 테이프를 붙인 겁니까?"

엘리스는 붕대 위로 티셔츠를 내리려고 했다.

"제발 내가 상처를 살필 수 있게 해줘요." 키스가 그녀의 티셔츠를 들어 올리더니 덕 테이프와 거즈를 벗겨냈다. "맙소사!" 그가 나직이 속삭였다. "칼에 찔린 상처잖아요. 벌써 세균에 감염됐어요. 빨리 병원에 가봐야 해요."

"안 돼요!" 엘리스가 크게 소리쳤다. "약속했잖아요."

"당신을 죽게 내버려 두겠다고 약속한 적 없어요."

"경찰에 신고하면 안 돼요."

엘리스는 금발 남자를 칼로 찔렀고, 경찰은 꼬치꼬치 캐물을 것이다. 엘리스가 외진 캠핑장에서 혼자 야영을 했다는 사실을 알게 된 경찰이 나무라는 표정으로 바라보는 모습이 눈에 선했다. 비올라가 사라졌을 때 겪었던 고통을 되풀이할 수는 없었다.

키스가 두 팔로 엘리스를 안아 올리고 나서 물었다. "가방은 어디에 두었어요?"

엘리스가 배낭을 가리켰다. "가방은 없고, 배낭이 있어요."

"배낭 좀 가져다줄래요?" 키스가 모텔 직원에게 말했다. "이 방에 있는 물건은 그대로 두세요. 아직 체크아웃을 하지는 않을 겁니다."

"알겠습니다."

키스는 자동차 뒷좌석에 엘리스를 앉히고, 자신의 코트를 둘러주었다. 키스가 팔을 코트 소매에 넣어주려고 하자 엘리스가 손에 들고 있던 겝을 그에게 건네며 말했다. "이 친구를 내 배낭에 넣어줄래요?"

"이 친구?" 키스가 미소 지었다. "아직 이 포니를 가지고 있다니 믿기지 않네요."

"내게 행운을 가져다주는 친구거든요."

키스는 그 말에 수긍할 수 없다는 표정이었다.

"이 일은 포니와 상관없어요." 엘리스가 말했다.

"그럼 누구와 상관이 있죠? 당신에게 이런 짓을 한 사람이 누군지 말해봐요."

"말한다고 뭐가 달라지죠?"

"그런 사람은 법의 심판을 받아야 해요."

"내가 이미 심판했어요."

"그게 무슨 말입니까?"

엘리스는 의자에 몸을 묻고 떨리는 몸을 웅송그렸다.

3

엘리스는 손목이 부러졌고, 코뼈에 금이 갔다. 칼에 찔린 부위는 감염되었지만 수술해야 할 정도는 아니었다. 의사는 칼에 찔린 상처가 깊지만 난소와 장기를 피했다며 운이 좋았다고 했다.

엘리스가 걱정했던 거의 모든 일들이 벌어졌다. 의료보험이 없는 상태에서 비싼 치료를 받았고, 링거와 함께 맞은 진통제로 정신이 몽롱해졌다. 다만 가족들에게 연락하는 일만은 막았다. 병원 관계자들에게 가족이 없다고 하자 다행히 그냥 넘어갔다. 조나와 쌍둥이, 조나의 부모가 알아서는 안 되는 일이었다.

응급실에 입원한 지 한 시간쯤 지났을 때 두 경관이 찾아왔다.

"어쩌다가 칼에 찔렸는지 전혀 기억나지 않는다는 겁니까? 어디에 있었는지, 가해자가 어떻게 생겼는지 전혀 모르겠어요?" 경관이 물었다.

엘리스는 칼에 찔릴 당시 배에서 불이 나는 듯한 통증을 느꼈다. 붉은 기가 도는 금발 남자가 칼로 찌르고 나서 내려다보는 모습이 보였다. 청바지 지퍼를 내리는 그의 푸른 눈은 격렬하게 흥분한 상태였다.

엘리스는 눈물이 핑 돌았지만 꾹 참았다.

"면식범이라 감추려는 것 아닌가요? 혹시 남자 친구나 가족 아닙니까?" 다른 경관이 물었다.

"아니에요."

"면식범이 아니었다는 걸 기억하시네요. 그럼 범인이 누군지도 기억날 텐데요?"

처음부터 대답하지 말았어야 했다. 너무 피곤하고, 상처 부위가 아팠다.

걱정스러워하는 키스의 눈빛이 온몸으로 느껴질 지경이었다. 엘리스가 차에서 하는 말을 들은 키스는 그녀가 거짓말한다는 걸 알고 있었다.

엘리스는 차라리 경찰에게 모든 걸 솔직하게 털어놓으면 어떨지 생각해보았다. 아마 칼에 찔린 금발 남자는 죽었을 것이다. 그의 친구가 사람들 눈에 띄지 않는 곳에 시체를 묻었을 테고, 그가 어디에 있는지 아무도 모른다. 엘리스가 상처로 고통받는 동안 그 남자들은 영원히 자취를 감춰버릴 것이다. 비올라가 유괴되었을 때처럼.

이번에도 역시 전적으로 내 잘못인가? 다들 여자 혼자 캠핑하는 건 위험하다고 경고했잖은가?

엘리스는 더는 견딜 수 없어 흐느껴 울었다.

"환자는 몸이 안 좋은 상태라 쉬어야 합니다. 저랑 밖에서 이야기하시죠." 키스가 경관에게 그렇게 말하고는 밖으로 데리고 나갔다. 그 후 엘리스는 경관들을 다시는 보지 못했다.

엘리스는 입원한 지 미처 하루도 안 되어 퇴원하겠다고 우겼다. 병원 관계자들도 그녀에게 의료보험이 없다는 걸 알고 있어 굳이 말리지 않았다.

엘리스는 고집스럽게 병원을 나왔지만 운전은 도저히 할 수 없어 키스에게 부탁했다. 키스는 담요와 베개를 놓아둔 뒷좌석에 엘리스를 앉혔다. 엘리스는 정신이 혼미했지만 이내 자신의 SUV라는 걸 알아챘다.

"당신 차는 어디에 있어요?"

"걱정 말아요. 내 차는 안전한 곳에 세워 두었으니까. 모텔에 있던 당신 물건을 전부 가져왔어요."

"우리 이제 어디로 갈 거예요?"

"집으로요."

"당신 집?"

"당신은 휴식이 필요해요. 의사 말로는 앞으로 며칠 동안 원하는 만큼 실컷 자야 한다고 했어요. 당신이 몹시 졸릴 거라면서요."

그 말은 틀림없는 사실이었다.

"어서 자요. 이제 곧 어두워질 겁니다. 장거리 운전이 될 거예요."

"얼마나 먼데요?"

"여기서 제법 멀지만 당신은 이제 안전해요, 엘리스. 다 잘될 겁니다."

엘리스는 그대로 잠들었다. 잠시 깨었다가 또다시 잤다. 오줌이 마려워 깨어보니 차창 밖이 캄캄했다. 키스가 그녀를 맥도날드 화장실에 데려다준 다음 진통제 한 알을 주었다.

키스가 SUV에 주유를 마쳤을 때 엘리스가 물었다. "당신 집까지 얼마나 남았어요?"

"아직 한참 남았어요. 더 자요."

진통제가 도움이 되었다. 엘리스는 캠핑장에서 벌어졌던 일을 모두 잊고 싶었다.

다시 오줌이 마려워 잠이 깼고, 바깥은 여전히 어두웠다.

"왜 이렇게 오래 걸려요?"

"약간 돌아가야 해요. 통증은 어때요?"

"다시 아파요."

"항생제랑 진통제를 한 알씩 더 먹는 게 좋겠어요."

엘리스는 기꺼이 약을 받아먹었다.

해가 떴을 때도 여전히 차 안이었다.

"벌써 아침이 된 거예요?"

"밤이 지나면 아침이 오니까요."

"도대체 어떻게 된 거예요? 가도 가도 끝이 없잖아요."

"그 대신 당신이 푹 쉴 수 있었잖아요."

나를 편히 자게 하려고 밤새 운전한 걸까?

쌍둥이를 키울 때 엘리스는 가끔씩 그랬다. 아이들이 차에서 잠들면 계속 어디로든 운전했다. 아이들을 깨우고 싶지 않았고, 그녀에게는 늘 조용한 시간이 필요했다. 하지만 비올라는 굳이 그럴 필요가 없었다. 비올라는 잠을 잘 잤고, 차에서 내릴 때까지 깨지 않았다.

여전히 그럴까?

그들은 이제 어떤 도시에 와 있었다. 도로가 막혀 차가 자주 멈췄다. 차창 밖으로 야자수들이 지나갔다.

어떻게 오하이오주에서 야자수가 자라지?

엘리스는 몸을 일으켰다.

"거의 다 왔어요." 키스가 말했다.

"여긴 어디죠?"

"정말 모르겠어요?" 키스가 백미러로 그녀를 바라보았다.

엘리스는 주위를 둘러보았다. 야자수들과 악어가 그려진 간판들이 눈에 들어왔다. 여기저기에서 '악어'가 들어간 상호가 보였다. 여긴 초봄이 아니라 한여름이었다.

옆으로 '게인즈빌 최고의 플로리스트'라고 적힌 트럭이 지나갔다.

"지금 뭐 하는 거예요?" 엘리스가 놀란 눈으로 물었다.

"당신 집으로 가는 중입니다."

"여기에는 내 집이 없어요."

"이제 거의 다 왔어요."

"당장 차를 세워요."

"이제 조금만 가면 당신 집이 나와요. 도착한 다음 얘기합시다."

엘리스는 그를 철석같이 믿었다.

그런데 이런 짓을 하다니? 나를 차에 태워 약을 먹이고 빌어먹을 플로리다까지 데려오다니?

키스는 덧문이 달리고 콘크리트 블록으로 지은 연푸른색 집 진입로로 들어섰다. 엘리스도 아는 주소였다. 은행에 제출했던 주소. 대니가 사는 주소였다. 대니를 마지막으로 만났을 때가 떠올랐다. 대니는 비올라를 잃고 괴로워하는 엘리스가 다시 회복되도록 도우려고 했다. 또다시 이런 비참한 상태로 대니를 만날 수는 없었다. 친구에게 큰 짐을 떠넘겨서는 안 된다.

키스는 차를 세우고 시동을 껐다.

"어떻게 한마디 상의도 없이 이럴 수가 있어요?"

키스는 몸을 돌려 엘리스를 바라보았다. "당신도 아는 집일 텐데요."

"난 처음 와보는 집이에요."

키스는 깜짝 놀란 표정을 지었다. "설마, 농담이죠?"

"아니, 진담이에요."

"젠장!" 키스가 양손을 머리카락 사이로 밀어 넣었다.

그제야 엘리스는 그가 얼마나 지쳤는지 깨달았다. 눈 밑에 다크서클이 뚜렷했고, 적어도 이틀은 면도를 하지 않은 수염 탓에 얼굴이 거뭇했다.

"다리를 좀 펴야겠어요." 키스는 그렇게 말한 다음 차에서 내려서며 문을 쾅 닫았다.

엘리스는 그가 뒷좌석에 마련해준 푹신한 잠자리에서 기어 내려와 밖으로 나갔다.

키스가 진입로에 서서 집을 바라보고 있다가 엘리스를 돌아보았다. "여기가 당신 면허증에 적혀 있던 주소예요. 당신이 병원에 적은 주소도 여기고요. 경찰과 내가 당신 차 번호판으로 확인까지 했어요."

"어쩜 나에게 묻지도 않고 그런 짓을 할 수가 있어요?"

"범죄가 벌어졌습니다. 당신은 누군가에게 맞았고, 심지어 칼에 찔렸어요. 경찰은 당연히 숨은 진실이 뭔지 캐내려고 할 수밖에요."

"도대체 뭘 찾아내려고요?"

"뭐든지요!" 키스가 그녀를 향해 성큼성큼 걸어왔다. "당신은 가족이 없어요. 직업도, 의료보험도 없더군요. 나로서는 도무지 짐작할 수 없는 이유로 캠핑장을 전전하며 살고 있죠. 하지만 지금은 그런 생활을 지속할 수 없어요. 고집불통이라 그 사실을 인정하지 않겠지만 당신은 지금 많이 아파요. 당신을 내 집으로 데려갈 수는 없었어요. 나는 지금 다른 사람과 함께 살고 있으니까요. 여기에 오면 당신을 도와줄 누군가가 있을 거라고 믿었죠."

엘리스는 상처가 너무 아파 눈물을 참을 기운이 없었다. 엘리스가 눈물을 감추려고 돌아서자 키스가 그녀를 안아주었다. 그의 체취는 장거리 운전으로 강해지긴 했어도 여전히 좋았다. 지난날 그와 텐트에서 사랑을 나눴을 때처럼.

"울지 말아요. 이제부터 어떻게 해야 할지 해결책을 생각해볼게요." 키스가 부드럽게 말했다.

"누구랑 살아요?"

키스가 미소를 지으며 엘리스를 자신의 몸에서 떼어냈다. "설마 그것 때문에 우는 건 아니죠?"

"정말 잘된 일이에요. 하지만 당신이 지금껏 나랑 함께 있었다는 걸 알면 여자 친구가 화내지 않을까요?"

"여자 친구는 부모님과 주말을 함께 보내려고 미시간주에 갔어요. 하지만 내가 당신과 함께 있다는 걸 알아요. 친구를 도와줘야 한다고 말했거든요."

"당신 같은 남자를 만나다니 운이 좋네요." 엘리스는 깁스를 하지 않은 팔로 흐르는 콧물을 닦았다. "미안해요. 당신이 힘들게 운전해 여기까지 왔는데 이렇게 되어서."

"괜찮아요." 키스는 집을 바라보았다. "저기에 당신이 아는 사람이 있어요?"

"친구가 살아요. 코넬 대학에 다닐 때 3년 동안 룸메이트였어요."

"그 친구가 도와주지 않을까요? 당신이 이 주소를 사용한다는 걸 친구도 알 텐데요."

"아마 알 거예요."

"왜 친구 집 주소를 사용하죠?"

엘리스는 대답하지 않았다.

"왜 사고를 당하자마자 신고하지 않았죠? 끝내 치료를 받지 않고 버텼다면 모텔 방에서 그대로 죽을 뻔했어요. 난 도저히 이해가 안 돼요."

"나도 그래요."

엘리스는 지금 쌍둥이를 임신했다는 사실을 알게 된 후 강으로 흘려보냈던 쪽지가 된 기분이었다. 그저 흐르는 물에 몸을 맡기고 어딘가로 떠내려가고 있었다.

"힘드네요." 엘리스는 잔디밭으로 걸어가 주저앉았다.

키스가 옆에 쪼그리고 앉아 그녀의 이마를 짚어 보았다. "또 열이 나네요."

현관문이 열리더니 젊은 남자가 시멘트를 깔아 만든 작은 포치로 나와 물었다. "도와드릴까요?" 집 안에서 창문으로 지켜보고 있었던 게 틀림없었다.

"혹시 대니가 집 안에 있어요?"

"네, 누가 왔다고 전할까요?"

"엘리스요."

남자가 사라지고 나서 몇 초 뒤 대니가 현관문을 벌컥 열고 달려 나왔다. 자다가 나온 게 틀림없었다. 맨발에 헐렁한 반바지와 티셔츠 차림이었고, 어깨까지 내려오는 머리가 헝클어져 있었다.

"엘리스, 무슨 일이야? 맙소사!"

엘리스는 키스의 부축을 받으며 일어났다.

"가벼운 사고가 생겼어."

"가벼운 사고? 껴안아도 돼? 네가 아플까봐 못 껴안겠다."

엘리스는 두 팔을 벌렸다.

대니는 그녀를 부드럽게 안았다. 대니의 몸에서 엘리스가 잊고 있던 냄새들이 났다. 꽃향기 샴푸, 도브 비누, 빨래 세제, 불로 요리한 음식.

"네 걱정을 얼마나 많이 했는지 알아?" 대니가 귀에 대고 속삭였다.

"네가 전화했던 날…… 너무 무서웠다고. 그러다가 조나에게 전화가 와서……."

엘리스는 대니의 품에서 몸을 떼어냈다. "조나에게서 언제 전화가 왔어?"

대니는 키스를 힐끗 보았다. "작년 7월에."

"뭐래?"

"네가 어디에 있는지 알고 싶다고 했어. 난 모른다고 했지."

대니는 키스를 유심히 바라보았다. 그가 누구인지 알고 싶어 하는 기색이었다.

"대니, 이쪽은 키스 게파트. 키스, 이쪽은 대니얼 윤이에요." 엘리스가 말했다.

"그냥 대니라고 부르세요." 대니는 그렇게 말하며 손을 내밀었다. "만나서 반가워요."

대니는 엘리스를 힐끗 보며 키스에 대해 설명해주기를 기다렸다.

"키스는 고맙게도 차를 운전해 날 여기까지 데려다줬어." 엘리스가 말했다.

엘리스는 키스의 눈에서 살짝 즐거워하는 눈빛을 감지했다.

"키스는 내 친구고, 이젠 그를 다시 오하이오주로 돌려보낼 방법을 찾아야 해."

"렌터카로 돌아가면 됩니다. 택시를 타고 제일 가까운 렌터카 대리점으로 가면 돼요." 키스가 말했다.

"렌터카 대리점까지는 제가 태워다줄 수 있어요." 대니가 말했다.

"그럴 필요 없습니다." 키스가 말했다.

"그렇긴 한데 원래 일요일은 빨래하고 청소하는 날이거든요. 전 어떻게든 일하지 않을 구실을 찾는 룸메이트고요." 대니가 말했다.

"당신은 밤새 운전했잖아요. 우선 좀 쉬어야 해요." 엘리스가 말했다.

"그러게요." 키스도 순순히 인정했다.

"우리 집에 빈방이 하나 있어요." 대니가 말했다. "룸메이트 하나가 남자 친구 집으로 이사했거든요. 아직 그 친구가 쓰던 침대가 그대로 남아 있어요. 깨끗한 시트를 깔아줄게요."

"그 침대는 엘리스에게 주세요. 전 소파에서 몇 시간만 자면 됩니다. 그걸로 충분해요." 키스가 말했다.

"좋아요. 이젠 거실을 청소하지 않아도 될 이유가 생겼네요." 대니가 말했다. "두 사람, 배고파요?"

엘리스는 고개를 저었지만 키스는 말이 없는 것으로 보아 그런 듯했다.

"혹시 베이컨이랑 달걀을 드세요?" 대니가 그에게 물었다.

"네, 하지만 번거롭게 해드리고 싶지 않네요."

"얼마든지 번거롭게 하셔도 괜찮아요. 엘리스를 데려오셨잖아요." 대니는 한 팔로 엘리스의 어깨를 끌어안고 볼에 키스했다. "집 안으로 들어가요. 제가 베이컨을 굽는 동안 채식주의자인 엘리스는 빨래집게로 코를 막고 있으면 돼요."

키스는 화장실이 어딘지 물었고 대니가 알려주면서 말했다. "화장실의 위생 상태는 내 책임이 아니니까 욕하지 말아요. 화장실 청소는 브래드 담당이거든요."

브래드가 그릇에 담긴 시리얼을 먹으며 주방에서 걸어 나왔다. "이 분은 그런 거 신경 안 써, 대니. 남자거든." 그러고는 키스에게 손을 내밀며 자기소개를 했다. 엘리스와 악수할 때는 그녀의 멍든 얼굴을 바라보지 않으려고 했다.

"날 이렇게 만든 남자는 작살났어요." 엘리스가 장난스럽게 말했다.

"당신이 반쯤 죽여놓았길 바랍니다." 브래드가 말했다.

키스는 미심쩍은 눈으로 엘리스를 바라보고 나서 화장실로 들어갔다.

"잠깐 얘기 좀 할 수 있어?" 엘리스가 대니에게 물었다.

대니는 그녀를 침실로 데려간 다음 문을 닫았다. "정말로 남자한테 맞은 거야?"

"공식적인 내 답변은 기억이 안 난다는 거야."

"무슨 소리야?"

"아무것도 아니야." 엘리스는 목소리를 낮췄다. "부탁이 있어. 키스 앞에서 내 가족 이야기는 하지 말아줘."

대니가 눈을 휘둥그렇게 떴다. "저 남자랑 자는 사이인데, 네가 결혼했고 애가 있다는 걸 모르는 거야?"

"우린 자는 사이가 아니야. 사실은 그리 잘 알지도 못해. 그래서 키스를 끌어들이고 싶지 않은 거야."

"잘 알지도 못하는 사이인데 오하이오주에서 여기까지 널 차로 데려다줬다고?"

"좋은 사람이니까."

"엘리스, 도대체 무슨 일이야? 왜 이렇게 비밀이 많아? 조나는 전화해서 널 찾고, 넌 잘 알지도 못한다는 남자랑 멍든 얼굴로 나타나고. 경찰에 쫓기기라도 하는 거야?"

"아무것도 아니야. 그냥 다 내 문제 때문이야."

"이제 스무고개 좀 그만하면 안 돼? 우린 친구야. 예전에는 서로 비밀이 없었잖아."

대니는 분명 잘못 알고 있었다. 엘리스는 예전부터 숨기는 게 정말 많았는데 대니는 전혀 모르는 눈치였다. 대니가 아는 건 엘리스가 영스타운에서 할아버지의 손에서 자랐다는 정도였다. 엘리스는 어릴 때 트레일러 파크에서 살았던 일, 엄마가 약물 중독자였고 약물 과다로 사망한 사실, 아버지가 누구인지도 모른다는 걸 한 번도 말한 적이 없었다. 대학 친구들에게 그런 가정사가 알려지는 걸 원치 않았다. 오로지 조나에게만 이야기했고, 다른 친구들에게 절대로 말해서는 안 된다는 맹세를 받았다. 조나의 부모가 그 사실을 알게 된 이유는 사설탐정에게 뒷조사를 시켰기 때문이었다. 엘리스가 쌍둥이 손자를 임신한 기념으로 준 그들의 선물이었다.

"키스에게 비올라나 다른 어떤 일에 대해서도 말하지 않겠다고 약속해." 엘리스가 말했다.

"잘 알지도 못하는 남자라면서 왜 그렇게까지 하는 건데?"

"너라면 네가 숲에 아기를 두고 왔고, 자식들을 내팽개치고 돌아다닌다는 사실을 사람들에게 알리고 싶겠어?"

대니는 금방이라도 울 것 같은 얼굴이었다. "엘리스……."

"키스에게 말하지 않겠다고 약속할 수 있지?"

"알았어. 약속할게."

"이제 나 좀 누워야겠다. 다시 열이 나."

"열은 왜 나는 거야?"

굳이 칼에 찔린 일을 말해줄 필요는 없을 듯했다. 대니를 더욱 속상하게 할 테니까.

"손목이 부러져서 그럴 거야." 엘리스는 그렇게 얼버무렸다.

대니가 더 묻기 전에 엘리스는 침실 문을 열고 주방으로 나갔다. 바다거북을 연구하는 브래드가 전공에 대해 키스와 이야기를 나누고 있었다.

"당신도 생물학자예요?" 대니가 키스에게 물었다.

"난 국립공원 레인저입니다."

"엘리스와 어떻게 알게 됐는지 짐작할 수 있을 것 같아요. 엘리스는 캠핑광이거든요."

"정말 제대로 맞히셨어요."

대니는 키스에게 무언가 더 물을 듯했다가 엘리스를 힐끗 보고는 입을 다물었다.

엘리스는 대니가 키스와의 관계를 더 캐묻지 않으리라는 걸 알고 있었다. 또한 키스에게 비올라나 쌍둥이 얘기를 하지 않으리라는 것도. 대니는 친구의 비밀이라면 무덤까지 가지고 가는 사람이었다. 자는 동안 안심하고 키스를 맡겨둘 수 있었다. 설사 키스가 대니에게 그녀가 칼에 찔린 이야기와 모텔에서 있었던 일을 들려준다고 해도 상관없었다. 쓰러지기 전에 얼른 침실로 가고 싶었다.

"당신이 출발할 때까지 내가 잠들어 있으면 깨워줘요." 엘리스는 키스에게 말했다.

눈을 감자 다시 두 괴물이 떠올랐다. 그녀를 쫓아온 두 남자가 마치 소에게 낙인을 찍을 때처럼 사지를 짓누르던 모습.

'이런 곳에 혼자 오면 위험하다는 걸 알아야지.'

복부의 부드러운 살갗 위에서 빙빙 돌아가던 칼끝.

'네 몸 어디에 칼을 꽂아야 아파서 뒤질 것 같지만 죽지 않을지 잘 알아.'

엘리스는 베개를 들어 얼굴을 내리누르며 그 기억을 떨쳐버리려 했다.

얼마나 시간이 흘렀는지 모르지만 노크 소리에 잠에서 깨어났다. 정신이 몽롱한 걸 보니 몇 시간은 잔 듯했다. "들어오세요." 엘리스가 말했다.

키스가 문을 열고 들어와 침대 가장자리에 앉았다. 손에 물이 든 컵과 약을 들고 있었다. "약 먹을 시간이 지났어요." 그는 그렇게 말하며 항생제와 해열제, 진통제를 내밀었다. 조나가 그녀의 입에 처음으로 안정제를 밀어 넣었던 기억이 떠올랐다.

"진통제는 이제 그만 먹을래요." 엘리스가 말했다.

"왜 굳이 아픈 걸 참아요?"

"거기서 빠져나온 지 얼마 안 됐어요."

키스는 그녀의 눈을 빤히 바라보았다. "약물 중독에서 벗어나는 중이었어요?"

엘리스는 대답하지 않았다.

"우리가 술집에서 만났던 날 밤에 약간 느끼긴 했어요. 당신은 취기가 오른 것 이상으로 흥분되어 보였거든요."

엘리스는 부인하지 않았다.

"이제는 좀 나아졌어요?"

"네, 그랬는데……."

키스는 물과 약을 내려놓고 한 손으로 엘리스의 뺨을 감쌌다. "안타깝네요."

엘리스는 울음을 터뜨렸고, 한참 동안 눈물을 흘렸다. 마치 몸에 남아 있는 독을 배출하듯이.

키스는 그녀를 안아주었다. 샤워를 하고 옷을 갈아입은 그의 몸에서 도브 비누 냄새가 났다. "그 일을 털어놓아야 해요. 마음에 담아두면 칼에 찔린 상처처럼 곪아버릴 수도 있어요."

엘리스는 더 크게 울었다.

키스는 그녀의 머리를 자신의 가슴에 대고 몸을 앞뒤로 부드럽게 흔들었다. 제인 아저씨가 가끔 그랬던 것처럼.

엘리스는 그가 작별 인사를 하러 왔다는 걸 알고 있었다. 장거리 운전을 앞둔 사람이라 더는 잡아둘 수 없었다.

엘리스는 그의 가슴에서 얼굴을 떼고 눈물을 닦았다. "대니가 렌터카 대리점까지 데려다주기로 했죠?"

"네, 차는 이미 예약해뒀어요."

"이만 가보는 게 좋겠어요."

"부탁 하나만 해도 될까요?"

"뭔데요?"

"당신의 몸 상태가 어떤지 문자로 알려줘요. 내가 문자를 보내면 답해주고요."

"난 문자를 싫어해요."

"딱 한 마디만 보내주면 돼요. 내 문자에 답하겠다고 약속해줄래요?"

"알았어요." 키스가 해준 일을 생각하면 도저히 거절할 수 없었다.

"좋아요. 두 마디로 늘리면 안 될까요?"

"조건을 바꾸는 법이 어디 있어요?"

"한 마디로는 의사 전달이 힘들 것 같아서 그래요. 가령 내가 '어떻게 지내요?'라고 보내면 당신은 '잘 지내요.'라고 대답할 수 있죠. 당신이 여행 중일 경우 내가 '지금 어디에요?'라고 물으면 당신은 '지금 서스캐처원이에요.'라고 대답할 수 있고요."

엘리스는 막힌 코로 웃음을 터뜨렸다. "그런 걸 굳이 알 필요가 있나요?"

"난 당신이 어떻게 지내는지 알고 싶어요."

"문자는 하루에 한 번만 보내는 게 내 원칙이에요. 한 번 이상 보내면 두 마디만 쓴다는 조건이 깨질 테니까요."

"그럼 24시간 안에 한 번 이상 주고받지 않는 걸로 합시다."

"언제까지 그래야 하는데요?"

"그건 모르겠어요. 어떻게 되어가는지 지켜보죠."

"당신 여자 친구가 나에게 문자를 보내는 당신을 보면 어떻게 생각할까요?"

"그건 내가 걱정할 일이에요."

"그게 걱정되면 굳이 문자를 보낼 필요 없어요."

"나에게 문자를 보낼 때도 지금처럼 말이 많았으면 좋겠네요."

"두 마디 이상은 하지 않을 거예요."

키스는 그녀의 볼에 키스했다. "잘 있어요, 엘리스." 그러고는 일어나서 불쑥 나가버렸다. 그녀에게 약을 먹이지도 않고.

엘리스는 잘 가라고 말할 기회조차 없었다. 제인 아저씨와 헤어졌을 때처럼. 엄마, 그리고 비올라와 헤어졌을 때처럼.

아마 그를 다시 만날 일은 없을 것이다.

4

엘리스를 따라 나온 대니는 주차해둔 차로 걸어가면서 말했다. "제발 다시 생각해봐. 겨우 일주일밖에 안 됐어. 상처를 회복할 시간이 더 필요해."

"난 충분히 회복됐어. 이제 멀쩡해." 엘리스가 말했다.

"상처는 나았지만 그렇다고 몸이 완전히 회복되진 않았어. 아직 나에게 무슨 일이 있었는지 털어놓지도 못하잖아."

"무슨 얘기?"

"넌 나에게 무슨 일이 있었는지 한마디도 하지 않았어. 누가 너에게 폭력을 휘둘렀지? 누구 짓이야? 경찰이 범인을 잡았어?"

"그런 걸 왜 알고 싶어 하는데?"

"난 네 친구야. 네가 걱정되어서 그래. 내가 널 도울 수 있을 거야."

"난 괜찮아. 이제 다시 이전 생활로 돌아가야 해."

"앞으로도 혼자 캠핑장을 전전하며 살아가려고?"

"나에게는 산이 필요해. 우선 애팔래치아산맥을 오를 거야."

"비올라 사건에서 도망치지 마. 넌 이제 쌍둥이에게 돌아가야 해."

"아니, 난 다시 길을 떠나야 해." 엘리스는 대니를 껴안았다. 대니는 같이 안아주지 않았다. "여기서 지내게 해줘서 고마워."

"계속 여기 있어도 돼. 우린 어차피 함께할 룸메이트를 구하는 중이었다고."

"내가 여기서 뭘 할 수 있겠어?"

"대학원에 복학해. 당장 플로리다 대학 대학원에 진학할 수 없으면 우선 일자리를 구해."

"내가 왜 대학원에 가고 싶어 할 거라고 생각해?"

"예전에 네가 그렇게 말했으니까."

"사람은 변하는 거야. 섭섭하게 들릴 수도 있겠지만 넌 이제 나를 몰라. 나도 널 모르고. 네가 대학원에 다니는 동안 난 결혼해서 세 아이의 엄마가 되었다가 이혼했어."

"그래서 뭐? 네 꿈이 완전히 바뀌었다는 거야?"

엘리스는 이제 꿈이 없었지만 진실을 털어놓을 수는 없었다. 미래에 대한 기대는 일찍이 접어버렸다. 미래는 그저 텅 비어버렸다. 왜 그렇게 되었는지, 언젠가 그 자리가 무언가로 채워질 수 있을지 알 수 없었다. 어쩌면 케일럽처럼 그녀 역시 평생 떠돌이로 살게 될 수도 있었다.

"이만 가볼게." 엘리스가 말했다. "고마워. 브래드에게도 고마웠다고 전해줘."

엘리스가 마음을 바꾸지 않으리라는 걸 깨달은 대니는 그제야 그녀를 껴안았다. 눈물을 글썽이면서.

"이러지 마. 왜 울어?"

"네가 걱정돼. 다시는 널 볼 수 없을까봐 두려워."

"왜 그렇게 생각해?"

"지난 일 년 반 동안 네가 어디에 있는지 아무도 몰랐잖아. 그러다가 거의 죽기 직전 몰골로 나타났다고."

"만약 조나에게 전화가 오더라도 내가 다녀갔다는 얘기는 절대로 하지 마. 나에 대해 아무런 얘기도 하지 마."

"지금 너에게 가장 중요한 얘기가 그거야?"

"잘 있어, 대니."

엘리스는 팔짱을 끼고 잔디밭에 서 있는 대니를 남겨둔 채 차를 타고 떠났다. 한시바삐 플로리다를 벗어나고 싶었다. 게인즈빌에서 보낸 일주일이 싫어서가 아니었다. 대니와 브래드는 진심으로 환영해주었고, 이 도시의 따뜻한 날씨도 기분 전환에 큰 도움이 되었다. 다만 게인즈빌에 있다 보니 자꾸만 자신이 여기에 있는 이유가 떠올랐다. 엘리스는 지난날을 완전히 잊고 싶었다.

조지아 캠핑장까지 가려면 갈 길이 멀었다. 엘리스는 시계를 보았다. 해질 무렵에나 도착할 수 있을 듯했다. 도중에 차가 막히면 더 늦을 수도 있었다. 어두울 때 텐트를 쳐본 적이 있어 그리 걱정되지는 않았다.

엘리스는 두 번 연속 심호흡을 했다. 머릿속에 윙윙거리는 벌들이 가득 찬 느낌이 들었고 어지러웠다. 엘리스는 정속 주행 설정을 해지했다. 오른쪽 차선에서 트레일러가 지나갔다. 차 사이 간격이 너무 좁았다. 엘리스는 속도를 좀 더 줄이고 두 손으로 운전대를 꽉 잡았다. 입술이 얼얼했다. 얼굴 전체가 다 그랬다. 심호흡을 했지만 허파까지 공기가 들어가지 않았다. 다시 심호흡을 해봤지만 가슴이 충분히 확장되지 않았다. 산소가 더 필요했다.

항생제 부작용이 분명했다. 몇 시간 전에 마지막으로 남은 항생제를 먹었다. 오른쪽에서 대형 트럭이 굉음을 내며 지나갔다. 그다음에는 승용차가 지나갔는데 운전자가 고개를 돌려 쳐다보았다. 차들이 다들 추월해가고 있었다. 엘리스는 속이 울렁거렸고, 기절할 것 같았다.

너무 많은 차들이 빠른 속도로 쌩쌩 지나갔다. 엘리스는 도저히 오른쪽 차선으로 진입할 수 없었다. 브레이크를 자주 밟았고, 겨우 시속 56킬로미터로 달리고 있었다.

대체 왜 이러지?

고속도로에서는 지나치게 느리게 달려도 위험했다. 엘리스는 울고 싶었지만 위험한 상황이라 감정에 휩쓸려 들 수 없었다. 마침내 틈이 생겼고, 엘리스는 방향지시등을 켜고 어렵사리 오른쪽으로 이동했다. 겨우 갓길로 빠져나온 엘리스는 브레이크를 밟고 멈춰 섰다. 식은땀이 나고 몸이 부들부들 떨렸다. 이대로 계속 가다가는 틀림없이 죽을 것 같았다. 하지만 왜 그런 기분이 드는지 알 수 없었다. 엘리스는 급기야 울음을 터뜨렸다.

차들이 쌩쌩 지나가자 SUV가 가볍게 흔들렸다. 차들이 너무 지척에서 지나가는 바람에 숨이 막혔다.

도대체 왜 이러지?

항생제 때문에 아나필락시스 쇼크가 일어난 거야.

엘리스는 휴대폰을 집어 들고 대니의 번호를 눌렀다.

"여보세요?" 대니가 전화를 받았다.

"대니…… 내가 좀 이상해. 숨을 못 쉬겠어. 약 때문인가봐. 기절할 거 같아."

"엘리스! 911에 도움을 요청할까?"

"아니, 그냥 네가 좀 와주면 안 될까? 여기에 올 수 있어?"

"거기가 어딘데?"

"75번 도로. 너희 집 고속도로 램프 구간에서 그리 멀지 않아. 갓길에 차를 세워두었어."

"지금 갈게. 최대한 빨리! 마음을 진정시키고 기다려."

엘리스는 차의 시동을 끄고 나서 좌석을 뒤로 밀고 등받이를 젖혔다. 지나가는 차들을 등지고 옆으로 누워 몸을 웅크렸다. 그런 다음 눈을 감고 호흡에 집중했다.

정신을 집중한 덕분에 의식을 잃지 않았고, 상태가 더 악화되지도 않았다. 그제야 지금 어떤 상황인지 알 수 있었다. 공황 발작이었다. 예전에도 경미한 공황 상태를 겪은 적이 있었지만 이렇게 심한 경우는 처음이었다. 그 사실을 깨닫자 비참해졌다. 마음 깊은 곳에서는 이미 알고 있었지만 애써 인정하고 싶지 않았던 사실이 결국 발목을 잡고 있었다. 혼자 캠핑을 떠나기가 두려운 것이다.

내가 가진 유일한 도구, 나를 구원해주던 수단이 영원히 망가져버린 거야.

엘리스가 울고 있을 때 대니가 조수석 창문을 미친 듯이 두드렸다.

"문 열어! 엘리스, 잠금장치를 해제해."

엘리스는 몸을 일으키고 잠금장치를 해제했다. 대니가 조수석에 올라타 문을 닫았다.

"좀 어때? 911에 신고 안 해도 되겠어?"

"공황 발작이야. 아주 심각한."

대니가 콘솔 박스 위로 팔을 뻗어 엘리스를 안았다. "지금은 좀 나아졌어?"

"공황 발작의 이유가 뭔지 알 것 같아."

"뭔데?"

"출발하면서 줄곧 밤이나 돼야 캠핑장에 도착할 거라는 생각을 하고 있었어."

대니는 그녀의 눈을 바라보았다. "밤에 남자에게 습격당했지? 캠핑장에서?"

"남자 둘이었어. 밤이 아니라 한낮이었고, 캠핑장에 그놈들과 나만이 있었어. 날이 추워서인지 다른 사람들은 아무도 없었거든."

대니가 슬며시 엘리스의 손을 잡았다. "놈들이 널 왜 때린 거야?"

"왜겠어?"

"세상에! 맙소사……." 대니의 눈에 눈물이 그렁그렁했다.

"성공하진 못했어."

대니의 눈이 휘둥그레졌다. "네가 싸워서 이긴 거야?"

"내가 한 놈을 칼로 찔렀어. 아주 깊이. 다른 놈이 칼에 찔린 친구를 데려갔어."

"세상에!"

"아마 죽었을 거야."

"확실하진 않은 거야? 경찰이 말 안 해줬어?"

"경찰에게는 말 안 했어."

"뭐라고? 왜?"

엘리스는 양손을 들어 얼굴을 가렸다. "대니, 네가 모르는 일이 너무 많아." 그러고는 손을 떼고 대니의 눈을 보았다. "우리가 학교에서 친하게 지냈던 이후로 많은 일이 있었어."

"알아."

"미안해. 너 때문이 아니라 난 사람들과 가까워지는 게 힘들어."

"그것도 알아." 대니는 엘리스의 손을 꼭 잡았다. "난 늘 네가 대단하다고 생각했어. 넌 매사에 씩씩했으니까. 하지만 그렇게 생각하지 말았어야 했어." 대니는 한쪽 입꼬리만 들어 올리는 눈에 익은 미소를 지었다. "네가 너무 씩씩해지지 않도록 도왔어야 해. 가끔은 네가 약한 모습을 보일 수 있도록."

"넌 그렇게 했어. 내가 알아. 하지만 내가 그럴 수 없었을 뿐이야." 엘리스는 눈물이 핑 돌며 눈두덩이 뜨거워졌다. "난 완전히 망가졌어, 대니. 아주 오래전부터 그랬어."

대니는 다시 엘리스를 끌어안았다. "사랑해, 엘리스. 제발 날 믿어줘. 다시 우리 집으로 가서 얘기하자, 응?"

엘리스는 차창 너머로 차들이 빠르게 달리는 3차선 도로를 바라보았다. "무서워."

"고속도로에서 운전하는 게?"

"응."

"그럼 여기에 차 한 대를 두고 가자."

"안 돼." 두 남자가 차를 털던 일을 떠올리며 엘리스가 고개를 저었다.

"우리 둘 다 비상등을 켜고 오른쪽 차선에서 천천히 달리면 어떨까? 여기에서 출구까지 그리 멀지 않아. 그냥 나만 따라와. 할 수 있겠어? 다른 건 다 무시하고 내 차만 바라봐."

"해볼게."

"할 수 있을 거야. 네가 올라갔던 그 많은 산을 생각해봐. 이 고속도로가 산이고, 넌 그냥 정상까지만 가면 된다고 생각해."

5

출근하던 엘리스는 휴대폰 알림 음을 들었다. 스팸 문자가 아니라면 키스가 보낸 문자일 것이다. 문자를 주고받는 사람은 키스뿐이었다. 대니조차도 문자를 보내봐야 답이 없다는 걸 알고 있었다.

엘리스는 직원 전용 주차장에 차를 세웠다. 어제도 키스에게서 문자를 받았다. 그는 한 달에 한 번 정도 연락했다. 괜히 문자를 자주 보냈다가 실낱같은 소통마저 끊어지길 원치 않아서일 것이다.

일 년 반 전에 키스가 첫 번째 문자를 보낸 뒤로 하루에 한 번만 소통하는 건 그들 사이에서 일종의 게임이 되었다. 둘은 언제나 딱 두 마디만 보냈고, 하루에 문자 하나만 보내겠다는 규칙을 단 한 번도 깨지 않았다. 심지어 부가 질문이 필요한 경우에도. 가령 지난번에 키스가 '어떻게 지내요?'라고 문자 엘리스는 '일자리를 구했어요.'라고 보냈다. 키스는 다음 날까지 기다렸다가 다시 물었다. '무슨 일인데요?' 엘리스는 '원예점에서 일해요.'라고 답했다.

키스의 문자를 확인하려고 휴대폰을 본 엘리스는 가슴이 조였다.

'나 결혼해요.'

엘리스는 문자를 바라보았다. 키스 게파트가 결혼한다. 어제 그는 '어떻게 지내요?'라고 물었고 그녀는 '잘 지내요.'라고 답했다. 금요일에 공인중개사가 보여준 집 때문에 주말 내내 마음이 들떴기 때문이다. 오늘 퇴근 후에 다시 가볼 계획이었다.

키스의 결혼 소식을 무덤덤하게 받아들이기는 힘들었다. 키스가 다른 여자와 함께 있는 모습을 상상하기 쉽지 않았다. 핑크 호시스의 맞은편 자리에 앉아 그녀를 향해 씩 웃던 얼굴과 둘이 천천히 춤을 춘 뒤 그녀의 눈을 바라보던 얼굴만 떠올랐다. 눈 속에서 코냑을 마시던 모습, 텐트 안에서 겹겹이 껴입은 옷을 들어 올리며 키득거리던 모습도.

키스는 아마 대답을 기다리고 있을 것이다.

엘리스는 두 마디를 입력했다. '희소식이네! 축하해요!' 그러고는 보내기 버튼을 눌렀다.

키스는 대답할 수 없었다. 문자는 하루에 한 번만 보낼 수 있으니까.

어쩌면 그 게임은 이제 끝났을 수도 있다. 키스가 결혼 소식을 알린 이유는 이제 게임을 그만두어야 할 때가 되었음을 알리려는 의도인지도 모른다.

엘리스는 가게에 들어갈 때까지 아직 5분의 여유가 있었다.

'정말 잘됐어요, 키스. 하지만 이제 문자는 그만둬야겠어요.' 엘리스는 다시 문자를 보냈다.

'앗, 규칙 위반입니다!'

키스는 연락을 그만둘 생각은 아니었던 것이다.

'계속하다간 더 큰 규칙을 깨게 될 거예요.'

키스는 잠시 대답이 없었다.

'당신 말이 맞는 거 같네요.'

'행복하게 살아요. 진심이에요.'

'당신도요. 나도 그럴게요.'

엘리스는 마지막 문자를 바라보았다. 검게 변한 휴대폰 액정에 얼굴이 비칠 때까지. 강물 속 바위 밑에 휴대폰을 놓아두었을 때처럼. 그날이 바로 키스를 만난 날이었다. 엘리스는 휴대폰을 배낭 속에 던져 넣고 차에서 내렸다. 할 일이 많았다. 팬지와 금어초, 다른 가을꽃들이 섞인 화분을 만드는 중이었다. 잠시 후에는 동백나무가 대량으로 배달될 예정이었다. 플로리다주 중북부에서는 일 년 내내 원예를 취미로 삼을 수 있었다.

엘리스는 겨우 화분 하나를 만들었다. 월요일 아침치고는 손님이 많았다. 길에서 집 안이 보이지 않도록 나무 울타리를 만들고 싶어 하는 손님에게 적합한 관목들을 소개해주고 픽업트럭에 실어주었다. 또 다른 손님과는 대나무의 종류에 대해 이야기를 나누었다. 지팡이를 짚고 온 여자 손님은 한해살이 식물을 고르는 동안 엘리스에게 카트를 밀며 따라와 달라고 했다.

정오가 되었는데 동백나무가 배달되지 않아 먼저 점심을 먹기로 했다. 엘리스는 늘 점심을 먹는 자리에 앉았다. 가게 건물 뒤 아름드리 상록 참나무 아래에 있는 피크닉 테이블이었다. 엘리스는 이 자리를 사랑했다. 물이 졸졸 흐르는 작은 연못이 있고 가장자리에는 봄이면 진달래, 가을과 겨울에는 동백이 피었다. 원예점에 있는 네 개의 연못 가운데 하나였는데 수생식물을 전시하는 곳이었다. 대형 관목 때문에 외부와는 완벽하게 차단되었다. 서던 루츠 원예점 및 묘목장의 주인 자매인 루스와 앤이 30년 전에 심은 관목들이었다.

엘리스가 샌드위치를 절반쯤 먹었을 때 루스가 직원 전용 정원으로 들어왔다.

"트럭이 왔어요?" 엘리스가 물었다.

"아직." 백발이 성성한 고령의 루스가 발을 절룩거리며 엘리스의 맞은편에 앉았다. "말해줄 게 있는데 원예점을 사겠다는 사람이 나왔어."

엘리스가 실망한 얼굴로 샌드위치를 내려놓았다.

"그래, 나도 자네 심정을 알아." 루스가 말했다.

"가게를 언제 인수하겠대요?"

"아직 구체적인 날짜는 정하지 않았어. 거래가 최종적으로 성사되면 알 수 있겠지. 정말로 동업자를 구해 이 가게를 인수할 생각이 없어?"

"여건이 안 돼요. 시골 땅을 살 생각인데 둘 다 구입할 여유가 없어요."

"지난주 금요일에 봤다는 땅 말이야?"

엘리스는 고개를 끄덕였다. "낡은 저택과 축사가 딸린 땅인데 3,500평이에요."

"비싸겠는데."

"집은 폐가 수준이고, 땅은 대부분 습지예요."

"그런데도 그 땅을 사고 싶다고?"

"아주 근사해요. 아름드리 참나무들과 야생화가 피는 초원이 있고,

버들개지가 많은 습지도 있어요. 사장님도 보시면 마음에 들 거예요."

루스는 미소를 지었다.

"가격을 좀 깎을 수 있으면 좋겠어요. 현재 소유주는 예전 주인의 손녀라는데 LA에 살고 있고, 땅을 처분하려고 내놓은 지 4년이나 됐대요."

"신중하게 선택할 필요가 있어. 오랫동안 팔리지 않는 땅은 뭔가 문제가 있는 거야."

"가장 큰 문제가 뭔지 알아요. 그 집은 상태가 엉망이라 당장은 사람이 살 수 없어요."

루스는 깜짝 놀랐다. "그런데도 그 집을 사겠다고?"

"저는 이제 살 집이 필요해요. 룸메이트 둘 다 박사 과정이 끝나가고 있어요. 이제 곧 떠날 거예요. 저도 시내에서 살긴 싫어요."

"집 상태가 그렇게 나쁘다면서 어떻게 살려고?"

"집이 엉망이지만 저는 상관없어요. 캠핑에 익숙하거든요."

"수리할 가치가 있는 집이야?"

"오늘 일이 끝나면 맥스를 데려가 어떻게 생각하는지 의견을 들어보려고요."

"그 말을 들으니 그나마 안심이 되네. 맥스라면 솔직하게 말해줄 거야."

"맥스가 봤을 때 수리가 가능하다고 하면 맥스에게 보수 공사를 맡길 생각이에요."

"잘됐네. 앤이랑 난 맥스 때문에 걱정이 많았거든. 만약 이 가게를 구입하기로 한 사람이 고용을 승계하지 않을 경우 맥스가 어디서 일자리를 구할 수 있을지 막막했어. 맥스는 우리랑 무려 12년이나 일했잖아."

"맥스는 어디서든 일할 수 있어요. 실력이 뛰어난 목수잖아요."

"나도 알아. 하지만 맥스가 왜 건설업자들이 아니라 우리랑 일하겠어. 건설업자들은 맥스랑 함께 일하려고 하지 않아. 소통이 잘 안 되는 건 문제니까."

"그 사람들 손해죠."

"그건 그래. 맥스는 틀림없이 집수리를 좋아할 거야."

엘리스는 아직 자신의 계획을 루스에게 말할 생각은 아니었지만 자기도 모르게 튀어나왔다. "맥스가 원예점 운영에도 관심이 있을까요?"

"맥스는 이 가게를 살 형편이 못 돼. 아버지랑 근근이 먹고 사는 형편인걸."

"사우스 루츠를 말하는 게 아니에요. 제가……."

정말로 터무니없는 계획이었다. 하지만 몇 년 만에 처음으로 품게 된 목표이자 꿈이었다.

"제가 농장을 구입하게 되면 재래종 식물을 취급하는 원예점을 해볼까 생각 중이에요."

"엘리스!" 루스는 가타부타하지 않고 그렇게 말했다.

"이 가게에 오는 손님들이 재래종을 얼마나 많이 찾는지 아시잖아요.

점점 인기가 많아지고 있어요."

"하지만 우리 원예점의 주 수입원은 여전히 외국 품종이야."

"지금까지는 외래종이 대세였죠. 하지만 정원을 가꾸는 사람들이 점점 생태계에 관심을 가지면서 재래종을 찾고 있어요. 대형 조경회사들도 재래종을 심잖아요."

"외딴 시골 농장을 살 거라며? 재래종을 사려고 누가 거기까지 가겠어?"

"재래종 식물을 진심으로 원하는 사람들이요. 전 그런 사람들을 봤어요. 얘기도 나눴고요. 이제 재래종이 본격적으로 자리 잡을 때가 된 것 같아요."

루스는 씩 웃었다. "난 자네가 이 가게를 인수하길 바랐어. 여기서 일한 지 2년밖에 안 되었지만 모르는 게 없을 만큼 똑똑하잖아. 자네라면 이 가게를 성공적으로 운영할 수 있을 텐데."

"두 분은 저의 훌륭한 스승입니다. 앤은 좀 어때요?"

"의사 말이 또 수술해야 한대."

"정말 안타깝네요."

루스는 고개를 끄덕이며 엘리스의 손을 토닥였다. "자네 계획이 마음에 들어. 내가 최대한 도울게. 오늘은 일찍 퇴근해서 맥스에게 농장과 집을 보여줘."

"손님이 많으면 어쩌려고요?"

"그 일이 더 중요해."

세 시간 뒤 엘리스는 SUV에 올라타 가게를 나섰고, 맥스는 낡은 픽업트럭을 타고 뒤따랐다. 그 집은 게인즈빌에서 차로 30분 걸리는 교외에 있었다. 그들이 농장에 도착했을 때 입구의 낡은 캐틀 게이트*가 열려 있었고, 공인중개사도 이미 와 있었다.

엘리스는 집으로 이어지는 구불구불한 자갈길을 천천히 달렸다. 이끼를 커튼처럼 치렁치렁 늘어뜨린 아름드리 삼나무와 야자나무, 테에다 소나무들 아래로 달리는 동안 꼭 여기에서 살아야겠다는 생각에 마음이 들떴다. 와일드 우드 같은 곳이었다. 그녀가 캠핑했던 산의 숲과는 완전히 달랐다. 지금껏 살았던 곳 가운데 플로리다의 숲과 유사한 곳은 없었다. 플로리다에는 단 하나의 추억도 없었다. 심지어 이 지역에는 레이븐도 없었다. 주로 까마귀들이 많은데 처음 보는 종류도 있었다. 고기를 잡는 낯선 까마귀들은 '까아악'이 아니라 '꼬오옥' 하고 울었다.

엘리스는 널찍한 포치와 양철 지붕이 덮인 낡은 집 앞에 차를 세웠다. 이 집에서 사는 모습이 너무나 자연스럽게 연상되었다. 이미 가게 이름도 정해두었다. 〈와일드 우드 재래종〉. 과거에서 그 기억 하나쯤은 가져와도 될 것이다. 딱 그 단어 하나만.

여기에 오면 키스도 머릿속에서 추방될 것이다. 오늘 키스와 주고받던 문자를 끝낸 건 시의적절했다. 엘리스는 키스와 주고받은 문자들을 모두 삭제할 생각이었다. 그의 전화번호도 지울 것이다. 이제 그를

*가축들이 나가지 못하게 막는 문

잊고 새로운 인생을 시작해야 하니까.

엘리스는 앞쪽 포치에 서 있는 공인중개사와 인사를 나누며 발밑에서 썩은 판자가 주저앉지 않도록 조심했다. 맥스는 공인중개사를 무시하고 곧장 집을 훑어보았다. 볼일을 마친 맥스가 재미있다는 표정으로 엘리스를 바라보았다. '진심이야? 정말로 이 폐가를 사겠다고?' 라고 묻는 듯했다.

엘리스는 어깨를 으쓱였다.

맥스는 고개를 절레절레 젓고 나서 집 안으로 들어갔다.

공인중개사가 맥스를 따라 주방으로 들어가며 물었다. "당신이 목수 일을 한다고 들었어요."

"맥스는 귀가 안 들려요." 엘리스가 대신 대답했다. "청각장애인이지만 목수 일을 하죠. 우리가 함께 일하는 원예점에서 온갖 공사를 혼자 다 하고 있어요. 작년에는 음지 식물이 잘 자랄 수 있도록 파빌리온을 만들었는데 정말 기막히게 아름다워요."

"저도 봤어요. 저 역시 서던 루츠 단골이거든요. 저분이 거기서 일하는 걸 봤는데 청각장애인인 줄은 미처 몰랐어요."

원예점을 찾는 손님들은 맥스를 무례하거나 정신이 살짝 이상한 사람으로 보는 경우가 많았다. 사람들이 질문을 하면 맥스는 듣지 못한다는 걸 설명하기보다는 그냥 무시해버리기 일쑤였다. 엘리스는 오히려 맥스의 그런 점이 마음에 들었다. 일일이 설명하길 거부하는 점. 맥스는 십 대 시절에 당한 교통사고로 청각을 잃었고, 몸에 심한 흉터가 있었다. 그 사고로 엄마가 목숨을 잃었고, 맥스도 크게 다쳐 죽을 뻔했다가 겨우 살아났다. 맥스는 그 사고나 수어를 배우지 않는 이유에 대해 말한 적이 없었다. 맥스의 아버지는 딸에게 배관과 전기, 목공 기술을 가르쳤다. 기술만 있으면 딸에게 아무리 어려운 상황이 찾아와도 일을 해 생계를 유지할 수 있을 거라 생각했기 때문이었다. 하지만 루스와 앤 말고는 맥스가 고집해온 침묵의 벽을 깊이 이해하면서 고용하려는 사람은 드물었다.

맥스는 한 시간 동안 집을 살펴봤다. 집 안의 모든 벽장과 서랍장, 싱크대를 면밀히 점검했다. 트럭에서 사다리를 가져와 양철 지붕 위로 올라가기도 하고, 다락방에도 가보고, 흙바닥으로 된 집 아래 공간으로 기어들어 가기도 했다. 수도관과 정화시설도 살펴보았고, 30분 동안 축사도 점검했다.

공인중개사의 인내심은 점점 바닥이 났다. 엘리스는 평소처럼 양 눈썹을 들어 올려 맥스에게 어떻게 생각하는지 물었다.

맥스는 주머니에서 수첩과 연필을 꺼내 이렇게 적었다. '마음에 들어. 아주 멋진 19세기 플로리다 스타일이야. 지붕이랑 축사는 상태가 꽤 좋아.'

엘리스는 고개를 끄덕였다.

'하지만 엄청난 수리가 필요해.'

이번에는 엘리스도 수첩에 썼다. '알아요. 하지만 내가 가진 돈으로는 지금 이 집을 사기도 빠듯해요. 이 집에 딸린 땅이 너무 마음에 들

어요. 집은 수리가 가능해요?'

맥스는 생각에 잠겨 집을 바라보더니 이렇게 썼다. '이 집이 헐리면 슬플 거야. 아름답잖아.'

엘리스도 동의했다. 하지만 더욱 구체적인 충고가 필요했다. 그래서 계속 물음표가 담긴 눈길로 맥스를 바라보았다.

맥스는 이끼가 낀 상록 참나무와 야자수, 집 뒤에 솟아 있는 거대한 습지 밤참나무 두 그루를 둘러보았다. 그런 다음 포치를 향해 몇 발짝 다가가 먼 곳을 바라보았다. 마치 장차 이 집이 어떻게 변할지 상상하듯이. 그러고는 수첩에 썼다. '수리는 가능해. 하지만 오래 걸릴 거야.'

엘리스는 수첩을 가져가 다시 썼다. '혹시 당신이 직접 수리하고 싶은 생각은 없어요? 돈은 시세대로 줄게요.'

갑자기 맥스의 눈이 반짝거렸다. 그 제안이 마음에 들었다는 뜻이었다.

'집수리가 다 끝나면 내가 여기에 재래종 원예점을 여는 걸 도와줄 수 있어요?'

맥스의 눈이 한층 더 빛났다. 루스와 앤이 서던 루츠를 팔기로 한 뒤로 맥스는 낙담해 있던 중이었다. 맥스에게 루스와 앤 그리고 서던 루츠는 집이고 가족이었다.

엘리스는 수첩을 한 장 넘겼다. '엘리스 애비와 맥스 키드가 운영하는 〈와일드 우드 재래종〉 원예점, 어때요?'

맥스는 얼굴을 찡그리더니 연필을 쥐고 그 위에 크게 X자를 그렸다.

엘리스는 실망했다.

너무 앞서갔나?

맥스는 수첩을 한 장 넘기더니 이렇게 썼다. '공인중개사에게는 당신이 이 집을 사고 싶어 한다는 걸 내색하지 마. 아직 계획을 털어놓은 건 아니지?'

엘리스는 고개를 끄덕였다.

'좋아. 아무 말도 하지 마. 그 대신 내가 이 집은 주인이 책정해놓은 가격에서 80만 달러는 더 내려야 적정한 가격이라고 했다고 전해.'

엘리스는 연필을 잡았다. '80만 달러! 내가 이미 깎았어요.'

맥스는 고개를 저으며 손끝으로 자신이 쓴 글을 톡톡 쳤다.

엘리스는 이렇게 썼다. '만약 내가 이 집을 사면 당신도 원예점을 함께 운영할래요?'

맥스는 살짝 미소 지으며 낡은 집을 바라보았다. 그걸로 대답은 충분했다.

6

엘리스는 저녁 먹을 시간이 되었다는 뜻으로 맥스의 신발을 가볍게 톡톡 쳤다. 맥스는 싱크대 밑에서 나와 엘리스가 건네주는 샌드위치를 받아들었다. 둘은 모래로 뒤덮인 마룻바닥에 책상다리를 하고 앉아 샌드위치를 먹었다. 샌드위치를 다 먹은 맥스는 싱크대로 몸을 숙이며 거의 끝났다는 뜻으로 고개를 끄덕였다.

"와, 주방에 물이 나오다니. 정말 호사를 누리는 기분이에요." 엘리스가 말했다.

맥스가 미소 지었다.

맥스는 상대의 입술이 움직이는 모양을 보고 무슨 말을 하는지 대충 파악할 수 있었다. 엘리스는 이제 그만 일을 마치라는 뜻으로 현관을 향해 고갯짓했다. 맥스는 고개를 저으며 검지를 들어 올렸다. 일을 좀 더 하겠다는 뜻이었다. 두 사람은 아직 서던 루츠에서 일했지만 일과를 마친 평일 저녁과 휴일에 틈틈이 수리 작업에 열중해왔다.

엘리스는 앞쪽 포치로 가서 나무들 사이로 노을을 바라보았다. 2주 전, 엘리스는 이 집을 구입했고, 맥스는 즉시 포치 바닥을 고쳐놓았다. 엘리스는 대니와 브래드가 집들이 선물로 준 두 개의 흔들의자 가운데 하나에 앉았다.

아메리카 올빼미 한 마리가 '후우우아!' 하고 울면 비탈 아래에서 짝

꿍이 그 소리에 화답했다. 포치 근처 밤참나무에 커다란 구멍이 뚫려 있는데 올빼미 한 쌍이 그곳에 둥지를 틀었다. 엘리스는 뒤쪽 포치에 퀸사이즈 매트리스를 놓아두었다. 올빼미, 청개구리, 여치 소리를 들으며 잠드는 게 좋았다.

엘리스는 유기견 보호소에서 쿼커스를 입양했다. 보호소 직원에게 오래된 대형견을 입양해 키우고 싶다고 했더니 뉴펀들랜드 잡종인 쿼커스를 보여주었다. 엘리스는 쿼커스를 보자마자 마음에 들었다. 그렇게 큰 개를 원하는 사람은 많지 않았고, 나이도 네 살 혹은 그 이상이라서 이미 절반을 산 셈이었다.

쿼커스가 길가에 있는 무언가를 향해 짖어대고 있었다. 모르긴 해도 가끔씩 말을 타고 지나가는 여자일 것이다. 개 짖는 소리가 더욱 격렬해지는 바람에 엘리스는 자리에서 일어났다. 누군가 그녀의 사유지에 들어왔다는 뜻이었다. 익숙한 공포가 그녀를 짓눌렀다. 가슴이 조였고, 맹세컨대 칼에 찔렸던 자리가 다시 욱신거렸다.

엘리스는 지금 맥스와 함께 있고, 맥스의 트럭에 총이 있다는 사실을 상기했다. 그러고는 무슨 일인지 보려고 비탈을 뛰어 올라갔다. 울타리 쪽으로 절반쯤 뛰어갔을 때 쿼커스가 짖어대는 소리가 멎었다. 몇 발짝 더 뛰어가자 쿼커스가 보였다. 땅에 누워 있는 남자 위에 올라가 있었다. 쿼커스는 남자 얼굴을 핥아대는 듯했다.

"쿼커스!" 엘리스가 불렀다.

개는 잠시 복슬복슬한 꼬리를 흔들며 엘리스를 올려다보더니 다시 남자에게로 주의를 돌렸다.

엘리스는 천천히 다가가며 말했다. "여긴 사유지예요."

"나를 좀 도와줘요. 이 녀석 침 때문에 익사할 것 같아요." 남자가 말했다.

"키스?"

"네, 키스예요. 곧 고인이 되겠지만……."

엘리스는 서둘러 달려가 개 목걸이를 잡아당겼다. "쿼커스, 이리 와!"

"쿼커스? 이름이 멋지네요." 여전히 쿼커스 밑에 깔려 있는 키스가 말했다. "가슴 위에 참나무가 얹힌 것 같아요*."

엘리스가 개를 떼어내자 키스는 비로소 자리에서 일어났다. 하지만 엘리스가 개 목걸이를 놓자마자 쿼커스는 다시 키스를 넘어뜨리려고 했다.

"쿼커스, 안 돼!" 엘리스가 말했다.

"쿼커스, 앉아!" 키스가 단호하게 말했다.

쿼커스는 자리에 앉아 키스를 올려다보았다. 혀를 쑥 내밀고 씩 웃으며.

"어떻게 한 거예요?" 엘리스가 물었다.

"개를 다룰 때는 단호한 어조로 말해야 해요. 상대가 진지하다는 걸 알아야 하거든요."

"나쁜 의도를 가진 사람이 악용할 수도 있겠네요."

*쿼커스는 참나무의 라틴어다

키스는 쿼커스의 머리를 토닥이며 엘리스를 바라보았다. "그래서 이 녀석을 집에 들였나 보군요."

엘리스는 그 말이 거슬렸다. 이 집을 구입하고 나서 엘리스는 혼자 캠핑 다닐 때 들었던 경고의 말을 또다시 듣고 있었다. 키스의 말을 듣자 이미 극복한 줄 알았던 공포가 다시 밀려왔다.

"어떻게 들어왔어요?" 엘리스가 물었다.

"문이 잠겨 있어 울타리를 뛰어넘었어요. 대니가 당신 주소를 알려줬는데 거대한 베헤모스*가 지키고 있다는 말은 해주지 않더군요."

저렇게 멋진 표현을 할 줄 아는 남자에게 어떻게 화를 낼 수 있을까? 그가 아무런 연락도 없이 갑자기 나타난 것에 대해서도 화가 나지는 않았다. 무슨 일일까?

엘리스는 키스 게파트가 여기에 왔다는 사실을 어떻게 받아들여야 할지 알 수 없었다.

"대니 집에 갔었어요?"

"네, 미리 전화해 가도 되는지 묻고 싶었지만 그럴 수가 없었어요. 대니 말에 따르면 당신은 절대로 전화를 받지 않는다고 해서요."

"절대로 받지 않는 건 아니고, 받아야 할 일이 있을 때만 받아요."

"어찌 되었든 결과는 비슷하네요."

키스와 연락을 끊은 뒤로 엘리스는 전화할 일이 있을 때를 빼고는 늘 휴대폰을 꺼두었다.

*구약 성서에 등장하는 거대한 괴물로 하마를 닮았다

"정말 놀랄 일이네요." 엘리스가 말했다.

키스가 그녀의 눈을 빤히 바라보았다. "나쁜 쪽으로요?"

"그냥 놀랄 일이에요."

엘리스는 그 말에 키스가 상처받았다는 걸 알 수 있었다.

"그냥 돌아갈까요?"

"당연히 아니죠. 우리 집으로 가요."

"대니에게서 당신이 땅을 샀다는 말을 들었을 때 믿기지가 않았어요."

"왜요?"

"왜긴요? 당신은 방랑자잖아요."

"사람은 변해요."

엘리스는 자신을 딱하다는 듯이 바라보는 키스의 눈빛이 거슬렸다. 무엇 때문에 그녀가 변했는지 키스는 알기 때문이다. 대니 역시 종종 그런 눈빛으로 그녀를 바라보았다.

집이 시야에 들어오자 키스가 걸음을 멈췄다. "당신에게 할 말이 있어요."

엘리스도 걸음을 멈추고 키스를 바라보았다. "뭔데요?"

"당신은 그 남자를 죽이지 않았어요."

"그 남자라니, 누구요?"

"나에게는 애써 숨길 필요 없어요." 엘리스가 아무런 대답이 없자 키스가 말을 이었다. "당신이 가해자 중 하나를 칼로 찌른 걸 알아요."

"그걸 어떻게 알았죠?"

"난 국립공원 레인저이고, 아는 경찰들이 있어요. 나름 조사를 해 봤죠."

키스의 갑작스러운 등장만큼이나 그의 말을 어떻게 받아들여야 할지 혼란스러웠다.

"칼에 찔린 남자는 친구의 도움으로 응급실로 갔어요. 병원 관계자들에게는 강도에게 당했다고 했다더군요. 그 남자는 복부 응급 수술을 받아야 했죠."

"왜 그 얘기를 해주는 거예요?"

"당신이 마음의 평화를 찾길 바라고, 이제 그 일에 대해서는 종지부를 찍게 해주려고요. 지금 그 남자는 수감 중이에요."

"맙소사! 또 다른 여자를 공격했나요?"

"자동차를 훔치고, 총으로 위협해 가게를 털었나봐요. 초범도 아니어서 20년 형을 받았대요."

그 남자가 강도 행각을 벌이는 도중 누군가가 사망했을 수도 있었다. 엘리스는 그 사실에 죄책감을 느꼈다. 그 남자의 범죄 행위를 신고하지 않아 다른 사람이 죽거나 강간당했을 수도 있으니까.

"또 다른 남자는 죽었어요." 키스가 말했다.

"어쩌다가요?"

"확실하지는 않은데 싸우다가 그리된 것 같더군요."

"경찰에 신고하지도 않을 거면서 왜 그렇게까지 자세히 알아보았죠?"

키스의 갈색 눈동자가 이상한 눈빛을 띠었다. “그걸 몰라서 물어요?”

“뭔데요?”

“예전에 당신이 핑크 호시스에서 내게 걸었던 주문 때문이죠. 혹시 기억나요?”

엘리스는 기억했다.

“아무리 노력해도 그 주문에서 벗어날 수 없었어요. 이제 제발 그 주문을 풀어달라고 부탁하러 찾아온 겁니다.”

“당신 부인도 여기 온 걸 알아요?”

키스의 입꼬리가 살짝 위로 올라갔다. “클로이는 전혀 몰라요. 우린 파혼했거든요.”

엘리스는 놀란 감정을 감추려고 했다. 그 누구도 아닌 자기 자신에게. “왜 파혼했어요?”

“내 말 못 들었어요?”

“주문 때문에?”

“네, 그래요.”

“마녀에게 주문을 취소해달라는 말을 하려고 머나먼 플로리다까지 왔다고요?”

“아주 멋진 마녀거든요.”

“참고로 말하자면 마녀에게 아첨은 통하지 않아요.”

“그럼 뭐가 통하죠? 난 오래 버티지 못합니다. 제발 주문을 풀어줘요.”

키스의 눈빛을 보니 농담이 아니라는 걸 알 수 있었다. 국립공원 레인저가 홀딱 반했다는데 모르는 척할 수는 없었다. 지난날 키스는 그녀를 도우려고 밤새 운전해 플로리다에 데려다주었다. 지금껏 몇 달 동안 다른 여자와 지내면서도 그녀에게 계속 문자를 보냈다.

"엘리스, 누군가 우리에게 총을 겨누어요."

엘리스는 그의 시선을 따라갔다. 맥스였다.

"나는 아니고, 당신을 겨누는 거예요."

"아는 사람이죠?"

"맥스예요."

"어서 총을 내려놓으라고 하세요. 5분 동안 두 번이나 생명의 위협을 받으니 버겁네요."

엘리스는 총을 내리라고 손짓했다. 맥스는 총을 내렸지만 키스에게서 눈을 떼지 않았다.

"지금 함께 사는 사람이 있어요? 혹시 저 여자가……?"

"맥스는 내 애인이 아니에요."

키스는 다시 맥스를 바라보았다.

"맥스와 나는 이 집을 수리하고 있어요. 맥스 뒤에 있는 집이 보이죠? 맥스는 훌륭한 목수인데 나에게 목수 일을 몇 가지 가르쳐주고 있죠."

"선생님이 좀 엄해 보이는데요?"

"괜찮아요." 엘리스는 한 손으로 그의 뺨을 감쌌다. 맥스를 지나치게 의식하는 그의 주의를 돌리기 위해. "자, 이제 주문 얘기를 마저 할까요?"

"아, 물론이죠. 제발 나를 도와줘요."

엘리스는 그의 얼굴에서 손을 떼지 않았다. 키스는 그녀의 손에 얼굴을 기댔다. 그의 얼굴이 손에 닿자 엘리스는 기분이 좋았다. 불과 몇 달 만에 다시 만난 사람처럼 익숙한 느낌이 들었다.

"내가 돕기 전에 당신이 나에 대해 알아야 할 게 있어요. 난 당신이 생각하는 것처럼 그리 좋은 마녀가 아니에요."

키스가 미소 지었다.

"정말이지 난 나쁜 마녀예요. 당신은 그 사실을 받아들여야 해요."

"나를 두꺼비로 만들 수 있을 만큼 나쁜 마녀라는 뜻이에요?"

"과거에 나쁜 짓을 저질러놓고 그 사실을 고백하지 않았으니 나쁘다고 할 수밖에요."

키스의 표정이 불편해보였다.

"내 말에 동의해요?"

"또 이러네요. 나에게 숲으로 가자고 했던 그날 밤처럼요. 솔직히 이 시간 이후 나한테 무슨 일이 벌어질지 전혀 모르겠어요."

"카비아트 엠터(Caveat Emptor)." 엘리스가 말했다.

"무슨 뜻이죠?"

"구매자가 조심해야 한다는 뜻이에요."

"당신은 지금껏 내가 만난 여자들 가운데 가장 풀기 힘든 수수께끼 같은 존재예요."

엘리스가 그의 뺨을 쓰다듬었다. “그래서 좋아요?”

“물론이죠. 멀리 떨어져 있어도 계속 당신이 생각나요. 당신 때문에 난 폐인이 되었어요.”

엘리스는 따라오라고 손짓했다. “가요.”

“어디로요?”

“당신이 마녀의 주문에서 벗어날 수 있게 해줄게요.”

“저 판잣집에서요?”

“네 저 집에서요.”

“정말로 마녀가 나올 법한 집이네요.” 키스는 땅거미가 내린 땅을 둘러보았다. “이끼를 빼곡하게 뒤집어쓴 이 거대한 나무들이 정말 신비해 보여요. 여긴 당신에게 잘 어울리는 곳이에요.”

“나는 이곳을 와일드 우드라고 불러요.”

맥스는 집으로 돌아가려고 트럭에 올랐다. 엘리스가 남자의 뺨을 쓰다듬는 걸 보고 둘만 남겨둬도 괜찮겠다고 생각했다. 엘리스가 현관 앞에서 손을 흔들자 맥스는 설핏 미소를 지었다. 쿼커스는 더위 탓인지 포치에 털썩 주저앉아 심하게 헉헉거렸다.

키스는 벽난로 위에 놓인 겝을 바라보았다. 이 푸른색 포니는 엘리스의 몇 안 되는 소지품 가운데 하나였다.

키스는 겝을 집어 들었다. “이 푸른색 포니 때문에 내가 여기에 온 겁니다.”

“마녀의 주문에서 풀려나고 싶어 온 게 아니고요?”

"그렇긴 하지만 이 포니 때문에 마녀의 소굴에 들어가는 위험을 무릅쓰기로 마음먹었죠. 당신이 이 포니를 계속 가지고 다니는 걸 보고 틀림없이 어떤 사연이 있을 거라고 생각했어요."

"이미 말했잖아요. 행운의 부적이라고."

"왜 강력한 힘을 가진 마녀에게 행운의 부적이 필요하죠?"

"난 마법을 쓰기 위해 필요한 걸 뭐든 이용해요."

"만약 내가 이 포니를 몰래 가져가면 주문의 힘이 사라지나요?"

엘리스는 그의 손에서 포니를 빼앗아 다시 벽난로에 올려놓았다. "내 비법이 뭔지 알려주지는 않을 거예요."

밖에서 아메리카 올빼미 한 마리가 "후우우아!" 하고 울었다.

키스는 미소 지으며 창밖 너머 숲을 바라보았다. "당신이 잘 아는 올빼미인가 봐요? 이렇게 가까이에서 우는 걸 보니."

"올빼미 한 쌍이 집 뒤쪽 나무에 둥지를 만들었어요. 이리 와봐요. 내가 보여줄게요."

엘리스는 방충망을 두른 포치로 키스를 데려갔다. "저 아름드리 밤참나무에 뚫려 있는 구멍이 보이죠? 거기가 바로 올빼미들의 보금자리예요. 밤이 되면 나는 올빼미들을 비롯해 온갖 종류의 새들이 지저귀는 소리를 들으려고 여기서 자요. 당신도 밤에 검은배유구오리 한 떼가 날아가는 소리를 들으면 반할 거예요."

키스는 매트리스와 램프, 옷이 든 자루 몇 개를 둘러보았다. "그러니까 당신은 다시 숲속에서 캠핑을 하는 셈이네요."

"하지만 이제는 화장실과 주방이 바로 옆에 있고, 선풍기도 있어요." 엘리스가 줄을 잡아당기자 천장에 달린 선풍기가 돌아갔다.

"그나마 많이 문명화되긴 했네요. 혹시 에어컨은 없나요?"

"고장 났어요. 아직은 새 에어컨을 구입할 돈이 없고요. 당분간 더우면 그냥 옷을 입지 않고 지내려고요."

키스가 씩 웃었다. "정말이요?"

"아무도 이 집을 들여다볼 수 없어요. 누군가 밖에서 기웃거리면 쿼커스가 당장 쫓아낼 거예요. 밖에서 나는 소리는 다 들을 수 있으니까요."

"좀 전에 나에게 한 걸 봐도 그럴 것 같네요."

어스름한 황혼 속에서도 엘리스는 더위와 습기 때문에 키스가 땀을 뻘뻘 흘리는 모습이 보였다. 키스는 오하이오주의 10월 날씨에 맞춰 카키색 바지와 긴소매 버튼다운 셔츠, 그 안에 티셔츠를 입었고, 앞이 막힌 신발을 신고 있었다. 반면 엘리스는 맨발에 반바지, 탱크톱 차림에 안에는 아무것도 입지 않았다. 맥스와 함께 있어서 옷을 입긴 했지만 12월이 되기 전까지 계속되는 후텁지근한 날씨 때문에 최대한 적게 입었다.

"당신은 옷을 좀 벗어야겠어요."

키스가 양 눈썹을 들어 올렸다. "내가요?"

"너무 더워 보여요." 엘리스는 그렇게 말하고는 바닥에 놓인 매트리스를 향해 고갯짓했다. "앉아요. 저 매트리스가 내 소파이자 식당 의자이자 독서할 때 리클라이너이자 침대죠. 당신이 원하는 대로 골라요."

"뭘 골랐는지 말해야 해요?"

"그건 비밀로 해도 괜찮아요."

키스는 침대에 앉았다. 그가 신발과 양말을 벗는 동안 엘리스가 옆에 앉아 셔츠와 티셔츠를 벗겨주었다. "이제 좀 나아요?"

"이제 좀 살겠네요. 이게 주문을 없애는 건가요?"

엘리스는 그의 가슴을 쓰다듬었다. "이봐요, 당신은 사람 말을 너무 잘 믿어요."

"내가요?"

"지금은 저녁이고 당신은 마녀의 은신처에 있어요. 내가 그 주문을 없애줄 거라고 생각해요?"

"없애지 않을 건가요?"

엘리스는 무릎을 딛고 서서 곧 키스할 듯이 그에게 다가갔다. "어쩌면 더 강하게 할지도 모르죠."

"그건 너무하네요." 키스가 두 팔로 엘리스를 끌어안으며 말했다.

"난 나쁜 마녀라고 했잖아요."

키스는 그녀를 가슴에 끌어안고 매트리스에 누웠다. "나쁜 마녀는 위에 있는 걸 좋아하더군요. 내 기억이 정확하다면."

"기억력이 정말 좋네요."

"고통스러울 정도로 좋죠."

"그것도 치료해줄게요." 엘리스는 탱크톱을 벗었다.

“벌써 기분이 나아졌어요. 당신의 마법은 강력하네요.”

“이 정도는 약과죠. 더 기분이 좋아질 준비됐어요?”

“당신의 마법은 무조건 내게 통하는데 왜 묻죠?”

“내 기억으로는 당신에게도 꽤 강력한 당신만의 마법이 있었던 것 같아서요.”

“알고 있었어요?” 키스가 물었다.

“네, 당신이 내 주머니에 넣어둔 포니는 단순한 장난감이 아니었어요.” 엘리스는 자신의 무게로 그를 침대에 눕혔다. “마법이 더 센 사람이 이기기를.”

4부

레이븐의 딸

1

레이븐은 나무 울타리에서 30센티미터 떨어져 서 있었다. 경계 지점에 갈 때는 늘 조심했다. 재키의 땅 쪽으로 구부러진 풀 한 포기도 밟지 않으려고 애썼다.

재키의 가족은 집을 들락날락하느라 바빴다. 아무도 울타리에 레이븐이 서 있는 걸 알아차리지 못했다. 장기간 캠핑 여행을 떠나려고 짐을 꾸리는 중이었다. 학기 마지막 날 재키의 엄마는 레이븐에게 콜로라도주 로키 마운틴 국립공원에 갈 거라고 말했다.

레이븐은 재키의 새 아버지인 대너 선생님이 SUV 트렁크 속 물건들을 정리하는 걸 지켜보았다. 그는 레이븐이 3학년일 때부터 3년간 체육 선생님이었다. 대너 선생님과 태프트 부인은 첫눈에 사랑에 빠졌고, 재키가 초등학교를 졸업하던 해 여름에 결혼했다.

재키가 집에서 나와 대너 선생님에게 무언가를 가져다주었다. 대너 선생님이 활짝 웃으면서 재키의 어깨를 토닥였다. 레이븐은 재키와 헉에게 대너 선생님 같은 좋은 아빠가 생겨서 기뻤다. 태프트 부인도 대너 선생님의 부인이 되어 행복해 보였다. 태프트 부인이 더는 전남편의 성을 쓰지 않아도 되어 좋아한다고 재키가 말해주었다. 재키의 이름은 이제 잭 대너가 되었다. 재키는 5학년 때부터 친구들에게 자신을 잭이라고 불러달라고 했지만 가족들은 여전히 재키라고 불렀다. 레이븐도 마찬가지였다. 이제 덩치가 훨씬 커졌지만 레이븐은 재키라 부르는 게 더 좋았다.

리스가 헉과 함께 집에서 나오자 레이븐은 울타리 가까이 다가갔다. 리스는 어젯밤 이 집에서 잔 듯했다. 대너 가족은 여행을 떠나는 길에 리스를 집으로 데려다줄 것이다.

리스는 단번에 레이븐을 알아보더니 헉에게 뭐라고 말했다. 두 아이는 잔디밭을 가로질러 레이븐에게로 달려왔다.

"이웃집 잔디가 더 푸른지 확인하려는 거야?*" 리스가 말했다.

"그런 것 같아." 레이븐이 말했다.

레이븐이 그들에게 이제 울타리 너머로 한 발짝도 들여놓을 수 없다고 말한 뒤로 리스는 자주 그 말을 농담거리로 삼았다. 레이븐에게서 그런 말을 들은 이후 헉은 늘 슬프면서도 화난 표정이었다.

"몬태나주에는 언제 가?" 헉이 물었다.

"내일."

"왜 다들 이 지겨운 자연을 더 보겠다고 떠나지?" 리스가 들판과 나무들을 손짓으로 가리키며 말했다. "이곳에서 벗어날 수 있다면 난 뉴욕으로 가겠어."

"나도 따라갈래." 헉이 말했다.

리스는 하이파이브를 하려고 한 손을 들어 올렸다. "우리 둘 중 하

*우리나라의 '남의 떡이 더 커 보인다.'와 같은 뜻으로 영미권에는 '이웃집 잔디가 더 푸르게 보인다.'는 속담이 있다

나라도 차가 생기면 자동차 여행을 떠나는 거야."

혁은 리스와 하이파이브를 하며 어깨 너머를 살폈다. "여행 얘기가 나왔으니 말인데 재키가 남은 공간을 다 차지하기 전에 내 물건을 차에 좀 더 실어야겠어."

"재키는 또 헤어 제품을 잔뜩 가져가는 거야?" 리스가 물었다.

혁은 코웃음을 쳤다. "헤어 제품뿐만 아니라 옷도."

"재키는 요즘 헤어스타일과 패션에 꽂혔어. 이젠 수컷 냄새를 물씬 풍기는 중학생이야." 리스가 레이븐에게 말했다.

레이븐은 요즘 재키에 대해 아는 게 거의 없었다. 가끔 대너 부인이 재키를 초등학교에 데려올 때만 잠깐 볼 수 있었다.

"그만 갈게. 방학 잘 보내." 혁이 말했다.

"너도." 레이븐이 말했다.

혁은 다시 집으로 달려갔지만 리스는 그 자리에 남아 있었다. 리스가 낡은 나무 울타리에 양팔을 올리고 몸을 기댔다. "지금 이 상황이 얼마나 말이 안 되는지 알지?"

"뭐가?" 레이븐은 시치미를 떼며 물었다.

"이 울타리를 넘으면 안 된다는 규정 말이야. 그냥 이리 넘어와. 재키를 만나봐야지."

"엄마랑 약속했다고 말했잖아."

"말레피센트가 그 억지스러운 포고령을 내렸을 때 넌 겨우 일곱 살이었어. 이젠 너도 나이를 먹었으니까 그게 개소리라는 걸 알잖아."

"엄마를 그렇게 부르지 마."

헉은 한숨을 푹 쉬고 나서 울타리 판자 사이로 빠져나와 높이 자란 풀숲에 앉았다. 레이븐은 그의 옆으로 다가갔다.

"엄마랑은 어때?" 리스가 물었다.

"잘 지내."

리스는 레이븐의 눈을 바라보았다. "나에게는 사실대로 말해도 돼. 나 또한 말레피센트와 살고 있으니까."

"할 말 없어."

"산더미처럼 많을 거라고 내가 장담하지."

레이븐은 풀 줄기를 타고 오르는 메뚜기를 지켜보았다. 만약 일곱 살 때였다면 마마의 스파이라고 생각했을 것이다. 이제는 그런 걱정을 하지 않았다. 하지만 나무 뒤에서 마마가 지켜보고 있다고 해도 그리 놀라지 않을 것이다.

리스는 한 팔로 레이븐을 끌어안았다. "엄마 때문에 너까지 이상한 사람이 되어서는 안 돼. 그렇게 되지 않으려고 노력하는 게 어떤 기분인지 나도 알아."

묵직한 리스의 팔이 기분 좋게 느껴졌다. 이 느낌이 그리웠다. 함께 스쿨버스에 타거나 운동장에서 마주칠 때면 리스는 가끔씩 이렇게 한 팔로 안아주었다. 다른 남자아이들이 놀려도 리스는 개의치 않았다.

몸을 기댄 레이븐의 코로 이전과는 달라진 리스의 성숙한 체취가 스며들었다.

리스는 팔에 힘을 주어 더 세게 안아주었다. "난 늘 네 곁에 있어, 버드 걸. 그 사실을 잊지 마. 내가 필요한 일이 있으면 언제든 말만 해."

"그래, 알아. 고마워." 레이븐이 미소 지었다. "내가 운동장에 처음 나갔던 날 기억해?"

"입학한 다음 날이었지."

"그날 이후 다른 아이들이 다시는 날 버드 걸이라고 부르지 않았잖아."

"버드 걸은 내가 만들었어. 나만이 사용할 수 있는 상표야. 다른 사람이 사용하면 내가 주먹으로 처벌을 내릴 거야."

아이들이 버드 걸이라고 부르며 레이븐을 놀려댔을 때에도 리스는 좀 전과 똑같이 말했다. 리스와 헉 덕분에 아이들이 더는 놀리지 못했다. 레이븐이 학교생활에 적응하는 동안 리스와 헉, 둘의 친구들, 거기다 재키까지 충실한 수호자가 되어주었다.

두 아이는 조용히 앉아 대너 선생님이 차에 짐을 싣는 걸 지켜보았다.

"난 대너 선생님이 헉과 재키의 아빠가 되었다는 게 아직도 실감이 안 나." 리스가 말했다.

"나도 그래. 왜 모든 게 예전 그대로 유지되지 않고 달라질까?"

"예전 그대로라니?"

레이븐은 대답하지 않았다.

"우리가 처음 만난 여름처럼?"

레이븐이 대답하지 않자 헉이 어깨를 더욱 바싹 끌어당기며 고개 숙인 얼굴을 보려고 했다. "그때와 똑같았으면 좋겠다는 말이지? 하지만 너와 나에게 가장 끔찍한 일은 시간이 멈추는 거야. 우린 한시바삐 엄마라는 존재로부터 벗어나야 해."

레이븐은 마마 없는 미래는 상상조차 할 수 없었다.

"내년에 중학교에 입학하면 다시 재키와 어울려 놀 수 있겠네. 생각만으로도 신나지 않아?"

"너랑 헉도 함께 다니면 좋을 텐데."

"우리가 유급했으면 좋겠다는 뜻은 아니지?"

레이븐이 미소 지었다. "아니, 그냥 너희들도 학교에 남아 있었으면 좋겠어."

"나도 그러고 싶지만 불가능한 일이잖아."

"고등학교에 진학할 거야?"

"응. 이 지긋지긋한 곳을 탈출하는 쪽으로 한 발짝 더 다가가는 셈이지." 리스는 팔을 내리며 말을 이었다. "몬태나주 별장은 어때? 너희 집처럼 좋아?"

"우리 집이 좋은지 어떻게 알아?"

"사람들이 그렇게 말하는 걸 들었어."

레이븐은 재키가 처음 만났을 때 했던 말이 기억났다.

"몬태나주의 오두막은 여기 집이랑 딴판이야. 무척이나 좁고 물도 안 나와." 레이븐이 말했다.

"그래?"

"화장실도 밖에 있고, 물은 펌프에서 길어 와야 해."

"맙소사! 네가 싫어하는 게 당연하네."

"싫다고 말한 적 없는데."

"말한 적은 없지만 학기 끝날 때쯤이면 네 표정이 늘 어두워지니까."

"자연이 아름다운 곳이야. 문을 열면 바로 숲이거든."

"그런 곳에 있으면 정말 외롭겠다."

외롭기는 해도 몬태나주의 오두막에 대해 나쁜 말은 하고 싶지 않았다. 마마가 사랑하는 곳이니까.

"세상에서 헤어스타일이 가장 멋진 중학생이 오네." 리스가 말했다.

헉이 재키에게 레이븐이 왔다고 말했을 것이다. 재키는 어느새 리스의 말대로 '수컷 냄새가 물씬 나는 중학생'이 되어 있었다. 재키는 아주 멋졌다. 처음 봤을 때부터 그렇게 생각했지만.

레이븐은 땅의 경계에 있는 풀을 밟지 않으려고 조심하며 자리에서 일어났다.

"안녕, 레이븐." 재키가 인사했다.

"안녕, 여행 떠날 준비는 다 했어?"

"이제 곧 출발할 거야. 형이 차에 쓸데없는 물건을 그만 실었으면 좋겠어."

레이븐과 리스는 서로를 바라보며 피식 웃었다.

"왜?" 재키가 물었다.

"아무것도 아니야. 오늘 헤어스타일 멋지다, 재코."

"시끄러워." 재키가 말했다.

“칭찬으로 오늘 몫의 착한 일은 다 했어.” 리스가 말했고, 그 말에 재키도 웃었다.

“엄마한테 아기 새에 대해 들었어. 넌 아기 새가 죽었을 거라고 생각한다며?” 재키가 말했다.

“생각하는 게 아니라 확실해. 아기 새가 석 달 전부터 땅콩을 먹으러 오지 않아.”

“다른 곳으로 떠났을 수도 있잖아.”

“아기 새는 늘 내 곁에 있었어. 매해 우리가 몬태나주에서 돌아오면 다시 나를 보러 왔었지.”

레이븐은 눈물을 참을 수 없었다. 다시는 아기 새를 볼 수 없다는 사실을 받아들이기 힘들었다. 아기 새가 매에게 산 채로 잡아먹히는 모습이 머리를 떠나지 않았다. 레이븐은 그 끔찍한 모습을 자세히 상상할 수 있을 만큼 매가 새를 잡아먹는 장면을 많이 보았다.

리스는 레이븐을 안아주었다. “잘하는 짓이다, 재키.”

“내가 뭘? 난 어제야 알게 됐다고.”

“굳이 그 얘기를 할 필요는 없잖아.” 리스가 레이븐을 더욱 꼭 안아주었다.

“참나!”

“왜?” 리스가 물었다.

“아무것도 아니야. 형도 얼른 차 있는 곳으로 와. 우린 곧 떠날 거야. 잘 있어, 레이븐.”

리스의 품에서 빠져나온 레이븐은 눈물을 닦았다. "잘 가, 재키. 재미있게 놀다 와."

"그럴게." 재키가 이상하다는 듯 리스를 바라보고 나서 집 쪽으로 달려갔다.

"진짜 웃긴다." 리스가 말했다.

"뭐가?"

"재키가 질투하나봐."

"뭘?"

리스는 씩 웃었다. "알잖아."

레이븐은 키가 훤칠하게 자란 재키의 뒷모습을 바라보며 그 말이 사실이기를 바랐다.

"맙소사. 너도야?"

"뭐가?"

"나도 아직 중학생이었으면 좋겠네."

"왜?"

"이 일의 결말이 어떻게 될지 보고 싶어."

"그만 가보는 게 좋겠어. 대너 선생님이 이쪽을 보고 있어." 레이븐이 말했다.

"재키도 보고 있어?"

"응."

리스는 레이븐을 껴안더니 뺨에 길게 작별 키스를 했다.

2

고등학생들은 자나 깨나 섹스를 생각한다. 또 자나 깨나 섹스에 대해 이야기한다. 또 섹스를 생각하며 히죽거리고 농담을 한다. 또 누가 누구랑 섹스할지 추측한다. 레이븐은 아이들의 이런 관심을 이해할 수 없었다. 아마도 레이븐의 딸이기 때문일 것이다. 새들의 세상에서 번식 행위는 그저 생존일 뿐이다. 새가 죽기 전에 다음 세대에 유전자를 전하지 못할 경우 그 유전자는 영원히 사라지게 된다. 들판과 숲, 강에서도 번식은 대단히 중요하고 진지한 문제가 아닐 수 없었다.

나이를 먹으면서 레이븐은 가끔씩 자신의 혈통에 의구심을 느꼈다. 지금껏 마마처럼 땅의 마법을 실행하는 사람은 한 명도 보지 못했다. 물론 사람들이 본성을 감추고 있어 알아보지 못했을 수도 있었다. 하지만 출생에 대한 의문은 그리 오래가지 않았다. 레이븐은 자신이 다른 아이들과 얼마나 다른지 실감했으니까. 마마의 들판과 숲에서 벗어나 학교에 가게 된 레이븐은 다른 아이들과 선생님에게서 거리감을 느꼈다. 그녀 안에 있는 새의 영혼이 아이들과 멀리 떨어져 앉아 경계심과 점점 더 심해지는 냉소주의로 그들을 지켜보는 게 느껴졌다.

레이븐은 다른 학생들도 똑같이 의심스러운 눈으로 자신을 바라볼 거라 생각했다. 초등학교에 입학하자마자 레이븐은 자신을 뜯어보는 아이들의 시선을 느꼈다. 아이들은 왜 레이븐이 헉과 리스, 재키의 비호를 받는지 의아스러워했고, 심지어 질투심을 드러내기도 했다. 레이븐은 그 아이들과 친하다는 사실만으로도 너무 튀는 존재가 되었다.

헉과 재키의 엄마인 대너 부인도 레이븐을 감싸주었다. 아마 다른 선생님들에게도 레이븐의 가정환경을 말했을 것이다. 몇몇 선생님은 레이븐을 딱하게 여겨 특별히 더 신경 써주었다. 그들이 보기에 레이븐은 홈스쿨링을 받아왔고, 컴퓨터나 휴대폰을 사용할 수 없었고, 집에서 텔레비전을 볼 수 없었고, 반드시 필요한 경우에만 학교 숙제를 위해 인터넷을 사용할 수 있는 학생이었으니까. 마마는 레이븐을 교장실로 데려가 2학년에 입학시킬 때 앞으로도 컴퓨터와 휴대폰, 텔레비전을 멀리해야 한다는 점을 분명히 해두었다. 학교에 입학한 지 몇 분 만에 레이븐은 교장을 비롯한 여러 선생님들이 자신을 이상하면서도 딱한 아이로 본다는 걸 알 수 있었다.

고교생이 된 레이븐은 점심을 먹는 동안 같은 테이블에 앉은 아이들이 자신에 대해 속닥거리는 걸 무시하려고 애썼다. 더 정확하게 말하자면 아이들의 입에 오르내리는 대상은 크리스였다. 크리스는 자주 레이븐과 함께 점심을 먹으면서 이야기를 나누었다. 크리스와 함께할 때마다 레이븐은 많은 아이들이 그녀의 일거수일투족을 주시한다는 걸 알 수 있었다.

원래 신입생은 아이들에게 관심의 대상이었다. 헉, 리스, 재키는 3학년 학생인 크리스가 1학년 학생인 레이븐에게 치근대서는 안 된다고 생각했다. 레이븐이 고등학생을 사귀기에는 지나치게 순진했기 때문이다.

레이븐은 아이들 표현대로 하자면 '헉, 리스, 재키가 레이븐을 싸고 돈다.'는 사실에 감사했지만 세 아이가 자신을 미치광이 엄마의 손에서 자라는 순진한 아이로 여긴다는 사실에 분노했다. 레이븐은 그들의 그런 인식이 점점 더 거슬렸다. 레이븐은 세 아이가 자신을 다른 친구들처럼 평범하게 대해주길 바랐다.

레이븐이 샌드위치를 다 먹었을 때 크리스가 몸을 내밀며 속삭였다. "생일 축하해." 그런 다음 컵케이크를 레이븐 앞에 내려놓았다. "미안, 케이크가 조금 찌그러졌어."

레이븐은 내심 깜짝 놀랐지만 애써 내색하지 않았다. 3월 12일은 마마가 출생 신고서에 적은 레이븐의 생일이라는 사실을 깜박 잊고 있었다. 정작 마마는 매년 춘분에 레이븐의 생일을 축하해주었다.

점심을 먹다가 크리스가 레이븐에게 준 컵케이크를 본 아이들이 술렁거렸다.

"다른 아이들이 먹을 케이크도 가져왔어야지." 리스가 크리스에게 말했다.

"오늘은 레이븐의 생일이야." 크리스가 말했다.

테이블에 앉아 있던 아이들이 한목소리로 외쳤다. "생일 축하해, 레이븐!"

재키는 생일을 잊어서 미안하다고 웅얼거렸다. 이날을 레이븐의 생일로 처음 인정해준 사람은 태프트 부인이었다. 레이븐이 2학년 때 태프트 부인은 학교 서류에서 레이븐의 생일을 찾아보았고, 점심시간에 반 아이들에게 간식을 돌렸다. 초등학교에서 생일은 중요한 행사였다. 그래서 다들 레이븐의 가짜 생일을 알게 되었다.

"어떻게 레이븐의 생일을 기억했어?" 혹이 크리스에게 물었다.

"너무 쉬웠어. 내 생일도 12일이니까." 크리스가 말했다.

"오늘이라고?" 다른 아이가 말했다.

"아니, 8월 12일. 레이븐이 초콜릿 컵케이크를 좋아해야 할 텐데."

"엄청 좋아해." 레이븐이 말했다.

레이븐은 다른 아이들이 지켜보는 앞에서 컵케이크를 먹고 싶지 않았지만 크리스를 위해 그렇게 했다.

"너도 좀 먹을래?" 레이븐이 크리스에게 컵케이크를 건네며 물었다.

"한 입만." 크리스가 레이븐이 먹은 자리 바로 옆을 베어 먹고 나서 컵케이크를 돌려주었다. 그 모습을 본 아이들은 눈썹을 치켜세웠고, 크리스는 '그래서 뭐?'라는 눈으로 아이들을 바라보았다. 레이븐은 그 눈빛이 마음에 들었다. 그래서 종이 냅킨으로 크리스의 입가에 묻은 초콜릿을 닦아주며 그의 반란에 동참했다.

리스가 티셔츠 자락을 잡고 펄럭거리며 말했다. "지금 여기가 더운 거야? 아니면 나만 그래?"

몇몇 아이들이 킥킥거렸다.

"덥지?" 크리스가 레이븐을 바라보며 물었다.

"가자. 곧 종이 울릴 거야." 재키가 레이븐에게 말했다.

재키는 늘 레이븐을 수학 수업이 있는 교실로 데려다주었다. 재키도 같은 복도에 있는 교실에서 수업을 듣기 때문이다. 재키가 일어서자 12월부터 그의 여자 친구가 된 세이디가 요란하게 작별 키스를 했다. 레이븐은 세이디의 가식적인 행동이 재미있었다. 몬태나주 산에서 마멋* 군단을 지켜볼 때와 같은 기분이었다.

레이븐과 함께 교내 식당에서 걸어 나오는 동안 재키는 말이 없었다. 교실이 가까워지자 재키가 물었다. "크리스를 좋아해?"

"응, 좋아해."

"친구로?"

"크리스가 내 친구라는 걸 알잖아."

"왜 묻는지 몰라서 그래?"

"왜 묻는데?"

"왜냐하면 네 행동이 무슨 의미인지 알고 그러는 건가 해서. 크리스는 너보다 이성 친구를 사귄 경험이 많아."

"크리스가 믿을 수 없는 사람이라는 뜻이야?"

"아니, 크리스는 좋은 사람이야."

레이븐은 걸음을 멈추고 재키를 마주 보았다. "그럼 뭐가 문제야?"

마치 크리스에 대한 레이븐의 감정이 무엇인지 확인하려는 듯이 재키가 그녀의 눈을 살피다가 말했다. "아무런 문제도 없어. 수업 끝나고 버스에서 보자."

*다람쥣과의 포유동물

"넌 집에 갈 때 혁의 차를 타고 다니잖아?"

"오늘은 형이 야구 연습을 하는 날이야."

레이븐은 책상에 앉아 가방을 열었다. 점심 먹으러 가는 길에 도서관에서 빌린 《위대한 유산》을 꺼내 오래된 책의 표면을 손으로 쓸어내렸다. 스쿨버스에서 책을 읽으려고 했는데 불가능하게 되었다. 재키가 같은 버스에 타면 이야기를 나누어야 할 테니까. 그럼 세이디는 질투심에 불타 재키의 관심을 끌려고 크게 떠들어댈 것이다. 재키와 함께 스쿨버스를 탈 때마다 늘 그런 일이 벌어졌다. 레이븐은 재키와 있으면 좋았지만 차라리 그가 버스에 타지 않았으면 좋겠다는 생각이 들었다.

레이븐은 5학년이 되면서 혼자 통학하며 스쿨버스에서 책을 읽었다. 재키와 형들이 전부 중학교로 진학했기 때문이다. 레이븐은 책에 푹 빠졌는데 특히 로맨스 소설을 좋아했다. 마마 앞에서는 도서관에서 빌려온 책을 숨겼다. 마마는 로맨스 소설을 읽는 건 시간 낭비라고 했다. 《로미오와 줄리엣》, 《오만과 편견》도 로맨스를 다루었지만 수업시간에 배우기도 했다. 레이븐은 소설을 읽으면서 사람들과 인간관계에 대해 배우게 되었다. 그런 부분들은 마마에게 배운 적이 없었다.

스쿨버스 승강장으로 향하는 문 앞에서 크리스가 기다리고 있었다. 소설을 많이 읽은 덕분에 레이븐은 크리스가 왜 기다리고 있는지 가늠할 수 있었다. 크리스는 친구 이상으로 지내길 바라고 있었고, 이제 자신의 뜻을 행동으로 보여주려고 하고 있었다. 로맨스 소설에는 어김없이 그런 대목이 등장했다.

크리스도 나에게 키스하려고 할까?

레이븐의 심장 박동이 빨라졌다.

"안녕." 크리스가 인사했다.

"안녕."

"스쿨버스 대신 내 차를 타고 가지 않을래? 네 생일 기념으로 베어스에 들러 뭘 좀 먹자. 내가 살게."

"아까 컵케이크를 선물로 주었잖아."

"내가 컵케이크보다 더 맛있는 음식을 사줄게."

"크리스, 우리 집 사정이 어떤지 잘 알잖아."

크리스의 눈에서 익숙한 분노가 번쩍였다. 크리스, 재키, 헉, 리스는 레이븐이 앞으로 재키의 집에 한 발짝도 들여놓지 않겠다고 마마와 약속한 사실을 알고 있었다. 레이븐이 그들에게 그런 사실을 말한 이유는 앞으로 마마의 땅에 들어오지 말라고 경고하기 위해서였다. 마마가 총 이야기를 꺼냈기 때문이었다. 오래전 일이었지만 아이들은 아직도 그 일에 분노했다.

"너희 집 진입로에 있는 카메라가 걱정되어서 그래?" 크리스가 물었다.

레이븐은 고개를 끄덕였다.

"카메라가 잡히지 않는 곳에 널 내려줄게. 평소와 같은 시간에 집에 도착할 수 있을 거야. 스쿨버스는 멀리 돌아서 가잖아."

크리스가 그렇게 해준다고 하더라도 스쿨버스가 집 앞에서 멈춰 서지 않고 그냥 지나치는 모습이 카메라에 찍히게 될 것이다. 마마가 녹화 테이프들을 일일이 확인하는지는 알 수 없었다. 다만 녹화 테이프를 확인한다면 레이븐이 남학생 차를 타고 집에 왔다는 사실을 알게 될 테고, 마마가 어떻게 나올지 짐작이 되지 않았다.

"네 엄마가 사사건건 간섭할 때 '배 째라.'하고 싶은 적은 없었어?"

지금까지는 그래야 할 이유를 찾지 못했지만 이제 생긴 것도 같았다.

"엄마 말을 거역해봐." 크리스가 말했다. "엄마가 널 때리지는 않는다며? 그러니까 별일 없을 거야."

어릴 때는 마마가 화를 내는 게 세상에서 제일 무서웠다. 하지만 이제 레이븐은 어리지 않았다. 잘생긴 3학년 남학생이 키스하고 싶어 할 만큼 나이를 먹었다.

"좋아." 레이븐이 말했다.

"정말이지?"

레이븐은 고개를 끄덕였다. 크리스의 행복한 얼굴을 보니 기분이 좋았다.

둘이 몇 발짝 걸어갔을 때 재키가 뒤따라오며 물었다. "레이븐, 버스 안 탈 거야?"

"크리스가 집까지 데려다준대."

"네 엄마한테 혼나면 어쩌려고?"

레이븐은 아이들이 자신을 있는 그대로 봐주지 않고 엄마의 그림자까지 함께 보는 데 진절머리가 났다.

"이제 엄마도 받아들이겠지."

재키는 그 말에 큰 충격을 받은 표정이었고, 크리스는 의기양양한 얼굴로 씩 웃었다.

"내일 봐." 레이븐이 재키에게 말했다.

"잘 생각했어." 크리스가 말했다.

크리스의 차는 3학년 주차장에 있었다. 3학년 아이들이 그들을 바라보았다. 아이들이 크리스에게 인사했고, 몇몇 아이들은 레이븐에게도 인사했다.

레이븐은 뭔가 달라진 기분이 들었다. 이방인이라는 느낌이 덜했다. 평소보다 자신이 더 예쁘게 보이는 것 같기도 했다. 크리스는 학교에서 가장 인기 있는 미식축구 선수였다.

레이븐은 갑자기 입고 있는 옷이 의식되었다. 평소 좋아하는 청바지에 스웨터를 입고 부츠를 신어서 다행이었다. 레이븐은 학교에 입학한 이후 다른 아이들과 똑같아 보이려고 노력했고, 마마 역시 그 생각에 반대하지 않기에 원하는 옷을 다 사주었다.

"베어스에 갈까?" 크리스가 운전을 시작하며 물었다.

"거기 밀크셰이크가 유명하다고 들었어."

"끝내주지. 쿠키 앤 크림이 내가 가장 좋아하는 맛이야."

"나도 그걸 먹을래."

"거기에 가본 적 있어?"

"응, 자주 가. 밀크셰이크는 엄마가 제일 좋아하는 정크 푸드거든."

크리스는 그제야 농담이라는 걸 깨닫고 웃음을 터뜨렸다. 크리스가 운전하면서 레이븐을 힐끗 쳐다보았다. "너, 오늘은 평소와 달라 보여."

크리스가 알아차렸다니 잘된 일이었다. 레이븐은 등을 기대고 평소에 보지 못했던 풍경들을 감상했다. 베어스 버거스의 주차장으로 들어서자 그들과 같은 고등학교에 다니는 아이들이 많이 보였다. 다들 두 사람을 주시하고 있었다.

"젠장, 아는 사람들이 너무 많아." 크리스가 말했다. "여기서 먹을래, 아니면 드라이브스루를 할까? 더 조용한 곳에 가서 먹을 수도 있어."

"다른 데 가서 먹자." 레이븐은 여기에서까지 아이들의 감시를 받고 싶지 않았다.

크리스는 드라이브스루로 밀크셰이크 두 개를 주문했다. 레이븐은 그 과정을 흥미롭게 지켜보았다. 드라이브스루는 처음이었다. 매년 여름 몬태나주로 떠날 때는 엄마가 도시락을 준비해 트럭에서 먹었다.

크리스가 밀크셰이크 한 개를 건넸다. 레이븐이 한 모금 마시자 크리스가 물었다.

"맛있어?"

"진짜 맛있어. 어디로 갈 거야?"

"기다려봐. 깜짝 생일 선물이야."

크리스가 운전하는 동안 레이븐은 시내를 좀 더 구경했다. 근래 들어 시내에 와본 적이 거의 없었다. 손드라 이모로부터 레이븐을 학교에 보내 다른 아이들과 어울리게 해야 한다는 말을 들은 이후 마마가 몇 번 도서관에 데려간 적이 있었다. 레이븐이 학교에 다니게 된 이후로는 그것마저도 그만두었다.

크리스는 시내에서 고속도로를 탔다가 이내 바퀴자국이 깊이 파인 흙길로 빠져나갔다. 얼마 지나지 않아 '스타라이트 자동차 극장'이라고 적힌 낡은 간판이 나왔다. 크리스는 흙바닥에 녹슨 쇠기둥이 여기저기 꽂혀 있는 공터로 들어서더니 한가운데에 차를 세웠다. 맞은편에 오랫동안 방치된 사각형 스크린이 있었다.

"오늘, 재미있는 영화를 상영할 거 같은데." 크리스가 시동을 끄며 말했다.

"저게 뭔데?"

"스크린이야. 여긴 예전에 자동차 극장이었거든."

레이븐도 극장이 뭔지 알았지만 이런 야외에서도 영화를 보는 줄은 몰랐다. 야외 극장은 그동안 읽었던 책에도 전혀 나와 있지 않았다.

레이븐은 공터에 흩어진 쓰레기를 둘러보았다. 여기에서는 땅의 정령의 기운이 전혀 느껴지지 않았다.

"더 좋은 곳도 있지만 멀리 갈 시간이 없어."

"여기도 괜찮아." 레이븐은 여기에서 자신을 지켜보다가 마마에게 말해줄 땅의 정령이 없다는 점이 마음에 들었다.

"밖에서 밀크셰이크를 마시기에는 너무 추울까? 깔고 앉을 담요가 있긴 해."

"밖이 더 좋아."

"그럴 줄 알았어."

크리스는 트렁크에서 담요를 꺼내 차에서 좀 떨어진 자리에 펼쳤다. 두 사람은 스크린을 마주보며 밀크셰이크를 마셨다. "지금 뭘 보는 거야?"

레이븐은 표면이 벗겨진 흰 스크린을 바라보았다. "아무것도 안 봐."

"그러지 말고 상상력을 발휘해봐. 무슨 영화일까? SF? 호러?"

레이븐은 이런 게임에 익숙하지 않았지만 해보고 싶었다. "로맨스."

"정말? 나에게 로맨스 영화를 보게 한다고? 넌 설득력이 있나보네."

"맞아."

"넌 이 영화가 재미있어?"

"내가 본 영화 중에서 최고야."

크리스는 씩 웃었다. 재미있는 건 레이븐의 말이 사실이라는 점이었다. 레이븐은 오래전 여름에 헉, 리스, 재키와 함께 봤던 영화들보다 이 검은 스크린이 더 좋았다. 아이들은 영화가 시작되면 말을 멈추고 텔레비전 화면을 주시했다. 레이븐은 영화 감상보다 아이들과 게임하고, 이야기를 나누고, 농담을 주고받는 편이 좋았다.

크리스가 건배하자는 뜻으로 밀크셰이크를 들어올렸다.

"열다섯 살 생일 축하해." 둘은 종이컵을 부딪쳤다. 크리스가 검은 눈동자로 계속 바라보더니 물었다. "내가 한 가지 고백해도 될까?"

"뭔데? 해봐."

"여기는 애정 행각을 벌이는 장소로 유명해."

"그래?" 레이븐은 달리 뭐라고 말해야 할지 알 수 없었다.

"하지만 그런 이유로 널 여기에 데려온 건 아니야. 그냥 가까운 곳이라 왔어. 지금 시간에 여긴 아무도 없을 거라고 생각했거든. 애들은 주로 밤에 오니까."

크리스는 레이븐을 계속 바라보았다. 차가운 밀크셰이크와 서늘한 공기 말고도 다른 무언가가 레이븐의 몸을 떨리게 했다. 레이븐은 밀크셰이크를 내려놓고 두 팔로 몸을 감쌌다.

"춥지?" 크리스가 가까이 다가오더니 레이븐의 허리에 팔을 두르며 물었다. "내가 안아줘도 될까?"

레이븐은 종종 이렇게 안아주던 리스가 생각났다. 이불 속에서 재키가 몸을 껴안고 추위를 녹여주었던 밤도.

"너랑 애정 행각을 벌이려고 여기에 온 게 아니라는 말은 사실이야." 크리스가 말했다. "하지만 키스는 괜찮지?"

정말로 그 일이 벌어진다니 믿을 수가 없었다. 하지만 레이븐은 어떻게 대답해야 할지 알 수 없었다. 어찌나 무서운지 대답조차 나오지 않았다.

크리스가 몸을 바싹 밀착시키더니 레이븐을 마주보았다. "몬태나주로 여행 갔을 때 누군가와 키스한 적 있어?"

레이븐은 고개를 저었다.

"그럼 한 번도 키스해본 적 없지? 여기서는 데이트한 적 없잖아."

레이븐이 대답하지 않자 크리스가 그녀의 입술을 바라보며 말했다. "난 너의 첫 키스 상대가 되고 싶어."

"그래?" 레이븐은 이상한 기분이 들었다. 몸이 공기처럼 가벼워졌다. 마치 인간이었던 영혼의 절반마저 깃털로 뒤덮인 새가 된 듯이.

크리스는 그녀의 눈을 바라보았다. "생일 축하 키스를 해도 될까?"

"응."

크리스가 키스했다. 처음에는 입술끼리 닿는 느낌이 이상했다. 지금껏 입술이 닿았던 사람은 마마뿐이었다. 하지만 크리스의 방식은 달랐다. 더 오래 머물렀고, 입이 살짝 벌어져 있었다. 그의 입술에서 쿠키와 크림 맛이 났다.

크리스가 몸을 떼더니 다시 레이븐의 눈을 바라보았다. 홍채가 검은 유리 같았다. "괜찮아?"

"응."

크리스는 따뜻한 두 손으로 레이븐의 얼굴을 감쌌다. "넌 너무 아름다워. 그거 알아?"

지금까지는 몰랐지만 이제는 레이븐도 그렇게 믿었다.

크리스가 다시 키스했다. 더 강하고, 더 길게. 상상했던 것보다 더 쉬웠고, 몸이 찌릿찌릿했다. 책에서 연인들이 키스하는 장면을 읽을 때처럼. 하지만 책에서 읽은 것보다 실제로 하는 게 훨씬 더 좋았다.

진짜로 벌어지고 있는 일이었기 때문이다.

키스가 끝나자 둘은 자연스레 껴안았다. 그것도 기분이 좋았다. 하지만 크리스가 너무 빨리 팔을 내리더니 말했다. "널 집에 데려다줄게. 네가 혼나는 건 싫으니까."

레이븐은 지금 곧장 집으로 돌아가야 한다는 사실을 깨달았다. 이제 곧 버스가 집 앞을 지나게 될 것이다. 레이븐의 집 다음 정거장이 재키의 집이었다. 재키가 버스 차창 너머로 레이븐의 집 대문과 길을 번갈아 바라보는 모습이 떠올랐다.

재키는 무슨 생각을 할까? 조금은 질투할까?

크리스는 담요를 접어 차에 실었다. 레이븐은 첫 키스를 한 장소를 마지막으로 바라보았다.

"네가 도착할 때쯤 되면 엄마가 CCTV 화면을 보고 계셔?"

"모르겠어."

"설마 그러지는 않을 거야." 크리스가 운전하며 레이븐을 바라보았다. "이번에 아무런 문제 없이 넘어가면 다음에 또 만나줄래?"

"응." 레이븐은 또 이런 일이 가능할지 상상조차 되지 않았지만 그렇게 대답했다.

집이 가까워지자 레이븐은 차에서 내리는 모습이 CCTV에 잡히지 않도록 집에서 한참 떨어진 곳에서 내려달라고 했다. 차에서 내리기 전에 둘은 또다시 키스했다. "행운을 빌어. 내일 보자." 크리스가 말했다.

크리스는 유턴하지 않고 그대로 대문 앞을 지나갔다. 레이븐이 집에 들어간 이후에 대문 앞을 지나갔으면 더 좋았겠지만 이미 늦었다.

레이븐은 비밀번호를 누르고 대문을 연 다음 구불구불한 길을 따라 집으로 걸어갔다. 평소에는 대문을 열고 안으로 들어가면 레이븐의 딸로 돌아가는 기분이 들었다. 하지만 크리스와 함께 있다가 돌아오니 다른 사람이 된 듯했다. 신나고 행복한 사람.

레이븐이 현관문을 두드렸지만 마마는 대답이 없었다. 땅의 정령들을 만나러 나간 듯했다. 요즘은 제법 자주 그랬다. 레이븐은 자신이 들어오면서 켜진 경보를 껐다.

집 안의 정적이 위안이 되었다. 마마는 늦은 걸 모른다. 레이븐은 저녁으로 먹을 특별한 음식을 만들 생각이었다. 오늘은 출생 신고서에 적힌 생일이었다. 키스도 받았다. 평소보다 좀 더 인간이 된 기분이었다. 마치 새의 영혼이 잠든 것처럼.

3

레이븐과 크리스가 사귄다는 소식은 아이들 식대로 표현하자면 '센세이션'을 불러일으켰다. 레이븐은 식당에서 크리스와 함께 점심을 먹었고, 수업이 끝나면 그의 차를 타고 집으로 돌아갔다. 둘은 공원을 산책하기도 하고, 비가 내린 어느 날은 멕시코 식당에 함께 가기도 했다. 마마가 여전히 아무 말도 없자 두 사람은 네 번째로 데이트를 했다. 이번에는 밀크셰이크를 들고 다시 스타라이트 자동차 극장에 갔다.

리스가 학교에서 레이븐을 조용한 곳으로 데려가 경고했다. 재키가 그랬듯이.

"크리스는 너보다 경험이 훨씬 많아."

"넌 크리스를 믿지 않아?"

"내가 크리스를 믿고 말고는 중요하지 않아. 그보다는 내가 널 믿을 수 있는지가 더 중요해." 리스는 레이븐이 화난 걸 알고 덧붙였다. "너도 알다시피 넌 대부분의 아이들과 다른 삶을 살아왔어. 너와 크리스는 생각하는 기준이 아주 달라. 무슨 뜻인지 알지?"

너무나 당연한 말이라 레이븐은 굳이 대답하지 않았다.

"크리스는 여자아이들을 사귄 경험이 있지만 넌 없잖아."

"그래서? 누구나 처음은 있어."

"무슨 말인지 알지만 아마 크리스는 너무 빨리 진도를 나가려고 할 거야. 넌 싫은 데 억지로……."

"난 바보가 아냐, 리스!"

"알아, 알아. 미안해. 그냥 네가 걱정돼서 그래. 크리스는 너에게 지나치게 집착하고 있어. 넌 그걸 알아야 해."

"집착?"

"오랫동안 그랬는데, 몰랐어?"

"전혀."

"우린 알고 있었어. 크리스가 네 남자 친구가 되기에는 나이가 너무 많다고 생각했지. 크리스는 네 생일이 될 때까지 기다렸다가 너에게 데이트를 신청한 거야. 네가 열다섯이 되면 열네 살 때보다는 훨씬 성숙하게 느껴지니까. 크리스는 8월 출생이니까 그전까지는 열일곱 살이고, 나이만 따지자면 너랑 두 살 차이밖에 안 나. 정말 웃기지 않아? 크리스는 그게 다르다고 생각한다니까."

"난 웃기지 않은데?"

"크리스는 치밀하게 계획해두고 있었어."

"그게 왜 나빠?"

"크리스는 너에게 완전히 미쳤으니까."

"그럼 나에게 미치지 않은 남자랑 사귀라는 거야?" 레이븐은 순간적으로 재키가 떠올랐다. 첫 키스를 하고 싶었던 남자는 재키였다. 하지만 재키는 그녀에게 미치지 않았다.

"그냥 시간을 두고 천천히 사귀어도 된다는 뜻이야. 무슨 말인지 알겠지?"

"알았어."

리스는 한 손을 들어 올렸다. "우린 여전히 친구지, 버드 걸?"

"물론이지." 레이븐은 그의 손바닥을 쳤다.

리스의 충고는 애초에 그가 원했던 방향과는 정반대의 효과를 발휘했다. 이제 레이븐은 크리스를 더욱 신뢰하게 되었다. 수업이 끝나고 크리스는 차로 데려다주는 길에 또 레이븐을 폐가로 데려갔다. 둘은 서로의 몸을 만졌고, 레이븐은 셔츠 아래로 들어오는 크리스의 손을 막지 않았다.

봄방학이 되면서 둘은 일주일 동안 만날 수 없었다. 레이븐은 크리스와 함께 있을 때 느꼈던 짜릿한 기분이 그리웠다. 마마와 보내는 시간은 상대적으로 지루하게 느껴졌다. 크리스와 함께했던 즐거운 순간들을 떠올리다가 무슨 이유에서인지 가끔 재키가 생각났다. 아련한 몽상 속으로 재키가 자꾸 끼어드는 게 약간 거슬렸다.

봄방학이 끝나고 월요일 점심시간에 크리스가 다가와 속삭였다. "보고 싶었어."

"나도."

"봄방학 동안 엄마가 CCTV에 대해 뭐라고 하셨어?"

"아니."

"화면을 확인하지 않았다는 뜻이네."

레이븐 역시 같은 결론을 내렸다. 수업이 끝나고 크리스의 차를 타고 집에 온 닷새 동안 CCTV에 스쿨버스에서 내리지 않는 장면이 찍혔을 텐데 마마는 아무 말도 하지 않았다. 레이븐이 평소보다 더 늦게 집에 도착했을 때조차도.

"오늘도 같이 놀자." 크리스가 말했다.

"좋아."

"어딜 가고 싶어?"

레이븐은 테이블 반대쪽에서 재키가 자신을 바라보고 있음을 알아차리고 이렇게 속삭였다.

"난 그 폐가가 좋아."

"그래?"

"아주 많이."

수업이 끝나고 둘은 폐가로 갔다. 그날 오후는 비가 내리고 추웠다. 크리스는 마룻바닥에 담요를 펼쳤고, 둘은 그의 맨투맨 티셔츠와 코트를 베개로 삼았다. 크리스는 키스를 하고 나서 레이븐의 몸 위로 올라갔다. 그런 다음 셔츠 안으로 손을 넣고 골반을 밀착했다. 레이븐은 그가 섹스하고 싶어 한다는 걸 알 수 있었다. 그가 몸을 자꾸 만질수록 레이븐도 하고 싶어졌다. 하지만 성교육을 받았기에 해서는 안 된다고 생각했다. 임신을 하거나 에이즈에 걸릴 수도 있으니까.

그날, 레이븐은 평소보다 늦게 귀가했다. 마마가 기다리고 있다가 레이븐이 현관으로 들어서자 이상한 미소를 지었다. 레이븐은 가슴이 두근거렸다. 마마의 표정이 무얼 뜻하는지 알고 있었다. 마마가 아마도 레이븐이 싫어하는 무언가를 할 거라는 뜻이었다.

"수업은 잘 들었니?"

"네."

"요즘 생물 수업은 어때?"

"재미있어요."

레이븐이 벽에 달린 옷걸이에 코트를 걸며 말했다.

"지금은 주로 인간 생물학을 배우지?"

"아뇨. 해부를 공부해요."

"생식 격리에 대해 배웠니?"

레이븐은 그런 용어를 배웠는지 기억나지 않았다.

"서로 다른 종끼리는 새끼를 낳을 수 없다는 뜻이야." 마마가 말했다. "예를 들어 개는 고양이와 교미해서 새끼를 낳을 수 없지."

"아직 그 부분은 안 배웠어요."

마마는 고개를 끄덕이더니 만들고 있던 음식으로 몸을 돌렸다.

저녁을 먹는 동안 둘은 별로 이야기를 하지 않았다. 레이븐은 마음이 초조했다. 마마는 평소보다 자주 레이븐을 바라보았다. 어쩌면 마마는 폐가에서 레이븐이 무슨 짓을 했는지 알 수 있을 정도로 직관력이 뛰어나거나 몸에서 크리스의 냄새를 맡았을 수도 있었다.

레이븐이 설거지를 하려고 일어서자 마마가 말했다. "앉아봐라, 딸아."

레이븐은 다시 의자에 앉았다.

"그 남학생이 좋아?"

레이븐은 극도의 공포심을 느꼈지만 내색하지 않으려고 애썼다. "남학생이라뇨?"

마마는 재미있다는 듯이 미소를 지었다. "오늘까지 무려 다섯 번이나 널 차로 데려다준 남학생 말이야."

레이븐은 뭐라고 대답해야 할지 알 수 없었다. 마마의 시니컬한 태도에 마음이 혼란스러웠다.

"그 학생은 이름이 뭐야?"

"크리스요. 크리스 윌리엄스."

"그 애랑 섹스할 거니?"

"아뇨."

"키스는 했어?"

레이븐은 울고 싶었다. 마마랑 이런 이야기는 하고 싶지 않았다.

"했나보네."

레이븐은 자신의 빈 접시를 내려다보았다.

"마마는 화나지 않았어. 그건 자연스러운 성장 과정이야. 레이븐이든 인간이든 나이를 먹으면 새 생명을 창조하고 싶은 욕구가 강해지지."

"그런 이유로 크리스랑 함께 있는 건 아니에요."

"아니, 내 말이 맞을 거야. 넌 사회적 통념 때문에 아니라고 말할 뿐이야. 인간이 지상의 다른 동물들과 함께 살던 시절에는 네 나이에 이미 아기를 가졌어. 초경 이후에 곧 임신하곤 했지."

"저는 임신하지 않을 거예요."

"알아. 그래서 지금 우리가 이런 이야기를 나누는 거다. 그 남학생을 마음 편히 만나렴. 원한다면 섹스도 하고. 어차피 너의 몸은 그 아이와 아기를 만들지 못할 테니까."

레이븐은 너무 큰 충격을 받아 말이 나오지 않았다.

"생식 격리." 마마가 말했다. "너랑 크리스는 다른 종이라서 아기가 생길 수 없지."

"전 매달 생리를 해요."

"상관없다. 그 아이의 정자는 땅의 정령의 딸을 임신시킬 수 없어. 불가능해. 생물학 책을 찾아보면 알 수 있을 거야."

'생물학 서적에 인간과 섹스를 하는 땅의 정령에 대한 내용이 나와 있다고?'

"네 나이에 섹스를 원하는 건 자연스러운 충동이야. 이 억압적인 사회 분위기 때문에 너의 즐거움을 망쳐서는 안 돼."

"정말이에요?"

"정말이고말고. 너무 애석한 일이지. 이 집에 아기가 하나 더 있었으면 했는데. 난 오랫동안 땅의 정령에게 아기를 보내달라고 빌었단다."

"아기를 또 보내달라고 빌었다고요?"

마마는 고개를 끄덕였다. "땅의 정령들은 소원을 한 번 들어준 것으로 충분하다고 생각할 거야." 그러더니 식탁 위로 몸을 숙였다. "그러니까 이번에는 네가 땅의 정령에게 소원을 빌 차례야. 땅의 정령도 네가 간절히 소원을 빌면 들어줄 거야. 당장 땅의 정령에게 소원을 빌어라. 오늘 밤에."

"제가요?"

"그래, 우리에게 아기가 생길 때까지 매일 소원을 빌어."

"학교에 다니면서 어떻게 아기를 키워요?"

"아기는 내가 키우면 돼." 마마가 자리에서 일어났다. "어서 땅의 정령에게 소원을 빌라니까. 설거지는 내가 하마."

"숙제가 있어요."

"숙제는 나중에 하면 되잖아."

마마가 레이븐의 코트를 가져다주었다.

레이븐이 신발을 신고 밖으로 나가기 전에 마마가 말했다. "크리스 윌리엄스랑 실컷 데이트를 즐기렴. 나는 간섭하지 않을 테니까. 너의 인간적인 면이 원하는 자연스러운 쾌락을 맘껏 음미해."

4

레이븐은 아기를 보내달라고 소원을 빌지 않았다. 아기를 원하지 않았으니까. 마마는 무언가를 얻어내려면 마음과 영혼을 다해 빌어야 한다고 했다. 마마가 그토록 아기를 원한다면 직접 간절하게 소원을 빌어 얻을 수 있을 것이라는 생각이 들었다.

숲을 걷는 동안 레이븐은 예전에는 남자아이들과 어울리는 걸 그토록 반대했던 마마가 왜 갑자기 크리스와 데이트하는 걸 허락했는지 생각해보았다. 생식 격리에 대해서도 생각해보았다. 아무리 생각해봐도 너무 이상했다.

하지만 결과적으로는 좋은 일이었다. 이제 자유의 몸이 되었으니 굳이 의문을 가질 필요는 없었다. 이튿날 레이븐은 크리스에게 마마가 두 사람의 관계를 알고 있고 얼마든지 만나도 좋다는 말을 했다고 전했다. 크리스는 축하할 일이고, 이번에야말로 진짜 데이트를 하자고 했다. 두 사람은 금요일 밤에 저녁을 먹고 영화를 봤다.

집에 돌아오자 마마는 데이트가 어땠는지 궁금해하며 크리스와 섹스했는지 물었다. 레이븐은 하지 않았다고 말했다. 마마가 캐물어도 화내지 않으려고 했다. 마마는 다른 사람들과 많이 다르다는 사실을 알고 있었으니까.

월요일에 크리스는 레이븐에게 자기 집에서 함께 숙제하자고 했다.

부모님은 둘 다 출근했고, 형은 대학으로 떠났기에 단둘이 있게 될 거라고 했다. 크리스는 작고 깔끔한 집을 구경시켜주었다. 그런 다음 레이븐의 손을 잡고 침실로 데려갔다. 그의 침실은 재키나 헉의 침실과 비슷했지만 스포츠 포스터와 트로피가 더 많았다. 레이븐은 책상에서 수학 문제를 풀었고, 크리스는 침대에 누워 영어 수업 시간에 선생님이 읽어오라고 한 책을 읽었다.

레이븐이 막 문제를 풀기 시작하자마자 크리스가 일어나더니 침실 문을 걸어 잠그고 레이븐을 침대로 데려갔다. "이리 와봐."

둘은 키스하고 나서 서로의 몸을 어루만졌다. 레이븐은 서로 몸을 만지며 간지럼을 태우는 게 키스만큼이나 좋았다. 재키, 헉, 리스와 함께 놀았던 여름날이 떠올랐다. 둘이 몸싸움을 벌일 때면 크리스는 늘 져주었다. 크리스의 몸 위에 올라탄 레이븐은 그의 얼굴을 내려다보았다.

"우리가 처음 만난 날 기억해?" 크리스가 물었다. "소프트볼을 하고 있는데 새가 날아와서 네 어깨에 앉았잖아. 난 어리둥절했지. 네가 마법을 부리는 줄 알았어."

레이븐은 웃으며 손끝으로 그의 배꼽 주위를 어루만졌다.

"리스는 널 신데렐라라고 불렀지만 내 눈에 넌 책에 나오는 마녀나 마법사 같았어. 맹세컨대 네가 새로 변해서 그 새와 함께 숲으로 날아간다고 해도 놀라지 않았을 거야."

크리스는 그녀의 진짜 모습, 새의 영혼을 본 것이다. 레이븐은 대답하기가 두려웠다.

크리스가 갑자기 몸을 돌리더니 레이븐을 침대에 눕혔다. 그런 다음 그녀에게로 몸을 숙이며 말했다. "난 너와 사랑에 빠졌어, 매직 걸. 그거 알아?"

'사랑.' 그건 꽤 의미 있는 말이었다. 레이븐은 그동안 읽었던 책들을 통해 사랑이 뭔지 알고 있었다. 그녀는 사랑에 빠졌다는 말과 새에 빗대어 한 말 때문에 뭐라고 대답해야 할지 알 수 없었다.

"너와 사랑을 나누고 싶어. 제대로."

"지금?"

"응, 네가 준비됐다면."

레이븐도 사랑을 나누고 싶었지만 다른 한편으로는 마음이 내키지 않았다. 내면에서 인간과 새의 영혼이 치열하게 다투는 게 틀림없었다.

"분위기를 깨고 싶지는 않지만 나에게 콘돔이 있어." 크리스가 말했다.

크리스는 침묵을 승낙의 뜻으로 해석했는지 레이븐의 셔츠를 위로 들어 올려서 벗겼다. 전에는 한 번도 그런 적이 없었다. 레이븐은 자신의 가슴과 분홍색 브래지어를 바라보는 크리스의 눈길이 좋았다. 이런 날을 염두에 두고 브래지어와 팬티를 세트로 주문해두었다. 마마는 레이븐에게 남자가 생긴 걸 안 뒤로 예쁜 속옷을 사게 해주었다.

크리스는 손과 입술을 레이븐의 가슴으로 가져갔다. "레이븐, 너랑

하고 싶어. 넌 정말 아름다워.”

크리스의 목소리와 눈빛이 달라졌다.

내 몸이 크리스에게 이토록 신비한 힘을 발휘하다니? 몸이 아니라 영혼의 힘일까?

크리스는 청바지를 벗고 지금껏 한 번도 만지지 않았던 레이븐의 몸 여기저기를 어루만졌다. 레이븐도 그의 몸을 쓰다듬었다. 그녀도 사랑을 나누고 싶었다.

하지만 절반의 영혼이 짜증 날 정도로 무덤덤하게 반응했다. 저 멀리 나뭇가지에 앉아 있는 레이븐처럼 새의 영혼은 아무것도 느끼지 못했다.

크리스가 손길을 멈추더니 몸을 숙이고 레이븐을 바라보며 물었다.

“괜찮아?”

괜찮지 않았다. 이유는 몰라도 다른 곳으로 날아가고 싶었다. 그럴 수 있다면 좋을 텐데. 침대에서 날아올라 하늘로 사라져버리고 싶었다.

“무서워?” 크리스가 물었다.

“응.” 레이븐은 겁이 났다. 정확히 뭐가 두려운지는 알 수 없었다.

“아플까봐 그래? 천천히 할게.”

밖으로 날아가고 싶은 욕구가 더욱 커졌다.

내 영혼은 무슨 말을 하고 싶은 걸까?

레이븐은 그의 몸 아래에서 슬그머니 빠져나와 셔츠를 입었다.

"미안." 크리스가 말했다.

"왜?"

"내가 부담을 줬나봐."

"괜찮아."

크리스는 그녀에게 청바지를 건네주고 나서 티셔츠를 입었다.

"계속 숙제할래?" 크리스가 물었다.

"그럴 기분이 아니야. 집에 데려다줘."

"그래."

레이븐의 집을 향해 절반쯤 갔을 때 크리스가 물었다. "우리, 괜찮은 거지?"

"응, 그냥 준비가 안 됐을 뿐이야."

"어떤 사람들은 관심이 많아서 열세 살에 하기도 하고, 어떤 사람들은 고등학교 졸업할 때까지 기다리기도 해. 다 괜찮아." 크리스는 레이븐을 보며 미소 지었다. "하지만 너도 곧 하고 싶어질 거야. 난 알아."

경험에서 나오는 말 같았다. 재키와 리스가 말한 그대로였다.

"넌 해본 적 있어?" 레이븐이 물었다.

"응."

"많이?"

"에이, 그런 건 물어보면 안 되지."

레이븐은 의아했다.

크리스는 진입로에 설치된 CCTV에서 멀리 떨어진 자리에 차를 세웠다. 둘은 키스했고, 그러자 다시 모든 게 괜찮게 느껴졌다.

크리스가 말했다. "이런 말을 하기에는 타이밍이 좋지 않을 수도 있는데, 나랑 졸업 파티에 함께 갈래?"

졸업 파티는 학교의 큰 행사였다. 크리스가 함께 가자고 청하는 게 당연했다. 그녀와 사랑에 빠졌다면 응당 그래야 했으니까.

"재미있겠네." 레이븐이 말했다.

"네 엄마도 괜찮다고 하실까? 우린 밤새 놀 거야. 넌 드레스도 입어야 하고."

"엄마도 허락하실 거야."

"잘됐다. 무슨 색 드레스를 입을 건지 알려줘. 그래야 내 턱시도 색을 맞출 수 있으니까."

"알았어." 그게 무슨 말인지 알 수 없었지만 레이븐은 그렇게 대답했다.

집에 들어가니 마마가 기다리고 있었다.

"오늘도 크리스랑 함께 있다 왔니?"

"네, 크리스가 졸업 파티에 함께 가달라고 했어요."

"넌 뭐라고 했어?"

"좋다고 했어요. 하지만 드레스가 필요해요."

"구두도 필요하지. 인터넷으로 주문하면 될 거야."

"밤새 놀 거라는데요?"

마마는 레이븐의 머리를 쓸어내렸다. "당연히 그래야지. 장담컨대 이번이 너의 첫 번째 졸업 파티가 아닐 거야. 넌 매해 초대받을 테니까."

마마의 극적인 변화에 레이븐은 왠지 불안했다.

여러 명의 아이들과 밤새 함께 있을 거라는 생각 때문일까?

평소 수업이 끝나갈 때쯤 되면 레이븐은 학교생활에 적응하느라 애쓴 탓인지 늘 피곤했다. 고작 일곱 시간이었는데도 그랬다.

내 안에 있는 새의 영혼은 밤새 아이들과 어울리는 걸 감당할 수 있을까?

레이븐은 아까 크리스의 침대에서 느꼈던 감정, 날아가고 싶었던 욕구가 떠올랐다. 차라리 마마가 졸업 파티에 가지 못하게 했으면 좋겠다는 마음이 들었다.

5

레이븐은 그날 크리스의 집에서 있었던 일과 왜 그와 밤새 함께 있어도 된다는 확신이 서지 않는지 오랫동안 생각하느라 잠을 이루지 못했다. 그녀 안에 있는 새의 영혼이 두려워하는 게 틀림없었다.

절대 휘둘려서는 안 돼. 나에게는 남자들과 함께 있으면서 인간으로서의 감정을 느낄 권리가 있어. 마마도 그 즐거움을 경험해봐야 한다고 했잖아.

이튿날 아침, 레이븐은 크리스가 좋아하는 스웨터를 입었다. 어서 그에게 졸업 파티에 입을 드레스를 세 벌이나 주문했다고 말해주고 싶었다. 세 벌 중에서 제일 마음에 드는 옷을 고를 예정이었다.

스쿨버스는 평소보다 조용했다. 재키의 여자 친구 세이디가 탔는데 울다가 온 표정이었다. 세이디는 곧장 레이븐에게 다가와서 물었다.

"소식 들었어?"

레이븐은 고개를 저었다.

"재키의 아빠가 어젯밤에 교통사고로 돌아가셨대."

"대너 선생님이 돌아가셨다고?"

"응." 세이디가 울먹였다.

세이디를 비롯한 몇몇 여학생이 울기 시작했다. 초등학교 때 대너 선생님에게 체육을 배운 학생들이었다. 레이븐도 재키와 헉 그리고 대너 부인을 위해 울고 싶었다. 하지만 눈물이 나오지 않았다. 이번에도 역시 그녀 안에 있는 새의 영혼이 허락하지 않았다. 그 영혼은 슬픔으로부터 멀리 떨어진 나뭇가지에 앉아 있었다.

학생들은 다들 대너 선생님에 대해 이야기했다. 그날 재키와 헉은 등교하지 않았다. 점심시간에도 아이들은 조용했다. 심지어 리스까지도. 몇몇 아이들만 교통사고에 대해 조용조용 이야기했다. 고속도로의 반대 차선에서 달려오던 차가 갑자기 대너 선생님이 있는 차선으로 끼어드는 바람에 정면으로 충돌하게 되었다고 했다. 대너 선생님은 장을 보고 집으로 돌아가는 길이었다.

크리스도 말이 없었다. 레이븐에게 자기가 앉아 있는 테이블로 오라고도 하지 않았다. 어차피 레이븐도 그럴 마음이 없었다. 모든 게 너무 슬프기만 했다.

그날, 저녁 해가 지는 동안 레이븐은 후퍼 씨의 땅과 재키의 집을 가르는 울타리로 걸어갔다. 울타리에서 조금 떨어진 곳에 앉아 재키가 사는 노란 집의 불 켜진 창문들을 바라보았다. 마침내 그녀 안의 새가 우는 걸 허락해주었다. 레이븐은 어두워질 때까지 울다가 달빛을 받으며 집으로 돌아왔다.

재키와 헉은 일주일 내내 등교하지 않았다. 크리스는 레이븐에게 추도식과 장례식에 함께 가자고 했다. 대너 선생님에게 작별 인사를 하고 싶은 사람이 많았고, 장례식은 토요일에 열릴 예정이었다.

재키의 집에 다녀온 크리스는 재키와 헉, 대너 부인이 모두 크게 상심해 있더라고 말했다. '상심'이라는 말을 듣는 것만으로도 레이븐은 마음이 아팠다. 레이븐은 수요일, 목요일, 금요일에 걸쳐 땅의 정령들에게 제발 그녀가 사랑하는 재키와 헉, 대너 부인의 상처를 치유해달라고 빌었다. 울프스베인의 성모상 앞에서도 빌었다. 소원을 이루는 가장 강력한 메시지 재료인 머리카락과 돌, 이 두 가지만 사용해 정령들에게 재키의 마음이 회복될 수 있도록 자신의 영혼이 가진 모든 힘을 보내달라고 빌었다. 성모에게도 빌었다. 성모라면 땅의 정령들보다 재키가 사는 세상을 더 잘 이해할 테니까.

추도식이 열리는 교회는 통로까지 조문객이 서 있을 정도로 발 디딜 틈이 없었다. 새의 영혼은 폐쇄된 공간에서 많은 사람과 함께 있는 걸 불안해했다. 크리스와 리스는 레이븐을 앞쪽 자리로 데려갔다. 그들 앞에 재키와 헉, 대너 부인이 앉아 있었다. 목사님이 신도들을 위해 설교한 뒤 많은 사람이 연단에 올라 대너 선생님과 관련된 미담이나 추억을 이야기했다.

재키는 많이 울었고, 레이븐은 땅의 정령들에게 그를 도와달라고 빌었다. 마마가 알았다면 교회에서는 그런 방식이 소용없었을 거라고 말해주었을 것이다. 기독교 신자들은 땅의 정령을 믿지 않았다. 하지만 레이븐은 강력한 힘을 가진 존재라면 누구나 연민을 느끼며 도와줄 거라 믿기로 했다.

재키와 헉도 관을 옮기는 여섯 명 중에 포함되었다. 검은색 양복을 입고 흰 장갑을 낀 재키와 헉이 조심스럽게 관을 옮기는 모습을 보는 동안 레이븐은 마음이 숙연해지며 심장이 멎는 듯했다. 장지에 도착하자 목사님이 다시 추모사를 읽었다.

사람들은 죽으면 사후 세계로 가게 될까? 나랑 마마는 죽으면 땅의 정령이 되겠지? 재키가 천국에 가게 된다면 우린 서로 못 보게 될까? 천국으로 간 영혼들은 지구에 존재하는 영혼들과 소통할 수 있을까?

레이븐은 묘지에 놓아주려고 야생화 한 다발을 가져왔다. 아직 날이 추웠기 때문에 솔잎과 말린 허브, 풀이 대부분이었다. 장례식이 끝나자 재키가 다가와서 말했다. "꽃다발 고마워. 장례식에 참석해준 것도."

재키의 얼굴은 파리했고, 눈 밑이 자줏빛이었다. 레이븐은 그의 고통을 생생하게 느꼈고, 그 이유도 알고 있었다. 땅의 정령들에게 재키가 어서 회복될 수 있도록 자신의 영혼이 가진 힘을 보내달라고 빌었기 때문이다. 하지만 재키의 슬픔은 그녀가 보낸 힘이 도움이 되기에는 너무 강력했다. 힘을 더 보내야 했다.

레이븐은 재키의 가슴에 손을 대고 속삭였다. "내 영혼의 힘을 더 많이 보낼게."

"뭐라고?" 재키가 물었다.

"사랑해, 재키."

그렇게 말하고 뒤로 물러선 레이븐은 갑자기 폭풍우가 닥친 듯 어둠이 밀려드는 걸 느꼈다. 그녀가 한 말을 들은 다른 학생들이 얼굴을 찡그리고 있었다. 리스마저도 화가 난 듯했다. 무엇보다 최악은 재키가 그녀를 낯선 사람처럼 바라보고 있다는 사실이었다.

기독교인들 앞에서 영혼을 언급하지 말았어야 했나? 하지만 그저 영혼의 힘을 보낸다고 했을 뿐이었다. 직접적으로 땅의 정령들에 대해 이야기하지는 않았다.

세이디가 재키의 손을 잡더니 레이븐을 노려보았다. 크리스도 화난 표정으로 레이븐을 바라보았다. 불현듯 레이븐은 깨달았다. 저들이 화난 이유는 재키에게 '사랑해.'라고 말했기 때문이었다. 사실 그 말은 숨 쉬듯 자연스럽게 흘러나왔다. 레이븐은 죄책감이 느껴지지 않았다. 온 마음과 영혼으로 한 말이었다. 특별한 소원이었고, 고등학생들의 편협한 마음을 뛰어넘는 순수한 마음의 고백이었다.

대너 부인이 곤경에 빠진 레이븐의 손을 잡았다. "잘 지냈니, 레이븐? 오랜만이구나. 보고 싶었어."

"저도요." 레이븐은 그렇게 말하며 대너 부인을 따라 묘지 밖으로 나갔다. "대너 선생님 일은 정말 유감이에요."

"그래, 고맙구나." 대너 부인이 레이븐의 손을 토닥이며 말했다.

그들이 주차장에 도착하자 크리스가 퉁명스러운 목소리로 돌아가자고 했다.

차가 주차장을 빠져나오는 동안 크리스는 말없이 생각에 잠겨 있었다.

"왜 그런 거야?" 마침내 크리스가 물었다.

"뭘?"

"재키의 가슴에 손을 올리고 사랑한다고 말했잖아."

레이븐은 해명하고 싶지 않았다.

"사실대로 말해줘. 넌 재키를 사랑하는 거야, 그렇지?" 크리스가 따져 물었다.

레이븐은 당연히 재키를 사랑했다. 일곱 살 때부터 줄곧.

크리스는 운전하며 레이븐을 바라보았다. "리스는 네가 재키를 사랑한다고 했어. 재키도 널 사랑하고. 오랫동안 농담 삼아 그런 말을 했지."

"리스는 입만 열면 농담이잖아." 레이븐이 말했다.

"알아. 나도 그렇게 생각했는데 오늘 네가 재키에게 하는 걸 봤어. 다른 애들도 다 봤고."

"난 재키가 힘을 내도록 돕고 싶었을 뿐이야."

"정말 당황스럽네. 우린 서로 사귀는 사이야. 다들 그렇게 알고 있어."

"그래서 내가 그런 행동을 하면 안 된다는 거야?"

"다른 남자에게 공공연히 애정 표현을 해서는 안 된다는 뜻이야."

"재키는 슬픔에 빠졌어. 도움이 필요하다고."

"미치겠군. 진심이야? 내 생각에는 네가 장례식을 이용해 재키에게 꼬리 치는 것 같던데."

평생 지금과 같은 감정을 느껴본 건 딱 한 번뿐이었다. 마마가 앞으로 다시는 재키의 집에 한 발짝도 들여놓지 말라고 했던 때. 그날 레이븐은 자기 안에 있는 새의 영혼을 저주했다. 하지만 지금은 크리스와 다른 학생들을 저주했다. 그들은 천박했고, 그녀의 영적 세계를 이해하지 못했다. 레이븐은 어서 크리스의 곁에서 벗어나고 싶었다.

"여기가 어디야? 왜 우리 집으로 가지 않지?"

"아까 말했잖아. 우린 점심 식사에 초대받았어."

"난 집에 갈래."

"젠장, 레이븐!"

"집에 가고 싶다고!"

크리스가 차의 방향을 틀자 타이어가 끼익 소리를 냈다. 레이븐은 그의 거친 운전에 겁이 났지만 아무 말도 하지 않았다. 차가 대문 근처에 완전히 정차하기도 전에 레이븐은 이미 차 문을 열고 있었다.

"다시 차에 타!" 크리스가 소리를 버럭 질렀다.

"왜? 날 더 모욕하려고? 꺼져!"

크리스는 그녀 옆으로 천천히 차를 몰았다. "이제야 알겠네. 그래서 나랑 잘 수 없었던 거지? 재키 때문에. 맞아? 그런 거야?"

"꺼지라니까!"

레이븐이 대문 비밀번호를 누르는 동안 그가 대문 앞에 차를 세웠다. "우리 졸업 파티에 가는 거야?"

"안 가!" 레이븐이 외쳤다.

크리스가 차에서 뛰어내리더니 레이븐을 따라 대문 안으로 들어섰다. 집 안에서 첫 번째 경보가 울렸다. 마마가 CCTV 화면을 보고 있다면 크리스가 집으로 이어지는 진입로에 들어섰다는 걸 알아챘으리라. 외부인에게는 금지된 행동이었다.

“넌 여기에 들어오면 안 돼!”

“그 거지 같은 규칙 따위 내가 알 게 뭐야.”

“나가!”

“그냥 얘기 좀 하자는 거야.”

“난 얘기하고 싶지 않아. 이제야 네가 어떤 사람인지 알았어. 이젠 너랑 함께 있고 싶지 않아.”

“장난해? 그거 몇 마디 했다고 나랑 헤어지겠다는 거야?”

“그래, 그러니까 이만 가봐. 대문 닫을 거야.”

“어디 마음대로 해보시지. 자, 닫아봐!”

레이븐은 마마가 달려올까봐 두려워 뒤를 돌아보았다.

“레이븐.” 크리스는 머리를 쓸어 넘겼다. “지난번에 내가 했던 말은 진심이야. 난 널 사랑해. 근데 네가 재키에게 그러는 걸 보니까 돌아버리겠더라. 그것도 많은 사람들이 보는 앞에서.”

“그래, 네가 그 일 때문에 화난 건 나도 알아. 그래서 더는 너와 사귈 수 없다는 거야.”

크리스가 가까이 다가갔다. “나랑 얘기 좀 해.”

“더 이상 무슨 말이 필요해? 넌 내가 대너 선생님의 죽음을 이용해 재키에게 꼬리 친다고 비난했어. 게다가 사랑이 가장 필요한 재키에게 ‘사랑해.’라는 말을 해서는 안 된다고 했지.”

"그래서 재키를 사랑한다는 거야?"

레이븐은 크리스가 차로 돌아가기를 바라며 빠르게 걸어갔지만 그는 계속 따라왔다. 뛰어서 그녀를 따라잡더니 앞을 막아섰다.

"지금 뭐 하는 짓이야?"

크리스가 그녀의 팔을 잡았다. "차에 타."

"이제 그만 돌아가."

"그냥 차에 타라니까, 젠장!"

"내 딸의 몸에서 손 떼!" 마마가 소리쳤다. 라이플로 크리스를 겨눈 채 길을 내려오더니 가까이 다가오며 말했다. "내 딸이 너에게 돌아가라고 했을 텐데?"

크리스는 뒤로 물러섰다. "당신은 미쳤어, 아줌마. 그거 알아?"

마마가 공이치기를 당겼다. "그래, 미쳤다. 미친 사람이 무슨 짓을 할 수 있는지 한번 보고 싶어?" 그러고는 눈을 떼지 않고 크리스를 향해 걸어갔다. "넌 지금 내 사유지에 들어왔고, 난 무단 침입을 금지한다고 분명히 경고해두었어."

크리스는 나직이 욕설을 내뱉으며 자리를 떴다. 레이븐은 대문을 닫았고, 크리스는 타이어의 요란한 마찰음을 내며 떠났다.

마마가 총을 내렸다. "유치한 녀석 같으니."

"그러니까요. 그걸 이제야 알았어요."

마마는 라이플을 한 손에 들고, 다른 손으로 레이븐의 등을 감싸며 함께 집으로 걸어갔다.

"너는 왜 저런 녀석에게 끌렸을까?"

"아마도 크리스가 날 좋아했기 때문일 거예요. 크리스와 함께 있을 때면 내 안에 있는 새의 영혼은 늘 그와 거리를 두고자 했어요. 무슨 이유 때문인지는 몰라도 크리스를 두려워하며 경계했죠."

"그 녀석은 너를 소유하고 싶어 한 거야. 널 우리에 가둬두려고 했지."

레이븐은 이제야 깨달았다. 그녀 안에 있는 새의 영혼은 처음부터 그 사실을 말해주려 했다.

"네가 졸업 파티에 입고 갈 드레스가 도착했다."

"우리 큰 가위로 다 잘라버려요."

6

레이븐은 알람을 끄고 이불 속으로 들어가 다시 잠들었다. 몇 시간이 지나자 마마가 레이븐을 깨우더니 손으로 이마를 짚으며 열이 나는지 살폈다. "어디 아프니?"

"아뇨."

"초등학교 2학년 이후로 네가 결석한 날은 이틀뿐이야. 무슨 일이니?"

"얘기하기 싫어요."

마마의 눈이 분노로 번득였다. "말 안 해도 알겠다. 크리스 녀석이 널 곤란하게 하고 있지?"

레이븐은 마마의 눈을 피해 다른 곳을 바라보았다.

"라이플로 그 녀석 고환을 쏴버렸어야 하는 건데." 마마가 중얼거렸다.

"마마!"

"그 녀석이 널 괴롭히고 있지?"

"아이들에게 자기 입장만 얘기하고 다녀요. 마마가 총으로 자길 위협했다면서요."

마마는 피식 웃었다.

"아이들이 날 따돌려요."

"넌 평범한 아이들과 달라. 네가 태어난 것 자체가 기적이야. 그 사실을 명심하고 고개를 꼿꼿이 들고 다니렴."

기적이든 아니든 이제 레이븐은 학교에 가기 싫어졌다. 그나마 차갑게 굴지 않는 아이는 리스가 유일했다. 크리스는 적대적이었고, 심지어 점심시간에 같은 테이블에 앉지도 않았다. 재키와 헉은 이전과 완전히 달라졌다. 레이븐 때문이 아니었다. 아버지의 죽음을 겪으며 두 형제는 시종일관 진지해졌고, 농담을 들어도 억지로 웃다가 말았다.

레이븐은 학교에서 보내는 일곱 시간이 괴롭고 쓸쓸했다. 어릴 때 학교에 보내달라고 했을 때 마마가 했던 경고가 기억났다.

'넌 새장에 갇힌 레이븐의 아이가 될 거야. 그때가 되면 밖으로 날아가려고 필사적으로 쇠창살에 머리를 부딪치는 새가 된 심정이겠지.'

"학교에 가기 싫어요."

"이 나라에서는 열여덟 살 생일이 될 때까지는 학교에 가야 해. 그때가 되면 그만 다녀도 돼."

"그때쯤이면 고등학교를 졸업할 텐데요?"

마마는 어깨를 으쓱였다.

레이븐은 침대에서 일어나 앉았다. "나, 대학 가요?"

"대학에 갈 필요가 있을까? 대학에서 배우는 공부는 책으로도 대신할 수 있어." 마마는 침대에서 일어났다. "아침 먹고 밖으로 나가자. 땅의 정령들이 널 도와줄 거야."

레이븐은 과연 그럴지 의심스러웠다. 마마의 사유지는 무려 11만

평에 달했지만 드넓은 땅도 가끔은 꽉 막힌 감방처럼 느껴졌다.

"우리 함께 땅의 정령들에게 아기를 보내달라고 소원을 빌어보자." 마마가 말했다. "둘이 함께 소원을 빈 적은 없잖아. 이 집에 아기가 생기는 건 우리 둘 모두에게 필요한 일이야." 마마는 레이븐의 뺨을 쓰다듬었다. "넌 아직 아기가 얼마나 큰 즐거움을 주는지 모르지? 너에게 아기가 생기면 내 말을 이해하게 될 거다."

마마가 아기 이야기를 꺼낼 때마다 레이븐은 늘 마음이 불편했다. 레이븐은 아기를 원하지 않았다. 마마가 아기를 간절히 원할 때마다 자신이 배신자가 된 기분이었다. 마마와 함께 아기를 보내달라고 땅의 정령에게 비는 건 학교에 가는 것만큼이나 어려운 일이었다. 레이븐의 가슴도 영혼도 아기를 원하지 않았다.

* * *

레이븐은 남아 있는 학기 동안 주로 혼자 다녔다. 점심시간이 되면 조용한 곳에서 혼자 점심을 먹었다. 리스가 가끔 레이븐을 찾아내 식당으로 데려가기도 했다. 레이븐은 순순히 따라갔는데 순전히 재키를 보기 위해서였다. 재키는 점점 회복되어가고 있었다. 언제나 그랬듯이 재키는 레이븐과 함께 있을 때면 늘 그녀에게 주의를 기울였다. 세이디가 화를 내도 더는 신경 쓰지 않는 눈치였다. 레이븐은 자신이 소원을 비는 바람에 재키와의 관계가 더 끈끈해진 듯해서 죄책감이 들었다.

혁과 리스는 6월에 고등학교를 졸업했다. 혁은 가을 학기부터 워싱턴 대학에서 환경 공학을 공부하게 되었다. 리스는 대학 등록금을 모으기 위해 열심히 일하면서 엄마를 돕기로 했다. 레이븐은 내년부터 리스가 없는 학교에 다녀야 한다는 게 상상이 되지 않았다. 하지만 2학년이 되는 건 기뻤다. 처음으로 여름방학에 몬태나주로 떠나는 게 기다려졌다.

지난 7년 동안 마마와 함께 몬태나주의 작은 오두막에서 보낸 여름은 늘 똑같았다. 하지만 근래 들어 모든 게 달라졌듯이 8년째에 접어든 몬태나의 오두막 생활도 안 좋은 쪽으로 변모했다. 마마는 어릴 때부터 줄곧 오르내린 등산로를 잘 오르지 못했다. 심하게 숨을 헐떡거렸고, 가끔씩 속도를 늦추고 쉬어야 했다. 레이븐이 괜찮은지 물으면 멀쩡하다고 우겼다.

여름이 끝날 무렵 마마는 몸이 예전 같지 않다고 인정했다. 하지만 병원에 가거나 손드라 이모와 의논하지는 않겠다고 했다. 땅의 정령들이 병을 낫게 해줄 거라고 했다. 레이븐은 땅의 정령들에게 마마의 심장을 낫게 해달라고 여러 번 빌었다. 레이븐은 마마의 심장에 문제가 생겼다는 걸 알고 있었다. 마마는 가끔씩 가슴에 손을 올리고 호흡을 가다듬었다. 레이븐은 땅의 정령에게 메시지를 보낼 때 사람의 심장 형상을 한 물건이라면 뭐든지 찾아내 재료로 이용했다. 돌, 나뭇잎, 연체동물의 두개골 조각 따위였다. 레이븐은 온 마음과 영혼을 다해 마마의 병을 낫게 해달라고 간청했다.

워싱턴주로 돌아올 때까지 마마는 건강을 회복하지 못했다. 마마는 정령들의 세계에서 돌아오지 못하는 때가 점점 더 잦아졌다. 그럴 때마다 레이븐은 마마를 아기처럼 먹이고 입혀야 했다. 마마가 영적 세계에 머무는 일이 점점 더 잦아지면서 영혼도 갈수록 쇠약해졌다.

레이븐은 학교에 가지 않고, 마마를 줄곧 지켜보고 싶었다. 숲과 들판으로 나가 친족인 레이븐에게 도움을 청하고 싶었다. 하지만 매일 스쿨버스에 타야 했다. 마마가 학교에 가야 한다고 성화를 부렸기 때문이다.

점심시간에는 재키를 비롯한 친구들과 함께 식사를 했다. 장례식에서 있었던 일은 이제 모두 잊은 듯했다. 레이븐은 다른 아이들이 어떻게 생각하든 신경 쓰지 않았다. 마마가 걱정될 때마다 생각하지 않으려고 책을 읽었다.

마마가 정령들의 세계로 떠나버리면 난 앞으로 어떻게 살아야 할까? 마마의 강력한 영혼이 나를 보호해주지 않으면 마마가 경고했던 나쁜 사람들이 나를 찾아낼지도 몰라.

레이븐은 억지로 책에 집중했다. 책을 읽으면 그나마 머릿속에서 미쳐 날뛰는 생각들이 잦아들었다.

"뭐 읽어?"

레이븐은 재키를 올려다보았다. 여러 가지 색으로 이루어진 재키의 눈은 언제나 아름다웠다. 가끔은 그 눈을 똑바로 바라보기 힘들었다. 재키를 바라볼 때마다 심장에서 통증이 느껴져 마마처럼 가슴에 손을 얹고 싶어졌다.

레이븐은 책 표지를 보여주었다.

"《백 년 동안의 고독》." 재키가 말했다. "네 인생이네."

리스가 했을 법한 농담이었지만 재키는 금세 후회하는 표정이었다.

"미안, 그런 말을 하는 게 아니었어."

"왜, 재미있는데."

재키는 테이블 앞에 앉은 아이들을 힐끗 둘러보며 아무도 듣고 있지 않은 걸 확인했다. "너, 괜찮아?"

"응."

"작년 봄에 크리스가 한 말은 이제 아무도 신경 안 써. 다 지나간 일이야."

"알아."

"근데 요즘 왜 이렇게 말이 없어?"

레이븐은 예전에 재키의 집에 몰래 들어갔던 밤의 기분을 다시 느끼고 싶었다. 이불 속에서 몸을 녹여주던 재키의 온기, 추위에 떠는 그녀를 안아주던 재키의 팔.

"레이븐?"

"아무 일도 없어."

재키의 표정을 보니 그 말을 믿지 않는 듯했다.

수업이 끝나고 레이븐이 버스에 오르기 전에 재키가 다가왔다. "너희 집까지 차로 데려다줄게."

재키의 말은 명령에 가까웠다. 대너 선생님이 목숨을 잃은 후로 재키는 달라졌다. 작년만 해도 이렇게 대담하게 나서지 못했다. 그냥 더 어른스러워졌을 수도 있었고, 여자 친구가 없어서 그럴 수도 있다. 재키는 지난 여름방학 때 세이디와 헤어졌다.

"내가 차로 데려다주어도 괜찮겠지? 너희 엄마가 작년에 크리스가 데려다주는 걸 허락했잖아."

"크리스가 마지막으로 나를 데려다주었을 때 무슨 일이 있었는지 너도 들었지?"

"응, 총을 들고 나오셨다며."

"그런데도 날 데려다주고 싶어?"

재키가 새삼 걱정스러운 표정을 지었다. "이번에도 너희 엄마가……."

"농담이야, 가자."

재키는 헉이 몰던 차를 물려받았다. 레이븐은 주차장에서 재키의 차에 올라타는 자신을 향해 학생들의 시선이 쏠리는 걸 느꼈지만 무시했다. 리스가 말했던 '하이브 마인드*'에 신경 쓴 결과가 무엇인지 이제는 알고 있었다. 다시는 거기에 쏘이고 싶지 않았다.

"그동안 어떻게 지냈어? 요즘은 너랑 단둘이 이야기를 나눌 기회가

*다수의 사람이 공유하는 의견이나 생각. Hive는 벌집이라는 뜻이다

없었네."

"내가 일곱 살이 되고, 네가 여덟 살이 된 후로는 단둘이 얘기한 적이 없지."

"그런가?"

"엄마는 어때?"

"나아지셨어. 하지만 좀처럼 슬픈 내색을 하지 않는 분이라서."

"넌?"

"여전히 아빠가 보고 싶지만 전보다는 많이 나아졌어." 재키는 운전하면서 레이븐을 힐끗 보았다. "내가 먼저 어떻게 지내는지 물었잖아. 왜 무슨 일이 있는지 말해주지 않아?"

"아까 말하지 않았나?"

"나보다 널 잘 아는 사람은 없어. 너에게 분명 무슨 문제가 있어 보여."

"말해줄 수 없어."

"왜? 엄마가 말하지 말래?"

"그런 바보 같은 질문이 어디 있어?"

"너희 엄마가 우리 집에 한 발짝도 들여놓아서는 안 된다고 말한 후로 넌 정말로 그렇게 했잖아. 넌 엄마와의 약속을 너무 진지하게 받아들인다고."

"왜 그래? 이젠 네가 리스 행세를 하는 거야?"

"그러기엔 머리카락 색이 전혀 다른데."

"리스가 보고 싶다."

"나도 그래. 형이 떠난 뒤로 리스 형은 아예 우리 집에 오지도 않아."

"그래도 넌 가끔 볼 수 있잖아. 헉도 충분히 찾아갈 수 있는 거리에 살고."

"그렇긴 하지만 넓은 집에 엄마랑 단둘만 남아 있으니까 적응이 잘 안 돼." 재키는 그렇게 말하고 나서 덧붙였다. "넌 예전부터 그랬으니까 익숙하겠지만."

레이븐은 마마랑 단둘이 지내는 게 익숙했다.

만약 마마가 정령들의 세계로 떠나버리면 어떻게 될까?

레이븐은 눈물을 감추려고 차창 밖을 내다보았다. 재키가 눈치채지 못하도록 얼른 눈물을 훔쳤다.

"너, 울어?"

"아니."

"레이븐……."

"그냥 조용히 가면 안 될까?"

집에 도착할 때까지 두 사람은 침묵을 지켰다. 레이븐은 차에 있는 동안 재키의 빛을 가능한 한 많이 흡수했다.

재키의 침실 천장에는 아직도 별 스티커가 붙어 있을까?

재키는 CCTV를 의식하지 않고 대문 앞에 차를 세웠다.

"다음에도 태워다줄까? 스쿨버스보다 빠르잖아."

레이븐은 마마 때문에 한시라도 빨리 집에 오고 싶었다. "나도 네 차로 오는 게 좋아."

"알았어." 재키는 차창 너머로 그의 집 쪽을 바라보았다. 이 길을 따라 2킬로미터 정도 가면 재키의 집이 나왔다. "아침에도 태워주고 싶지만 내가 등교하지 않는 날에 너에게 연락할 방법이 없어서 안 되겠네. 나 때문에 버스를 놓치면 안 되잖아."

학기 초인데 재키는 벌써 이틀이나 결석했다. 이튿날 물어보면 늘 아팠다고 했다.

"가끔은 도저히 학교에 못 가겠어." 재키가 말했다.

레이븐은 너무 우울해 도저히 학교에 갈 수 없었던 날이 떠올랐다.

"너무 슬퍼서 그런 거야?" 레이븐이 물었다.

재키는 다른 곳으로 눈길을 돌렸다. "비슷해. 여름방학 때 공황 발작을 몇 번 겪었어. 가끔 정신과에도 가고."

레이븐은 다른 아이들이 공황 발작에 대해 이야기하는 걸 들은 적이 있었다. "심각한 거야?"

재키는 고개를 끄덕였다. "다시 운전할 수 있을 때까지 시간이 걸렸어. 왜냐하면 아빠가……."

"왜 그랬는지 알겠어." 레이븐이 말했다.

"차에 다른 사람이 타고 있는 게 좋아. 덜 긴장되니까."

"네가 원하면 언제든 차에 탈게."

재키는 초조한 표정으로 말했다. "오늘 차에 태워주겠다고 한 이유는 너랑 얘기하고 싶어서야. 내 문제 때문이 아니었어."

"알아."

재키는 차창 너머로 레이븐의 집 진입로를 바라보았다. "너희 엄마가 지켜보는 거 아니야? 이렇게 나랑 같이 있어도 괜찮아?"

"괜찮긴 한데 이제 그만 가보는 게 좋겠어."

"내일 보자." 재키는 레이븐이 대문 안으로 들어갈 때까지 기다린 후에 떠났다.

그날 이후 레이븐은 일주일에 서너 번씩 재키의 차를 타고 집에 왔다. 가끔 재키는 집에 데려다주지 않고 친구들과 놀러 가기도 했다. 레이븐이 아는 한 재키가 딱히 관심을 보이는 여학생은 없었다.

처음에 둘이 함께 집으로 갈 때 재키는 베어스에 들러 간식을 사 먹거나 드라이브스루 카페에 가고 싶은지 물었다. 레이븐은 그럴 때마다 고개를 저었다. 마마의 병세가 점점 더 악화되고 있었고, 행동도 갈수록 이상해졌다. 레이븐은 가능한 한 집에 오래 머물러 있어야 했다.

재키는 무슨 일이 생겼다는 걸 알고 있었지만 캐묻지는 않았다. 두 사람은 수업에 대해 이야기하거나 재키가 뉴스에서 봤던 사건 혹은 좋아하는 영화에 대해 이야기했다. 레이븐은 주로 자신이 읽고 있는 책 이야기를 했다. 가끔은 아무 말도 하지 않았다. 이제는 재키와 함께 있을 때 침묵이 흘러도 걱정하지 않았다. 정적은 가끔 위안이 되기도 했다. 레이븐은 재키도 같은 심정일 거라는 느낌이 들었다.

추수감사절 방학이 끝나고 이틀째 되던 날, 레이븐이 아침에 일어나

보니 마마가 바닥에 누워 있었다. 마마의 눈은 초점을 잃었지만 숨은 쉬고 있었다. 또 정령들의 세계로 들어간 것이다.

마마는 병을 앓게 된 이후 체중이 많이 줄었는데도 레이븐이 마마의 몸을 일으키고 부축해 침대에 눕힐 때까지 온몸의 힘을 다 쥐어짜야 했다.

레이븐은 이불을 덮어주며 마마에게 말했다. "마마, 괜찮아요? 차라도 마실래요?"

마마는 넋이 나간 사람처럼 멍한 눈으로 허공을 바라보았다. 레이븐이 어릴 때부터 마마는 자주 정령들의 세계로 들어갔지만 이제는 몸이 너무 쇠약해져 다시 돌아올 수 있을지 걱정되었다. 레이븐은 학교에 가지 않기로 결정하고, 마마를 일으켜 앉히고 식힌 차를 마시게 했다.

"차를 마셔요. 마마가 제일 좋아하는 감초가 들어 있어요."

마마가 차를 한 모금 마시고 난 이후 눈에 초점이 잡히자 레이븐은 안도했다.

"딸아……."

"네, 마마."

"정령들이 나를 낫게 해주지 않는구나. 이해가 안 돼. 이해가……." 마마의 옅은 눈동자에서 눈물이 뚝뚝 떨어졌다.

"이제 그만 병원에 가요. 손드라 이모에게 연락해 팻 선생님을 데려오라고 할게요. 이모 전화번호를 알려줘요. 당장 전화할게요."

"안 돼!" 마마의 눈에서 예전과 같은 강한 의지가 빛났다. "나를 절대로 병원에 데려가지 않겠다고 약속해라. 지금 당장 약속해."

레이븐은 재키가 했던 말이 떠올랐다. '넌 엄마랑 한 약속을 너무 진지하게 받아들여.'

마마는 레이븐이 약속하고 싶어 하지 않는다는 걸 알 수 있었다. "이 몸과 영혼은 내 것이야." 마마가 놀랄 정도로 격렬하게 말했다. "어느 누구도 내 몸과 영혼을 마음대로 제어하게 두지 않을 거다. 난 절대로 병원의 기계와 주삿바늘에 내 몸의 치유를 맡기지 않을 거야. 의사들이 우리 엄마에게 가한 짓을 또 하도록 방치할 수는 없어."

"의사들이 무슨 짓을 했는데요?"

"엄마에게서 모든 존엄성과 싸울 의지를 박탈해버렸다. 엄마는 몬태나주의 숲에서 숨을 거두고 싶어 했지만 의사들은 허락하지 않았지."

눈물 때문에 마마의 얼굴이 흐릿하게 보였다. "마마도 곧 숨을 거둘 거라는 뜻이에요?"

마마가 레이븐의 손을 잡았다. 손이 차가웠다. "난 병마와 싸우고 있어, 레이븐. 계속 정령들에게 소원을 빌고 있지. 네가 날 병원으로 데려가면 난 틀림없이 우리 엄마처럼 죽게 될 거다. 나를 절대로 병원에 데려가지 않겠다고 약속해다오."

"하지만 만약……."

"어서 약속해!"

"약속할게요, 마마." 눈물이 레이븐의 볼을 타고 흘러내렸다.

"딸아, 나는 땅의 정령들에게로 가는 게 마음 편해. 땅의 정령들은 늘 내게 잘해주었고, 널 보내주었지. 나는 한시바삐 정령들의 세계로 가고 싶지만 좀 더 이 세상에 머물러야 하는 이유는 오로지 너 때문이었어. 정령들도 그 사실을 알고 있을 거야. 넌 아직 혼자 살 준비가 안 되었으니까."

"알아요. 그 생각만 하면 너무 무서워요."

마마는 레이븐의 손을 꼭 잡았다. "겁내지 마. 내가 떠나더라도 언제나 너의 곁에서 안전하게 지켜줄 테니까."

마마가 나를 언제까지 지켜줄 수 있을까? 지금껏 땅의 정령들이 도와주지 않았는데 앞으로는 달라질 수 있을까?

마마의 눈은 다시 초점을 잃어갔다. 레이븐 뒤에 있는 뭔가를 보는 듯했다. 레이븐은 뒤를 돌아봤지만 아무것도 없었다. 마마 눈에만 보이는 정령일 것이다. 하지만 땅의 정령들이 집 안에 들어올 리 없었다. 정령들은 실내에 들어오면 답답해서 못 견딜 테니까.

"난 이 아이를 안전하게 지켜줘야 해." 마마가 정령에게 속삭였다. "이 아이를 계속 지킬 수 있게 해줘." 정적이 흐르더니 마마가 초조하게 말했다. "난 잘못한 게 없어. 이 아이는 정령들이 나에게 보내줬어. 날 벌주지 마. 난 잘못한 게 없어."

레이븐은 마마의 손을 꽉 잡았다. "아무도 마마를 벌주지 않아요."

마마는 레이븐에게로 눈을 돌렸지만 그 눈은 그녀를 보지 않고 그대로 통과했다. "그들이 나를 벌줄지도 몰라. 잘 모르겠어. 내가 한 일이 기억나지 않아. 내가 어떻게 널 갖게 되었는지. 그들이 내가 한 짓에 화를 낼지도 몰라. 그래서 내가 아픈 것인지도."

"무슨 말이에요? 땅의 정령들이 엄마에게 나를 보내주었잖아요."

"그래, 정령들이 내게 널 보내주었지. 완벽한 아기. 기적." 마마는 레이븐의 손을 아플 정도로 꽉 잡았다. "절대로 그자가 널 자기 핏줄이라고 주장하게 해서는 안 돼. 그자는 악당이야. 그자가 땅의 정령들을 죽였어. 기업을 운영하면서 화학 성분으로 땅을 오염시킨 우리 아버지랑 똑같아. 넌 절대 그의 핏줄이 될 운명이 아니었어."

"누구요? 그자가 누군데요?"

"그 의원, 바우해머!" 마마는 손으로 이마를 눌렀다. "이제 보니 그자는 죽었어. 이제야 기억나네. 그자는 절대 여기에 오지 못해. 널 데려가지 못해."

레이븐은 마마가 무슨 말을 하는지 이해할 수 없었다. 하지만 마마는 물질 세상과 영적 세상 중간에 있을 때 종종 기억에 혼선을 빚었다. 레이븐은 충분히 이해할 수 있었다.

갑자기 몸이 축 늘어지더니 마마가 눈을 감았다. 레이븐은 겁에 질려 마마의 가슴을 손으로 눌렀다. 심장 박동이 느껴지지 않았다. 레이븐은 마마의 가슴에 머리를 대고 귀를 기울였다. 심장 박동 소리가 들렸다. 마마는 죽지 않았지만 안색이 창백한데다 생기라고는 전혀 찾아볼 수 없었다.

마마가 계속 숨을 쉬는 걸 확인한 뒤 레이븐은 일어나서 아침을 만들었다. 그다음에는 점심을, 그다음에는 저녁을 만들었다. 해질 무렵이 되자 마마는 저녁을 먹으라고 깨워도 일어나지 않았다. 레이븐은 마마의 침대에서 잤고, 몸을 끌어안으며 온기를 느꼈다.

지금까지는 마마가 정령들의 세상에 갔다는 이유로 결석한 적이 한 번도 없었다. 예전에는 평일에 그런 일이 일어나도 마마가 건강했기 때문에 학교에 갈 수 있었다. 마마는 가끔 정령들의 세계에서 이틀씩 머물다 왔다. 마마가 쓰러진 날이 화요일이었는데 레이븐은 목요일까지 계속 집에 남아 마마를 돌봤다. 학교를 사흘이나 연달아 결석했지만 마마가 걱정되어 도저히 갈 수 없었다.

마마에게 수프를 먹이려고 할 때 경보가 울렸다. 누가 진입로에 들어왔다는 뜻이었다. 아마 사슴이나 코요테일 것이다. 전에도 그런 적이 있었다. 하지만 레이븐은 어릴 때처럼 여전히 가슴이 심하게 두근거렸다.

어쩌면 이모인지도 몰라.

대문의 비밀번호를 아는 사람은 이모뿐이었다. 팻 선생님을 데려왔을 때도 이모는 스스로 대문을 열고 안으로 들어왔다.

레이븐은 수프를 내려놓고 CCTV 화면을 볼 수 있는 곳으로 달려갔다. 두 번째 경보가 울리기 시작했다. 진입로에 들어온 사람 혹은 동물이 점점 더 가까이 다가오고 있다는 뜻이었다. 이 집에는 세 개의 CCTV가 있었다.

레이븐은 세 번째 CCTV 화면을 보았다. 재키가 빠르게 걸어오고 있었다. 레이븐은 현관문을 벌컥 열어젖혔다. 외부인이 집 근처에 얼씬거려서는 안 된다. 그 규칙이 뼛속 깊이 각인되어있는 까닭에 레이븐은 패닉에 빠져 신발도 신지 않고 재키에게로 달려갔다. 추위와 발바닥을 찌르는 진입로의 자갈도 느껴지지 않았다.

이제 집 안에서 세 개의 경보가 동시에 울렸다. 경보를 끄고 나왔어야 했지만 마마는 신경을 거슬리게 하는 그 소리를 인지하지도 못할 것이다.

"재키!" 레이븐이 헐떡거리며 말했다.

재키는 10미터쯤 떨어진 곳에서 걸음을 멈췄다. "CCTV로 내가 오는 걸 봤어?"

"응."

재키는 이제 바로 모퉁이 너머에 있는 집을 바라보았다. "이건 무슨 소리야?"

레이븐은 현관문을 열어두고 나왔다. 세 개의 경보가 서로 다른 소리로 침입자의 위치를 알리고 있었다. 집 뒤쪽에도 잘 때 켜두는 경보장치 두 개가 더 있었다.

레이븐은 굳이 설명하려고 하지 않았다.

"철책을 넘은 거야?"

"응. 미안해. 하지만 너무 걱정이 돼 어쩔 수 없었어. 넌 사흘이나 결석한 적이 없잖아. 네가 괜찮은지 알고 싶었어."

"난 괜찮아."

재키가 집 쪽을 바라보았다. "경보음이야?"

"응."

"화재 경보는 아니지?"

"아니야."

재키는 레이븐의 얼굴을 뚫어지게 바라보며 가까이 다가왔다. 레이븐의 안색을 살피려는 눈치였다. "너, 어디 아파?"

"난 괜찮아."

"근데 왜 안색이 창백해?"

"엄마가 아파."

평소에는 엄마 이야기를 잘 하지 않지만 지금은 그래야만 재키가 빨리 돌아갈 듯했다.

"혹시 독감이야? 학교에도 독감이 돌고 있어."

"응, 그러니까 너도 우리 곁에 오면 안 돼."

재키의 표정으로 보아 레이븐이 거짓말하고 있다는 걸 눈치챈 듯했다.

"내가 대문 열어줄 테니까 어서 돌아가." 레이븐이 말했다.

그들이 겨우 다섯 발자국쯤 뗐을 때 마마가 힘없이 외쳤다. "너, 누구야? 우리 아이를 어디로 데려가려는 거야?"

레이븐은 뒤를 돌아보았다. 잠옷 바람으로 비틀거리며 현관 계단을 내려오는 마마를 보는 순간 레이븐은 가슴이 철렁 내려앉았다. 마마는 침대 머리맡 테이블 서랍에 보관해두고 있던 권총으로 재키를 겨누고 있었다.

"넌 우리 아이를 데려갈 수 없어." 마마가 비틀비틀 걸어오며 말했다. "그럴 권리가 없어. 우리 아이를 돌려줘. 말을 듣지 않으면 맹세컨대 쏴버릴 거야."

레이븐은 양팔을 벌리고 재키 앞으로 뛰어들었다. "마마, 그만해요. 이 아이는 학교 친구예요."

"아니, 그자가 널 속이는 거야. 그자를 따라가서는 안 돼. 난 그자가 누군지 알아. 뉴욕에서 왔어. 내가 아는 사람이야."

"마마, 이 아이는 우리 동네에 살아요. 뉴욕에서 오지 않았어요."

마마는 쓰러질 뻔했다가 겨우 몸을 가누었다. 레이븐은 그 모습을 아슬아슬하게 지켜보면서 마마가 실수로 총을 발사할까봐 두려웠다.

"이 아이 이름은 잭 대너라고요." 레이븐이 말했다. "이 친구 아버지가 대너 선생님인데 저는 장례식에도 갔었어요. 기억나요? 이 아이 엄마는 제가 다녔던 초등학교 선생님이잖아요."

마마는 아직 몸이 흔들렸지만 가까스로 중심을 잡으며 재키를 바라보았다. 백발에 가까운 금발은 마구 헝클어져 있었고, 수척한 얼굴은 파리했다. 지는 해가 얇은 잠옷을 입은 그녀의 앙상한 몸을 여과 없이 비추었다. 마치 동화책에 나오는 유령 같았다.

레이븐은 천천히 마마에게로 걸어갔다. "총을 이리 주세요."

"경보음을 들었어." 마마가 부드럽게 말했다. "잠에서 깼는데 네가 어디에 있는지 모르겠더구나."

"이해해요. 틀림없이 혼란스러웠을 거예요." 레이븐은 조심스럽게 마마의 손아귀에서 총을 빼앗아 안전장치를 걸었다.

그런 다음 재키를 돌아보았다. 재키는 몸이 얼어붙은 상태로 그 자리에 서 있었다. "마마가 고열에 시달리고 있어서 그래. 미안해."

"괜찮아."

"왜 내 땅에 들어왔지?" 마마가 물었다. 이제는 목소리나 모습이 훨씬 마마다웠다. 정령들의 세계에서 완전히 빠져나온 것이다.

"레이븐이 걱정돼서요. 학교를 사흘이나 결석했거든요."

"학교에 다닌다면 '무단출입 금지'가 무슨 뜻인지 알 텐데."

"알아요. 정말 죄송합니다."

마마는 계속 고압적인 태도로 재키를 바라보았다.

"마마, 재키가 미안하다고 했잖아요. 날이 추워요. 마마는 몸이 안 좋으니까 어서 집 안으로 들어가세요."

"난 아프지 않아."

"제발 좀 들어가세요. 재키를 배웅하고 올게요."

마마는 재키를 향해 검지를 흔들어 보였다. "다시는 여기에 오지 마라."

"네, 그러겠습니다."

마마가 집을 향해 돌아서자 레이븐은 그제야 다시 숨통이 트였다. 두 사람은 말없이 집 앞 도로까지 걸어갔다. 레이븐은 총을 든 손을 허벅지 옆에 붙이고 걸었다.

"너희 엄마가 우리가 나누는 이야기를 들을 수 있어?" 재키가 가장 가까이에 있는 카메라를 바라보며 물었다.

"아니."

재키는 뭔가 말하려다가 그만두고 두 팔로 레이븐을 안아주었다. 처음 있는 일이었다. 레이븐은 손에 총을 들고 있어 그를 안을 수 없었다. 재키가 느닷없이 안아주는 건 그녀 처지가 딱해 보여서일 테지만 그래도 기분은 좋았다.

재키가 포옹을 풀며 말했다. "학교에 나올 수 있으면 좋겠다. 네가 그리웠어." 차에 오른 재키는 대문이 닫히는 동안 떠났다.

지난 10분은 최악의 상황이었지만 그래도 레이븐은 마마가 다시 인간 세상으로 돌아와서 기뻤다. 재키 덕분이었다. 어쩌면 정령들이 재키를 그들의 사유지에 들어오도록 유도했을지도 모른다. 마마를 정령들의 세상에서 끌어낼 수 있는 유일한 방법은 레이븐이 위협받는 상황이 만들어지는 것이었다.

레이븐이 집으로 돌아갔을 때는 이미 경보음도 멎어 있었다.

"재키가 새 남자 친구니?"

"그냥 친구예요."

마마가 다 안다는 듯이 미소 지었다. "재키가 널 껴안는 걸 봤다."

"왜 저의 일거수일투족을 감시하세요?"

마마는 앙상한 손으로 레이븐의 얼굴을 감쌌다. "왜냐하면 넌 나의 보물이니까. 이번 생에서 그리고 다음 생에서도 난 널 지킬 거야."

7

수업을 마치는 종소리가 겨울방학의 시작을 알렸다. 복도는 방학을 잘 보내라고 서로 인사를 나누는 소리로 떠들썩했다.

레이븐은 늘 손꼽아 기다리는 행사가 있을 경우 어떤 기분이 될지 궁금했다. 방학을 맞이한 아이들은 온종일 크리스마스에 무슨 선물을 받게 될지, 가족끼리 어디로 여행을 떠날지, 어디에서 스키를 타거나 해변에서 휴가를 즐길지, 남자 친구나 여자 친구에게 무슨 선물을 할지 이야기를 나누느라 여념이 없었다.

레이븐은 방학이 되어도 딱히 기대되는 일이 없었다. 학교에 가지 않으면 오히려 즐거움을 찾기 힘들었다. 방학에는 공부를 하지 않고 쉴 수 있어서 좋았지만 이내 생활이 지나치게 단조로워졌다. 올해는 마마가 아파 더욱 기대할 게 없었다. 잠시라도 걱정을 내려놓고 도피하기보다는 차라리 늘 마마 옆을 지키는 편이 나았다.

앞으로 2주 동안은 재키를 만날 일도 없을 것이다.

레이븐이 차에 타자 재키가 시동을 걸며 말했다. "방학이 되었는데 그다지 즐거워 보이지 않네."

"난 겨울방학이 싫어."

"늦잠을 잘 수 있어 좋잖아."

"늦잠도 하루 이틀이지."

"산타클로스가 주는 선물은?"

"우리 집에는 산타가 온 적이 없어."

"선물도 없어?"

"이모가 보내주기는 해."

"엄마는?"

"없어."

재키는 주차장에서 빠져나가려고 늘어선 차들 뒤로 운전해갔다. "네가 겨울방학을 좋아하게 만들 방법이 있어."

"뭔데?"

"우리 집에서 열리는 크리스마스 파티에 참석해서 옛 친구들과 다시 뭉치는 거야. 리스 형이랑 우리 형, 우리 엄마, 나. 이번 주 금요일에 파티를 열 거야."

"정말 리스도 와?"

재키가 미소 지었다. "리스 형은 우리 집에서 자고 갈 거야. 일단 6시에 모여 저녁을 먹기로 했어."

재키는 왜 파티 이야기를 해서 나를 괴롭힐까?

"불참한다는 말은 하지 마. 작년 봄에는 크리스랑 어디든 다 돌아다녔잖아."

"상대가 크리스였으니까. 이번에는……."

"나도 알아. 우리 집이 금단의 땅이라는 걸. 너희 엄마가 발을 들여놓으면 안 된다고 엄포를 놓은 곳이지."

“나도 가고 싶어.”

“내가 데리러 갈게. 5시 45분에 너희 집 대문 앞에서 만나.”

“아직 엄마에게 허락을 받지 않았어.”

“넌 휴대폰이 없으니까 미리 약속을 정해야 해.”

“우리 집까지 나를 데리러 올 필요 없어. 엄마가 허락하면 걸어서라도 올게.”

“걸어서 오기에는 너무 멀어. 게다가 개울물이 너무 차가워 건널 수 없을 거야. 그냥 내가 데리러 갈게.”

“지금은 확답할 수 없어.”

재키는 한동안 말이 없었다. 차 안에 내려앉은 정적이 평소와 달리 불편했다. 레이븐은 차창 너머로 눈 덮인 숲과 들판을 바라보았다.

재키는 대문 앞에 차를 세웠다. 레이븐은 바닥에 놓아둔 배낭을 집어 들었다.

“우리 집에 와도 되는지 물어볼 거지?”

“엄마의 건강 상태를 봐야 해.”

“엄마가……?”

“우리 엄마가 뭐?”

“그날 내가 본 게 엄마의 평소 모습이야?”

재키는 그날 일을 한 번도 언급한 적이 없었다. 마마가 크리스에게 그랬듯이 총으로 위협했다는 얘기도 하지 않았다.

“엄마는 건강이 좋지 않아.” 레이븐은 마마에 대해 더는 이야기하지 못하도록 차 문을 열었다.

"물어보기라도 해봐."

레이븐은 차에서 내렸다. "현재 내 상황이 좋지 않다는 걸 알면서 왜 자꾸만 파티 이야기를 해? 이해가 안 돼. 너 좀 못됐어, 재키."

"우린 그저 너랑 리스 형이 우리와 함께 즐거운 크리스마스를 보내길 바랄 뿐이야. 리스 형 엄마도 크리스마스에 아무것도 하지 않으니까."

"리스도 나처럼 불쌍해서 파티에 초대했어?"

"그게 무슨 말이야? 너, 진심이야?"

"그게 아니면 뭐야?"

"우리는 리스 형이 잠깐이나마 엄마로부터 벗어날 수 있도록 매년 크리스마스에 우리 집으로 초대했어. 리스 형도 우리 마음을 잘 알아. 우리가 형을 정말 좋아하기 때문에 파티에 초대했다는 걸 잘 안다는 뜻이야. 리스 형도 우릴 좋아하고. 우리가 파티에 초대한 걸 동정심 때문이라고 생각한다면 유감이야."

재키는 조수석 쪽으로 몸을 내밀어 문을 닫았다.

재키가 시동을 걸고 떠나는 동안 레이븐은 뒤로 물러났다. 발이 너무 무거워 좀처럼 떨어지지 않았다.

마마는 집에 없었다. 땅의 정령들에게 병을 낫게 해달라고 빌러 갔을 것이다.

레이븐은 저녁을 만들었다. 마마는 가슴을 움켜잡고 숨을 헐떡이며 집으로 돌아와 아무 말도 하지 않았고, 음식도 거의 먹지 않았다. 레이븐은 크리스마스 파티에 가도 되는지 묻지 않았다. 괜한 말로 마마를 화나게 할 엄두가 나지 않았다.

그 뒤로 며칠 동안 레이븐은 하루에 몇 시간씩 산책했다. 땅의 정령들에게 마마를 낫게 해달라고 빌기도 했다. 재키에게 불쌍해서 파티에 초대했냐고 물은 걸 후회했다. 명백한 잘못이었다. 마마가 왜 그토록 독기를 품게 되었는지 몰라도 이제 그 독기가 레이븐에게까지 스며들고 있었다.

재키의 집에서 크리스마스 파티가 열리는 금요일이 되었다. 레이븐은 마마에게 파티에 가도 되는지 물어보기로 마음먹었다. 재키가 보고 싶었다. 재키의 집에 가서 리스와 헉, 대너 부인을 만나고 싶었다. 인생 최고의 여름으로 기억되는 그날로 돌아가고 싶었다.

잠에서 깬 마마는 심기가 불편해 보였고, 레이븐의 눈에는 보이지 않는 정령들을 향해 뭐라고 중얼거렸다. 예전에도 기절하기 전에, 정령들의 세상으로 돌아가기 전에 가끔씩 그랬다. 파티에 가도 되는지는 나중에 물어봐야 할 듯했다.

마마는 계속 혼잣말을 중얼거리며 집을 나갔다. 레이븐은 집에 남아 마마를 기다렸다. 마마가 땅의 정령들과 시간을 보낸 뒤에 기분이 좋아져서 돌아오기를 바랐다. 마마가 돌아오면 그때 파티에 가도 되는지 물어볼 작정이었다.

레이븐이 영어 수업 과제인 책을 읽는 동안 늦은 오후가 되었고, 눈이 내리기 시작했다. 레이븐은 마마가 추위에 떨거나 눈길에 쓰러질까봐 걱정되었고, 집에 돌아오는 즉시 몸을 녹일 수 있도록 수프를 만들었다.

적어도 눈이 6센티미터는 쌓였을 때 마마가 돌아왔다. 늘 그렇듯이 창백한 얼굴로 숨을 헐떡였고, 추운 날씨였지만 땀을 뻘뻘 흘리고 있었다. 다만 이제는 혼잣말을 중얼거리지 않았다.

"쇠고기와 보리 수프를 만들었어요. 오븐에 빵을 구울게요." 레이븐이 말했다.

"빵은 됐다. 수프만 먹을게."

레이븐은 수프를 식탁에 내려놓았다. 재키가 6시에 저녁을 먹을 거라고 했기 때문에 레이븐은 먹지 않았다.

"넌 왜 안 먹니?"

"만들면서 좀 먹었어요. 배 안 고파요."

수프를 떠서 입으로 가져가는 마마의 손이 살짝 떨렸다.

"눈이 예쁘게 내리죠?"

"그래." 마마는 빛나는 눈으로 레이븐을 바라보았다. "오늘 새로운 정령을 봤어. 지금껏 본 적 없는 정령이었다. 흰 소용돌이로 만들어진 우리 엄마 같더구나. 그 정령이 나를 불렀어."

레이븐은 차가운 눈 덩어리를 삼킨 듯했다. "할머니의 영혼이 여기에 있다는 말은 한 적 없잖아요. 왜 할머니가 여기에 왔죠?"

마마의 눈에서 이글거리던 광채가 잦아들었다. "할머니인지는 잘 모르겠구나. 어쩌면 꿈이었을지도 몰라. 깜박 잠이 들었으니까. 기억이 안 나.”

마마는 의자를 뒤로 밀더니 몸을 떨며 자리에서 일어섰다. “이제 좀 쉬어야겠다. 방해하지 말아다오.” 그러고는 침실로 들어가 문을 닫았다.

레이븐은 설거지를 하고 나서 주방을 정리했다. 청소한 지 이틀밖에 안 되었지만 마른 천으로 먼지도 닦았다. 그런 다음 창문 너머로 하염없이 내리는 눈을 바라보았다. 마마에게 그랬듯이 눈이 그녀를 불렀다. 하지만 마마처럼 죽은 사람이 보이지는 않았다. 그저 생생히 살아 있는 눈이 그녀에게 밖으로 나오라고 손짓했다.

레이븐은 부츠를 신고 코트를 입은 다음 마마에게 쪽지를 썼다. ‘눈 속을 거닐고 올게요. 좀 늦을 거예요.’ 냉장고에 마그넷으로 쪽지를 붙여두었다.

눈과 함께 어둠이 빠르게 내려앉고 있었다. 레이븐은 가장 따뜻한 모자와 장갑, 손전등을 찾아냈다. 눈을 밟으며 개울 쪽으로 걸어갔다. 재키의 집에서 열리는 파티에 갈지 아직 결정하지 않았다. 이토록 눈이 펑펑 내리는 어둠 속에서 걸어보는 건 난생처음이었다. 손전등의 황금색 빛줄기가 수정 같은 눈송이를 비추었다. 마치 하늘에서 쏟아져 내리는 별 같았다.

개울까지 걸어가는 데 시간이 제법 오래 걸렸다. 쏟아지는 눈 때문에 시야가 트이지 않아 두 번이나 길을 잘못 들었기 때문이다.

레이븐은 손전등으로 개울을 비추었다. 언뜻 보기에도 부츠가 완전히 잠길 정도의 수심이었다. 부츠가 물에 젖으면 발이 차갑고 무거워진다. 이대로 개울에 들어가 곧장 재키의 집으로 가든지 집으로 돌아가야 했다.

개울은 레이븐에게 재키의 집으로 가라고 했다. 개울은 늘 그랬다. 뒤탈을 걱정하지 않고 원하는 곳으로 흘러간다.

설령 재키의 집으로 간다고 해도 뒤탈은 없을 듯했다.

마마는 산책하느라 지쳐 오랫동안 잠을 잘 것이다. 깨어나면 냉장고에 붙여둔 쪽지를 보고 딸이 산책하러 나갔다고 여길 것이다. 어쨌거나 마마는 몸이 아파 눈이 내리는 밖으로 찾아 나서지는 않을 것이다.

레이븐은 개울로 들어갔다. 부츠에 물이 가득 차면서 발이 얼얼해졌다가 이내 무감각해졌다. 레이븐은 최대한 빨리 걸었다. 손전등으로 울프스베인을 비춰보았다. 오랜 세월이 흘렀지만 울프스베인은 여전히 웨어울프를 쫓아내고 있었다.

개울을 건넌 레이븐은 오리나무 수풀을 지나 들판을 가로질렀다. 눈앞에 재키의 집 울타리가 보였다. 그 너머로 황금색 불이 켜진 노란 집이 마치 꿈결인 듯 눈에 들어왔다.

레이븐은 울타리를 향해 걸어갔다. 사방이 온통 눈으로 덮여 있었다. 레이븐은 몸을 숙여 울타리 사이로 빠져나갔다. 몇 걸음 걷다가 뒤돌아 손전등으로 눈에 생긴 발자국을 비춰보았다.

거기서부터 집까지는 뛰어갔다. 뭔가에 걸려 눈 위에 쓰러졌지만 웃음이 터져 나왔다. 현관으로 달려가 초인종을 눌렀다. 입에서 뽀얀 입김이 연기처럼 쏟아져 나왔다.

"내가 열게." 집 안에서 리스가 외쳤다.

현관문이 열렸다. "세상에!" 리스가 말했다. "이제야 울타리에 걸려 있던 마법을 깨버렸구나!"

"응."

"그런데도 멀쩡하게 살아 있네."

"발가락이 얼어 사라진 것 같아. 감각이 없어."

"이리 와! 이 미친 버드 걸!" 리스는 레이븐을 안아들고 한 바퀴 돌렸다.

그다음은 재키가 안아주었고, 그다음에는 헉과 대너 부인이 안아주었다. 그들은 레이븐의 모자와 코트를 벗기고, 심지어 부츠를 벗는 것까지 도와주었다.

집 안에서 사과, 정향, 솔잎 향기가 났고, 벽난로에서 장작이 타는 냄새로 가득했다. 대너 부인은 젖은 옷을 갈아입히려고 했지만 레이븐은 반짝이 줄과 꼬마전구, 화려한 오너먼트로 꾸민 전나무부터 보고 싶다고 했다. 크리스마스트리의 화려한 아름다움에 마음이 환해지기는 했어도 인간의 집에서 죽어가는 가여운 나무를 보니 기분이 이상했다.

"엄마가 재혼한 이후로 크리스마스트리를 만들기 시작했어. 아빠가 좋아하셨거든." 재키가 말했다.

"난 아직도 내키지 않지만 아이들이 크리스마스트리를 계속 만들고 싶어 했단다." 대너 부인이 말했다.

"어서 마른 옷으로 갈아입어. 이제 막 저녁을 먹으려던 참이었어." 리스가 말했다.

"리스가 배고플 땐 건드리면 안 돼." 혁이 장난스럽게 말했다.

"버드 걸은 예외야." 리스가 손으로 레이븐의 머리카락을 헝클어뜨렸다.

레이븐이 옷을 갈아입고 나오자 대너 부인은 향신료를 넣고 끓인 사과주 한 컵을 따라주었다. 저녁은 리스가 먹고 싶다고 했던 비건 타코와 부리토였다. 레이븐이 이 집에서 마지막으로 먹었던 바로 그 음식이었다.

디저트까지 먹은 리스는 세 번째 쿠키를 입에 물고 코트를 입었다.

"어딜 가려고?" 대너 부인이 물었다.

"눈으로 소프트볼을 하려고요." 리스가 쿠키를 우물거리며 말했다.

"우리 집 전통이야." 혁이 말했다.

레이븐도 함께하고 싶어 코트와 부츠를 들고 왔다. 리스는 쏟아지는 눈과 뒤뜰을 비추는 조명등을 켰다. 말이 소프트볼이지 눈싸움이었다. 재키와 레이븐이 한 팀이 되어 혁과 리스와 싸웠다. 서로 머리카락과 얼굴에 눈을 문질러댔다. 레이븐은 얼굴이 아플 정도로 얼얼했지만 너무나 즐거웠다. 리스가 아이들의 코트 속으로 눈을 넣기 시작했다. 레이븐과 재키, 혁이 한꺼번에 덤벼들어 리스를 눈밭에 쓰러뜨렸다.

"탑 쌓기 시작!"

레이븐이 소리치자 다들 리스 위로 몸을 포갰다. 어린 시절 레이븐이 좋아했던 놀이였다.

다들 몸을 포개고 탑 쌓기를 하는 동안 레이븐이 눈을 뭉쳐 재키의 등 안으로 밀어 넣었다.

"레이븐, 가만 안 둘 거야." 재키가 외쳤다.

레이븐은 깔깔거리며 마당을 가로질러 뛰었다. 재키가 이내 레이븐을 덮쳤고, 그가 복수하려고 스웨터 안으로 밀어 넣은 눈덩이가 어찌나 차가운지 저절로 비명이 터져 나왔다. 레이븐은 몸을 옆으로 굴려 재키의 얼굴에 눈을 문지르려고 했지만 그가 양팔을 잡고 누르는 바람에 실패했다. 숨을 거칠게 몰아쉬는 재키의 얼굴이 코앞에 있었다. 재키의 체취에 레이븐은 취할 듯했다.

"너희들 지금 둘이서만 탑 쌓기를 하는 거야, 재키?" 리스가 물었다.

"아니." 재키가 대답했다.

리스와 혁이 웃음을 터뜨렸다.

"우린 빠져주자." 리스가 말했다.

그러더니 혁과 함께 킥킥거리며 집 안으로 먼저 들어갔다. 리스가 조명등을 껐고, 갑자기 어둠이 내려앉는 바람에 레이븐은 깜짝 놀랐다. 하지만 그 순간 입술을 덮친 재키의 키스는 그리 놀랍지 않았다. 재키가 키스하리라는 걸 알고 있었으니까.

"키스해도 괜찮아?" 재키가 물었다.

"괜찮지 않았다면 넌 이미 대가를 치렀을 거야."

"네 주먹에 맞아 입술이 퉁퉁 부었겠지."

"그 정도로 가볍게 끝나지는 않았을걸."

재키는 여전히 레이븐의 양팔을 누르고 있었다.

"난 이렇게 해보고 싶어." 레이븐이 몸을 굴려 재키의 몸 위에 올라타더니 양팔을 누른 다음 키스했다.

"어느 쪽이 더 좋아?"

"방금 전 내가 한 키스."

"나도 그런 거 같아. 하지만 아직 확실하지 않으니까 좀 더 해봐야겠어."

레이븐은 다시 재키에게 키스했다.

"너한테 못됐다고 해서 미안해." 레이븐이 말했다.

"속상해서 한 말이었다는 걸 알아."

재키는 몸을 일으켜 레이븐을 껴안았다. "너랑 키스하는 게 이렇게 쉽다니, 정말 이상한 일이야."

"그렇지? 하지만 이상한 게 아닐지도 몰라."

재키는 자신의 몸에서 레이븐을 떼어내고 뚫어지게 바라보았다. 집 안에서 흘러나온 조명 덕분에 재키의 이목구비와 반짝이는 눈을 볼 수 있었다. 재키는 환하게 미소 짓고 있었다.

"넌 나랑 키스한 게 전혀 놀랍지 않아?" 재키가 물었다.

"일곱 살 이후로 너랑 키스하고 싶었으니까."

"나도 그랬던 것 같아."

레이븐은 다시 재키에게 키스했다.

재키는 장갑을 벗고 손으로 레이븐의 머리에 붙은 눈을 쓸어내렸다. "드디어 네 머리를 만져보네."

"내 머리카락이 마음에 들어?"

"너무 좋아. 레이븐의 윤기 나는 검은색 깃털이 생각나거든. 틀림없이 네 이름 때문일 거야."

크리스도 그녀 안에 있는 레이븐의 일면을 보았다. 아마 서로의 영혼이 가까웠기 때문일 것이다. 하지만 재키와 달리 크리스에게는 영혼의 유대감이 100분의 1도 느껴지지 않았다.

"이제 집으로 들어갈까?" 재키가 물었다.

"난 밤새 여기에 있을 수 있어."

재키는 미소 지으며 레이븐의 머리칼을 쓰다듬었다. "우린 늘 바깥에서 만났어. 심지어 학교에서도 넌 마치 잠시 실내에서 머무는 숲의 한 조각 같았지."

"학교에서는 그런 기분이 들 때가 많았어." 레이븐은 재키의 입술에 살짝 키스했다. "내가 학교에 간 이유는 너를 보기 위해서였어. 리스랑 혁도."

"우리도 다 알아. 넌 너무 큰 대가를 치렀어. 그래서 네가 우리 집에 올 수 없다고 했을 때 화가 났던 거야. 죄책감이 들기도 했고."

"왜 죄책감이 들어?"

"혁 형은 이렇게 말했어. 우리가 널 학교로 꾀어냈고, 학교는 너에게 덫이었다고. 우린 너를 학교로 꾀어낸 대가로 다른 곳에서는 볼 수 없었지. 우리 때문에 넌 새장에 갇히게 되었고, 자유를 잃은 거야."

"지금 난 너랑 여기에 있잖아."

"엄마도 알아?"

"아니, 엄마는 자고 있어."

"언제 돌아갈 거야?"

"지금 그 이야기는 하고 싶지 않아. 키스해줘."

재키가 키스한 뒤에 말했다. "네가 돌아가기 전까지 가능한 한 많이 키스해줄게."

눈에 흠뻑 젖은 두 사람은 점점 더 추워졌다. 재키가 뒷문을 열고 집 안으로 들어서며 말했다. "리스 형이 또 끝없이 놀려대겠네."

"상관없어."

"나도."

두 사람이 부츠와 코트를 벗는 동안 대너 부인이 다가왔다. "너희도 혁과 리스만큼이나 젖었지? 욕실에 네가 갈아입을 옷을 놓아두었다. 레이븐."

"고맙습니다. 빨래를 너무 많이 만들어 죄송해요. 제가 세탁기에 빨래를 넣을게요."

"착하기도 하지. 하지만 넌 그냥 재미있게 놀아. 집에는 언제까지 가야 하니?"

"딱히 정해놓은 시간은 없어요."

대너 부인이 얼굴을 찡그렸다. "엄마도 네가 여기 온 걸 알아?"

레이븐은 고개를 저었다.

"엄마가 걱정할 텐데."

"잠에서 깨어나면 냉장고에 붙여둔 쪽지를 볼 거예요. 제가 산책을 다녀오겠다고 써놨거든요."

"눈보라가 치는 밤에?"

"엄마랑 저는 늘 그래요."

"늘 그러다니?"

"눈이 오나 비가 오나 늘 밖으로 나간다고요."

대너 부인이 재키에게 말했다. "아무래도 걱정이 많이 되는구나. 재키, 네가 곧 레이븐을 집에 데려다주렴. 알았지?"

재키는 고개를 끄덕였다. 하지만 엄마가 자리를 뜨자 장난스러운 눈빛으로 레이븐을 힐끗 보았다. '곧'이라는 말은 전혀 염두에 두지 않는 눈빛이었다.

레이븐과 재키는 옷을 갈아입고 나서 거실로 갔다. 헉과 리스는 영화를 보고 있었다. 불이 꺼진 거실에는 촛불과 트리를 장식한 색색의 전구만이 켜져 예쁘게 빛나고 있었다.

"왜 이제야 들어왔어? 눈보라 속에서 길이라도 잃은 거야?" 헉이 물었다.

"응." 재키가 말했다.

"도덕의 나침반을 따라갔기를 바라네, 젊은이." 리스가 선생님 같은 말투로 말했다.

재키는 L자 모양의 소파에 앉아 레이븐을 옆으로 끌어당기며 헉에게 물었다. "엄마는 어디 있어?"

"방에서 독서 중이야."

재키는 부드러운 담요를 펼쳐 자신과 레이븐 위로 덮었다. 그런 다음 레이븐을 품에 안았다.

"와, 너희들 진도가 너무 빠른 거 아냐?" 리스가 말했다.

"아니야, 걔들은 이미 같이 잔 사이야." 헉이 말했다.

리스는 먹고 있던 팝콘이 목에 걸린 척 컥컥거렸다. "그 이야기를 왜 이제 해?"

"재키가 말하지 말라고 했거든." 헉이 재키를 보며 말했다.

"근데 방금 말했잖아." 재키가 말했다.

"그런 일이 벌어진 게 언젠데?" 리스가 물었다.

"오래됐어."

리스가 레이븐을 보며 말했다. "넌 네 명예를 찾아야 하지 않아?"

"그럴 필요 없어. 그때 난 일곱 살이었는데 뭐."

"내가 알기로 그해 여름에 신데렐라는 늘 자정 전에 돌아갔는데?" 리스가 의아하다는 듯이 말했다.

"레이븐이 한밤중에 재키 방에 몰래 들어갔어." 헉이 말했다.

"이런 앙큼한 꼬마 같으니!" 리스가 레이븐에게 말했다.

그 말에 다들 웃음을 터뜨렸다.

"근데 정말로 그랬어?" 리스가 레이븐에게 물었다.

"응. 엄마가 나에게 단단히 화나는 바람에 집에서 도망쳤거든."

"이왕 도망친 김에 재키의 침대로 기어들어간 거야?"

"그랬지." 재키가 레이븐을 더욱 꼭 안아주며 말했다. "레이븐은 몸이 꽁꽁 얼고 물에 젖어 있었어."

"후퍼 씨네 땅에서 잠들었다가 왔으니까."

"그 얘기는 안 했잖아." 재키가 말했다.

"몸이 너무 떨려 말할 겨를이 없었어."

"진짜 재미있는 이야기네. 내가 나중에 유명 작가가 됐을 때 써먹어도 괜찮지?" 리스가 말했다.

"생각해볼게." 재키가 말했다.

"아직도 글을 써?" 레이븐이 리스에게 물었다.

"일하고, 차로 통근하고, 빨래하고, 엄마가 위스키보다 음식을 더 많이 먹는지 매일 확인하느라 죽도록 피곤하지 않을 때만 글을 쓰지. 그러니까 한마디로 글을 쓰지 않고 있다는 뜻이야."

"개짜증 나겠네." 재키가 말했다.

"내가 참을성 하나는 알아주잖아." 리스가 말했다.

"존경스러울 정도지." 혁이 말했다. "우리 지금 영화를 보는 거야, 안 보는 거야?"

"아까 저 커플이 들어오기 전까지 봤던 장면으로 돌려." 리스가 말했다.

레이븐과 재키는 거실에 그리 오래 머물지 않았다. 몇 분 뒤 재키가 레이븐의 귀에 대고 속삭였기 때문이다. "내 방으로 올라갈래?"

레이븐은 고개를 끄덕였다.

"엄마한테는 너희 둘이 숙제한다고 말할까?" 둘이 계단을 향해 걸어가자 혁이 물었다.

"엄마가 그 말을 철석같이 믿을 거야." 재키가 말했다.

"너무 열심히 공부하다가 병이 나면 안 되니까 쉬어가면서 해." 리스는 그렇게 말하고는 혁과 함께 킥킥거리며 웃었다.

재키는 침실 불을 켜고 문을 닫았다. 침실 벽은 예전의 연푸른색이 아니라 폭풍우 몰아치는 하늘처럼 회청색으로 바뀌어 있었다. 침대가 더 커져 상대적으로 방이 작아 보였다. 책상과 서랍장 위에는 가족들과 함께 찍은 사진들이 있었다. 대부분 캠핑 여행을 갔을 때 찍은 사진들이었다. 벽에 걸린 장식이라고는 서랍장 위의 거울과 코르크로 만든 게시판뿐이었다. 게시판에는 친구들 사진과 초등학교 시절까지 거슬러 올라가는 여러 가지 기념품들로 뒤덮여 있었다. 학교 행사 때 찍은 몇몇 사진에는 레이븐도 있었다. 레이니어 산, 옐로스톤, 그랜드캐니언처럼 재키가 갔던 곳들의 스티커와 자연보호 메시지도 붙어 있었다. 재키는 대학에서 보존 생물학을 공부하고 싶다고 했다.

"아직도 천장에 별이 붙어 있네." 별 스티커가 붙은 하얀 천장을 올려다보며 레이븐이 말했다.

"중학교에 입학하면서 떼어버리려고 했는데 몇 개 떼어내자 회반죽까지 같이 떨어지는 바람에 그냥 두기로 했어. 천장을 다시 수리해야 할 정도였으니까."

"난 저 별들이 좋아."

"그냥 두길 잘했네." 재키가 레이븐을 끌어안았다. "뭐 할래?"

"슈츠 앤 래더스 하자."

"그 게임은 이제 없을걸."

"캔디 랜드는?"

재키가 씩 웃었다. "마치 다른 걸 하자는 암호로 들리는데?"

"맞아. 그거 하자." 레이븐은 재키의 맨투맨 티셔츠 밑자락을 가슴까지 들어 올렸다.

"너, 진짜 빠르다."

"그냥 보고 싶어서 그래."

"그래? 내 차례가 기다려지네."

레이븐은 그의 맨가슴을 유심히 살펴보았다. 재키를 처음 만난 날, 그와 헉, 리스가 개울의 수심이 깊은 곳에서 수영했던 날이 떠올랐다. 그때 햇볕에 탄 재키의 몸은 유난히 매끈하고 부드러워 보였다. 이제는 가슴에 털도 났고, 울퉁불퉁한 근육이 잡혀 있는 남자의 몸이 되었다.

재키는 자신을 바라보는 레이븐의 시선이 불편하지 않았다.

"어때?" 재키가 양팔을 벌리며 말했다.

"헉이 너에게 캔디 랜드의 졸리*라고 했던 게 기억나? 넌 이제 킹 캔디**가 되었어."

"칭찬이지?"

*작은 젤리가 의인화된 캐릭터. 공룡과 두더지의 혼종

**캔디 랜드 전체의 왕인 인간 남자

"당연하지." 레이븐은 그의 배꼽 아래에 일직선으로 나 있는 털을 쓰다듬었다. "이 털은 언제부터 생겼어?"

재키가 부드럽게 웃었다. "정확히 언제부터인지 모르겠어."

"멋져."

"네가 계속 만지면 무슨 일이 생길지도 몰라." 재키는 레이븐을 끌어 당겨 키스했다. "이제 내 차례지?"

"내 스웨터를 벗기려고?"

"젤리 산이 너무 보고 싶어. 하지만 만약 엄마가 이 방에 올라왔다가 그걸 보면 날 패버릴지도 몰라."

"엄마가 이 방에 올라올 일이 있을까?"

"그거야 모르지."

"난 천장의 별이 보고 싶어."

레이븐은 조명등을 껐다. 천장의 별들이 초록빛이 감도는 흰색으로 빛났다. 레이븐은 별을 보려고 침대에 누웠다. "늘 이 별들을 다시 보고 싶었어."

재키가 그녀 옆에 누웠다. "별만?"

"너도."

재키는 몸을 내밀어 레이븐에게 키스했다. "방학 동안에 또 만날 수 있을까?"

"그러고 싶어."

"알아. 그러니까 방법을 찾아내야 해."

레이븐은 마마에게 재키랑 데이트해도 되는지 묻는 상상을 했다. 재키가 방문이 금지된 집에 사는 아이가 아니었다면 허락을 받아내기가 쉬웠을 것이다. 많은 시간이 흐른 만큼 어쩌면 마마도 개의치 않을 수도 있었다. 그런 일에 일일이 신경 쓸 만큼 기력이 남아 있지도 않았다.

재키는 계속 레이븐의 얼굴을 어루만졌다. "레이븐……?"

"응?"

"무슨 일이 있는지 솔직하게 말해줄래? 네가 몬태나에서 돌아온 이후 뭔가 잘못되었다는 느낌이 들었어."

"엄마가 많이 아파."

"어디가?"

"심장이."

금지된 말들이 술술 흘러나왔다. 레이븐은 그 이유를 알 수 없었다.

"엄마가 돌아가실 것 같아, 재키."

"정말 유감이야, 레이븐. 의사가 그랬어?"

"엄마는 병원에 가지 않으려고 해."

"병원에 가서 수술을 받으면 나을 수도 있어."

"엄마는 안 갈 거야. 내가 여러 번 병원에 가자고 말했지만 말을 듣지 않았어."

"병원에 가지 않으려는 이유가 뭔데?"

"정확한 이유를 알 수는 없지만 할머니 때문인가봐. 할머니가 병원에서 숨을 거두었는데 엄마 말로는 인간의 존엄성을 훼손당했다고 했어."

"병원에 가서 병을 고치면 다시 건강하게 살 수도 있잖아."

"나도 그렇게 생각하고 설득해봤지만 말이 통하지 않았어. 오히려 다시는 병원 이야기를 꺼내지 않겠다는 약속을 하라고 했지." 레이븐은 지금껏 마음을 무겁게 짓눌렀던 엄마와의 약속이 깨지면서 그간의 고통이 흐느낌으로 터져 나왔다.

재키는 다시 레이븐을 안아주었다. "네가 정말 힘들겠구나."

"엄마가 돌아가시면 난 어디로 가지? 어떻게 해야 하지?"

"괜찮을 거야. 아마 그리 쉽게 돌아가시지는 않을 거야."

"엄마는 갈수록 건강이 나빠지고 있어."

"이모가 있다고 했잖아. 이모에게 도움을 청해봐."

"엄마는 내가 직접 이모에게 연락해서는 안 된다는 약속을 받아냈어. 게다가 이모에게 연락하는 방법을 몰라."

"이제 엄마와의 약속을 깨야 하지 않을까?"

"이모는 엄마를 병원에 입원시키려고 할 거야. 병원에서는 엄마의 몸에 온갖 의료 기기를 부착하려고 하겠지. 엄마는 병원에서 치료받기를 원치 않아. 엄마에게는 자기 몸에서 일어나는 현상들을 통제할 권리가 있어, 안 그래?"

"엄마가 널 이러지도 저러지도 못하게 했네."

레이븐은 더욱 크게 울었다.

누군가 침실 문을 두드렸다.

"재키?" 대너 부인이었다. "무슨 일이니? 레이븐이 왜 우는 거야?"

"젠장." 재키는 맨투맨 티셔츠를 입고, 스탠드를 켠 다음 문을 열었다.

대너 부인은 레이븐이 눈물을 닦는 모습을 바라보았다. "캐묻고 싶진 않지만 무슨 일인지 걱정이 되는구나."

"레이븐에게 일이 생겨서……." 재키가 말했다.

레이븐은 말하지 말라는 뜻으로 고개를 저었고, 대너 부인은 그걸 보았다.

"사적인 일이라서요."

"이해한다." 대너 부인이 말했다. "난 레이븐이 이제 그만 집에 가야 한다는 말을 하려고 왔다가 우는 소리를 들었어. 엿들을 생각은 아니었다."

"괜찮아요." 레이븐이 말했다.

"내가 어떤 식으로든 도울 방법이 없을까?"

"아뇨. 말씀은 고맙게 받아들일게요."

"이렇게 눈보라가 치는 날인데 네가 어디에 있는지 몰라 엄마가 걱정할까봐 마음이 놓이지 않아. 이제 집에 가보는 게 좋겠어."

"집으로 돌아갈게요."

대너 부인은 레이븐을 껴안았다. "우린 언제나 네 편이야. 필요한 게 있으면 뭐든지 말해봐."

레이븐도 대너 부인을 껴안았다. 이 집에서 살고 싶다고 말했던 기억이 났다. 그 말을 하고 나서 얼마나 창피했던지 힘껏 뛰어갈 수밖에 없었다. 어떤 면에서 레이븐은 지금도 여전히 후퍼 씨의 들판을 가로

질러 달리던 일곱 살 어린아이와 같은 기분이었다.

헉과 리스도 레이븐이 울었다는 걸 눈치채고 놀리려다가 참았다. 리스와 헉이 번갈아 레이븐과 작별의 포옹을 했다.

"괜찮아?" 리스가 귀에 대고 속삭였다.

"응."

"거짓말하면 엉덩이에 뿔난다." 리스가 속삭이자 레이븐은 막힌 코로 훌쩍거리며 웃었다.

바깥에 눈이 15센티미터 정도 쌓여 있었다.

"정문에서 내려주지 마." 재키가 시동을 걸자 레이븐이 말했다.

"그럼 어디에서 내려줄까?"

"내가 알려줄게. 정문이 나오기 전에 내려줘."

"왜?"

"철책을 넘어갈 거야. 진입로로 걸어가면 경보음이 울려 엄마가 잠에서 깰 테니까."

재키는 경보음에 대해 추가 설명을 듣고 싶은 듯 레이븐을 바라보았다.

"나중에 다 설명해줄게. 지금은 그냥 출발하는 게 좋겠어. 그리고 우리 집 대문 앞으로 지나가지 말고 꼭 유턴해서 돌아가야 해."

재키가 눈길이라 천천히 운전한 덕분에 레이븐은 철책을 넘어가기 좋은 장소를 찾아낼 수 있었다. 레이븐은 덤불이 우거지지 않은 곳에 차를 세우게 했다.

"여기서 내리면 꽤 많이 걸어가야 할 텐데?"

"괜찮아."

재키는 작별 인사를 하려고 차에서 내렸고, 두 사람은 헤드라이트의 원추형 불빛 속에서 팔랑팔랑 떨어지는 눈을 맞으며 키스했다.

"언제 또 만날 수 있을까?" 재키가 물었다.

"모르겠어."

"그렇게 말하면 안 되지. 난 너에게 연락할 방법이 없어. 지금 약속을 정해야 해."

"엄마한테 너랑 사귀어도 되는지 물어볼 거야. 엄마가 뭐라고 대답할지 예측이 안 돼."

"모레 여기서 만나자. 몇 시가 좋아?"

"너랑 저녁 먹기로 했다고 말할 거야."

"나도 너랑 저녁 먹고 싶어." 재키가 말했다.

"몇 시에?"

"5시 반."

"너무 기대하지는 마. 실망할 수도 있으니까."

재키는 다시 레이븐에게 키스했다. "난 기대할 거야. 이제 널 철책 위로 밀어 올려줄게."

"필요 없어."

"그렇게 해서라도 네 엉덩이를 만져보려는 거야."

"알았어. 올려줘."

8

마마는 다행히 레이븐이 집을 떠났다가 돌아온 사실을 몰랐다.

레이븐은 너무 흥분돼 잠이 오지 않았다. 벽난로에 불을 피운 다음 담요와 베개를 들고 가 옆에 웅크리고 누웠다. 재키와 있었던 일을 되새겨 보았다.

정말로 재키와 사귀는 걸까? 드디어?

레이븐은 새벽에 꺼진 벽난로 옆에서 잠이 깼다. 마마는 거실의 큰 유리창 앞에 서 있었다. 창문으로 나무가 솟아 있는 벌판이 내려다보였다. 어느새 눈보라는 그쳤고, 레이븐은 눈 이불을 덮은 하얀 세상에서 눈을 뗄 수 없었다.

레이븐은 자리에서 일어나 마마 곁으로 걸어갔다. "어젯밤에 눈보라 속에서 산책했어요. 정말 아름다웠죠."

"나도 예전처럼 건강해져 온종일 눈 속을 걷고 싶어."

"엄마가 원한다면 함께 걸어줄게요."

"아침을 먹고 나서 함께 산책을 다녀오자꾸나."

레이븐은 아침을 먹고 나서 마마와 상쾌한 공기를 마시며 눈길을 산책했다. 바깥의 신선한 공기가 기운을 북돋아준 듯 마마의 얼굴에서 모처럼 생기가 돌았다. 마마가 다시 건강해 보일 정도였다. 레이븐은 마마의 기분이 좋아 보이는 틈을 타 재키와 사귀어도 되는지 물어보기로 했다.

“얼마 전 우리 사유지에 왔던 아이를 기억해요?”

“기억하다마다. 잭 대너라는 아이 말이지? 요즘 그 아이가 계속 너를 차로 데려다주고 있잖아.”

마마는 여전히 진입로에 설치해둔 CCTV를 확인하고 있었다.

“그 아이랑 데이트해도 돼요? 나랑 저녁 식사를 하고 싶대요.”

“고작 저녁 식사? 지금쯤이면 그 이상일 줄 알았는데.”

“무슨 뜻이에요?”

“넌 지난 몇 달 동안 그 아이랑 붙어 다녔어. 난 너희들이 섹스를 하는 사이일 거라고 생각했는데.”

“우리가 어떻게 섹스를 해요? 재키가 나를 언제 내려주는지 보셨다면서요? 우린 학교가 끝나면 곧장 집으로 왔어요.”

“그럼 아직 섹스를 하지 않았다는 말이니?”

“네, 엄마가 허락해주면 이번이 첫 데이트라고요.”

“그 아이는 크리스보다 예의가 바르더구나. 그 아이가 좋아?”

“아주 많이 좋아해요.”

“이 길을 따라가면 나오는 집에 사는 아이 맞지?”

“네.”

“그 아이 엄마가 너를 학교에 보내야 한다면서 우리 일에 간섭한 사람이고.”

“이미 오래전 일이에요. 대너 부인은 간섭한 게 아니라 내가 똑똑하니까 학교에 보내야 한다고 제안한 거예요. 학교 선생님이니까 그런 말을 하는 게 당연하잖아요."

마마는 한동안 말없이 서성이다가 걸음을 멈추더니 레이븐을 마주 보았다. 어느새 다시 컨디션이 나빠진 듯 숨을 헐떡거렸다. "그 아이랑 데이트를 해도 괜찮아. 무의미한 저녁 식사보다는 차라리 육체적인 쾌락을 즐겨. 그 아이도 저녁 식사보다는 섹스를 원할 거야."

레이븐은 너무나 황당해 절로 코웃음을 쳤다. "고등학교 학부모 중에서 딸에게 데이트보다 섹스를 해야 한다고 말하는 사람은 마마뿐일걸요."

"네 안에 깃든 야성적인 새의 영혼은 인간들의 짝짓기 놀이에 전혀 매력을 느끼지 못할 수도 있어."

"새들도 교미하기 전에 사전 의식을 치러요. 함께 하늘을 날기도 하고, 춤도 추고, 몸치장도 하죠. 부드럽고 작은 소리로 사랑을 고백하기도 하고요. 수컷 새가 암컷 새에게 음식을 선물하는 걸 봤어요. 재키와 내가 저녁 먹으러 가는 것과 같은 거예요."

마마는 웃음을 터뜨렸지만 결국 기침이 되었다.

"그 아이가 네 안에 있는 새의 영혼을 꽤나 사로잡은 것 같구나."

레이븐은 자신이 재키에게 얼마나 빠져들었는지 말하기가 두려웠다. 마마가 알면 질투할 테니까. 예전에 레이븐이 재키네 집에 갔던 걸 알았을 때처럼.

"그 녀석과 얼마든지 데이트를 해. 몸단장도 하고, 춤도 추고, 네 안에 깃든 새의 영혼이 좋아한다면 뭐든지 해."

레이븐은 내일 재키와 데이트를 할 수 있다는 사실에 마음이 흥분되었다. 마마가 섹스를 하라고 부추긴 만큼 뭔가를 더 요구하기에 유리해졌다.

"섹스를 하려면 적당한 장소가 필요해요. 저녁을 먹고 나서 재키네 집에 가도 돼요?"

"그 녀석이랑 자고 싶긴 하구나."

"그럴 수도 있어요."

"우리 집에 데려오진 마라."

"재키네 집에 가는 건 괜찮죠?"

"그 아이 엄마가 허락해줄까?"

"몰래 들어갈 거예요." 이렇게 말하는 것만으로도 기분이 꺼림칙했다. 하지만 재키의 집에 놀러가도 된다는 허락을 받아낼 수만 있다면 충분한 가치가 있는 말이었다.

이번에도 마마는 웃다가 기침을 했다.

"가도 돼요?" 레이븐이 채근했다.

"그래, 그 아이 집에 놀러 가도 돼." 마마가 씩 웃었다. "넌 어릴 때부터 몰래 돌아다니는 걸 좋아했지. 네 안에는 레이븐의 장난꾸러기 같은 영혼이 깃들어 있기 때문이야."

"제가 언제 몰래 돌아다녔는데요?"

"네가 그 집 남자아이들을 만난 여름에. 크리스 윌리엄스하고도."

마마는 레이븐의 눈을 바라보며 덧붙였다. "또 어젯밤에도."

레이븐은 대답하기가 두려웠다. 그러자 마마가 다시 웃었다. 이렇게 즐거운 마마의 모습을 대하는 건 몇 달 만에 처음이었다.

"그래, 그럴 줄 알았어." 마마가 말했다. "넌 어젯밤에 꽤 오랫동안 집을 비웠어. 그다음 날이 되자 이렇게 데이트 이야길 꺼내는 걸 보니 간밤에 그 녀석을 만나고 돌아온 거야. 내 말이 맞지?"

"맞아요."

"재미있었겠구나."

레이븐은 마마의 말투에서 질투를 느꼈다. "네."

마마는 계속 킥킥거리며 레이븐의 팔을 토닥거렸다. "사랑하는 레이븐의 딸아, 젊을 때 즐겁게 놀려무나. 네 아빠도 그걸 바랄 거야."

이렇게 쉬울 수가?

어젯밤 재키와 함께 있었던 것도 쉬웠듯이 마마의 허락을 얻어내는 것도 그리 어렵지 않았다. 마마가 기뻐하는 모습을 보니 마음이 놓였다.

어쩌면 아빠의 영혼이 이 상황에 영향을 미쳤을 수도 있어.

따지고보면 아빠가 재키를 만나도록 이끌었다. 레이븐 한 마리가 새 둥지를 습격해 아기 새 한 마리를 살려두었고, 마마를 통해 전달되었다. 그날 아기 새는 레이븐을 재키가 있는 개울로 이끌었다. 레이븐은 회색과 녹색이 섞인 재키의 눈을 본 순간 마음 깊은 곳에서 무언가를 느꼈다. 아마 서로 사랑하게 되리라는 예감이었을 것이다.

다음 날, 레이븐은 집 앞에서 5시 30분에 재키를 만났다. 마마의 반응을 들은 재키는 레이븐만큼이나 놀라워했다.

레이븐은 인생 최고의 겨울방학을 보냈다. 크리스마스에는 재키의 집에 가서 선물을 받았다. 새해 전야에는 헉의 친구 집에서 열린 파티에 갔다. 레이븐은 그날 난생 처음 술을 마셨다. 레이븐이 술을 마시고 컥컥거리자 리스가 그만 마시라고 했다. 레이븐은 알코올의존증을 앓는 엄마 때문에 리스가 술을 좋아하지 않는다는 걸 잘 알고 있었다. 재키도 살짝 취했고, 둘은 함께 춤을 추며 장난을 쳤다.

개학하자 재키와 사귄다는 소문이 퍼져서인지 다들 두 사람을 초대했다. 레이븐과 재키는 다른 아이들과 함께 극장, 파티, 레스토랑에 갔다. 마마는 그 모든 비용을 내라면서 신용카드를 주었다. 그러자 아이들은 '재벌 2세 레이븐'이라며 농담을 했다.

그토록 즐거운 날들이 이어지고 있었지만 거대한 어둠이 그림자처럼 레이븐을 따라다녔다. 마마의 병세는 점점 더 악화되었다. 마마는 이제 레이븐의 병간호를 받지 않으려고 했다.

"너에게 내 아픈 모습을 보이고 싶지 않아. 바깥으로 나가 재키를 만나렴. 젊을 때 실컷 놀아야지." 마마는 그렇게 말하며 레이븐을 밖으로 쫓아내려고 했다. 레이븐이 싫다고 하면 마마는 벌컥 화를 냈고, 그러다보면 상태가 더 악화되었다. 레이븐은 마마를 실망시키지 않기 위해서라도 외출할 수밖에 없었다.

밸런타인데이에 늦게 귀가한 레이븐은 바닥에 누워 있는 마마를 발견했다. 정령들의 세상에 간 게 아니라 아파 쓰러진 게 분명했다. 레이븐은 구급차를 부르고 싶었지만 마마가 바라지 않는 일이라 난감했다. 마마와 했던 약속이 떠올랐다. 레이븐은 어쩔 수 없이 밤새 침상을 지키고 앉아 거친 숨을 토해내는 마마를 지켜보았다. 이튿날 레이븐은 학교에 가지 않았다. 그다음 날에도 결석했고, 2월 말에도 이틀이나 가지 않았다.

어느 추운 3월의 아침, 평소보다 일찍 일어난 마마는 레이븐의 침대 머리맡에 앉아 얼굴을 쓰다듬으며 말했다. "사랑한다, 레이븐의 딸아. 넌 나의 기적이야. 너와 함께한 날들이 내 인생 최고의 16년이었어."

"마마, 저는 아직 열여섯 살이 안 됐어요." 레이븐은 잠이 덜 깬 상태로 말했다.

"넌 내게 오기 전부터 인간 세상에서의 삶을 시작했어. 그러니까 16년도 더 되었지."

"몸은 좀 나아지셨어요?"

"그래, 아주 좋아. 수업 끝나고 재키를 만날 거니?"

"모르겠어요."

"그 녀석을 만나 재미있게 놀다가 와. 이제 나이를 먹고 보니 나도 젊었을 때 좀 더 신나게 놀았어야 했다는 걸 깨달았어. 난 늘 지나치게 진지했지. 네가 내 영혼이 아니라 네 아빠의 활기찬 영혼을 물려받아 다행이야."

"둘 다 물려받았어요. 마마에게 물려받은 영혼도 좋아요."

마마의 눈동자에 이슬방울이 맺혔다. 마마가 한 손으로 레이븐의 뺨을 감쌌다. "넌 언제나 내 영혼과 함께할 거야. 사랑하는 딸아. 네가 땅의 아름다움을 발견하는 곳에 언제나 내가 있을 거야."

레이븐은 그 말이 마음에 들지 않아 침대에서 일어나 앉아 마마의 손을 잡았다. "내 눈앞에 있는 마마를 보고 싶어요. 마마는 틀림없이 건강해질 거라 확신해요."

"땅의 정령들에게 기도했는데 내가 원하는 걸 준다고 약속했어. 이제 일어나 학교에 가거라. 학교에 가서 재키랑 재미있게 놀아야지."

하루 종일 레이븐은 마마에 대한 생각을 떨쳐버릴 수가 없었다. 수업이 끝나고 나서 재키는 친구들과 함께 베이스에 가고 싶어 했다. 마마가 재미있게 놀다 오라고 했기에 레이븐도 재키를 따라갔지만 마음은 집으로 돌아가고 싶었다. 야외 테이블에서 콜라를 마시는 동안 레이븐 한 마리가 주차장 나무 위에 앉아 계속 울어댔다. 끔찍하고 소름끼치는 어둠이 레이븐을 덮쳤다. 그녀는 토할까봐 겁이 났다.

"집에 가봐야겠어." 레이븐이 재키의 귀에 대고 속삭였다.

"무슨 일 있어? 안색이 파리해."

"속이 안 좋아."

재키는 레이븐을 차로 데려갔다. "아마 기름진 프렌치프라이 때문일 거야." 재키가 주차장에서 차를 빼내며 말했다.

레이븐이 깍깍거리며 울어대는 소리가 계속 귀를 어지럽게 했다. 레이븐은 아주 어릴 때 꾸었던 기괴한 악몽이 떠올랐고, 지금 그 안에 있는 듯했다.

"괜찮아?" 재키가 물었다.

"집에 가야 해. 빨리."

레이븐은 재키에게 작별 인사를 했지만 키스를 할 겨를이 없었다. 대문을 열고 들어가자마자 진입로를 향해 달려갔다. 현관문의 잠금장치를 해제하고 경보음을 껐다. 마마가 경보음을 끄지 않았다는 건 집에 없다는 뜻이었다. 아니면 너무 아프거나.

레이븐은 서둘러 집 안을 둘러보았다. 마마는 그 어디에도 없었다. 냉장고에 붙어 있는 하얀 쪽지가 시선을 끌었다.

레이븐, 오늘 아침에 우리가 했던 얘기를 기억해다오. 잠시 집을 비우마. 우린 곧 다시 만나게 될 거야. 사랑한다. 마마.

레이븐은 비로소 안도하며 눈물을 터뜨릴 뻔했다. 마마는 정령들을 만나러 갈 만큼 상태가 좋아진 게 분명했고, 곧 집에 돌아올 거라 생각했다. 하지만 해가 진 뒤에도 마마는 돌아오지 않았다. 다행히 날씨는 그리 춥지 않았다. 마마는 종종 늦은 밤에 돌아오기도 했지만 건강했던 몇 달 전 일이었다.

9시가 되자 레이븐은 무언가 잘못되었다고 확신했다. 손전등을 들고 밖으로 나가 반경을 넓혀가며 집 주위를 수색했다. 밤이 되면서 기온이 많이 떨어졌다. 마마가 의식을 잃고 어딘가에 쓰러졌다면 큰일이었다. 레이븐은 몇 시간 동안 숲을 헤매고 다닌 끝에 포기하고 집으로 돌아왔다.

어찌나 지쳤던지 깜박 잠들었지만 그리 오래 자지 못했다. 새벽에 일어난 레이븐은 좀 더 꼼꼼하게 수색했다. 스쿨버스를 놓칠 테지만 상관없었다.

어릴 때는 왜 학교가 그렇게 중요하다고 생각했을까? 왜 마마와 떨어져 학교에서 시간을 보내고 싶었을까?

이제 레이븐이 원하는 건 마마가 무사히 돌아오는 것뿐이었다. 살아 있는 마마를 발견할 수 있다면 학교도 포기할 수 있었다. 심지어 재키도 포기할 수 있었다. 만약 정령들이 재키를 포기해야 마마가 돌아올 수 있다고 한다면. 하지만 그 어디에도 정령이나 마마의 흔적은 없었다. 레이븐은 어두워질 때까지 수색하다가 지치고 배가 고파 비틀거리며 집으로 돌아왔다. 억지로 저녁을 먹은 레이븐은 지쳐 잠이 들었다.

새벽이 되자 레이븐은 다시 수색에 나섰다. 이번에는 기력을 잃지 않으려고 샌드위치를 싸갔다.

"마마!"

11만 평에 달하는 사유지에서 마마가 즐겨 가는 장소들을 샅샅이 둘러보았다.

레이븐은 머릿속으로 계속 마마를 애타게 불렀다.

'마마. 마마. 마마. 난 마마가 필요해요! 제발 돌아오세요!'

해가 지자 수영할 수 있는 개울 근처를 두 번째로 살펴보았다. 마마는 개울이 있는 이 장소를 사랑했다. 잡초와 블랙베리 덤불도 샅샅이 뒤졌다. 개울 속을 걷기도 하고, 양옆의 기슭에서 자라는 덤불도 들여다보았다. 쓰레기를 쌓아둔 곳도 철저히 살펴보았다. 심지어 낡은 인빅타 승용차 안까지도. 마마가 그런 곳에 왔을 것 같진 않았지만 레이븐은 그 정도로 절박했다. 이틀 반 동안 사유지 전체를 뒤졌지만 마마의 흔적은 그 어디에도 없었다.

어둠이 레이븐을 서서히 삼켰다. 기진맥진해진 레이븐은 울프스베인 앞에서 털썩 주저앉아 쓰레기를 쌓아 만든 탑을 올려다보았다. 탑은 그대로인데 마마는 어디론가 사라졌다는 사실에 분노했다.

"당신이 웨어울프를 쫓아낸 게 아니야." 레이븐은 성모에게 말했다. "마마가 친구들과 나를 안전하게 지켜주었어. 마마가 웨어울프를 죽인 거야. 당신은 아무것도 하지 않았어."

레이븐은 진흙이 묻은 양 무릎 사이에 머리를 파묻고 펑펑 울었다. 하늘에는 길을 인도해줄 달이나 별도 떠있지 않았고, 너무 힘들어 걸어갈 수도 없었다. 어차피 마마가 없는 집으로 돌아가고 싶지 않았다.

그냥 개울에 누워 정령들이 나를 데려가게 할까?

마마도 틀림없이 그랬을 것이다. 마마는 이제 정령들의 세계로 가버린 듯 사유지 어디에도 흔적조차 남아 있지 않았다. 생각해보면 당연한 일이었다. 마마는 보통 사람과 비교가 되지 않을 만큼 땅을 깊이 이해했고, 강력한 힘을 가지고 있었다. 정령들의 세계에서 아기까지 데려올 수 있을 정도로. 이제는 마침내 정령들의 세계로 가는 방법을 알아낸 게 분명했다.

레이븐은 마마와 나누었던 마지막 대화를 생각했다.

'넌 내 기적이야. 너와 함께한 날들이 내 인생에서 최고의 16년이었어.'

'넌 언제나 내 영혼과 함께할 거야. 사랑하는 딸아. 네가 땅의 아름다움을 발견하는 장소에 내가 있을 거야.'

이제 생각해보니 그 말들은 마마의 마지막 작별 인사였다. 레이븐은 이제야 그 사실을 깨달았다.

마마는 말했다. '정령들과 이야기를 나누었는데 내가 원하는 걸 준다고 했어.'

그 말은 마마가 정령들의 세계로 가는 법을 알아냈다는 뜻이었다. 그날 마마가 밝고 행복해 보인 이유였다. 레이븐은 왜 마마가 정령들의 세계로 가고 싶어 했는지 이해했다. 아픈 육신으로 인간 세상에서 산다는 건 마마에게 엄청난 고통이었을 것이다. 게다가 마마는 레이븐 앞에서 아픈 모습을 보이기 싫어했다.

마마가 남긴 쪽지는 유언이나 다름없었다.

'잠시 집을 비우마. 우린 곧 다시 만나게 될 거야. 사랑한다. 마마.'

집으로 돌아오지 않을 거라면 왜 마마는 굳이 다시 만나게 될 거라고 썼을까? 틀림없이 집으로 돌아올 거라 확신했기 때문이 아닐까?

몸을 치유해 집으로 돌아올 때까지 얼마간 시간이 걸린다는 걸 알았기 때문이 아닐까? 그래서 '잠시 자리를 비우마.'라고 적었던 게 아닐까?

레이븐은 가슴이 두근거렸다.

마마는 반드시 돌아올 거야. 작별 인사도 하지 않았잖아. 마지막이었다면 내가 집을 어떻게 관리해야 하는지 구체적인 권고사항을 남겨두었을 거야.

자리에서 일어나자 현기증이 일며 머리가 빙빙 돌았다. 미친 듯이 사유지를 수색하며 돌아다니는 동안 아무것도 먹지 못했다. 날이 어두워 집으로 돌아가는 길을 찾기 힘들었다. 마음 한편으로는 그냥 아무 데나 누워 마마를 따라 정령들의 세계로 가고 싶었다. 하지만 다른 한편으로는 재키가 보고 싶었다.

재키를 보고 싶다는 욕구가 그 숲에 사는 배고픈 짐승의 영혼처럼 레이븐의 머릿속에서 솟구쳤다. 재키의 집이 더 가까웠지만 별도 달도 없는 밤에 거기까지 가는 건 그리 쉽지 않았다. 그냥 느낌에 의지해가며 걸어야 했다.

레이븐이 울타리 앞에 다다랐을 때 온몸이 진흙투성이에 여기저기 멍이 들고 상처가 나 있었다. 레이븐은 후퍼 씨 땅에 서서 그녀를 인도해준 재키의 집 창문을 바라보았다.

재키와 가족들에게 뭐라고 설명해야 할까?

레이븐은 울타리 밑으로 빠져나가 비틀거리는 걸음으로 현관문으로 걸어가 초인종을 눌렀다. 문을 열어준 대너 부인이 깜짝 놀라며 외쳤다. "레이븐, 어서 들어와라."

재키와 대너 부인이 놀란 눈빛으로 레이븐을 빤히 쳐다보았다.

"어떻게 된 거야?" 재키가 물었다.

"길을 잃었어. 산책하러 나왔는데 손전등을 가져오는 걸 깜빡했어. 오늘따라 별도 달도 없어서."

재키는 즉시 거짓말이라는 걸 눈치챘다. 재키의 눈이 그렇게 말했다.

대너 부인도 얼굴을 찡그렸다. "일단 마른 옷으로 갈아입자."

레이븐은 부인을 따라가다가 의자에 발이 걸려 자칫 넘어질 뻔했지만 재키가 잡아주었다.

욕실 거울을 보고 나서야 레이븐은 왜 재키와 대너 부인이 깜짝 놀랐는지 이해했다. 머리카락에 낙엽과 넝쿨이 엉겨 붙어 있었고, 얼굴은 흙투성이인데다 한쪽 뺨은 블랙베리 넝쿨에 긁혀 상처가 나 있었다. 옷은 흙이 잔뜩 묻어 지저분한데다 흠뻑 젖어 있었다.

레이븐은 수돗물을 틀고 손으로 물을 받아 벌컥벌컥 들이켰다. 그런 다음 얼굴에 묻은 흙을 씻어냈다. 목욕을 마치고 깨끗한 옷으로 갈아입을 기운조차 없었다. 비누 냄새가 나는 재키의 부드러운 스웨터가 그녀를 따뜻하게 안아주는 듯했다.

"배고프니?" 대너 부인이 물었다.

"조금요." 레이븐이 대답했다. 식욕은 전혀 없었지만 먹어야 기운이 날 듯했다.

대너 부인이 저녁으로 먹은 음식을 한 접시 덜어 데워주었다.

"우리 집에서 좀 쉬다가 갈 거야?" 재키가 물었다.

"응."

"그럼 위층으로 가자."

재키는 무슨 일이 있었는지 물을 것이다. 레이븐은 지난번처럼 울지 않도록 마음을 굳게 먹었다.

재키는 침실 문을 닫았다. 레이븐은 침대 한쪽에 펼쳐놓은 재키의 책과 노트 옆에 앉았다.

"내가 얼마나 걱정했는지 알아?" 재키가 말했다. "지난번에 그렇게 가버리고 나서 이틀이나 결석했잖아. 어제가 네 생일이었는데 학교에 오지도 않고."

3월 12일, 어제는 출생 신고서에 적혀 있는 가짜 생일이었다. 그렇다면 오늘이 벌써 금요일이라는 뜻이었다.

"왜 금요일 밤에 집에서 숙제를 하고 있어?" 레이븐이 물었다.

"그걸 몰라서 물어?" 재키가 화난 어조로 말했다. "그 이유가 뭔지 너도 알잖아. 지난 이틀 동안 난 너에 대해 아무런 소식도 못 들었어. 너도 없는데 내가 외출할 거라고 생각했어? 오늘, 너희 집에 가보려다가 겨우 참았단 말이야."

"넌 엄마의 총을 무서워하잖아."

"당연히 무섭지. 그날 너희 엄마가 날 죽이려는 줄 알았어."

갑자기 눈물이 핑 돌았지만 또다시 우는 모습을 보일 수는 없었다. 레이븐은 옆으로 몸을 돌리고 눈을 감았다.

“도대체 무슨 일이야? 엄마가 또 널 집에서 쫓아낸 거야?”

“그건 아니야.” 레이븐은 계속 눈을 감고 말했다.

“그럼 왜 지난 이틀 동안 숲을 헤매고 돌아다닌 사람 같은 행색이야? 장담컨대 넌 체중이 많이 줄었어.”

“나, 피곤하니까 그만해. 그냥 조용히 있고 싶어.”

“엄마가 무슨 일인지 물어볼 거야. 무슨 일이 없다면 네가 이런 몰골로 우리 집에 올 리 없을 테니까.”

“길을 잃었다니까.”

“너희 집이 있는 사유지에서 길을 잃었다는 말을 믿으라고? 넌 여섯 살 때부터 혼자 돌아다녀도 된다는 허락을 받았을 만큼 사유지 지리에 익숙하다고 했잖아.”

레이븐은 눈물을 참으려고 아랫입술 안쪽을 깨물었다.

재키가 옆으로 와서 앉더니 머리카락을 쓰다듬었다. “화난 투로 말해서 미안해. 화가 난 게 아니라 걱정이 되어서 그랬어.”

레이븐은 마마에 대해 말할 엄두가 나지 않았다. 말했다가는 당장이라도 눈물이 터질 듯했다.

“생일 축하해. 내가 준비한 생일 선물이 있는데 열어볼래?”

“나중에.” 레이븐은 겨우 대답했다.

재키는 한숨을 푹 쉬었다. “나를 믿는다면 제발 무슨 일이 있었는지 말해줘.” 그러더니 레이븐의 머리카락을 쓰다듬던 손길을 멈추었다. “레이븐, 혹시 네 엄마가 세상을 떠난 건 아니지?”

사람들이 흔히 말하는 대로라면 마마는 세상을 떠났다. 마마가 인간 세계로 돌아오는 방법을 찾지 못한다면 다시는 만날 수 없을 것이다. 하지만 마마는 반드시 찾아낼 것이다. 그러겠다고 약속했으니까.

"정말 그런 거야?" 재키가 거듭 물었다.

레이븐은 계속 눈을 감고 말했다. "아니."

"그럼 엄마가 많이 아파?"

"점점 좋아지고 있어."

"그럼 왜 그날 갑자기 베어스에서 나와 집으로 가자고 한 거야?"

"엄마가 시킨 일을 잊었다가 갑자기 생각났어."

재키에게 거짓말하는 게 마음 아팠지만 어쩔 수 없었다. 열여섯 살에는 법적으로 혼자 살 수 없을 것이다. 경찰이 분명 다른 곳으로 데려갈 것이다. 그러면 마마가 돌아왔을 때 만나지 못하게 될 것이다.

"불 좀 꺼줄래? 쉬고 싶어."

재키는 스탠드를 끄고 레이븐 밑에 있던 이불을 끄집어냈다. 그런 다음 레이븐의 뒤에 누워 이불을 덮어주고 한 팔로 그녀를 끌어안았다.

"무슨 일이 있었는지 모르지만 그나마 네가 여기 있어서 좋아."

"나도."

재키는 레이븐을 더욱 세게 끌어안았다.

레이븐은 모든 생각을 다 밀어냈다. 그저 재키의 온기를 느끼고, 그가 부드럽게 호흡하는 소리만 들었다. 레이븐은 별 스티커를 한 번도 올려다보지 못하고 잠이 들었다.

9

혼자 지내는 시간이 늘어날수록 거짓말이 점점 더 익숙해졌다. 집에서 혼자 지내는 것도 그리 어렵지 않았다. 가스를 아끼려고 보일러를 거의 틀지 않았다. 옷을 여러 겹 껴입고, 난방 파이프가 얼어버릴까 걱정될 때만 틀었다. 냉동실에 든 음식은 가급적 먹지 않았다. 수업이 끝난 뒤 종종 재키와 식사를 했고, 몇 번은 재키의 차를 얻어 타고 마트에 들러 장을 봐왔다. 마마가 준 신용카드는 계속 쓸 수 있었다.

매일 학교에 갔고, 나름 좋은 성적을 받았다. 예전처럼 재키를 비롯한 친구들과 자주 어울려 놀았다. 레이븐은 자신의 삶에 큰 변화가 생겼다고 의심받을 만한 이유가 전혀 없도록 행동했다.

봄방학이 시작될 무렵부터 집에서 물이 나오지 않았다. 우물과 연결된 펌프에 문제가 생긴 게 분명했다. 전에도 그런 적이 있었지만 어떻게 수리했는지 기억나지 않았다. 레이븐은 막힌 개수대, 음식물 분쇄기, 물이 새는 변기를 직접 수리할 수 있었지만 물을 끌어올리는 펌프는 능력 밖이었다.

마마가 평소 부르던 배관공을 알고 있었지만 그가 펌프도 고치는지 의문이었다. 게다가 마마가 없기 때문에 휴대폰도 없었다. 마마는 휴대폰을 어디까지나 실용적인 용도로 써야 한다고 믿었고, 식료품을 주문할 때나 수리공을 부를 때만 사용했다. 마마의 휴대폰에는 암호가 걸려 있었고, 레이븐은 비밀번호를 몰랐다.

배관공을 부르려면 재키에게 부탁하는 수밖에 없었다. 재키가 그녀를 데리러 헉, 리스와 함께 대문 앞으로 오기로 했다. 모처럼 다 함께 점심을 먹기로 했다. 대학에 다니는 헉이 봄방학을 맞아 집에 왔고, 리스는 하루 휴가를 내기로 했다.

레이븐은 물이 나오지 않아 샤워도 못 하고 옷을 갈아입었다. 차를 마시고 나서 마마가 식료품 저장실에 보관해둔 비상용 생수로 이를 닦았다.

대문으로 걸어가면서 무슨 핑계를 대고 재키에게 휴대폰을 빌려달라고 해야 할지 생각했다.

세 사람은 예정보다 조금 늦게 도착했다. 차가 속도를 줄이며 다가오더니 리스가 차창 밖으로 머리를 내밀며 말했다. "태워줄까, 아가씨?"

레이븐은 손가락으로 리스의 머리를 헝클어뜨렸다.

"한 시간이나 걸려서 한 머리야."

레이븐은 재키와 함께 뒷좌석에 앉았다. 차가 다시 움직이자 레이븐이 물었다. "우물 펌프가 작동하지 않을 때 누구에게 전화해야 하는지 아는 사람?"

"뭐가 문젠데?" 리스가 물었다.

"모르겠어. 집에 물이 안 나와 샤워를 할 수가 없어."

"이게 그 냄새야?" 헉이 짓궂게 말했다.

“방금 전 김이 모락모락 나는 하수관 앞을 지난 줄 알았네.” 리스가 한 수 더 떴다.

재키는 레이븐의 볼에 키스했다. “난 아무 냄새도 안 나는데.”

“누구에게 연락해야 할지는 엄마가 잘 알지 않을까?” 리스가 물었다.

“근데 엄마가 집에 없어.”

다들 놀라서 레이븐을 쳐다보았다.

“어디에 있는데?”

“잠시 이모랑 지낼 거야.”

“이모는 어디에 사는데?”

“시카고.”

“엄마가 너만 남겨두고 떠난 거야?” 리스가 물었다.

“나, 다 컸어.”

차 안이 조용해졌다. 재키는 미심쩍은 눈으로 레이븐을 쳐다보았다. 다른 사람에게는 레이븐의 엄마가 많이 아프다는 걸 말하지 않기로 약속했다. 그러하기에 헉과 리스 앞에서 엄마가 그렇게 아픈데 어떻게 여행을 떠났는지 물을 수 없었기 때문이다.

“엄마에게 펌프가 고장 났다고 말했어?” 리스가 물었다.

“그럴 수가 없어. 엄마는 지금 병원에서 치료를 받고 있거든.”

재키가 참지 못하고 물었다. “엄마가 병원에 가기로 한 거야?”

“시카고에 이모가 아는 훌륭한 의사가 있나봐.”

"엄마는 어디가 아픈데?" 헉이 물었다.

"심장에 문제가 생겼는데 아직 정확한 건 몰라. 지금 병원에서 검사를 받고 있어."

"아무튼 잘된 일이야." 재키가 말했다.

"그래, 잘됐어."

"왜 넌 엄마랑 함께 가지 않았어?" 리스가 물었다.

"학교 때문에. 엄마는 봄방학 전에 떠났거든."

"그럼 지금까지 계속 혼자 지낸 거야? 왜 말 안 했어?" 재키가 물었다.

"알다시피 엄마는 다른 사람에게 자기가 앓고 있는 병에 대해 이야기하는 걸 좋아하지 않아."

레이븐은 자신이 지어낸 이야기가 마음에 들었다. 하지만 좋아하는 친구들에게 거짓말을 하자니 마음이 아팠다. 그나마 터무니없는 거짓말은 아니라고 생각했다. 마마는 치료를 받고 점차 회복되는 중이라고 믿어야 했다. 온 마음과 영혼을 다해. 그래야만 마마가 없는 고통을 견딜 수 있었다.

"차 돌려." 리스가 헉에게 말했다.

"왜?"

"내가 펌프를 살펴볼 테니까."

"펌프에 대해 잘 알아?" 레이븐이 물었다.

"리스 형은 뭐든 고칠 줄 알아." 재키가 말했다.

“우리 엄마만 빼고.” 리스가 농담 삼아 말했다.

이제 레이븐은 리스를 훨씬 더 잘 이해하게 되었다. 하나밖에 없는 엄마가 병마와 싸울 때 아무것도 돕지 못하고 무력하게 지켜보는 고통이 어떤 것인지도 알게 되었다.

혁이 차를 돌리며 물었다. “우리가 너희 엄마 사유지에 들어가도 괜찮겠어? 나중에 엄마가 돌아와 CCTV를 보고 화내지 않을까?”

“괜찮을 거야.” 레이븐이 말했다.

레이븐이 비밀번호를 눌러 대문을 열자 혁의 차가 안으로 들어갔다.

“믿기지 않아. 내가 금지된 왕국으로 들어가다니.” 리스가 말했다.

통나무 저택이 시야에 들어왔다.

“집이 정말 끝내주네. 안에 들어가서 봐도 돼?” 리스가 물었다.

레이븐은 현관문의 잠금장치를 해제하고 친구들을 안으로 들어오게 했다. 나갈 때 켜두었던 경보도 해제했다.

레이븐은 친구들이 집 안에서 자유롭게 걸어 다니고, 과잉보호를 받으며 살아온 자신의 사적인 공간을 열심히 살피는 모습을 보고 있자니 기분이 이상했다.

“이 방이 마음에 쏙 들어!” 리스가 말했다. 그는 거실에 서서 대형 창 너머로 숲과 들판, 저 멀리 펼쳐진 산을 내다보고 있었다. 레이븐도 전망이 좋은 그 방을 좋아했다. 통나무로 된 기둥과 대들보가 있고, 돌을 쌓아 만든 벽난로, 러그를 깐 마룻바닥, 부드러운 소파와 의자가 있는 공간이었다. 그 방과 미닫이 유리문으로 연결된 공간은 서재였다.

재키와 헉은 서재로 들어가 과학책과 식물도감을 살펴보았다.

리스도 서재로 들어갔다가 뼈가 진열된 테이블 앞에 멈춰 서서 비버의 두개골을 바라보았다. "이거 금지된 왕국에 무단으로 침입했던 남자의 두개골이지?"

"맞아. 그러니까 너도 조심해." 레이븐이 장난스럽게 말했다.

헉이 비버의 두개골을 들어 올리며 리스에게 말했다. "레이븐이 너랑 절교하면 널 이렇게 만들어 버릴지도 몰라."

"그래?" 리스가 아랫입술 위로 앞니를 쑥 내밀며 말했다. "난 지금도 내가 그렇게 생긴 줄 알았는데."

레이븐은 농담을 주고받으면서 친구들과 집에 있는 게 편안해졌다. 그들의 장난스러운 농담이 마마가 떠난 뒤로 그녀를 끔찍하게 괴롭혔던 공허감을 채워주었다.

그때 좋은 생각이 떠올랐다. 이틀 뒤면 리스의 생일이라 그가 퇴근하면 재키의 집에서 넷이 뭉칠 예정이었다.

"내가 제안 하나 할게." 레이븐이 리스에게 말했다. "이 펌프를 고쳐주면 여기서 네 생일 파티를 열어줄게."

"좋았어." 리스가 말했다. "다른 아이들에게 전화해서 레이븐이 리스를 위해 광란의 파티를 준비했다고 전해."

"좋은 생각이야." 헉이 그렇게 말하며 주머니에서 휴대폰을 꺼냈다.

"안 돼!" 레이븐이 휴대폰을 빼앗아들었다.

"그냥 장난치는 거야." 재키가 말했다. "우리끼리 조용하게 파티를 여는 게 좋아. 사람들이 많은 파티가 얼마나 끔찍한데."

"일단 펌프부터 살펴보고 파티를 어떻게 할지 고려해보자." 리스가 말했다.

레이븐은 리스를 데리고 밖으로 나갔다. 리스는 집에 있던 공구 몇 개를 사용해 몇 분 만에 뭐가 문제인지 금세 찾아냈다. 스위치가 고장 난 거라 쉽게 고칠 수 있다고 했다.

"부품도 싸고, 수리비로 거액을 청구하지는 않을게. 다만 내 마음에 쏙 드는 이 통나무 저택에서 생일 만찬을 열어줘." 리스가 말했다.

"네 생일에 뭘 먹고 싶어?" 레이븐이 물었다.

리스는 미안하다는 듯이 헉과 재키를 바라보았다. "프라임 립."

재키와 헉이 신음을 발했다.

"나도 프라임 립 좋아해." 레이븐이 말했다.

"잘됐네. 채식주의자들은 풀이나 뜯어 먹게 밖으로 쫓아버리고 우리끼리 프라임 립을 실컷 먹는 거야." 리스가 말했다.

"구운 감자도 좋아해?" 레이븐이 물었다.

"환장하지. 버터랑 사워크림을 얹은 감자. 거기에 블루치즈 드레싱을 뿌린 샐러드. 디저트는 치즈 케이크."

"열아홉 살까지만 살고 죽을 작정이야?" 헉이 물었다.

"하루 이틀만 더 살지 뭐." 리스가 말했다.

"나를 마트에 데려다줘." 레이븐이 재키에게 말했다. "너랑 혁이 먹을 비건 음식도 만들어줄 테니까."

"요리를 할 수 있기는 해?" 혁이 물었다.

"당연하지."

"주방이 으리으리한 걸 보면 몰라?" 리스가 말했다. "이젠 레이븐을 생각할 때 떠오르는 이미지를 바꿔야겠어. 레이븐이 꼬치에 다람쥐를 끼워 모닥불에 구워 먹는 상상은 그만해야지."

"가끔 그렇게 먹기도 해." 레이븐이 말했다.

그 말에 다들 웃음을 터뜨렸다.

"그게 얼마나 훌륭한 생존 기술인데." 레이븐이 말했다.

"비생존주의자 메뉴로 부탁해, 알았지?" 리스가 말했다.

파티 음식을 준비하는 동안 레이븐은 행복했다. 파티가 있던 날 저녁, 레이븐은 대문의 잠금장치를 해제했다. 그렇게 대문을 열어두고 집으로 돌아가려니 기분이 이상하고 약간 겁이 나기도 했다. 재키와 혁이 먼저 도착했다. 대너 부인은 그들 편에 '해피 버스데이, 리스.'라고 적힌 비건 케이크와 초를 보냈다. 혁은 음악을 듣기 위해 스피커를 가져왔고, 재키는 리스에게 줄 선물이 담긴 종이봉투를 가져왔다.

리스는 6시쯤에 도착했다. 직장에서 오느라 먼 길을 운전한데다 집에 들러 샤워까지 하고 왔다. 그는 샴페인 병을 들고 현관으로 들어서며 "생일 축하한다, 리스!"라고 외쳤다. 아무도 리스가 술을 가져오리라고 예상하지 못했다. 리스는 술을 마시지 않기 때문이었다.

"샴페인은 어디서 났어?" 혁이 물었다.

"우리 엄마가 주었지, 당연히."

리스는 술 말고 종이봉투도 하나 가져왔는데 그 안에 뭐가 들어 있는지 보여주지 않았다. 그저 오늘의 파티를 즐겁게 해줄 도구라고만 했다.

"불꽃놀이야?" 재키가 물었다.

"아니."

"음악?"

"아니."

"작은 자전거를 타는 담비?" 혁이 물었다.

"점점 비슷해지고 있어." 리스가 말했다.

레이븐은 친구들에게 저녁 식사를 대접하려니 신났다. "고기는 어떻게 구워줄까?"

"피가 철철 흐르게."

"윽, 징그러워." 재키가 말했다.

레이븐은 자신이 요리하는 동안 손님들을 거실 벽난로 옆에 앉아 있게 했다. 집에서 그들이 틀어주는 음악, 그들의 목소리와 웃음소리가 들리는 게 좋았다. 이 집에 친구들이 오는 상상은 해본 적이 없었다.

마마는 이런 파티를 어떻게 생각할까?

마마가 마지막으로 했던 말 중에는 젊을 때 재미있게 놀라는 말도 있었다. 어쩌면 마마가 우물 펌프 스위치를 일부러 고장 내 이 모든 일이 벌어지도록 했을지도 모른다.

"좋아, 재키, 네 반쪽이 얼마나 요리를 잘하는지 보자." 저녁 식사가 다 준비되자 리스가 말했다.

그들은 식탁에 솔잎과 빨간 열매가 달린 나뭇가지, 풀잎이 꽂힌 유리병들이 놓여 있는 걸 보고 감탄했다. 혁이 샴페인의 코르크 마개를 딴 다음 네 개의 유리잔에 부었다. 그런 다음 리스를 향해 잔을 들어 올렸다.

"내가 아는 최고의 얼간이*의 생일을 축하한다."

"내 엉덩이에게 이 영광을 돌립니다." 리스가 벌떡 일어나 엉덩이를 깠다. "내 엉덩이가 웃는 걸 봤어?"

다들 웃음을 터뜨렸고, 재키가 짐짓 시큰둥하게 말했다. "난 엉덩이가 웃는 걸 보는 순간 식욕이 뚝 떨어졌어."

저녁을 먹고 나서 케이크에 초를 꽂고 생일 축하 노래를 불렀다. 레이븐은 리스의 푸른 눈동자에서 눈물이 글썽이는 걸 보았다. 노래가 끝나자 리스가 말했다. "음정 맞춰 다시 한번 더 부를래? 너희들 목소리가 발정 난 고양이 같았거든."

레이븐이 준비한 치즈 케이크가 베이커리에서 사 온 게 아니라 직접 만들었다는 사실을 알게 된 리스는 깜짝 놀란 표정을 지었다.

"네가 직접 만든 케이크야?"

"당연히 내가 직접 만들었지. 엄마랑 만든 블랙베리 콩포트를 토핑

*Ass, 얼간이 외에도 엉덩이를 뜻한다

으로 올렸어." 레이븐이 말했다.

"맙소사, 나랑 결혼해줄래?" 리스가 말했다.

레이븐은 리스가 농담을 해서 다행이라고 생각했다. 마마랑 만들었던 콩포트를 생각하자 하마터면 눈물이 터질 뻔했기 때문이다.

그들은 거실로 갔고, 리스는 재키와 헉에게 받은 선물을 열어보았다. 처음 두 개는 장난으로 준 선물이었고, 나중에 준 두 개가 진짜였다. 레이븐은 직접 만든 목걸이를 선물했다. 가운데 구멍이 나 있는 작은 황갈색 돌에 어릴 때 마마와 함께 직접 해체했던 사슴 가죽으로 만든 끈을 연결해 만든 목걸이였다.

"구멍이 뚫린 돌은 드물어. 이 돌이 큰 힘을 줄 거야." 레이븐이 말했다.

"예쁘네." 리스는 그렇게 말하며 목걸이를 걸었다. "벌써 힘이 느껴지는데."

"잘됐네. 돌의 힘을 잘 활용해봐." 레이븐이 말했다.

"위대한 돌의 힘을 가진 자에게는 큰 책임이 따른다*." 리스가 연기하듯이 저음으로 말했다.

"닥치고 그 종이 가방에 들어있는 담비를 꺼내봐." 헉이 뭐가 들었는지 알려주지 않은 리스의 종이 가방을 건네며 말했다.

"알았어." 가방 안에서 리스가 꺼낸 건 온갖 보드게임이었다.

전부 성인용 보드게임이었고, 그들이 어릴 때 했던 것만큼이나 재미

*영화 〈스파이더맨〉에서 피터 파커의 삼촌이 했던 말을 응용했다

있었다.

밤 10시쯤 되자 리스와 헉은 시내에서 대학 동창들을 만나 놀 예정인데 재키와 레이븐에게 함께 갈지 물었다. 재키가 레이븐과 함께 집에 있겠다고 했다. 레이븐은 그 말에 안도했다. 그녀도 재키와 단둘만의 시간을 보내고 싶었다.

리스는 레이븐의 볼에 키스했다. "고마워. 내 생애 최고의 생일이었어."

"설거지를 못 하고 가서 미안하네." 헉이 코트를 입으며 어깨를 으쓱했다. "네가 하도록 해, 재키."

"응. 당장 할게." 재키가 말했다.

"알몸에 앞치마를 두르고 설거지를 해봐." 리스가 말했다.

"레이븐은 일을 많이 했으니까 그냥 지켜보기만 하고." 헉이 말했다.

"뒤에서." 리스가 덧붙였다.

"좋은 제안이야." 재키가 리스를 문 쪽으로 살짝 밀며 말했다.

리스의 낡은 차가 요란한 소리를 내며 진입로를 내려가자마자 재키는 레이븐을 껴안고 오랫동안 키스했다.

"열기를 좀 식혀도 될까?" 레이븐이 물었다.

재키는 그녀를 더 가까이 끌어당기고 미소를 지으며 물었다. "열기를 식힌다고?"

"보일러 말이야. 엄마가 없는 동안 가스를 아껴야 해."

"엄마가 돈을 넉넉히 주고 갔을 텐데?"

"그래도 아껴 써야 해."

"그래, 보일러를 꺼도 돼. 열기를 올릴 방법이 있을 거야."

레이븐은 보일러를 끄고 재키를 침실로 데려갔다.

"아직 돌을 가지고 있었네." 재키는 R자가 흰색 무늬처럼 그려진 검은 돌을 들고 있었다. 어릴 때 그가 준 돌이었다.

"내가 받은 최고의 선물이니까."

재키는 미소 지으며 레이븐이 침대에서 이불을 끌어당기는 걸 바라보았다. "이불은 왜? 침대가 푹신해 보이는데."

"엄마가 벽난로를 피울 때 내가 잠을 자는 방식을 보여주려고. 베개 들고 따라와."

두 사람은 이불과 담요, 베개를 들고 거실로 나갔다. 레이븐은 이불을 펴 벽난로 옆에 잠자리를 만들었다. "엄마 말이 난 아장아장 걸어 다닐 때부터 벽난로 앞 따뜻한 바닥에서 강아지처럼 웅크리고 자는 걸 좋아했대. 나중에 커서는 지금처럼 이렇게 잠자리를 만들었고."

레이븐은 벽난로에 장작을 좀 더 넣고 집 안의 불을 껐다.

"나를 유혹하는 거야?" 재키가 물었다.

"당연하지."

"좋아."

둘은 반으로 접은 이불 위에 누워 담요를 덮었다. 그런 다음 벽난로 불을 바라보며 나란히 옆으로 누웠고, 재키가 뒤에서 레이븐을 껴안았다.

“정말 훌륭한 파티였어. 그토록 행복해하는 리스 형의 모습을 본 건 정말 오랜만이야.” 재키가 말했다.

“그러게. 예전 리스의 모습으로 다시 돌아온 듯했어.”

“리스 형은 학교 다닐 때 빨리 졸업하고 싶어 했지. 하지만 막상 졸업하고 나자 비참해졌어. 리스 형은 지금 다니는 직장을 싫어해. 쉬는 날에는 엄마를 돌보느라 바쁘고.”

둘은 새로 넣은 장작의 나무껍질에 불이 옮겨붙는 모습을 지켜보았다.

“너희 집에 있으니까 기분이 이상해.” 재키가 말했다.

“나도 그래.”

“엄마가 언제 돌아올지 알아?”

“몰라.”

“엄마랑 자주 통화해?”

“어쩌다 한 번씩.” 레이븐은 엄마에 대한 질문을 막으려고 몸을 돌려 키스했다.

두 사람이 집에서 단둘이 있는 건 처음이었다. 지금까지는 종종 재키의 방이나 집 뒤 숲에서 서로의 몸을 어루만졌지만 사람들의 이목이 신경 쓰여 원하는 만큼 욕구를 충족시켜주지 못했다. 밸런타인데이에는 재키의 차에서 섹스를 하려다가 처음인데 그런 환경에서 일을 치를 수는 없다는 결론을 내렸다. 그날 밤, 재키는 섹스 경험이 없다고 털어놓았다.

"지금껏 섹스를 하고 싶었던 상대는 너밖에 없었어."

집 안에 단둘만 있게 된 환경이 그들을 자유롭게 했다. 재키는 평소와 달리 대담하게 레이븐의 셔츠와 바지를 벗겼다. 레이븐 역시 망설이지 않고 재키의 옷을 벗겼다. 두 사람은 이내 속옷 차림이 되었다. 레이븐의 몸 아래에는 부드러운 이불이, 위로는 재키의 따뜻한 살결이 닿았고, 장작불의 뜨거운 열기가 그들의 주위에서 넘실거리며 춤을 추었다.

재키의 갈색 머리카락이 이마를 덮었다. 회색으로도 녹색으로도 보이는 재키의 눈동자에 장작불이 반사되어 반짝거렸다.

"너도 섹스를 원해?" 재키가 물었다.

"응."

"나도. 근데 차에 갔다 와야 해."

"콘돔을 가지러?"

"형에게서 받은 콘돔이 차의 수납함에 있어."

"그럴 필요 없어."

재키는 놀란 표정을 지었다. "피임약을 먹고 있어?"

"그게 아니라 내 몸은 아기를 만들지 못해."

"왜?"

잠시 생각한 뒤에 레이븐이 말했다. "난 보통 여자들과 다르게 태어났거든."

"레이븐, 그 말이 사실이라면 정말 유감이야."

재키는 진심으로 안타까워하는 표정을 지었다. 레이븐은 진실을 말해주고 싶었다. 언젠가 온 마음과 영혼을 다해 땅의 정령에게 아기를 보내달라고 소원을 빌면 얻을 수 있다고.

"너무 신경 쓸 필요 없어. 별일 아니니까." 레이븐이 말했다.

재키는 이제 뜨거운 욕망보다는 걱정스러운 표정으로 레이븐을 바라보았다.

"내가 아기를 낳을 수 없다면 나에 대한 너의 감정이 바뀔 수도 있어?" 레이븐이 물었다.

재키는 부드러운 눈빛으로 레이븐을 바라보며 한 손으로 뺨을 감쌌다. "아니, 전혀. 난 늘 변함없이 너를 사랑해."

"이제 부담 없이 섹스를 할 수 있겠지?"

"물론이지."

레이븐은 일어나 앉아 브래지어를 스스로 벗었다.

재키는 알몸이 된 레이븐을 눕히고 키스했다. "누가 위로 갈까?"

"우리 둘 다."

"그게 가능해?"

"우리가 한 번만 할 거라고 생각하는 건 아니지?"

10

마마가 섹스의 즐거움에 대해 했던 말은 모두 옳았다. 레이븐에게 섹스란 갈증이 날 때 몬태나 산에서 흐르는 차가운 계곡물을 손바닥으로 떠서 마시는 느낌이었다. 레이븐은 재키와 사랑을 나누면서 단순한 만족감 이상을 얻었다. 크리스와 함께 있을 때면 그녀 안에 깃들어 있는 새의 영혼이 멀리 동떨어져 있는 느낌이었다. 하지만 재키와 함께할 때는 새의 영혼과 인간의 영혼이 격의 없이 어우러져 하나가 되었다. 그녀의 영혼 안에 깃든 새는 재키의 다정한 영혼을 전적으로 신뢰했다. 인간으로서도 그의 몸과 영혼을 사랑했다.

그들은 봄방학이 영원히 지속되기를 바랐고, 가능한 한 많은 시간을 함께 보내고자 했다. 대너 부인은 레이븐의 엄마가 집에 없다는 걸 알고 있었지만 재키가 그 집에서 사유지를 산책하며 많은 시간을 보낸다는 사실을 전혀 몰랐다. 만약 알았다면 허락하지 않았을 것이다.

봄방학 마지막 날인 일요일에는 날씨가 맑고 따뜻했고, 대기에서 약동하는 봄기운이 느껴졌다. 재키는 몇 가지 엄마 일을 도운 뒤 정오에 레이븐의 집에 왔다. 두 사람은 도시락을 만들어 개울로 소풍을 갔다. 재키는 두 사람이 처음 만난 그곳에서 사랑을 나누고 싶어 했다.

"너, 제법 로맨틱한 편이다." 재키의 제안에 레이븐이 말했다.

"원래 그런 편이지만 다른 사람들에게는 말하지 마. 혹시 놀릴 수도 있으니까."

개울가에 도착하자 레이븐은 바닥에 담요를 펼쳤다. "우리가 처음 만났을 때 난 정확히 여기에 서 있었어."

그들은 도시락을 먹고 나서 사랑을 나누었다. 섹스가 끝나고 나서는 서로의 몸을 끌어안고 누워 뭉게구름을 바라보았다.

"다음 주 목요일이 아빠의 기일이야. 그날 우리 집에 와줄 수 있어?"

"물론이지. 그날은 무얼 하고 싶어?"

"그냥 엄마 곁에 있어 주고 싶어. 형은 학교 때문에 오지 못하니까 나라도 옆에 있어주려고. 우리 셋이 같이 있으면 엄마에게 많은 위안이 될 거야."

"그야 당연하지." 레이븐은 재키의 앞머리를 걷고 이마에 키스했다.

"아빠랑 마지막으로 대화를 나눈 지 벌써 일 년이 지났어. 어떤 때는 무척이나 오래된 일처럼 아스라이 느껴지고, 때로는 엊그제처럼 생생하기도 해."

"다들 대너 선생님을 좋아했어. 좋은 분이었지."

재키는 눈물을 글썽이며 레이븐을 보았다. "장례식 때 네가 했던 말 기억해?"

레이븐은 또렷이 기억했다.

"넌 내 심장에 손을 얹고 '내 영혼의 힘을 보낼게.'라고 했지. 그다음에는 날 사랑한다고 했어."

"내 말에 기분 나빴어?"

"그럴 리가? 다들 너에게 화를 내는 게 터무니없게 느껴졌어. 그때 난 깨닫게 되었지. 내가 맺은 인간관계가 얼마나 허약한지. 나에게 진정으로 위로가 되는 사람은 엄마와 너뿐이었어."

재키의 표정이 그 어느 때보다 진지해 보였다. "그날 네가 나에게 해준 말 때문에 난 바뀌었어. 세이디와도 헤어지게 되었지. 널 계속 헐뜯는 세이디를 두고 볼 수 없었거든. 그날 이후, 난 너를 비난하는 아이들과는 함께할 수 없었어. 내가 함께 있고 싶은 여자는 오로지 너뿐이었지."

"그랬어?"

"너를 다시 만날 수 있는 날이 오기를 손꼽아 기다렸는데 몬태나에서 돌아온 너는 전혀 딴사람 같았어. 너랑 더는 친하게 지낼 수 없을 줄 알았지."

"그때는 나도 그렇게 생각했어."

개울이 의미를 알아들을 수 없는 말을 재잘거리며 아래로 흘러갔다. 삼나무 사이로 바람이 몰아쳤다. 재키와 레이븐은 서로의 몸을 꽉 끌어안았다.

레이븐은 집으로 걸어가는 동안 재키에게 키스하기도 하고, 머리카락 사이에 잡초를 꽂아 웃게 만들기도 했다. 집이 시야에 들어오자 레이븐이 외쳤다. "계단까지 먼저 도착하는 사람이 이기는 거야." 어릴 때 재키의 집에서 자주 했던 게임이었다.

"불공평해. 난 아이스박스를 들고 있잖아." 레이븐이 앞서 달리는 동안 재키가 불만을 토로했다.

레이븐도 담요 두 개를 들고 있었으니 나름 공평한 게임이었다.

계단에 먼저 도착한 레이븐은 집 안으로 뛰어들었다. "내가 이겼다!"

"네가 먼저 출발했잖아." 재키가 숨을 헐떡이며 말했다.

레이븐은 세탁실에 담요를 던지고, 재키가 들고 있던 아이스박스를 받았다. 아이스박스를 들고 주방으로 갈 때 누군가가 식탁 의자에서 일어나는 바람에 깜짝 놀랐다. 백발에 얼굴이 창백한 손드라 이모였다.

"레이븐?" 이모가 말했다. "대문은 열려 있고, 현관문도 잠겨 있지 않아 혹시라도 네가 잘못되었을까봐 걱정했는데 무사해서 다행이구나."

레이븐은 재키에게 너무 정신이 팔려 있어 문 잠그는 걸 깜박 잊었다.

손드라 이모는 한 손을 앞으로 내밀고 재키에게로 다가갔다. "난 손드라 린드 영이란다. 레이븐의 이모야."

"잭 대너라고 합니다." 재키가 손드라 이모와 악수하며 잔뜩 긴장한 얼굴로 인사했다.

"만나서 반갑구나, 잭."

재키는 여전히 레이븐의 엄마가 시카고의 병원에서 치료를 받고있는 줄 알고 있었다. 그렇다면 손드라 이모가 이곳에 혼자 왔다는 건 한 가지 이유밖에 없다는 생각이 들었다.

손드라 이모가 말했다. "너랑 할 얘기가 있다, 레이븐."

재키는 레이븐을 쳐다보았다. "난 집으로 돌아갈까?"

"그래야 할 거 같구나." 손드라 이모는 말했다.

레이븐이 생각하기에 손드라 이모는 나쁜 소식을 전하러 온 게 틀림없었다. 손드라 이모는 큼지막한 갈색 봉투를 들고 있었다. 봉투에는 마마의 글씨로 쓴 이모의 집 주소가 적혀 있었다.

"시카고로 돌아가세요." 레이븐이 손드라 이모에게 말했다.

"레이븐!"

"집으로 가시라고요." 레이븐의 눈에 맺힌 눈물이 마치 불처럼 눈두덩을 뜨겁게 달구다가 이내 차가운 얼음이 되어 볼을 타고 흘러내렸다.

재키가 레이븐을 끌어안고 그녀의 머리를 자신의 가슴에 눌렀다.

"네 엄마가 사라진 지 얼마나 됐지?" 손드라 이모가 나직이 물었다.

레이븐은 재키의 셔츠에 얼굴을 댄 채 흐느꼈다.

레이븐이 대답하지 않자 손드라 이모가 말했다. "잭, 너는 알고 있니?"

"레이븐은 엄마가 이모님과 함께 있다고 했어요. 시카고에서."

레이븐은 재키에게서 몸을 뗐다. "엄마는 돌아올 거예요. 이모는 엄마에 대해 잘 몰라요."

손드라 이모의 눈이 눈물로 반짝였다. "네 엄마가 돌아오지 않으리라는 걸 너도 알잖아. 네 엄마가 나에게 유언장을 보냈단다."

"엄마가 이모에게 뭘 보냈든 상관없어요. 엄마는 반드시 돌아올 테니까."

"네 엄마가 변호사에게 특정한 날짜에 이 봉투를 나에게 보내라고 했더구나. 네 엄마가 원하는 일을 다 마친 후에 이 봉투가 전달되기를 바란 거야. 이 봉투가 배달되었을 때 하필이면 난 네 이모부와 여행 중이었어. 어젯밤 집에 도착하고 나서야 이 봉투를 보게 되었지."

재키는 이제야 레이븐이 거짓말을 했다는 걸 깨달았다. 하지만 따지고 보면 레이븐은 거짓말을 한 게 아니라 사실 그대로를 말했다. 레이븐은 마마가 돌아올 거라 믿었으니까.

"레이븐, 무슨 일이 있었는지 말해봐라. 오드리에게 무슨 일이 있었는지 나도 알아야겠다."

재키가 레이븐의 눈을 보며 말했다. "지난번에 옷이 흙투성이가 되어 우리 집에 왔던 그날 네 엄마가 돌아가신 거야?"

"엄마는 돌아가시지 않았어. 나도 정확한 건 몰라. 나도 모른다고." 레이븐이 소리쳤다.

"오드리의 시신을 발견하지 못한 거니?" 손드라 이모가 물었다.

"엄마를 며칠 동안 찾아다녔어요. 사방팔방을 헤매고 다녔지만 끝내 찾을 수 없었죠. 난 엄마가 돌아올 거라 믿어요. 집으로 돌아오지 않을 작정이었다면 나에게 변변한 작별 인사도 하지 않고 떠날 리 없잖아요."

레이븐은 점심에 먹은 음식이 목구멍으로 올라오는 걸 느끼며 욕실로 달려갔다. 조금만 늦었어도 바닥에 토했을 것이다. 재키가 젖은 수건으로 레이븐의 얼굴을 닦아주며 말했다. "괜찮아. 다 좋아질 거야."

재키와 손드라 이모가 레이븐을 부축해 소파에 앉히고 양옆에 앉았다.

"레이븐, 정말이지 유감이구나. 무슨 일이 있었는지 자세히 설명해 줄래? 혹시 네 엄마가 스스로 목숨을 끊었니?"

"엄마는 스스로 목숨을 끊지 않았어요. 나를 혼자 내버려두고 목숨을 끊을 리 없잖아요."

"레이븐의 엄마는 많이 아프셨어요." 재키가 말했다. "작년부터 심장에 문제가 있었죠. 레이븐에게 이모님이나 병원에 절대로 연락해서는 안 된다고 신신당부했어요."

손드라 이모는 머리가 아픈 듯 손바닥으로 이마를 짚었다. "오드리! 대체 왜 그런 짓을 했니?"

"이모는 엄마가 왜 그랬는지 잘 아실 텐데요?" 레이븐은 그렇게 말하고는 재키를 힐끗 보았다. 재키 앞에서 사실대로 말할 수는 없었다. "엄마 나름대로 해결하려고 한 거예요."

"그 빌어먹을 땅의 정령들에게 소원을 빈다고 병이 고쳐져?"

"그렇게 말하지 마세요. 엄마가 알아서 한 일이에요."

"레이븐!"

"이모는 날 이 집에서 쫓아낼 수 없을 거예요. 엄마는 내가 여기서 기다리길 바랄 테니까."

손드라 이모는 한숨을 푹 쉬더니 봉투를 열고 엄마가 직접 쓴 편지를 꺼냈다. "네 엄마가 너에게 보여줄 생각으로 썼는지 알 수는 없지만 아무래도 네가 읽어보는 게 좋겠구나."

레이븐은 엄마가 쓴 편지를 읽고 싶지 않았지만 이모가 억지로 쥐여주는 바람에 읽을 수밖에 없었다. 재키는 레이븐이 편지를 맘 편히 읽을 수 있도록 자리에서 일어나 창가로 갔다.

엄마가 쓴 편지에는 흔들리는 필체로 이렇게 적혀 있었다.

언니, 이 봉투에는 변호사의 공증을 받은 내 유언장이 들어 있어. 난 내가 가진 전 재산을 사랑하는 나의 딸 레이븐에게 상속할 거야. 레이븐이 혼자 살 수 있는 나이가 될 때까지 워싱턴주의 그 집에서 살게 해줘. 언니가 좋은 방법을 찾아낼 수 있을 거라고 확신해. 레이븐이 열여덟 살이 될 때까지 언니가 그 아이의 후견인이 되어줘. 언니가 직접 그 일을 말을 수 없다면 믿을 만한 사람을 찾아내 레이븐을 보호해줘. 그 사람에게 레이븐이 물려받을 재산에서 일정한 금액을 지급해주고.

레이븐은 편지를 그만 읽고 싶었다.

왜 마마는 이런 말을 했을까? 아마 정령들의 세계에서 돌아오는 방법을 찾아내지 못했을 때를 대비해 만든 방안이었을 거야.

레이븐은 다음 문단을 읽었다.

레이븐에게 혹시 아기가 생긴다면 내 재산을 전부 물려받게 될 거야. 레이븐이 임신했다면 제발 그 아이에게서 아기를 빼앗지 말아줘. 아기 문제에 대해서는 분명하게 말해둘게. 비록 이 사회에서 '미성년자'로 취급받을지라도 레이븐은 아기를 키울 능력이 충분해. 이 문제도 언니와 언니의 변호사가 충분히 좋은 방법을 찾아낼 수 있을 거라고 믿어. 레이븐이 성인이 될 때까지 레이븐과 아기를 제대로 보살펴주고 법적으로 보호해줄 수 있는 방법을 찾아주길 바라.

'만약 레이븐이 임신했다면?' 내 몸으로는 임신할 수 없다는 걸 잘 알면서 마마는 왜 그런 말을 했을까?

레이븐은 갑자기 깨달았다. 몇 달 전 마마는 아기를 갖게 해달라는 소원을 빌라고 말했다. 레이븐은 자신이 마마처럼 간절하게 아기를 보내달라고 빌지 않았다고 털어놓은 적이 없었다. 마마는 땅의 정령들이 레이븐에게 곧 아기를 보내줄 거라고 생각했고, 당연히 그 아기는 정령의 세계에서 온 게 아니라 딸의 몸에서 나온 척할 필요가 있었다.

편지는 계속 이어졌다.

내 마지막 부탁은 언니가 해내기에 무척이나 힘든 일일 수도 있어. 하지만 오로지 내 자의로 내린 결정이라는 걸 이해해주길 바라. 엄마는 몬태나주의 산속에서 죽고 싶어 했지. 거기서 숨을 거두고 그대로 남겨져 다시 흙으로 돌아가길 바랐어. 하지만 언니와 아버지가 엄마를 강제로 입원시켰고, 엄마는 결국 병원에서 온몸에 줄을 달고 돌아가셨지. 게다가 언니는 뉴욕에 있는 외조부모의 무덤 옆에 엄마를 안장했어. 살아생전에 엄마가 그렇게 해주길 원한 적이 단 한 번도 없었는데 그런 끔찍한 짓을 저지른 거야. 난 그런 선택을 내린 언니를 용서할 수 없었어. 그 일은 아직 나의 내면에서 결코 치유되지 않을 깊은 상처로 남아 있지. 그 사건은 나를 향한 경고이기도 했어. 최근 몇 달 동안 나는 워싱턴주에 있는 내 땅에서 마지막 안식처를 찾아냈지. 신중하게 골라 땅을 파고, 내 영적 수행을 통해 배운 방식대로 매장지를 정화했어. 언니가 이 편지를 받아볼 때쯤이면 나는 내 스스로 선택한 그 안식처에 머무른 지 일주일쯤 되었을 거야. 제발 날 찾아내려고 하지 마.

"안 돼!" 레이븐이 소리쳤다.

"미안하구나." 손드라 이모가 말했다.

레이븐은 눈물이 흘러 눈앞이 흐려졌지만 계속 편지를 읽어 내려갔다.

내 딸에게 결코 내 시체를 보여주어서는 안 돼. 난 레이븐이 우리가 익히 알고 사랑했던 땅에서 진정한 내 모습만 기억하길 바라. 우리는 함께 그 땅에 남을 거야. 레이븐에게 변한 건 아무것도 없다고 말해줘. 난 늘 그리고 영원히 내 딸과 거기에 있을 테니까.

편지의 마지막 장에 오드리 E. 린드라는 서명이 있었다.

"정말 미안하구나." 레이븐의 손에서 편지가 축 늘어지자 손드라 이모가 다시 말했다.

"거짓말! 이모는 속으로는 전혀 미안해하지 않고 있어요." 레이븐은 이모를 향해 엄마의 편지를 집어 던졌다. "엄마는 내가 이 편지를 읽는 걸 원하지 않았어요. 편지 말미에 적혀 있는 문장을 보면 확실하게 알 수 있잖아요. 이모가 이 편지를 내게 보여준 건 잘못이에요. 이모는 왜 단 한 번도 엄마가 원하는 대로 해주지 않죠? 할머니에게는 왜 그랬어요? 난 이모랑 얽혀들고 싶지 않아요. 이제 이 집에서 나가줘요."

손드라 이모는 한숨을 푹 쉬고 나서 소파에서 일어섰다. "난 너에게 그 편지를 보여줘야만 했어. 넌 틀림없이 네 엄마가 돌아올 거라고 믿을 테니까 환상을 깨줄 필요가 있었지."

레이븐은 지금도 마마가 돌아올 거라 기대했다. 마마는 정령들의 세계에서 돌아오지 못할 경우에 대비해 자신의 바람이 적힌 편지를 보낸 것이다. 손드라 이모가 할머니에게 얼마나 못된 짓을 했는지 보았기 때문에 마마는 자신이 원하는 바를 분명하게 적은 편지를 보낼 수밖에 없었으리라.

"나, 집에 갈까?" 재키가 말했다.

재키의 눈에 슬픔이 어려 있었다. 지난 15분간 겪은 일 때문에 재키는 곧 다가올 아빠의 기일이 더욱 부담스러웠다. 게다가 레이븐이 거짓말했다는 사실까지 알게 되었다.

레이븐이 다가가자 재키가 두 팔로 끌어안았다. "거짓말해서 미안해." 레이븐이 속삭였다.

"괜찮아. 네가 왜 그랬는지 다 이해해."

사실 재키는 이해하지 못했다. 그래도 레이븐은 재키가 이해한다고 말해줘서 고마웠다.

"왜 오드리가 아기 이야기를 했니?" 이모가 물었다.

레이븐은 재키의 품에서 벗어나며 몸을 홱 돌렸다. "이모가 상관할 일이 아니니까 신경 쓰지 마세요."

"오드리가 나에게 보낸 편지에 적었으니 나랑 밀접한 상관이 있는 문제야." 손드라 이모는 재키를 바라보았다가 다시 레이븐을 보았다. "네 엄마는 무슨 근거로 네가 아기를 낳을 수도 있다고 했지?"

"그거야 저도 모르죠."

"그렇다면 정말 다행이구나." 손드라 이모는 편지를 다시 봉투에 집어넣었다. "네 엄마 변호사와 모든 이야기를 끝냈단다. 네 엄마가 편지에 적은 대로더구나. 오드리는 이 땅을 전부 너에게 남겼어. 돈으로 치면 꽤 거액이란다."

"난 후견인이 필요 없어요. 하지만 후견인이 반드시 있어야 이 집에 남을 수 있다면 기꺼이 따를게요. 이제 제발 돌아가세요. 혼자 있고 싶어요."

손드라 이모는 숨을 깊이 들이쉬었다가 내쉬었다. 레이븐은 그게 무슨 의미인지 알고 있었다. 마마와도 종종 그랬듯이 손드라 이모는 싸울 준비를 하고 있었다.

“그렇게 간단히 치부하고 넘길 문제가 아니란다, 레이븐. 네 엄마가 그렇게 사라져버린 걸 곧이곧대로 받아들일 수는 없어. 수많은 의문이 생길 테고, 경찰이 개입할 수밖에 없는 일이야.”

“엄마를 내버려 두세요.” 레이븐이 소리쳤다.

“유산을 물려받으려면 네 엄마의 사망신고서가 필요해. 네 엄마는 어떻게 그런 절차를 모를 수 있지?”

“세상이 돌아가는 방식은 이모가 잘 알잖아요. 방법을 찾아내봐요.”

“맙소사! 꼭 네 엄마처럼 말하는구나.”

“그러니까 이제 제발 돌아가시라고요.”

“나는 못 간다. 내 동생은 평생 그랬듯이 이번에도 사고를 치고 뒷수습을 나에게 맡겼어. 뒷수습을 해야 할 책임이 내게 주어진 거야.”

“우리 엄마가 도와줄 거예요.” 재키가 말했다. “우리 엄마라면 틀림없이 레이븐의 후견인이 되어줄 수 있을 거예요. 레이븐이 이 집에서 살 수 없다면 우리 집에서 살면 돼요.”

그래, 대너 부인이라면 내 후견인으로 완벽해.

“저도 대너 부인이 후견인이 되어주길 원해요.” 레이븐이 손드라 이모에게 말했다. “대너 부인의 집은 여기서 가까운 곳에 있어요.”

손드라 이모는 고개를 끄덕였다. “네 아빠는?”

손드라 이모는 호기심 어린 눈으로 레이븐을 바라보았다. “네 아빠에게도 이 일을 알려야 해. 네 아빠가 누군지 알고 있니?”

“아뇨.”

"아빠가 누군지 모른다고?"

레이븐은 고개를 끄덕였다. 손드라 이모의 의아스러워하는 눈빛이 마음에 들지 않았다. 레이븐이 거짓말을 하고 있다고 여기는 눈빛이었다.

손드라 이모가 다가왔다. "네가 아기였을 때 오드리가 내게 도움을 청했다. 네가 고열에 시달리고 있었거든. 그때 널 처음 봤지. 난 네 엄마가 임신한 사실조차 몰랐으니까." 손드라 이모는 잠시 재키를 힐끗 보았다. "그때 네 엄마가 발작을 일으켰어. 무슨 말인지 알겠니?"

"모르겠어요." 레이븐이 말했다.

"네 엄마는 아주 이상한 말을 했어. 네 아빠에 대해서."

레이븐은 가슴이 철렁 내려앉았다. 마마가 정령들의 세계로 들어간 상태에서 아빠에 대해 말하는 모습이 눈에 선했다. 마마는 인간 세계와 정령들의 세계 중간쯤에 있을 때 가끔 통제력을 잃고 마음 내키는 대로 말하는 경향이 있었다.

"너에게도 말했니? 새가 어쩌고저쩌고, 땅의 정령이니 뭐니 하는 말."

레이븐은 패닉 상태에 빠졌지만 내색하지 않으려고 애썼다.

내가 새의 정령을 아빠로 믿고 있다는 걸 알게 되면 아마도 이모는 나를 정신병원에 입원시키려고 들겠지?

예전에 이모와 할아버지가 마마를 정신병원에 입원시키려고 한 적이 있다는 말을 들었다. 마마가 일반인들은 도저히 이해할 수 없는 땅의 마법을 썼기 때문이었다. 레이븐은 새의 정령이 아빠라는 사실을 그 어디에서도 털어놓을 수 없었다. 마마가 아무에게도 말하지 못하게 했기 때문이었다. 마마는 그 말이 새어나갔을 때 벌어질 끔찍한 결과를 경고했다. 레이븐이 만약 새의 정령이 아빠라고 주장하면 손드라 이모는 제정신이 아니라고 여길 게 뻔했고, 결과적으로 혼자서는 살아갈 수 없을 거라 단정할 것이다.

손드라 이모에게 신뢰감을 줄 수 있는 말이 필요했다. 레이븐은 최근에 마마가 정신이 오락가락할 때 했던 말이 떠올랐다. "엄마는 내게 아빠에 대해 알려주고 싶지 않다고 했어요. 의원인데 나쁜 사람이라고요."

"의원이라고? 그럴 가능성은 거의 없을 텐데."

마마가 정령들의 세계로 반쯤 넘어간 상태에서 언급했던 사람의 이름이 뭐였더라?

레이븐이 그 이름을 말하면 손드라 이모도 아빠가 있을 거라 믿을지 모른다. 그 의원이라는 남자는 마마의 아버지와 연관이 있다고 했다. 손드라 이모도 마마와 그 남자가 서로 아는 사이였다고 믿을 것이다. 게다가 마마는 그 남자가 이미 죽었다고 했다.

그 남자가 죽었다면 나에게 위협이 될 일은 없어.

"그 남자의 이름이 본해머였던 것 같아요." 레이븐이 말했다.

"혹시 바우해머 아니니? 바우해머 의원?" 이모가 되물었다.

"네, 맞아요. 바우해머 의원."

손드라 이모는 깜짝 놀라 말문이 막힌 듯했다.

"그 사람은 죽었다고 했어요. 그러니까 나에게는 아빠가 없는 셈이네요."

"바우해머 의원이 죽은 건 나도 알아. 네 할아버지도 그의 장례식에 갔거든."

손드라 이모가 그 사실을 확인해주자 레이븐은 안도했다.

"하지만 바우해머 의원은 유부남이었고, 네 엄마보다 나이가 훨씬 많아."

"그게 무슨 상관이죠?"

"네 엄마는 절대……."

손드라 이모가 말을 멈추더니 이상한 표정을 지었다. 말하다가 갑자기 뭔가 생각난 듯 단단히 겁에 질린 모습이었다.

"왜 그러세요?" 레이븐이 물었다.

"맙소사!" 손드라 이모가 나지막이 속삭이더니 휴대폰을 꺼내 뭔가 입력했다. 이모가 휴대폰 화면을 스크롤 하는 동안 레이븐과 재키는 무슨 영문인지 몰라 서로 얼굴을 마주 보았다.

이모가 스크롤을 내리다 말고 화면을 주시하더니 몹시 놀라며 손으로 입을 틀어막았다.

"뭘 찾아냈는데 그래요?" 레이븐이 물었다.

"오드리, 도대체 넌 무슨 짓을 한 거니?" 손드라 이모의 눈에서 눈물이 왈칵 쏟아졌다. 레이븐이 아는 사람들 가운데 가장 목석 같은 사람이 울고 있었다.

"이모, 왜 울어요?"

손드라 이모는 휴대폰 화면을 들어 올려 레이븐에게 보여주었다. 화면에는 신문 기사가 떠 있었다.

바우해머 의원 손녀 유괴
수색 범위를 뉴욕에서 더 넓히기로

"16년 전, 오드리가 널 유괴한 거야, 레이븐."

"말도 안 돼요. 이 신문 기사는 나랑 전혀 상관이 없어요."

손드라 이모는 다시 휴대폰에 뭔가를 입력하더니 스크롤을 내리며 연신 놀란 표정을 짓다가 레이븐에게 화면을 캡처한 사진을 보여주었다. "이 여자 얼굴이 눈에 익지?"

사진에 달린 캡션에 엘리스 바우해머라는 이름이 적혀 있었다.

레이븐은 여자의 얼굴을 유심히 바라보았다. 마치 거울에 비친 자신의 얼굴을 보는 듯했다.

5부

기적적인 우주의 딸

1

레이븐

리무진이 회색 석조 빌딩 앞에 멈춰 섰다. 빌딩에는 '요크, 바우해머&시프 LLP'라고 적힌 황금색 간판이 붙어 있었다. 운전기사가 리무진의 문을 열어주었다.

"얼마나 걸릴지 모르겠네요." 손드라 이모가 운전기사에게 말했다.

"이 근방에서 대기하고 있겠습니다."

레이븐은 이모를 따라 빌딩 안으로 들어갔고, 이내 두 사람은 엘리베이터에 올랐다. 레이븐은 엘리베이터가 처음이라 잔뜩 긴장되었다.

"바우해머 씨를 만나러 온 손드라 린드 영입니다." 손드라 이모가 안내 데스크 직원에게 말했다. 직원은 그들을 데리고 복도를 지나 나무 문 앞에서 멈춰 섰다. '조나 M. 바우해머 3세, 변호사'라고 적힌 명패가 달려 있었다. 직원이 문을 가볍게 노크하고 나서 말했다. "린드 영 부인이 오셨습니다."

"들어오시라고 해." 방 안에서 남자의 목소리가 흘러나왔다.

손드라 이모가 앞장서서 안으로 들어섰다. 큰 책상 옆에 남자가 서 있었다. 숱이 많은 갈색 머리는 희끗희끗했고, 재키가 나이 들면 그런 얼굴이 될 듯했다. 푸른 눈동자만 빼고. 남자는 회색 양복에 하얀 셔츠 차림이었고, 무늬가 있는 자주색 넥타이를 매고 있었다. 남자의 뒤에 있는 기다란 창문 너머로 도심을 채운 빌딩과 하늘이 보였다.

"갑작스럽게 연락드렸는데 만나주셔서 감사합니다." 손드라 이모가 한 손을 내밀어 악수를 청하며 말했다. "부친들끼리는 몇 번 만난 적이 있을 겁니다. 아무튼 말씀 많이 들었습니다."

남자는 악수를 하는 동안 레이븐을 힐끗 보았다가 다시 좀 더 자세히 바라보았다.

손드라 이모는 한 발짝 뒤로 물러서서 그의 반응을 지켜보았다.

남자는 눈을 떼지 못한 채 레이븐을 계속 바라보았다. 레이븐의 심장은 그녀 안에 갇혀 날아가지 못하는 새처럼 파닥거렸다.

손드라 이모가 한숨을 쉬며 말했다. "역시 짐작대로네요."

"뭐가 말입니까? 이 아이는 누구죠?" 남자가 물었다.

"많이 본 얼굴 아닌가요?"

"많이 닮았네요. 제……." 남자는 다시 레이븐을 바라보며 말끝을 흐렸다.

"전 부인과요?"

'전 부인'이라면 이혼했다는 뜻인가?

손드라 이모는 거의 아무것도 말해주지 않았고, 레이븐도 묻지 않았다. 낯선 사람들에 대해 전혀 알고 싶지도 않았다. 그저 재키가 기다리는 곳으로 돌아가고 싶을 뿐이었다.

"이 아이는 누굽니까?" 남자가 재차 물었다.

"제 생각에는 당신 딸 같아요."

남자는 다시 레이븐을 뚫어지게 바라보았다.

"물론 DNA 검사를 해봐야 하겠지만요."

"비올라……." 남자는 그렇게 말하며 레이븐에게로 다가왔다.

레이븐은 주춤하며 뒤로 한 발 물러섰다. 안아줄 생각이었다면 대단한 착각이었다. 응해줄 마음이 없었으니까.

"제 이름은 레이븐이에요."

"레이븐?"

"아기 때부터 레이븐이라는 이름을 썼어요." 손드라 이모가 말했다.

"이 아이를 어디서 찾았죠? 경찰서에 신고는 했습니까?"

"경찰에 알리기 전에 당신을 먼저 만나 이야기를 나누고 싶었어요. 일단 DNA 검사부터 해봤으면 합니다. 검사 결과 당신 딸로 밝혀지면 최대한 조용하게 일을 진행하고 싶어요. 이 아이는 이미 심한 트라우마를 겪고 있어요. 지금껏 유괴당한 사실을 전혀 몰랐으니까요. 줄곧 워싱턴주에서 살았죠."

"혹시 누가 워싱턴주로 이 아이를 데려갔는지 아십니까?"

"이 아이가 자기 엄마라고 믿는 여자는 죽었어요."

"엄마라고 믿는 게 아니라 진짜 내 엄마예요." 레이븐이 말했다.

"보셨죠?" 손드라 이모가 남자에게 말했다. "우린 이 아이가 조용한 환경에서 이 일을 받아들일 수 있도록 도와야 해요. 이 아이가 받을 충격을 최소화하려면 이 사건이 언론의 관심사가 되지 않도록 처리하는 게 우선이라고 봐요."

레이븐은 자신에 대해 말하는 손드라 이모의 말투가 마음에 들지 않았다. 마치 아무것도 모르는 어린아이라는 듯이 말했다.

"이 아이를 데려간 사람은 누구죠? 혹시 이 아이를 지금껏 키워준 여자인가요?" 남자가 다시 물었다.

손드라 이모는 잠시 고개를 숙였다가 들어 올리며 말했다. "이런 말씀을 드리게 되어 정말 죄송하지만 제 동생이 이 아이를 데려간 장본인입니다. 그 아이는 죽기 전까지 평생 정신질환에 시달렸죠."

"엄마는 멀쩡했어요!" 레이븐이 외쳤다.

"목소리를 좀 낮춰라." 손드라 이모가 말했다.

"집으로 돌아갈래요."

남자가 손으로 이마를 짚으며 속삭였다. "맙소사!"

"이미 예상했지만 쉽지 않은 일이 될 것 같네요." 손드라 이모가 말했다. "그래서 제가 개인적으로 만나고 싶다고 한 겁니다. 서로 긴밀한 협의를 통해 이 아이를 보호할 계획을 세웠으면 해요. 솔직히 말하자면 저는 우리 회사가 가능한 한 이 일에 연루되지 않길 바랍니다."

남자는 못마땅한 눈으로 손드라 이모를 바라보았다.

"당신도 이 일이 언론에 알려지는 걸 원하지 않을 거예요. 당신 가족과 로펌에 비상한 관심이 쏠리게 될 테고, 결국 부정적인 영향을 미칠 테니까요." 손드라 이모가 말했다.

"왜 그럴 거라 생각하죠? 난 아이를 유괴당한 피해자입니다." 남자가 날카롭게 쏘아붙였다.

“당신의 전 부인과 아들들이 다시 그 난리를 겪길 바라세요?”

“그거야 불가피한 일이 아닐까요?”

“파장을 최소한으로 줄일 수는 있죠. 당신은 유명 인사들을 변호한 경험이 많으니까 틀림없이 좋은 방법을 알고 있을 텐데요.”

남자는 다시 화가 난 표정을 지었다.

“내 동생은 전 재산을 이 아이에게 남겼어요. 재산과 투자금을 합하면 어마어마한 액수죠. 내 동생이 보유하고 있던 부동산도 두 개나 되고요. 설사 이 아이가 내 혈육이 아닌 것으로 판명이 나더라도 난 유산 문제는 아무런 이의 제기를 하지 않을 겁니다.”

“내가 입을 다물어주는 대가로 뇌물을 주는 겁니까?”

“실용적으로 대처하자는 거예요. 이 일을 최대한 매끄럽게 넘기는 게 모두에게 이익이 될 테니까요.”

“당신 동생은 자신이 저지른 범죄에 책임을 져야 합니다.”

“내 동생은 이미 죽었다고 했잖아요.”

“확실합니까?”

“아직 해결되지 않은 문제가 있긴 해요.”

“뭡니까?”

“내 동생이 유언장을 보냈으니 죽은 건 확실한데 아직 시신을 찾지 못했어요. 내 동생이 소유했던 사유지 어딘가에서 삶을 마감한 것 같아요. 아무튼 그건 걱정 마세요. 경찰에 의뢰해 한시바삐 동생의 시신을 찾아낼 생각이니까.”

"이모, 제발 그냥 내버려두세요." 레이븐이 소리쳤다. "엄마가 남긴 유언을 읽었잖아요. 엄마는 혼자 조용히 삶을 마감하고 싶어 했어요."

백발이 성성한 남자가 사무실 문을 열고 안을 들여다보았다. "별일 없나, 조나?"

"네, 별일 없습니다." 남자가 대답했다.

문이 닫히자 손드라 이모가 다시 말했다. "나는 어느 누구보다도 레이븐을 위해 이 사건에 따르는 파장과 스트레스를 최소한으로 줄여보려고 해요. 당신과 내가 힘을 합해 일을 조용히 처리할 수 있길 바라요. 이 아이 친모에게 연락할지 말지는 당신의 선택에 달렸어요."

"나에게 친모는 없어요. 그 여자는 내 엄마가 아니에요." 레이븐이 말했다.

"엘리스와 난 연락이 완전히 끊겼습니다." 남자가 말했다.

"일단 DNA 검사부터 하는 게 좋겠어요." 손드라 이모가 말했다.

남자는 책상으로 걸어가더니 거의 쓰러지듯이 의자에 주저앉았다.

"이제야 딸이 돌아왔다는 걸 실감하나요?" 손드라 이모가 말했다.

남자는 아무런 대답도 하지 않고 레이븐을 뚫어지게 바라보았다.

"DNA 검사를 어디에 의뢰할지 알려주세요. 혹시 정확하고 빠른 결과를 얻을 수 있는 연구소를 아시나요?"

"네." 남자가 쪽지에 뭔가를 적어 이모에게 건넸다.

이모는 자신의 휴대폰 번호가 적힌 명함을 꺼내 뒷면에 호텔 전화번호를 적은 다음 남자에게 건네주었다. "언제든 전화하세요."

남자는 고개를 끄덕이면서도 계속 레이븐을 바라보았다. 마치 신기한 동물이라도 된다는 듯이.

레이븐은 남자가 아빠일 리 없다고 확신했다. 남자와 이 낯선 도시에는 손톱만큼도 정이 가지 않았다.

설령 내가 남자의 전 부인을 닮았다고 한들 난 그들의 딸이 아니야.

세상에는 서로 닮은 사람들이 많았다. 학교에서는 서로 닮은꼴인 아이들을 도플갱어라고 불렀다. 레이븐은 남자와 손드라 이모가 자신을 집으로 영영 돌아가지 못하게 할까봐 두려웠다. 마마가 떠나기 전에 경고했던 일들이 벌어지고 있었다.

레이븐은 손드라 이모와 함께 리무진을 타고 DNA 검사를 하는 연구실로 갔다. DNA 검사를 받는 게 무서웠지만 면봉으로 입 안쪽을 문질러 타액을 채취하는 게 전부였다.

"DNA 검사 결과가 나오기까지 이삼일 쯤 걸릴 거야. 그동안 우린 뭘 할까? 여기서 뉴욕이 가까운데 가보고 싶지 않니?" 이모가 물었다.

리스가 뉴욕에 가보고 싶다고 했던 말이 떠올랐지만 지금은 모든 게 다 싫었다.

"네가 원하는 대로 해줄게." 손드라 이모가 말했다.

"집에 가고 싶어요. 게다가 학교를 이렇게 오래 빠지면 곤란해요."

"학교에는 이미 사정을 말해두었으니 괜찮을 거야."

한낮이었지만 레이븐은 몹시 피곤해 침대에 가서 누웠고, 나중에 손드라 이모가 깨웠지만 일어나기 싫었다. 손드라 이모는 주로 휴대폰으로 통화하면서 회사 사람들에게 이런저런 지시를 내렸다. 가끔은 속삭이는 소리로 통화했는데 상대가 남편이나 아들 같았다.

이튿날도 레이븐은 침대에 누워있다시피 했고, 손드라 이모는 또 휴대폰을 들고 통화에 매달렸다. 손드라 이모가 온갖 음식을 배달시켰지만 레이븐은 쳐다보기도 싫었다. 그저 마마가 어딘가에 살아 있기를 바랐고, 어서 집으로 돌아가 재키의 품에 안기고 싶었다.

이튿날 손드라 이모가 레이븐이 누워있는 침대로 다가와 앉았다.

"레이븐, 너에게 할 말이 있다."

먹은 게 없는 레이븐의 위장이 꿈틀거렸다.

일주일 동안 가차 없이 몰아친 온갖 두려움과 의심이 사실로 밝혀지려는 걸까?

"레이븐……."

레이븐은 미동도 하지 않고 말했다. "듣고 싶지 않아요."

"당연히 그러겠지." 손드라 이모는 레이븐의 등에 한 손을 얹었다. "DNA 검사 결과가 나왔어. 지난번에 만난 조나 바우해머 변호사가 네 아빠로 밝혀졌어."

창문을 통해 들어오는 도시의 소음이 방을 가득 채웠다. 레이븐의 눈에서 흘러내리는 눈물이 빠르게 베개를 적셨다.

"그 사람은 내 아빠가 아니에요."

"네가 가진 DNA의 절반은 조나 바우해머 변호사에게서 물려받은 거야. 너도 학교에서 배웠을 테니 DNA가 뭔지 알잖아. 넌 불과 일곱 살이었을 때 나에게 DNA가 뭔지 설명해준 적이 있으니까."

그때는 그저 어렴풋이 알았을 뿐이었고, 중학생이 되고 나서야 DNA가 무엇인지 제대로 알게 되었다. 레이븐은 어느 날 마마에게 자신의 DNA 절반이 새와 같은지 물은 적이 있었다. 마마는 그 질문에 대답 대신 화를 냈다. 마마는 나중에 말했다. "넌 기적이 만든 아이란다. 네 몸이 보통 사람과 어떻게 다른지는 아무도 몰라." 마마가 닥터 팻 말고 다른 의사에게 레이븐을 데려가지 않는 이유라고 했다. 레이븐이 이 세상에 존재하게 된 수수께끼를 푸는 건 위험한 일이라면서.

그런 일이 있은 이후 레이븐은 DNA에 대해 다시는 묻지 않았다. 그저 자신의 몸이 다른 사람들과 어떻게 다를지 궁금할 따름이었다. 다른 사람들과 다르다는 건 명확했기 때문이었다. 레이븐은 어릴 때부터 자신의 영혼 안에 깃든 두 가지 성향을 생생하게 느낄 수 있었다.

하지만 DNA 검사 결과 조나 바우해머가 아빠로 확인되었다. 그 결과는 강풍에 뿌리가 뽑혀 나가는 나무들처럼 연쇄 작용을 불러일으켰다. 한 나무가 쓰러지면서 도미노처럼 두 번째 세 번째 나무도 차례로 쓰러지는 식이었다.

만약 바우해머가 아빠라면 마마는 그들로부터 나를 훔친 게 틀림없어.

그 일이 사실이라면 마마가 지금껏 했던 말은 모두 거짓이 되는 셈이었다.

어찌나 마음이 아픈지 숨을 쉬기 힘들었다. 레이븐은 몸을 웅크리고 숨죽여 울었다.

손드라 이모는 한숨을 쉬며 레이븐의 등을 힘주어 어루만졌다. "너에게는 할 말이 없구나. 하지만 DNA 검사가 과학이라는 사실을 부인할 수 없으니 받아들일 수밖에."

레이븐은 마냥 어디론가 달아나 숨어버리고 싶었다. 손드라 이모로부터, 이 호텔과 도시로부터, 마마가 침대에 앉아 인생 최고의 16년이라고 말했던 날 이후에 일어난 모든 일로부터.

레이븐은 여전히 마마가 나쁜 사람이라고 믿고 싶지 않았다. 마마가 이룬 기적, 땅의 정령이 보내준 아이로 남고 싶었다.

레이븐은 몸에서 모든 영혼이 빠져나가는 느낌이 들었다. 새의 영혼과 인간의 영혼 모두가. 이젠 눈물도 나지 않았다. 그저 침대에 가만히 누워 몸도 사라져 버렸으면 좋겠다고 생각했다.

몇 시간 뒤, 손드라 이모가 다시 침대로 다가와 말했다. "레이븐, 이제 그만 일어나야 해. 경찰이 너랑 할 얘기가 있다는구나. 거기서 네 아빠도 만나기로 했어. 경찰 조사가 끝나면 네 아빠가 너를 집으로 데려가 가족들과 함께 저녁 식사를 하고 싶대."

"그 남자는 내 아빠가 아니에요." 레이븐이 베개에 대고 말했다.

"그래, 그럼 조나라고 해두자. 아무튼 어서 일어나라, 레이븐."

"싫어요."

"넌 이 일을 이겨낼 수 있어. 강한 아이니까. 넌 공부도 잘하고, 친구도 잘 사귀는 훌륭한 아가씨로 자랐어. 어려운 환경에서도 지금 이렇게 멋진 모습으로 성장했잖아."

레이븐은 겨우 침대에서 일어나 앉았다. "어려운 환경이라니요?"

손드라 이모가 슬프고 지친 눈으로 레이븐을 쳐다보았다. "네 엄마랑 사는 게 어떤지 나도 알아. 툭하면 혼자 정령들과 이야기를 나누고, 걸핏하면 숲으로 사라지고, 간혹 이상한 발작을 일으키니 얼마나 무서웠을까?"

"전혀 무섭지 않았어요."

"조나의 가족을 만나보렴. 네 마음에 드는 사람들인지 알아봐."

"그 사람들이 싫으면 대너 부인에게 내 후견인이 되어달라고 할 수 있을까요?"

"그럴 수 있을 거야. 너의 선택에 달린 문제니까."

"정말이에요?"

"그래, 일단 샤워를 하고 나서 옷부터 갈아입자."

레이븐은 이틀간 아무것도 먹지 않고 침대에만 누워 있었던 탓에 머리가 어지러웠다. 하지만 재키의 엄마가 후견인이 되어줄 수도 있다는 말을 들으니 힘이 났다. 그래서 손드라 이모가 하라는 대로 했고, 심지어 마시면 기운이 난다는 초록색 액체도 한 잔 마셨다.

그들은 리무진에 올라 형사를 만나러 갔다. 그 자리에 조나 바우해머도 와 있었다. 남녀 형사들은 레이븐과 따로 이야기를 나누고 싶어 했다. 그들은 마마에 대해 특히 많은 걸 물어보았다. 레이븐은 그들이 마마를 좋게 생각하지 않는다는 걸 느낌으로 알 수 있었다. 손드라 이모가 마시라고 권한 초록색 액체가 아직 걸쭉한 형태로 위장에 남아 있는 듯했고, 갑자기 구토를 하게 될까봐 두려웠다. 형사들이 마마의 죽음에 대해 아는 대로 이야기해 보라고 하자 그때부터 레이븐은 울음을 멈출 수 없었다.

형사들은 난감해하다가 레이븐을 다시 손드라 이모와 조나가 있는 곳으로 데려갔다. 그들이 손드라 이모를 다른 곳으로 데려가는 바람에 레이븐은 조나와 단둘이 남게 되었다.

"네가 숲속에 있는 통나무 저택에서 살았다고 들었다. 그 집이 좋았니?"

"앞으로도 그 집에서 살 거예요. 가능한 한 빨리 거기로 돌아가고 싶어요."

몇 분 뒤에 조나가 다시 말했다. "네 오빠들이 널 만난다는 생각에 마음이 들떠 있어. 이름이 리버와 재스퍼인데 쌍둥이지. 너보다 네 살이 많아."

레이븐은 오빠들에게 전혀 관심이 없다는 사실을 알리려고 다른 곳으로 시선을 돌렸다. 그러자 조나도 더는 말하지 않았다.

손드라 이모가 속상한 얼굴로 돌아오더니 레이븐에게 물었다. "이모가 조나의 집에 함께 가줄까? 너 혼자 가도 괜찮겠니?"

"이모가 함께 가주면 좋겠어요."

"나도 그게 나을 것 같구나."

손드라 이모는 리무진 운전기사에게 조나의 차를 따라가라고 했다.

"조나의 집까지 제법 시간이 많이 걸릴 거야. 집이 교외에 있다니까."

조나 바우해머의 집은 손질이 잘된 잔디밭으로 둘러싸인 대저택이었다. 커다란 나무 몇 그루와 기하학 책에 나오는 도형처럼 다듬어놓은 관목들도 있었다. 현관으로 걸어가는 동안 조나는 레이븐만큼이나 긴장한 눈치였다.

집 안으로 들어서자 두 청년과 노부인이 그들을 기다리고 있었다. 청년들의 얼굴이 언뜻 보기에도 조나와 비슷했다. 특히 한 청년이 조나를 빼닮아 보였다. 푸른 눈동자의 청년이었는데 이름이 재스퍼였다. 다른 청년은 이름이 리버였고, 청회색 눈동자에 살갗이 레이븐처럼 조금 거무스름했다.

노부인은 깡마른 체구에 푸른색 눈이 사냥에 나선 매처럼 날카로웠다. 금색 머리카락이 드문드문 섞인 갈색 머리는 염색한 게 분명했다. 레이븐은 노부인의 얼굴을 바라보기가 거북했다. 나이에 비해 얼굴이 지나치게 매끄러워 보였기 때문이다. 아마 피부를 반질거리게 하는 시술을 받았을 것이다. 조나는 노부인을 할머니라고 소개했다. 손드라 이모는 노부인을 메리 캐럴이라고 부르며 악수했다. 마치 예전에 만난 적이 있는 사이처럼.

"이 아이는 이름이 레이븐이에요. 비올라보다는 레이븐으로 불리는 게 좋다는군요." 조나가 말했다.

리버가 피식 웃었다. 레이븐은 비웃음을 흘린 리버가 금세 싫어졌다.

"터무니없는 소리." 노부인이 두 팔을 벌리고 레이븐에게로 다가오며 말했다. "네 이름은 비올라야. 너도 곧 그 이름에 익숙해질 거야. 사랑하는 비올라, 이 집에 돌아온 걸 환영한다."

레이븐은 주춤하며 뒤로 한 발 물러섰다. "저를 비올라라고 부르면 대답하지 않을 거예요."

리버가 코웃음을 쳤다. 재스퍼도 마음에 안 드는 표정을 지었지만 리버보다는 감정을 잘 숨겼다.

"전 이 집에 돌아온 게 아니에요. 그저 잠시 방문했을 뿐이에요. 전 이제 곧 워싱턴주에 있는 집으로 돌아갈 거예요."

손드라 이모가 말했다. "레이븐……."

"그 이야기는 나중에 하죠." 조나가 손드라 이모의 말을 잘랐다. "우선 레이븐에게 집을 구경시켜주고 싶네요."

조나는 레이븐을 데리고 다니며 집 안 곳곳을 보여주었다. 다른 사람들은 모두들 거실에 그대로 앉아 있었지만 재스퍼는 뒤를 졸졸 따라다녔다.

위층에 올라가자 조나가 벽에 대형 텔레비전이 걸린 방으로 레이븐을 데려갔다. "예전에는 여기가 아기 방이었다. 처음에는 쌍둥이들이 썼고, 그다음에는 네가 썼지."

"원래는 벽이 연푸른색이었고, 새와 야생화가 그려져 있었어. 천장에는 구름도 있었고. 엄마가 직접 그렸어." 재스퍼가 말했다.

레이븐은 자신이 아기 때 이 방에 있었다는 게 도무지 상상이 되지 않았다. 게다가 이 집의 인테리어가 마음에 들지 않았다. 지나치게 깔끔하고 고급스러워 그녀가 사는 통나무집의 거친 이미지와는 완전히 딴판이었다. 창밖을 내다보니 잔디밭, 주변의 다른 집들, 차가 다니는 도로가 내다보였다. 레이븐은 숲과 언덕이 보이지 않는 집에서는 살고 싶지 않았다.

그들은 다시 거실로 돌아갔고, 레이븐은 손드라 이모와 함께 소파에 앉았다. 다른 사람들은 그들을 마주 보는 자리에 앉았다.

"이모 말로는 네 학업 성적이 매우 우수하다더구나." 조나가 어색한 침묵을 깨며 말했다.

"당장 학교로 돌아가지 않으면 우수한 성적을 유지할 수 없을 거예요." 레이븐이 말했다.

이번에도 두 청년은 웃음을 흘렸다. 리버가 동생인 재스퍼보다 더 노골적으로 웃었다.

"학교에 말해두었으니 성적에 대해서는 더 이상 걱정하지 않아도 돼." 손드라 이모가 말했다.

"몇 학년이야?" 재스퍼가 물었다.

"2학년." 레이븐이 말했다.

"좋아하는 과목은 뭐야?"

정말로 관심이 있어서 묻는지 아니면 어색한 침묵을 깨려고 묻는지 알 수 없었다.

"영어와 생물."

재스퍼는 고개를 끄덕였다. "난 코넬 대학에 다녀. 엄마랑 아빠도 코넬 대학에서 처음 만났대. 나도 생물학을 전공할 생각이야."

레이븐이 아무 말도 하지 않자 다시 불편한 침묵이 이어졌다.

"이젠 내가 나설 차례인가?" 리버가 말했다. "난 커뮤니티 칼리지를 중퇴했어. 보다시피 내 전공은……." 그러더니 레이븐을 향해 윙크하며 건배하듯이 잔을 들어 올렸다.

"리버!" 조나가 나무라는 표정을 지었다.

"왜요?"

"몰라서 물어?"

"오늘같이 특별한 날에는 술을 마셔야죠. 오래전에 유괴된 여동생을 다시 만났잖아요. 세상에 이런 일이 또 어디 있겠어요?"

리버는 술에 취해 있었다. 대마초나 환각제도 가까이하는 게 틀림없었다. 학교에서 리버처럼 취한 아이들을 자주 보았다.

"교회에는 나가니?" 노부인이 레이븐에게 물었다.

레이븐은 고개를 저었다.

"널 데려간 여자가……."

"오드리는 특정 종교를 믿지 않았어요." 손드라 이모가 노부인의 말을 잘랐다.

"기억나요." 노부인이 말했다. "아마 댁의 부모도 신앙을 버렸죠? 그래서 이혼하게 됐고."

부모를 비난하는 말에 이모는 화가 난 듯했지만 평정심을 유지했다. "그렇지 않아요. 어머니만 교회를 떠났죠."

"댁의 어머니는 그 후 동양 종교에 빠지지 않았나요? 당신 자매에게는 몹시 혼란스러운 일이었겠네요."

"저는 그다지 혼란스럽지 않았지만 오드리에게는 그랬을 수도 있죠."

"이제야 이해가 되네요. 그런 일이 있었으니 다른 사람의 아기를 유괴했겠죠." 리버가 말했다.

"난 유괴되지 않았어." 레이븐이 말했다.

리버가 짐짓 재미있다는 표정을 지었다. "넌 그 여자 딸이 아니야. 그 여자가 널 우리 몰래 데리고 도망친 거야. 공식적인 용어로는 '유괴'라고 하지."

"난 우리 엄마 딸이야."

리버는 잔을 단숨에 비웠다. "넌 스톡홀름 증후군 증세가 심해 보여, 동생아."

"정말 미안합니다." 조나가 손드라 이모와 레이븐을 번갈아 쳐다보며 말했다. "리버가 술을 많이 마셨나봐요. 제가 아들 녀석을 대신해 사과드리겠습니다."

리버는 비틀거리며 자리에서 일어났다. "맞아요. 벌써 잔이 비었네요."

"재스퍼……." 조나가 리버에게 고갯짓했다.

재스퍼가 자리에서 일어나더니 리버의 팔을 잡아끌었다.

“저희는 이만 꺼져드리죠.” 리버가 동생을 따라 거실에서 나가며 말했다.

“저녁이 준비됐으니 식당으로 가시죠.” 조나가 말했다.

유니폼 차림의 두 여자가 음식을 서빙했다. 소 안심 스테이크, 매쉬드 포테이토, 껍질 콩. 식사에 앞서 노부인이 기도를 했다.

“비올라가 가족의 사랑과 인도 속으로 돌아오게 되어 한없이 기쁘고 감사합니다.”

레이븐은 내심 화가 나 앞에 놓인 음식을 노부인에게 던져버리고 싶었다.

리버와 재스퍼도 식사를 하려고 돌아왔다. “무례하게 굴어서 미안해.”

리버가 레이븐에게 사과했다.

쌍둥이는 레이븐과 손드라 이모 맞은편에 앉았다. 재스퍼 앞에는 전혀 다른 음식이 놓여졌다. 그는 비건이 분명했다. 심지어 생김새도 재키와 약간 비슷했다. 레이븐은 재키를 떠올리자 울고 싶어졌지만 가까스로 참으며 앞에 놓인 음식을 내려다보았다.

조나와 재스퍼는 대화를 계속 이어가려고 애썼다. 재스퍼는 코넬 대학에서 하는 공부에 대해 이야기했다. 노부인도 대화에 끼어들어 자신의 의견을 강하게 피력했다. 노부인이 손드라 이모에게 말했다. “아이비리그 대학에 다닐 자격이 없는 아이들에게 장학금을 주지만 않았어도 리버는 재스퍼와 함께 코넬 대학에 다녔을 거예요.”

"전 코넬 대학에 다니고 싶지도 않고, 그럴 자격도 없어요. 할머니도 잘 알다시피 전 코넬 대학에 응시하지도 않았고요." 리버가 말했다.

"그거야 네가 코넬 대학이 특정 학생들을 선호한다는 걸 알고……."

"어머니, 제발 그런 말은 입 밖으로 꺼내지 마세요." 조나가 쏘아붙였다.

노부인은 못마땅한 표정으로 아들을 바라보았지만 더는 말하지 않았다.

레이븐은 입맛도 없었고, 전혀 동질성을 느낄 수 없는 이상한 가족들과 함께 있고 싶지도 않았다. 그래서 그저 예의를 벗어나지 않을 정도로 먹고 말없이 앉아 있었다.

디저트가 나오자 조나가 물었다. "레이븐, 우리에게 물어볼 말은 없니?"

레이븐은 왜 그들이 자신을 가족이라고 생각하는지 묻고 싶었다. 또 오늘 이 집을 나서면 다시는 그들을 만나지 않아도 되는지 궁금했다. 한 가지 궁금한 게 더 있긴 했다. 재스퍼를 제외하고는 아무도 입에 올리지 않았던 인물.

나를 닮은 여자, 아기 방 벽에 새와 꽃을 직접 그린 여자에 대해 알고 싶어.

"엘리스라는 분에 대해 알고 싶어요." 레이븐이 말했다.

"네 엄마야." 리버가 중얼거렸다.

"우린 엘리스와 연락을 끊고 산 지 오래되었단다." 조나가 말했다.

"네가 유괴되고 얼마 후부터 그렇게 됐어." 리버가 콕 집어서 말하고는 레이븐을 빤히 바라보았다. 레이븐이 '유괴'라는 말에 발끈하길 기대하는 눈치였다.

레이븐은 술 취한 관종의 장단에 놀아나고 싶은 생각이 없었다. "지금 그분은 어디에 사시죠?"

조나의 표정이 많이 불편해 보였다. "근래에는 연락을 주고받은 적이 없어서."

리버가 키득키득 웃자 조나가 험악한 표정으로 노려보았다.

분위기로 보아 조나는 그녀의 행방을 아는 듯했다.

알면서 왜 거짓말을 할까?

레이븐은 저녁 식사가 끝나자 손드라 이모에게 이제 그만 돌아가고 싶다고 속삭였다. 손드라 이모는 숨을 깊이 들이쉬더니 천천히 내뱉었다.

"이분들과 거실에 가서 이야기를 좀 할까?"

레이븐은 거실로 손드라 이모를 따라갔지만 자리에 앉지 않고 그냥 서 있겠다고 했다.

"난 이제 시카고로 돌아가야 해. 넌 이 집 말고는 돌아갈 곳이 없어. 적어도 당분간은."

"난 워싱턴주에 집이 있어요. 이 집에서는 살기 싫어요."

"그 집은 아직 네 소유가 아니야. 네 엄마가 사망했다는 사실이 증명되기 전까지는 그래."

"대너 부인이 기꺼이 저의 후견인이 되어줄 거예요. 당분간 대너 부인의 집에서 살면 돼요."

"너에게는 이제 아빠가 있어. 대너 부인이나 판사가 너의 생각에 동의해주지 않을 거다. 당장은 어색하고 불편하겠지만 네 아빠가 널 좋은 방향으로 이끌어줄 거야."

레이븐은 얼굴을 돌려 조나를 쳐다보았다. 조나의 미소는 지나치게 나약해 보여 믿음이 가지 않았다.

"이 집 사람들이 너의 가족이야. 너에게는 가족들을 알아갈 시간이 필요해."

레이븐의 몸 안에 깃든 새의 영혼이 날아가고 싶어했다. 하지만 DNA 검사 결과 새의 영혼은 마마가 지어낸 허구라는 사실이 밝혀졌다. 갑자기 춥고 아프고 텅 빈 기분이었다.

"네 아빠가 너를 도울 심리학자를 구해놓았어. 네가 이 집에서 잘 적응할 수 있도록 도와줄 거야."

"이모는 날 이 집에 혼자 내버려두고 떠나려고요? 이모는 왜 호텔에서 나에게 거짓말을 했죠?" 레이븐이 따져 물었다.

"너에게는 16년 동안 떨어져 지낸 가족이 있고, 이젠 갈 곳이 없어. 내가 아무리 네 말을 들어주고 싶어도 도저히 바꿀 수 없는 현실이야."

"앞으로 다시는 워싱턴주의 집으로 돌아갈 수 없는 거예요?"

"네가 원한다면 돌아갈 수 있을 거야. 다만 그때가 언제가 될지 아직은 몰라. 네가 필요로 하는 건 다 챙겨 보내줄게. 이삿짐센터 사람들에게 네 물건들을 조심히 다루라고 일러두마."

레이븐은 낯선 사람들 앞에서 울고 싶지 않았지만 눈물이 저절로 흘러나오는 걸 멈출 수는 없었다. "엄마가 왜 이모를 싫어했는지 알겠어요. 이모는 엄마에게 거짓말을 하고, 협박하고, 단 한 번도 원하는 대로 해주지 않았죠. 이모가 늘 이런 식인데 엄마가 어떻게 좋아할 수 있겠어요."

레이븐은 손드라 이모의 눈에 어린 죄책감을 보았다.

"엄마는 스스로 영면할 땅을 찾아내 편히 누워 있을 거예요. 보나 마나 이모는 경찰에게 엄마가 누워 있을 만한 곳을 알려주면서 수색해보라고 했죠?"

"난 그러지 않았어."

"아직은 아니지만 워싱턴주에 돌아가면 그렇게 할 거잖아요. 엄마가 편지로 부탁했던 일을 깡그리 무시하고요. 엄마는 내가 그 집에서 살아가길 원했어요. 엄마의 영혼이 영면할 곳에서요. 내가 아직 미성년자라 후견인의 보호를 받으며 그 집에서 머물길 바랐죠."

손드라 이모는 도와달라는 눈빛으로 조나를 보았다.

조나가 어렵사리 입을 열었다. "오드리 린드의 유언은 거짓말에 바탕을 둔 거야. 그 여자는 우리 가족에게서 널 빼앗아 갔어. 여기가 원래 네가 살던 집이고, 우리가 너의 가족이야. 넌 앞으로도 계속 이 집에서 살아야 해."

"난 앞으로도 여러분의 가족이 될 생각이 없고, 같이 살고 싶지도 않아요."

"하!" 리버가 피식 웃고 나서 잔을 들어 올려 레이븐에게 건배를 제안하는 시늉을 했다.

다들 리버의 행동을 무시하고 넘어갔다.

"이 집에서 살 생각이 없다니 정말 유감이구나." 조나가 말했다. "다른 방식의 삶에 익숙해 있을 테니 당연한 일이지. 넌 힘든 시기를 잘 이겨낼 수 있는 아이야. 난 알 수 있어. 네 이모도 그걸 알기에 너를 이 집에 두고 가려는 거야. 앞으로 네가 만나게 될 심리학자는 실력이 아주 뛰어난 사람이란다. 그분이 트라우마를 극복할 수 있게 도와줄 거야."

"전 트라우마 따위는 없으니까 굳이 심리학자를 만날 생각이 없어요. 그럴싸한 말로 제가 원하는 인생을 빼앗아 가려고 하지 마세요."

조나와 손드라 이모는 할 말을 잃은 듯 잠시 말이 없었다. 그들의 단호한 표정으로 미루어볼 때 워싱턴주의 집으로 돌려보내지 않으리라는 걸 알 수 있었다. 하지만 이 집에서 이상한 사람들과 함께 살아갈 수는 없었다.

레이븐은 리버를 돌아보았다. "그 분은 어디에 있지? 엘리스 말이야."

리버는 아빠를 힐끗 보더니 아무 말도 하지 않았다.

"그 분이 어디에 있는지 말해줘요." 레이븐이 조나에게 말했다.

"엘리스는 이 집을 떠나기 전에 앞으로 그녀를 찾거나 연락하지 않겠다는 법적 서류를 만들어 서명하게 했단다."

"왜죠?"

"정신이 나갔으니까 그랬겠지." 노부인이 말했다. "엘리스가 널 주차장에 두고 오는 바람에 유괴된 거야. 쌍둥이 아들 곁을 떠난 이후 엘리스는 단 한 번도 찾아오지 않았지. 그 여자랑 얽혀서 도움 될 게 아무것도 없단다. 내 말을 믿어라."

재스퍼와 리버는 노부인의 독설에 단단히 화가 난 듯했다.

"엘리스 로사 애비는 플로리다주에 살아." 리버가 불쑥 말했다. "〈와일드 우드 재래종〉이라는 가게를 운영하고 있지."

"네가 그걸 어떻게 알아?" 조나가 물었다.

"아빠, 요즘은 인터넷이라는 게 있어요. 사람을 찾을 땐 인터넷이 최고죠. 내가 엄마가 사는 곳을 알아내 화나셨어요? 아빠는 사립 탐정에게 돈을 잔뜩 주고 엄마를 찾아냈으니 화가 날 만도 하네요."

"엄마가 어디에 있는지 알면서 나에게도 숨긴 거야?" 재스퍼가 따지듯이 말했다.

"인터넷으로 찾으면 다 나온다니까."

"난 엄마의 이름조차 모르는데 어떻게 찾아?" 재스퍼가 말했다.

"그러게 말이야. 왜 우리에게는 엄마 이름조차 제대로 알려주지 않았어요? 아빠 서류를 뒤져보고 나서야 겨우 알아냈잖아요. 정말 어이없는 일 아닌가요?" 리버가 말했다.

"네 엄마는 가족들과 연락하길 원하지 않는다고 분명하게 말했어. 난 네 엄마의 의사를 존중할 수밖에 없었지." 조나가 말했다.

"그렇지만 아빠는 결국 엄마가 어디에 있는지 찾아냈잖아요." 재스퍼가 말했다.

조나는 잔뜩 지친 표정이었다. "네 엄마는 오랫동안 완벽하게 자취를 감췄다. 리버 말대로 난 사설탐정을 고용해 네 엄마를 찾아냈지. 네 엄마가 잘못될까봐 두려웠어. 이 집에서 떠날 때 네 엄마가 어떤 상태였는지 너희들은 기억할 수 없었겠지만……."

"난 자세히 기억해. 한마디로 속이 후련했지." 노부인이 중얼거렸다.

"그만하세요, 엄마!" 조나가 그렇게 말하고는 다시 재스퍼에게 말했다. "네 엄마는 땅을 사고 사업을 시작한 이후에야 공적인 기록에 다시 등장했단다."

레이븐은 그들 사이에서 오가는 팽팽한 긴장과 분노가 싫었다. 그들과 함께 살 수는 없었다. 그렇다고 손드라 이모와 함께 살고 싶지도 않았다. 차라리 엘리스와 함께 사는 게 가장 좋을 듯했다. 실낱같은 희망이었지만 그래도 없느니보다는 나았다.

"엘리스를 만나 이야기를 나누고 싶어요." 레이븐이 말했다.

"너의 마음은 충분히 이해한다만 약속을 잡아줄 수는 없어." 조나가 말했다. "최근 몇 년 동안 난 엘리스와 여러 차례 연락했어. 엘리스와 상의해야 할 재정적인 문제가 있었거든. 하지만 엘리스는 이메일을 사용하지 않았고, 가게로 전화해도 받지 않았어. 우편으로 서류를 보내봤지만 답장은 오지 않았지."

"사업하는 사람이 어떻게 전화를 안 받을 수 있죠?" 리버가 물었다.

"발신자가 누군지 확인하고 나서 받겠지."

"그랬다가는 고객들을 다 잃게 될 텐데."

"네 엄마는 원래 사회의 법칙을 제대로 따르지 않는 사람이야."

레이븐은 마마가 그랬듯이 가족들과 절연하며 살고 있는 친모에게 흥미가 생겼다. "혹시 집 주소를 알아요?"

"엘리스가 운영하는 원예점 주소는 알고 있단다." 조나가 말했다.

"그럼 그 주소로 가요." 레이븐이 손드라 이모에게 말했다.

"그 주소로 찾아가봐야 가망이 없을 것 같은데. 가족들과 절연하고 살아가길 바라는 기색이 역력하잖아."

"상관없어요. 난 그 분을 찾아갈래요."

"나에게 널 데려다달라는 뜻이니?"

"이모가 싫다면 혼자라도 찾아갈 거예요. 이 집에 있고 싶은 생각은 없으니까."

"내가 데려다줄게." 리버가 말했다.

"넌 안 돼!" 조나가 반대했다.

리버가 그저 아빠에게 반항하려고 나섰다는 걸 레이븐은 눈치챘지만 손드라 이모는 불안한 눈빛으로 청년을 힐끔 쳐다보더니 이렇게 말했다. "내가 데려다줄게. 하지만 조건이 있다. 네 생모를 만나본 이후에는 네 가족들과 함께 살아야 해."

나를 우리에 갇힌 신세로 옭아매려는 태도는 마마와 똑같아. 마마는 약속을 강요하는 방법을 손드라 이모에게 배웠을까?

"약속할 수 있지?"

"네, 약속해요."

2

엘리스

엘리스는 톰과 함께 마지막으로 남아 있던 패커해치 화분을 트럭에 실었다. 그런 다음 뒤로 물러서서 트럭에 실린 재래종 식물들을 훑어보았다. 앞으로 몇 달 동안 톰이 운영하는 조경회사 트럭에 더 많은 나무와 관목, 풀, 야생화를 실어 보내야 했다. 지금껏 와일드 우드 원예점이 받은 주문 중에서 제일 많은 양이었다.

"도와줘서 고마워요." 톰이 말했다.

"당연히 해야 할 일인걸요." 엘리스가 말했다.

"날씨가 지독하게 덥네요. 4월이 아니라 8월 같아요." 톰은 그렇게 말하고 나서 티셔츠 자락을 들어 올려 얼굴을 닦았다. 순간적으로 톰의 탄탄한 복근과 가슴이 드러났다.

엘리스는 몸을 돌려 톰이 가져온 텀블러에 든 차가운 물을 컵에 따라 마셨다. 어찌나 빨리 마셨던지 물이 턱을 타고 내려와 땀에 젖은 티셔츠를 적셨다.

톰이 고갯짓으로 엘리스의 뒤를 가리키며 말했다. "레인저께서 매우 적절한 타이밍에 등장하셨네요."

아직 유니폼 차림인 키스가 집에서 걸어 나왔다. 혀를 쑥 내민 쿼커스 3세가 그의 뒤를 따라왔다.

"일을 도우려고 왔습니다." 키스가 톰에게 말했다.

"한발 늦었네요. 엘리스가 우리 직원 두 사람이 해야 할 몫을 혼자서 다 끝내버렸어요."

키스가 팔로 엘리스의 허리를 감싸 안으며 키스했다.

톰은 트럭 문을 닫고 원예점을 떠났다.

"솔직히 말하면 저 인간을 쫓아내려고 왔어." 키스가 원예점을 돌아 나가는 트럭을 지켜보며 말했다.

엘리스는 코웃음을 쳤다.

"저 인간이 대놓고 당신에게 치근거렸다고."

단순히 키스의 착각으로 치부할 수 없었다. 하지만 엘리스는 톰을 다루는 방법을 알고 있었다.

"신경 쓰지 마. 붙임성이 좋은 사람이라서 그래."

"붙임성이 너무 좋아 탈이지." 키스가 그녀를 바싹 끌어당겼다. "톰이 왜 그러는지 이해가 되긴 해. 흙과 땀범벅인 당신은 지독하게 섹시하거든."

엘리스는 그에게 몸을 더 밀착했다. "그러니까 당신이 좀 더 일찍 퇴근해야겠네."

"오늘 시간 있어?"

"시간이야 늘 있지."

엘리스는 가까이에 있는 나무로 키스를 끌고 가 바지와 팬티를 내리고 아름드리 상록 참나무에 가슴을 기대었다.

"엘리스, 여기서 하게? 너무 야하잖아."

"뭐가?"

키스가 뒤에서 재빨리 벨트를 푸는 소리가 들려왔다. "알잖아, 이 마녀야."

엘리스는 얼굴에 미소를 머금었다. 오랜 세월이 지났지만 키스는 아직도 가끔 그녀를 '마녀'라고 불렀다.

쿼커스는 그들이 게임이라도 하는 줄 알고 주위를 서성거리며 짖어댔다.

"다음에는 쿼커스를 집 안에 두고 와야겠어." 섹스를 마친 후에 키스가 말했다.

"그럼 즉흥적으로 하는 재미가 없잖아."

둘은 손을 잡고 집으로 걸어갔다. 집에 들어가자 키스가 그녀에게 우편물 몇 개를 건네주었다. 대니가 보낸 카드도 있었다. 이번에도 아기 사진이 있었다.

"아기가 진짜 예뻐, 안 그래?" 키스가 말했다.

"그래, 예뻐." 엘리스가 말했다.

키스는 이미 아기들 사진이 잔뜩 붙어 있는 냉장고에 오늘 온 사진을 붙였다. 이제 냉장고는 아기 사진들로 가득했다. 키스의 남자 조카와 여자 조카 둘, 친구들이 보내준 아이들 사진 그리고 이제 10개월 된 대니의 아기 사진들이었다. 엘리스는 사진을 냉장고에 붙여두는 걸 그리 좋아하지 않았지만 키스가 하는 대로 내버려두었다. 그가 좋아하는 일이었다.

엘리스가 샤워하는 동안 키스는 반바지와 티셔츠로 갈아입었다. 그들은 쿼커스를 집 안에 두고 문을 잠근 다음 SUV에 올랐다. 낡은 차를 팔고 대형 픽업트럭을 구입할 예정이었다. 엘리스는 이 낡은 차가 자동차 매장까지 무사히 갈 수 있을지 의문이었다. 키스가 관리를 잘해 평균 주행거리를 훌쩍 넘길 정도로 타고 다녔지만 이제는 폐차시킬 수밖에 없었다.

"새 차를 탈 생각을 하니 흥분돼?" 키스가 물었다.

"당신도 알다시피 난 차에 흥분하는 스타일은 아니야."

"이 차와 헤어지기 힘들지?"

엘리스는 너무 오래 사용해 끈적끈적해진 운전대를 손으로 쓸었다. "나랑 온갖 산을 다 돌아다닌 차야."

"전남편이 헤어질 때 준 차이기도 하고."

"그냥 위자료의 일부였어. 남편이 준 차라는 것에 대해 딱히 의미는 없어." 엘리스는 차의 시동을 걸고 진입로를 달렸다.

키스는 퇴근하고 들어올 때 대문을 닫지 않았다. 쿼커스 3세는 전임자들처럼 마구 돌아다니지 않았기 때문에 문단속을 소홀히 하게 되었다. 대문에 도착했을 때 차 한 대가 반대편에서 진입로로 들어오려고 방향을 틀었다.

"원예점 운영 시간을 모르고 방문했나봐."

엘리스는 그렇게 말하고 나서 운전석 차창을 내렸다. 맞은편 차량 운전석에 앉은 여자도 차창을 내렸다.

"원예점은 수요일에서 토요일까지만 영업해요." 엘리스가 여자에게 말했다.

"우린 묘목을 사러 온 게 아니에요. 당신이 엘리스 애비인가요?" 여자가 물었다.

"네."

"우린 당신과 이야기를 나누려고 왔어요."

조수석에도 누군가 앉아 있었다. 젊은 아가씨였다.

"우린 지금 볼 일이 있어 나가는 길인데요." 엘리스가 말했다.

"먼 길을 왔으니 잠시만 시간을 내주세요."

여자의 자동차 번호판을 보니 뉴저지주로 되어 있었다.

"무슨 일이지?" 키스가 고개를 갸웃거리며 말했다.

"뭘 팔려고 온 게 아니었으면 좋을 텐데."

엘리스는 차를 돌려 집 옆에 주차했다. 그들은 자갈로 된 진입로에 서서 여자가 주차하는 모습을 지켜보았다. 자동차의 양쪽 문이 거의 동시에 열렸다. 나이 많은 여자는 창백한 피부에 금발이었고, 옷차림이 세련되어 보였다. 처음 보는 사람이었다. 그제야 엘리스는 조수석에 앉았던 아가씨가 십 대라는 걸 알 수 있었다. 아이는 길고 구불구불한 검은 머리에 몸이 날씬했고, 피부는 가무잡잡했다. 아이의 검은 눈동자가 엘리스와 키스를 뚫어지게 바라보았다.

웬일인지 얼굴이 눈에 익어 보여. 아니야, 그럴 리 없어.

엘리스는 자신의 생각이 실현 불가능하다고 단정했다. 그냥 우연의 일치일 것이다. 만약 딸을 찾았다면 조나가 말해주었을 것이다. 조나는 그녀가 어디에 사는지 알고 있었다. 조나가 몇 년 전 생명보험 문제로 전화했지만 엘리스는 무시하고 받지 않았다.

여자와 아이가 엘리스 앞에 섰다.

"집이 마음에 들어요." 아이가 말했다. "저 나무에 낀 건 이끼인가요?"

"일반적으로 스페인 이끼라고 하지만 사실은 이끼가 아니라 브로멜리아야."

"제가 사는 곳에 있는 나무에도 저런 이끼들이 많아요."

"거기가 어딘데?" 엘리스가 물었다.

"워싱턴주요."

"그 지역 이끼도 무척이나 아름답지. 본 적이 있어."

나이 지긋한 여자가 엘리스에게로 한 손을 내밀었다. "저는 손드라 린드 영이라고 합니다."

엘리스는 여자의 손을 잡고 악수했다. 그런 다음 아이를 바라보며 누군지 말하길 기다렸다.

"이 아이는 레이븐 린드예요." 손드라가 말했다. "잠시 집 안으로 들어가서 이야기를 나누는 게 좋겠네요."

"왜 그래야 하죠?" 엘리스가 물었다.

"왜냐하면 내 이름이 예전에는 비올라였으니까요." 아이가 말했다.

엘리스는 불구덩이 속으로 들어간 사람처럼 얼굴이 화끈거렸다.

이름이 레이븐이라니? 조나에게 그 얘기를 들은 게 틀림없었다. 비올라가 유괴되던 날 레이븐이 시끄럽게 울어댔다는 사실을 아는 사람은 조나뿐이었다.

"정말 불쾌하네요." 엘리스가 손드라에게 말했다.

손드라는 어리둥절한 표정을 지었다.

"나에게 왜 이런 짓을 하죠?" 엘리스가 물었다.

"이런 짓이라뇨?"

"왜 저 아이가 잃어버린 내 딸이라고 속이죠? 원하는 게 뭔가요?"

"레이븐은 당신 딸이 맞아요. DNA 검사 결과 당신 딸로 판명이 났으니까. 우리는 뉴욕에 있는 조나의 집에서 오는 길이에요."

엘리스는 아기가 사라진 텅 빈 자리를 바라보았던 날 느꼈던 공허한 감정을 다시 느꼈다. 마치 그녀의 몸과 영혼이 새카맣게 타 모두 사라져버린 기분이었다.

손드라는 휴대폰을 꺼내들었다. "조나와 통화해 확인해보실래요? 당장 전화할게요."

아이의 얼굴이 자신과 똑같았다. 다만 나이가 어릴 뿐이었다. 심지어 아이의 눈빛에서 그녀가 겪었던 비슷한 아픔의 흔적이 보였다.

이 아이는 지금껏 어떤 삶을 살았을까?

"조나에게 전화하지 않아도 돼요. 이 아이는 비올라가 맞아요." 엘리스가 말했다.

아이가 도전적으로 턱을 치켜들었다. "레이븐이라고 불러주세요.

어릴 때부터 그게 내 이름이었으니까."

"누가 그 이름을 지었는지 가르쳐줄래?"

"제 동생이 지었어요." 손드라가 말했다. "유감이지만 당신 딸을 데려간 사람이 제 동생이었어요."

레이븐. 그 여자는 그 빌어먹을 레이븐을 따서 이름을 지었다. 그 새에게서 이름을 따온 게 틀림없었다.

엘리스는 갑자기 현기증이 밀려와 쓰러질까봐 두려웠다. "그 여자는 어디 있죠? 당신 동생. 경찰에게 잡혔나요?"

"내 동생은 죽었어요." 손드라가 말했다.

"엘리스……."

엘리스는 뒤를 돌아보았고, 거기에 키스가 있었다.

키스가 있다는 걸 까맣게 잊고 있었다. 상처받은 눈빛이었다.

"이게 무슨 일이야? 당신에게 딸이 있었어?"

"응, 16년 전에 유괴된 딸."

"어떻게 나에게 그런 이야기를 숨길 수 있지?"

"나중에 설명해줄게." 엘리스는 자신의 딸을 바라보았다.

"내가 잠시 집을 떠나는 게 좋겠어." 키스가 떨리는 목소리로 말했다. "저 아이와 단둘이 보낼 시간이 필요할 테니까."

키스는 집 안으로 들어갔다가 자신의 차 열쇠를 가지고 나왔다.

엘리스는 그를 따라 차로 가면서 나직이 말했다. "키스, 정말 미안해."

"미안하다니? 지금 상황에서는 부적절한 말이야." 키스는 차 문을 열었다.

엘리스는 다시는 키스를 못 볼 것 같은 느낌이 들었다.

"떠나기 전에 내 이야기를 마저 듣고 가. 저 아이가 갓난아기였을 때 내가 저 아이를 주차장에 두고 가버렸어. 아기를 주차장에 잠시 내려 둔 걸 깜빡 잊은 거야. 아기를 두고 왔다는 사실을 깨닫고 부랴부랴 돌아갔을 때는 이미 어디론가 사라지고 없었어."

"약에 취해 있었어?"

"아니, 그 일이 있고 난 후로 약에 취해 살았지. 아이를 잃어버린 고통을 잊기 위해."

"지금껏 나에게 정말 많은 걸 숨겼네."

엘리스는 눈물이 핑 돌았다. "더한 것도 숨겼어."

"어떻게 그보다 더한 비밀이 있지?"

"나에게는 쌍둥이 아들이 있는데 그 아이들을 두고 집을 떠나버렸어. 나도 내 문제가 뭔지 몰라. 고치는 방법도 모르겠고, 당신에게 어떻게 말해야 할지도 모르겠어. 그냥 난 문제가 많은 여자야. 늘 그랬어. 당신이 언젠가 그 사실을 알게 되면 떠날 거라고 생각했지. 어차피 떠날 사람인데 그런 이야기를 일일이 해줄 필요가 없다고 생각했나봐."

"아이가 셋이나 된다고?"

엘리스는 눈물을 닦으며 고개를 끄덕였다.

"그래서 지금껏 나랑 아기를 가지려고 하지 않았던 거야?"

"응."

"그래서 나랑 결혼하지 않으려고 했고?"

엘리스의 눈에서 봇물 터지듯이 눈물이 쏟아졌다.

"난 당신이랑 10년간 살았어. 무려 10년이라고. 사귄 지는 그보다 더 오래됐고."

"그래서 내가 당신이 여기에 온 날 밤에 경고했잖아."

"당신이 그날 밤에 했던 농담의 숨은 뜻을 파악했어야 한다는 거야? 카비아트 엠터?"

"농담이 아니었어."

"내가 바보였네. 나는 왜 당신을 철석같이 믿었을까?"

"미안해."

"지금 상황에서 미안하다는 말이 얼마나 웃기는지 알아? 난 당신에게 속아 10년이나 시간을 낭비했어!"

키스는 차에 올라타 문을 쾅 닫았다. 그런 다음 차를 몰고 나무들 사이로 사라졌다.

엘리스의 뒤에서 자갈 밟히는 소리가 났다. 그녀의 딸과 손드라였다. 엘리스는 그들이 키스와 나눈 이야기를 어디까지 들었는지 알 수 없었다.

"미안합니다." 손드라가 말했다.

미안하다고? 키스 말이 맞았다. 얼마나 황당하고 웃긴 말인가? 동생이 한 여자의 인생을 완전히 망쳐놓았는데 미안하다고?

엘리스는 딸을 바라보았다. "지금은 조나와 함께 사니?"

"저는 당신이랑 살고 싶어서 왔어요."

"이 아이가 진심으로 하는 말인가요?" 엘리스가 손드라에게 물었다.

"레이븐은 아빠랑 살고 싶지 않대요. 그 집 분위기를 싫어해요."

"당신이랑 살게 해주세요."

"넌 아빠 집으로 가야 해."

이번에도 아이는 고집스럽게 턱을 치켜들었다. "그 집으로는 가지 않을 거예요."

"좀 전에 내가 남자랑 하는 말 못 들었니? 난 널 주차장에 내려두고 떠났어."

"알아요."

"두 아들도 버리고 떠났고."

"알아요."

"난 너랑 살고 싶지 않아. 엄마가 될 자격이 없으니까."

"난 엄마가 필요 없어요. 엄마는 이미 있으니까."

엘리스는 이미 오래전에 가슴이 갈가리 찢겨 다행이라고 생각했다. 만약 조금이라도 모성 본능이 남아 있었다면 아이의 말에 깊은 상처를 받았을 것이다.

"널 키워준 여자는 죽었다며?"

아이의 눈빛이 이상하게 변했다. "엄마의 영혼은 아직 나와 함께 있어요."

손드라는 불편한 눈으로 아이를 바라보았다.

"그냥 잠시만 여기서 지내게 해줘요." 아이가 말했다. "다시 집으로 돌아갈 수 있게 되면 곧바로 떠날 거예요."

엘리스는 무슨 말인지 설명해달라는 뜻으로 손드라를 바라보았다.

"내 동생이 워싱턴주에 있는 집을 레이븐에게 남겼어요. 하지만 여러 가지 법적인 문제가 해결되기 전까지는 이 아이의 소유권을 인정받지 못할 거예요. 현재 이 아이의 법정후견인은 조나인데 열여섯 살짜리 딸이 그 집에서 혼자 사는 걸 원치 않겠죠." 손드라가 말했다.

"이 아이가 당신 동생의 친딸이 아니어도 그 집을 상속받을 수 있나요?"

"내가 이의제기를 할 수도 있지만 그러지 않을 겁니다. 내 동생은 여러 사람을 불행하게 만들었어요. 내 동생이 이 아이에게 남긴 땅이 당신의 잃어버린 삶을 보상해줄 수는 없겠지만 새로운 인생을 시작하는 계기가 될 수는 있을 거예요."

아이가 렌터카 후문을 열고 배낭을 가져오더니 큼직한 슈트케이스를 꺼냈다.

"정말 여기서 살고 싶니?" 엘리스가 물었다.

"레이븐은 달리 갈 곳이 없어요." 손드라가 말했다.

"학교는 어쩌고요?"

"학교에는 저간의 사정을 말해두었어요. 학교 관계자들도 우리 상황을 잘 아니까 과제물로 이번 학기를 마치게 해줄 거예요."

엘리스는 주변 숲을 둘러보며 말했다. "이곳이 얼마나 고립됐는지 보이시죠? 십 대 아이가 이런 곳에서 살고 싶어 할까요?"

손드라는 살짝 미소 지었다. "레이븐은 달라요. 게다가 언론이 이 일을 알게 되어 다시 난리를 칠 경우 이곳이야말로 레이븐이 지내기에 이상적인 장소죠."

"언론이 정말 난리를 칠까요?"

"저도 앞날이 어떻게 될지 모르겠어요. 조나와도 상의했지만 저는 가능한 한 이 상황을 조용히 넘기고 싶을 따름입니다."

"경찰은 이 일을 알고 있나요?"

"레이븐과 제가 뉴욕에서 형사들을 만나 전반적인 이야기를 나누었어요."

"집 안에 들어가 봐도 돼요?" 레이븐이 물었다.

"다 함께 집으로 들어가는 게 어떨까요?" 손드라가 엘리스에게 말했다. "궁금한 게 정말 많을 텐데 이야기를 좀 더 나누어야 하지 않을까요?"

엘리스는 두 개의 질문이 떠올랐다.

과연 내가 저 아이를 잘 돌볼 수 있을까? 이미 충격이 클 아이를 더 망가뜨리는 건 아닐까?

3

레이븐

레이븐이 기대했던 것보다 엘리스는 여러모로 마음에 드는 사람이었다. 레이븐이 이 집에서 사는 걸 싫어하는 기색이 역력했지만 상관없었다. 레이븐도 여기에서 사는 게 그다지 좋지는 않았다. 하지만 목조 가옥과 주위의 숲, 긴 머리카락을 살랑살랑 흔들어대는 아름드리 나무들은 마음에 들었다. 오래된 나무들이 마마의 숲에서 느꼈던 땅과의 유대감을 불러일으켰을 때 레이븐은 크게 안도했다. 워싱턴주를 떠난 뒤로는 조나 바우해머의 집이나 다른 어디에서도 땅의 정령들의 존재를 느낄 수 없었다. 다시는 그들의 존재를 느끼지 못하게 될까봐 점점 걱정되고 있었는데 이 집이 그 문제를 해결해주었다. 땅의 정령들이 아기를 보내주었다는 마마의 말이 거짓이었듯이 마마가 말한 땅의 마법도 사실 여부를 알 수 없었다. 다만 엘리스의 사유지에는 분명 땅의 정령들이 살고 있었다. 차에서 내리기도 전에 그들의 존재를 느낄 수 있었다.

그들은 납작한 돌을 깔아 만든 보도를 따라 현관 옆 개방형 포치로 갔다. 나무들을 바라보는 방향으로 흔들의자 두 개가 놓여 있었다. 엘리스가 현관문을 열자 대형견 한 마리가 달려 나와 낯선 손님들을 향해 짖어댔다.

"조용히 해, 쿼커스. 착한 개예요. 개하고 지내는 건 괜찮니?" 엘리스가 물었다.

레이븐은 그 질문에 대답할 수 없었다. 그녀가 아는 유일한 개는 웨어울프뿐이었다.

쿼커스가 다가와 레이븐의 손을 핥았다. "쿼커스? 좋은 이름이네요." 레이븐이 말했다.

"그게 무슨 뜻인지 알아?" 엘리스가 물었다.

"네, 참나무 속을 지칭하는 생물학 용어잖아요."

엘리스는 그 말을 듣고 놀란 눈치였다.

레이븐은 벽과 바닥이 원목으로 되어 있는 집이라서 좋았다. 워싱턴 주에 있는 통나무집과 비슷했다. 가구 역시 마마의 취향처럼 소박했고, 별로 많지도 않았다. 면적은 통나무집보다 더 좁았지만 아늑했다. 거실에는 돌을 쌓아 만든 벽난로도 있었다.

엘리스는 두 사람에게 집을 구경시켜 주었다. 엘리스는 손님용 방을 보여주면서 레이븐의 슈트케이스를 그곳에 두었다. 무늬가 있는 퀼트 이불이 깔려 있고, 네 개의 기둥이 있는 나무 침대가 예뻤다.

손드라 이모가 말했다. "컨트리풍으로 꾸며진 인테리어가 마음에 쏙 드네요. 앤티크 가구들도 우아하고요."

"이 집에 있는 가구들은 대부분 앤티크라기보다는 쓰레기에 가까웠어요. 제 동업자가 목수라 제가 집에 쓰레기를 들여놓으면 마법을 부려 앤티크 가구로 바꾸어놓았죠."

레이븐은 망사 창문이 달린 집 뒤쪽의 포치가 마음에 들었다. 그곳에서는 언덕과 그 아래 정원과 그 너머의 숲과 들판이 보였다. 정원에는 재래종 꽃을 심었다고 엘리스가 말해주었다.

"저 언덕도 사유지인가요?" 레이븐이 엘리스에게 물었다.

"원래는 초원이었는데 내가 저기에 재래종 야생화와 식물들을 심었지. 저 언덕 너머 저지대에는 큰 참나무로 이루어진 숲과 습지가 있어."

"다 합쳐서 몇 평이나 되나요?" 손드라 이모가 물었다.

"3,500평쯤 될 거예요. 그중에서 6평 정도를 묘목장으로 쓰고 있죠."

"레이븐, 너에게는 이곳이 딱 맞을 것 같구나." 손드라 이모가 레이븐에게 말했다.

워싱턴주에 있는 마마의 땅만이 내게 딱 맞는 곳이야.

하지만 집으로 돌아갈 수 있기 전까지는 여기도 괜찮아 보였다.

"워싱턴주의 시골에서 살았니?" 엘리스가 물었다.

"11만 평의 숲과 들판에서요."

"매우 아름다운 곳이죠." 손드라 이모가 옆에서 거들었다.

엘리스의 눈빛이 차가워졌다. "물론 고립된 땅이겠죠?"

손드라 이모가 고개를 끄덕였다.

"당신 동생은 아기를 뉴욕에서 곧장 그곳으로 데려간 건가요?"

"그런 것 같아요. 그 무렵에 그 땅을 구입했죠. 집을 짓는 동안에는 사유지 안의 트레일러에서 살았고요.”

“당신 동생에게 갑자기 아기가 생겼는데 이상하다고 생각하지 않았나요?”

손드라 이모가 말했다. “레이븐, 이모가 엘리스랑 이야기를 나누는 동안 넌 집에 들어가서 짐을 풀고 있으렴.”

레이븐은 두 사람이 마마를 욕하는 게 싫어 거절하려다가 그들이 뭐라고 말하는지 궁금해 듣고 싶어졌다. 그래서 포치를 나가는 척하다가 두 사람의 이야기를 들을 수 있는 모퉁이에 서 있었다.

“난 시카고에 살아요.” 손드라 이모가 말했다. “그래서 동생을 자주 만나러 갈 수는 없었죠. 아기를 데려간 날, 동생은 엄마의 무덤을 찾아갔었나봐요. 엄마의 묘가 당신이 아기를 두고 간 숲과 아주 가까운 곳에 있거든요.”

잠시 정적이 흘렀다.

“미안해요. 이런 식으로 말하지 말았어야 했는데.” 손드라 이모가 말했다.

“왜요? 그냥 사실을 말했을 뿐이잖아요.” 엘리스가 매몰차게 말했다.

“난 레이븐이 생후 7개월쯤 되어서야 동생에게 아기가 있다는 걸 알게 됐어요. 아기가 고열에 시달리자 패닉 상태에 빠진 동생이 나에게 전화해 도움을 청했거든요. 난 부랴부랴 의사를 데리고 워싱턴주로 갔죠.”

"유괴한 아기라 병원에 데려가는 게 두려웠을 거예요. 그럴 때 의심을 했어야죠."

"내 동생 오드리는 원래 병원을 싫어했어요. 어릴 때부터 의사에 대한 공포심이 있어서 정신과 치료를 받기도 했으니까요. 엄마가 세상을 떠난 이후 오드리의 비이성적인 공포심은 극에 달했어요. 엄마와 가장 가까운 사이였기에 엄마의 죽음이 오드리에게는 트라우마가 되었죠. 의사와 약, 병원이 엄마를 죽였다고 믿어요."

"아이에게 출생증명서도 없고, 아빠의 흔적이 없는데 한 번도 이상하다고 생각하지 않았어요?"

"오드리는 혼자 있는 걸 좋아하고, 도시보다는 야생에서 사는 걸 선호했어요. 오드리가 서른두 살이었을 때 느닷없이 임신을 계획하고 있다고 하더군요. 이유를 알 수 없었지만 오드리는 그때부터 갑자기 아기에게 집착했어요."

"사귀는 사람이 있었나요?"

"아뇨, 없었어요. 제가 알기로 오드리는 아무 남자나 만나 임신할 생각이었나봐요. 나는 오드리가 그런 방식으로 아기를 얻으려고 하는 것도 걱정스러웠지만 과연 아기가 태어나면 제대로 돌볼 수 있을지 염려스러웠죠. 나중에 제가 아기의 존재를 알게 되었을 때 오드리가 말하길 애 아빠는 이름도 모르는 남자라고 하더군요. 숲에서 혼자 출산해 출생증명서도 없다면서요."

"출생증명서가 없는데 학교에서 아이를 받아주던가요?"

"레이븐이 아기였을 때 예방접종과 신체검사를 해준 의사에게 출생 증명서를 써달라고 부탁해 어렵사리 마련했어요."

"당신과 의사는 그 집에 얼마나 자주 찾아갔죠?"

"일 년에 한두 번 정도 갔어요."

"특별히 이상한 점은 못 느꼈나요?"

"솔직히 맨 처음 그 집에 갔을 때는 이상하다고 생각했어요. 오드리가 그 집에 CCTV, 경보장치, 잠금장치로 철통 같은 보안조치를 해두었더군요. 하지만 아까도 말했다시피 오드리는 비이성적인 공포심이 많은 아이라 충분히 그럴 수 있다고 생각했어요. 요즘에는 사유지에 CCTV를 설치하는 사람들이 정말 많은 편이니까요."

"일 년에 한두 번 찾아갔다면 그 집에서 무슨 일이 벌어지는지 잘 몰랐겠군요."

"내 동생과 함께 산다는 게 어떤 일인지는 알고 있었죠. 오드리는 어릴 때부터 정신적으로 문제가 많았던 편이라 레이븐이 은근히 걱정되더군요. 난 레이븐이 다른 아이들과 다르지 않은 삶을 살 수 있도록 최선을 다했죠. 레이븐이 다섯 살이 되었을 때 오드리를 닦달해 홈스쿨링을 그만두고 초등학교에 입학시키게 했어요. 학교가 레이븐에게는 중요한 전환점이었죠. 학교에서 아이들과 어울리면서 레이븐에게도 놀라운 변화가 생겼어요."

오랫동안 침묵이 흘렀다. 레이븐이 이제 그만 손님용 방으로 가려고 하는 순간 엘리스가 말했다. "지금껏 나는 누군가 그 아이를 해칠

지도 모른다는 생각에 괴로웠어요."

"다행히 레이븐의 몸이나 태도에서 학대의 흔적은 발견하지 못했어요. 레이븐이 정상적인 어린 시절을 보냈다고 단언할 수는 없지만 이것만은 확실하게 말할 수 있습니다. 레이븐은 사랑을 받으며 자랐어요."

레이븐은 흐느낌이 새어 나오지 않도록 입을 손으로 틀어막았다. 세상 사람들이 아무리 나쁘다고 비난을 퍼부어도 마마는 분명 나를 사랑했어. 나도 마마를 사랑했고.

레이븐은 두 사람의 대화가 끝나자 눈물을 닦으며 서둘러 손님 방으로 갔다. 슈트케이스를 열고 그 안에서 옷들을 꺼내 침대에 펼쳤다. 그런 다음 벽장을 열고 좋아하는 스웨터를 걸었다.

"당분간은 그 옷이 필요 없을 것 같구나. 여긴 벌써 여름이야." 손드라 이모가 문간에 서서 말했다.

"그런 것 같네요."

"난 그만 돌아가봐야 해." 손드라 이모가 방으로 들어오며 말했다. "내 휴대폰번호 알지? 엘리스에게 휴대폰이 있으니까 필요한 게 있으면 연락하렴."

레이븐은 아무 말도 하지 않았다. 손드라 이모와 조나 바우해머는 정작 필요로 하는 것들을 하나도 주지 않고 있었다.

"네가 원하는 물건을 집에 두고 왔으면 나중에 보내줄 방법을 찾아보도록 하마. 일단은 여기서 지내고."

레이븐은 또다시 눈물이 흘러나오는 걸 참으려고 창문 너머로 나무들을 바라보았다.

"점점 나아질 거야."

집으로 돌아가기 전까지는 결코 나아지지 않을 것이다. 재키가 어찌나 보고 싶은지 가슴이 욱신거렸다.

손드라 이모가 레이븐을 껴안았다. 비록 이모에게 화가 나긴 했지만 레이븐도 같이 껴안았다.

"네가 조나의 집보다 여기 있는 게 나도 마음이 편해." 손드라 이모가 말했다. "네 할머니는 심술궂은 사람으로 유명하거든. 조나는 리버를 어떻게 다루어야 하는지 전혀 모르더구나. 네가 충격을 벗어던지고 일상을 회복하기에 이상적인 환경은 아니야."

그때 엘리스가 문가에 나타났다.

"난 항공권을 구입하고 나서 렌터카는 올랜도로 가져가서 반납할 거예요." 손드라 이모가 말했다.

"벌써 떠나게요?"

"얼른 가봐야 해요. 밀린 일이 정말 많거든요."

엘리스를 힐끗 쳐다본 레이븐은 서로 같은 심정이라는 걸 알 수 있었다. 단둘이 남아 있고 싶지 않은 것이다.

손드라 이모는 항공권을 예약하고 서둘러 떠났다. 레이븐은 손님용 침실 문을 닫고 짐을 마저 푼 다음 침대 밑으로 슈트케이스를 밀어 넣었다. R자가 있는 돌을 가만히 쥐어보았다. 오늘이 대너 선생님의 기일이었는데 재키 옆에 있어주지 못했다. 재키에게는 더욱 힘든 기일일 것이다.

레이븐은 돌을 쥐고 침대에 몸을 웅숭그리고 누웠다. 가슴속에서 심장이 사라져버리고 재키에게 받은 차갑고 작은 돌만 남은 듯했다. 언뜻 잠이 들었다가 깨어보니 어느새 해가 져 방 안이 온통 잿빛으로 변해 있었다. 거실에 켜진 전등 불빛이 새어 들어오고 있을 뿐 집 안이 어둑어둑했다.

밖으로 나가보니 집 앞 흔들의자에 앉아 나무들을 멍하니 바라보는 엘리스가 눈에 들어왔다. 쿼커스가 그녀의 발치에 엎드려 있었다. 나무들 너머로 보이는 붉은색과 분홍색, 오렌지색으로 물든 하늘이 아름다웠다. 레이븐이 옆에 있는 흔들의자에 앉았는데도 엘리스는 아무 말도 하지 않았다. 엘리스는 침묵이 필요한 때를 알고 있었고, 레이븐은 그 점이 마음에 들었다. 마마도 그랬다. 재키도.

하늘이 라벤더빛으로 변하더니 형언하기 힘든 슬픈 색으로 하루를 마감했다.

"아까 있던 아저씨는……."

"키스 게파트야."

"다시 돌아올까요?"

엘리스가 잠시 뜸을 들인 후에 대답했다. "모르겠다."

레이븐은 그가 자신 때문에 떠난 걸 알고 있었다.

나도 엘리스라는 여자의 딸이었다는 이유로 재키 곁을 떠나게 되었으니 공평한 건가?

햇살이 완전히 자취를 감추면서 창문으로 새어 나오는 거실의 불빛이 점점 더 환해졌다.

"이제 곧 모기가 극성을 부릴 거야. 안으로 들어가자."

엘리스가 집 안으로 들어가며 포치의 등을 켰다.

"저녁 식사를 만들어 두었는데 아직 따뜻할 거야."

레이븐은 그녀를 따라 주방으로 갔다.

엘리스는 음식을 접시에 담아 식탁에 내려놓았다. 캐서롤과 그린빈, 콩 샐러드였다.

"난 비건이야. 이런 음식도 괜찮을지 모르겠다."

"제 친구도 비건이에요." 레이븐은 그렇게 말하고 식탁에 앉아 저녁을 먹으며 재키를 생각했다.

레이븐은 입맛이 없었지만 음식을 거의 다 먹었다. 엘리스를 도와 설거지를 하고 마른행주로 접시를 닦았다. 식기세척기가 있었지만 엘리스는 빈 접시가 얼마 되지 않아 직접 설거지를 했다. 마마도 그랬다.

마지막 접시까지 닦은 뒤에 엘리스는 싱크대에 몸을 기대고 레이븐을 바라보며 말했다. "너와 상의해야 할 문제가 하나 있어."

"뭔데요?"

"네 이름."

레이븐은 물러서지 않을 각오를 다졌다.

"넌 줄곧 그 이름을 써왔으니 애착이 있을 거야. 하지만 난 널 그 이름으로 부를 수 없어."

"이유가 뭔데요?"

"내가 널 잃어버린 날……." 엘리스는 잠시 말을 멈추고 창밖의 어둠을 바라보았다. 눈물이 나는 걸 참으려는 듯했다. 그러더니 다시 레이븐을 바라보았다. "충격적인 사건을 겪으면 그때 벌어졌던 이상하고 사소한 일들까지 생생하게 기억나지. 그리고 그 사소한 일들이 내가 부주의해 발생한 그 사건을 연상시키고. 그때 일을 연상시키는 존재 가운데 하나가 바로 레이븐이야. 내가 널 숲에 있는 주차장에 내려두고 온 날 레이븐 한 마리가 계속 울어댔거든."

마치 감전이라도 된 듯 짜릿한 파장이 레이븐의 온몸으로 퍼져나갔다.

"너에게는 정신 나간 소리로 들릴 수도 있겠지만 마치 레이븐이 시끄러운 울음소리로 나를 몹시 혼란스럽게 만들었다는 느낌이 들었어. 내가 널 잃어버린 이유 중에는 그 새의 탓도 조금은 있다는 생각을 지울 수 없었지." 잠시 뜸을 들인 후에 엘리스가 말을 이었다. "아마 일종의 자기 보호였을 거야. 난 줄곧 죄책감에 시달렸고, 조금이나마 내 잘못을 덜어놓을 뭔가가 필요했으니까."

레이븐이 아기를 가져다 놓았다는 마마의 말은 마냥 거짓이 아니었다. 레이븐의 정령은 엘리스와 조나가 '비올라'의 부모로 적합하지 않다고 판단한 것이다. 그래서 새의 울음소리로 엘리스의 정신을 혼란스럽게 한 다음 아기를 마마에게 가져다놓은 것이다.

"그런 이유로 난 여전히 레이븐이 우는 소리가 싫어. 다행히 여기서는 레이븐이 우는 소리를 듣지 않아도 돼. 플로리다에는 레이븐이 살지 않으니까."

레이븐이 불러서 갔더니 숲에 아기 혼자 있었고, 마마는 아기가 정령의 세계에서 태어났다고 믿었을 것이다. 레이븐의 정령이 아기 아빠라고.

"날 이해해줄 수 있겠니?"

"네."

"해결책이 있을까?"

"저를 다른 이름으로 부르고 싶으세요?"

"비올라라고 부르면 안될까? 쿼커스가 참나무 속의 학명이라는 걸 안다면 비올라도……."

"바이올렛 속의 학명이죠." 레이븐이 말을 잘랐다. "어릴 때부터 알고 있었어요. 엄마와 전 봄이 될 때마다 바이올렛을 따서 먹었는걸요."

'엄마'라는 말에 엘리스는 움찔했다. "너에게 바이올렛 속에서 따온 이름이 있다는 걸 알았다면 네 엄마도 좋아했을 거야."

"물론 그럴 수도 있지만 엄마는 자신이 지어준 이름을 계속 쓰기를 원했을 거예요."

엘리스의 얼굴이 굳어졌다. "그 여자에게는 다른 사람이 낳은 아기의 이름을 다시 지어줄 권리가 없어."

"엄마가 내 이름을 지어준 순간부터 난 당신의 딸이 아니라 엄마의 딸이었어요."

"그 여자가 나에게서 널 훔쳐 간 거야."

"훔친 게 아니라 당신이 나를 두고 갔고, 엄마가 발견했을 뿐이에요. 엄마는 오랫동안 아기를 원했는데 내가 눈앞에 나타난 거예요. 그 일은 우연이 아니었어요. 틀림없이 그렇게 된 이유가 있었을 거예요."

"네가 엄마라고 부르는 그 여자가 나와 우리 가족에게 얼마나 큰 고통을 주었는지 알아? 넌 그 여자에게 유괴되었고, 현실을 받아들여야 해. 그 여자가 저지른 짓은 엄연한 범죄 행위야. 그 당시 경찰에 발각되었다면 아직도 감방에 있어야 했을 거야."

"하지만 잡히지 않았어요. 이유가 뭘까요?"

엘리스는 몸을 부르르 떨었다. "그러니까 무슨 영적인 힘이 개입해 그 여자가 널 데리고 도망치도록 도와줬다는 말이니?"

"틀림없이 이유가 있을 거예요."

"무슨 이유?"

레이븐은 차마 땅의 정령들이 마마를 도왔다는 말을 할 수 없었다.

"그 여자가 왜 너에게 '레이븐'이라는 이름을 지어줬는지 이유를 말해준 적이 있니?"

"네."

"뭐라고 하든?"

"엄마는 숲에서 레이븐이 자기를 부르는 소리를 들었다고 했어요. 무엇 때문에 부르는지 가봤더니 거기에 내가 있었대요. 레이븐과 같은 눈동자와 머리카락을 가진 아기가요. 엄마가 원하던 아기의 모습 그대로였대요. 그래서 엄마가 내 이름을 레이븐이라 지었다고 했어요."

"그렇다면 넌 처음부터 네 엄마가 널 낳지 않았다는 걸 알고 있었다는 뜻이네. 그런데 왜 아무에게도 그 말을 하지 않았지?"

"내가 엄마의 몸에서 나오지 않았다는 게 뭐 그리 중요하죠? 난 엄마와 함께 살기 위해 거기에 있었던 거예요."

"넌 나와 함께 살기 위해 태어났어. 네 아빠랑 오빠들과 함께." 엘리스가 소리쳤다.

"아뇨, 난 그들을 만나봤어요. 그 끔찍한 할머니도요. 난 절대 그들과 함께 살고 싶지 않아요. 그들과 산다면 내 영혼은 아마 병들어 죽을 거예요. 그래서 당신도 그들을 떠난 게 아니었나요?"

엘리스는 입을 크게 벌리고 놀란 눈으로 레이븐을 바라보았다.

"만약 그들과 함께 살았다면 뉴욕의 그 집과 가족들이 당신의 영혼을 병들게 했을 거예요. 당신도 그 집에서 살 운명이 아니었던 거예요. 당신이 나를 잃어버린 후에야 그 사실을 깨닫게 된 건 유감이네요."

엘리스는 싱크대에 몸을 기댄 채 바닥에 털썩 주저앉았다.

내 말이 정곡을 찌른 게 틀림없어.

"내가 너의 말을 제대로 들었니? 아니면 잘못 들은 건가?"

레이븐은 모처럼 만면에 미소를 지었다. "아니, 제대로 들었어요."

레이븐은 두 손으로 엘리스의 손을 잡았다. "당신을 슬프게 할 생각은 없었어요. 날 낳아준 사람을 이렇게 만나게 되어서 기뻐요."

"난 도저히 너랑 살 자신이 없다. 넌 네 아빠랑 살아야 해."

"이미 말했잖아요. 그 집에서는 살 수 없다고."

"그럼 워싱턴주로 돌아가."

"제가 워싱턴주에 있는 집으로 돌아가게 해줄 수 있어요?"

"아니, 난 그런 결정을 내릴 권리가 없어."

레이븐은 마주 잡은 손을 내려다보았다. 그녀의 손이 엘리스보다 좀 더 옅은 갈색이었다. "당분간 이 집에서 살게 해주세요. 레이븐 대신에 그냥 R이라고 부르면 어때요?"

"단순히 이름 때문이 아니야. 너에겐 내가 해줄 수 있는 것보다 더 많은 배려와 도움이 필요해."

"전 아무것도 필요 없어요. 워싱턴주의 집으로 돌아갈 수 있을 때까지만 이 집에서 살게 해주세요."

엘리스의 눈에서 눈물이 뚝뚝 떨어졌다. "난 널 도울 수 있는 여건이 못 돼."

"괜찮아요. 도움 없이 사는 것에 익숙하니까요."

4

엘리스

해질 무렵에도 기온이 32도가 넘었다. 6월의 첫날이었다. 스프링클러가 닿지 않는 곳에 있는 화분들에 다시 물을 줘야 했다. 묘목장으로 걸어가는 엘리스의 눈에 맥스가 보였다. 맥스가 방금 물을 다 준 듯했다.

맥스가 날아가는 새의 동작과 물음표를 의미하는 동작을 취했다. 날아가는 새의 동작은 맥스가 '레이븐'이 어디에 있는지 묻는 나름의 방식이었다. 레이븐은 평소 호스로 묘목에 물을 주는 일을 도왔다.

엘리스는 자기도 레이븐이 어디 있는지 모르겠다는 자세를 취했다. 맥스는 호스를 감으며 고개를 끄덕였지만 실망한 눈치였다. 맥스와 레이븐은 만나자마자 서로 좋아하게 되었다. 맥스는 평소 누군가와 쉽게 친해지는 편이 아니었는데 레이븐에게는 금세 관심을 보였다. 심지어 레이븐을 만난 뒤로 엘리스는 뒷전이었다.

엘리스는 오랜 시간에 걸쳐 맥스와 합의를 이룬 손짓과 몸짓으로 대화를 이어갔다. 회계장부를 검토해본 결과 모든 일이 순조롭게 진행되고 있었고, 사흘 뒤에는 톰이 묘목을 많이 사가기로 되어 있었다. 맥스에게 사는 집의 리모델링은 어떻게 되어가는지 물었다. 맥스는 잘 되어간다고 말하고 나서 레이븐에게 안부를 전해달라고 했다.

엘리스는 집으로 돌아가 보았지만 레이븐은 눈에 띄지 않았다. 예전에 그녀가 트레일러 파크 뒤의 와일드 우드를 쏘다닐 때처럼 레이븐은 혼자 잘 돌아다녔다. 아침 식사를 마친 이후 레이븐을 본 적이 없어 은근히 걱정되기도 했다.

"퀴커스, 이리 와."

퀴커스는 산책하러 나가자는 뜻을 알아차리고 꼬리를 흔들며 앞발을 들어 올렸다. 엘리스는 퀴커스를 앞세우고 동쪽으로 갔다. 땅은 집에서부터 완만한 내리막을 이루며 나무들이 있는 언덕으로 이어졌고, 오래된 목초지를 지나면 축축한 초원과 저지대 숲이 나왔다. 사유지 맨 끝에는 습지가 있었다. 최근 몇 차례의 폭우로 습지는 더 커지고 깊어졌다. 습지 가장자리에 이르자 퀴커스가 뭔가 발견하고 다가가 냄새를 맡았다.

레이븐의 티셔츠와 등산복 바지, 신발이었다.

엘리스는 고요한 습지의 못을 바라보았다.

혹시 자살한 건 아니겠지?

숲의 주차장에서 아기를 잃어버렸을 때 받았던 충격이 고스란히 되살아나며 심장이 요동을 쳤다.

왜 그들은 레이븐을 내게로 다시 보내주었을까? 내가 좋은 엄마가 될 수 없다는 건 이미 증명되지 않았던가?

"레이븐?" 엘리스가 소리쳤다.

곤충들이 앵앵거리고, 멀리서 두루미가 울어댔다.

"레이븐, 어디 있니?"

레이븐이 수심이 깊은 습지의 못에서 밖으로 나오더니 엘리스를 바라보았다.

"못이 깊으니까 들어가면 안 된다고 했잖아."

"제가 아니라 쿼커스에게 못에 들어가면 안 된다고 했죠."

"내 말을 잘못 알아들은 거야. 나는 분명 쿼커스는 물론이고 너도 못에 들어가면 안 된다고 했어. 악어가 사는 못이야. 위험하니까 당장 밖으로 나와."

"악어는 개를 잡아먹는 걸 좋아한다면서요."

"사람이든 개든 가리지 않고 잡아먹어."

레이븐은 물속에서 여유롭게 다리를 휘저으며 엘리스를 바라보았다.

"어서 나오라니까. 악어는 해질 무렵에 가장 활발하게 활동해."

레이븐은 평영으로 엘리스를 향해 다가오더니 수심이 얕은 곳에서 몸을 일으켰다. 엘리스는 브래지어와 팬티만 입은 레이븐의 깡마른 몸을 보고 깜짝 놀랐다. 처음 보았을 때에도 마른 편이었는데 살이 더 빠진 듯했다.

레이븐이 발로 수렁을 디디자 종아리까지 푹 빠졌다. 다음 발을 떼어놓자 무릎까지 빠졌다.

"발이 너무 깊이 빠지는 것도 습지가 위험한 또 다른 이유야. 수렁에 빠지면 혼자서는 못 나올 수도 있으니까."

엘리스는 종아리까지 빠진 상태로 습지를 가로질렀다. 레이븐의 손을 잡고 밖으로 끌어당기려고 했지만 힘을 쓰다가 손이 빠지는 바람에 악취가 나는 물속으로 넘어졌다.

레이븐이 깔깔거리며 웃어댔다.

"퍽이나 재미있겠다."

엘리스가 일어나려고 몸부림을 치다가 또 미끄러져 넘어지자 레이븐은 더욱 크게 웃었다.

"왜 자꾸 웃어? 악어 밥이 되든 말든 그냥 내버려둘걸 그랬나봐."

레이븐은 팔을 뻗어 엘리스의 손을 잡아당겼다. 하지만 발이 수렁에 깊이 박혀 있어 힘을 쓸 수가 없었다. 결국 자포자기 상태로 엘리스 옆에 털썩 주저앉았다. 두 사람은 악취가 진동하는 진창 속에서 깔깔거리며 웃어댔다.

"못에는 왜 들어갔니?"

"발이 수렁 속으로 푹푹 빠지기에 몸을 쭉 펴고 수심이 깊은 곳으로 헤엄쳐갔어요."

엘리스는 일어서는 걸 포기하고 엉금엉금 기어 습지에서 빠져나왔다. 레이븐도 똑같이 따라 했다. 어느새 해가 지고 있어 사방이 어둑어둑했다. 엘리스는 손전등을 가져오지 않은 걸 깨닫고 레이븐에게 말했다. "더 어두워지기 전에 얼른 돌아가는 게 좋겠다."

레이븐은 티셔츠를 입었지만 진흙이 잔뜩 묻은 다리로 바지를 입을 수는 없어 그냥 양말만 신었다. 모기들이 맨다리를 물어뜯기 시작했지만 개의치 않았다.

"거듭 말하지만 못에 들어가면 위험해. 너도 퀴커스처럼 내 말을 명심해." 엘리스는 그렇게 말하고 나서 앞장서 걸어가는 퀴커스의 머리를 쓰다듬었다. 그 바람에 손에 묻은 진흙이 퀴커스의 털에 엉겨 붙었다.

"다시는 들어가지 않을게요."

"제발 그렇게 해."

레이븐은 한 발로 균형을 잡고 서서 다른 발로 신발을 신었다. "혹시 이 근방에서 수영하기 좋은 장소는 없어요? 이렇게 더운 날에는 시원한 물에 들어가고 싶어요."

"나도 강에서 수영하던 때가 그립지만 이 사유지에는 수영할 만한 곳이 없어."

아직은 손전등 없이 집까지 걸어갈 수 있을 정도로 희미한 빛이 남아 있었다. 한동안 말없이 걷다가 레이븐이 갑자기 소리쳤다. "안 돼! 퀴커스, 안 돼!"

그러더니 퀴커스가 뭔가에 다가가지 못하도록 필사적으로 끌어당겼다. 길에 나뭇잎과 돌멩이가 배열되어 있었고, 한가운데 너구리의 두개골이 있었다.

"이게 뭐니?"

"아무것도 아니에요."

퀴커스가 두개골을 노리고 달려들었다.

"안 돼!" 레이븐이 다시 소리를 질렀다.

"퀴커스, 앉아!" 엘리스가 엄한 목소리로 말했다.

쿼커스는 그제야 땅바닥에 앉았다.

"집으로 가자!" 엘리스가 쿼커스에게 따라 오라고 손짓했다.

레이븐이 땅바닥에 일종의 제단을 만들어놓은 듯했다. 지난번에 레이븐은 자신의 유괴를 마치 신성한 사건인 것처럼 말했다. 오드리 린드의 영향이 분명했다.

"워싱턴주에 살 때 교회에 다녔니?"

"왜 사람들은 자꾸 종교에 대해 묻죠?"

"또 누가 물었는데?"

"그 집에 사는 할머니요."

당연히 그랬겠지.

엘리스는 메리 캐럴만큼 자신의 종교적 신념을 타인에게 강요하는 사람을 본 적이 없었다.

"교회에는 가본 적도 없어요."

"특별히 믿는 종교는 없어?"

짧은 침묵이 흐른 뒤에 레이븐이 대답했다. "없어요."

레이븐이 긴장하는 게 느껴졌고, 엘리스는 그 이유가 궁금했다.

쿼커스가 언덕을 달려가며 짖어댔다. 누군가가 있다는 뜻이었다. 키스가 돌아왔을 수도 있었다. 엘리스는 흥분하지 않으려고 마음을 추슬렀지만 빠르게 뛰는 심장을 어쩌지 못했다. 한 달 반 전, 레이븐이 도착한 다음 날 키스는 자기 물건을 가지러 돌아왔다. 그는 엘리스에게 딸과 단둘이 보낼 시간이 필요할 거라고 말했다.

진입로에서 두 남자가 쿼커스를 토닥이고 있었다. 황혼 녘이라 얼굴이 보이지 않았지만 철책을 넘어서 들어왔다는 뜻이었다.

엘리스는 레이븐의 팔을 붙잡아 자신의 뒤로 잡아끌며 속삭였다. "넌 잠시 여기에 있어!"

"누군데요?"

"혹시 기자들일지도 몰라."

레이븐은 두 남자를 바라보았다.

"지난주에 네 이모가 말했잖아. 너랑 이야기를 나누고 싶어 하는 기자들이 있다고."

"기자들과 이야기하는 게 왜 나빠요?"

엘리스가 생각하기에 레이븐은 세상물정을 잘 모르는 듯했다. 지금껏 숲속 통나무집에서 오드리와 단둘이 살았으니 그럴 만도 했다. 오드리는 유괴한 딸이 자신의 정체를 알아내지 못하도록 인터넷을 하지 못하게 했다. 레이븐은 언론이 얼마나 위험한 존재인지 전혀 모르는 눈치였다.

"기자들이 어떤 사람들인지 나중에 얘기해줄게. 아무튼 지금 넌 바지도 안 입었잖아."

엘리스는 맥스가 만들어놓은 계단을 올라갔다. 발소리를 들은 두 남자가 엘리스를 쳐다보았다. 둘 다 이십 대 초반으로 보였다.

"엄마?" 재스퍼가 분명했다.

엘리스는 쌍둥이와 불과 몇 미터밖에 떨어져 있지 않았다. 이제 둘

다 스무 살이었고, 조나를 많이 닮았다. 특히 재스퍼가.

엘리스의 머릿속에서 오래전에 겪은 일들이 떠올랐다. 입덧으로 속이 울렁거리는 상태인데 기말시험을 보는 여대생, 배 속 아이들과 이야기하며 배를 쓰다듬는 초보 주부, 분만실에서 비명을 지르는 임산부, 놀다가 넘어져 상처가 난 아이를 어르며 반창고를 붙여주는 엄마, 이 세상에 괴물 따위는 없다고 약속하는 엄마, 어린 쌍둥이를 남겨두고 집을 떠나는 약물 중독자 엄마, 아이들에게 마지막으로 했던 거짓말.

'엄마는 언제까지나 너희들을 사랑할 거야.'

비올라가 돌아왔을 때와는 또 달랐다. 아무런 예고도 없이 오래전 잃어버린 비올라를 다시 만나게 된 충격이 다행히도 감각을 무디게 만들었다. 키스가 떠날 때도 그랬다. 비올라와 재회한 충격이 커 키스를 엉겁결에 떠나보냈다. 반면 쌍둥이를 다시 만나자 감정을 추스르기가 더욱 힘들었다. 쌍둥이는 비올라처럼 빼앗긴 게 아니라 스스로 버리고 떠났기 때문일 것이다. 그녀 자신이 쌍둥이의 엄마를 빼앗은 셈이었다. 두 아이들이 그녀가 떠나던 날에 봤던 상처받은 눈으로 바라보고 있었다.

"너희들이 여기에 온 걸 아빠도 알아?"

엘리스는 그렇게 물어놓고 금세 자책했다. 오랜만에 아이들을 다시 만나서 한다는 말이 고작 그거라니.

"아뇨." 재스퍼가 말했다.

"아빠한테는 어디에 간다고 했어?"

"아우터 뱅크스*요. 지난주에 봄방학이 시작됐거든요."

레이븐이 다가와 엘리스 옆에 섰다. 진흙투성이에 온몸이 젖어 볼썽사나웠다. 진흙이 묻어 더러운 티셔츠는 그리 길지 않아 팬티가 다 드러났고, 양말과 큼직한 등산화만 신은 긴 다리는 유난히 앙상해 보였다.

엘리스는 진흙투성이가 된 자신의 몰골을 쌍둥이에게 보이는 게 창피했다. 아이들에게 보인 마지막 모습만으로도 충분히 끔찍했으니까.

"안녕, 레이븐. 이제는 비올라인가?" 리버가 인사했다.

"레이븐이야."

리버는 황당하다는 듯이 엘리스를 바라보았다. "이 아이를 레이븐이라고 불러도 괜찮은 거예요?"

엘리스는 당연히 그 이름이 싫었다. 하지만 16년이 지나 돌아온 딸은 더 이상 비올라가 아니었다. 게다가 그녀에게는 이름을 바꿀 권리가 없었다. 레이븐을 만난 첫날 그녀는 그 사실을 인정했다.

"엄마도 그 이름이 마음에 들지 않나보네요." 엘리스가 대답이 없자 리버가 말했다.

"여기서 지내기 괜찮아요?" 재스퍼가 물었다.

"응." 엘리스는 진흙투성이가 된 자신의 옷을 내려다보았다. "우리 꼴이 엉망이지?"

"플로리다 사람들은 다 그러고 다니는 줄 알았어요." 리버가 농담 삼아 말했다.

*노스 캐롤라이나주의 휴양지

"우린 습지에 있다가 오는 길이야." 레이븐이 말했다.

"습지에 있었다고?" 리버가 도저히 믿을 수 없다는 듯이 말했다. "습지에서 악어와 레슬링 시합이라도 했어? 플로리다에서는 다들 그렇게 사는 게 유행이야?"

"습지를 산책하던 중이었다." 엘리스가 말했다.

리버는 믿지 못하겠다는 듯이 코웃음을 쳤다. 그도 그럴 것이 레이븐은 바지도 입지 않은 상태였다.

어느 누가 팬티 차림으로 산책을 하겠는가?

"우린 좀 씻어야겠다. 너희들도 집으로 갈 거지?"

당연히 집으로 데려가야지 무슨 소리람? 마치 새로 이사 온 이웃을 대하듯이 집으로 가겠냐고 묻다니?

엘리스는 아들에게 이토록 어색하게 구는 게 너무 이상했다. 하지만 달리 뭘 어쩌겠는가?

"우리가 타고 온 차가 문 옆의 진입로를 막고 있어요." 재스퍼가 말했다.

"괜찮아." 엘리스는 오늘 밤에 키스가 돌아올 거라고 생각하지 않았다.

엘리스와 레이븐이 샤워하는 동안 쌍둥이는 거실에 앉아 기다렸다.

엘리스는 마음이 싱숭생숭해 좀처럼 흥분이 가라앉지 않았다. 그녀는 레이븐보다 먼저 샤워를 마치고 거실로 나왔다.

"흙투성이가 된 몰골로 너희들을 맞이해 미안하구나. 하필이면 너희들이 그때 오는 바람에." 엘리스가 말했다.

"괜찮아요. 습지에서 악어와 했던 레슬링 시합은 누가 이겼어요? 두 사람, 아니면 악어?" 리버가 말했다.

"다행히 악어는 출현하지 않았어. 레이븐은 여기에 온 지 얼마 되지 않아 습지에서 수영하면 안 된다는 걸 몰랐나봐. 진창에 빠진 그 아이를 내가 밖으로 끌어내야 했지."

"그래서 진흙투성이가 되었군요."

"북부에서만 살아봐서 습지가 얼마나 위험한지 몰라."

쌍둥이가 그 말에 공감한다는 듯이 웃으면서 고개를 끄덕였다.

"너희들을 안아봐도 되겠니?"

엘리스는 두 팔을 벌리고 쌍둥이를 향해 다가가는 자신의 적극적인 태도에 놀랐다.

재스퍼는 한달음에 다가와 그녀를 꼭 끌어안았다. 어느새 재스퍼는 남자로 자라 있었다. 그녀가 곁에 있어주지 못했던 어린 재스퍼를 생각하니 눈물이 솟았다. 서로 몸을 떼었을 때 재스퍼의 눈가도 촉촉하게 젖어 있었다.

리버는 포옹하지 않겠다고 했다.

"난 별로 안 내켜요." 리버가 말했다.

"왜 그래?" 재스퍼가 힐난하듯 물었다.

"괜찮아, 다 이해할 수 있어." 엘리스가 말했다.

"집이 매력 있어요." 리버가 말했다. "여기에 사는 게 좋은지 묻고 싶지만 뉴욕에 한 번도 오시지 않는 걸 보면 당연히 좋다는 뜻이겠네요."

"그래. 난 여기가 좋아. 하지만 플로리다에 정착하게 된 건 우연이었어."

엘리스는 캠핑을 하다가 위험한 남자들을 만나 칼에 찔린 일, 키스가 그녀를 차에 태우고 밤새 달려 대학 친구인 대니의 집에 데려다준 일, 공황장애가 와 일 년 넘게 게인즈빌의 대니 집에 남을 수밖에 없었던 일에 대해 생각했다. 세월이 흐르면서 공황장애는 점차 무뎌졌다.

"재혼하셨어요?" 리버가 물었다.

"아니, 네 아빠는?"

"아빠도 안 했어요."

잠시 껄끄러운 침묵이 이어졌다.

"이 집에는 알딸딸해지는 거 없어요?" 리버가 물었다.

재스퍼가 못마땅한 눈길로 리버를 쳐다보았다.

"술?"

"네."

"축사 냉장고에 맥주가 있을 거야."

"소가 맥주를 마셔요?"

"내 남자 친구가 마시던 맥주야."

"제가 마셔도 괜찮아요?"

"그 남자는 이제 여기 안 살아." 키스가 부재한다는 말을 입 밖으로 꺼낸 건 처음이었다. 이제야 키스가 떠났다는 실감이 왔다.

엘리스는 손전등을 가져와 쌍둥이를 축사로 데려갔다.

"내 동업자가 목수야." 축사 문을 열며 엘리스가 말했다. "그 친구가 축사를 주방과 욕실이 있는 손님용 별채로 개조해주었지."

"멋지네요." 재스퍼가 말했다.

"다락에 침실이 하나 더 있어. 다만 욕실은 일층에만 있지."

"지금은 누가 써요?" 리버가 물었다.

"남자 친구의 여동생 부부가 아이 셋을 데리고 일 년에 한 번씩 놀러와. 여길 본거지 삼아 마이애미 해변이나 올랜도의 테마파크에 놀러 가지."

"그분과 사귄 지는 얼마나 됐어요?" 재스퍼가 물었다.

"여기서 10년 동안 함께 살았어."

"헤어진 지는 얼마나 됐어요?"

"6주 전쯤."

리버는 곧바로 깨달았다. "레이븐이 왔을 무렵이네요."

"응."

"그분은 왜 떠났어요?" 재스퍼가 물었다.

엘리스는 그 질문에 대한 답변을 피하고 싶었다. 쌍둥이가 들으면 상처를 받을지도 모르니까. 다만 대답을 피하면 다른 상처를 받게 될 수도 있었다. 아이들의 눈을 볼 때마다 지난날의 상처가 보였다.

"나에게 자식이 있다는 말을 그에게 한 번도 털어놓은 적이 없었어."

역시나 아이들에게 상처가 되는 말인 듯했다. 아이들의 눈에서 새로운 상처가 보였다.

"그러니까 마치 컴퓨터 파일을 없애듯이 우리를 삭제해버린 거네요."

리버가 말했다.

"그분이 왜 떠났는지 알 것 같아요." 재스퍼가 말했다.

"나도 이해해." 엘리스는 그렇게 말하고 나서 냉장고 문을 열었다. 여섯 개들이 캔맥주와 병맥주 세 개가 들어있었다.

리버가 여섯 개들이 캔맥주를 집어 들었다.

"오늘 밤에 운전하려면 그 맥주를 다 마시면 안 돼."

"운전은 제가 할 거예요." 재스퍼가 말했다.

"오늘 밤은 운전이 필요 없어. 여기서 자고 갈 테니까." 리버가 말했다.

"리버……." 재스퍼가 말했다.

"이 집에서 자고 간다는데 뭐가 문제야?"

"우린 초대받지 않았어."

"자고 가도 되죠? 원래는 게인즈빌의 호텔에서 자고 가려고 했는데 굳이 그럴 필요 없잖아요." 리버가 말했다.

"우선 자리에 앉아 얘기를 나누자." 엘리스가 말했다.

리버는 맥주 한 캔을 따고 나머지는 냉장고에 넣었다. 쌍둥이는 소파에 앉았고, 엘리스는 맞은편 라운지체어에 앉았다. 키스가 주로 텔레비전으로 미식축구 중계를 볼 때 앉는 의자였다.

"우리가 왜 여기에 왔는지 궁금한가봐요." 리버가 말했다.

"그래, 또 너희가 왜 아빠에게 거짓말을 하고 왔는지도 궁금해."

"두 번째 질문이 더 쉽네요." 리버는 맥주를 길게 들이켜고 나서 말을 이었다. "아빠에게 여기 온다고 말하지 않은 이유는 간단해요. 여기에 온다고 하면 아빠가 절대로 안 된다고 했을 테니까요."

"아빠가 반대할 걸 뻔히 알면서도 너희들은 여기에 왔어. 지금껏 그런 적이 없는데 왜 갑자기 그런 선택을 하게 되었니?"

리버는 재스퍼를 바라보았다.

"네가 오자고 했니?" 엘리스가 재스퍼에게 물었다.

재스퍼는 엘리스를 바라보았다. "우리가 왜 여기에 왔는지 굳이 물어봐야 해요? 엄마잖아요."

엘리스는 술을 끊었지만 지금은 맥주를 마시고 싶었다.

재스퍼가 말을 이었다. "이제껏 오지 않다가 하필이면 왜 지금 왔냐고요? 레이븐은 엄마를 만나러 갔는데 우린 만날 수 없다면 말이 안 되잖아요. 아빠 말로는 레이븐이 기자들을 피해 잠시 여기에 머무는 거라고 하던데 거짓말이죠? 이제 레이븐은 엄마랑 같이 살 거죠?"

"레이븐은 나랑 함께 살고 싶어 하지 않아. 그 아이는 워싱턴주에 있는 집으로 돌아가길 원해."

"엄마는 그 아이가 이 집에서 살기를 원해요?"

"그 질문은 여러 문제가 복합적으로 얽혀 있어서 간단하게 답변하기 곤란해."

"그래도 대답해보세요."

"무려 16년이라는 시간이 흘렀지만 나는 내 딸이 무사히 돌아와 깜짝 놀라는 한편 너무나 기쁘고 감사했어. 난 이제까지 비올라가 유괴되어 겪을 고통에 대해 온갖 상상을 하며 두렵고도 힘든 날들을 보내왔으니까. 하지만 우리는 곧 다시 헤어져야 할 것 같아. 레이븐은 나와 함께 살기보다는 이제껏 살았던 워싱턴주의 집으로 돌아가고 싶어 하니까. 내가 여기에서 그 아이와 살기를 원하느냐고? 솔직히 모르겠어. 다만 난 그 아이가 바라는 대로 해주고 싶어."

"그 아이가 살아온 집이 어떻게 생겼는지 궁금해요." 리버가 말했다. "아빠 말로는 비올라가 물려받을 유산이 엄청나다던데."

"정말이니?" 엘리스가 물었다.

"비올라를 유괴한 여자는 시카고의 억만장자 집안 출신이래요."

엘리스는 왜 손드라가 플로리다주의 원예 농장에 레이븐을 맡기고 급히 떠나려했는지 이해했다. 손드라는 동생이 저지른 짓이 언론사의 귀에 흘러들어가 상류층 세계에 알려지는 걸 원치 않았기 때문일 것이다.

리버는 맥주 한 캔을 다 마시고 냉장고에서 한 캔을 더 꺼내며 물었다. "이제 내가 질문해도 될까요?"

"뭔데?"

"지금도 약을 해요?"

"내가 약을 한다는 건 어떻게 알았니?"

"할머니가 말해주었어요."

"이젠 안 해. 오래전에 끊었으니까."

"좋은 약이 있으면 얻어 가려고 했는데 아쉽네요."

리버는 자조적인 말로 마음을 불편하게 하려는 게 틀림없었다. 어쩌면 계속 비아냥거리는 말을 하고 이 집에서 쫓겨나 엄마에 대한 증오를 정당화할 수 있기를 바랄 수도 있었다. 증오는 중독적인 감정이고, 자주 부추겨주어야 지속될 수 있었다. 리버가 바라는 건 그의 고통을 무디게 해줄 약이 아니었다. 오히려 엘리스에게 따귀라도 한 대 맞고 증오심이 커지길 바랄 수도 있었다.

엘리스는 리버의 자기혐오에 말려들 만큼 어리석지 않았다.

"냉장고에 들어있는 음식은 뭐든 다 먹어도 돼. 이 별채는 어차피 손님방이니까 원하는 대로 머물러도 괜찮아. 다만 너희 아빠에게 어디에 있는지 알려야 해. 비상시에 네 아빠가 너희들이 어디에 있는지 정도는 알고 있어야 하니까."

"아빠는 필요하면 전화할 거예요." 리버가 말했다.

"아빠는 너희들이 어디에 있는지 알고 있어야 할 권리가 있어."

"아빠는 내가 어디에 있든 신경 쓰지 않아요."

"왜 그리 냉소적으로 말해?" 재스퍼가 마음에 안 든다는 듯 리버를 쳐다보았다.

"나도 모르게 내 입에서 진실의 말이 튀어나오는 걸 어쩌겠니?" 리버가 말했다.

"주방으로 자리를 옮겨 먹을거리가 있는지 찾아보자." 엘리스가 말했다.

리버는 냉장고에서 남은 맥주를 모두 꺼내 들었다. 재스퍼에게 대문을 여는 리모컨을 건네준 엘리스는 차를 어디에 주차해야 하는지 알려주었다.

레이븐은 직접 요리한 저녁을 먹고 있었다. 야채 샐러드와 튀긴 밀고기로 만든 토르티야 랩이었다. 레이븐은 냉장고에 맥주를 집어넣고 있는 리버를 지켜보았다.

"리버랑 재스퍼는 별채에서 자고 갈 거야." 엘리스가 말했다.

레이븐은 접시를 식탁 한가운데로 밀어놓으며 말했다. "남은 음식 먹을래요?"

"네가 다 먹어. 오늘, 아무것도 안 먹었잖아."

"자꾸만 속이 울렁거려요."

레이븐의 체중이 표 나게 줄어들고 있었다. 주방의 환한 불빛 아래로 드러나 보이는 레이븐의 얼굴은 유난히 마르고 지쳐 보였다. 레이븐은 몸이 점점 쇠약해지고 있었다. 엘리스는 어떻게 하면 레이븐을 다시 워싱턴주의 집으로 돌아가게 할 수 있을지 생각해보았다. 법정 후견인인 조나의 도움이 필요한데 엘리스는 어떤 일이 있어도 전 남편과는 엮이고 싶지 않았다.

재스퍼가 주방으로 들어서며 리버에게 말했다. "네 짐은 별채에 뒀어."

엘리스는 조나와 엮이길 바라지 않았지만 지금 이 자리에는 그와의 사이에서 낳은 아이들이 셋이나 있었다. 어느새 청년이 된 세 아이로 주방이 좁아 보였고, 집이 낯설게 느껴졌다. 마치 그녀가 비올라를 숲에 두고 오지 않은 평행 우주에 존재하는 집 같았다.

"지금 레이븐이 먹고 있는 음식을 만들어줄까?" 엘리스가 쌍둥이에게 물었다.

레이븐의 접시에 토르티야 랩이 놓여 있었다. "고기가 들어갔어요?"

"밀고기야. 난 비건이라서 달걀도 안 먹거든."

"저도 비건이에요." 재스퍼가 말했다.

맥주를 길게 들이켠 리버가 엘리스에게 말했다. "엄마의 세뇌가 성공한 거예요. 엄마는 늘 우리에게 고기가 들어가지 않은 음식을 만들어주었고, 어쩔 수 없이 고기를 먹을 때면 죄책감이 들게 했죠. 재스퍼는 끝내 어린 시절의 습관을 극복하지 못했어요."

"이제 엄마 좀 그만 괴롭히지 그래. 그건 내 선택이었어. 난 원래부터 고기를 좋아하지 않았어."

"그게 바로 세뇌의 핵심이야. 내가 원래부터 그랬다고 믿게 만드는 거."

"꼭 그렇게 비아냥거려야 속이 시원해?"

"나야 원래 그렇지." 리버가 웃으며 말하더니 이번에는 레이븐에게 말했다. "너도 비건이지?"

"아니."

"그럼 고기를 먹어?"

레이븐은 고개를 끄덕였다.

"오, 그러니까 그 밀고기인지 뭔지를 먹고 속이 울렁거리지. 이 길을 따라가면 바비큐 식당이 있는데 나랑 같이 거길 갈까?"

"넌 운전하면 안 돼. 20분 만에 맥주를 세 캔이나 마시고 있잖아." 엘리스가 말했다.

"갑자기 엄마 노릇을 하고 싶으세요?"

"넌 미성년자인데 맥주를 마시게 했어. 만약 네가 사고를 내면 내 입장이 곤란해져."

"이제야 내가 아는 엄마다워요. 자식들보다는 자기 자신부터 먼저 걱정하는 엄마."

"엄마를 괴롭히지 말랬지." 재스퍼가 리버의 어깨를 밀치며 말했다.

리버는 비틀거리다가 다시 몸의 균형을 잡고 재스퍼를 향해 주먹을 날렸다. 재스퍼는 간발의 차이로 주먹을 피한 다음 리버의 팔을 붙잡으며 소리쳤다. "그만해. 대체 왜 그래?"

"너야말로 그만해." 리버가 재스퍼를 밀치며 같이 소리를 질렀다. "왜 여기 오고 싶다고 한 거야? 지금쯤이면 우린 빌어먹을 해변에 있어야 한다고."

그들은 몸을 밀치다가 철제 선반과 충돌하면서 엘리스가 아끼는 물건 가운데 하나를 쓰러뜨렸다. 키스가 그녀의 생일에 선물한 빈티지 유리병이었다. 엘리스는 유리병에 키스가 사유지를 산책하다가 꺾어 온 야생화를 꽂아두곤 했다.

유리병이 바닥에 떨어지며 산산조각 났다. 메마른 꽃들이 유리 조각의 파편 속으로 흩어졌다.

5

레이븐

레이븐은 치우는 일을 도우려다가 발을 베었다. 엘리스는 맨발로 유리 파편 속을 걸어 다닌 레이븐을 나무랐다.

재스퍼는 손을 베었다. 유리 파편과 메마른 꽃들이 피와 섞였다. 리버는 아무것도 하지 않고 냉장고에 기대어 맥주를 마셨다. 엘리스는 반창고를 가져와 재스퍼에게 주면서 우선 싱크대에서 상처를 씻으라고 했다. 그런 다음 레이븐을 데리고 욕실로 이동해 발바닥을 살펴보았다.

“발을 심하게 베었네.”

“나 혼자서도 치료할 수 있어요.” 레이븐이 말했다.

“가만히 있어.” 엘리스는 그렇게 말하며 상처를 물로 씻고 나서 연고를 바르고, 붕대를 감아준 다음 쿠션에 발을 올려놓고 소파에 앉게 했다.

주방으로 간 엘리스가 재스퍼에게 유리를 치워줘서 고맙다고 말하는 소리가 들려왔다.

“어쩔 수 없이 꽃도 함께 버렸어요. 유리 파편이 많이 섞여 골라낼 수 없었어요.” 재스퍼가 말했다.

“괜찮아.”

엘리스와 많은 대화를 나누어보지는 않았지만 레이븐은 목소리만 들어도 그녀의 기분을 어느 정도 파악할 수 있었다. 두 아들의 등장이 엘리스에게 심한 스트레스가 되고 있었다. 레이븐도 불만이었다. 엘리스와의 생활은 어느 정도 균형이 잡혀 있었다. 레이븐이 곧 워싱턴주로 떠나리라는 걸 둘 다 알고 있었기에 친밀해지려고 애쓸 필요가 없었다. 따라서 두 사람 사이에는 갈등이나 감정 충돌이 없었다.

레이븐은 그저 집으로 돌아가기 전까지 엘리스의 집에 머물고 싶을 뿐이었다. 이곳에서 엘리스와 가장 친하게 지내는 친구는 거대한 팔을 벌려 맞아주는 참나무들, 산책을 즐길 수 있도록 기꺼이 꽃이 핀 치맛자락을 내주는 초원, 하루 종일 감미로운 노래를 불러주는 캐나다 두루미였다.

하지만 이제 쌍둥이가 찾아오면서 평화가 깨져버렸다. 그들이 깨버린 건 유리병이 전부가 아니었다. 레이븐은 그들을 지켜보는 동안 자신의 삶이 다시 산산조각 날 수도 있다는 느낌을 받았다. 레이븐은 더는 부서지는 삶을 감당할 자신이 없었다.

장식장 문이 쾅 닫히는 소리에 이어 리버가 맥주보다 더 센 술이 없는지 묻는 소리가 들려왔다. 엘리스는 맥주밖에 없다고 말하고는 쌍둥이에게 주방에서 음식을 만드는 동안 거실에서 조용히 기다리라고 했다.

리버와 함께 거실로 들어선 재스퍼는 레이븐에게 괜찮은지 물었다.

"별일 아니야." 레이븐은 그렇게 말하며 쿠션에서 발을 들어 올리고는 똑바로 앉았다.

“별일 아니라고?” 리버가 붕대를 감은 레이븐의 발을 쳐다보며 말했다. “대단하네. 너랑 친한 땅의 정령이 초능력으로 상처를 치료해주었나봐.”

레이븐은 소파에서 벌떡 일어나 재스퍼보다 훨씬 더 세게 리버의 얼굴을 주먹으로 갈겨주고 싶었지만 꾹 눌러 참았다. 리버보다 더 얄미운 사람은 입이 가벼운 손드라 이모였다.

레이븐이 화가 났다는 걸 알아차린 리버가 말했다. “아빠에게 너의 괴상한 종교에 대해 들었어.”

“그만해.” 재스퍼가 말렸다.

“뭘 그만해? 내가 하고 싶은 말도 못하고 찌그러져 있어야겠어?”

“자꾸 레이븐을 도발하는 말을 하니까 그러지.”

“땅의 정령들은 정확하게 뭘 할 수 있지?” 리버가 다시 레이븐에게 물었다.

“너처럼 맛이 간 인간은 말해도 몰라.” 레이븐이 말했다.

“훌륭한 대답이야.” 재스퍼가 말했다.

리버는 동생이 레이븐 편을 들자 화난 기색이었다. 그가 캔에 남은 맥주를 단숨에 마시고 나서 새로운 캔을 땄다.

“널 유괴한 여자가 단단히 미쳤다는 건 알고 있어? 그 여자 언니가 말하길 정신병원에 감금하려고 했던 적이 한두 번이 아니었다던데.” 리버가 말했다.

"당장 감금해야 할 미치광이는 바로 너야."

"그 미치광이 여자가 여러 사람의 인생을 망쳤어. 그리고 넌 그 여자가 대단한 사람처럼 말해 우리 가족들을 빡치게 만들고 있지. 이제 현실을 받아들여. 널 유괴한 그 여자는 미친년이야."

레이븐은 자리에서 벌떡 일어서며 리버의 가슴을 밀쳤다. "엄마에 대해 그렇게 말하지 마."

엘리스는 레이븐을 말리고, 재스퍼는 리버의 팔을 잡았다. 쌍둥이는 또 자기들끼리 주먹다짐을 하려고 했다.

"다들 그만해!" 엘리스가 소리쳤다.

"리버만 그만두면 문제없어요." 재스퍼가 말했다.

"당장 의자에 앉아, 리버!" 엘리스가 외쳤다.

"맙소사!" 리버가 피식 웃었다. "왜요? 훈육이라도 하려고요? 난 엄마가 버리고 떠난 네 살짜리 아기가 아니라고요."

"어서 의자에 앉으라니까!" 엘리스가 소리를 버럭 질렀다. 이제 보니 화가 난 엘리스의 눈이 마마의 눈과 흡사했다. 의자를 가리키는 그녀의 손이 떨렸다.

리버가 마지못해 엘리스의 말대로 했다.

엘리스가 세 사람의 얼굴을 번갈아 보았다. "왜 서로 이해해주지 않고 싸우려고 하지?"

"리버 때문이에요. 리버는 술을 마시면 늘 그래요." 재스퍼가 말했다.

"맞아, 난 늘 그래. 내가 술 마시고 싸우는 버릇을 누구에게 배웠는지 알죠?" 리버가 말했다.

"난 술을 마시긴 했어도 지금 너처럼 행동한 적은 없어."

"그 대신 우리 가족을 갈가리 찢어놓았잖아요."

엘리스는 눈을 돌려 어둠에 잠긴 창밖을 바라보았다.

레이븐은 그녀가 무엇을 원하는지 알 수 있었다. 숲으로 나가 심호흡을 하고 싶은 것이다. 엘리스는 마치 덫에 걸린 짐승처럼 보였다. 레이븐은 지금 그녀의 심정이 어떤지 알고 있었다. 당장 답답한 집에서 나가 초원을 거닐고 싶을 것이다.

예상과 달리 엘리스는 다시 리버를 돌아보았다. "그래, 네 말대로 내가 너희들을 버려두고 떠났어. 그 일에 대해 얘기하고 싶니?"

"좋아요. '그 일'에 대해 얘기해요." 리버가 빈정거리며 말을 받았다.

"뭘 알고 싶은데?"

"왜 어린 동생을 잃고 트라우마에 시달리는 두 아이 곁을 떠났죠?"

리버의 목소리와 눈빛 그리고 재스퍼의 눈빛이 엘리스에게로 한꺼번에 쏟아졌다.

레이븐은 아까 주방에서보다 속이 더 울렁거려 소파에 털썩 주저앉았다.

"난 너희들 곁에 남아 있는 게 오히려 너희들의 앞날을 망치는 길이라고 생각했어." 엘리스가 말했다. "내가 우울증과 죄책감 때문에 힘들어하자 네 아빠는 약을 먹으라고 강요했지. 깨어 있는 모든 순간에

나는 숲에 아기를 두고 온 나 자신을 자책했어. 내가 저지른 짓은 텔레비전 뉴스로 방송되었고, 내 친구와 이웃 사람들 모두가 그 사실을 알게 되었어. 사람들은 하나같이 아기를 숲에 두고 온 엄마의 부주의한 실수를 질책했지. 게다가 손자들을 돌봐주러 집에 와 있던 너희 할머니는 옆을 졸졸 따라다니며 내가 저지른 잘못을 상기시켰어."

엘리스는 손가락으로 볼을 타고 흐르는 눈물을 훔쳤다. "슬프고 힘든 날들이 몇 주 동안이나 이어졌고, 난 고통을 해소할 길이 없어 술에 의존하기 시작했어. 약만으로는 부족했거든. 그러다가 허리 통증이 도져 진통제를 먹게 되었는데 끊을 수가 없었지. 진통제를 계속 필요로 한 거야. 그러다가 우리 엄마처럼 될지도 모르겠다는 생각이 들었어. 엄마처럼 여생을 약물 중독자로 살 것 같았지. 내가 어릴 때 엄마 때문에 겪었던 고통을 너희들에게 물려주고 싶지 않았다."

"할머니가 약물 의존증인 줄 몰랐어요." 재스퍼가 말했다.

엘리스는 메리 캐럴과 조나가 그 사실을 쌍둥이에게 말해주지 않은 데 더욱 놀랐다. 조나가 아이들을 보호하기 위해 그랬을 수도 있었다.

"할머니는 주로 무슨 약을 했어요?" 리버가 물었다.

"닥치는 대로. 헤로인에 중독되면서 건강이 급속도로 나빠지게 되었지."

"와, 세다." 리버가 말했다.

"할아버지는 어떤 분이었어요?" 재스퍼가 물었다.

"할아버지에 대해서는 아무것도 몰라. 할머니도 내 아버지가 누군지 모른다고 했어."

"계부도 없었어요?"

"한동안 제인 웨이콧이라는 사람과 같이 살았는데 나에게는 그가 아빠나 다름없었지. 할머니가 일하던 레스토랑에서 셰프로 일하던 사람이었어. 나에게 정말 잘해주었고, 친하게 지냈어. 적어도 난 그렇게 생각했지. 그런데 어느 날 갑자기 사라져버렸어."

"어디서 많이 들어본 얘기네요." 리버가 말했다.

"심지어 작별 인사도 없이." 엘리스가 말했다.

"엄마가 그날 우리랑 작별 인사를 한 게 도움이 됐을 거라고 생각한다면 오산이에요. 오히려 상처만 더 깊어졌으니까요." 리버가 말했다.

"이제 와서 이런 말을 하는 게 무슨 의미가 있을지 모르겠다만 너희들을 버려두고 떠난 걸 깊이 후회했어." 엘리스가 말했다.

"근데 왜 돌아오지 않았어요?"

"이유가 너무 많았어. 이혼도 했고, 아이린도 네 아빠 옆에 있었으니까."

"아이린은 겨우 석 달 동안 아빠랑 함께 지내다 떠났어요." 리버가 말했다.

"단지 그런 이유만 있었던 건 아니야. 약과 술을 끊은 뒤에도 난 비올라를 잃은 죄책감에 시달렸어. 게다가 너희들 곁을 떠난 지도 오래되어 갑자기 나타나면 괜한 상처만 주는 건 아닌지 두려웠지."

"그래도 잠깐이나마 얼굴을 보러올 수는 있었잖아요." 리버가 말했다.

"그럴 수도 있었지만 나에게 목숨을 잃을 뻔했던 사건이 발생했어."

"무슨 사건인데요?" 재스퍼가 물었다.

엘리스는 더는 서 있기 힘들었는지 레이븐 옆에 앉았다.

"캠핑장에서 두 남자의 공격을 받았다. 그들이 나를 강간하려고 옆구리를 칼로 찔렀지."

"젠장." 리버가 속삭였다.

엘리스의 볼을 타고 눈물이 흘러내렸다. "하마터면 상처가 감염돼 죽을 뻔했어. 상처가 몹시 깊었지만 나는 병원에 갈 수 없었어. 병원에 갔다가 네 아빠와 너희들이 그 사실을 알게 될까봐 두려웠지. 내가 죽어 마땅하다는 생각이 들기도 하고, 한편으로 죽는 게 두렵기도 했어."

"우리가 알면 어때서요? 그런 게 뭐 그리 중요해요?" 재스퍼가 물었다.

"막상 그 질문을 받으니 할 말이 없네. 나도 내가 왜 그런 선택을 했는지 몰라. 아마 불량품이라서 그랬나봐. 약물에 중독되지 않았을 때도 나는 자주 잘못된 결정을 내렸으니까. 어린 두 아이를 제대로 돌보는 건 고사하고 나 자신도 제대로 추스르지 못했어. 난 너희들을 사랑했기에 더욱 찾아가기 두려웠어. 너희들을 보고 싶은 마음을 참으려고 숲에 비올라를 두고 온 날을 수없이 떠올렸어. 그야말로 지옥이 따로 없었지."

늘 그날이 시작점이었다. 마마가 레이븐처럼 검은 머리카락과 눈을 가진 아기를 발견한 날, 꿈에 그리던 딸이자 기적이었던 아기를 얻게 된 날.

재스퍼는 눈물을 글썽거렸고, 리버는 위압적으로 레이븐을 노려보았다. 마치 '널 데려간 미치광이 여자가 우리 가족에게 무슨 짓을 저질렀는지 알겠어?'라고 말하듯이.

엘리스는 이야기를 계속했다. "목숨을 잃을 뻔했던 사건을 겪은 뒤로 심리적 불안이 심해졌어. 공황 발작 때문에 한동안 운전을 할 수 없었으니까."

대너 선생님이 교통사고로 목숨을 잃은 후 재키처럼.

"여차저차 하다가 게인즈빌에 정착하게 된 거야. 가장 친했던 대학 동창 대니가 게인즈빌에 살았거든. 2년간 그 친구의 집에서 함께 살았어. 그 친구가 내게 묘목장에서 일해보라고 권했지."

"묘목장에서 일하게 되면서 우리에게 돌아오는 건 점점 더 요원한 일이 되었겠네요." 리버가 말했다.

"묘목장에서 일하게 되면서 난 심리적 불안감을 많이 극복하게 되었어. 나는 참담한 슬픔과 고통을 겪었고, 수많은 트라우마에 시달렸지만 점차 치유되어가는 중이라고 생각했지. 너희들도 나처럼 트라우마를 극복해갈 수 있을 거라고 믿었어. 이제 와서 너희들에게 돌아가는 건 불행한 과거를 다시 떠올리게 해 아물어가는 상처를 헤집어놓는 결과를 초래할 수도 있다고 생각한 거야. 적어도 내 생각에는 그랬으니까."

엘리스는 깍지 낀 손을 내려다보았다. "나무는 상처를 입으면 상처 주위의 세포들이 변화해 부패를 방지하는 방어벽을 만들어. 그러면 방어벽 주위의 세포들이 변화해 또 다른 방어벽을 만들지. 놀랍게도 나무는 그렇게 세 개, 네 개까지 방어벽을 만들어가며 오래도록 생존을 이어가는 거야."

엘리스는 눈을 들어 재스퍼와 리버를 바라보았다. "저 언덕 아래에 아름드리 상록 참나무가 있어. 몸통에 커다란 구멍이 뚫려 있지만 나무는 여전히 굳건하게 잘 자라고 있지. 방어벽 덕분에 상처가 더 이상 번지지 않아 계속 자랄 수 있는 거야. 비록 상처 부위에 텅 빈 구멍이 뚫리더라도."

"그러니까 엄마가 썩은 나무라는 말인가요?" 리버가 빈정거렸다.

"내가 겪은 일을 효과적으로 표현하는 일종의 비유야. 난 너희들을 버리지 않았어. 너희들은 늘 내 안에, 내 중심에 자리하고 있지. 하지만 난 고통을 극복하고 살아남기 위해 너희들 주위로 방어벽을 세워야만 했던 거야."

"젠장, 이제 보니 썩은 건 나였네." 리버가 말했다.

"썩지 않았어. 내일 가서 그 상록 참나무가 얼마나 아름다운지 눈으로 확인해보렴."

리버는 더는 빈정거릴 말이 없는 듯 입을 다물었다.

"내가 세운 방어벽이 좋다거나 나쁘다는 말이 아니야. 그저 트라우마를 극복하는 방법이었다는 뜻이야. 어쩌면 우리 가족들 모두가 그런 식으로 트라우마를 극복하며 오늘까지 왔는지도 모르지."

"우린 속이 텅 빈 나무 가족이네요." 리버는 그렇게 말하고는 다시 맥주 캔 하나를 비웠다.

"이제 위장이 너무 비어 밀고기라도 먹어야겠어요."

"니들*이 5분만 싸움을 멈추고 조용히 앉아 있으면 내가 주방에 가서 요리를 해줄게." 엘리스가 말했다.

"맙소사! 지금 '니들'이라고 했어요?" 리버가 물었다.

"여기에서 며칠만 더 있어봐라. 너희들도 남부지방 말에 전염될 테니까."

"우리 당장 여기서 도망쳐야 해." 리버가 장난스럽게 재스퍼에게 말했다.

"악어랑 레슬링 한판 하고 가야지." 재스퍼가 말했다.

레이븐은 두 사람이 무슨 뜻으로 그런 말을 주고받는지 알 수 없었지만 잠시 집 안이 평화로워진 것으로 만족했다.

*Y'all, you all을 뜻하는 미국 남부 지방 특유의 표현

6

엘리스

"당신 딸은 당신만큼이나 일을 열심히 하네요." 톰이 말했다.

그런 면에서 레이븐은 나를 아주 많이 닮았어.

레이븐은 몸을 움직이는 일을 좋아했고, 스트레스를 받으면 더욱 그랬다. 주어진 일을 마치면 묘목장 일을 돕거나 산책을 했고, 집에 있을 때면 청소하거나 세탁기를 돌리거나 요리를 했다. 몸을 움직이지 않을 때는 학교 숙제를 하거나 책을 읽는 시간뿐이었다. 언제나 몸을 바삐 움직이는 게 새로운 삶을 받아들이는 데에도 도움이 되었다.

레이븐이 트럭에 화분을 다 싣고 나자 맥스가 하이파이브를 하자는 뜻으로 손을 들어 올렸다. 레이븐은 맥스와 손바닥을 마주쳤다. 두 사람은 이제 묘목에 비료를 주러 온실로 갔다.

"정말 착한 딸이네요." 톰이 말했다.

"네, 맞아요."

"키스는 어디 갔죠?"

"이제 여기에서 안 살아요."

톰이 그녀를 빤히 쳐다보았다. "그건 좋은 일인가요, 나쁜 일인가요?"

"그냥 여기에서 일어난 일이죠."

"나랑 맥주라도 마시면서 그 얘기를 해볼래요?"

"아뇨."

"그럼 나쁜 일이군요. 키스가 당신을 떠난 거라면 정말이지 머저리가 분명해요."

"그 얘기는 하고 싶지 않네요."

톰은 언덕을 내려다보았다. "저 젊은 친구가 당신의 새로운 남자 친구라면 난 정말 늙은이가 된 기분이겠네요."

별채에서 나온 리버가 이쪽으로 걸어오고 있었다. 리버는 평소와 달리 아침나절인데도 눈이 초롱초롱했다. 지난 이틀간 리버와 재스퍼는 정오가 지나서야 일어났다. 엘리스는 리버가 근처 대학가에서 약물과 술을 구하는 방법을 알아낸 건 아닌지 의심스러웠다. 쌍둥이는 조나가 준 신용카드를 한도 없이 쓸 수 있었다.

"톰, 여긴 내 아들 리버예요."

두 남자는 악수를 나누었다.

"여기에서 여름을 보낼 건가요?" 톰이 물었다.

"그건 불가능할 것 같아요. 이렇게 축축한 공기 속에서 제대로 호흡하는 방법을 모르거든요."

톰이 웃었다. "북쪽에서 왔어요?"

"뉴욕 교외에 살아요. 이 지역 사람들은 틀림없이 숨겨진 아가미가 있을 거예요. 그렇지 않고서야 고온다습한 날씨 때문에 숨이 턱턱 막히는 여름을 견뎌낼 수 없죠."

"습기는 적응하는 데 시간이 걸려요. 당분간 여기서 지내면서 일거리가 필요하면 연락해요. 우리 조경팀은 늘 일손이 부족하거든요."

"이런 날씨에 일을 어떻게 해요. 가만있어도 숨이 턱에 차는데." 리버가 말했다.

톰은 리버의 빈정대는 말투에 짜증이 난 눈치였다. "난 이만 가볼게요. 다음 주에 봐요, 엘리스. 만나서 반가웠어요, 리버."

"푹푹 찌는 날씨에 나더러 하루 종일 땅을 파라고?" 리버가 트럭에 올라 시동을 거는 톰을 바라보며 빈정거렸다.

"일을 하는 건 너에게도 좋을 거야."

"차라리 집 뒤 습지에서 악어랑 수영하는 편이 낫겠어요."

"오늘은 웬일로 이렇게 일찍 일어났니?"

"엄마가 어디에 있는지 궁금해 나와봤어요."

엘리스는 그가 긴장하고 있다는 걸 알아차렸다.

"필요한 게 있어?"

"혹시 저에게 아침을 만들어주면 안될까요? 가능하다면요."

여기에 온 이후 리버는 게인즈빌이나 오캘러에 나가 패스트푸드로 대부분의 식사를 해결했다. 재스퍼도 가끔 리버와 동행했지만 주로 집에서 엘리스, 레이븐과 함께 식사를 했다.

"달걀이나 고기가 나오길 기대하지 않는다면 아침을 만들어줄게."

"엄마가 채식주의자라는 걸 알아요."

오늘 따라 리버의 태도가 이상했다. 엘리스는 무슨 꿍꿍이인지 몰라 요리를 하면서도 고개를 갸웃거렸다.

엘리스가 열심히 요리를 만드는 동안 재스퍼가 주방으로 들어왔다. "웬일이야? 왜 벌써 일어났어?" 재스퍼가 이상한 일이라는 듯 리버에게 물었다.

"왜긴? 엄마가 해주는 으깬 두부랑 채소볶음이 먹고 싶어서 일어났지."

"퍽이나 그랬겠다."

"너도 아침을 먹을래?" 엘리스가 재스퍼에게 물었다.

"당연히 먹어야죠." 재스퍼는 리버와 함께 식탁에 앉았다.

엘리스가 요리를 다 만들었을 때 레이븐이 주방으로 들어왔다. 딱 세 사람이 먹을 양만 있었기에 엘리스는 어제 저녁에 먹고 남은 음식을 데워 먹기로 했다.

엘리스는 접시 네 개를 식탁에 내려놓고 의자에 앉았다. 쌍둥이는 음식을 빨리 먹었고, 레이븐은 평소 속도대로 먹었다.

"식사를 하고 나면 이체코니강에 가서 튜브를 탈래?" 재스퍼가 물었다.

"상황을 봐서." 리버가 대답했다.

"너도 함께 갈래?" 재스퍼가 레이븐에게도 물었다.

"튜브만 탈거야? 다른 계획은 없어?"

"튜브 타고 이체코니강을 둥둥 떠내려가는 거지. 보아하니 그게 이 지역에서 가장 인기 있는 놀이 같던데."

"너무 기대하지 마." 리버가 말했다. "재스퍼가 그다음에 하고 싶은 일은 페인스 대초원에서 새를 관찰하는 거니까."

"페인스 대초원은 멋진 곳이지." 엘리스가 말했다.

"정말이에요?" 리버가 말했다.

리버의 휴대폰이 진동했다. 그는 휴대폰 화면을 보더니 수상한 눈으로 엘리스를 힐끗 쳐다보았다.

"무슨 일이야?" 엘리스가 물었다.

"아무것도 아니에요."

"리버……." 재스퍼도 끼어들었다. "무슨 일인데 혼자 끙끙 앓고 그래? 속 시원히 털어놔봐."

"나야 늘 비밀이 많잖아, 안 그래?" 리버는 자리에서 일어나 빈 접시를 싱크대로 가져갔다.

밖에서 쿼커스가 컹컹 짖어댔다.

엘리스가 창밖을 내다보니 차 한 대가 자갈길을 천천히 달려오고 있었다.

"어젯밤에 누가 대문을 열어놨니?" 엘리스가 물었다.

세 아이는 창가로 다가가 달려오는 차를 보았다.

"내가 열어두었어요. 오늘 아침에." 리버가 말했다.

엘리스는 이제야 리버가 왜 잔뜩 긴장했는지 깨달았다. "누구지? 조나인가? 리버, 네가 아빠를 여기로 오라고 했니?"

리버는 말도 안 된다는 듯이 코웃음을 쳤다. "아빠가 저런 차를 몰고 다닐 거라고 생각해요? 그렇다면 엄마는 아빠를 완전히 잘못 기억하고 있는 거예요."

리버의 말이 맞았다. 차가 낡은 세단이었다.

엘리스는 포치로 나갔고, 아이들도 따라 나왔다. 쿼커스가 운전석 문 바로 옆에 서서 컹컹 짖어대는 바람에 차에 탄 남자는 옴짝달싹 못하고 그대로 앉아 있었다.

엘리스는 쿼커스에게 손짓해 옆으로 오라고 했다. 쿼커스 3세는 전에 기르던 개보다 말을 잘 들었다.

남자가 겨우 차에서 내렸다. 나이는 육십 대쯤 되었고, 대머리에 약간 과체중이었다. 왠지 눈에 익은 얼굴이었다. 남자가 엘리스를 뚫어지게 바라보았다.

"맙소사." 엘리스가 신음을 토하듯 말했다.

"저분은 누구예요?" 재스퍼가 물었다.

"제인 아저씨."

"대체 무슨 짓을 한 거야?" 재스퍼가 리버의 귀에 대고 속삭였다.

"저분한테 엘리스 애비가 만나고 싶어 한다고 전했어."

"어떻게 찾아냈어?" 엘리스가 물었다.

"페이스북에서 제인 웨이콧이라는 이름은 하나밖에 없었어요. 확인해보니 그리 먼 곳에 살지도 않더라고요. 저분은 노스캐롤라이나주에 살아요. 지금도 셰프로 일하고 있고요."

"왜 엉뚱한 짓을 했어?"

"엄마가 저분에 대해 말하는 걸 듣고 제대로 된 작별 인사가 필요할 것 같았어요." 리버가 회심의 미소를 지었다. "오랫동안 엄마의 머릿속에서 유령처럼 남아 있던 남자를 실제로 보니 기분이 이상하죠?"

"이런 꼴통을 봤나!" 재스퍼가 나직이 말했다.

리버는 팔짱을 낀 자세를 취하더니 포치로 물러났다. 그런 다음 다가오는 제인을 묵묵히 지켜보았다.

제인은 장거리 운전을 한 탓인지 다리를 절뚝거렸다. 나이를 먹으면서 그의 얼굴은 이전보다 완고해 보였다. 엘리스가 기억하는 그의 표정은 늘 부드러웠다.

제인은 널돌을 깔아 만든 길을 걸어오며 레이븐을 바라보았다. 레이븐의 얼굴에서 어린 엘리스를 발견한 듯했다.

"엘리스……." 제인이 어리둥절한 얼굴로 말했다. "난 네가……." 그런 다음 리버를 보았다. "엘리스, 네 아들이 네가 임종 직전인데 날 보고 싶어 한다고 해서 이렇게 부랴부랴 찾아왔어."

"제인 아저씨……." 엘리스가 그에게로 걸어가며 말했다. "다시 만나게 되어 너무 좋아요."

"나도 그렇구나." 제인이 건성으로 말했다.

"저는 죽어가고 있지 않아요." 엘리스가 말했다.

"내가 보기에도 그러네." 제인은 속은 게 억울한 듯 리버를 노려보았다. "너에게 주어진 시간이 몇 시간밖에 없다고 해서 서둘러 왔단다. 네가 날 꼭 보고 싶어 한다고 해서."

"정말 죄송해요." 엘리스가 말했다. "제 아들이 문제가 좀 있어요."

제인은 성큼성큼 걸어 리버에게로 다가갔다. 절뚝거리던 걸음이 어느새 꼿꼿해졌다. "넌 도대체 왜 그런 짓을 했니? 내가 밤새 운전해오느라 얼마나 힘들었는지 알아!"

"엄마, 봤죠?" 리버가 엘리스에게 말했다. "이 아저씨가 이제 엄마에게 어느 정도 애정을 갖고 있는지 가늠이 되죠?"

제인이 주먹을 쥐고 흔들었다. "네가 엘리스의 아들만 아니었으면……."

"제인 아저씨, 이제 안으로 들어가시죠." 엘리스가 말했다.

제인과 리버는 안으로 들어가는 동안에도 계속 서로를 노려보았다.

"에어컨이 틀어져 있어 집 안이 시원해요. 아이스티를 드릴까요?"

"그래, 아이스티가 좋겠다." 제인이 겨우 리버에게서 눈을 돌리며 말했다.

레이븐도 합류했지만 재스퍼는 리버의 팔을 잡아끌고 갔다.

제인을 거실로 안내한 엘리스가 아이스티를 내왔다.

"정말 죄송해요. 그 아이가 아저씨에게 그런 엉뚱한 연락을 한 줄 미처 몰랐어요."

"덕분에 너를 다시 만나게 되었잖아."

"우리 가족은 지금 좀 힘든 시기를 보내고 있어요."

"네 남편도 여기에 사니?"

"남편과 이혼했어요."

제인은 주위를 둘러보았다. "집이 멋지네. 네가 자라서 이런 곳에서 살게 될 줄 알았다. 예전부터 넌 트레일러 뒤에 있는 숲으로 놀러 가길 좋아했으니까."

"아저씨는 그 숲을 와일드 우드라고 불렀죠."

"네 말을 들으니 나도 그때 일들이 새록새록 기억나는구나."

"그 숲의 이름을 따서 이 묘목장 이름을 '와일드 우드'로 지었어요."

제인은 푹신한 의자에 앉아 엘리스를 유심히 바라보았다. "우린 늘 번거로운 격식을 차리지 않고 곧장 본론부터 이야기하던 사이였어. 무슨 일이니? 왜 네 아들이 이런 짓을 한 거야? 뭔가 이유가 있을 텐데."

"자세히 말하자면 너무 복잡하고, 간단히 말하자면 며칠 전에 제가 아이들과 살아온 이야기를 나누다가 아저씨와 함께했던 얘기를 해주었어요."

"그런데……?"

"아저씨가 변변한 작별 인사도 없이 떠났다고 했더니 그 아이가 우리 사이의 끝맺음을 제대로 해줄 필요가 있다고 생각했나봐요. 그래서 저도 모르게 아저씨가 어디에 사는지 찾아내 연락을 한 거예요."

제인이 자리를 피해달라는 눈빛으로 레이븐을 보았다. 레이븐은 그 눈빛을 보고도 미동도 하지 않고 그대로 앉아 있었다.

"너에게 다시 돌아가지 못해서 미안하다." 그가 엘리스에게 말했다. "나는 늘 다시 돌아갈 수 있을 거라고 생각했어. 네 엄마에게 중독되어 있다시피 했거든. 나에게는 그리 좋은 일이 아니었지만 나는 늘 네 엄마에게로 돌아가지 않을 수 없었지."

"무슨 말인지 알아요."

"그때 난 네 엄마를 떠나오면서 깨달았어. 다시 네 엄마에게 돌아갈 경우 다시는 벗어나지 못하리라는 걸. 마침내 난 어렵사리 네 엄마에게서 벗어나게 되었지."

제인 아저씨의 말을 듣다보니 묵은 상처들이 다시 벌어졌다.

제인 아저씨는 아직 내가 보고 싶었다는 말을 하지 않았어.

"네 엄마에게로 다시는 돌아가지 않기 위해 난 이사를 했지."

"엄마도 그 소식을 다른 사람을 통해 들었어요."

"내가 떠나고 몇 년 뒤에 네 엄마가 약물 과다 복용으로 숨졌다는 소식을 들었지만 장례식에 갈 수 없었어."

엘리스는 고개를 끄덕였다.

"넌 그 이후 누구 손에서 자랐니?"

그걸 모른다고? 내가 안전한 곳에서 살고 있는지 알아볼 정도의 관심도 없었단 말인가?

"엄마가 돌아가시고 나서 외할아버지와 함께 영스타운에서 살았어요."

"외할아버지는 어떤 분이었니?"

"엄마는 평소 외할아버지에 대해 악마 같다고 했는데 막상 만나보니 그런 분은 아니었어요. 엄마가 외할아버지를 미워한 이유는 따로 있었죠. 외할아버지가 말을 듣지 않고 제멋대로 사는 엄마와 의절했기 때문이었어요. 사실 외할아버지는 아주 좋은 분이었죠."

"네 엄마는 매사에 과장이 심했지."

"아저씨는 결혼하셨어요?"

"결혼한 지 18년 되었어."

"애들은요?"

"아내가 재혼이었는데 전남편과의 사이에서 생긴 아이들이 둘 있었어. 더는 아이를 낳고 싶지 않다고 하기에 그러라고 했지. 난 상관없었으니까."

제인은 아이스티를 한 모금 마셨다. "아까 여기에 있던 또 다른 청년도 너의 아들이니?"

"네."

제인은 레이븐을 바라보았다. "이 아가씨가 네 딸이라는 건 물어볼 필요도 없을 것 같구나. 엄마를 쏙 빼닮았으니까. 넌 이름이 뭐니?"

"레이븐이요."

"몇 살이지? 열일곱 살쯤 됐니?"

"열여섯 살이요."

"여기에 사니? 아니면 아빠랑 사니?"

"설명을 하려면 그게 좀 복잡해요." 엘리스가 끼어들었다.

제인은 고개를 끄덕이고 나서 무슨 비밀스러운 이야기라도 된다는 듯 몸을 앞으로 숙이고 속삭였다. 레이븐은 바로 옆에 있어 무슨 말인지 다 들을 수 있었다.

"리버 말이다. 내 생각에 그 아이는 외할머니의 기질을 상당히 많이 물려받은 것 같더구나."

어떻게 저런 말을 할 수 있지? 저 말이 상대에게 얼마나 큰 상처가 될지 모르나? 제인 아저씨가 좋은 사람이라고 생각했던 건 엄마의 착각이었을까?

제인은 다시 의자에 등을 기댔다. "이렇게 만나게 됐으니 네게 해줄 말이 있다. 네게 말해주지 않아 늘 마음에 걸렸거든."

엘리스가 그토록 오랫동안 듣고 싶었던 말이었다. 그때 현관문이 열리더니 리버와 재스퍼가 안으로 들어왔다.

"거짓말해서 죄송합니다." 리버는 그렇게 말했지만 별로 죄송한 표정이 아니었다. 그런 다음 히죽 웃으며 재스퍼를 쳐다보았다. 재스퍼가 말했다. "떠나실 때 제가 근처에 있는 주유소까지 함께 가서 기름을 넣어드리겠습니다."

"고맙지만 그럴 필요 없어." 제인이 말했다.

"괜찮으시다면 손님용 별채에서 잠시 쉬었다가 가셔도 됩니다." 재스퍼가 정중하게 말했다.

제인은 씩 웃으며 엘리스를 보았다. "내가 그렇게 쇠약해 보이니?"

"아직 건강해 보이세요. 그나저나 아까 뭔가 말하려다가 중단했잖아요. 저에게 전하지 못한 말이 있어 늘 마음에 걸리셨다고요."

"그랬지. 네 아버지에 관한 이야기야."

엘리스는 이 자리에서 아버지에 관한 이야기를 듣게 될 줄은 미처 몰랐다. 어릴 때 아버지와 관련된 이야기는 늘 금지되어 있었다. 마치 그녀에게는 아버지가 존재하지 않는 듯했다.

"제 아버지가 누군지 아세요?"

제인의 눈빛이 바뀌었다. 이제야 엘리스가 기억하는 친절한 아저씨의 모습과 좀 더 비슷해졌다.

"그래, 누군지 알고 있단다." 제인이 부드럽게 말했다. "아이들 앞에서 네 아버지 이야기를 해도 괜찮겠니?"

"아이들도 외할아버지에 대한 이야기를 듣고 싶어 할 거예요."

"연쇄살인마만 아니라면 듣고 싶어요." 리버가 말했다. "정말 그런 사람이면 차라리 모르는 게 낫고요."

제인은 그 말을 무시하고 이야기를 시작했다. "난 사실 네 엄마보다 네 아빠를 먼저 알았어. 네 아빠와 주방에서 함께 일했거든. 지금까지도 난 네 아빠를 내 단짝 친구라고 생각한단다."

"아저씨의 단짝 친구라고요? 그런데 왜 저에게 한 번도 말해주지 않았어요?"

"네 엄마가 절대로 못 하게 했으니까. 사실 네 아빠는 정말 좋은 사람이었어. 늘 너에게 그 이야기를 해주고 싶었단다."

"엄마는 제 아빠가 누군지도 모른다고 했어요."

제인의 눈빛에 분노가 서렸다. "네 아빠를 모욕하려고 그런 말을 한 거야. 네 아빠는 루카스 로사야. 다들 루크라고 불렀지."

그러니까 엘리스의 출생증명서에 적혀 있는 아버지 이름이 루카스 로사였다. 그 사람이 진짜 아버지였던 것이다. "그런데 왜 저는 성이 로사가 아니죠?"

"네 엄마는 로사를 네 미들 네임으로 사용하길 바랐어. 네 엄마는 루크와 사귈 때부터 제멋대로였으니까."

"이탈리아 성인가요?"

"포르투갈 성이야. 네 아빠는 매사추세츠주의 어부 집안에서 태어났단다."

"재미있네요." 리버가 말했다. "제가 대학에서 법학을 공부해야 한다는 아빠의 말을 듣지 않은 게 어쩌면 당연했네요. 제 유전자가 대서양 한가운데에 떠 있는 어선에 올라타라고 외치고 있었을 테니까."

제인이 못마땅한 눈으로 리버를 쳐다보았다. "어부는 존경할 만한 직업이란다. 늘 위험하기도 하고. 제아무리 경험이 풍부한 어부라고 해도 그래. 루크의 아버지와 형은 바다에서 폭풍우를 만나 목숨을 잃었으니까."

"바다에서 조난 사고가 났을 때 아버지 나이가 몇 살이었나요?"

"열여섯 살. 루크는 그 나이에 고아가 되어버린 거야. 엄마는 어릴 때 이미 돌아가셨으니까. 루크는 몇 년간 할머니랑 살다가 도시로 나가 친구와 함께 살았지. 우리는 피츠버그의 레스토랑에서 처음 만났단다. 그땐 우리 둘 다 보조 셰프였지."

제인은 미소를 지으며 말을 이었다. "다들 루크가 그렇게 힘든 성장 과정을 겪었는지 전혀 몰랐어. 루크는 인생을 즐길 줄 아는 멋진 친구였으니까." 제인은 잠시 말을 멈추고 엘리스의 얼굴을 유심히 바라보았다. "그러고 보니 넌 어릴 때보다 지금이 훨씬 더 네 아빠를 닮아가는 것 같구나."

엘리스는 엄마와 외모가 많이 달랐다. 이제 보니 아빠를 닮았던 것이다. 엘리스는 이제 아빠의 얼굴을 머릿속으로나마 그려볼 수 있었다.

"엘리스라는 이름은 제 친가와 연관이 있나요?"

제인은 고개를 저었다. "루크는 네 엄마가 널 임신했을 때 함께 고향을 찾아갔어. 두 사람은 캠핑을 하면서 북동부 지역을 여행했지."

"엄마가 캠핑을 했다고요?"

"원래는 루크가 캠핑을 즐겼는데 네 엄마도 함께 어울리다 보니 좋아하게 되었겠지. 네가 아들 이름을 '리버'라고 지어주었다는 게 흥미롭더구나. 사실 네 이름도 그렇게 지었거든. 네 부모가 캠핑을 즐겼던 화이트산맥의 강 이름을 딴 거야."

"내 이름이 강 이름에서 따온 거라고요?"

"어릴 때 이런 이야기를 너에게 들려주고 싶어 입이 꽤나 근질거렸지."

"그 후 아빠는 어떻게 되었는데요? 왜 아빠 이야기를 비밀로 했죠?"

"네가 그런 질문을 못 하게 하려고 네 엄마가 입을 차단한 거야. 네 엄마의 성화 때문에 우린 아무도 그 일을 입에 올릴 수 없었어."

"이제 엄마는 여기에 없어요. 그러니까 무슨 일이 있었는지 말해주세요."

"네 엄마가 외할아버지의 집에서 쫓겨난 건 알지?"

"네."

"집을 나온 네 엄마는 어떤 남자와 눈이 맞아 오하이오주로 갔어. 그 남자와 다투고 헤어지게 되자 친구 집으로 들어가 살게 되었지. 레스토랑에서 일하는 친구였는데 네 엄마도 거기서 같이 웨이트리스로 일하게 되었어. 네 아빠와 나도 그 레스토랑에서 일하고 있었고, 직원이 제법 많았는데 다들 서로 친하게 지내며 자주 함께 어울렸지. 그 당시 네 엄마는 자유분방하고, 활기가 넘치고, 신나는 아이디어로 충만한 여자였어. 그러다 보니 네 엄마에게 매료되어 사랑을 고백하는 남자들이 줄을 섰지."

엘리스는 그런 엄마의 모습이 상상이 되지 않았다. 그 마음을 읽었는지 제인은 이렇게 말했다. "네 엄마가 술과 마약에 빠지기 전의 일이야. 그때만 해도 네 엄마는 남자라면 누구나 강렬한 매력을 느낄 정도로 예뻤어. 따르는 남자들이 많았지만 네 엄마가 원하는 상대는 오로지 한 남자밖에 없었지. 그게 바로 네 아빠인 루카스 로사였어."

"그때 두 분의 나이가 몇 살쯤 되었나요?"

"네 엄마는 스물둘, 루크는 스물여섯이었어. 두 사람은 서로 사랑했지만 어쩌다가 한번 싸우면 찬바람이 불 정도로 다투었지. 네 엄마가 너를 임신하면서 둘이 다투는 일도 잦아들었어. 두 사람은 집을 구했고, 행복하게 사는 듯이 보였지."

"두 분은 아이를 낳았나요?"

"네 엄마의 임신 소식을 알게 되었을 때 우린 모두 진심으로 축하해 주었어. 네 엄마는 널 낳았고, 스무 명 정도 되는 삼촌과 이모의 사랑을 독차지했지. 우린 자주 파티를 열었는데 넌 항상 우리의 사랑스러운 공주님이었어."

엘리스도 어렴풋이 기억났다. 사람들이 자신을 무릎에 앉히고, 머리 위로 들어 올려 맴을 돌리고, 비행기를 태운다며 허공에서 흔들어대던 일들, 담배 연기가 자욱한 방…….

"두 분이 헤어졌을 때 제가 몇 살이었나요?"

"세 살."

"무슨 일이 있었는데요?"

제인은 천천히 숨을 들이쉬더니 가느다란 한숨을 내쉬었다. "루크가 네 엄마 몰래 다른 여자를 만났나봐. 어느 날 일이 끝나고 몇 사람이 어울려 너희 집에 놀러 갔는데 네 엄마가 술에 취해 루크가 바람을 피웠다며 잘못을 추궁하기 시작했어. 루크는 곤혹스러워하면서도 바람피운 사실을 인정했지. 네 엄마는 루크에게 당장 나가 다시는 돌아오지 말라고 소리를 질렀어. 루크는 네 엄마가 친구들 앞에서 소리를 지르며 망신을 주자 단단히 화가 나서……."

제인은 말을 잇지 못하고 들고 있던 아이스티를 내려다보았다.

"그래서 어떻게 되었죠?"

"집을 나가 오토바이에 오르자마자 루크는 신호등을 무시하고 최고 속도로 달리다가 차와 충돌하는 바람에 그 자리에서 사망했어."

제인은 또다시 아이스티를 내려다보며 잠시 말을 잇지 못했다. "우린 타이어 마찰음이 끼익 소리를 내며 길게 이어지는 소리를 들었어. 다들 사고가 난 걸 예감하고 밖으로 달려 나갔지. 루크가 죽어 있는 걸 목도했어." 제인은 엘리스의 눈을 바라보았다. "사실은 너도 봤어. 내가 널 안고 있었으니까."

엘리스는 그날 일이 떠오르지 않았지만 자신을 돌봐주었던 많은 이모와 삼촌들의 얼굴은 어렴풋이 떠올랐다. 아빠가 교통사고로 숨지고 나서 그들이 엄마를 위로하며 도와주었다는 건 제인의 말을 듣고 나서 처음 알았다.

"네 엄마는 자기 때문에 루크가 죽게 되었다고 자책했어. 하지만 술을 마시면 늘 반대로 얘기했지. 루크가 다른 여자랑 눈이 맞아 바람을 피웠고, 신호를 무시하고 달리다가 차에 치여 죽었다고. 결국 그가 죽은 건 자업자득이라고. 루크를 향한 네 엄마의 사랑은 고스란히 증오가 되었고, 헤어나기 힘든 절망의 수렁이 되었지."

"왜 엄마가 아빠 얘기를 하지 않았는지 그 마음을 이제 조금이나마 이해할 수 있겠어요."

"넌 아빠 얼굴을 빼닮았어. 네 엄마가 너에게 지나치게 냉담하게 굴었던 건 너를 볼 때마다 루크의 얼굴이 겹쳐졌기 때문일 거야. 네가 점점 나이를 먹고 자라는 동안 네 엄마는 술과 약물에 의존하게 되었고,

너를 계속 투명 인간 취급했지. 내가 굳이 얘기할 필요도 없겠구나. 네가 직접 겪은 일이니까."

엘리스는 늘 자신이 뭔가 잘못했거나 문제가 있어 엄마가 미워한다고 생각했다. 아빠에 대한 복잡한 심사 때문이었다는 건 도저히 알 수 없었다.

"네 엄마랑 가깝게 지낼 때 난 너를 잘 돌봐주려고 애썼어. 네 아빠에게 진 빚이라고도 생각했지. 난 루크를 사랑했고, 우린 단짝 친구였으니까."

제인이 그녀의 삶에 등장한 이유는 오래전부터 엄마에게 중독되었기 때문이고, 아빠 노릇을 한 이유는 친구를 사랑했기 때문이었다. 제인이 나를 돌봐준 이유는 나를 사랑해서가 아니라 자기 아닌 단짝 친구를 사랑했던 엄마의 마음을 붙잡기 위해서였을 것이다.

엘리스는 무슨 말인지 이해가 되지 않는다는 듯 알쏭달쏭한 표정을 짓고 있는 리버에게로 눈길이 갔다. 리버 역시 그녀의 표정에 담긴 의미가 뭔지 알고 싶다는 듯이 마주보았다. 그들은 저마다 자신의 감정을 들키지 않으려고 포커페이스를 유지했다.

제인의 말은 엘리스에게 새로운 차원의 고통을 주었다. 고통을 내색할 경우 리버는 자신이 설계한 이 일에 대해 후회할 것이다.

제인이 아까 했던 말이 떠올랐다. '루크에 대한 네 엄마의 사랑은 고스란히 증오가 되었어.'

내가 집을 떠나는 바람에 리버도 증오심을 갖게 되었을까?

제인은 의자에 앉은 자세 그대로 허리를 펴더니 양손을 허벅지에 문질렀다. "너에게 네 엄마와 아빠 이야기를 들려줄 수 있어서 다행이구나. 네가 지난날 너의 부모가 겪었던 비극의 내막에 대해 전혀 모른다는 사실이 신경 쓰였거든."

엘리스는 그 말을 듣고 나서 하마터면 헛웃음이 나올 뻔했다.

제인의 푸른 눈이 반짝거렸다. 엘리스가 어린 시절에 사랑했던 눈이었다. "네가 위독하다는 말을 듣고 찾아왔는데 이렇게 건강해 얼마나 기쁜지 모르겠구나."

"저도 아저씨가 여전히 건강해서 좋아요."

"너는 어려운 환경 속에서도 늘 씩씩하고 재미있는 아이였지." 제인은 그 말을 하고 나서 자리에서 일어났다. "난 이제 그만 가봐야겠다."

"먼 길을 오셨는데 여기서 좀 더 머물다 가셔도 괜찮아요."

"가봐야 할 곳이 있어. 네 엄마랑 가까이 지냈던 로키 아저씨 기억하니?"

"그럼요."

"그 친구가 데이토나 비치 근처의 작은 집에서 살아. 내가 플로리다주에 갈 거라고 했더니 꼭 들르라고 하더구나. 우린 바다낚시를 하며 회포를 풀 생각이야."

"제가 죽어가면서 아저씨를 힘들게 하지 않아 다행이네요."

제인은 웃음을 터뜨렸다. "로키도 네가 건강하게 잘 살고 있다는 소식을 들으면 몹시 기뻐할 거야. 로키가 너에게 안부 전해달라고 했어."

“저도 잘 지낸다고 전해주세요.”

“그러마.” 제인은 현관으로 걸어가다가 뒤돌아보았다. “엘리스, 이리 오거라. 모처럼 루크의 예쁜 딸을 안아보고 싶구나.”

엘리스는 아직 제인 아저씨에게 안기고 싶은 마음이 남아있다는 게 신기했다. 제인 아저씨를 원망하고 싶은 생각은 추호도 없었다. 엘리스는 엄마에게 배우지 못한 사랑을 제인 아저씨에게 배웠다.

제인 아저씨가 나를 정말 사랑했든 엄마에게 잘 보이고 싶었기 때문이든 상관없어. 제인 아저씨가 나를 끔찍하게 아껴주고, 늘 다정하게 대해준 건 분명한 사실이니까.

“잘 가요, 제인 아저씨.”

“잘 있어라, 엘리스. 늘 건강해야 돼.”

30년이 넘게 걸리긴 했지만 엘리스는 마침내 제인에게 작별 인사를 들었다.

7

레이븐

따오기 일곱 마리가 머리 위로 날아갔다. 레이븐은 새들의 날갯짓 소리를 들으려고 걸음을 멈췄다. 창공을 가르며 날아가는 새들의 날갯짓 소리는 언제 들어도 질리지 않았다. 쇠백로, 왜가리, 따오기, 두루미 같은 새들이 하루 종일 사유지 위를 날아다녔다. 그 어디에서도 쉽게 볼 수 없는 새들을 여기서는 자주 보았다. 여기 살아서 좋은 이유 가운데 하나였다.

새들도 좋지만 이 원예 농장이 좋은 가장 중요한 이유는 아름드리 상록 참나무들을 볼 수 있다는 것이다. 레이븐은 그중에서도 양치식물로 덮인 어마어마하게 굵은 몸통에 무수히 많은 가지들이 뱀으로 된 메두사의 머리카락처럼 꿈틀거리며 좌우로 퍼져나간 고목나무를 가장 사랑했다.

레이븐은 나무 아래에 만들어놓은 두 개의 장식품을 내려다보았다. 하나는 그녀를 워싱턴주의 집으로 보내달라고 소원을 빌 때 쓰는 재료였다. 다른 하나는 재키를 사랑하는 마음을 온 우주로 날려 보낼 때 쓰는 재료였다.

레이븐은 뿌리의 쏙 들어간 부분에 앉아 나무의 거대한 몸통에 등을 기댔다. 그녀는 눈을 감고 재키가 지금 무얼 하고 있을지 상상해보았다.

"모기들이 득시글거리는데 넌 어떻게 그리 태연하게 잘 견디니?"

리버가 그늘을 제공하려고 심어놓은 팔메토 야자수들 사이로 바라보고 있었다.

"왜 나를 졸졸 따라다녀?"

"그렇게 말하니까 내가 마치 스토커가 된 기분이잖아. 나, 스토커는 아니니까 안심해. 사람들이 단체로 나에게 화를 내서 잠시 피신한 것뿐이야." 리버는 야자수 잎을 헤치며 가까이 다가왔다. "네가 밖으로 나가는 걸 보고 따라나섰어. 그나저나 넌 이런 한증막 같은 더위를 어떻게 견디니?"

"여기에서 지내다보면 익숙해져."

"고목나무 아래에 그렇게 앉아 있는 모습을 보니 마치 네가 믿는다는 땅의 정령 같은 느낌이 들어."

레이븐이 숲에 온 이유는 속이 울렁거려 쉬고 싶어서였다. 하지만 고목나무 아래에 있다보니 그런 증상이 말끔히 사라졌다.

리버는 나무 아래에 만들어놓은 소원 재료들을 보고 그리로 다가갔다. "이 물건들은 뭐야? 나무의 신에게 바치는 제물인가?" 레이븐이 대답하지 않자 리버가 다시 말했다. "땅의 정령이 혀를 확 뽑아 갔니? 왜 말이 없어?"

"넌 왜 툭하면 심한 말로 사람들을 화나게 해?"

"맹숭맹숭한 말보다는 상대를 도발하는 말이 더 재미있으니까."

레이븐은 그 말이 어느 정도 이해가 되기도 했다. 늘 좋은 말만 한다고 좋은 사람은 아니었다.

"내가 제인 아저씨를 불렀다는 이유로 다들 도끼눈을 뜨고 쳐다봐. 심지어 얼굴에 흉터 있는 아줌마까지도."

"그 아줌마 이름은 맥스야. 그 아줌마는 제인 아저씨가 무슨 이유로 왔는지 알지도 못하는데 그럴 리 없잖아."

"내가 사기 치는 바람에 그 아저씨가 다녀간 사실을 엄마가 자세히 말해주었을 거야."

"맥스 아줌마는 귀가 안 들려."

"아, 그래서 이상하게 행동하는구나."

레이븐은 화난 얼굴로 자리에서 벌떡 일어섰다. "그냥 입 좀 다물지 못해!"

"뭐야? 왜 이렇게 급발진이야?"

"난 맥스 아줌마를 정말 좋아한단 말이야."

레이븐이 이 집에 온 지 얼마 안 되어 나무 아래에서 토하고 있을 때 맥스가 다가와 등을 토닥여주었다. 레이븐이 구토를 마치자 맥스는 옆에 앉아서 들고 있던 반다나로 입을 닦아주었다. 그런 다음 리스가 흔히 그랬듯이 한 팔로 안아주었다.

"밖에 놀러가지 않을래? 이제 5시니까 밖에 나가서 저녁을 먹는 건 어때?"

레이븐은 리버가 딱해 보였다. 리버는 혼자 있는 걸 싫어하면서도 치기 어린 충동으로 자신을 비호감으로 만들었다.

"왜 노스캐롤라이나에 사는 제인 아저씨를 여기까지 오게 만들었어?"

"어제 난 사실 위스키를 제법 많이 마셨어. 술을 마셔서인지 간덩이가 부어 제인 아저씨에게 문자를 보냈지. 난 그 아저씨가 설마 거기서 여기까지 달려올 줄은 꿈에도 몰랐어. 오늘 아침에 제인 아저씨가 다 와간다며 문자를 보냈을 때 그야말로 기겁하고 놀랐지. 되돌리기에는 너무 늦은 상황이었어."

"후회해?"

"아니, 결과적으로 다들 좋은 경험을 했잖아. 그 아저씨도 엄마에게 해주고 싶었던 말을 할 수 있게 되어 기뻤고, 플로리다에 사는 친구를 만나 바다낚시를 하게 되었다며 좋아하는 눈치였어. 그 일 덕분에 엄마는 할아버지의 사연에 대해 알게 되었잖아."

"나도 잘되었다고봐."

레이븐은 그렇게 활짝 웃는 리버의 모습을 처음 보았다.

"그렇지? 잘됐어. 이제 가족들 중에서 나를 미워하지 않는 사람이 하나 생겼네."

"다만 제인 아저씨에게 거짓말한 건 심했어."

"그래, 심했지. 나도 알아. 술에 취하면 난 끔찍해져. 다행히 지금은 술을 마시지 않은 평소의 나야. 혹시 스테이크 좋아해?"

"당연히." 레이븐은 리스의 생일 파티가 생각났다.

"엄마는 비건이라서 풀만 먹잖아. 우린 양질의 단백질을 섭취해야 할 필요가 있어." 리버가 말을 덧붙였다. "솔직히 여기 왔을 때 네가 너무 지쳐 보여서 깜짝 놀랐어. 게다가 많이 말라 보이던데 원인이 뭐야?"

"모르겠어."

"스테이크를 먹으면 도움이 될지도 몰라."

마마가 해주는 음식에 익숙한 탓인지 요즘은 식사를 하고 나면 자주 속이 울렁거렸다.

"나랑 스테이크 먹으러 갈 거지? 넌 내 동생인데 데이트 신청할 때처럼 긴장되네."

리버는 손으로 목을 감싸며 구역질하는 시늉을 했다. 그럴 때 보면 꼭 리스 같았다. 리버는 불안한 내면을 농담으로 숨기는 듯했다.

"좋아, 가자."

리버는 진심으로 행복해 보였고, 레이븐 역시 기분이 좋았다.

리버가 나무를 유심히 바라보았다. "너의 성모님에게는 작별 인사를 어떻게 해야 하니? 그냥 허리 숙여 인사해? 아니면 뿌리에 키스해?"

레이븐이 그의 짓궂은 말에 팔을 찰싹 때렸다.

그들은 옷을 갈아입으러 집으로 갔다. 리버는 차에서 만나자고 했고, 재스퍼나 엘리스에게 말하지 말라고 했다.

"오늘 하루치 욕은 이미 충분히 먹었거든." 리버는 그렇게 말했다.

레이븐은 저녁을 먹으러 가는 게 왜 욕먹을 일인지 이해가 되지 않았지만 일단 알겠다는 뜻으로 고개를 끄덕였다. 엘리스는 집에 없었다. 아마 맥스와 함께 묘목장에 있을 것이다.

레이븐은 원피스로 갈아입었다. 재키와 데이트할 때 가끔 입었던 옷이었다. 6월의 플로리다주에서 입기에는 더운 편이었지만 상관없었다. 신발은 여름 분위기를 내려고 샌들을 신었다.

리버는 슬림핏 바지에 반소매 버튼다운 셔츠 차림에 슬립온을 신고 있었다.

"재스퍼에게는 뭐라고 했어?"

"욕실에서 샤워하고 있기에 그냥 아무 말도 안 했어."

리버가 운전하는 차는 페인스 대초원의 습지를 가로지르는 도로를 달렸다. 페인스 대초원은 이 지역의 랜드마크로 엘리스와 몇 번 게인즈빌에 다녀오면서 알게 되었다.

리버가 데려간 스테이크 전문 레스토랑은 예상보다 고급스러웠다. 흰 유니폼 차림의 남녀 종업원이 그들을 자리로 안내하고 나서 주문을 받았다.

리버는 얼음 넣은 위스키를 주문했고, 웨이터의 요구에 신분증을 보여주었다.

종업원이 자리를 뜨자 레이븐이 물었다. "플로리다주에서는 스물한 살이 되지 않아도 술을 마실 수 있는 거야?"

"가짜 신분증을 준비했지." 리버가 나직이 말했다. "만든 지 몇 년 됐어. 엄마한테는 비밀이야."

레이븐이 웃자 리버의 얼굴이 환해졌다.

위스키가 도착했고, 리버는 건배하자는 뜻으로 잔을 들어 올렸다. “우리 가족을 또다시 폭풍우 치는 바다로 던져버린 내 동생을 위해 건배. 우리가 무사히 육지로 돌아갈 수 있기를.”

레이븐은 물컵으로 건배한 다음 물을 한 모금 마셨다. 리버는 한 번에 위스키를 절반도 넘게 마셨다.

“내가 육지로 돌아가는 방법과 다른 사람들이 육지로 돌아가는 방법은 달라.”

“너도 우리 가족이야.”

“난 아니야.”

“지금은 거부하고 싶겠지만 결국에는 수용할 수밖에 없을 거야. 너도 이제 루크와 레아처럼 충격적인 출생의 비밀을 받아들여야 해.”

“그게 누구야?”

“〈스타워즈〉에 나오는 스카이워커 가족.”

재키의 방에 〈스타워즈〉 포스터가 붙어 있는 걸 보았지만 레이븐은 여전히 알아들을 수 없는 비유였다.

“〈스타워즈〉를 본 적 없어?”

“응.”

“와, 정말 놀랍네.” 리버는 위스키 잔을 비우고 나서 지나가는 웨이터에게 한 잔 더 달라고 했다.

“〈스타워즈〉를 모를 정도면 완전 은둔자였네. 텔레비전은?”

"없어."

"휴대폰은?"

레이븐은 고개를 저었다.

"인터넷은?"

"엄마는 꼭 필요한 경우에만 컴퓨터와 휴대폰을 사용했어. 가령 식료품이나 생필품을 구입할 때 인터넷으로 주문하는 용도였지. 난 학교 숙제를 할 때만 인터넷을 사용할 수 있었고."

"엄마 몰래 인터넷을 한 적은 없어?"

"내가 인터넷을 사용하고 나면 엄마는 매번 방문 기록을 확인했어."

"정말 너무하네."

"엄마는 아이들에게 휴대폰, 인터넷, 비디오 게임을 할 수 있도록 허용하는 건 마약을 먹으라고 주는 것과 다름없다고 했어."

"거기에 살 때 친구는 있었어?"

"당연하지. 지금도 보고 싶은 친구들이야."

"언제 돌아가?"

레이븐은 고개를 저었다. "손드라 이모랑 바우해머 씨의 조처에 달렸어. 일이 어떻게 되어가는지 아무도 내게 말해주지 않아서 답답해. 손드라 이모의 말에 따르면 아직 유산 상속 절차가 끝나지 않았고, 내가 기자들 눈에 띄지 않게 숨어 있는 게 유리하다고 했어."

"그 분은 너를 숨겨두는 게 이득이니까 당연히 그런 말을 하는 거야."

"나도 알지만 손드라 이모 말대로 하는 게 나 역시 좋다고 생각해. 엄마가 유괴범으로 낙인찍혀 비난의 대상이 되는 건 정말 싫어. 그 일이 잠잠해질 때까지 여기에서 지내는 것도 나쁘지 않다고 생각해."

리버는 버터 바른 빵을 베어 먹었다. "가족들을 만나서 기쁘지 않아?"

"불과 45일 전만 해도 전혀 모르던 사람들이야. 아직은 시간이 필요해."

"우린 너에게 아무런 의미도 없는 사람들이야?"

"갑자기 친밀감을 느낄 수는 없어. 다들 친해지기 쉽지 않은 편이고." 레이븐은 동부에 온 이후 피가 한 방울도 섞이지 않은 맥스가 가장 친근하게 느껴졌지만 그런 말을 대놓고 할 수는 없었다.

리버가 특유의 우스꽝스러운 미소를 지었다. "우리 가족은 분명 구성원들끼리 서로 아낌없이 사랑하는 사이는 아니야." 리버의 표정이 진지해졌다. "그럴 만한 이유가 있었으니까."

"나를 잃어버려서?"

"물론 네 잘못은 아니지."

"그렇다고 모든 걸 우리 엄마 탓으로 돌리지는 마."

"오드리 린드가 저지른 짓 때문에 우리 집 벽장 속에 있던 해골이 뛰쳐나와 사람을 잡아먹는 좀비가 되어버렸어."*

리버는 계속 리스를 연상시켰다. 다만 리스는 악의가 없었지만 리버

*벽장 속 해골은 밝히고 싶지 않은 비밀이나 치부를 뜻하는 영어식 표현이다

는 악의로 가득했다.

"네가 영화를 즐겨 봤다면 방금 전 내가 얼마나 멋진 비유를 했는지 금세 알아들었을 텐데, 정말이지 유감이야."

"그래도 좀비가 뭔지는 알아. 하지만 해골은 좀비가 될 수 없어."

"네가 땅의 정령을 믿듯이 난 해골이 좀비가 될 수 있다고 믿어."

종업원이 리버가 주문한 두 잔째 위스키를 가져왔다. 샐러드를 먹는 동안 리버는 재빨리 잔을 비우고 세 잔째 위스키를 시켰다.

"내게 스테이크를 먹자고 한 리버는 분명 술에 취한 리버가 아니었어."

"이 정도로는 안 취해."

"운전할 수 있어?"

"스테이크를 안주로 먹었으니까 알코올이 벌써 다 분해되었을 거야."

레이븐도 그러길 바랐지만 리버는 벌써 취해 보였다. 리버는 왜 자신이 재스퍼처럼 비싼 대학에 가고 싶어 하지 않는지 열심히 설명했다. 현대사회가 추구하는 방향성에 대한 비판은 마마를 연상시켰다. 심지어 현대사회를 묘사할 때 '기계'라는 표현을 쓰는 것까지 똑같았다.

레스토랑을 나온 리버는 아직도 해가 떠 있다고 투덜댔다. 술집에 가고 싶어 했지만 아직 이른 시간이었다.

"난 열여섯이라 술집에 못 가."

"아, 그러네."

레이븐이 아직 미성년자라는 사실조차 잊어버린 리버를 보자 우려스러웠다. 리버는 지금껏 위스키 세 잔에 브랜디 한 잔을 마셨다.

"우리 어디 가서 좀 더 놀다가 가자. 아직은 집에 가기 싫어."

"다들 걱정할 거야."

"재스퍼는 이미 우리가 어디에 갔는지 알고 있어. 아까 재스퍼가 자기만 빼놓고 갔다고 문자를 잔뜩 보냈거든."

"답해주었어?"

"아니."

"왜?"

"어차피 재스퍼가 짜증낼 테니까."

두 아이가 툭하면 싸우는 걸 보면 재키와 헉의 형제애는 정말이지 각별했다.

리버가 작은 종이봉투를 꺼냈다. "너도 할래?"

"뭔데?"

"코카인."

레이븐은 지금껏 코카인을 하는 사람을 한 번도 본 적이 없었다.

"운전해야 하는데, 괜찮아?"

"코카인이 오히려 알코올 성분을 분해시켜줄 거야."

"술을 그 정도 마셔서는 안 취한다며?"

"나, 안 취했어. 그냥 코카인을 하면 기분이 좋아지니까 하는 거야." 리버의 손에 튜브가 들려 있었다.

“그거 하지 마.”

“다들 하는 거야.”

리버는 흰 가루를 들이마셨고 이내 눈이 반짝거렸다.

“이걸 하면 금세 기분이 좋아져.”

“정말 운전할 수 있겠어?”

“이제 신나는 노래만 있으면 돼.”

리버는 휴대폰 화면을 살펴보며 노래를 골랐다. 리버가 카스테레오의 볼륨을 크게 키웠지만 레이븐은 그냥 내버려두었다.

리버는 차를 운전하는 동안 왜 자신이 세상을 미워하는지 설명했다. 레이븐은 자꾸만 긴장돼 도로와 리버를 번갈아 쳐다보았다. 차가 페인스 대초원의 습지를 빠르게 가로지르는 동안 리버는 노래를 바꾸려고 휴대폰 화면을 들여다봤다. 그러다가 고속도로 가장자리에 주차된 차들을 힐끗 쳐다보았다.

“웬 차들이지? 무슨 일 있나?”

“일몰을 보려고 온 사람들이야. 이 동네에서는 해넘이를 보는 게 일종의 종교 의식과도 같대.”

“우리도 해넘이를 보러 가자. 어때?”

“그냥 집에…….”

“저기 부두가 있네. 저쪽으로 가서 차를 세우자.” 리버가 레이븐의 말을 잘랐다.

리버가 반대편에 있는 부두로 가려고 급히 차선을 변경했다. 갑자기 차가 충돌했을 때 리버는 여전히 한 손으로 휴대폰을 쥐고 있었다. 차체가 뒤집힌 가운데 습지로 떨어졌다. 레이븐이 눈을 꼭 감았다가 떴을 때는 차가 물에 떨어져 있었다. 급히 차선을 바꾸려다가 직진하던 차와 충돌해 습지 가장자리에 설치된 콘크리트 도로경계석을 넘어 굴러가다가 물속으로 떨어진 것이다. 레이븐이 탄 조수석이 운전석보다 높았다.

"차에서 나가야 해. 차가 곧 물속으로 가라앉을 거야."

리버의 머리는 피투성이였고, 의식을 잃고 눈을 감고 있었다.

차가 물속으로 가라앉기 전에 리버를 밖으로 빼내야만 했다. 아직 조수석은 물속으로 가라앉지 않은 상태였다. 버튼을 누르자 다행히 차창이 아래로 내려갔다. 레이븐은 운전석 쪽이 물속으로 가라앉는 모습을 보며 서둘러 안전벨트를 풀었다. 그런 다음 리버의 안전벨트를 풀고 조수석으로 끌어당겼다. 리버의 체구가 큰 편이라 몸이 천근만근이었다. 조수석의 열린 창문으로 물이 콸콸 쏟아져 들어오자 레이븐은 리버의 몸을 흔들며 최대한 큰 소리로 이름을 불렀다.

"리버! 리버!"

차에 물이 찬 덕분에 그나마 리버의 몸을 끌어내기가 수월했다. 차가 점점 가라앉고 있어 리버를 시급히 차창 밖으로 끌어내야 했다. 리버의 머리가 유황 냄새가 나는 물속으로 가라앉기 직전이었다.

레이븐의 머릿속에서는 단 하나의 생각만이 남았다.

리버를 살려야 해.

리버를 차창 밖으로 끌어냈지만 머리가 물속으로 가라앉았다. 내버려두면 곧 익사할 수밖에 없었다. 레이븐은 팔로 리버의 가슴을 밀어 머리를 수면 위로 올리려고 안간힘을 썼다. 리버의 무게 때문에 버티기 쉽지 않았다. 레이븐에게도 당장 산소가 필요했지만 리버의 몸을 놓아버릴 수는 없었다.

리버는 나를 보러 플로리다주에 온 거야. 나를 보러 왔다가 물속에 빠지게 되었어. 만약 리버가 죽으면 나도 같이 죽을래.

그때 누군가의 팔이 레이븐의 몸을 감쌌다. 다른 사람의 팔이었다. 그가 리버의 몸을 아래에서 떠받치고 있는 레이븐의 팔을 떼어냈다. 그 순간에도 레이븐은 리버의 몸이 물속으로 가라앉을까봐 조바심이 났다.

수면 위로 나온 레이븐은 소리쳤다. "우리 오빠를 도와주세요. 오빠가 다쳤어요."

"내가 당신 오빠를 밖으로 끌어낼 테니까 걱정 말아요." 남자가 말했다.

마침내 리버를 물 밖으로 끌어낸 남자가 다른 세 남자와 힘을 합해 도로경계석이 있는 곳으로 옮겨갔다. 레이븐은 힘이 빠져 후들거리는 다리를 옮겨놓으며 물 밖으로 나왔다.

리버는 몸이 축 처져 있었고, 얼굴은 푸른빛이었고, 머리에서 피가 흘러내리고 있었다.

언뜻 보기에 이미 죽은 사람 같았다.

너무 늦게 끌어냈을까?

리버를 옮기고 상태가 어떤지 살펴보던 남자가 구경 삼아 몰려든 사람들에게 말했다. "환자가 숨을 쉬지 않아요. 혹시 CPR을 할 줄 아는 분 계세요?"

남자와 여자 하나가 군중들 속에서 나오더니 리버 옆에 무릎을 꿇고 앉았다. 남자가 리버의 가슴에 귀를 댔다.

"다행히 아직 심장이 뛰고 있어요."

그제야 레이븐은 안도의 눈물을 흘렸다. 남자가 리버의 입을 벌리고 숨을 불어넣어도 좀처럼 의식을 회복할 기미가 보이지 않았다. 리버는 여전히 혼수상태였다.

레이븐의 눈에 믿을 수 없이 아름다운 대초원과 습지가 보였다. 한 무리의 왜가리가 날개를 퍼덕이며 분홍빛과 푸른빛으로 물든 하늘을 가로질러 날아갔다.

레이븐은 땅의 정령들에게 소원을 빌었다.

"제발 리버를 살려주세요. 리버가 제발 의식을 회복하고 숨을 쉬게 해주세요."

레이븐은 땅의 정령들에게 리버를 도와달라고 빌었지만 그는 여전히 미동도 하지 않고 누워 있었다.

8

엘리스

재스퍼는 저녁을 먹고 싶지 않다고 했다. 그저 부루퉁한 얼굴로 별채에 틀어박혀 과자를 먹으며 텔레비전을 보고 있었다. 샤워를 하고 있는 사이 리버가 혼자 차를 타고 어디론가 가버려 잔뜩 화가 나 있었다.

엘리스는 레이븐이 리버와 함께 나간 걸 알고 깜짝 놀랐다. 재스퍼가 5분이 멀다하고 문자를 보냈지만 리버는 답하지 않았다. 해가 지자 엘리스는 서서히 걱정이 되었다. 재스퍼는 두 사람이 자기만 쏙 빼놓고 저녁 식사를 하러 나간 게 틀림없다며 불만을 토로했다.

내가 낳은 자식들은 대체 왜 다 이 모양일까? 나 때문일까? 외할머니 때문일까? 말다툼을 하다가 분을 참지 못해 뛰쳐나가 오토바이 사고로 숨진 외할아버지 때문일까? 내 부모는 분명 다른 사람을 책임질 수 없을 만큼 어려운 처지였는데 나를 낳았어.

엘리스는 아이를 낳아서는 안 되는 사람들이 있다고 여겼다. 어릴 때만 해도 자신이 아기를 낳아야 한다고 생각한 적이 단 한 번도 없었다. 그런데 코넬 대학에 들어간 지 얼마 안 되어 조나를 만났고, 고교 시절에 세워둔 야심찬 계획은 낙엽처럼 날아갔다.

쿼커스가 그녀의 무릎에 앞발을 올리고 턱을 핥았다. 개에 대해 잘 아는 키스가 골라서인지 다정하고 눈치 빠른 녀석이었다.

엘리스는 쿼커스의 수북한 털을 쓸어주며 말했다. "너도 키스가 보고 싶지?"

엘리스는 평소 쿼커스와 놀아줄 시간이 없었다. 개의 놀이 담당은 언제나 키스였다. 엘리스는 흔들의자에서 일어나 나무를 향해 공을 던졌다. 쿼커스가 재빨리 달려가 공을 물어왔다. 엘리스는 다시 던졌다. 네 번째 던졌을 때 공이 팔메토 야자수의 가지 틈에 꽂혀 떨어지지 않았다. 쿼커스는 간절한 눈으로 공을 바라보았다.

키스라면 사다리를 이용해 공을 내렸겠지만 엘리스는 그러기에는 너무 피곤했다.

집으로 들어가 휴대폰을 들고 다시 흔들의자에 앉았다. 흔들의자가 두 개였는데 다른 하나는 키스가 사용하던 의자였다.

엘리스는 키스의 전화번호를 눌렀다. 그에게 왜 전화하는지, 전화해서 무슨 얘기를 할지 생각해두지 않았다. 와일드 우드의 강 속에 휴대폰과 가족사진을 묻고 키스에게 연락했던 때와 비슷한 심정이었다.

"여보세요." 키스가 전화를 받았다.

"나야."

"어쩐 일이야?"

"쿼커스의 공이 나무에 꽂혔어. 너무 높아."

"그거 안됐네."

"응."

정적이 흘렀다. 엘리스는 키스가 잘 있으라고 인사하고 이 정적이 영원히 지속될까봐 두려웠다.

"나무에서 공을 빼내달라고 전화했어?"

"아니."

"그럼 왜 했어?"

"당신이 보고 싶어. 당신이 날 용서했는지 궁금해."

"용서했어. 다는 아니지만."

"그럼 와."

"당신이 왜 아이들 얘기를 하지 않았는지 이해했어. 엄마의 실수로 아이가 유괴되었다고 생각하면 얼마나 고통스러울지 감히 짐작조차 하기 어려워. 당신이 왜 캠핑장을 전전하며 살았는지 이제야 좀 이해가 돼. 당신은 잃어버린 아이 때문에 견디기 힘든 고통을 받고 있었던 거야."

키스는 잠시 뜸을 들였다가 말을 이었다. "하지만 여전히 내가 받아들이기 힘든 부분이 있어. 왜 당신은 나를 믿고 모든 이야기를 털어놓지 않았을까? 그 질문이 계속 나를 괴롭히고 있어. 난 당신에게 청혼하고, 우리 아기를 갖자고 말할 만큼 전폭적으로 믿었는데."

엘리스의 눈에서 솟아난 눈물이 볼을 타고 흘러내렸다.

"그게 내게는 상처였어."

잠시 침묵이 흐른 뒤에 키스가 말했다. "당신, 울어?"

엘리스는 그렇다고 대답하려고 했지만 목이 잠겨 말이 나오지 않았다.

"무슨 일 있어?"

"있어."

"무슨 일?"

"설명하기 힘들어."

"해봐."

"어릴 때 내가 아빠처럼 따르던 아저씨가 있었어. 오늘 그 아저씨가 다녀갔는데 내가 여태껏 몰랐던 사실들을 알게 됐어."

키스는 설명해주길 기다렸지만 엘리스는 더 이상 뭐라고 말해야 할지 알 수 없었다.

"가슴 아픈 진실이었어?"

"이제까지 내가 상상했던 것보다 훨씬 더 서글픈 진실이었어."

"그래도 진실을 알게 되어서 좋지 않아?"

아버지가 누구인지 알게 된 건 기뻤지만 부모에게 벌어진 슬픈 일들이 여전히 마음을 아프게 했다.

"어떤 진실은 때로 모르고 지나가는 게 나을 것 같아."

"진심으로 서로를 아끼는 사람들이라면 그 아픔까지도 받아 안을 수 있어야지."

엘리스는 그제야 자신이 키스에게 전화한 이유를 깨달았다.

"사랑해, 키스."

아무런 소리도 들리지 않았지만 엘리스는 그가 울고 있다는 걸 알 수 있었다.

"혹시 지금 올 수 있어?"

"갈게. 가서 당신과 고통을 나누고 싶어."

"제법 많아. 당신이 감당할 수 있을지 모르겠어."

"감당할 수 있어. 전부 다."

"알아."

"20분 뒤에 도착할 거야."

"지금 어디야?"

"벤의 손님용 침실에서 지내고 있어."

벤은 키스의 직장 동료로 오캘라 근처에 살았다.

"노을을 보려면 서두르는 게 좋아. 오늘 노을은 정말 근사할 거야."

"지금 출발할게."

키스는 해가 지기 전에 도착했다. 그가 차문을 닫기도 전에 두 사람은 서로를 끌어안았다. 쿼커스도 주의를 끌려고 키스에게 앞발을 올려놓았다. 키스는 무릎을 꿇고 쿼커스의 목덜미를 쓰다듬었다. "보고 싶었어. 이 덩치 큰 털북숭이 참나무야."

"어머님은 어때?" 엘리스가 물었다.

키스의 어머니는 일 년 전에 남편과 사별한 뒤 우울하게 지내왔다.

"나아지셨어. 모임에도 나가 새로 친구도 사귀셨고. 지난주에 다녀왔지."

"펜실베이니아주에 가서 여동생이랑 조카들도 만났어?"

"물론이지."

"우리에게 있었던 일, 말했어?"

키스는 고개를 끄덕였다. 그는 어머니와 여동생을 수시로 만나고 왔다. 돌아가신 아버지와도 가까웠고, 매부와는 친형제처럼 지냈다. 엘리스는 그토록 화목한 가정을 본 적이 없었다. 그런 가정이 존재한다는 것조차 몰랐다.

"조카들도 알아?"

"충격이 클 것 같아 말 안 했어."

"가족들이 어떻게 생각해?"

"다들 바우해머 의원이 누군지 알더라고. 내가 그 사실을 알았을 때만큼이나 큰 충격을 받았어."

"이제 다들 날 미워하겠네?"

"왜 그런 말을 해?"

"이제까지 당신에게 거짓말을 했으니까 미워하는 게 당연해."

"엘리스, 내 동생은 당신이 겪은 일에 대해 알고 나서 펑펑 울었어."

키스의 여동생은 마음이 따뜻하고 진실한 사람이었고, 강하면서도 부드러운 엄마였다. 어린 시절에 엘리스가 늘 꿈꾸었던 엄마의 모습이었다.

"동생은 내가 당신 곁을 떠난 건 큰 잘못이라고 질책했어. 내가 자식이 없어 당신이 얼마나 큰 고통을 겪었는지 모른다고. 당신에게 기회를 한 번 더 줘야 한다고."

엘리스는 눈두덩이 뜨거워와 눈을 깜박거렸다.

"엄마는 뭐라고 했는지 알아?"

"제일 궁금해."

"사랑하는 사람의 마음을 깊이 헤아리지 못하는 멍청이라고." 키스는 가까스로 눈물을 참으며 말을 이었다. "내게는 가족들의 말이 너무나 소중했어. 나를 여기로 오게 만든 힘을 주었지."

이제 영원히 돌아온 건가? 엘리스는 두려워 물어볼 엄두가 나지 않았다.

두 사람은 손을 잡고 흔들의자로 걸어갔다. 그들은 각기 자기 의자에 앉았다. 쿼커스는 키스가 아무 데도 가지 못하게 막으려는 듯 그의 발치에 누웠다.

그들은 이끼를 치렁치렁 늘어뜨린 참나무 뒤로 붉게 물들어가는 하늘을 바라보았다. 엘리스는 두 아들이 갑자기 나타난 일, 아이들끼리 싸운 일, 리버가 제인을 거짓말로 속여 오게 한 일을 말해주었다. 제인이 했던 말도 들려주었다.

아버지가 목숨을 잃게 된 사연, 엄마가 그녀를 미워한 이유는 무엇인지.

"지금도 엄마가 당신을 진심으로 미워했다고 생각해?"

"엄마는 나를 볼 때마다 복잡한 감정이었을 거야. 그래서 나를 사랑할 수 없었을 거야. 제인 아저씨의 말을 듣고 나서 다는 아니지만 어느 정도는 엄마의 심정을 이해할 수 있게 되었어."

키스는 자신의 가슴 위로 엘리스의 머리를 끌어당겼다. "당신은 널

리 용서할 수 있는 힘을 가진 위대한 능력자야. 당신은 어느 누구보다 강해."

엘리스는 그의 눈을 바라보았다. "왜 그런 말을 하지? 난 대단한 능력자가 아닌데."

키스가 미소 지었다. "당신은 용서할 수 있는 능력이 있고, 깊이 사랑할 줄도 알아. 그건 아무나 갖출 수 있는 능력이 아니야."

"이제 여기에서 계속 살 거야?"

"응, 당신이 보고 싶어서 미치는 줄 알았어."

"나도 그랬어."

둘은 어스름 속에서 키스했다. 평소였다면 집 안으로 들어가 사랑을 나눴을 테지만 상대를 새롭게 느끼고 다시 시작하는 분위기에는 키스가 더 잘 어울렸다. 이제 엘리스는 그를 어두운 숲으로 유혹하는 마녀가 아니었다. 키스는 모든 걸 알게 되었지만 곁에 있겠다고 했다. 이제 마녀의 마법 따위는 필요 없었다.

그때 손전등 불빛이 그들을 비추었다. 그들은 몸을 떼고 별채에서 나와 이쪽을 향해 뛰어오는 재스퍼를 바라보았다.

"엄마! 리버와 레이븐이 교통사고를 당했대요. 지금 당장 병원에 가 봐야 해요."

"누가 그래?"

"아빠한테 전화가 왔어요. 병원에서 아빠에게 연락했나봐요."

"둘 다 많이 다치지는 않았대?"

"리버의 상태가 좋지 않은가봐요. 지금 응급실에 있대요."

키스가 운전하겠다고 고집을 부렸다. 그들이 대초원을 가로지르는 441번 국도를 지날 때 갓길에서 번쩍이는 불빛이 보였다. 순찰차 여러 대와 견인차 한 대, 사고 현장 근처를 우회하도록 유도하는 경찰이 있었다.

"리버와 레이븐이 탄 차가 여기에서 사고를 당한 건가?" 엘리스가 말했다.

"모르겠어요. 리버의 차는 안 보이는데요." 재스퍼가 말했다.

키스는 두 사람을 응급실 출입문 앞에 내려주고 차를 세우러 갔다.

엘리스와 재스퍼는 응급실 안내 데스크에서 리버의 담당 의사를 만났다. "리버 바우해머와 레이븐 린드의 어머니이신가요?"

"네, 리버는 무사한가요?"

"리버는 아직 안 좋은 상태지만 어느 정도 안정을 찾았습니다."

"형을 보고 싶어요." 재스퍼가 말했다.

"아직 치료 중이라 기다리셔야 합니다."

"리버가 수술 치료를 받고 있는 건가요?" 엘리스가 물었다.

"충돌한 차가 굴러 수심이 깊은 습지에 잠기는 사고였어요."

엘리스는 좀 전에 그들이 지나온 사고 현장이 떠올랐다. 지난번에 대형 허리케인이 지나간 이후 대초원의 습지는 수심이 깊어졌다.

"따님이 리버의 목숨을 구했어요. 따님이 가라앉는 차 안에서 의식을 잃은 리버를 끌어냈다고 하더군요. 리버는 의식을 잃은 데다 호흡이 정지된 상태였어요. 적어도 일 분 이상 물속에 있었고, 머리를 다쳤거든요."

"맙소사." 재스퍼가 탄식을 쏟아냈다. 그의 볼을 타고 눈물이 흘러내렸다.

"현장에 있던 사람들 중에서 두 명이 심폐소생술을 실시했어요. 다행히 빠른 응급조치 덕분에 산소가 공급되지 않는 시간을 최소화할 수 있었죠."

"리버는 지금 의식을 회복했나요?" 엘리스가 물었다.

"아직은 코마 상태입니다. 뇌를 얼마나 다쳤는지 알아보고 있습니다."

"자발적인 호흡이 가능한가요?"

"네, 그런데 혹시 리버에게 약물 중독 문제가 있나요?"

엘리스는 그런 것 같다고 했고, 재스퍼도 그렇다고 확인해주었다.

"혈중알코올농도가 제법 높았어요. 마약 성분도 검출되었고요. 리버가 운전을 하기 전에 위스키를 마셨고, 코카인을 흡입했다고 레이븐이 확인해 줬습니다."

"레이븐은 지금 어디 있죠? 그 아이는 괜찮나요?" 엘리스가 물었다.

"조금 다치긴 했는데 자기 몸에 손을 못 대게 하더군요. 의료진이 온갖 약물을 투입하고, 기계에 연결해 죽일 거라면서요. 레이븐에게 의료 공포증이 있다는 걸 알고 계셨나요?"

"아뇨, 하지만 원인이 뭔지는 알아요." 엘리스가 말했다.

"사고 당시 받은 충격도 공포의 원인이 될 수도 있어요. 우리가 레이븐에게 신경안정제를 투여하고 다친 부위를 검사할 수 있도록 두 분께서 설득해주세요." 담당 의사가 말했다.

엘리스는 과연 설득할 수 있을지 자신할 수 없었다. 레이븐은 자기 생각이 확고한 아이였다. 자연을 통해, 또 오드리의 비정상적인 양육을 통해 그런 성향이 더욱 강해졌다.

담당 의사는 그들을 레이븐의 병실로 데려갔다. 엘리스는 자신의 딸이 그렇게 슬픈 모습을 하고 있을 줄은 미처 몰랐다. 레이븐은 병실 한쪽 구석에 앉아 몸을 잔뜩 웅크리고 벽에 기대 있었다. 맨발에 젖은 머리, 흙투성이 원피스에 말라비틀어진 습지 식물들이 몸에 주렁주렁 달라붙어 있었다. 그물로 잡아 올렸지만 쓸모가 없어 해변에 내던져진 해양생물 같았다.

레이븐은 그들이 들어오는 소리를 듣고 머리를 감싸고 있던 두 팔을 내렸다. 엘리스를 보고 울먹였지만 레이븐은 의사도 함께 온 걸 알아차리고는 다시 경계하는 표정을 지었다.

"일단 우리 가족끼리 이야기를 나누어보는 게 좋겠어요." 엘리스가 담당 의사에게 말했다.

의사는 고개를 끄덕이더니 밖으로 나갔다.

엘리스는 마음이 사무치도록 아파 자기도 모르게 레이븐에게로 다가갔다. 지금껏 한 번도 '엄마'라고 부른 적 없는 딸에게로. 엘리스는 두 팔로 레이븐을 안고 머리를 당겨 자신의 가슴에 붙였다. 레이븐은 그녀의 가슴에 기댄 상태로 서럽게 흐느꼈다.

재스퍼도 뒤에서 레이븐을 안으며 말했다. "리버를 구해줘서 정말 고마워."

엘리스도 눈물이 났다. 정말이지 이상한 가족이었다. 애비, 린드, 바우해머. 그들은 가족이라지만 성이 다 다르고, 지난 16년간 공유한 경험이 아무것도 없었다. 하지만 그들은 다같이 참기 힘든 고통을 겪으며 다시 기적적으로 한 가족이 되었다.

"리버를 보고 싶은데 병원 사람들이 보여주지 않아요." 레이븐이 울면서 말했다.

엘리스는 몸에서 레이븐을 살짝 떼어냈다. "아직 검사가 안 끝나서 그런가봐."

"병원 의사들이 리버에게 무슨 짓을 하는지 지켜봐야 해요. 그들이 리버를 죽일 수도 있어요."

"우린 의사 선생님들을 믿어야 해. 네가 병원을 무서워하도록 세뇌 교육을 받은 건 알지만 리버에게는 의사 선생님들의 치료가 필요해. 조만간 리버를 보게 될 테니까 걱정 마."

"리버가 죽을까봐 무서웠어요." 레이븐이 말했다. "리버의 머리를 계속 물 밖으로 밀어 올리려고 안간힘을 다했죠. 점점 힘이 빠져 리버의 머리가 자꾸 물속으로 가라앉았어요. 도와주러 온 사람들이 리버를 물 밖으로 끌어냈을 때부터 리버는 이미 숨을 쉬지 않았죠."

"너의 헌신적인 노력이 리버를 구했어. 의사 선생님이 그렇게 말했다니까.” 재스퍼가 말했다.

“나보다는 현장에서 재빨리 인공호흡을 해준 사람들이 구한 거야.” 레이븐이 말했다.

“네가 리버를 차에서 끌어냈기 때문에 그 사람들이 인공호흡을 할 수 있었던 거야.” 재스퍼가 말했다.

“리버가 운전하지 못하도록 말렸어야 했는데.” 레이븐이 흐느꼈다. “리버는 술을 마신 데다 코카인을 흡입해 제정신이 아니었으니까. 하지만 내가 옆에서 잘 지켜보고 있으면 아무 일 없을 줄 알았어.”

엘리스는 약에 취해 운전했던 날들이 떠올랐다. 정말이지 위험한 일이었고, 만약 사고가 나면 여러 사람의 목숨을 빼앗게 될 수도 있었다.

엘리스는 다시 레이븐을 안아주었다. “넌 잘못한 게 아무것도 없어. 그러니까 걱정 마.”

그때 간호사가 들어와 레이븐의 혈압과 체온을 재려 했다. 레이븐은 계속 거절했다. 엘리스는 레이븐의 몸에서 의료 조치가 시급한 상처를 발견하지 못했다. 몇 군데 긁히고 멍들긴 했지만 그 정도는 심각한 상처라고 할 수 없었다. 오히려 육신의 상처보다는 레이븐이 받을 정신적 스트레스가 더 걱정스러웠다. 엘리스는 간호사의 말을 따라야 한다고 레이븐을 다그치지 않았다. 그 대신 간호사가 가져온 입원복을 받아들었다.

엘리스가 입원복으로 갈아입도록 레이븐을 돕는 동안 재스퍼는 병실에서 나갔다. 엘리스는 아까 담당 의사가 말한 대로 레이븐의 몸에서 엑스레이나 CT 촬영을 해야 할 상처가 있는지 훑어보았다. 눈에 띄는 상처는 없었다. 하지만 엘리스가 검사를 받아보라고 하자 레이븐은 격렬하게 고개를 저었다. 그런 다음 마치 도망이라도 치고 싶은지 겁에 질린 눈으로 병원 문을 바라보았다.

"그래, 그냥 네 상태를 지켜보자." 엘리스는 최대한 달래는 어투로 말했다. "아무 문제 없어. 아무도 널 해치지 않을 거야."

엘리스는 종이 수건을 적셔 레이븐의 얼굴에 묻은 흙을 닦아주며 물었다. "키스가 우리를 차로 데려다줬어. 키스에게 먼저 집으로 가라고 할까? 아니면 너도 키스를 만나보고 싶니?"

"키스 아저씨가 돌아왔어요?"

"응, 너희들 사고 소식을 듣기 직전에 왔어."

"계속 같이 살 거예요?"

"아마도."

레이븐이 눈을 빤히 바라보며 말했다. "잘됐네요."

"적어도 이 일을 알기 전까지는 행복했어."

"아저씨는 지금 어디 계세요?"

"대기실에. 내가 키스에게 상황이 어떤지 알려주고 올게."

"바로 돌아올 거죠?"

"응."

"돌아오실 때 아저씨도 함께 오세요." 레이븐이 말했다.

키스에게로 간 엘리스는 그를 검사실로 데려갔다. 검사실에는 재스퍼와 레이븐이 나란히 앉아 있었다. 재스퍼가 양팔로 여동생을 감싸고 있는 모습이 보기 좋았다. 그 모습을 본 엘리스는 또 눈물이 날 뻔했다.

레이븐은 자리에서 일어나 키스에게로 다가갔다.

"다시 만나게 되어 반갑습니다, 게파트 씨."

오드리 린드가 예의범절 하나는 확실하게 가르친 듯했다. 그들은 거의 두 시간 동안 기다리고 나서야 리버를 면회해도 된다는 허락을 받았다. 리버는 여전히 의식이 돌아오지 않은 상태였다. 얼굴에는 푸르뎅뎅한 멍이 들었고, 머리에는 붕대를 동여맨 상태였다. 레이븐이 두려워했던 대로 온몸에 의료기기와 연결된 관과 줄이 주렁주렁 매달려 있었고, 코에 산소 튜브까지 꽂혀 있었다. 재스퍼와 레이븐은 심하게 다친 리버를 보며 눈물을 흘렸다. 엘리스는 그나마 리버가 인공호흡기를 하지 않았다는 사실에 안도했다. 엘리스는 리버의 볼에 부드럽게 뽀뽀했다. 리버가 네 살 때 이후로 처음 하는 뽀뽀였다.

두 시간 뒤 리버는 중환자실로 옮겨졌다. 그리고 한 시간 뒤 조나가 병원에 왔다.

몹시 지치고 안색이 불안해 보인다는 사실만 빼고 조나는 별로 변하지 않았다. 조나는 여전히 날씬하고 탄탄했다. 나이가 있다 보니 얼굴 피부가 처지고, 이마에 주름이 보이고, 머리칼이 희끗희끗했다. 가장 눈에 띄게 달라진 점은 눈빛이 이전과 달라졌다는 것이다. 처음에는 엘리스도 정확하게 무엇이 달라졌는지 알 수 없었는데 곧 깨달았다. 그의 눈빛이 슬퍼 보였다. 평소의 밝고 자신감 넘치는 푸른 눈빛 이면에 자리한 서글픈 눈빛이었다.

"아빠!" 재스퍼가 소리치며 조나의 품으로 달려갔다.

조나는 아들을 꼭 껴안았다. 엘리스는 그가 눈물을 참고 있다는 걸 알 수 있었다.

재스퍼는 눈물을 참지 않았다. "죄송해요. 제가 여기에 오자고 했어요. 리버는 오고 싶어 하지 않았어요. 모든 게 다 제 탓이에요."

"네 탓이 아니란다." 조나가 말했다.

"아이들이 플로리다에 있는 걸 몰랐어?" 엘리스가 조나에게 물었다.

"아우터뱅크스에 있는 줄 알았어."

"내가 당신에게 말하라고 했는데. 꼭 알려야 한다고."

"죄송해요." 재스퍼가 말했다. "아빠를 화나게 하고 싶지 않았어요."

조나는 침대로 걸어가 한 손으로 부드럽게 리버의 뺨을 감싸며 물었다. "아까 비행기가 올랜도에 착륙했을 때 담당 의사랑 마지막으로 통화했는데 뭐 달라진 게 있어?"

"이제 곧 코마 상태에서 깨어날 거래. 뇌의 외상이 그리 심하지 않대." 엘리스가 말했다.

"그 대신 폐에 약간 물이 찼다고 하더군."

"소량의 물이야. 그래서 산소를 주입하고, 정맥 주사로 항생제를 투여하고 있어."

조나는 입원복 차림의 레이븐을 돌아보았다. "네가 물속으로 가라앉는 차에서 리버를 빼냈다고 하더라. 응급요원들이 의사에게 네가 리버의 목숨을 구했다고 말했대."

레이븐은 아무 말도 하지 않았다.

조나는 두 손을 레이븐의 어깨에 올려놓았다. "넌 정말 용감하고 똑똑한 아이야." 그러고 나서 딸을 껴안아 가슴에 아이의 머리를 기대게 했다. "고맙다. 넌 정말 기적이야."

조나의 품을 빠져나온 레이븐은 울고 있었다.

조나와 엘리스는 마침내 제대로 서로를 바라보았다. 그들의 눈빛에는 지난 16년간의 고통, 죄책감, 비난, 분노가 가득 담겨 있었다. 어쩌면 약간의 사랑도. 조나와 엘리스는 서로 껴안았다. 가장 이상한 건 엘리스의 몸이 그의 몸을 너무도 쉽게 기억해냈다는 것이었다. 그의 체취, 그녀를 안는 방식, 귀에 닿는 숨소리. 그들의 몸이 닿은 지 몇 초 만에 그녀의 신경 말단에서 수천 개의 기억이 점화되었다.

"조나, 이쪽은 키스 게파트야." 엘리스가 소개했다.

"만나서 반가워요, 키스." 그와 악수하며 조나가 말했다.

키스는 다시 엘리스에게로 돌아온 후 지난 여섯 시간 동안 그녀의 과거 이야기를 대용량으로 주입받았지만 잘 버텨내고 있었다. 그는 조나에게 사고가 나서 유감이라고 말했다.

조나는 리버에게로 걸어가서 손을 잡았다.

엘리스는 키스 옆에 앉았다. "좀 더 자." 키스가 그녀의 머리를 자기

가슴에 기대게 하며 말했다.

"당신이 먼저 자야지. 내일 출근해야 하잖아."

"내일은 출근하지 않을 거야. 집에 일이 생겼다고 말했어. 가족 문제라고."

엘리스는 몸을 떼고 키스의 눈을 바라보았다.

"당신은 내 가족이야." 키스가 나직이 말했다. "당신 아이들도 내 가족이고."

엘리스는 다시 그의 품으로 돌아가 그의 심장에 머리를 기댄 상태로 부드럽고 규칙적인 박동을 들으며 잠이 들었다.

잠에서 깨어나 벽에 걸린 시계를 보니 겨우 35분이 지났을 뿐인데 마치 몇 시간은 잔 듯이 머리가 개운했다. 아침에 일어나면 늘 그랬듯이 커피가 마시고 싶었다. 키스에게 커피를 마시겠냐고 물었더니 괜찮다고 했다.

조나는 병실에 없었다. 재스퍼는 리클라이너에서 자고 있었고, 레이븐은 리버를 내려다보고 있었다.

"아직 그대로니?" 엘리스가 물었다.

레이븐은 고개를 끄덕였다. 금방이라도 지쳐 쓰러질 듯했다. 불과 몇 시간 전에 물속으로 가라앉는 차에서 리버를 끌어낸 아이였다. 레이븐에게 어떻게 아직 서 있을 힘이 남아있는지 궁금했다.

"넌 좀 자야 해. 키스에게 집으로 데려다주라고 할까?" 엘리스가 레이븐에게 말했다.

"아뇨."

"라운지에 소파가 있어. 베개랑 담요를 가져다줄 테니까 거기서라도 눈을 붙여."

"리버가 깨어나는 걸 보고 잘 거예요."

"그러다가 쓰러지면 어쩌려고. 리버도 네가 잠시라도 쉬길 원할 거야."

"리버는 깨어나고 싶어 해요. 하지만 이런 곳에서는 깨어나기 싫은 거예요."

"리버는 지금 자기가 어디 있는지 몰라. 의식이 없는 상태니까."

레이븐은 마치 자신의 편집증적인 생각을 마음속에 담아두듯이 입을 꼭 다물었다.

엘리스는 커피를 사러 갔다가 조나와 마주쳤다.

"키스는 좋은 사람 같더군." 조나가 함께 중환자실로 걸어가며 말했다. "사귄 지 얼마나 됐어?"

"10년 동안 함께 살았어."

"와, 오래됐네."

"당신은 여자 친구 없어?"

조나가 걸음을 멈추고 엘리스를 바라보았다.

"왜?" 엘리스가 물었다.

조나는 계속 이상한 눈으로 엘리스를 바라보았다. "아직 쌍둥이에게는 말 안 했는데……."

"결혼 계획이라도 있어?"

조나는 듣는 사람이 없는지 확인하려고 주위를 둘러보았다. 이른 시간이라 휴게실에 그들 말고는 아무도 없었다. "일곱 달 전에 만난 남자가 있어. 내 일생일대의 사랑이야."

엘리스는 너무 지쳐 조나의 말을 언뜻 이해하지 못했다. 그녀는 그저 우두커니 서서 조나를 멍하니 바라보았다.

조나는 희미하게 미소 지었다. "우리 잠시 앉아 커피를 마시며 이야기할까?"

엘리스는 나직한 테이블이 있는 곳으로 가서 의자에 앉았고, 조나는 맞은편에 앉았다.

"미안해." 조나가 말했다. "이런 말을 하기에 적당한 때와 장소는 아니지만……."

"사과할 필요 없어. 오히려 당신이 솔직하게 말해줘서 기뻐. 정말 잘됐어. 진심이야."

"많이 놀라 보이네. 난 늘 당신이 알고 있을 거라 생각했는데……."

이해하기 힘들던 수많은 일들이 갑자기 이해가 되면서 정신이 번쩍 들었다. "당신, 양성애자야?"

"동성애자."

"아이들도 알아?"

"당신에게 처음 말하는 거야." 조나는 시선을 돌렸고, 눈물을 참으려고 애썼다. 하지만 다시 그녀를 봤을 때는 눈이 젖어 있었다. "아까도 말했듯이 난 지금 너무 피곤해. 정상이 아니야."

"그런 말 하지 마. 지금껏 내가 본 당신의 모습 중에서 지금이 가장 진실해 보여."

"엘리스, 내가 당신에게 한 짓은……." 조나는 양손에 얼굴을 묻었다.

"조나."

조나는 고개를 들어 엘리스를 보았다.

"당신이 왜 그렇게 오랫동안 그 사실을 부인했는지 이해해. 당신 부모도 정말 힘들었을 거야."

"이제야 말하지만 사실은 지옥이었어. 아버지는 동성애 혐오자라는 사실을 공공연히 말하고 다니는 사람이었으니까."

"어릴 때부터 알았어?"

"당신이 말했듯이 어릴 때는 동성애자라는 사실을 애써 부정하려고 했어. 고등학생 때부터 남자에게 끌린 적이 더러 있었지만 부모의 신념에 반발하고 싶어 하는 청소년의 치기 어리고 뒤틀린 반항심이라고 생각했지. 이십 대까지 계속 그렇게 생각했어. 하지만 사귀고 싶은 여자를 도저히 찾을 수 없었어. 그 파티에서 당신을 만나기 전까지는."

핼러윈 파티. 엘리스는 구름으로 변장했고, 조나는 제우스 코스튬을 입었다.

"태어나서 처음으로 여자에게 끌렸어. 당신을 만나고 나서 내가 얼마나 안도했는지 모를 거야. 하지만 잘못됐어. 완전히 잘못됐다고."

"뭐가?"

조나가 다시 눈물을 뚝뚝 흘렸다. "파티에서 처음 봤을 때 난 당신이 남자인 줄 알았어. 당신은 그때까지 내가 만나본 사람 중에서 가장 아름다운 남자였지."

"내 머리가 남자처럼 짧았으니까."

"그래, 그리고 당신 몸은 구름에 가려 있었지."

"그러다가 나중에야 내가 여자라는 걸 알게 됐구나. 난 당신이 끌린 첫 번째 여자였네."

"용서해줘. 용서하기 힘들겠지만. 내가 잘못했어. 다만 내가 당신을 사랑한 건 진심이야. 정말로 그랬어. 세상 어느 누구보다 당신과 잘 통한다고 느꼈지."

모호했던 그림이 또렷이 보이기 시작했다. 조나는 사귄 지 얼마 되지도 않아 사랑한다고 말했다. 그녀의 사랑을 갈구하면서도 한편으로는 감정적으로 거리를 두었다. 그녀와 사랑을 나누는 데도 서툴렀다. 그래서 그가 잘할 수 있도록 피임을 포기했다가 임신이 된 것이다.

"아이린과도 가까이 지냈잖아. 그 여자에게도 전혀 끌리지 않았어?"

"당신에게 이런 말을 할 면목이 없어."

"가슴에 담아두는 것보다는 나아."

"그 무렵 어떤 남자가 있었어. 동료 변호사였지. 동성애자였을 거야. 하지만 난 도저히 그 남자에게 다가갈 수 없었어. 당신도 알 거야. 당신, 아이들, 어머니, 고명하신 바우해머 의원님……. 이 나라 전체가 날 비난할 테니까."

"그래서 남자에게 끌리는 마음을 억눌러보려고 테니스 강사를 사귄 거야?"

조나는 고개를 끄덕였다.

"더는 내가 남자로 보이지 않았어. 가슴에서 젖이 뚝뚝 떨어지는 여자가 된 기분이었지."

조나는 다시 고개를 끄덕였다. "셋째가 생기면 내 문제가 해결될 줄 알았어. 하지만 더 나빠졌지. 당신은 정말 아름다운 엄마였어. 너무나 근사한 여자였지."

"하지만 당신이 내게 끌렸던 모습과는 정반대였지."

조나는 커피를 집어 들었지만 손이 심하게 떨려 마실 수 없었다. 그래서 커피를 내려놓으며 "젠장"이라 중얼거리고는 다시 울었다.

"당신을 용서했다고 한 말은 진심이야." 엘리스가 말했다. "진실을 알고 나니 기분이 한결 나아졌어. 당신이 아이린과 바람피우는 걸 알았을 때는 상처를 많이 받았는데 이제는 이해가 되네."

"이해가 된다고?" 조나가 갑자기 격한 목소리로 말했다. "당신이 비올라를 숲에 두고 온 건 내가 아이린과 함께 있는 걸 보고 화가 났기 때문이야. 비올라가 유괴된 것도 내 탓이야. 당신이 술과 약에 의존하게 된 것도 내 탓이야. 당신이 쌍둥이 곁을 떠난 것도 내 탓이야. 리버가 망가진 것도 내 탓이야." 조나는 엘리베이터 쪽을 가리켰다. "지금 리버가 저 침대에 있는 것도 내 탓이야. 욕은 당신이 다 먹었지만 사실은 전부 내 잘못이었어."

"조나, 진정해."

"내 말이 틀리지 않았다는 걸 당신도 알잖아. 나는 많은 사람의 삶을 망쳤어. 가끔은 도저히 이대로는 살 수 없을 것 같다는 생각이 들었지. 그때 라이언을 만나지 않았더라면 난 아마……." 조나는 벌떡 일어나 휴게실 반대편으로 걸어갔다.

엘리스는 조나에게로 갔다. "당신이 사랑하는 사람을 만나서 다행이야. 나 역시 키스를 사랑하고 그에게 사랑받으면서 좋아졌어. 당신도 라이언과 그런 관계였으면 해."

"아이들에게는 라이언과 만나는 걸 숨겨왔어." 조나가 화난 어조로 말했다. "엄마에게는 당연히 말할 수 없었고. 난 라이언과 몰래 숨어서 사랑을 나눠. 그런 관계가 내 인생에 무슨 도움이 되겠어?"

"그럼 다 털어놔."

"엄마한테? 당신도 엄마가 어떤 사람인지 알잖아. 이제 엄마는 나랑 한집에서 살아."

"당신이 동성애자라는 사실이 마음에 안 들면 어머니가 나가겠지. 돈도 많은 분인데. 당신은 지금껏 누굴 위해, 무엇을 위해 거짓된 삶을 살아왔지? 부모의 역겨운 도덕관을 만족시켜주기 위해? 이제 진실을 알았으니까 난 비올라가 유괴된 것도 그분들 탓으로 치부하겠어. 아들의 영혼을 망가뜨린 그분들 탓."

"우리 부모를 탓할 수는 없어. 두 분 다 자신의 부모로부터 그런 신념을 주입받았으니까."

"그렇게 거슬러 올라가면 끝이 없어. 이제는 그 증오의 순환을 멈춰야 해. 쌍둥이에게 당신이 사랑하는 사람이 있다고 말해. 라이언을 집에 데려가 아이들에게 소개해. 리버와 재스퍼에게 당신이 어떤 사람이고, 누구를 사랑하는지 솔직하게 보여줘. 그게 아이들에게도 치유가 될 거야. 만약 어머니가 훼방을 놓으면 집에서 쫓아내버려."

조나가 씩 웃었다. 웃는 모습을 보니 적어도 열 살은 더 어려 보였다. "당신에게 아직도 그런 불같은 면이 있는 걸 보니 반갑네. 난 늘 당신의 그런 면을 사랑했어."

"조나, 당신 혼자 아이들을 키우게 해서 정말 미안해. 난 아이린이 도와줄 거라 생각했어. 그때 난 도무지 어떻게 해야 할지……."

"우리 둘 다 어떻게 해결해야 할지 몰랐지. 그 당시에는 우리 둘 다 해결할 수 없었을 거야. 하지만 이제는 다시 한번 노력해볼 수 있지. 안 그래?"

"맞아."

조나는 손을 내밀었다. "우리 이제 친구 맞지?"

"당연하지." 엘리스가 손을 잡자 조나는 그녀를 끌어당겨 꼭 껴안았다.

"돌아가자. 리버가 깨어났을 때 곁에 있어 줘야지." 조나가 말했다.

중환자실이 있는 층에서 엘리베이터가 열렸고, 키스가 바로 앞에서 있었다.

"두 사람을 찾고 있었어." 키스가 말했다.

“무슨 일 있어? 리버가 깨어났어?” 엘리스가 물었다.

“리버는 그대로야. 레이븐 때문이야.” 키스가 말했다.

“레이븐이 왜?”

“이상한 행동을 하고 있어. 간호사들이 잔뜩 화났어. 얼른 병실에 가봐.”

엘리스와 조나는 서둘러 복도를 향해 달려가다가 병실 문간에서 걸음을 멈추고 괴상한 광경을 바라보았다. 침대에 누워 있는 리버의 몸이 풀과 꽃, 나뭇가지로 덮여 있었다. 리버의 머리 뒤에는 초록색 광선을 내뿜는 후광처럼 야자수 이파리 하나가 꽂혀 있었다.

레이븐은 죄책감과 피로를 견디다 못해 정신이 나간 듯했다. 리버의 이불 위로 풀과 꽃을 조심스럽게 늘어놓고 가끔씩 나뭇잎이나 꽃을 으깨 산소 튜브가 꽂힌 리버의 코에 가져다댔다. 재스퍼는 미친 사람을 보듯이 레이븐을 바라보았다. 두 간호사도 마찬가지였다.

“두 사람이 나간 뒤 레이븐도 곧장 밖으로 나갔어.” 키스가 나직이 말했다. “그러더니 쓰레기 봉지에 저것들을 숨겨서 가져왔어.”

병원 앞 화단에서 뽑아온 것이다. 아까 엘리스는 좁아터진 응급실에서 잠시 숨을 돌릴 수 있도록 레이븐을 거기로 데려갔다.

“제발 그만하라고 해주세요.” 두 간호사 중에서 더 젊은 여자가 말했다. “저건 외부 식물이에요. 환자가 마시는 공기 중에 병균이 있으면 안 돼요. 중환자실은 살균 상태를 유지해야 한다고요.”

“아니에요.” 레이븐이 대꾸했다. “여긴 균이 너무 없어요. 사람은 신선한 공기와 먼지, 식물과 함께 살아야 해요. 이런 곳에서 어떻게 기분이 좋을 수가 있죠? 멀쩡한 사람도 병이 날 거예요. 흙을 만져야 깨어나고 싶은 마음이 든다고요."

엘리스는 그 말이 너무 아름다워서 하마터면 울 뻔했다. 그녀는 침대로 걸어가며 말했다.

"정말 좋은 생각이구나, 레이븐. 하지만 사람들은 주로 병원에 꽃을 가져오지."

"나도 꽃을 가져온 거예요."

"깨끗한 곳에서 가져와야지. 꽃집처럼. 그리고 꽃은 화병에 꽂는 거야. 아픈 사람 위에 놓는 게 아니라."

"리버 곁에 둬야 해요. 자연의 냄새를 맡고 느껴야 한다고요."

그때 조그만 거미 한 마리가 흰 이불 위로 올라와 리버의 얼굴을 향해 기어갔다. 엘리스는 플라스틱 컵으로 거미를 잡은 다음 나가지 못하게 다른 컵으로 덮어두었다.

"방금 거미를 봤죠?" 젊은 간호사가 말했다. "중환자실에 벌레가 있다고요. 당장 그만두지 않으면 모두 병원 밖으로 내보낼 거예요."

"난 안 나가요." 레이븐이 말했다. "우린 우리가 원하는 방식으로 리버를 보살필 테니까 그냥 내버려둬요. 이런 기계로는 리버를 깨어나게 할 수 없어요."

"이 기계는 환자를 깨어나게 하려는 게 아니라 상태를 체크하는 모니터예요." 나이가 더 많은 간호사가 화를 누르고 친절하게 말했다.

레이븐은 나뭇잎 하나를 으깨 냄새를 맡은 뒤 리버의 코 근처로 가져갔다. "이 냄새, 좋지 않아? 이 냄새를 맡을 수 있겠어? 어서 일어나."

"이건 말도 안 돼요. 담당 의사 선생님을 불러오겠어요." 젊은 간호사는 그렇게 말하더니 병실에서 성큼성큼 걸어 나갔다.

"레이븐……." 조나가 입을 열었다. "아마 담당 의사는 리버가 깨끗한 병실에 있기를 바랄 거야. 그만 저 식물들은 치우는 게 좋겠구나."

"리버가 깨어나기 전에는 안 돼요."

조나는 심각한 눈빛으로 엘리스를 바라보았지만 그녀도 어떻게 해야 할지 알 수 없었다.

그때 담당 의사가 병실로 들어왔다. 의사는 피곤해 보였고, 어린 주술사와 협상할 기분이 아닌 듯했다.

"병실 사방에서 벌레들이 기어 다녀요." 간호사가 말했다.

"과장이 너무 심하네요." 엘리스가 말했다.

"이런 상태로는 환자를 치료할 수 없어요. 치워주세요." 의사가 말했다.

"잠시만 더 이대로 두면 안 될까요? 이건 이 아이가 나름대로 스트레스를 푸는 방식이에요." 엘리스가 말했다.

"네, 잠시 그냥 두었으면 해요." 재스퍼도 거들었다.

"이게 왜 문제인지 정말 모르겠군요." 조나는 그렇게 말하면서 이불 위에 있던 개미를 몰래 손으로 쓸어내렸지만 의사는 이미 본 표정이었다.

“환자들이 있는 중환자실에 흙과 벌레를 들일 수는 없어요.” 의사가 말했다.

“하지만 사람들의 신발과 옷에도 흙과 벌레가 묻어 있잖아요.” 키스가 말했다.

레이븐은 풀뿌리로 리버의 볼을 간질이며 그의 귀에 대고 속삭였다. “이게 느껴져, 리버? 그만 일어나.”

“미안하지만 치워야겠어요.” 의사가 말했다.

“안 돼요. 리버는 내 오빠고, 우리 가족 모두가 괜찮다고 했어요. 그러니까 우리를 내버려두고 그냥 돌아가세요.” 레이븐이 단호하게 말했다.

그때 리버가 눈을 뜨더니 기침을 하고 나서 어리둥절한 표정으로 손등에 테이프로 붙여둔 링거 주사 바늘을 쳐다보았다. 그런 다음 코에 붙은 산소 튜브를 떼어냈다.

“내가 뭐랬어요.” 레이븐은 그렇게 외치고는 침대 안쪽으로 허리를 숙여 리버의 볼에 키스했다.

“레이븐?”

“그래! 이제 정신이 좀 들어?”

리버는 자신의 몸 위에 놓인 꽃과 풀을 내려다보았다. “대체 뭐하는 거야? 날 묻으려는 거야?”

“그 반대야.” 조나가 말했다.

9

레이븐

키스가 레이븐에게 프리스비를 던졌다. 레이븐은 그걸 받아 리버의 머리 위로 던졌다. 리버는 팔을 뻗어 프리스비를 잡아 다시 키스에게 던졌다. 키스는 묘목장에서 방금 돌아온 엘리스를 향해 길고 낮게 프리스비를 던졌다. 엘리스는 프리스비를 잡으려고 달려 나왔지만 바로 앞에 떨어졌다. 엘리스는 프리스비를 집어 들어 리버에게 던지며 게임에 합류했다.

리버는 티셔츠를 벗었고, 레이븐은 그가 많이 튼튼해졌다는 걸 알 수 있었다. 지난 두 달 동안 리버는 톰의 조경회사에서 일했고, 엘리스와 맥스를 도와 묘목장에서도 일했다. 교통사고 이후 석 달간 알코올과 약을 끊었다.

레이븐은 키스가 빌려준 손목시계를 보고 리버를 향해 외쳤다. "우리 20분 뒤에 나가야 해."

"오늘은 빠지면 안 될까?" 리버가 말했다.

"안 돼."

리버는 그녀의 머리를 향해 프리스비를 힘껏 던졌다. 잘 던졌지만 레이븐도 만만치 않았다. 레이븐은 프리스비를 잡아 곧바로 다시 리버에게 던졌다.

"샤워하고 가려면 그만해야겠다." 엘리스가 말했다.

"기껏 약물 중독자들을 만나는 건데 굳이 샤워까지 하려고요?" 리버가 따져 물었다.

엘리스와 키스는 게임을 그만두고 자리를 떴다. 리버에게 익명의 약물 중독자 모임에 지각할 핑계를 주고 싶지 않았기에. 매주 수요일이면 레이븐은 차로 리버를 단약 모임에 데려갔고, 토요일에는 익명의 알코올의존증 환자 모임에 데려갔다. 레이븐은 리버를 모임에 데리고 다니려고 운전면허를 땄다. 교통사고 이후 리버는 면허가 정지되었고, 엘리스와 키스는 너무 바빠 리버를 데려다줄 수 없었다.

리버가 레이븐에게 프리스비를 던졌다. 레이븐은 다시 던지지 않고 리버에게 말했다. "가서 샤워해."

"맙소사, 다들 나를 들들 볶아대는군." 리버는 잔디밭에 벌렁 드러누워 두 손을 머리 뒤로 가져갔다.

레이븐이 그에게로 걸어갔다. "불개미다."

"젠장!" 리버가 벌떡 일어났다.

"농담이야."

"너, 자꾸 까불면 불개미 집에 던져버린다."

리버는 달아나려는 레이븐을 붙잡아 번쩍 들어 올린 다음 진입로 부근의 불개미 집으로 걸어가 그 위로 레이븐의 머리를 들이밀었다. 레이븐의 머리카락이 개미집에 닿을락 말락 했다.

"그만해!" 레이븐이 깔깔거리며 외쳤다.

"잘못했어, 안 했어?"

"잘못했어!"

"오늘 모임에 빠져도 된다고 할 거지?"

"아니."

"네 얼굴을 불개미 집에 박아버린다?"

"그래도 소용없어."

레이븐을 다시 땅에 내려놓은 리버가 불만을 토로했다. "그 거지 같은 모임에 왜 그리 열심히 나가라는 거야? 정말 이상하네."

"거지 같은 모임이 아니야. 그리고 난 오빠의 상태를 빨리 나아지게 하고 싶어 이러는 거야. 그건 절대로 이상한 게 아니지. 얼른 티셔츠 입고 차에 타."

"제발 오늘은 그냥 빠지면 안 될까? 정말 마음이 안 내켜."

"아니, 무조건 가야 해. 주말에 허리케인이 오면 토요일 모임은 취소될 거야."

"땅의 정령에게 허리케인이 오게 해달라고 소원을 비는 방법 좀 알려줘."

"얼른!"

리버는 땅에 떨어진 프리스비를 집어 들고 레이븐의 정수리를 톡 때리고는 집으로 들어갔다. 리버는 가끔씩 정말 어린아이 같았다. 하지만 레이븐은 어린아이 같은 리버도 좋아했다. 어릴 때는 함께 살지 않았으므로 그 시절의 리버를 보는 것도 재미있었다.

늘 그랬듯이 레이븐이 게인즈빌까지 운전하는 동안 리버는 휴대폰을 들여다보았다. 그는 예전에 약물과 알코올에 중독되었듯이 이제는 휴대폰에 중독돼 있었다. 레이븐은 자신이 휴대폰 없이 커서 다행이라고 생각했다.

"이거 좀 봐." 리버가 휴대폰 화면을 보여주었다.

"운전 중에는 휴대폰을 보여주지 말라니까."

"잠깐만 좀 봐봐."

"안 돼. 뭔지 말로 해."

"재스퍼가 사진을 보냈는데 우리 집 앞에 '팝니다.'라는 푯말이 꽂혀 있어. 오늘 아빠가 드디어 집을 내놓았나봐."

"오빠네 할머니가 정말로 집에서 나갔나봐."

"응. 할머니는 요즘 고급 실버타운에서 살아. 아빠가 동성애자가 아니라고 말하기 전까지는 유산을 한 푼도 주지 않을 거래."

"끔찍하네."

"그게 할머니의 전형적인 수법이야. 망치로 내려쳐서 말을 듣게 만들지."

"하지만 바우해머 씨는 굴복하지 않을 거야."

"그럴 거야. 마침내 할머니에게 맞선 아빠가 자랑스러워."

"집을 팔면 바우해머 씨는 어디에서 살지?"

"라이언 아저씨랑 함께 살 집을 알아보고 있어."

"어릴 때 살았던 집을 팔게 되어서 슬퍼?"

"시원섭섭해. 그 집이 그리울 거야. 하지만 나쁜 기억이 너무 많은 집이기도 해."

레이븐은 나쁜 기억이라면 그녀가 유괴된 일, 엘리스가 떠난 일과 연관되어 있으리라 짐작했다.

그들이 탄 차가 모임이 열리는 교회 주차장에 도착했다.

"잠깐 들어왔다가 가."

"수업 준비해야 해."

"후회할 텐데." 리버가 차에서 내리며 말했다.

모임에 처음 왔을 때는 레이븐도 리버를 따라 몇 번 같이 들어갔다. 하지만 그건 지나친 격려였다. 무엇보다도 리버 스스로 나아지고자 하는 의지를 갖는 게 중요했다. 아직까지는 레이븐이 모임에 가라고 악착같이 설득해야만 했다.

모임을 마치고 나온 리버는 말이 없었다. 리버가 말이 없는 경우는 흔치 않은 일이라 쉽게 알 수 있었다. 모임이 끝나면 그들은 종종 저녁을 먹으러 갔는데 리버는 가는 내내 말이 없었다.

음식이 나오기를 기다리는 동안 레이븐이 물었다. "오늘 모임에서는 무슨 얘기를 했어?"

"사실은 네 얘기를 했어."

"내 얘기?"

"네가 납치된 일. 지금까지 모임에서 한 번도 네 얘기를 꺼낸 적이 없었거든."

"그 일이 기억나?"

"그럼, 기억하지." 리버가 퉁명스러운 어조로 말했다.

"겨우 네 살이었잖아."

"네 살 반." 리버는 창밖을 내다보았다. 그러더니 다시 레이븐을 바라보며 말했다. "사실 난 누구보다 네가 유괴된 것에 책임이 있어. 그럼에도 엄마가 모든 책임을 졌지. 전부 다. 그래서 엄마가 한때 그렇게 심하게 망가진 거야. 하지만 너도 알다시피 아빠가 자기 탓이라고 고백했잖아. 그날 엄마가 아빠의 외도 현장을 목격했다는 말을 들었을 때 솔직히 큰 충격을 받았어."

그랬다. 조나와 재스퍼가 다시 뉴욕으로 돌아가기 전날이었다. 조나는 아이들을 모두 한자리에 모아두고 레이븐이 유괴되었던 날 벌어진 일을 모두 말해주었다. 조나가 바람을 피우던 여자와 키스하는 걸 엘리스가 보았다고. 엘리스는 마음이 싱숭생숭한 상태로 아이들을 숲으로 데려갔다. 평소 숲에 가면 큰 위안을 받았기에 거기서 앞으로 어떻게 해야 할지 생각하려고. 엘리스는 조나와 이혼하기로 결심했지만 너무 충격을 받은 상태라 주차장에 아이를 두고 왔다.

"엄마는 그런 사실을 한 번도 말하지 않았어." 리버가 말했다. "엄마가 정신이 팔려서 널 주차장에 내려놓았던 건 나 때문이기도 해. 내가 차 안에서 올챙이가 든 병을 엎질렀고, 엄마에게 다시 잡아달라고 한바탕 난리를 쳤거든. 귀청이 떨어져라 소리를 질러댔고. 엄마는 차 바닥에 떨어진 올챙이를 잡아 유리병에 넣느라 정신이 하나도 없었지."

눈물이 고이자 리버의 청회색 홍채가 더욱 커보였다. "그 난리를 치다 보니 엄마가 널 차에 태우는 걸 깜빡한 거야. 내가 올챙이를 차 바닥에 쏟는 바람에 빚어진 일이야."

"그때 오빠는 어린아이였어. 올챙이를 엎질렀으니 당연히 난리를 칠 수밖에. 오빠 탓이 아니야."

"난 그때도 불행을 만드는 꼬마였어. 지금은 재수 없는 어른이고. 이런 모임에 나가서 내가 조금이라도 나은 사람이 될 거라고 생각한다면 오산이야. 넌 크게 착각하는 거야. 난 달라지지 않아. 솔직히 지금 난 술이 미치도록 마시고 싶어. 만약 아직 수중에 가짜 신분증이 있었다면 술을 마시러 갔을 거야."

"아니, 안 마셨을 거야."

"넌 날 막지 못해. 난 폭주 기관차라고. 모르겠어?"

레이븐은 그들이 앉아 있던 칸막이 좌석에서 일어나 리버 옆으로 가서 그를 안아주었다.

"안아주지 마. 넌 바보 같아." 리버가 나직이 쏘아붙였다.

하지만 레이븐은 놓아주지 않았다.

"놓으라니까!" 리버가 다시 나직이 호통을 쳤다.

"싫어."

"그 일로 넌 나보다 훨씬 더 망가졌어. 너도 알지? 넌 엉망이라고. 이렇게 미친 짓이나 하고. 네가 지금 무슨 짓을 하는지 알고 있어?"

이제 식당 안의 손님들이 모두 그들을 바라보았다. 하지만 레이븐은 상관하지 않았다. 그녀는 리버를 껴안고 놓아주지 않았다.

"그래, 알았어. 무조건적인 사랑은 정말 대단해. 알았으니까 나한테서 떨어져."

"오빠가 폭주 기관차야?"

"아니, 난 '씩씩한 꼬마 기관차'야. 그러니까 놔주어도 돼."

레이븐은 그제야 리버를 놓아주었다. "'씩씩한 꼬마 기관차'가 뭔데?"

"예전에 할아버지가 재스퍼랑 나에게 읽어주던 책 제목이야. 내용이 완전 구려. 이제 네 자리로 돌아가."

레이븐은 자기 자리로 돌아왔다.

"내 일에 너무 집착하지 마." 리버가 진지하게 말했다.

"왜?"

"네가 그럴수록 자꾸 반발심만 커지니까."

"내가 어쨌는데."

"나에게 너무 신경 쓰잖아."

"내가 덜 신경 쓰기를 원해?"

"응."

레이븐은 자리에서 일어나 허리를 굽히고 테이블 위로 몸을 내밀었다. "교통사고가 있던 날 난 오빠를 구했고, 앞으로도 그럴 거야. 그때 난 오빠가 어떤 사람인지 정확히 몰랐지만 그래도 많이 신경 썼어. 오빠를 살리기 위해 죽을힘을 다해 신경 썼다고. 오빠는 내 오빠고 친구야. 오빠가 아무리 반발심을 가지고 나에게 못되게 굴어도 난 계속 신경 쓸 거야."

"내가 널 악어가 우글거리는 습지에 던져버려도?"

"이미 그랬잖아."

리버가 웃었다. "그날 거기에 악어가 있었어? 봤어?"

"오빠를 구하느라 바빠서 못 봤어. 하지만 사람들 말로는 거기에 악어가 많이 산대."

"날 위해 악어랑 싸워줄 거야?"

"물론이지."

"날 위해 고질라랑 싸워줄 거야?"

"당연하지."

"고질라가 뭔지 알기나 해?"

"몰라."

"이거봐. 넌 나 때문에 어떤 곤경에 처하게 될지도 모르잖아."

그래, 그럴지도 모른다. 자기가 아끼는 사람과의 미래가 어떻게 될지 누가 알겠는가? 하지만 설사 그 사람에게 나쁜 일이 일어나리라는 걸 어쩌다 알았다고 해도 사랑하는 사람을 포기할까? 그가 홀로 괴로워하게 내버려둘까? 사랑은 엄지손톱에 박힌 가시처럼 쉽게 없앨 수 있는 게 아니다.

사흘 뒤 허리케인이 강타해 리버의 토요일 단주 모임은 취소되었다. 잘된 일이었다. 엘리스와 맥스는 묘목장의 화초를 은신처로 옮겨야 했는데 도와줄 사람이 필요했기 때문이다. 밤사이 허리케인이 방향을 바꿨다. 동부 해안 가장자리를 따라 북상하면서 예상보다 내륙에 훨씬 강한 바람이 불게 되었다. 허리케인이 플로리다반도 중앙으로 올라올 가능성도 있었다. 그렇게 되면 묘목장이 피해를 보게 될 거라고 엘리스는 말했다.

늦은 오전부터 비가 내리고 바람이 불기 시작했다. 레이븐은 비에 흠뻑 젖었고 몸이 많이 피곤했다. 수많은 묘목을 온실과 묘목장의 안전한 곳으로 옮겼다. 왕솔나무, 소팔메토, 금관화. 레이븐은 불꽃 나무를 리버 쪽으로 밀고 자신이 가장 좋아하는 화초인 패커해치 화분을 집어들었다.

"저것 좀 봐." 리버가 말했다.

레이븐은 동쪽 하늘에서 요동치는 거대한 먹구름을 올려다보았다.

"깔때기 구름이 만들어지는 것 같네, 안 그래? 엄마 말로는 허리케인이 토네이도를 만들어낼 수 있대."

먹구름이 성난 듯 요동쳤다. 레이븐은 마마가 저 하늘을 봤다면 어떻게 생각했을지 궁금했다.

마마는 저 구름 속에서도 정령들을 보았을까? 그들이 화났다고 두려워했을까?

요즘 레이븐은 정령의 존재를 의심해왔다. 리버가 죽을 뻔했던 일로 정령들을 비난한 이후로 그들이 차츰 떠나는 게 느껴졌다. 정령들의 부재는 가슴 아팠고, 가족들과 함께 있을 때조차 지독하게 외로웠다.

마마는 그녀가 바깥세상에서 살면 그렇게 될 거라고 말했다.

그때 배 속에서 무언가가 미끄덩하는 느낌이 들었다. 레이븐은 그 자리에 손을 올려보았다. 배가 아니라 더 아래쪽이었다. 이내 또 그런 느낌이 들었다. 몸 안에서 물고기가 헤엄치는 느낌이 들었다.

"레이븐, 괜찮아?" 리버가 물었다.

레이븐은 몸 안에서 작은 생명체가 다시 움직이는 느낌을 받았다. 레이븐은 양손으로 그 자리를 눌렀다. 바람을 타고 빗줄기가 얼굴을 때렸다. 리버는 레이븐의 눈물을 빗물이라고 생각했다.

맥스는 다 알고 있다는 듯 레이븐을 바라보았다. 그녀는 종종 그런 눈으로 레이븐을 뚫어지게 바라보곤 했다. 레이븐에게 다가온 맥스가 두 손으로 양팔을 잡고 눈을 바라보았다.

"무슨 일이에요?" 리버가 물었다.

맥스는 리버와 레이븐에게 그만 돌아가라는 뜻으로 집을 향해 고갯짓했다. 그런 다음 그만 일해도 된다는 몸짓을 했다. 둘 다 이만 집에 들어가야 한다고.

엘리스가 다가왔다. "그래, 너희들은 집으로 들어가. 전기가 끊기기 전에 따뜻한 물로 샤워하고."

"전기가 끊겨요?" 리버가 물었다.

"시골에서는 큰 폭풍이 불 때마다 매번 나무들이 전선 위로 쓰러져. 허리케인의 경우에는 며칠, 심지어 몇 주간 전기가 끊길 수도 있어."

"그럼 물도 안 나와요?"

"전기로 펌프를 돌리니까. 하지만 정전이 길어지면 맥스가 펌프를 발전기에 연결할 거야. 그래도 찬물 샤워밖에 못 해. 온수기가 작동되지 않을 테니까."

"찬물 샤워요? 미친다." 리버는 그렇게 말하고는 별채로 달려갔다.

"너도 어서 들어가. 이제 일은 거의 다 끝났어." 엘리스가 레이븐에게 말했다.

레이븐은 휘몰아치는 비바람 속으로 걸어갔다. 참나무 우듬지가 또 다른 돌풍에 미친 듯이 흔들렸다. 젖은 머리카락이 얼굴을 때렸지만 레이븐은 아무런 느낌이 없었다. 거친 날씨는 그녀에게 아무런 영향도 미치지 못했다. 레이븐은 이 모든 것에 무감각했다.

키스는 벌써 집에 돌아와 있었다. 상사가 운전할 수 있을 때 집으로 돌아가라고 일찌감치 보내준 덕분이었다. 레이븐은 키스를 좋아했다. 지금껏 만나본 사람들 중에서 그가 가장 친절했다. 하지만 이 일을 그와 이야기하고 싶지는 않았다. 사실은 누구와도 이야기할 수 없었다. 그저 조용히 있고 싶었다.

나무에게 가고 싶었다. 저지대에 있는 아름드리나무는 안 된다. 거기서는 비를 피할 수 없다. 두 번째로 좋아하는 나무, 리버와 재스퍼가 여기 온 날 엘리스가 말했던 나무로 갈 것이다. 몸통에 구멍이 뚫려 있지만 여전히 살아 있는 참나무.

레이븐은 비탈을 내려가 그 나무에게로 다가갔다. 키스와 엘리스가 사용하는 침실에서는 이 나무가 보이지 않는다. 키스가 보기 전에 얼른 구멍으로 들어가야 했다. 레이븐은 나무뿌리를 밟고 서서 몸통에 뚫린 구멍으로 들어갔다. 그 작은 공간의 부드러운 흙바닥에 앉았다. 엘리스는 상처가 퍼지는 걸 막기 위해 나무가 상처 주위로 네 겹의 방어벽을 만든다고 했다. 레이븐은 나무가 자기 몸 안에 만든 방 하나짜리 작은 오두막에 앉았고, 그 사실이 너무 기분 좋았다.

돌풍이 참나무 구멍으로 들어오며 칭얼거렸지만 비는 들이치지 않았다. 레이븐은 나무로 된 벽에 몸을 기댔다. 몸을 동그랗게 말았더니 허벅지가 배를 눌렀다. 배가 나왔기 때문이다.

레이븐은 그 문제를 생각하고 싶지 않아 눈을 감았다. 밖에서 후드득거리는 빗소리, 쉭쉭 소리를 내는 우듬지, 삐걱거리는 가지들, 바람이 나무에 뚫린 구멍에 정통으로 들이쳤을 때의 신음 소리에 계속 주의를 집중했다.

"레이븐!"

레이븐은 눈을 떴다. 잠시 잠이 든 듯했다. 엘리스가 구멍 안을 들여다보고 있었다. 걱정스러운 얼굴이었다.

"제가 여기 있는 걸 어떻게 알았어요?"

"맥스가 알려줬어." 요란한 바람 소리를 뚫고 엘리스가 큰 소리로 말했다.

"맥스는 어떻게 알았대요?"

엘리스는 젖은 종이를 건넸다. 엘리스와 맥스가 몸짓으로 소통할 수 없을 때 사용하는 수첩에서 찢어낸 종이였다.

첫 줄에 이렇게 적혀 있었다. '레이븐이 어디에 있는지 알아?'

맥스가 대답했다. '집에 없어?'

'없어. 별채에도 없어. 걱정돼.'

'구멍 뚫린 참나무로 가봐.'

'뭐라고?'

'구멍 속을 들여다봐. 그런 다음 레이븐과 얘기해. 꼭 얘기해야 돼.' 맥스는 그렇게 적었다.

레이븐은 종이를 구겨 그대로 바닥에 떨어뜨렸다.

"맥스의 말이 무슨 뜻이니? 무슨 문제라도 생겼어?"

무슨 문제가 생겼냐고? 인생 전체를 좌우할 중대한 문제였다.

"제발 말해봐. 나에게는 뭐든 말해도 괜찮아."

레이븐은 양손으로 얼굴을 쓸어내렸다.

"왜 울어? 제발 무슨 일인지 말해보라니까."

엘리스에게는 말해야 할 것이다. 어차피 말할 거라면 다른 사람이 듣지 않는 지금이 적기였다.

"내 엄마, 그러니까 오드리가……."

레이븐이 오드리라고 말하자 엘리스는 놀란 듯했다. 레이븐이 엄마를 그렇게 부른 건 처음이었다.

"오드리가 날 속였어요. 내게 거짓말을 했어요."

엘리스는 할 말이 없었다. 너무나 당연한 말이었으니까. 다들 그 사실을 알고 있었다. 레이븐조차도 마마가 거짓말을 했다는 사실만큼은 알고 있었다. 다만 전에는 그게 필요한 거짓말이라고 믿었다. 선의의 거짓말.

레이븐은 구멍 속에서 몸을 곧추세웠다. "전에 제가 어떤 믿음을 가지고 있었는지 아세요?"

엘리스는 비바람 소리 때문에 더 잘 들으려고 구멍 속으로 몸을 들이밀었다.

"레이븐의 정령이 내 아빠라고 믿었어요. 오드리가 나는 지구상에 살았던 모든 레이븐을 형상화한 땅의 정령이 만든 기적이라고 했거든요. 레이븐의 정령이 마마의 영혼과 함께 날 창조했다고요. 그 말을 철석같이 믿었기에 난 절반만 인간이라고 확신해왔어요."

엘리스는 울지 않으려고 애썼다.

"내 진짜 이름은 아무도 몰랐어요. 내 이름은 레이븐 린드가 아니에요."

"그럼 뭐니?"

"레이븐의 딸이요. 내게 인간의 성은 없었어요. 왜냐하면 난 땅의 정령이 보내준 아이였으니까요. 오드리는 나를 주로 '딸'이라고 불렀죠."

"우리 별채에서 얘기하면 어떨까? 리버는 집에서 키스, 맥스랑 점심을 먹는 중이라서 별채는 지금 비어 있어."

레이븐은 그 말을 들었지만 머릿속에 입력되지 않았다. "오드리가 또 내게 뭐라고 했는지 아세요? 내가 절반만 인간이라서 아기를 가질 수 없다고 했어요. 혹시 생식 격리라고 들어보셨어요? 두 개의 다른 종은 후손을 만들 수 없다는 생물학 이론."

"응."

"다 속임수였어요. 사실 오드리는 아기를 또 갖고 싶어 했어요. 저에게 학교에서 만난 남자들과 섹스를 하라고 부추겼죠."

엘리스의 볼을 타고 눈물이 뚝뚝 떨어졌다.

"내 아버지인 레이븐은 내가 섹스의 즐거움을 누리길 바랄 거라면서요. 임신 걱정은 할 필요가 없다고 했어요. 그전까지는 날 계속 가둬 놓더니 갑자기 언제든 남자아이들을 만나라고 했죠."

레이븐은 아까 구긴 종이를 다시 집어 들어 펼쳤다. "맥스는 알고 있었네요. 난 정말 멍청했어요."

"무슨 뜻이야?"

"조금 전에 우리가 묘목장에 있을 때 무슨 일이 있었는지 아세요?"

"말해봐."

"배 속에서 태아가 움직이는 걸 느꼈어요. 내 안에서 아기가 자라고 있어요."

큰 충격을 받은 엘리스의 표정을 보며 레이븐은 자신이 비열한 범죄의 희생양이 되었다는 걸 알 수 있었다.

레이븐은 울음을 터뜨렸다. 영혼이 토해내는 울음이었다. 레이븐은 울고 또 울었다. 우느라 말하기가 힘들 정도였다. "내 아기가 아니에요. 그 여자 아기라고요. 오드리 린드의 아기. 그 여자는 내가 어릴 때부터 아기를 하나 더 얻으려고 계획했어요. 내가 너무 빨리 자랐다면서요. 늘 그렇게 말했죠. 그러면서 아기를 또 갖고 싶다고 했어요. 그렇게 끔찍한 여자의 아기가 내 몸 안에 있어요."

레이븐은 손으로 얼굴을 가리고 나무에 기대 울었다. 나무 냄새가 너무 좋았다. 어미 나무. 원하는 걸 해달라고 빌 수 있는 나무. 레이븐은 그렇다고 배웠다.

사랑하는 어미 나무야, 나도 너처럼 속이 텅 비게 만들어다오. 이 아기를 가져가. 내게서 오드리를 가져가. 오드리가 있었던 자리에 너처럼 예쁜 방을 만들어다오. 거기에서 영원히 살고 싶어.

강인한 팔이 레이븐을 들어 올렸다. 엘리스가 나무의 구멍에서 레이븐을 꺼낸 것이다. 레이븐은 그런 엘리스를 말리지 않았다.

엘리스는 레이븐을 안아들고 자신의 몸에 딱 붙였다. 레이븐은 아기였을 때 맡았던 엄마의 달콤한 냄새와 느낌이 기억났다. 심지어 나무보다도 더 좋았다.

레이븐은 그 어느 때보다도 더 크게 울었다.

"괜찮을 거야." 엘리스가 말했다. "실컷 울어. 눈물을 밖으로 내보내는 건 좋은 거야. 널 사랑해. 내 사랑스러운 아기. 다 잘될 거야."

허리케인이 잠잠해지면서 숲이 고요해졌다. 돌풍도 잦아들고, 빗방울도 한결 부드럽게 떨어졌다.

레이븐은 손으로 얼굴에 묻은 물기를 닦았다. 어찌나 서럽게 울었던지 얼굴이 부은 듯했다.

엘리스는 양손으로 레이븐의 얼굴을 감쌌다. "얘야, 정말로 아기가 움직이는 걸 느꼈어? 혹시…….”

“확실해요. 맥스가 알아요. 언젠가 내가 토하는 걸 본 적이 있어요. 그때만 해도 난 워싱턴주의 집이 너무 그리워 속이 울렁거리는 줄 알았죠.”

레이븐은 손드라가 오드리의 유언장을 들고 찾아온 날 처음 토했다. 그래서 힘들면 토하는 게 당연하다고 생각했다.

“그동안 생리는 안 했어?”

“한 번 조금 나온 적이 있어요. 저는 이번 일을 겪으면 체질이 바뀌는 줄 알았어요. 특히 교통사고 이후에 그런 생각을 많이 했죠.”

“내가 좀 봐도 될까?”

레이븐은 나무 몸통에 기대 셔츠를 들어 올렸다.

엘리스는 불룩 나온 레이븐의 배를 쓰다듬었다. “난 네가 드디어 체중이 느는 줄 알았어. 하지만 이건 아무리 봐도 임신이구나. 태동을 느꼈다면 틀림없이 6개월쯤 됐을 거야.”

“3월 말에 잤으니까요.”

봄방학. 그 주에 레이븐은 재키와 여러 번 사랑을 나누었다.

내가 아기를 가진 걸 알게 되면 재키는 뭐라고 할까? 난 재키에게 임신할 수 없다고 말했었는데.

레이븐은 다시 울기 시작했다.

“괜찮아. 좋은 해결책이 있을 거야. 아기 아빠는 누구니?”

“재키요. 잭 대너.”

"그 애가 네 남자 친구니? 아니면 그냥 친구?"

"남자 친구예요. 하지만 지금은 저를 잊었을지도 몰라요. 오드리가 내게 그랬듯이 제가 자길 속였다고 생각할 거예요. 제가 재키에게 임신할 수 없다고 그랬거든요."

"잭도 이해할 거야. 사귄 지는 얼마나 되었니?"

"일곱 살 때부터 알고 지냈어요. 전 세상에서 재키를 제일 사랑해요."

엘리스는 깜짝 놀란 표정을 지었다. "왜 그런 친구가 있다고 진작 말하지 않았니? 서로 연락은 하고 지내는 거야?"

레이븐은 고개를 저었다.

"내 휴대폰을 빌려달라고 했어야지. 아니면 휴대폰을 하나 사든지."

"지금껏 한 번도 휴대폰을 써본 적이 없어요. 오드리가 늘 휴대폰은 나쁘다고 해서."

엘리스는 우비 주머니의 지퍼를 열어 휴대폰을 꺼냈다. "너도 알다시피 나도 휴대폰을 그다지 좋아하는 편은 아니야. 하지만 지금은 분명 휴대폰이 필요한 상황이야. 지금 당장 재키에게 전화해."

"여기서요?"

"지붕이 금속으로 되어 있는 집 안보다는 밖에서 전화해야 수신 상태가 제일 좋아. 이제 빗줄기도 약해졌고. 비바람이 다시 불기 전에 서두르는 게 좋겠어." 엘리스가 휴대폰을 건넸다."너 혼자 통화할 수 있게 자리를 비켜줄게."

"재키의 전화번호를 몰라요."

"혹시 그 아이 부모 이름이 뭐니? 내가 알아볼게."

"엄마 이름이 로즈 대너, 아빠는 돌아가셨어요."

"엄마가 토요일에도 일하시니?"

"아뇨. 그분은 초등학교 교사예요."

"젠장. 깜빡했구나." 엘리스는 휴대폰을 다시 주머니에 넣었다. "재키에게 전화하기 전에 너에게 해줄 말이 있어. 재키나 그 아이 엄마한테 듣기 전에 내가 먼저 말해주어야 하는 내용이야."

"뭔데요?"

"그동안 중대한 일이 있었지만 너에게 말해주지 않았어. 그 이유는 너에게 스트레스를 주고 싶지 않아서였지."

"오드리의 시신이 나왔나요?"

"그래. 타살 혐의가 없는지 확인하려고 부검을 했어."

의사들이 오드리의 몸을 여기저기 자르는 모습을 상상하자 레이븐은 속이 울렁거렸다. 레이븐은 눈을 질끈 감고 그 장면이 떠오르지 않도록 두 손으로 눈을 가렸다.

"오드리의 사인을 알아낼 필요가 있었지. 경찰은 손드라나 다른 누군가가 오드리의 죽음에 연루되었을 가능성을 염두에 두고 있었으니까."

레이븐은 눈을 떴다. "손드라 이모요?"

"경찰에서는 손드라가 동생의 범죄를 돕지 않았는지 조사하고 있어."

"오드리의 사인이 뭔지 알아냈나요?"

"오드리는 심장질환이 있었어. 그 여자 어머니의 사인도 심장질환이었고. 하지만 직접적인 사인은 저체온증이었어. 옷을 다 벗고 스스로 파놓은 구덩이 속에 누워 몸 위로 낙엽을 덮고 있었으니까."

레이븐은 그런 오드리의 모습이 눈에 선했다. 다시 눈물이 얼굴에 떨어진 빗물과 섞였다.

"이런 얘기를 전하게 되어서 미안하구나. 하지만 진실을 감춘 결과 우리 가족이 어떤 고통을 겪게 되었는지 너도 이미 봤잖니?"

"지금 오드리의 시신은 어디에 있나요?"

"나도 몰라. 경찰은 알고 있을 거야."

레이븐은 오드리의 시신이 어디 있는지 알 수 없었지만 괴롭지 않았다. 오드리 린드에 대한 자신의 감정이 무엇인지 알 수 없었다. 수요일에 함께 점심을 먹으며 리버가 했던 말이 떠올랐다. 오드리 린드가 한 짓 때문에 리버가 지금껏 유괴 사건을 자기 탓으로 돌렸다고 생각하니 마음이 아팠다.

"네 남자 친구와 엄마는 아마 이런 사실들을 알고 있을 거야. 오드리가 한 짓이 그 동네에서는 떠들썩한 뉴스거리가 되었으니까. 텔레비전 뉴스와 온갖 신문에도 다 나왔어. 그래서 아무도 너에게 거기로 돌아가라고 하지 않는 거야. 아마 지금은 너도 거기에 있고 싶지 않을 거고."

레이븐은 쉽게 상상할 수 있었다. 학교에서 다들 그 얘기를 할 것이다. 가여운 재키. 얼마나 기분이 이상했을까?

"재키에게 이곳으로 오라고 해보렴."

"그 아이가 올 수 있을까요?"

"학생이니?"

"고등학교 3학년이에요."

"힘들 수도 있겠네. 그래도 올 수 있는지 물어봐."

엘리스는 휴대폰으로 뭔가를 검색하다가 누군가와 통화하며 레이븐에게 재키가 사는 도시와 주소를 물어보았다. 잠시 후 "네, 연결해 주세요."라고 말하더니 레이븐에게 전화를 건넸다. "지금 신호가 가고 있어. 대너 부인과 전화가 연결될 거야."

"여보세요?" 대너 부인이었다.

휴대폰을 통해 대너 부인의 목소리를 들으니 기분이 이상했다.

"저, 레이븐이에요."

"레이븐? 세상에! 얘야, 눈물부터 나는구나. 잠깐만."

레이븐도 눈물이 흐르기 시작했다.

레이븐이 마음 편히 통화할 수 있도록 엘리스는 자리를 비켜주었다.

"어떻게 지내니?"

"잘 지내고 있어요. 보고 싶어요, 아줌마."

"나도 보고 싶어. 너 지금 어디에서 전화하는 거니?"

"플로리다주요. 여기에서 엄마랑 함께 살아요."

'엄마.' 레이븐은 자신이 그렇게 말했다는 게 믿기지 않았다.

"그래, 잘된 일이네. 재키를 바꿔줄게. 그 아이는 지금 위층에 있어."

레이븐의 배 속이 꿈틀거렸다. 이번에는 아기 때문이 아니었다.

다시 바람이 세게 불기 시작했다. 대너 부인이 위층으로 올라가는 동안 레이븐은 다시 나무 구멍으로 들어갔다.

"레이븐?" 재키가 전화를 받았다.

"응." 울음 섞인 대답이 흘러나왔다.

"지금 어디야?" 재키도 울먹이는 소리로 물었다.

"플로리다주의 엄마 집이야."

"거기서 지낼 만해?"

"처음에는 적응이 쉽지 않았는데 점점 나아지고 있어."

"다행이네."

"보고 싶어."

"나도."

"학교는 어때?"

"네가 없어서 끔찍해."

"다들 내 얘기를 하지?"

"응, 그래서 더 힘들어. 지난번에는 웬 기자가 나를 찾아와 너에 대해 묻고 갔어."

"미안해."

"네 탓이 아니잖아."

"재키?"

"응, 왜?"

"비행기를 타고 여기로 와줄 수 있어? 엄마 말로는 우리가 여행에 필요한 비용을 지불할 수 있을 거래."

"당연히 가야지. 언제가 좋을까?"

"지금."

"지금? 오늘?"

"우리가 항공권 예약을 하고 나서 다시 연락해줄게."

"엄마한테 수업을 빠져도 되는지 물어볼게."

"그 전에 너에게 할 말이 있어."

"뭐든 괜찮으니까 어서 얘기해봐."

레이븐은 직접 얼굴을 마주하고 말하고 싶었다. 그를 만지면서.

"어서 무슨 일인지 말해봐."

"오드리 린드는 나를 레이븐의 딸이라고 했어. 난 그 말을 철석같이 믿었지. 내 몸도 보통 사람들과 다르다고 세뇌했어. 따라서 임신이 불가능하다고."

정적이 흘렀다.

레이븐은 구멍 속에서 나무에 기대앉았다. "그런데 임신했어. 오드리가 거짓말을 한 거야. 너와 나, 우리의 아이야."

"맙소사!" 재키가 속삭였다.

"오늘에서야 알았어. 아기가 발길질을 하는 걸 느꼈거든. 재키, 미안해. 오드리 때문에 임신이 불가한지 알고 피임을 하지 않아 이렇게 되었어."

"넌 잘못이 없어. 사과는 그 여자가 해야지."

"화났어?"

"많이 놀라긴 했지만 화나지 않았어. 네가 이런 일을 겪어야 하다니? 가뜩이나 힘든 상황일 텐데……."

재키는 한동안 울컥해 말을 잇지 못했다. 레이븐도 마찬가지였다.

"내가 갈게. 수업은 며칠 빠질 수 있어. 엄마도 괜찮다고 할 거야."

"가능하다면 아줌마랑 같이 와도 돼. 혁이랑 리스도. 항공권을 예약해줄게."

"형은 대학 생활이 바빠 시간을 내기 힘들 거야. 리스 형은……."

"왜?"

"슬픈 소식이 있어. 7월에 리스 형의 엄마가 돌아가셨어. 리스 형은 요즘 우리 집에서 같이 지내."

"리스가 너희 집에서 산다고?"

"달리 갈 곳이 없어. 집세를 낼 돈도 없고. 굉장히 힘들어해."

"가급적 리스도 데려와."

"나도 데려가고 싶지만 리스 형은 지금 일을 두 개나 하고 있어. 대학 가려고 돈을 모으는 중이야."

엘리스가 구멍 속을 들여다보며 말했다. "바람이 거세졌어. 이제 나무에서 나와 집으로 가는 게 좋겠구나."

"누구야?" 재키가 물었다.

"엘리스. 우리 엄마."

"바람이 심해?"

“일기예보에서 허리케인이 온다고 했어.”

“뉴스에서 봤어. 허리케인이라면 정말 조심해야지.”

바람이 울부짖는 소리를 내면서 불기 시작했고, 나무가 심하게 흔들렸다.

“일단 전화를 끊을게. 난 지금 나무에 뚫린 구멍 속에 있는데 바람이 굉장히 심하게 불어.”

“나무의 구멍 속에 있다고? 허리케인이 오는데?”

“아주 오래된 아름드리나무인데 가운데에 사람이 들어갈 만한 구멍이 있어.”

“리스 형에게 말해줘야겠네. 아주 흥미롭게 생각할 거야.”

“나 대신 리스를 꼭 껴안아줘.”

“그럴게. 리스 형이 날 놀리더라도.”

“사랑해, 재키.”

정적이 흘렀다. 아마 재키는 또 울고 있을 것이다.

“다시는 그 말을 못 듣게 될까봐 두려웠어. 널 계속 사랑해도 되는지 알 수 없어 힘들었어.”

“날 사랑해?”

“언제나 그랬듯이 사랑해.”

“어서 널 만나고 싶어.”

“이제 곧 만날 수 있게 되었잖아. 아기에게 나 대신 뽀뽀해줘.”

“아직 뽀뽀는 어려울 거야.”

"농담이야. 나무가 바람에 부러지기 전에 얼른 나가."

레이븐은 참나무에서 나와 비바람 속으로 나갔다.

"재키가 뭐래?" 엘리스가 물었다.

"여기에 올 수 있대요. 나를 사랑한다고도 했어요."

"항공권 예약을 서둘러야겠다."

강풍이 불어 머리 위 나뭇가지들이 부러졌다. 두 사람은 빗속을 뚫고 집으로 달려갔다. 비에 흠뻑 젖어 생쥐 꼴이 된 두 사람은 깔깔대고 웃으며 포치에 도착했다.

"재키와 통화하고 나서 네 기분이 한결 가벼워진 것 같아서 좋아. 나도 이제 곧 그 아이를 만나볼 수 있게 되어서 기뻐."

"엄마도 재키를 좋아할 거예요. 세상에서 최고로 착하고 다정한 애거든요."

"레이븐……." 엘리스가 한 손으로 레이븐의 뺨을 감쌌다. "그 아이를 사랑하는 마음이 느껴져. 이 아기는 너희들의 사랑이 만든 거야."

"그렇게 말해줘서 고마워요."

엘리스는 레이븐의 볼에 키스했다.

"'엄마.' 라고 불러도 돼요?"

" 당연하지."

두 사람은 눈물이 그렁그렁한 눈으로 와일드 우드를 바라보았다. 어느새 심하게 불던 바람이 그치고, 머리 위를 지붕처럼 덮고 있던 참나무 사이로 햇살이 쏟아져 들어왔다. 빗물에 반짝이는 나뭇잎과 축 늘어진 이끼에서 똑똑 떨어지는 빗방울이 쏟아지는 빛줄기 속에서 구슬처럼 빛났다. 그야말로 마법 같은 광경이었다.

"폭풍우가 벌써 그친 걸까요?"

"아니, 아직 몇 시간 더 남았어. 허리케인이 올 때면 날씨가 급격히 변해."

엘리스가 그렇게 말하는 동안에도 잿빛 구름이 햇살을 빠르게 따라잡으며 와일드 우드를 신비한 어둠에 잠기게 했다. 그러더니 다시 세찬 바람이 불어와 나뭇가지와 이끼, 나뭇잎을 미친 듯이 후려쳤다.

"역시 변덕이 심한 날씨야. 금세 폭풍우가 돌아왔어."

"내 눈에는 이런 신비한 자연 현상들이 하나같이 아름다워 보여요."

엘리스는 활짝 웃으며 레이븐을 안아주었다. "넌 나를 정말 많이 닮았어."

오드리가 많이 아파 제대로 보살핌을 받지 못했을 때 레이븐은 가슴과 영혼에서 우러나오는 힘을 느꼈고, 용기를 잃지 않고 살아갈 수 있는 바탕이 되어주었다. 혼자 숲을 헤맬 때, 아무리 힘든 일이 있어도 좌절하지 않고 버틸 수 있는 원동력이었다. 이전에는 그 힘이 새의 영혼에서 나오는 줄 알았는데 엄마에게 물려받았다는 걸 알게 되었다. 지금 바로 옆에서 폭풍우를 바라보고 있는 여인. 그녀가 힘들 때마다 안아주고, 같이 울어주고, 이야기를 들어주고, 깊이 이해해주는 이 여인에게서.

이제 나는 반쪽짜리 인간이 아니라 반쪽짜리 엘리스야.

레이븐은 그 어느 때보다 강해진 기분이 들었다.

10

엘리스

배 속에서 아기가 움직였다. 뭔가 단단한 형체가 배에 올려놓은 손에 닿았다. 아기의 팔꿈치일 것이다. 아니면 무릎이거나.

"공주님, 기분이 좋아?"

성별을 정확히 알지 못했지만 레이븐은 아기를 공주님이라고 불렀다.

"아기는 네 살갗을 통해 햇빛을 볼 수 있어. 이렇게 활기차게 움직이는 걸 보니 분명 햇빛을 본 거야."

"정말 그래 보여요."

레이븐의 배에 마사지 오일을 부은 엘리스는 햇살을 받아 따뜻한 살갗을 부드럽게 문질렀다. 레이븐은 베개에 몸을 기대며 긴장을 풀었다.

엘리스는 들판을 바라보며 풀과 꽃에서 곧 피어날 새 생명을 생각했다. 첫 꽃이 필 무렵 아기가 태어날 것이다.

엘리스는 체크무늬 플란넬 셔츠를 끌어내려 레이븐의 배를 덮어주었다. 레이븐이 임부복을 구입하지 않겠다고 하자 키스는 대신 걸칠 옷으로 플란넬 셔츠를 주었다. 임산부가 걸치고 다니기에 키가 큰 키스의 셔츠가 잘 어울렸다. 하지만 최근에는 키스의 옷 대부분이 맞지 않을 정도로 레이븐의 배가 부풀었다.

레이븐의 양말을 벗긴 엘리스는 발을 마사지해 주었다.

"기분이 좋아요."

"내가 쌍둥이를 임신했을 때 조나가 늘 발을 문질러주었어."

"저를 임신했을 때는 안 해줬어요?"

"응. 그 무렵에는 조나와의 사이가 안 좋았거든."

"엄마……?" 레이븐이 눈물을 글썽였다. "예전에 엄마와 아빠의 자식으로 태어난 게 아니라고 말해서 미안해요. 자식으로서 할 말이 아니었어요. 더구나 자식을 도둑맞은 엄마였는데."

"그땐 그럴 수밖에 없었잖아. 넌 어릴 때부터 오드리에게 남다른 사고방식을 주입받았으니까."

"그래도 너무 심한 말이었어요."

"그날 이후 네가 이렇게 달라졌잖아. 네 영혼이 얼마나 강한지 보여주는 증거야."

"그래요, 많이 달라졌어요. 이젠 워싱턴주에 있는 집으로 돌아가고 싶다는 생각이 들지 않는 것만 봐도 그래요."

엘리스는 그 이유를 묻고 싶지는 않았다.

"오드리의 영혼이 그 땅에 살고 있을 것 같아 두려워요. 심지어 그곳에 있는 땅의 정령들이 오드리의 편을 들어줄 것 같아 두렵기도 해요." 레이븐이 눈물을 흘렸다. "거기 있는 집과 숲, 들판을 사랑하지만 무서운 생각이 들어 돌아가지 못하겠어요. 앞으로도 영영 그럴 것 같아요."

"오드리 때문에 힘든 일을 겪었으니 그런 생각이 드는 건 당연해. 너 자신에게 회복에 필요한 시간을 더 부여해줄 필요가 있어."

"경찰은 오드리의 시신을 찾아내 부검했어요. 사체 부검은 오드리가 유언장에 절대로 해서는 안 된다고 못을 박아두었던 일이죠. 아마 예전이었다면 제가 필사적으로 부검을 반대했을 거예요. 지금은 부검을 하든 말든 화도 나지 않고, 그 여자의 시신이 지금 어디에 있는지조차 모르지만 알고 싶지도 않아요."

"오드리의 영혼은 네 기억 속에 있어. 넌 강하니까 그 여자의 영혼이 더는 이상한 짓을 못 하도록 잘 제어할 수 있을 거야. 그 여자의 나쁜 면은 버리고, 좋은 면은 간직해도 돼."

레이븐은 놀란 표정을 지었다. "오드리에게도 좋은 면이 있다고 생각하세요?"

"넌 외모도 아름답지만 내면적으로도 착하고 바른 생각을 가진 사람으로 자랐어. 그 여자에게도 분명 좋은 면이 있었다는 증거야."

"엄마에게 너무나 큰 고통을 준 사람인데 그런 말을 해줄 수 있다니 놀라워요."

"물론 그 여자에 대해 긍정적인 말을 해주기 쉽진 않아. 오드리는 정신적으로 문제가 많았어. 아무튼 내가 널 처음 봤을 때 사랑을 받으며 자랐다는 걸 알고 마음을 놓았단다. 난 늘 네가 학대당하며 살고 있을까봐 두려웠으니까."

"오드리가 나름의 방식이긴 해도 저를 사랑해준 건 사실이에요. 가끔은 매정하고 엄하기도 했죠. 게다가 내가 땅의 정령이 보내준 레이븐의 딸이라고 세뇌한 건 못된 짓이었어요."

"오드리가 죽기 전에 했던 일련의 행위들을 보면 땅의 정령이 존재한다고 믿은 게 확실해. 그 여자 자신이 그렇게 믿었으니 너를 땅의 정령이 보내주었다고 주장할 수 있었겠지."

"가끔은 자신이 저지른 잘못을 깨달을 때면 마음이 불편했나봐요. 마지막으로 헤어지기 전에 저에게 바우해머라는 이름을 언급한 것도 그런 이유 같아요."

"양심이 있다면 잘못을 느꼈겠지."

레이븐은 멀리 떨어진 나무들을 유심히 바라보았다.

"오드리가 믿은 땅의 정령에 대해 내가 어떻게 생각하는지 아니?"

"어떻게 생각하세요?"

"오드리는 자연을 좋아하고, 숲에서 살아가면서 병든 마음을 치유하려고 했을 거야. 하지만 자연에 대한 왜곡된 이해로 점점 잘못된 길로 빠져들면서 인생을 그르치게 된 것 같아."

"어린 시절에 오드리는 몸이 아플 때마다 엄마와 함께 몬태나주의 별장을 방문했대요. 거기서 땅의 정령들과 이야기하는 법을 배웠다고 했어요."

"그 여자는 자연이 병을 치유해줄 거라 믿었을 거야. 나도 어릴 때부터 직감적으로 자연을 치유의 공간으로 생각했단다. 널 잃어버린 후로는 의식적으로 그랬고."

"저를 잃어버리고 나서 어떻게 했는데요?"

"피폐화된 몸과 영혼을 치유하려고 서부의 산들을 돌며 캠핑을 했어. 그러면서 술과 약물을 끊게 되었지. 자연은 엄청난 치유력을 가지고 있어. 오드리도 자연의 치유력을 알고 있었을 거야. 다만 자연이 가진 힘을 자신의 이해관계를 관철시키기 위해 사용할 수 있다고 믿은 게 나랑 다른 점이야."

"땅의 정령이 가진 힘을 빌려 사사로운 욕망을 채우려고 했죠."

"산과 나무, 강에는 정령이 있어. 나도 오드리처럼 정령의 존재를 느낀 적이 있단다. 다만 나는 정령들을 있는 그대로 두었어. 오드리는 정령을 자기의 이해관계에 따라 이용하려다가 일이 잘못되었지."

레이븐은 호기심 어린 눈으로 엘리스를 바라보았다. "엄마한테도 땅의 정령이 보여요?"

엘리스는 풀 몇 개를 뽑았다. "이 풀은 햇볕을 받아 스스로 영양소를 만들어내. 풀의 영양소는 많은 생명체를 먹이지. 나는 광합성을 일종의 기적이라고 믿어. 시인 월트 휘트먼이 한 잎의 풀을 '별들의 여정' 못지않다고 했잖아."

엘리스는 레이븐의 손바닥에 풀잎을 내려놓았다. "이 들판에서는 굳이 땅의 정령을 보지 않더라도 수백만 개의 식물들에서 영감을 얻을 수 있어. 오드리는 널 레이븐의 정령이 낳은 자식으로 기정사실화하면서 너의 탄생을 기적으로 만들려고 했지. 사실 넌 그보다 훨씬 더 굉장한 기적이야. 네가 지금 여기에 있기까지 벌어진 여러 가지 놀라운 일들을 생각해봐. 너뿐 아니라 지구의 모든 생명을 우주의 위대하고 경이로운 존재로 만들어준 천체 물리학적, 지질학적, 진화적 과정을 상상해봐."

엘리스는 딸의 뺨에 키스했다. "너야말로 정말 기적이야." 그러고는 레이븐의 불룩한 배에 손을 올려놓았다. "지금은 또 다른 기적을 만드는 중이고."

"우리가 다시 만나게 된 것도 기적 같아요."

"가장 놀라운 기적이지."

레이븐도 엘리스의 뺨에 키스했다. 딸이 엄마에게 하는 첫 키스였다. 엘리스는 울지 않으려고 먼 들판을 바라보았다.

그들은 함께 들판 위로 날개를 퍼덕거리며 날아가는 까마귀 세 마리를 보았다. 까마귀 한 마리가 우짖자 레이븐이 말했다. "고기잡이 까마귀죠?"

"응, 난 저 소리가 너무 좋아."

"저도요."

레이븐은 손목시계를 보았다. "30분 전에 재키가 탄 비행기가 게인즈빌에 도착했어요."

"그만 집으로 가는 게 좋겠다."

"이번 주는 정신없겠어요."

그들과 함께 크리스마스를 보내러 일곱 명이 오기로 되어 있었다. 별채 아래층은 리버와 재스퍼, 헉, 리스, 위층은 조나와 라이언이 사용하기로 했다. 여섯 사람이 화장실 하나를 사용해야 하는 만큼 엘리스는 급하면 숲에서 소변을 봐야 할 거라고 농담했다.

본채에서는 다섯 사람이 쓰기로 되어 있었다. 재키와 레이븐이 손님용 침실, 재키의 엄마가 큰 침실, 키스와 엘리스는 포치에서 자기로 했다. 별채에 머무는 사람들은 낮에는 주로 본채에 머물거나 산책을 할 것이다. 일기예보에 따르면 따뜻한 날들이 계속될 거라고 했다.

키스가 그들을 맞으러 나와 말했다. "우리가 손님들이 도착할 것에 대비해 무슨 일을 했는지 봐."

엘리스는 왜 키스가 그들을 밖에 나가 산책하고 돌아오라고 했는지 알 수 있었다. 키스와 리버, 맥스는 묘목장의 재래종 소나무, 감탕나무, 목련 나무 화분을 가져와 포치와 집 주위에 배치하고 꼬마전구를 가지에 걸쳐놓았다. 거실에는 가장 큰 미송 화분을 놓아두고 전구와 빨간 리본으로 장식했다.

"전구랑 리본은 누가 준비한 거야?" 엘리스가 물었다.

"내가." 키스가 대답했다.

"늘 크리스마스트리를 만들고 싶어 하더니 마침내 뜻을 이루었네."

"이제 우리 둘 다 행복해졌어. 이 나무는 재래종이고, 크리스마스트리를 만든다고 굳이 자를 필요도 없어. 이 나무를 우리 사유지에 심을 거야. 아이들과 함께 보내는 첫 번째 크리스마스를 기념해서."

엘리스는 그에게 키스하며 속삭였다. "당신은 대단히 감상적이고, 마음 씀씀이가 사랑스러워."

"당신이 마음에 들어 해서 나도 좋아."

"옷이 흙투성이가 되었으니 어서 갈아입어야겠네." 엘리스가 화분을 나르느라 더러워진 키스의 바지를 보며 말했다. 리버와 맥스도 마찬가지였다. 엘리스는 크리스마스 장식이 너무나 마음에 든다는 뜻으로 자신의 심장에 손을 올려놓았다. 그다음에는 리버의 손을 꼭 잡으며 고맙다고 말했다. 리버는 점점 사랑받는 데 익숙해지고 있었다.

20분 뒤에 재키와 헉, 대너 부인, 리스가 탄 렌터카가 도착했다. 레이븐을 보자마자 리스가 말했다. "터지기 일보 직전의 풍선 같아. 어쩜 레이븐에게 이런 짓을 할 수가 있어, 재키?"

"어떻게 했는지 자세히 설명해줄까?" 재키가 농담했다.

"너희들의 애정행각은 언제나 지나치게 노골적이었지."

"이제 와서 말하자면 이 아기는 너의 생일에 생겼어. 우리가 열었던 네 생일 파티 기억하지?" 레이븐이 리스에게 말했다.

"당연히 기억하지. 하지만 그렇게 디테일하게 알려줄 필요는 없어. 모르는 사람들 앞인데 내 얼굴이 후끈 달아오르잖아." 리스가 말했다.

"넌 그 정도로 부끄러워할 사람이 아니지." 헉이 말했다.

엘리스는 로즈와 인사 대신 오랫동안 서로를 꼭 껴안았다. 지난가을 재키와 로즈는 이곳에 두 번이나 다녀갔고, 엘리스는 두 사람과 친해졌다. 특히 로즈와는 연배도 비슷했고, 공통점이 많았다. 둘 다 이혼을 겪었고, 시골에 살고 있고, 두 아들을 두었고, 비건이었고, 자연을 숭상했다. 레이븐이 낳을 손자도 두 사람의 공통분모였다.

지난 10월에 왔을 때 엘리스와 산책하던 로즈가 갑자기 울음을 터뜨리며 말했다. "내가 진작 눈치챘어야 했어요. 레이븐과 엄마의 관계가 아무리 생각해도 이상하다고 생각했는데 잠자코 있었던 게 잘못이에요."

"오드리 린드의 잘못이지 당신 탓이 아니잖아요."

로즈는 계속 눈물을 흘렸다. "경찰에 신고했더라면 당신과 레이븐이 겪어야 했던 고통의 시간을 줄일 수 있었을 텐데 정말 아쉬워요. 몇 번 그러려다 말았는데."

"레이븐의 몸에 학대당한 흔적이 없는데 경찰이 뭘 할 수 있었겠어요?"

"그래서 신고하지 못한 건 맞아요. 레이븐이 학대당하고 있다는 흔적을 찾지 못했죠. 그냥 뭔가 평범한 모녀와 달리 자연스럽지 않다는 느낌뿐이었어요."

"그대신 당신은 레이븐에게 사랑을 주었잖아요. 레이븐이 고립감을 덜 느끼게 했고, 학교에 갈 수 있도록 해주었어요. 레이븐이 말하길 당신과 두 아들, 리스가 인생을 바꿔 놓았다고 하더군요."

로즈의 녹갈색 눈이 환하게 빛났다. "레이븐이 행복해져 나도 정말 기뻐요."

"딸을 잃어버린 이후 제발 당신처럼 자애로운 사람을 만나 도움을 받을 수 있길 바랐어요. 나의 간절한 희망이 마침내 하늘에 닿았는지 내 딸을 당신 가족에게로 보내준 것 같아요. 당신과 가족들에게 얼마나 고마운지 이루 다 말로 표현할 수가 없어요."

엘리스와 로즈는 눈물을 흘리면서 서로를 안아주었고, 그때부터 두 사람은 오랫동안 알고 지낸 친구처럼 가까워졌다.

이번 크리스마스 휴가 기간에 엘리스는 딸의 인생을 바꿔놓은 또 다른 사람들을 만나게 되었다. 혁과 리스를 보는 순간 그들이 얼마나 착하고 반듯한 심성을 가진 아이들인지 알 수 있었다.

재키와 레이븐은 손님들에게 각자 지낼 방을 안내하고 나서 숲으로 사라졌다. 점심 식사가 준비되었지만 아무도 그들을 데려오려고 하지 않았다. 두 사람이 따로 나눌 이야기가 정말 많을 테니까.

점심을 먹는 동안 로즈가 물었다. "레이븐에게 병원에서 출산하라고 설득해봤어요?"

"레이븐이 싫다면서 펄쩍 뛰어요." 엘리스가 말했다. "산파를 부르는 것도 싫대요. 재키와 함께 인터넷으로 집에서 출산하는 방법을 공부했다더군요."

"맙소사! 정말이에요?" 리스가 물었다.

"걱정되네요." 로즈가 말했다.

"그렇다고 병원으로 끌고 갈 수도 없고, 저도 걱정이 많아요. 아마도 오드리의 영향 탓에 레이븐에게 병원 공포증이 있나봐요."

키스가 말했다. "조나와 라이언이 여기 있는 동안 레이븐이 출산하기를 바라고 있습니다. 라이언이 의사니까요."

"전공이 뭔데요?" 로즈가 물었다.

"외과의사라 아기를 받아본 적은 없지만 방법은 잘 안다고 하더군요."

엘리스가 말했다. "조나에게 미리 귀띔해 두었어요. 라이언이 휴가 기간에 자원봉사를 해야 할지도 모른다고요."

다들 큰 소리로 웃었다. 엘리스도 함께 웃기는 했지만 출산 문제가 여전히 걱정되었다. 엘리스는 운명을 믿지 않았다. 운명은 늘 원하는 길을 고집한다. 아무리 좋은 사람이라도, 아기에게 아무런 잘못이 없어도 눈 하나 깜짝하지 않고 마음대로 결정해버린다.

레이븐과 재키가 집으로 돌아온 직후 조나와 재스퍼, 라이언이 도착했다. 라이언은 조나보다 네 살 위였지만 동안이라서 더 어려 보였다. 키가 크고 탄탄한 몸, 금발에 푸른 눈, 청록색 뿔테 안경을 쓰고 있었다. 라이언은 마치 오랫동안 엘리스를 알고 지낸 사람처럼 다정하게 포옹하며 키스하고 나서 귀에 대고 속삭였다. "아기를 받아내는 방법을 확실하게 익히고 왔습니다. 난 준비됐어요. 하지만 이건 우리만의 비밀로 해두죠."

"고마워요. 레이븐은 아직도 재키가 아기를 받을 거라고 우기고 있어요." 엘리스도 속삭였다.

라이언은 씩 웃었다. "용감한 부부네요."

그들은 저녁 식사 자리를 마련하기 위해 거실에 테이블 두 개를 붙여놓았다. 키스는 크리스마스트리가 잘 보이도록 조명을 낮추었다. 그는 날씨가 따뜻했지만 크리스마스 분위기를 제대로 내야겠다면서 벽난로에 불을 피웠다.

엘리스는 집이 가족과 새로운 친구들이 쏟아내는 웃음소리와 행복의 기운으로 가득 차 있는 게 너무 좋았다. 저녁을 먹다가 울컥한 적이 한두 번이 아니었다.

설거지는 여러 사람들이 도와주어 빨리 끝났다. 쿼커스마저 접시를 싹싹 핥으며 설거지를 도왔다. 다들 활기가 넘쳤지만 리버는 왠지 우울해 보였다.

엘리스는 설거지를 마치고 나서 리버의 손을 잡고 포치로 데려갔다.

"술이 마시고 싶니?"

"그렇게 티가 나요?"

"나에게는 보여."

"솔직히 술이 마시고 싶어서 미칠 것 같아요. 운전면허가 있었다면 이미 술을 사러 갔을 거예요."

"그동안 정말 잘 버텨왔는데 유감이구나."

리버가 감탕나무에 장식한 꼬마전구를 가리키며 말했다. "고등학교 때부터 술 없는 크리스마스를 보낸 적이 없어요. 크리스마스 내내 술을 마시고 인사불성 상태로 지냈죠. 이제 드디어 술을 맘껏 마셔도 되는 스물한 살이 되었는데 정작 마실 수가 없게 되었어요. 단 한 번이라도 합법적으로 술을 주문하는 기분을 느껴볼 수 없을까요?"

"넌 그냥 술을 마실 핑계를 대는 거야."

"하마터면 리스나 헉에게 술집에 데려다 달라고 할 뻔했어요."

"네가 다시 술을 입에 대기 시작하면 레이븐이 크게 실망할 거야."

"알아요."

"잠깐 기다려봐라."

엘리스는 집으로 들어가 냉장고에서 갈색 병을 꺼낸 다음 마개를 땄다. 그런 다음 그걸 리버에게 가져갔다.

리버는 갈색 병을 바라보았다. "맥주예요?"

"캠프장에서 만났던 남자가 알려준 비결이야. 술을 끊은 사람에게 도움이 돼."

엘리스는 텐트에서 휘트먼의 〈열린 길의 노래〉를 읽어줬던 케일럽을 떠올렸다. 케일럽은 콤부차가 술을 끊는 데 도움이 된다고 말해주었다. 그 당시만해도 콤부차를 사는 게 요즘처럼 쉽지 않았다.

엘리스는 콤부차가 들어있는 병을 리버의 손에 쥐여주었다.

리버는 라벨을 바라보았다. "콤부차는 한 번도 마셔본 적이 없어요."

"콤부차는 술을 마시고 싶을 때 많은 도움이 되지. 맥주처럼 발효됐고, 거품이 나는 음료거든. 차가운 갈색 병에 들어 있기도 하고."

리버는 차를 한 모금 마셔보았다. "맛이 괜찮네요."

"발효 과정에서 약간의 알코올이 나와. 하지만 취할 정도는 아니야. 냉장고에 많이 사놨으니까 틈틈이 마셔. 그대신 술은 절대로 안 돼."

"저를 위해 사두셨어요?"

"우리 둘 다를 위해. 나도 오랫동안 금주했지만 지금도 가끔씩 마시고 싶거든."

리버는 콤부차를 한 모금 더 마셨다. "엄마 말이 맞아요. 오늘 밤에 내가 술에 취하면 레이븐이 크게 실망할 거예요."

"레이븐을 위해서가 아니라 너 자신을 위해 술을 끊어야 해."

"레이븐이 도움이 돼요. 엄마도요. 내가 여기서 지내는 이유죠. 아빠 집으로 돌아가면 틀림없이 술을 다시 마실 거예요. 그 동네에는 약을 대주는 놈도 있어서 유혹을 떨쳐버리기 쉽지 않을 테니까."

"넌 충분히 견뎌낼 수 있어. 엄마는 너를 믿는다."

리버가 콤부차를 벌컥벌컥 들이마셨다.

"나답지 않은 말을 하나 해볼까요?"

"뭔데?"

"엄마랑 레이븐이 다시 내 삶에 등장해 정말 기뻐요."

"너답지 않은 널 안아주어도 될까?"

"좋아요. 하지만 서두르세요. 곧 원래의 나로 돌아갈 테니까."

엘리스는 리버를 안아주며 볼에 키스했다. 무려 16년이 걸린 키스였다. 오늘은 키스와 관련해 여러모로 의미 있는 날이었다.

재스퍼가 현관문 사이로 머리를 내밀었다. "레이븐이 사람들 앞에서 발표할 게 있대요."

레이븐과 재키는 집 안으로 들어갔다. 레이븐은 크리스마스트리와 벽난로 사이에 자리 잡았고 다들 의자와 소파에 앉아 그녀를 마주보았다.

레이븐이 입을 열었다. "제가 사랑하는 분들이 이렇게 한 자리에 모이게 된 건 저에게는 인생 최고의 선물이에요." 그런 다음 잠시 뜸을 들이며 눈물을 닦았다. "죄송해요……. 호르몬 때문에." 그 말에 다들 웃음을 터뜨렸다.

“며칠 뒤에 리스가 떠나야 하기 때문에 지금 발표해야 할 것 같아요. 리스는 현재 두 군데서 일하고 있는데 그중 한 곳의 사장이 26일에 출근하지 않으면 해고할 거라고 했대요.”

“크리스마스 다음 날?” 재스퍼가 황당해하며 말했다.

“그거 정말 너무하네.” 리버가 말했다.

“첫 번째로 발표할 내용은 재키에게는 아주 힘든 일이 될 거예요.”

엘리스는 장난스럽게 서로를 바라보는 두 아이를 보며 대체 무슨 말을 하려는 것인지 궁금했다.

“이제부터 제 법적 이름인 비올라 애비 바우해머를 사용하기로 결정했어요.”

엘리스로서는 전혀 예상하지 못했던 일이었다. 키스가 그녀의 손을 꽉 잡았다.

레이븐, 아니 비올라가 말을 이었다. “솔직히 말해 저는 바우해머라는 이름이 세상에 대변하는 이미지가 그다지 마음에 들지 않아요. 할아버지 때문이죠. 하지만 우리 가족 모두가 노력해 앞으로 부정적인 이미지를 바꿀 수 있기를 바라요.”

“바꿀 수 있어.” 재스퍼가 말했다.

조나의 눈이 빛났다.

비올라는 사랑을 가득 담은 눈으로 엘리스를 바라보았다. “저도 비올라라는 이름에 적응하기 그리 쉽지 않을 거예요. 하지만 무엇보다 엄마의 뜻을 존중하고 싶어요."

엘리스와 비올라의 눈이 마주쳤다. 지난 16년의 세월을 날려 보내는 강력한 눈 맞춤이었다.

"엄마는 대학에서 식물학을 전공한 이후 식물 보존에 헌신해왔어요. 제 이름도 엄마가 좋아하는 봄꽃인 바이올렛 속에서 따왔죠. 재키는 생태학자가 되고 싶대요. 어쩌면 식물학자가 될지도 몰라요. 그래서 비올라라는 이름이 레이븐만큼이나 멋지다고 했어요."

"널 계속 버드 걸이라고 불러도 돼?" 리스가 물었다.

"그렇게 안 부르면 혼날 줄 알아." 레이븐의 말에 다들 웃음을 터뜨렸다.

"발표할 게 한 가지 더 있어요. 워싱턴주에 있는 집이 이제는 법적으로 저의 소유가 되었어요. 여름에 해마다 갔던 몬태나주의 오두막도 제 소유가 되었죠. 앞으로 여러분들 모두가 얼마든지 두 집을 자유롭게 이용하실 수 있어요. 두 집이 많은 사람들에게 고통을 안겨주었지만 이제부터는 큰 기쁨을 주는 곳이 되길 바랍니다."

"고맙구나. 좋은 생각이야." 조나가 말했다.

비올라는 다시 리스를 바라보았다. "앞으로 워싱턴주에 있는 집에 머물고 싶은 분들은 리스와 상의하시길 바랍니다."

"나랑? 왜?" 리스가 물었다.

"내가 널 그 집의 관리인으로 고용할 거니까." 레이븐은 벽난로 위에 놓아둔 봉투를 집어 들더니 리스에게 건넸다. "이 봉투에 첫해 월급이

들어 있어."

"일 년치 월급?"

"응, 열어봐."

리스는 봉투에서 수표 한 장을 꺼내들었다. "말도 안 돼. 나, 이 수표 못 받아."

"그냥 주는 게 아니야. 일한 대가로 주는 거지." 비올라가 말했다.

"무슨 일?"

"난 당분간 플로리다주에서 살기로 했고, 따라서 집을 관리해줄 사람이 필요해. 난 널 믿고, 넌 집수리도 정말 잘하잖아. 그 집을 관리해줄 수 있는 완벽한 적임자야."

"나더러 그 집에서 살라고?"

"응, 그 대신 대학에 진학해 늘 바라던 창작을 공부하기 전까지만 살아. 헉이 있는 시애틀에서 대학에 다니고 싶어 했잖아. 대학에 진학하면 한 달에 한 번씩만 집에 가서 잘 있는지 상태를 확인해줘. 그 집에 있는 오드리의 트럭을 자유롭게 써도 돼. 이제부터 트럭은 네 소유니까."

리스는 입을 딱 벌리고 비올라를 바라보았다.

"말문이 막힌 리스를 본 적이 있어?" 비올라가 재키에게 물었다.

"당연히 없지."

"레이븐……." 리스가 입을 열었다.

"비올라야." 그녀가 이름을 정정해주었다.

"이 돈은 내가 하는 일에 비해 너무 큰 액수야."

"나에게는 그 정도 가치가 있어. 그 돈이면 워싱턴 대학 일 년치 학비와 기숙사비를 낼 수 있을 거야."

"이런 고액을 넙죽 받을 수는 없어."

"그래도 돼. 난 엄청나게 부자고, 부자들은 이런 일을 해야 하니까."

다들 웃었다.

"맞는 말이야." 조나가 말했다. "내 부유한 고객들 중에는 이보다 훨씬 더 이상한 짓을 하는 사람들도 많아."

"무슨 짓이요?"

"이를테면 반려동물의 무덤을 영원히 유지하는 데 백만 달러를 쓴 사람도 있지."

"와." 리스가 감탄했다.

"거기에 비하면 비올라는 좀 더 실용적으로 돈을 쓰는 거야."

"그건 그렇지만……."

"그럼 다른 사람을 고용할까?" 비올라가 물었다.

"아니. 이리 와." 리스는 두 팔로 비올라를 껴안았다.

헉이 두 손을 들어 올리며 자리에서 벌떡 일어나 환호했다. "이야! 이제 가끔 리스의 집에서 파티할 수 있겠네."

"파티는 안 돼." 비올라가 말했다.

재키와 헉은 웃으며 리스를 껴안았다. 그다음에는 로즈가 리스를 안아주었다. 조나가 비올라를 껴안을 때 라이언이 엘리스에게 나직이 말했다. "아주 훌륭한 딸을 뒀군요."

엘리스는 눈물을 훔치다가 맥스는 지금 벌어지는 모든 상황에 대해 전혀 모른다는 걸 깨달았다. 그래서 수첩을 꺼내 비올라가 한 말을 간략하게 적어주었다.

'비올라는 복덩어리야.' 맥스가 썼다.

엘리스는 고개를 끄덕였다.

거실에서 열린 파티는 한 시간 동안 계속됐다. 조나와 라이언이 제일 먼저 자리를 떴다. 두 사람은 단둘이 있고 싶은 듯했다. 엘리스는 지금처럼 행복하고 느긋한 조나를 본 적이 없었다.

두 연인을 방해하고 싶지 않았기에 다섯 청년과 비올라는 본채에서 카드 게임을 했다. 맥스는 집으로 갔고, 로즈는 자러 갔다. 엘리스와 키스는 포치에 놓아둔 침대에서 사랑을 나눈 뒤 아이들의 희미한 웃음소리를 들으며 잠들었다. 가족과 친구들의 행복한 소리는 올빼미와 유구오리의 소리를 듣는 것만큼이나 만족스러웠다.

크리스마스이브 아침에 비올라와 재키는 제일 먼저 일어났다. 둘은 아침을 먹고 산책에 나섰다. 카드 게임을 하느라 늦게 잤던 아이들은 정오쯤에야 일어났다.

키스와 로즈가 점심을 준비하는 동안 엘리스는 이 집에 처음 온 라이언, 혁, 리스에게 묘목장을 구경시켜 주었다. 그다음에는 다들 프리스비와 미식축구를 했고, 맥스와 키스가 여름 내내 만들어둔 말편자 던지기 게임 놀이터에서 오랫동안 편을 나눠서 게임을 했다. 몇 달 동안 이 게임을 했던 리버가 제일 잘 던졌다. 심지어 맥스보다도.

노을이 구름에 가려졌다. 어둠과 곧 쏟아질 비 냄새가 와일드 우드를 감쌌다. 엘리스는 하루 종일 비올라와 재키를 보지 못했다. 혹시 그들을 본 사람이 있는지 물었더니 로즈가 아까 1시쯤 재키가 음식과 음료수를 가지러 주방에 왔었다고 했다. 비올라와 피크닉을 즐기는 중이라고 했다는데 주방에는 혼자 다녀갔다고 했다.

엘리스와 키스는 단둘이 얘기하려고 포치로 나갔다. "당신도 나랑 같은 생각이야?" 키스가 물었다.

"응, 크리스마스이브인데 비올라가 친구와 가족 곁을 떠날 리가 없어. 특히 리스는 곧 떠나야 하는데."

"이젠 일하러 가지 않아도 되잖아."

"그래도 가겠대. 크리스마스에 주인 혼자 일하려면 일손이 부족할 거라고."

"착한 아이네."

"응, 그리고 비올라는 리스를 좋아해. 리스와 함께 보내는 시간을 놓칠 리 없어."

키스는 뒤쪽 숲을 바라보았다. "그럼 지금 비올라가 저 숲 어딘가에서 아기를 낳고 있다는 뜻이야?"

"비올라답네. 안 그래?"

"유감스럽지만 그래."

조나와 라이언이 별채에서 나왔다. "오늘 비올라를 본 사람이 아무도 없어요.” 엘리스가 말했다. “재키 혼자 점심을 가지러 주방에 왔다가 가버렸대요.”

“저런!” 라이언이 말했다.

“비올라가 진통 중일 거라는 뜻이야?” 조나가 물었다.

엘리스는 고개를 끄덕였다.

“가여운 재키.” 라이언이 말했다. “나라면 밤에 숲에서 아기를 받고 싶지는 않을 거야.”

“게다가 비까지 내리기 시작했어요.” 키스가 말했다.

“그나마 날씨가 따뜻해서 다행이야.” 라이언이 말했다.

“우리야 뉴욕주에서 왔으니까 따뜻하게 느껴지지만 사실은 18도밖에 안 돼. 게다가 비에 젖으면 더 추울 거라고.” 조나가 말했다.

“손전등을 들고 숲을 수색하는 게 좋겠어요.” 키스가 말했다.

“비올라가 원치 않을 거예요.” 엘리스가 말했다.

“로즈와 상의해야 해. 로즈는 우리보다 재키에 대해 잘 알 테니까.” 조나가 말했다.

로즈는 헉, 리스와 함께 주방에 있었다.

“여러분들 표정을 보니 나와 같은 결론을 내린 모양이네요.” 로즈가 말했다.

“네, 아이들을 찾으러 갈지 말지 생각 중입니다.” 조나가 말했다.

“비올라가 지금 아기를 낳고 있다는 거예요?” 리스가 물었다.

헉은 인덕션 불을 모두 껐다. “당장 두 사람을 찾으러 가야 해요. 재키 혼자 어둠 속에서 아기를 받게 할 수는 없어요."

재스퍼와 리버가 거실에서 주방으로 들어왔다. "비올라가 원치 않을 거야." 리버가 말했다.

"상관없어." 혁이 말했다. "비올라가 병원을 두려워하는 건 분명하지만 아이를 숲에서 낳게 할 수는 없어. 혹시라도 일이 잘못되면 비올라는 평생 자신의 선택을 용서할 수 없을 거야. 비올라는 재키에게 그렇게 무리한 부탁을 하지 말았어야 해."

"나도 그 말에 동의해." 리스도 맞장구쳤다. "오드리는 자기 뜻을 관철하기 위해 비올라에게 억지로 약속을 강요했어. 비올라가 타인에게 그렇게 행동하는 습관을 들이도록 내버려 두어서는 안 돼."

엘리스는 리스의 말을 듣고 충격을 받았다. 리스의 말이 옳았다. 오드리가 비올라를 마음대로 조종했듯이 비올라도 재키를 그런 식으로 다루고 있었다. 재키는 겨우 열일곱 살이었다. 재키에게 혼자 아이를 받으라고 하는 건 터무니없었다.

"좋아요. 그럼 결정한 겁니다." 조나가 말했다. "라이언, 당신은 어서 검진 가방을 가져와."

맥스가 방수 처리된 가림막 한 더미와 담요, 수건을 가지고 주방으로 들어오더니 다급하게 뒷문을 향해 고갯짓하며 나가야 한다는 뜻을 전했다.

"맥스는 비올라가 출산 중이라는 걸 알고 있었나봐요." 키스가 말했다.

라이언이 검진 가방을 가지러 달려간 사이에 키스는 손전등을 찾아 보았다. 사람은 아홉인데 손전등은 세 개뿐이었다.

사람들이 거실에서 어떻게 수색을 펼칠지 의논하고 있을 때 뒷문이 열렸다.

"비올라가 돌아왔어." 조나가 말했다.

"아뇨." 재키가 헐떡거리며 거실로 들어왔다. 온몸이 비에 젖었고, 서둘러 달려온 기색이 역력했다. 재키의 표정을 보니 무척이나 절박해 보였다.

"어떻게 된 거야?" 리스가 물었다.

재키는 겨우 숨을 고르며 말했다. "아기가 나오고 있어요. 근데 너무 어두워서 아무것도 안 보여요. 게다가 비까지 내려요. 비올라는 지금 통증이 심해요. 어떻게 해야 할지 모르겠어요."

"아, 재키!" 로즈가 말했다.

"양수가 터졌니?" 라이언이 물었다.

"네, 조금 전에요. 오늘 온종일 진통에 시달렸어요."

"비올라는 어디 있니? 여기서 멀어?" 엘리스가 물었다.

"피크닉을 할 수 있도록 잔디를 깎아둔 곳 있잖아요. 거기 있어요. 들판과 숲 경계 지점에요."

지난번에 엘리스가 비올라의 배를 마사지해준 곳이었다.

재키가 라이언에게 말했다. "아저씨는 의사니까 출산이 제대로 진행되는지 알 수 있죠?"

“최선을 다해볼게.” 라이언이 말했다.

“비올라를 봐주시겠어요?”

“당연히 그래야지.”

재키는 맥스가 들고 있는 담요와 가림막을 가리켰다. “저걸 가져가는 건 좋은 생각이에요. 비올라는 비에 젖었어요. 너무 추울까봐 걱정돼요.”

“가자.” 엘리스가 말했다.

“저는 먼저 뛰어가 비올라 곁에 있어줘야 해요.” 재키는 그렇게 말하고 집 밖으로 뛰쳐나갔다.

엘리스가 앞장서서 사람들을 이끌었다. 맥스는 맨 뒤에서 손전등으로 길을 비췄다. 손전등이 없는 사람들은 물건을 들고 뒤따라갔다.

안개비가 가랑비로 바뀌었다. 아무도 말하지 않았다. 수리부엉이가 북쪽 숲에서 부엉부엉 울었다.

“나무뿌리를 조심하세요.” 숲속 길로 접어들자 엘리스가 말했다.

앞에서 재키의 목소리가 들려왔다. 들판 가장자리에 도달하자 남성용 셔츠를 걸친 비올라가 두 손과 무릎으로 땅을 짚고 진통에 시달리고 있었다.

엘리스는 비올라 옆에 무릎을 꿇었다. “비올라, 엄마야.”

“엄마!” 엘리스가 숨을 들이쉬었다. “아파요. 이렇게 심하게 아플 줄 몰랐어요.”

“로즈랑 내가 도와줄게.” 엘리스는 로즈에게 옆에 와서 앉으라고 손짓했다. 두 사람은 비올라의 허리를 문질렀다. "좀 어떠니?"

비올라는 눈을 질끈 감고 신음했다. 너무 아파 대답도 할 수 없는 듯했다. 진통이 거의 끊어지지 않고 계속되었다.

"가림막을 들어 올리고 비올라에게 마른 담요를 주어야 해." 키스가 말했다. 키스는 사람들에게 맥스가 가져온 가림막을 들어 올려 비를 피하게 해주어야 한다는 뜻을 전했다. 비올라가 덮고 있는 담요는 이미 비에 흠뻑 젖어 진흙투성이가 되어 있었다.

리버와 재스퍼, 헉, 리스가 각각 가림막의 귀퉁이를 잡고 지붕을 만들어주는 동안 맥스와 키스는 땅에 판초우의와 담요 두 개를 펼쳤다.

"비올라를 새 담요 위로 옮겨야 해." 키스가 재키에게 말했다.

맥스가 더는 기다릴 수 없다는 듯이 비올라를 들어 올려 깨끗한 담요 위에 조심스럽게 내려놓았다. 진흙투성이가 된 자신의 부츠로 담요를 밟지 않으려고 조심하면서. 그런 다음 비올라의 젖은 셔츠를 벗기고 깨끗하고 마른 플란넬 셔츠를 입혔다. 비올라는 너무 아파 알아차릴 겨를이 없어보였다.

엘리스, 재키, 로즈는 신발을 벗고 마른 담요로 올라갔고 조나도 합류했다.

"내가 좀 봐도 될까요?" 라이언이 엘리스에게 물었다.

"라이언이 출산이 무리없이 잘 진행되는지 확인할 거야. 그래야 재키도 마음이 놓일 거고." 엘리스가 비올라에게 말했다.

비올라는 고개를 살짝 끄덕였다.

라이언이 보기 쉽도록 비올라가 등을 대고 누웠다. 라이언은 신발을 벗고 재키 옆에 앉았고, 출산이 잘 되고 있는지 살펴보기 전에 재키에게 말했다.

"무통 분만에 대해 비올라와 얘기해봤니?"

"네, 비올라가 싫다고 했어요."

"그럼 비올라가 부탁할 때까지 약은 쓰지 않으마." 라이언은 청진기를 비올라의 가슴에 대더니 그다음에는 배에 댔다. "산모와 아기 모두 건강해 보인다."

그제야 엘리스는 긴장이 풀리며 참고 있던 숨을 크게 쉬었다.

다시 진통이 와 비올라가 배에 힘을 주는 동안 라이언은 손전등으로 아기가 어디까지 나왔는지 확인했다. "재키, 보이니? 저게 바로 아기 머리야."

재키는 다른 예비 아빠들처럼 어리둥절한 표정을 지었다.

"아무런 문제도 없어 보이는구나. 그냥 힘만 주면 되겠어." 라이언이 말했다.

비올라는 계속 침묵하며 힘을 주었다.

"얼마든지 소리를 질러도 괜찮아, 비올라." 라이언이 말했다.

"소리를 안 질러요. 아까부터 계속 저랬어요." 재키가 말했다.

"동영상으로 찍지 않겠다고 약속할게." 리스가 말했다.

"닥…… 쳐!" 진통 중에 비올라가 웃으며 말했다.

가림막을 들고 있던 남자들이 키득거렸다.

엘리스와 로즈는 비올라가 쪼그리고 앉게 도왔다. 다만 이 자세에서는 아기가 잘 나오고 있는지 확인할 수 없었다.

"별을 보고 싶어. 가림막을 좀 치워봐." 비올라가 말했다.

"비가 와서 별은 뜨지 않았어." 엘리스가 말했다.

"이제 비가 그쳐 별을 볼 수 있어요." 리버가 말했다.

그들은 가림막을 뒤로 살짝 젖혔다. 가림막 위로 아직 비가 톡톡 떨어지고 있었지만 동쪽 하늘은 벌써 개이고 있었다. 나무들 위로 불룩한 상현달이 떠오르고 있었다. 기울어진 달 위로 뭉게구름이 회색 연기처럼 빠르게 흘러갔다. 구름이 지나가면서 별들이 여기저기서 모습을 드러냈다.

재키는 비올라의 볼에 키스했다. "네가 보고 싶어 했던 별이야. 아름답지?"

"응, 정말 아름다워." 비올라는 별을 바라보며 힘을 주었다. 힘을 주는 동안 황홀한 밤의 경치에서 눈을 떼지 않았다. 덕분에 마음이 차분해졌다. 엘리스는 비올라가 힘을 주며 출산에 집중하는 걸 느낄 수 있었다.

나무 위로 떠오른 달이 들판의 마른 풀과 야생화를 은빛으로 물들였다. 배가 검은 유구오리 한 무리가 우짖으며 동쪽 들판 위를 날아갔다. 그들이 밤에 부르는 노래는 이 사유지에서 들을 수 있는 가장 아름다운 음악 가운데 하나였다. 판*의 아이들이 습지대 갈대로 만든 악

*그리스 신화에 나오는 목신

기를 불어 연주하는 천상의 음악을 연상시켰다.

비올라는 눈을 감고 유구오리의 노랫소리를 들으며 아기를 밀어냈다.

"재키." 라이언이 부드럽게 말하며 손전등으로 비올라의 아래쪽을 비췄다. "준비해라."

재키는 아기를 받을 준비를 했다. 비올라가 온 힘을 모아 마지막으로 두 번 힘을 주자 아기가 그의 손바닥으로 미끄러져 내려왔다.

"네가 해보렴." 라이언은 그렇게 말하며 작은 수건과 코 흡인기를 재키에게 건넸다.

"아기는 괜찮아?" 비올라가 물었다.

재키는 아기를 담요에 내려놓은 다음 부드럽게 얼굴을 닦고 흡인기로 능숙하게 코를 뚫어주었다. 그러자 아기가 부드럽게 칭얼거렸다.

엘리스는 그제야 안도하며 숨을 크게 내쉬었다.

"공주님이야." 재키가 떨리는 목소리로 말했다. "온몸이 분홍색이야. 무척 건강해 보여."

키스는 비올라가 아기를 볼 수 있도록 담요를 접어 그녀의 목덜미에 받쳐주었다. 가림막이 내려왔다. 리버, 재스퍼, 헉, 리스가 아기를 보려고 몸을 숙였다.

"버드 걸 만큼이나 아기가 조용하네." 리스가 말했다.

조용히 흐느끼던 비올라가 그 말을 듣고 웃음을 터뜨렸다.

"아기가 안 울어요." 재키가 라이언에게 말했다. "괜찮은 거예요?"

"울지 않는 아기도 있단다. 내가 한번 살펴보마."

라이언은 아기를 살펴보며 심장 소리를 들었다. 아기가 큰 소리로 울기 시작했다. "봤지? 내가 싫은 거야. 엄마, 아빠하고만 있고 싶다는 뜻이지."

라이언은 깨끗한 수건으로 아기를 감쌌다. 재키가 아기를 받아들고 비올라의 가슴에 내려놓았다. 비올라는 울면서 아기에게 뽀뽀했다. 라이언은 재키에게 탯줄을 자르는 법을 알려주었다.

"축하한다, 재키. 잘했어." 라이언이 말했다.

"정말 대단하구나." 조나가 말했다.

혁은 동생의 어깨를 토닥였다. "그래, 정말 대단해."

"그래서 아기 이름은 뭐야?" 리스가 물었다.

"아기 이름은 '기적적인 우주의 딸'이에요." 비올라가 말했다.

정적이 흘렀다.

"그래. 독특한 이름이네." 리버가 말했다.

"너무 독특한." 리스가 말했다.

"조용히 해." 혁이 속삭였다.

"앞 글자를 따서 '기우딸'이라고 하면 좋겠네." 리스가 말했다.

"줄여서 '기딸'이라고 부를 수도 있고." 리버가 말했다.

재키는 그 이상한 이름들이 아무렇지도 않다는 듯이 미소 지었다.

"그게 정말 아기 이름이야?" 재스퍼가 물었다.

비올라는 코웃음을 쳤다. "농담이야. 다들 믿을 줄 알았어."

"다행이다!" 리스의 말에 다들 웃었다.

"재키와 저는 아기의 미들네임을 이미 정했어요. 말씀드려, 재키." 비올라가 말했다.

재키는 엄마를 보며 말했다. "이 아이의 미들네임은 엄마 이름을 따서 '로즈'라고 할 거예요."

"우리 엄마의 미들네임인 '로사'와 비슷하기도 하고요. 우리 외할아버지 성이요." 비올라가 말했다.

손전등 불빛에 로즈의 눈물이 빛났다. "마음에 드는구나. 두 가족을 대표할 수 있는 이름이야."

재키는 손가락으로 아기의 볼을 쓰다듬으며 물었다. "이름은 생각해봤어?"

"응." 비올라가 말했다. "아까 이 들판 위에서 빛나는 달을 봤을 때 생각했어. 엄마는 오래전 내가 멀리 떨어져 있었을 때부터 이곳에 재래종 꽃과 풀을 심었어." 그런 다음 품에 안긴 아기를 내려다보았다. "아기에게 태어난 장소의 이름을 붙여줄 거야. 아기 이름은 메도우(Meadow, 초원)야. 메도우 로즈."

"정말 마음에 든다." 재키가 말했다.

"멋진 이름이야." 엘리스가 말했다. "그런 이름을 가진 북아메리카 야생화가 있어. 가시 없는 장미로 간주되기 때문에 아주 특별한 종이지."

리버는 허리를 숙이고 아기의 앙증맞은 주먹을 살짝 쥐었다. "난 이 아이에게 가시가 있었으면 좋겠어."

"형답다." 재스퍼가 말했다.

"너무 예쁘잖아." 리버가 말했다.

"좋은 이름이야, 버드 걸. 잘했어." 리스가 말했다.

"고마워." 비올라는 그렇게 말하고는 아기를 조심스럽게 엘리스에게 넘겼다. "아기 성을 애비로 할지 게파트로 할지는 엄마가 정해요."

엘리스와 키스는 너무 놀라 말문이 막힌 얼굴로 서로를 바라보았다.

"우린 두 분이 아이를 키워주셨으면 해요." 재키가 말했다.

"아이들이 몇 주 전에 결정했어요. 말하고 싶어 입이 근질근질해서 혼났네요." 로즈가 말했다.

"우리는 아기에게 전부 사실대로 말할 거예요." 비올라가 말했다. "아기는 재키와 저를 엄마 아빠로 부를 거고, 엄마랑 키스 아저씨를 외할아버지 외할머니라고 부를 거예요."

"우린 둘 다 플로리다 대학에 다닐 거니까 항상 근처에 있을 거예요. 이미 대학에 지원서를 보냈어요." 재키가 말했다.

"재키는 틀림없이 합격할 거예요. 성적이 좋거든요."

"어떻게 생각해, 할머니?" 조나가 엘리스에게 물었다.

"난 솔직히 비올라와 재키가 걱정돼. 아기와 떨어져 지내는 게 얼마나 고통스러운지 아니까."

"우린 메도우와 떨어져 지내는 게 아니에요." 비올라가 말했다. "우린 아기의 삶 속에 있을 거예요. 재키와 저는 아기를 키우기에는 아직 너무 어려요. 고등학교를 졸업해야 하고 대학에도 가야 해요. 메도우는 세상에서 제가 가장 좋아하는 두 사람 손에서 자라게 되는 거예요. 자연 환경이 너무나 아름다운 이곳에서요. 리버와 재스퍼, 헉 삼촌, 외할아버지, 친할머니도 아기를 축복해줄 거고요."

"난 삼촌 아니야?" 리스가 물었다.

"너도 공식적으로 삼촌이지." 비올라가 말했다.

"라이언 아저씨도 공식적인 할아버지고요." 재키가 말했다.

조나는 웃으며 라이언의 어깨를 토닥였다.

"맥스도 할머니가 될 거예요." 비올라가 말했다. "보셨죠, 엄마? 이보다 더 완벽한 가정은 아마 없을 거예요."

엘리스는 자신의 품에 안긴 아기를 내려다보았다. 아기의 작고 둥근 얼굴 속에서 막 태어난 비올라가 보였다. 비올라가 그녀에게 돌아온 지 아직 아홉 달이 안 되었다. 정말로 기적적인 우주의 딸이었다.

다들 엘리스의 대답을 기다리는 동안 정적이 내려앉았다. 엘리스는 꽃잎처럼 부드러운 아기의 뺨을 쓰다듬었다. 황홀한 감각이 마음을 덮쳤다. 마치 꽃봉오리였던 그녀의 심장이 갑자기 피어나더니 점점 더 커져 더는 그녀의 몸속에 있을 수 없는 듯했다.

엘리스는 그들 모두를 둘러보았다. 눈물이 흐르는 사람은 그녀만이 아니었다. "나도 알겠다." 엘리스는 비올라에게 말했다. "우린 아주 아름다운 가족이야. 네 선택이 탁월해."

"엘리스." 키스가 입을 열었다.

"응?"

"한 번 더 물어볼게. 나랑 결혼해주겠어?"

엘리스는 망설였지만 결정을 내릴 수 없어서가 아니었다. 그 순간이 경이로웠고, 어떤 대답을 할지 확신했기 때문이었다. 한 치의 의심도 없이.

"응, 나랑 결혼해줘."

가족들의 환호와 웃음소리가 들판에 널리 울려 퍼지며 숲과 습지까지 퍼져나갔다. 엘리스는 그 소리가 더 널리 퍼져나가는 걸 상상했다. 뉴욕의 숲과 부모님이 한때 서로를 사랑하며 행복해했던 엘리스강, 오하이오주의 작은 캠핑장, 그녀가 올라갔던 서부의 모든 산꼭대기, 비올라를 재키에게 데려다준 워싱턴주의 개울까지. 그리고 널리 퍼져나가는 기쁨의 한복판인 작은 와일드 우드 안에 그녀의 가족들이 있었다.

〈끝〉